ars vivendi

BERND OHM

WOLFSSTADT

EINE GESCHICHTE AUS DER NACHKRIEGSZEIT

KRIMINALROMAN

ARS VIVENDI

Dieses Buch wurde vermittelt von der Literaturagentur
erzähl:perspektive, München (www.erzaehlperspektive.de)

Originalausgabe

1. Auflage April 2015

www.arsvivendi.com

Lektorat: Stefan Imhof
Umschlaggestaltung: Philipp Starke, Hamburg
unter Verwendung eines Fotos von © Jill Battaglia/Trevillion Images
Druck: CPI Ebner & Spiegel, Ulm
Gedruckt auf holzfreiem Werkdruckpapier der Papierfabrik Schleipen. Das eingesetzte
Material stammt aus ökologisch und sozial verantwortungsvoller Forstwirtschaft.
Printed in Germany

ISBN 978-3-86913-501-4

WOLFSSTADT

ERSTER TEIL

29. APRIL

Lehmann hat einen unanständigen Hunger. Der Magen rumpelt ihm wie ein altes polnisches Pferdefuhrwerk, und sein Zeigefinger, der ihm den mühsamen Weg durch das Buchstabendickicht vor ihm weisen soll, weicht immer wieder vom geraden und rechten Pfad der Tugend ab und muss mit dem Absatz von vorn beginnen, *Paragraf 257, Begünstigung: Wer einen anderen, der eine rechtswidrige Tat begangen hat* ... ein paar Stullen zum Mitnehmen heute Morgen, das wär's gewesen, aber nach dem Aufstehen hat er nie Hunger, weil er jeden Tag aus Träumen aufwacht, nach denen ein normaler Mensch keinen Hunger hat, und eine Frau, die für ihn mitdenken würde, gibt es nicht. Jetzt ist es jedenfalls zu spät, die Kantine hat zu, und von den Amis kann er sich nichts holen, weil bei denen heute Abend ein Doktor vom Medical Service der Militärregierung über Geschlechtskrankheiten spricht: woher sie kommen, wie man sie behandelt, wie man sich davor schützen kann – weiß Lehmann alles, interessiert ihn aber nicht ... Ob beim K4 schon wieder was zu holen ist? Der gute Doktor Salkind müsste bald wieder aus der Möhlstraße geliefert bekommen, und dann im Sommer die Laufbahnprüfung, das interessiert ihn.

Sein Zeigefinger ist außerdem eine Spur zu schnell für seinen pommerschen Bauernverstand, und die Sätze sind eine Spur zu lang und verdreht für einen armen Dorfjungen, der lieber *Flußpiraten* und *Buffalo Bill* als den Kleinen Katechismus gelesen hat, und deshalb geht in seinem Kopf auch immer wieder der altböse Feind um und führt ihn in eine Versuchung, die da heißt Kartoffel: Bratkartoffeln, Pellkartoffeln, Backkartoffeln, Kartoffelbrei, Kartoffelsalat, Kartoffelpuffer, Kartoffelsuppe, Kartoffelkroketten ... ganze Berge könnte er jetzt ... durchfressen könnte er sich, durch Kartoffelgebirge, so hoch wie die Alpen – Mensch! Lehmann! –, schön eingelegten Hering und Zwiebeln dazu oder süßsaure Eier in Senfsoße oder gespickte Gänsebrust mit Weißkohl oder sogar gestopfte Gans, das war so ein herrliches Feiertagsgericht zu Hause in Mahlow, Kreis Belgard-Schivelbein, das bekam man, wenn das Jesuskind auf die Erde kam, vom Himmel hoch, oder wenn es wieder ging, o Haupt voll Blut und Wunden – die Katholischen hier in Bayern haben ihre Fastenzeit, da essen sie nur Fisch oder trinken Bier, aber selbst das ist jetzt Mangelware … oder bloß einfache Salzkartoffeln in Butter geschwenkt, vielleicht so n kleenet bissken frisch jeschnittene Petersilie drüberjestreut und nen klitzekleenen Hering doch noch mit auf den Teller, und denn Butter, aber von der guten selbst jemachten, das ist das Paradies auf Erden, die pommersche Kartoffel, oder besser gesagt, das war das Paradies auf Erden, denn die Militärregierung gibt's und Bayern gibt's auch, samt den Alpen gibt's das, sogar Fisch und Bier gibt's manchmal, wenn auch bloß Thunfisch in Dosen und Dünnbier, aber die pommersche Kartoffel, die gibt's nicht mehr, und Pommern gleich dazu nicht – Mensch! Lehmann! –, *Paragraf 258, Strafvereitelung* … wenn er bloß daran denkt, wie es da zugehen muss, jetzt, wo die Polacken das Haus … *wer absichtlich oder wissentlich ganz oder zum Teil vereitelt, dass ein anderer dem Strafgesetz* … dreinschlagen könnte man, und darf doch nicht … *ebenso wird bestraft, wer absichtlich oder wissentlich die Vollstreckung –*.

Da rutscht ihm mit einem Mal der Zeigefinger auf die Tischplatte und trommelt einen Swingrhythmus auf das Holz, *Somewhere there's music, How faint the tune*, und gleich setzt es einen strafenden Blick von Kriminalhauptkommissar Hölzl, der gegenübersitzt, den *Merkur* von gestern durchblättert und mit Lehmann zusammen die Zeit totschlägt, solange das draußen in der Stadt München keiner mit den Menschen macht. Hölzl trägt einen Schnauzbart sowie eine Ahnung von einem Kugelbauch und steht außerdem im Rang höher als ein Kriminalkommissär auf Probe, der dazu noch Zugereister ist oder besser gesagt: Zugeworfener, also hört Lehmann mit dem Trommeln gleich wieder auf und schaut weg, bloß im Kopf geht's noch weiter, *Somewhere there's heaven, How high the moooon …!* Hölzl ist für seinen Dienstgrad ein bisschen kurz geraten, hätte sicher einen anständigen Oberfeldwebel in der polnischen Etappe abgegeben und redet mit Leuten, die nicht in Bayern geboren sind, nur, wenn er unbedingt muss.

Na, und wenn. Lehmann, der Zugeworfene, sieht zum hundertsten Mal in das Strafgesetzbuch, das auf dem dunkelgrün-fleckigen Linoleum vor ihm aufgeschlagen liegt, und zum hundertsten Mal wieder weg. Der Doppelschreibtisch, an dem sie sich gegenübersitzen, hat samt Anspitzmaschine und Locher irgendwie den Bombenkrieg überlebt, nur die Schreibmaschine ist eine in Ilion im Bundesstaate New York, Vereinigte Staaten von Amerika, hergestellte Remington, und auf dem damit geschriebenen Dienstplan steht Hölzls Name in der Spalte »Kriminalbereitschaft 16.30 Uhr bis 06.00 Uhr« als H-O-E-L-Z-L, weil die Remington natürlich nur das englische Alphabet kennt, und wenn man das als »HO ELZL« liest, klingt es wie ein seltsames, ausgestorbenes Tier oder der Pferdeknecht von Attila, dem Hunnen. Manche Leute haben ja von Haus aus seltsame Namen, zum Beispiel »Salkind«, das Kind des Saales, aber der gute Herr Doktor ist nun mal einer von denjenigen welchen, die meist schwarze Locken tragen, und wenn er mal nur an die Sachen aus der Möhlstraße gedacht hat, soll er heißen, wie er will ... letztes Mal haben sie ihm richtigen französischen Käse mitgeschickt und geräucherten Schinken dazu, irgendwo bei Straßburg über die Grenze gebracht, und dann noch mal aus der Franzosenzone hierher in das Reich der US-Militärregierung und von Jack Lossowitschs Ringverein, da hockt an jeder Grenze einer, der seinen Schnitt machen will – illegaler Zonenübertritt und Schmuggel, das kostet seine Dollars, »Sawbucks« nennen sie die Zehner, also kostet das einen Haufen Sawbucks, aber Lehmann braucht nicht zu zahlen, Lehmann kriegt das gratis ... ist nicht mehr viel los mit Salkind: guter Herr Doktor, schlechte Angewohnheiten, die machen ihn fertig, aber was soll's, den haben vorher schon ganz andere fertiggemacht, die trugen Doppelblitze auf schwarzer Mütze und waren die Edelsten ihrer Rasse ... Kognak ist auch mal mit dabei gewesen, V.S.O.P., und richtiger, echter französischer Rotwein, der aber bitter und irgendwie komisch geschmeckt hat, Lehmann weiß nicht so richtig, wie er das für sich ausdrücken soll – vor dem Krieg hat er ja schon mal französischen Rotwein getrunken, bei *Timm* in Stettin, als er mit Mimi Westendorp den ersten Heimaturlaub feiern war, lange bevor die Sache mit dem Fliegerfeldwebel anfing und überhaupt der ganze Rest, der Wein hat aber damals besser geschmeckt, nicht so nach Holz und Herbstlaub und Katzendreck, so kann man das vielleicht ausdrücken, jedenfalls sollen ihm die Schwarzgelockten demnächst mal lieber einen anständigen deutschen Mosel mitschicken.

Der Anruf kommt gegen Viertel nach sechs.

Wie die Sache aussieht, brauchen sie Gräf vom Erkennungsdienst. Gräf hat aber wegen seiner lungenkranken Frau ausnahmsweise nach Hause gedurft, also greift Hölzl zum Telefonhörer, um ihn dort anzuläuten, und Lehmann nimmt rasch seinen zerbeulten Filzhut von der Garderobe, knöpft das abgewetzte Jackett zu, das er sich '46 vom Roten Kreuz geholt hat, und läuft in den Innenhof des Polizeipräsidiums hinunter, um beim Fahrdienstleiter einen sofortigen Bedarf anzumelden und sich Schlüssel und Papiere für den Gauleiter aushändigen zu lassen. Der Gauleiter ist ein alter Horch Achtzylinder, groß wie ein Schiff und solide wie eine ostpreußische Gutsbesitzerwitwe, der bis April '45 der Dienstwagen der örtlichen Parteileitung war, jetzt aber wegen des allgemeinen Mangels an funktionsfähigen Kraftfahrzeugen im Auftrag des Kommissariats 1, Verbrechen wider das Leben, auf Ganovenjagd geht. Lehmann ist für die heutige Nachtbereitschaft als Fahrer vorgesehen, weil der eigentlich diensthabende Hölzl einen schlimmen Fuß hat und nicht bremsen und Gas geben kann – da könnte er natürlich auch zu Hause in der guten Stube bleiben, sollte man meinen, aber der Mann hat Pflichtgefühl, und einen erfahrenen Polizisten, der seit über zwanzig Jahren tadellos seinen Dienst verrichtet und vor allem nicht in den Krieg gemusst hat und sich in der Heimat zum Kriminalen hochbilden durfte, den kann man im Moment nicht einfach so entbehren und stellt ihm lieber einen Kollegen als Fahrer zur Seite, und zwar einen, der sich sozusagen noch in der Ausbildung befindet … Lehmann hat den Führerschein schon mit siebzehn auf der Landwirtschaftsschule in Schivelbein gemacht, außerdem wird seine Zeit als German Liaison Officer bald abgelaufen sein, und danach, das hat der Kripochef gesagt, soll er auf eine freie Stelle beim K1 kommen, da ist es doch gut, wenn S' dem Kollegen Hölzl schon mal a bisserl über die Schulter schauen können, gell, Herr Lehmann? – Sicher, Herr Oberinspektor.

Die sollen sich außerdem mal nicht so mit ihrem Bayern hier, wo hat das Ganze denn schließlich angefangen, wenn man mal drüber nachdenkt …? Da hätte man noch was unternehmen können, damals, bevor die Sache ins Rollen kam, danach ist es zu spät gewesen, das rollte und rollte und rollte, und jetzt hat es ausgerollt, und Fritz Lehmann aus Mahlow im Kreis Belgard-Schivelbein, Regierungsbezirk Köslin, Provinz Pommern, Land Preußen, Deutsches Reich, kann nicht mehr nach

Hause zurück, denn Pommerland ist abgebrannt, und alle Maikäfer sind ausgeflogen, da fängt man keine bösen Buben mehr in Stettin und auch keine mehr in Polen und keine mehr im Protektorat, keine mehr in Berlin und erst recht keine mehr in Wolhynien in den Sümpfen am Pripjetfluss, wo es Mutterns Fritze schon überall so hingeworfen hat, sondern in der Hauptstadt von Bayern, Amerikanische Zone, Office of Military Government for Bavaria. Das hat wohl der liebe Gott gewollt, wenn's denn überhaupt einer gewollt hat.

Herumgekommen ist Lehmann jedenfalls, und das viel mehr als Hölzl, der die wilden Jahre des deutschen Volkes mit trockenen Socken und kohlenwarmem Hintern an den Bolleröfen von München-Giesing verbracht hat, und mehr auch als der alte Karl Lehmann, der ihn gezeugt hat und bis '45 höchstens mal bis Kolberg gekommen ist und einmal bis Stettin, um seinen Fritz zu besuchen, der dort Polizist geworden war. Sogar über den großen Teich haben sie Lehmann junior geschickt, hin und wieder zurück, und beide Male mit einem umgebauten Navy-Frachter, von denen seinerzeit Dutzende über den Atlantik schipperten, um Soldaten von Ost nach West und umgekehrt zu bringen, mal solche mit Rangabzeichen auf der Uniform, mal solche, denen man sie abgerissen hatte. Und zwischen den beiden Überfahrten ist er im Camp Ruston gewesen, in Louisiana, woanders auch noch, aber an das Camp Ruston erinnert er sich noch am liebsten, weil das dort liegt, wo früher die Flusspiraten geritten sind, und weil er da Baumwollpflücken gelernt hat wie ein richtiger Nigger, aber auch Englisch und Demokratie, *We the People* und *We hold these truths to be* und so weiter und *Franklin Delano Roosevelt's New Deal politics saved the American economy* … Englisch aus Büchern ging nicht so einfach, Englisch von den Wachen und in der Küche dafür wie von selbst, »What's up, hepcat?« und »You should a seen mah baby last night, she like craaazy, man« … So hat er sich die Sprache angeeignet, was für einen Lümmel vom Lande wie ihn keine geringe Leistung ist, aber vor einem Monat hat die Militärverwaltung die Public Safety Officers von den deutschen Polizeistellen abgezogen, was so viel heißt wie: Macht euren Dreck wieder alleine. Ist ja alles abzusehen: Pommern, Schlesien und Ostpreußen überlässt man den Polacken, Mitteldeutschland den Russkis, und Adenauer macht seinen eigenen Laden namens Weststaat auf – mit anderen Worten muss sich Lehmann mit seiner ruhigen Kugel als abgestellter Dolmetscher bei der U. S. Army Criminal Investigation Division, kurz CID, mit Amirevolver und Amikantine und Ami-Coca-Cola und allem Drum und Dran, in Zukunft anderweitig umschauen.

Hölzl lässt auf sich warten, kann ja nicht so schnell mit dem Fuß – muss er sich mal besprechen lassen, die Geschichte. Früher haben so was die Zigeuner gemacht, die aus den Wäldern im Osten kamen, aber die Zigeuner ... na gut, nimmt Lehmann also den Stadtplan aus der Seitentasche; er lebt zwar schon ganze zwei Jahre hier, hat aber nicht die geringste Ahnung, wo der Ort liegt, an dem sie der Meldung zufolge die Leiche gefunden haben – wie soll man sich auch in einer Stadt zurechtfinden, die es gar nicht mehr gibt ...? Der Stadtplan, das Papier riecht noch ganz frisch, verwendet verschiedene Farben: Grau für die Häuser, Weiß für die Straßen, Hellgrün für die Wiesen, Dunkelgrün für den Wald und dann noch Hell- und Dunkelrot für die Stellen, an denen die Flying Fortresses und Lancasters der Stadt einen mal mehr, mal weniger herzlichen Besuch abgestattet haben. Und so sieht die Stadt München auf dem Plan also aus, als gäbe es irgendwo am Marienplatz eine geplatzte Schlagader, aus der sich ein Strom von Blut ergießt über alle ihre Stadtteile und Viertel: Giesing, die Au, Neuhausen, Schwabing, auch über die Maxvorstadt, wo Lehmann selbst in der Schellingstraße ein Zimmer hat, leuchtend rot wie frisches Blut, das von der Lunge kommt, das weiß er vom Schlachten zu Hause im Herbst und auch von anderswoher, und dieses Blut läuft dann über den Stadtplan, über die Häuser in Grau auf die Wiese in Hellgrün und in den Wald in Dunkelgrün, dass die Stadt aussieht wie eine einzige große Schusswunde.

»Den Langwieder See werden S' da net drauf finden ...«

Lehmann zuckt zusammen. Hölzl hat sich irgendwie angeschlichen und den Schlag aufgerissen, jetzt macht er Anstalten, ihm den Stadtplan aus der Hand zu reißen. Die zu kurz geratene Figur und die Ahnung von Kugelbauch stecken in einem speckigen Lodenmantel, und auf dem Kopf sitzt ein Jägerhut mit zerfleddertem Gamsbart, als ob Hölzl der Reichsjägermeister persönlich wäre.

»Des hamma jetzt davon, dass dene Preißn da die Macht übernehmen wollen! Dort müss ma hin, schaugn S'? *Dort*!«

Hölzl windet sich auf dem Beifahrersitz herum und sieht dabei mit seinem Lodenmantel aus wie eine Katze im Sack, oder besser gesagt, wie ein Sack, in dem eine Katze umherspringt. Gleichzeitig haut er mit dem Zeigefinger wie eine Pak Acht-Acht, rat-tat-tat, auf einen Punkt in der Luft neben der Karte, der ungefähr in der Verlängerung der Reichsautobahn nach Stuttgart liegt. Lehmann schweigt und weiß nicht, ob er sich jemals daran gewöhnen wird, dass die hier unten »da« sagen, wenn sie »hier« meinen, und »dort« für »da«. Er nickt aber.

»Aber zuerst bittschön zum Mariahilfplatz, den Kollegen Gräf abholen, der wart scho …«

Die Adresse kennt Lehmann, weil sich am Mariahilfplatz das Strafgericht befindet, also kann er gleich losfahren, oder doch nicht gleich, weil Hölzl erst seine Mantelschöße ins Wageninnere verräumen muss, das sieht dann aus, als ob die Katze von einer Ecke im Sack in die andere springt, weil sie Angst vor dem Wasser hat.

Vor dem Haupteingang des Präsidiums in der Ettstraße parkt ein amerikanischer Jeep, darin sitzt ein schwarzer MP am Steuer, kaut seinen Chewing Gum und guckt ins Leere. Den Blick kennt Lehmann gut, der sagt Mississippi und er sagt Kongo und er sagt *Neger bin ich, geh du weg, verstehst mich nicht, Afrika, dunkel lockender Kontinent, mit Trägern und Askari, heia, heia Safari, die Sklavenkarawane zieht durch den Busch …* noch halbe Raubtiere sind das, gefährlich, aber im Umgang ganz nett, und man will ja auch ihr Freund sein, wie sie sein, die Hüften wiegen zur Niggermusik … im Vorbeifahren sieht er, wie Polizeipräsident Pfitzer mit einem First Lieutenant, oder ist das ein Captain, auf den Stufen zum Haupteingang steht und diskutiert. Dass der Pfitzer dafür extra persönlich aus dem Haus kommt … den Ami kennt Lehmann nicht, was ihn ein bisschen wundert, aber er kann ja auch nicht alle kennen.

Dann fahren sie durch die Stadt, und die sieht von Nahem gar nicht hell- oder dunkelrot aus, sondern eher wie die Ruinen auf den Sammelbildchen in den Zigarettenschachteln, die Onkel Hermann früher in seinem kleinen Laden vorne im Haus der Lehmanns verkauft hat, wenn die Reihe über das alte Rom oder das alte Griechenland ging, aber doch nicht ganz so, nämlich so schön weiß und sauber und edel, sondern eher schwarz und schmutzig und wie verfaulte Zahnstümpfe und auch nicht irgendwie erhaben, wie der Herr Pastor gesagt hätte, sondern als hätte der germanische Donnergott zur Strafe seinen Hammer kreisen und auf das Großdeutsche Reich und seine großmäuligen Anführer herunterkrachen lassen, auf alle, die so laut gebrüllt haben: Arier!!! Herrenrasse!!! Und hinterher hat dann ein großer, glutäugiger Götterhund auf die ganze Bescherung seinen Haufen gesetzt, und keiner hat den Dreck mehr weggemacht.

Man kann also sagen: Durchs wilde Kurdistan oder: Durch die Wüste. Am Marienplatz kommen sie nicht gleich weiter, weil ein amerikanischer Lastwagenkonvoi ihnen den Weg versperrt. Hölzl wirft wütend die Sirene an und brüllt: Platz da!, aber die Sieger von Omaha Beach und Remagen pfeifen sich eins, our country, our city, our street, vamoooose, Krauts …! Lehmann kann sich dann doch durchschlängeln, weil irgend so ein alter Zausel in Lederhosen schnurstracks und ohne nach rechts oder links zu sehen auf seinen Krücken über die Militärstraße humpelt, einen Truck zum Stehen bringt und Lehmann dadurch die Gelegenheit verschafft, durch die Lücke im Konvoi ins Rosental durchzupreschen, von wo aus der Weg über den Viktualienmarkt und am Stadtgefängnis vorbei in die Au und zum Mariahilfplatz führt – unsere Mauern könnt ihr brechen, aber unsere Krüppel nicht, auch ne Variante.

Sein Vater ist aber doch noch woanders gewesen, fällt Lehmann ein, als er den Gauleiter um das Gärtnerplatz-Rondell herumsteuert, im ersten großen Krieg in Rumänien, und mit der Ruhr nach Hause gekommen, hat es immer geheißen, auf irgendeinem Fronturlaub 1917 muss er seinen ältesten Sohn Fritz gezeugt haben, erzählt hat er aber nie, was er in Rumänien so alles erlebt hat. Karl Lehmann ist ein großer, schweigsamer Pommer mit Händen wie Schaufeln und Knochen, so stark wie ein Ackerpferd, der sein ganzes Leben mit harter Arbeit verbracht hat, mit Herrenrasse und Ariern wollte er nichts zu tun haben, denn bei Lehmanns zu Hause wurde bis 1941 jedes Jahr pünktlich am 27. Januar mit Kerzen und Trara Kaisers Geburtstag begangen nach echter Preußenart, und was konnte so ein österreichischer Schreihals schon anstinken gegen fünfhundert Jahre Hohenzollern …? Und so sitzt sein Erzeuger jetzt also mit Mutter Lehmann und Fritzens kleiner Schwester Annemarie auf Rügen im Flüchtlingslager und kommt, wie Annemarie schreibt, um vor Heimweh, aber vielleicht haben sie ja wenigstens pommersche Kartoffeln da oben auf Rügen, das ist ja noch Pommern, wenn auch bloß der vordere Teil, oder sogar pommersche Gänse, die waren ja überhaupt das Beste an Pommern vor dem Krieg, sogar die Kollegen aus Berlin kannten die und sprachen mit Hochachtung und Zungenschnalzen und Sehnsucht im Blick von der Weihnachtsgans, die ihre Mutter früher jedes Jahr in irgendeiner Markthalle in Friedrichshain beim pommerschen Gänse-Emil gekauft hatte. Selber eine geschlachtet hatten die natürlich noch nie, das waren ja alles Stadtmenschen – zu Hause auf dem Hof in Mahlow, da war das anders, da musste immer eines von den Kindern die Beine halten, im Herbst, wenn der Wind pfiff, während Muttern die Todgeweihte am Hals packte und ihr mit dem Holzscheit eins überzog, dann suchte sie die Kuhle hinten am Kopf, wo bei der Gans die Schlagader entlanggeht, die wurde dann aufgeschnitten, dass das Blut in hohem Bogen herausspritzte, zuerst hellrot und blasig und dampfend, von der Lunge eben, später aber dunkelrot, fast schwarz, da fehlt der Sauerstoff, hat man Lehmann später erklärt beim Sanitätslehrgang, und dann wehrten sich die zwanzig Pfund Gans noch mal mit aller Gewalt, dass man Last hatte, das Biest festzuhalten, und man musste auch mit dem Blut aufpassen, das sollte ja möglichst alles in die Schüssel unten auf dem Boden laufen, wo dann Essig drankam wegen der Gerinnung, und am Ende blieb die ganze Chose über Nacht in der Kälte stehen und kam am nächsten Tag als Schwarzsauer auf den Tisch, schokoladenbraun und süßsauer, auch dampfend, aber aus anderen Gründen, mit Rosinen, Kartoffeln und Gänseklein, von dem besonders die Leber so gut schmeckte, und wenn die Gänse überhaupt das Beste waren an Pommern, dann war Schwarzsauer mit Rosinen, Kartoffeln und Gänseklein vom Besten noch mal das Allerbeste.

Sie laden schließlich Gräf ein, der schon vor seinem Haus neben der backsteinroten, irgendwie unpassend norddeutsch aussehenden Ruine der Mariahilfkirche wartet. Dann steuert Lehmann den Gauleiter rasch über die Isar zurück und zum Bahnhof, von wo aus die Arnulfstraße in Richtung Schloss Nymphenburg und Stuttgarter Reichsautobahn führt.

Hölzl und Gräf heißen mit Vornamen Anton und Robert und kennen sich von der Polizeischule. Wie man an dem sogleich einsetzenden Gespräch merkt, ist der eine für die Bayern, der andere für die Sechzger, und wie man ebenfalls merkt, sind beide Mitglied der Bayernpartei, deren Vorsitzender ein Kollege vom K3, Diebstahl und andere Verbrechen, ist und die unter den Polizeibeamten viel Zulauf hat. Die Bayernpartei tritt in ihren Statuten für eine Entpreußifizierung ihres Heimatlandes ein und hat neulich bei den Kreistagswahlen immerhin sechs Prozent der Stimmen bekommen – Lehmann mit seinen Kaisergeburtstag feiernden Preußeneltern kann sich also noch auf allerhand gefasst machen. Er bleibt aber ganz ruhig und denkt sich seinen Teil, viel ändern kann er an seiner Lage sowieso nicht. Außerdem hat er wieder ganz von vorne anfangen müssen, als Kommissär, was früher der Sekretär gewesen ist, aber den haben die Amis abgeschafft, wer weiß, warum, wo doch jetzt jeder den Rang mit dem richtigen Kommissar verwechselt – aber wer ganz unten anfängt, hat noch alles vor sich, und deshalb lernt Lehmann jetzt auch das Strafgesetzbuch, was ihm so wenig in die Wiege gelegt worden ist wie die englische Sprache, damals in Stettin vor zwölf Jahren war man eben sportlich und zackig und kam vom Land und wurde Polizist. Und dann hat noch in seiner, Lehmanns, Polizeischule auf einer Tafel gestanden: »Das erste Vorrecht des deutschen Mannes ist das Tragen einer Waffe«, das kam gut an bei den Frauen … Mensch! Lehmann! Wenn man vorankommen will im Leben, darf man nicht nach hinten schauen, es sind jetzt viele Stellen bei den Kriminalen frei, weil die alten Parteigenossen alle von den Amis abgesägt worden sind, die haben vor die Spruchkammer gemusst und Beamtenverbot bekommen, da geht man doch nicht in Uniform und setzt sich ins Revier und muss den ganzen Tag bayerisch reden, schließlich hat schon der olle Jastrow damals zu ihm gesagt: Fritz, du bist mir zu schade fürs Streifegehen, du wirst mir Kriminaler, bloß dass Jastrow dann sein Soldatengrab gekriegt hat in den Sümpfen am Pripjetfluss, wo er heute noch vor sich hinfault. Friede deiner Seele, Kamerad, du hattest wenigstens eine … ein kleines bisschen Seele hat aber auch Gräf, der zwischendurch freundlicherweise das Wort an den Kollegen Lehmann richtet.

»Herr Lehmann, Sie hören jetzt bittschön nicht zu, wenn ich da meinen Schmarrn red, gell …?«

»Schmarrn redst sowieso, Robert …«

»Aber an boarischer Schmarrn is, koa preißischer …!«

»So is …!«

Und die beiden lachen sich halb tot.

Bayernpartei! In Amerika wählen sie ihre Abgeordneten direkt, hat man Lehmann beigebracht, Camp Ruston, *We the People* und *Bail that cotton* und *English for POWs*, da würden so sechs Prozent gleich untergehen, aber hier in Deutschland … Gräf hat eine Judennase, war genauso wenig im Krieg wie Hölzl und redet so seltsam hochdeutsch mit ihm, wie die hier unten eben reden, wenn sie sich bemühen.

»Un*ß*er arm*es* Münch*en* ist doch viel zu klein, um all die Norddeutsch*en*…«

An Bremen hätte er mal denken sollen, das ist amerikanische Zone, aber trotzdem norddeutsch, da würde ihm sogar das Demokratiezertifikat etwas nützen, das er im Camp Ruston, das auch »Antifa Compound« genannt wurde, erworben hat, und seine Schwester Magda ist ja schon in der Gegend, aber Bremen soll noch schlimmer zerstört sein als München oder andere Städte, und als ihn die Amis hier unten entlassen haben, hat er sich umgeschaut und gedacht: Irgendwo muss ich ja bleiben.

Toni und Robert sind aber spätestens am Marsfeld wieder beim Fußball angekommen und weg von ihrem freien Bayern in einem freien Europa, was damit zusammenhängt, dass demnächst Derby ist, also Sechzger gegen Bayern, da haben beide schon Karten gekauft und hauen sich gegenseitig um die Ohren, wer dem anderen zeigen wird, wo der Bartel den Most holt. Lehmann kann da beruhigt weghören, schließlich ist er alter Boxer, Polizeimeister im Halbschwergewicht der Provinz Pommern von 1939, und wenn man da einen Funken Ehre im Leib hat, hält man sich für den Rest des Lebens nicht mit solchen Dummejungensportarten auf.

Die Arnulfstraße gehen lauter Leute stadtauswärts, die von der Arbeit kommen und sich die Elektrische nicht leisten können, Trambahn sagen sie hier dafür, was auch so ein komisches Wort ist.

Das mit dem Boxen hat ernsthaft '36 angefangen, als er in die Polizeihundertschaft eingetreten war und Schmeling Joe Louis in der zwölften Runde zu Boden gestreckt hatte, »I have seen something«, hat Maxe vorher gesagt, er hatte auch wirklich was gesehen, einen Fehler in der Deckung, den Louis von Zeit zu Zeit machte, aber das hat Lehmann erst später verstanden … »What a right hand!«, haben sie dann in Amerika geschrien, und das sind, im Nachhinein betrachtet, Lehmanns erste englische Sätze gewesen, »I have seen something« und »What a right hand!«. Sogar im Krieg wurden noch Kämpfe organisiert, weil ja die Wehrkraft gestärkt werden musste, und er hat weitergekämpft, jedenfalls bis Wolhynien, bis zum Wald von Sarny, an den er jetzt aber nicht denken will.

Weiter nach Westen werden die Fußgänger weniger, aber jetzt versuchen ein paar, mitgenommen zu werden, was natürlich nicht möglich ist, wenn man im Dienstwagen unterwegs ist und zu einem Leichenfundort fährt – wie die wohl aussieht, im Wasser soll sie liegen, bestimmt ganz aufgeschwemmt und bleich, Lehmann weiß es nicht, er hat schon so viele Leichen gesehen im Leben, aber keine davon war eine Wasserleiche.

Mit dem Fußball ist dann auch Schluss, und Gräf kümmert sich wieder um den Zugeworfenen aus Pommern:

»Und, Herr Kollege, die Frauen – sanft und willig?«

Lehmann seufzt innerlich auf.

»Ach was, kratzbürstig und verschnupft wie immer, wissense doch …«

»Hoho, hörst des, Toni, dieser Schlawiner …!«

Er mag solche Fragen nicht, hört sie allerdings öfter, weil er nicht verheiratet oder verlobt ist, die meisten anderen aber schon, weswegen dann alle denken: Na, so einem ist nicht zu trauen. Aber sie denken eben auch: Der haut noch mal so richtig auf die Pauke, wo es doch Frauenüberschuss gibt und lauter Strohwitwen von ehemaligen Obergefreiten und Unterfeldwebeln, die noch im Reiche des großen Genossen Stalin die Eisenbahnen und Brücken wieder zusammenflicken dürfen, die sie vorher kaputtgeschossen haben. Dabei wissen die Kriminalen meistens von reinweg gar nix, von denen war im Osten höchstens mal einer bei der Verwaltung, und die Ordnungspolizei, das war keine Verwaltung, die stand mitten im Leben, »chléb« heißt »Brot«, »kurva« heißt »Nutte« … und jetzt jeden Tag die Käuflichen am Stachus vor der Nase, die reine Versuchung und Sünde, wie der Pastor gesagt hätte, jedenfalls denken alle, wenn einer nicht verheiratet ist, dann macht der so was eben – man watt ol as en Kau, und lehrt immer wat datau, säd de oll Fru, do lehrde sei't Hexen.

Lehmann lacht in sich hinein, weil er zu Hause ungern Pommernplatt geredet hat, das war was für die alten Bauern, und er wollte doch noch nicht mal ein junger Bauer sein, aber jetzt fallen ihm dauernd solche Lebensweisheiten ein, die die Arbeiter auf dem Lehrhof in Köslin von sich gegeben haben … Toni und Robert wissen bestimmt nicht mal, wo Köslin und Schivelbein und Mahlow und ganz Hinterpommern liegen, da oben bei den Preußen eben, an einem Meer, das Ostsee heißt und eines der beiden deutschen Meere ist, für die Leute hier unten aber genauso gut ein Teil Sibiriens sein könnte. Und jetzt müssen sie es nicht mehr wissen, der Pole hat schon deutlich gemacht, dass er sich seine Beute nicht mehr aus den Klauen reißen lassen wird, und Familie Lehmann hinausgeworfen wie alle anderen deutschen Familien auch. Mutter und Vater und die kleine Annemarie sind Flüchtlinge, und er kann ihnen nicht mal helfen, weil sie in der Sowjetzone sind, wenn man's genau nimmt also wirklich in Sibirien.

Die Fahrt zieht sich dann noch mal in die Länge, weil sie am Nymphenburger Schloss an denselben Militärkonvoi geraten, der ihnen schon am Marienplatz in die Quere gekommen ist. Man sieht das an den taktischen Zeichen hinten rechts an den Fahrzeugen, Lehmann kennt sich aus: Die Lastwagen sind von der 86th Composite Group in Neubiberg, wahrscheinlich auf dem Weg zum Fliegerhorst in Landsberg, das ist die Richtung nach Stuttgart … vielleicht gibt es ja Kartoffeln und Gänse auch bei Magda, die bei einer alten Freundin aus Stettiner Tagen in der Nähe Bremens untergekommen ist … wenn Mutter beim Schlachten die Beine und den Kopf abgehackt hat, wurde gerupft und ausgenommen, und dann haben sie ein großes Strohfeuer im Hof gemacht, um die Stoppeln abzusengen, ganz schwarz waren die Viecher dann und mussten erst gewaschen werden, bevor sie auf den Küchentisch kamen oder zu der Privatkundschaft in Schivelbein, die ihnen Eier und mal einen Hasen und jeden Herbst die Gänse abgenommen hat. Ob die noch leben? Schivelbein soll es ja schwer erwischt haben, noch ganz am Schluss, als die Rote Armee kam … das ist der Krieg, der ist auf sie selbst zurückgekommen, und Lehmann war in diesem Krieg und hat viel nachgedacht im Camp Ruston und anderswo und dann endlich auch verstanden, warum sein Vater über Rumänien und den ersten großen Krieg nie ein Wort verloren hat.

Gegen sieben kommen sie endlich an den Kreisverkehr in Obermenzing, wo die Reichsautobahn beginnt. Jetzt dirigiert Hölzl: Erst müssen sie ein Stück die Autobahn hinaus, jetzt drücken S' schon aufs Gas, Herr Kollege, an dene Amerikaner vorbei, und ja doch, das geht gut …! Der Gauleiter hat immer noch so seine hundertfuffzig Pferdestärken unter der Haube, die wussten damals eben, was gut war, hundertfuffzig schafft er auch km/h-mäßig noch, da könnense gucken, die Herren aus den

USA, als sie an den Air-Force-Trucks vorbeirauschen ... Überholspur und Gas geben, da fliegt die alte Dame Horch nur so dahin, kein Schiff mehr und keine Gutsbesitzerwitwe, eher schon eine Messerschmitt mit Lilian Harvey am Steuer ...! Aber dann, gerade als es so richtig Spaß macht, muss Lehmann schon wieder langsamer fahren, um nicht am Ziel der Reise vorbeizuschießen. Rechts voraus taucht ein kleiner Damm auf, den man am Rande der Autobahn aus Kies und Erde aufgeschüttet hat, und das kann noch nicht allzu lange her sein, denn noch hat kein Grashalm oder Strauch Zeit gefunden, darauf Wurzeln zu schlagen.

»Da rauf?«

Hölzl und Gräf sehen sich kurz fragend an, nicken dann aber. Lehmann bremst also und fährt langsam den Straßenrand ab, bis er eine Stelle gefunden hat, die ein bisschen stabiler aussieht und auch flacher ist. Dort steuert er den Gauleiter dann vorsichtig die Dammkrone hinauf und hält oben an. Ein Baggersee liegt vor ihnen, der sich etwa einen Kilometer lang und einen halben breit hinter dem Damm an der Autobahn entlang erstreckt. Linker Hand sind Bagger, Bauwagen und Lkw auszumachen, wahrscheinlich wird dort noch Kies gefördert. Rechts ab liegen ein paar flache Holzbaracken, vor denen Wäscheleinen flattern und in Lumpen gehüllte Kinder spielen, und auf halbem Weg zwischen den Baumaschinen und dem Lager, am Nordostufer des Sees, stehen zwei blau uniformierte Wachtmeister der Stadtpolizei neben ihren Fahrrädern und halten einen Haufen ebenso zerlumpter Erwachsener davon ab, sich an das dort steil abfallende Seeufer zu drängen.

Einer der beiden Uniformierten, »Schandi« sagt man hier unten, winkt ihnen zu, und Lehmann fährt wieder an und den Damm ebenso vorsichtig hinunter, wie er hochgekommen ist. Jetzt wäre natürlich ein Jeep das Richtige, die Amis haben ja auch so ihre Stärken, zwokommazwo Liter, sechzig PS, Allrad, von Willys-Overland in Toledo/Ohio, schon ein anderes Kaliber als zum Beispiel so ein VW Kübel, der eigentlich KdF-Wagen hätte werden sollen und dann im russischen Schlamm stecken geblieben ist, am Ende ging nur noch der Rückwärtsgang ... Bis zum Seeufer sind es noch gut hundert Meter, die im Kriechtempo zurückgelegt werden müssen, weil der Gauleiter ins Schwanken und Rutschen gerät, jetzt fährt er sich wieder wie ein Schiff, aber wie eines auf hoher See im Sturm. Schließlich sind sie am Ziel, steigen aus, der winkende Schandi kommt ihnen gleich entgegen, baut sich vor Hölzl auf und macht Männchen, bestimmt auch ein alter OrPo-Mann, so einer riecht den kommandierenden Offizier auf hundert Meter gegen den Wind.

»Sicherheitsinspektor Grasmeier vom Z 31 Aubing, dort hinten liegt s'!«

Er zeigt auf das Seeufer, wo sein Kollege steht. Dieser wiederum zeigt nach unten. Man sieht aber gar nichts, weil es hinter der Bruchkante aus Kies und Erde zwei, drei Meter steil abwärtsgeht, und irgendwo dort unten muss wohl die Leiche liegen.

Hölzl nickt in Richtung der Gaffer.

»Und wo san die her?«

Grasmeier zeigt auf die Baracken und salutiert noch mal – Dämlack, is doch Demokratie jetzt, musste nich mehr immerzu Männchen bauen …

»Des is des Barackenlager von derer Baufirma, die da am See ihren Bauhof hat, Paszensky & Grandler. Von dene ihre Arbeiter hat s' oaner g'funden. Und den Rest von derer Belegschaft, den sehen S' da stehen!«

Lehmann hat schon in die gierigen Gesichter geschaut, und es hat ihn geschüttelt. Da haben die Leute nun alles gesehen, Leichen auf dem Vormarsch, Leichen im Schützengraben, Leichen auf dem Rückzug, Leichen in den Bombentrümmern zu Hause, Leichen im Lazarett und am Ende, was man so hört, Leichen in jedem Straßengraben: Männlein, Weiblein, Kindlein, egal von welcher Nation und von welcher Rasse – aber wenn dann mal so eine einzelne Leiche in der Nachbarschaft liegt …

Hölzl brummelt sich was in den Bart und geht voraus ans Ufer, Lehmann und Gräf immer im Schlepptau. Schmale, unrasierte Gesichter haben die Männer, die dünnen Arme vor dem bisschen Leib verschränkt, dabei kriegen sie Schwerarbeiterzulage, wenn sie auf dem Bau arbeiten. Das zugehörige Weibszeug sieht auch nicht viel besser aus, da hängt alles bloß noch … Strandgut sagt man wohl zu so was, aber Lehmann ist auch Strandgut, bloß dass er noch den guten Doktor Salkind mit seinen Fresspaketen aus der Möhlstraße hat, und passieren muss auch bald mal was, sonst gehen sie sich noch alle gegenseitig an die Gurgel.

Oben an der Bruchkante bleiben die Polizisten stehen. Man sieht auch von hier aus nicht gleich, warum man sie gerufen hat, weil unten lauter Schutt herumliegt, morsche Bretter, welkes Laub vom letzten

Herbst, Blechdosen, eine Art schwarze Schlacke, vielleicht Asche von den Öfen in den Baracken, große Steine, Kies, Zweige – hier laden wohl die Leute aus dem Lager ihren Abfall ab, auch die Baufirma, und die Natur tut dann das ihrige hinzu. Einen dritten Schandi vom Aubinger Revier gibt es auch noch, der zeigt mit dem Finger auf etwas, das man in dem ganzen Wirrwarr schließlich doch noch entdeckt: so ein Bündel, so was in Leinen Eingeschnürtes, Eingesacktes, etwa einen Meter lang und einen halben breit, und oben ist das Bündel offen, man sieht es rötlich oder gelblich hochschimmern oder auch grünlich oder weißlich, heute ist es bewölkt, außerdem dämmert es schon langsam, da kann man die Farben nicht mehr so gut erkennen.

Sie schauen eine Weile, dann zieht Hölzl eine Schnute, wie man hier unten eher nicht sagt, und dreht sich um.

»Ja mei, dann werd i mal den Finder verhören, und ihr zwei schaugts mir nach unten, gell? Herr Lehmann, Sie helfen dem Kollegen a bisserl?«

Lehmann nickt, helf ich dem Kollegen a bisserl, und steigt mit Gräf das Ufer hinunter oder rutscht vielmehr so halb, weil das alles ja nur ein Kiesabbruch ist, von nichts zusammengehalten und ohne festen Boden darunter. Von oben hört man noch Hölzl einen der Wachtmeister ins Revier schicken, alle verfügbaren Kräfte aus Aubing hierher, um das Ufer abzugehen, bald wird's dunkel …! Dann sind sie mit dem Bündel und dem dritten Schandi allein.

Lehmann wartet ab und weiß nicht, was er tun soll. Zuerst muss er aber auch gar nichts tun, denn Gräf packt seine große, alte Agfa aus, die auch schon bessere Zeiten fotografiert hat, und macht ein paar Aufnahmen vom See und von dem Bündel vor ihnen. Das Frühjahr war eigentlich zu warm, und auch der Winter war nicht so schlimm wie der vorige, bei dem man Angst haben musste, dass die Wölfe zurückkommen würden – sogar dieses Jahr hat es einen Wolf gegeben, oben an der Weser, so hat es in der Zeitung gestanden, der musste einen langen Weg gekommen sein vom großen weiten Gräberfeld namens Russland bis ins norddeutsche Flachland –, in den letzten Tagen hat sich das Wetter aber ins Gegenteil verkehrt, kalt und regnerisch ist es und windig, hoffentlich zieht sich das nicht bis in den Mai hinein, und hier draußen ist die Landschaft wie abgefräst: kein Busch, kein Baum, der ein bisschen Schutz bieten würde … von Nahem sieht man, dass da etwas ganz Besonderes in den schmutzigen Leinensackfetzen drinstecken muss, einer davon ist fast noch ein ganzer Sack, wie zum Katzenersäufen, der hat eine Aufschrift, von der man aber nur »US Army« lesen kann, und was da drinsteckt, das ist keine Katze.

Der Schandi sagt erst nichts, aber Lehmann nickt mal so auf Unteroffiziersart, wie er das bei der Ordnungspolizei des Deutschen Reiches gelernt hat, und kriegt ihn damit auch gleich zum Reden: Einer der Bauarbeiter habe das Bündel unter einem morschen Brett gefunden und einen Riss im Sack aus Neugier weiter aufgemacht, dann will er aber gleich zum Lagerleiter hoch sein, und der habe schließlich im Revier Alarm geschlagen. Ob der Bauarbeiter denn glauwürdig wirkt, will Lehmann weiterfragen, aber Gräf ist jetzt fertig mit den Fotos, nimmt ein Skalpell aus seinem Instrumentenkoffer und macht sich daran, den Riss ganz aufzuschneiden, da sagt Lehmann nichts weiter und fasst sich schnell an den Hut, als ob er ihn abnehmen will, lässt die Hand dann aber doch wieder fallen, weil das ja ein Unsinn ist, wo das doch schon in einem derartigen Zustand ist, was man da so halbwegs sehen kann. Und schließlich beugt er sich hinunter und geht Gräf zur Hand und hilft ihm a bisserl und zieht die Leinensackfetzen, die oben gar nicht nass sind, mit zur Seite. Mehr und mehr Menschenhaut kommt zum Vorschein, leicht gebräunt an der Stelle, wo der Riss in dem großen Sack gewesen ist, dann so eine Art kleine Huckel, wohl die Wirbel von einem Rückgrat. Das ist also der Rücken von einem, der mal einer gewesen ist, oder auch eine … bloß wenn man sich vorstellt, wie denn der Rücken da weitergehen soll, da fehlt was, oben wie unten.

Jetzt nimmt Lehmann den Hut doch ab, setzt ihn aber gleich wieder auf und schiebt ihn in den Nacken, wie das die amerikanischen Polizisten im Kino zu tun pflegen. Beine und Kopf fehlen also, die hat jemand einfach so abgeschnitten wie Mutter Lehmann beim Gänseschlachten, bloß nicht so ruck-zuck-weg-damit, sondern, jedenfalls auf den ersten Blick, fein säuberlich und genau da, wo man es machen muss, am Hals über dem Kehlkopf und an der Hüfte bei den Gelenkschalen, auch das kennt Lehmann von zu Hause, vom Hausschlachter auf dem Vorwerk, wenn der ein Schwein beim Wickel hatte – da hat sich jedenfalls einer gut ausgekannt, das kann man sagen … links unten gucken die Arme raus, auch komisch, die Hände sind nämlich noch dran, lang und schmal sind die, wie bei jemandem, der Klavier spielt oder Chirurg ist, und außerdem gefesselt mit einem dünnen Seil, von der Art, die man zum Anbinden von Vieh nehmen könnte, so was hat in Mahlow in jedem Stall gehangen, und da begreift Lehmann, warum die Leute so gaffen müssen, die ahnen wohl was, weil ja ein Erschossener im Schützengraben auch nichts Aufregendes mehr ist nach dem zehnten Mal und geplatzte Gedärme im Sperrfeuer geplatzte Gedärme sind und verkohlte Leichen nach dem Fliegerangriff verkohlte Leichen, Krieg eben. Aber das hier, das macht einem Angst.

Gräf gibt ihm ein Paar Ersatzhandschuhe aus dem Koffer, und gemeinsam heben sie den Torso an und legen ihn seitlich wieder ab. Als Unterlage kommt dabei ein zweiter Leinensack zum Vorschein, Reste nur noch, zerrissen und schwarz vor Kohlenstaub, außerdem ein Stück Plane von einem Zelt oder einem Lkw-Verdeck, ein paar Windungen Draht und ein langes Stück Isolierband, um das Ganze zusammenzuhalten – mal schnell so eben und weg damit ... komisch, mit dem Abtrennen kennt derjenige welcher sich aus und hat sich Zeit genommen, aber mit dem Wegmachen, da hat er es dann eilig gehabt oder keine Ahnung. Gräf nimmt einen dünnen Ast und stochert damit im Schutt und in dem welken Laub und der Asche herum, findet aber nichts weiter von Bedeutung.

Schließlich zuckt der Erkennungsdienstler mit den Achseln, nickt Lehmann und dem Schandi zu, und dann bringen sie alle zusammen den Leichenrest vorsichtig über den abrutschenden Kies nach oben, was gleich wieder die Gaffer in Unruhe bringt, aber Hölzl steht schon bereit und macht jetzt wirklich den Kommandierenden, passt's mal a bisserl auf da ...! Die Schandis spuren und halten die Arbeiter in Schach, damit sie nicht aufdringlich werden und sich auf die Fundsache stürzen, die aber so geschickt zwischen dem Gauleiter und der Uferkante auf den Boden gelegt wird, dass sie vor neugierigen Blicken vorerst verborgen bleibt, bloß Hölzl und Lehmann und Gräfs Agfa dürfen neugierig sein, denn jetzt liegt das auf dem Rücken, das einmal etwas gewesen ist, und man kann neue Entdeckungen machen mit den Augen und mit dem Fotoapparat. Lehmanns Hand geht wieder an den Hut, und dieses Mal nimmt er ihn ganz ab und behält ihn unten. Die Vorderseite muss einige Zeit im Wasser gelegen haben, ist tatsächlich schon ganz aufgequollen, genau wie er sich das vorhin gedacht hat, und blass-weiß wie ein Stück Hinterschinken nach ein paar Wochen im Salzstein, aber man kann doch den feinen Strich zwischen den Beinstümpfen sehen, um den herum sich dünnes Haar kräuselt, und auch etwas wie zwei flache Beutel über dem Brustkorb, das ist eine Frau gewesen. Ihre Arme ragen starr nach oben, und man kann die Fessel jetzt besser sehen: einfacher Schlag mit Schleife, als hätte sich jemand die Schuhe zugebunden. Vom Land ist der nicht gekommen und von der christlichen Seefahrt auch nicht, da würde man mit einem derartigen Knoten ausgelacht, und dumm ist es noch dazu, denn die Hände sind ja noch ganz, da kann Gräf Abdrücke nehmen und ins Zentralregister gehen ... die Finger haben sich verkrampft, vielleicht im Todeskampf – wie die wohl ausgesehen hat ... sieht man ja nicht mehr, weil der Kopf fehlt, ganz junges Mädchen sicher, bestimmt noch keine Kinder gehabt, schmale Hüften, kleiner Busen, fett war sie auch nicht, aber fett ist ja keiner heutzutage, es sei denn, er macht in Schiebung und kann fressen, was er will ... Lehmann nimmt sich zusammen: der Reihe nach vorgehen und Konzentration, so hat es ihm der olle Jastrow beigebracht im Sommer '39 in Stettin, als er wirklich angefangen hat, wie Polente zu denken und nicht wie ein Bauernlümmel, der Karnickel jagt – sich in den oder die Täter hineinversetzen und auch in die Opfer, sich reinträumen in das, was passiert sein könnte, Methode Jastrow nennt er das für sich. Ob sie schon Männer gehabt hat, viele Männer, den einen Einzigen? Vielleicht wäre er ja der eine Einzige gewesen und sie die Frau, auf die er seit sechs Jahren wartet, denn die Kollegen können denken, was sie wollen, die Wahrheit ist, dass er seit sechs Jahren keine gehabt hat, wundern würden die sich, seit sechs Jahren, seit Wolhynien, seit den Sümpfen am Pripjetfluss, seit dem Wald von Sarny, an den er nicht mehr denken will und doch immer wieder denken muss ... nicht, dass er es nicht versucht hätte, Gelegenheiten hat es schon gegeben, mehr als genug, aber es geht nicht mehr. Wenn er reinsoll, wird ihm das Ding wieder weich, geht nur noch, wenn er es sich selber macht, kann man sich aber auch dran gewöhnen ... und alles nur, weil er nicht mit den Händen in der Erde wühlen wollte wie sein Vater und sein Großvater und sein Urgroßvater und sonst wer vor ihm, aber dann kam der Krieg, und es sind Dinge geschehen, die man zu Hause niemandem erzählen kann.

»Herr Kollege, san S' so guat ...!«

Lehmann fährt hoch und sieht einen Moment lang Hölzl direkt an, und der erschrickt daraufhin regelrecht und guckt wieder weg, weil er irgendwas in Lehmanns Augen gesehen hat wie Schmeling bei Louis, *I have seen something*. Der Hauptkommissar fängt sich aber gleich wieder und nickt in Richtung eines Arbeiters, der abseits der anderen steht und besonders lange Stielaugen macht.

»Des is ... äh, der Herr Frank, der s' g'funden hat. Wann S' bittschön die Aussagn no amal aufnehmen kannten. I hob mei Notizbuch net dabei, und des is a Preiß, den verstehen S' eh besser als i.«

Soso, Notizbuch vergessen ... und dann dieser schmierige Münchner Dialekt, immer »bittschön« und »gell«. Ist ja trotzdem ein Befehl, da ist einem die alte Zackigkeit doch lieber: Jawoll, Herr Hauptmann! Aber immer, Herr Oberleutnant! Vorgesetzter ist eben Vorgesetzter ... Lehmann nickt aber bloß, nach groß Reden ist ihm nicht zumute. Dann zieht er sein Merkheft aus der Tasche und geht zu dem Arbeiter. Hölzl steigt in der Zwischenzeit zusammen mit Gräf ans Seeufer hinunter.

Besagter Herr Frank ist unter den dürren Heringen ein besonders dürrer mit einer alten Feldmütze auf dem anscheinend kahl rasierten Kopf – die Laus ist der natürliche Feind des Menschen – und einer noch älteren, über die abfallenden Schultern gehängten Uniformjacke, man kann noch sehen, wo früher die Rangabzeichen aufgenäht waren. Ist wohl nur kurz in Gefangenschaft gewesen, oder zumindest nicht bei den Amis, die gaben einem ja was Neues zum Anziehen, mit »PW« hinten drauf für »Prisoner of War«, aber wie der wohl auf den Bau gekommen ist bei der Statur ...? Was Besonderes ist er allerdings auch nicht, Strandgut eben, zugeworfen, davon finden sich ganze Völkerscharen an den Rändern der Stadt.

»Sie haben die Leiche gefunden?«

Franks Gesicht geht auf wie die Frühlingssonne, und er streckt Lehmann gleich die Hand entgegen.

»Frank, ja. Na, Mensch, Sie sind aber ooch keen Bayer, wa?«

Lehmann nimmt die Hand und drückt sie kurz. Sie ist schmutzig, eine Arbeiterhand.

»Nee, aus Hinterpommern. Lehmann. Und wo sind Sie her?«

Frank spricht langsam, als ob er sich bei jedem Wort anstrengen muss.

»Schwerin, aber nich det in Mecklenburg, sondern det an der Warthe, wa, Provinz Posen. War Schweizer jewesen aufen Gutshof, wissense, na ja, denn natürlich ab in Kriech. Hatte det Glück, det ick Ordonnanz war und am Schluss hier in Bad Reichenhall beim OKW, da hammwa uns denn von den Herren mit der anderen Feldpostnummer eben mal überrollen lassen, wa. Und nu bin ick hier und fahr Lkw, wat soll man machen.«

Lehmann stellt sich vor, dass von dem Dreck an der Hand etwas an ihm hängen geblieben ist, und wünscht sich ein Stück Seife und ein Waschbecken … und überhaupt, Provinz Posen – das hat ja schon damals halb in Polen gelegen.

»Na ja, jetzt erzählense mir das aber noch mal mit der Leiche …«

Frank nimmt seine Mütze ab und kratzt sich am Kopf: tatsächlich, ganz kahl. Lehmann spürt beinahe was über seinen Handrücken kribbeln.

»Tja, wie soll ick mir da ausdrücken …? Det fing damit an, diss meine Frau«, und er zeigt dabei auf eins von den hohläugigen Weibern hinten in der Menge der Gaffer, das eine zerrissene Küchenschürze und ein Kind auf dem Arm trägt, »rumjemault hat wegen Feuerholz, wissense. Is ja noch mal ordentlich kalt jeworden, und die Kleene friert und so weiter und –«

»Die Asche da unten am Ufer, kommt die vom Lager?«

»Na klar, wa. Da wird ooch immer Bauschutt abjeladen, diswejen bin ick da ja hin.«

»Haben Sie selbst diesen Bauschutt abgeladen mit Ihrem Lkw?«

Lehmann bemüht sich, hochdeutsch zu reden. In Pommern hat man auch immer »abjeladen« gesagt und »rumjemault«, jedenfalls die Alten, die noch Pommernplatt sprachen. Aber wenn er auch in letzter Zeit oft an die Weisheiten vom Lehrhof denken muss, braucht ja nicht gleich jeder zu wissen, dass er zwischen Misthaufen und Gänsewiese groß geworden ist.

»Nee, ick fahr immer Kies Richtung Allach, wissense. Dahin, wo die Schienen neu jelegt werden. Har ick aber Ihrem Kollegen schon allet anjejeben …«

Die Frühlingssonne in Franks Gesicht hat sich ein bisschen verzogen, vielleicht merkt er ja, dass man ihn nicht leiden kann … Lehmann nimmt sich also zusammen und redet ein bisschen mehr in Richtung Berlinerisch, was er sich beim Dienst '41/42 in der Reichshauptstadt angewöhnt hat. Immer schön aufpassen und den richtigen Ton treffen, das gehört auch zur Methode Jastrow.

»Sicher, sicher, is ja auch bloß fürs Protokoll. Sie wissen ja, wie det ist … erzählense mal weiter!«

»Ach so, na ja, wo war ick stehen jeblieben? Ach so, ick also zum See, und da seh ick ooch schon det Brett und denk mir, Mensch Meier, da musste ja nich lange mehr kieken, det reicht mal fürs Erste, det war nämlich en großet Brett, wa?«

Lehmann denkt sich: Hab ich da gerade unten ein großes Brett gesehen? Er nickt aber bloß kurz, erst mal weiter im Text …

»Na ja, ick wollte det Ihr'm Kollejen nich so deutlich sagen. Ick weeß ooch nich, ob det ins Protokoll muss, jedenfalls so unbedingt …?«

Lehmann nickt bloß wieder leicht. Frank kommt ein Stück näher und wird vertraulich.

»Wissense, ick hab ja nüscht jegen die hier, aber … man is eben nich bei sich zu Hause, wa?«

»Allerdings …!«

Lehmann will sich schnell die Hand vor den Mund halten, aber da ist ihm sozusagen der Brustton der Überzeugung schon herausgerutscht, und dann so einem gegenüber …! Andererseits hat er damit, ohne es zu wollen, genau den richtigen Ton getroffen, denn schon scheint die Frühlingssonne in Franks Gesicht wieder hell und freundlich.

»Na, sehense, Sie ooch! Also, ick runter und heb det Brett hoch, und denn seh ick ooch schon den Sack und allet, und da hattet so rosa rausjeschimmert, und … na ja, wissense, oft wird ja wat wechjeschmissen, wenn die Bauern hier mal n Schwein … so nich uff Marken, wissense, is ja illegal, aber jemacht wird et doch. Und da har ick natürlich fix jedacht, Mensch, det wär wat, so n schöner Sonntagsbraten, so wie früher, von den Marken wern wa ja nich satt, det wissense ja ooch, det wär schon wat jewesen, ob verboten oder nich …«

»Schon gut, schon gut, det kommt nich mit ins Protokoll …«

»Ja, danke auch schön, wa. Ick also det Messer raus, har ick immer bei …« Frank holt haste-nich-gesehen einen alten SS-Dolch, Blut und Ehre, aus der Hosentasche, zeigt ihn Lehmann und steckt ihn gleich wieder weg, das Hakenkreuz auf dem Griff hat man aber doch sehen können. »Andenken an mein Obersturmbannführer, darf bloß keener wissen, wa? Also, ick den Sack damit uffjemacht, bloß son bissken, wa, und denn seh ick schon, det is keen Schwein. Na, und denn bin ick eben jerannt, wa.«

Ordonnanz? Obersturmbannführer? Aufgepasst, für so was interessieren sich die Amis … aber erst mal Konzentration auf die Leiche, Methode Jastrow nicht vergessen.

»Und dann haben Sie die Polizei alarmiert?«

»Nee, det war doch Rusniak, der Leiter von dem Lager hier. Ick hätte ja ooch gar nich jewusst, wo anrufen und so.«

»Und in dem Lager wohnen lauter Bauarbeiter?«

»Und unsere Familjen. Allet Vertriebene, Sudeten, Schlesier, Ostpreußen, Westpreußen, wat se wollen. Bloß Pommern ham wa keene, gloob ick zumindest. Früher muss det für die Ostarbeiter jewesen sein, von der Baufirma, wennse wissen, wat ick meene. Aber die sind ja nu alle weg.«

Allein, wie der »Ostarbeiter« sagt … ist wohl mal auf Heimaturlaub gewesen und hat die Polacken und Russen auf seinem Gut herumkommandieren dürfen … in Mahlow gab es auch welche, anfangs allerdings mehr Franzosen, und alle wurden immer korrekt behandelt, jedenfalls haben sie das zu Hause so erzählt, wenn er auf Heimaturlaub gekommen ist.

»Und Sie … vermissen hier niemanden?«

Schlagartig ziehen in Franks Gesicht dunkle Gewitterwolken auf.

»Vermissen? Nee, wat gloobense denn wohl, det unsereens, also nee, wo wa nich mal wat zum Futtern haben, det unsereens sich jejenseitig umbringt und denn innen See vor der Haustür versenkt? Nee, wissense, also nee …! Und denn uff so ne Art, wa! Da is man doch gar nich fähig zu als normaler Mensch!«

Lehmann zuckt nur mit den Schultern. Was weiß der schon, wozu man fähig ist als normaler Mensch. Er überlegt, ob noch was zu fragen ist, was hätte der olle Jastrow gemacht, aber ihm fällt nichts mehr ein. Er lässt sich also Franks Kennkarte zeigen und nimmt die Personalien auf, halten Sie sich zu unserer Verfügung, und das war's.

Inzwischen sind die restlichen Schandis vom Aubinger Revier eingetroffen und suchen das gesamte Seeufer ab, außerdem kommen Hölzl und Gräf mit den Beweisstücken wieder nach oben und breiten sie neben der Leiche aus: den Leinensack – jetzt kann man die ganze Aufschrift lesen: »US Army Vegetable Sack, Return When Empty« –, den zweiten Sack, oder besser gesagt, die kohlegeschwärzten Fetzen, die davon übrig sind, die verdrehten und verklebten Reste Isolierband und das Drahtstück. Weiter haben sie nichts gefunden. Hölzl macht die Handfessel los und legt das Seil neben die anderen Sachen auf den Boden. Gräf fotografiert noch mal alles.

»Na, det se die ooch noch fesseln mussten …«

Lehmann klappt das Merkheft zu und lässt seinen Gehirnkasten anrattern. Da hat der Mann mit seinem Landarbeiterpreußisch recht, das passt nicht, das passt überhaupt nicht. Wenn man jemanden so bewegungsunfähig hat, dass man ihn sorgfältig und der Reihe nach zerstückeln kann, ist der entweder schon tot oder völlig bewusstlos, sonst würde er sich doch sicher wehren. Lehmann schickt Frank weg und schaut sich das noch mal genauer an, jetzt kann man ja auch die Hände untersuchen. Jedes Schwein, das man mit so einem Strick fesselt und ins Schlachthaus treibt, hat Striemen an den Stellen, wo der Strick gescheuert hat, denn kein Schwein lässt sich einfach so wehrlos abschlachten, das schreit und quiekt zum Gotterbarmen und zerrt an dem Strick um seinen Hals, aber hier gibt es fast gar nichts, keine Hautabschürfungen, keine Druckstellen, bloß eine Art kleine Eindellung, die aber wohl daher rührt, dass die Fesseln längere Zeit angelegt waren. Eine völlig Bewusstlose oder bereits Tote andererseits muss man eigentlich nicht mehr festbinden, um sie am Weglaufen zu hindern. Noch mal andererseits: Die haben sich damals auch nicht gewehrt, jedenfalls bis auf Wolhynien und vor allem bis auf das eine Mal in Sarny. Und die sind noch nicht mal gefesselt gewesen.

Plötzlich ruft jemand laut, und Lehmann schaut hoch: In etwa hundert Meter Entfernung steht einer von den Schandis am Ufer und zeigt auf etwas, das vor ihm auf dem Boden liegt, wegen der einsetzenden Dunkelheit kann man aber nicht genau erkennen, worum es sich handelt.

»Herr Lehmann? Holen S' doch bittschön die Handlamp'n aus'm Gauleiter!«

Sicher doch, sicher doch … Frank ist noch nicht ganz zurück zu seiner Frau und macht gleich Anstalten, dass er auch mitwill, aber Lehmann guckt ihn nur kurz mal eben auf seine Unteroffiziersart an, dass gleich pariert und stehen geblieben wird. Da hat man mal fürs Leben gelernt bei der OrPo.

»Geht's a bisserl schneller, bittschön?«

Lehmann fällt in den Laufschritt, schnappt sich den alten Wehrmachtsleuchter aus der Gerätetasche im Wagenheck und rennt zu der Stelle am Ufer, wo Hölzl und Gräf schon bei dem Schandi stehen und warten. Was man bei der OrPo auch fürs Leben gelernt hat: Wenn der Offizier das Wort erhebt, muss der Unteroffizier schweigen und seinerseits parieren.

Im Laufen schon schaltet er die Handlampe ein, und der Lichtkegel fliegt vor ihm her, bis er bei den drei Kollegen ankommt. Hier liegt kein Schutt herum, auch keine Aschenreste und keine Abfälle, nur runde Kiesel und Sand und ein paar feuchte, welke Blätter und einzelne Zweige und dann noch etwas, das aussieht wie ein Stück Fleisch.

Hölzl und Gräf, der Toni und der Robert, ganz blass alle beide, der Robert hat's in der Au den Krieg über genauso kohlewarm gehabt wie der Toni in Giesing, sehen sich an. Dann nimmt Gräf, der immer noch Handschuhe trägt, das Stück vom Boden auf und hält es ins Licht von Lehmanns Handlampe – ja, ein Stück Fleisch, genauer gesagt: ein Stück von einem Bein, Wade und Schienbein vielleicht, von der Form und den beiden Knochen her, die man sehen kann; Genaueres ist aber schwer zu sagen bei den paar Zentimetern Länge. Und hier hat sich derjenige welcher auch nicht so viel Mühe gegeben wie beim Hals und bei den Hüftgelenken, die Schnittstellen sind gar keine, sondern eher mit dem Beil zugehauen worden, wie beim Schlachter, wenn der das Schwein von oben nach unten in zwei Hälften zerteilt, jedenfalls fasert das Fleisch an den Rändern aus, und die beiden Knochen sind an den Enden zersplittert, ein stumpfes Beil also, oder man hat keine Zeit gehabt – muss man aber andererseits doch gehabt haben, denn was seltsam ist an dem Stück Wade und Schienbein, was einen auch ganz unsicher macht, ob das alles zu einem Bein gehört oder überhaupt zu einem Menschenleib, das ist, dass da jemand sauber und ordentlich vom Fleisch die Haut abgezogen hat.

*

Gegen halb zehn kommt der Sanka vom Roten Kreuz, um die Leichenteile in die Gerichtsmedizin zu bringen. Außer dem Torso und dem

Beinstück ist nichts weiter gefunden worden, sosehr Hölzl die Aubinger Schandis auch noch um den Baggersee gescheucht hat, was aber ohnehin ein großer Blödsinn war in der Dunkelheit und mit der einen mickrigen Handlampe. Als dann die Sanis alles eingepackt haben und wieder wegfahren, gehen langsam auch die letzten Gaffer in ihre Baracken zurück, und Hölzl hat endlich ein Einsehen und gibt das Kommando zu Abbruch und Abmarsch.

Auf dem Weg zurück in die Stadt geht es ans Spekulieren: Im kalten Winter '46/47, also vor gut einem Jahr, hat man auf einem Ruinengrundstück in der Frühlingsstraße im Stadtteil Untermenzing eine ähnliche Leiche gefunden, gar nicht weit von hier, aber da hat es sich um eine verpfuschte Abtreibung gehandelt, der verantwortliche Mediziner hat den Fall nicht mit seiner Berufsehre vereinbaren können, das tote Mädchen daraufhin mit dem Skalpell zerteilt und in den Trümmern versteckt. Gräf meint, dass man es hier wohl mit einer ähnlichen Sache zu tun habe, das komme ja öfter vor, dass die Engelmacher hinterher ihre Spuren verwischen wollten, aber Hölzl macht Bedenken geltend, den von der Frühlingsstraße hätten sie schließlich erwischt, und nur, weil das hier um die Ecke passiert sei? Also bittschön, Robert …!

»Und dann die gefesselten Händ, sei mir net bös, aber wenn da a Frau zum Engelmacher geht, die musst zu nix mehr zwingen … Außerdem fehlt ja der Kopf, aber den find ma scho noch …«

Lehmann macht auch mit. Was denn wohl außerdem mit den scharfen Trennflächen am Hals und an den Schenkeln sei? Er weiß, dass die beiden anderen ihn nicht so richtig ernst nehmen, weil er nur der German Liaison Officer beim CID ist und keiner von ihnen, aber das wird sich ja bald ändern, und er kann schon mal einen guten Eindruck machen … was aber gar nicht so schwer ist, weil Hölzl genau zugehört hat und bedächtig nickt, wie einer, dem derselbe Brocken nicht die Kehle hinunterwill.

»Sehen S', des macht mi halt a bisserl nervös. Und des abgehackte Bein genauso. Des passt net.«

Und wie das nicht passt …

»Und die Haut muss man auch nicht abziehen, wenn man bloß die Leiche beseitigen will …«

»Richtig beobachtet, Herr Kollege! Aber warten S' amal, jetzt mach ma des andersherum: Warum schmeiß i denn die Leich ins Wasser?«

»Um sie loszuwerden, vermutlich.«

»Richtig! Aber: Wie mach i des?«

Die Sache fängt an, Lehmann Spaß zu machen. Das ist Polizeiarbeit, und so viel hat Hölzl in den ganzen anderthalb Jahren, seit sie sich kennen, nicht mit ihm geredet.

»Zum Beispiel, indem ich was Schweres dranhänge. Steine oder Eisen oder so.«

»Genau! Und wo san die, die Steine? Oder des Eisen?«

Jetzt schaltet sich auch Robert mit der Judennase wieder ein. Soll doch dieser preußische Grünschnabel mal die Klappe halten …

»Des is an sich *net* schwer nachzuvollziehen, Toni. I hab den Torso, gell? Den hab i schon von Kopf und Bein befreit, sozusagen, und pack ihn in den Sack. Dann zerhack i des Bein, pack's in den anderen Sack, wickel ois mit'm Isolierband z'samma, häng's mit am Draht an einen Stein dran und schmeiß des Packerl in See. Fertig! Den anderen Sack, den hamma g'sehen. Der löst sich in seine Bestandteile auf, ois kimmt hoch, die Beinteile schwimmen weg, der Torso in dem ersten Sack wird angeschwemmt. Des dad mi net wundern, wenn von dene Boan noch mehr dort wär …«

Hölzl verzieht das Gesicht, nickt aber.

»Na, des siag'n ma dann scho …«

Lehmann versucht dem Gedankengang im Geiste zu folgen, aber sein Bauernverstand kommt da nicht ganz mit. Die beiden haben doch wohl noch nie im Leben einen Sack in der Hand gehabt …

»Moment mal, wie kriege ich denn eine ganze Leiche in zwei Leinensäcke, die ich dann auch noch ineinanderstecken muss, damit alles zusammenhält, weil der eine schon halb zerrissen ist? Das geht doch überhaupt nicht. Und mehr Draht hätte ich auch gebraucht, um wirklich Steine dranhängen zu können. Wo ist der? Und wo ist der Kopf?«

Hölzl nickt immer noch, dann seufzt er.

»In Bayern sagt man ›Rupfensack‹, Herr Kollege, aber recht ham S' scho … Wo ist der Kopf, wie passt des z'samma mit derer Leich …?«

Jetzt nicken alle. Gräf zündet sich eine Virginia an, Lehmann achtet auf den Verkehr, und Hölzl lehnt sich mit geschlossenen Augen zurück in die weichen Polster der Rückbank, auf denen bis vor drei Jahren jemand in einer goldbehängten Uniform den Gau München-Oberbayern der Nationalsozialistischen Deutschen Arbeiterpartei geleitet hat – der Gauleiter von Pommern kam zufällig ausgerechnet aus Bayern, Schwede-Coburg war sein Name, verdienter Kampfgenosse des Führers aus der Systemzeit: Marsch auf die Feldherrnhalle, die Parteigründung im *Sterneckerbräu*, SA marschiert – Lehmann kommt sich immer noch komisch vor, wenn er jetzt leibhaftig durch die »Hauptstadt der Bewegung« marschiert, von der ihm in der Ausbildung so viel erzählt worden ist, aber nun liegt das ja alles in Trümmern, das macht es noch komischer. Und Schwede-Coburg hat niemand gemocht in Pommern, weil er kein Preuße war, so mögen eben die einen die anderen nicht in Deutschland.

Im Rückspiegel kann man sehen, wie Hölzl die Augen wieder aufmacht und hochkommt, als ob er eine mittlere Erleuchtung hätte.

»Und den Kopf, den vergrab i! Weil i Angst hab, dass man weiß, wer des Mädel ist!«

Gräf zieht an seiner Virginia und ascht in den einstmals parteieigenen Aschenbecher in der Seitentür. Zu Hause raucht er sicher nicht, wegen der lungenkranken Frau.

»Und die Hand, die lass i dann dran? I woaß ja net, was ihr macht morgen, aber i hol mir da meine Fingerabdrücke von den Fingern. Und dan schaug i mal, ob die polizeibekannt is. Und sowieso, warum vergrab i dann des Ganze net?«

Hölzl schaut verärgert.

»Mei, vielleicht woaß i des net mit den Fingerabdrücken. Bei uns ham des aa erst die Amis oag'führt '45, woaßt des nimmer?«

Lehmann hat während seiner Ausbildung in Stettin auch noch nichts von Fingerabdrücken gehört und konzentriert sich wieder auf die Straße. In der Arnulf kommt ihnen die Dreier Richtung Botanischer Garten entgegen, um die Zeit fahren immer die Letzten vom Bahnhof nach außerhalb, gerade mal zehn Uhr, kein Vergleich mit Berlin vor dem Krieg, aber was kann man mit Berlin vor dem Krieg vergleichen … Toni und Robert hinten diskutieren weiter, aber Lehmann hat jetzt immer mehr das Gefühl, dass den beiden etwas entgeht, ihm aber auch, er weiß bloß nicht, was, und das ärgert ihn gewaltig … das geht alles nicht zusammen, vielleicht finden sie den Kopf ja auch gar nicht, und warum ist da die Haut abgezogen worden? Lehmann hat so ein Gefühl, und er hat es nicht gerne, aber es ist da, und er denkt sich, dass die beiden hinten es wohl nicht haben, vielleicht weil sie nicht im Krieg gewesen sind, nicht im Osten ... Richtung Altstadt erhöht sich der Anteil an funktionierenden Straßenlaternen, das muss man sich auch mal vorstellen, dass einem das überhaupt auffällt, vor dem Krieg ging man durch Stettin oder Berlin, und hell war es, jetzt ist es nicht mehr hell. Ein paar Autos sind auch unterwegs, viele Amis im Jeep, Hey baby, Hello Frollein, How you doin', How's about the two of us, eine Schachtel Luckys oder Camels, und man ist im Geschäft, ging aber damals genauso im Protektorat, »chléb« heißt »Brot«, »kurva« heißt »Nutte«, wenn man einen Krieg gewinnt, gewinnt man die Herzen der Frauen. Bloß erwischen lassen durfte man sich damals nicht, schrie ja gleich einer Rassenschande, obwohl das gar keine Sarahs waren, sondern bloß slawische Untermenschen, wie der kleine Dicke mit der Totenkopfmütze gesagt hätte, kam der nicht auch aus München, aber je weiter das nach Osten ging, desto weniger schrie einer Rassenschande, denn im Osten war alles erlaubt, was man nur wollte.

Das Brett. Jetzt fällt es ihm ein, das mit dem Brett, von dem der Bauarbeiter Frank behauptet hat, er hätte die Leiche darunter gefunden, passt nicht. Lehmann erinnert sich nicht genau, weil er so auf das Bündel gestarrt hat, aber das Brett muss daneben im Schutt gelegen haben, bei den anderen Holzstücken und der Kohleschlacke. Möglichkeit eins: Ich will die Leiche beseitigen und unten im Baggersee deponieren, dann binde ich etwas Schweres daran und plumps, weg damit, dann geht das Schwere später ab, und alles kommt wieder nach oben und wird vielleicht ans Ufer geschwemmt. Wie aber kommt dann das Brett darauf? Möglichkeit zwei: Der oder die wollen das Bündel bloß schnell loswerden, weil ihnen der Stift geht oder sonst was, jedenfalls ist ihnen alles egal, also schnell runter von der Autobahn, raus aus dem Wagen und ins Wasser am Ufer damit und wieder weg, aber dann kommt das Brett auch nicht von alleine drauf. Bleibt also Möglichkeit drei: Der oder die sind an den See gefahren, genau an die Stelle, wo Frank die Leiche gefunden hat, haben sie unter dem Schutt versteckt und dann die restlichen Teile ins Wasser geschmissen, vielleicht haben sie jemanden kommen sehen, und dann ab und Vollgas, dass die keine Zeit hatten, kann man ja schon an dem Beinteil sehen. Einfach mal jeden fragen, der in den letzten Tagen in der Gegend zu tun hatte, das wird die Ermittlungen schon weiterbringen.

Lehmann freut sich über seine klaren Gedanken, die hätten auch dem ollen Jastrow gefallen, den er jetzt aber endgültig mal in seinem Soldatengrab vermodern lassen muss, weil das ja keine Zukunft hat, so ein Herumwühlen in dem, was gewesen ist, auch wenn Jastrow eine Seele hatte und so viele andere nicht; das, was Zukunft hat, sitzt jedenfalls weiter hinten in den weichen Polstern und ist ratlos. Lehmann überlegt mal: Hölzl und Gräf sind beide um die vierzig, nur zehn Jahre älter als er, trotzdem beide schon Hauptkommissar, und er bloß Kommissär auf Probe, was natürlich kein Wunder ist, wenn man nicht in den Krieg muss.

Am Ende beschließt er deshalb, seine Gedanken erst einmal für sich zu behalten, denn nachher steht doch nur Hölzls Name unter dem Bericht, warum den die Lorbeeren einheimsen lassen, und jeder ist sich selbst der Nächste. Die drei Jahre in den Lagern drüben hat Lehmann genutzt, die Mittelschule nachgemacht, jedenfalls kann er hier noch etwas werden in München, da sollen die anderen ihm voraus sein, wie sie mögen, und da könnte man doch eben mal mit einem gelösten Mordfall beim K1 aufwarten, mit einem Paukenschlag sozusagen … im Februar war er auch schon halb mit dabei, als die beiden G. I. im Schleißheimer Forst von der Zigeunerbande kaltgemacht und ausgeraubt wurden, CID und K1 haben gemeinsam ermittelt, da war der German Liaison Officer gefragt. Er muss es nur irgendwie hinbekommen, dass er bei den Ermittlungen weiter mitmachen darf, normalerweise hat er noch bis Juni oder Juli bei den Amis anzutreten, und ob die mit dem Fall zu tun haben werden, muss man sehen, das mit dem Sack, wo mal US Army Vegetables, Amigemüse also, drin gewesen ist, wird jedenfalls nicht ausreichen.

Sie liefern Gräf wieder zu Hause am Mariahilfplatz ab, dann geht es durch die Innenstadt, wo jetzt keine Militärkonvois mehr fahren und niemand mehr die Straße überquert, zurück ins Präsidium. Überhaupt ist keine Menschenseele zu sehen, und es brennen auch keine Straßenlaternen mehr, man kann sagen: In den Schluchten des Balkans. Der große Ofen im Bereitschaftszimmer ist ausgegangen, weshalb Lehmann zum Kohlenholen in den Keller muss. Frank hat nicht übertrieben, das Wetter ist wirklich zu kalt für die Jahreszeit. Nachher nimmt er sich seine Notizen und diktiert Hölzl, HO-ELZL, Franks Aussage in die Schreibmaschine, wobei er wie von ungefähr fallen lässt, wie überflüssig er sich mittlerweile beim CID fühle, wo doch kaum noch etwas zu koordinieren und zu übersetzen sei, aber na ja, so sei das eben in einem besetzten Land …

»Da schaugn ma mal, Herr Lehmann. Und des mit dem besetzten Land, des dauert aa net ewig …«

So was nennt man bauernschlau. Gegen Mitternacht legt sich Hölzl aufs Feldbett und überlässt ihm die Telefonwache, die an sich unnötig ist, weil niemand mehr anruft. Das Strafgesetzbuch mit dem Buchstabendickicht für die Laufbahnprüfung liegt immer noch aufgeschlagen auf dem dunkel-fleckigen Schreibtisch, aber Lehmann ist nicht nach Lernen zumute. Nachdem Hölzl eingeschlafen ist, schleicht er auf den Flur hinaus und geht ins Büro von Oberinspektor Hellweg, der das K1 und außerdem die gesamte Kripo leitet und deshalb einen alten Volksempfänger in sein Büro stellen darf, aus dem aber kein Wunschkonzert und keine Übertragungen aus dem Sportpalast und keine Frontberichte mehr ertönen, sondern Verlautbarungen von General Clay, Musik von Beethoven und Demokratiestunden für die Leute, die nicht im Camp Ruston gewesen sind, was ja auf fast alle hierzulande zutrifft, und wenn man an der Nadel dreht, kann man auch AFN hören, ohne Demokratiestunden, weil Amerika ja schon eine Demokratie ist und die Amerikaner keinen Unterricht mehr darin benötigen; dafür ist heute Donnerstag, und da kommt *Midnight in Munich …*!

Lehmann ist fast ein bisschen erleichtert, weil er es noch vor null Uhr fünf an den Apparat geschafft hat und jetzt nicht mehr an die Leiche im See denken muss und an den Krieg. Er bekommt noch den Rest von den Nachrichten mit: Außenministerkonferenz in London, UNO scheitert bei Waffenstillstandsverhandlungen in Palästina, Jugoslawien weigert sich, mit Griechenland diplomatische Beziehungen aufzunehmen, in Warschau wird der ehemalige Gauleiter von Danzig-Westpreußen, Albert Forster, »the fohrma Gaulaider iff Däntzig-Uhest Prascha« – wie die Amis immer die deutschen Wörter aussprechen, zum Schießen – zum Tode durch den Strang verurteilt, in den nächsten Tagen Wetterbesserung *all throughout Southern Germany and Austria*, kann also doch noch ein schöner 1. Mai werden, und dann geht es los: Charlie Barnet und *Skyliner*, wie immer am Anfang der Sendung, auf AFN läuft das jeden Dienstag, Donnerstag und Sonnabend, Samstag sagt man hier unten, an den anderen Tagen dafür *Mitternacht in München* mit Jimmy Jungermann auf Radio München, einem Sender der Militärregierung, aber wer will schon Max Greger hören, wenn er das Original haben kann ...? *Greetings, all you jazz lovers out there, word is out they found a crashed Messerschmitt in the woods south of Lake Chiemsee, and you know somethin'? – The darn thing had a radio on board that was still functional, and guess what it was playin: AFN Munich, with Midnight in Munich! Whoaaa ...! And today, by popular request, we begin our program with a swinging little classic from one of California's hottest new hitmakers, now signed to Capitol Records, but here she is on a re-release for Metro with Wingy Manone & His Orchestra, thank God we still have that record in our vast archives here in the capital of Bavaria ...* Ein neuer Star von der Westküste, Lehmann hat die Sängerin schon öfter gehört und sich halb in ihre Stimme verknallt, Kay Starr heißt sie und ist gerade derart beliebt, dass ihre älteren Sachen neu aufgelegt werden, wie eine Negerin klingt sie nicht gerade, eher ist das so ein elegantes Gurren, »sophisticated« sagen die Amis, *If I could be with you, one hour tonight, If I was free to do the things I might, I want you to know that I wouldn't go till I told you honey that I love you so*, bestimmt trägt sie Perlen um den Hals und ein weißes Kleid, so in der Art singende Veronica Lake, und sie kann eine Zigarette halten und in der anderen Hand ein Whiskyglas, ohne wie eine Kurva auszusehen, *If I could be with you, I'd love you long, If I could be with you, I'd love you strong*, eine Zigarette halten und in der anderen Hand ein Whiskyglas und ansonsten Lehmann retten, denn Lehmann wartet auf die Frau, die ihn retten kann, seit sechs Jahren wartet er, nur ist Kalifornien weit, und er muss also weiter warten, trotzdem wippt er auf dem Stuhl mit zu Kay Starrs Gegurre und all dem Jazz, der danach noch kommt, bis er endlich müde nach vorne fällt und die Arme auf Hellwegs Schreibtisch legt und einschläft, und zuletzt wundert er sich noch, dass er schon seit Stunden nicht mehr ans Essen gedacht hat.

30. APRIL

Am nächsten Morgen schreckt er hoch, als gerade die amerikanische Nationalhymne gespielt wird, *O say can you see, by the dawn's early light ...!* Gerade noch, im Schlaf, ist er wieder in Mahlow gewesen, wie immer kamen die russischen Panzer den Hügel von Grössin herunter auf das Dorf zu, und wie immer liefen die Infanteristen mit ihren Mongolenfratzen und ihren Tokarews hinter den Panzern her und brüllten und schossen und brachen die Tür auf, und innen im Haus standen wie immer seine Mutter und die kleine Annemarie mit ihrem blonden, ach so blonden Haar und dem seltsam gepunkteten Kleid, das sie gar nicht anhaben sollte, in der Küche, und Mutter schreit noch: Versteck dich, lauf weg, schnell!, aber da ist es schon zu spät, die Mongolenfratzen brüllen und lachen laut und dreckig, und einer knöpft sich den Hosenlatz auf ... – Lehmann schaltet schnell den Volksempfänger aus, steht auf und geht, noch halb verschlafen und von dem Albtraum gefangen, auf den Flur hinaus. Gleich werden die Kollegen kommen, gleich wird Hellweg fragen, wer hat an meinem Tischchen gesessen, wer hat an meinem Radioapparätchen gespielt, besser also, er verdünnisiert sich.

Das Feldbett steht zusammengeklappt an der Wand im Bereitschaftszimmer, von Hölzl ist aber nichts zu sehen, vielleicht ist er schon frühstücken gegangen. Also reibt Lehmann sich die Augen, gähnt noch mal kräftig und geht dann auf die Toilette, wo er die Blase leert, sich ein bisschen Wasser ins Gesicht spritzt und dann, immer noch verschlafen, die Bartstoppeln beseitigt. Er wacht morgens nur sehr langsam auf, das hat ihm schon die Landwirtschaft vergällt, ganz abgesehen von der schweren Mahlower Erde, die ihm so zuwider war, wenn sie ihm nach der Feldarbeit an den Händen klebte, und dem Gestank nach Kuhstall und Schweinemist, der im Winter die kleine Küche ausfüllte, wenn die Landarbeiter vom Vorwerk um den Tisch herumsaßen und den Tabak rauchten, den sie vorne im Laden von Onkel Hermann gekauft hatten. Schließlich zieht er sich das Hemd wieder an – natürlich hätte er ein frisches mitnehmen müssen, aber er hat auch daran nicht gedacht – und macht sich auf den Weg in die Kantine, wo allerdings Hölzl genauso wenig zu sehen ist. Das wundert Lehmann, aber auch nicht so sehr, dass er um diese Uhrzeit schon groß darüber nachdenken will.

»Servus!«

Die dicke Franzi, die vor dem Krieg in Schwabing auf der Bühne gestanden und gesungen haben soll, arbeitet jetzt hinter der Theke in der deutschen Kantine des Polizeipräsidiums und schiebt gerade ein Tablett mit Erdnussbutterbrötchen in die Auslage. Lehmann grummelt ein »Moagn« vor sich hin, lässt sich Kaffee einschenken und nimmt dann von den Brötchen, »Semmel« sagen sie hier unten. Der Kaffee ist echt und die Erdnussbutter auch, Courtesy of the Milwaukee Police Department, in der Gegend sollen ja viele Deutsche leben, die haben ihre alten Stammesbrüder nicht vergessen und schicken Lebensmittelspenden, außerdem Gummiknüppel und Handschellen, das muss man sich mal vorstellen. Lehmann mag Erdnussbutter, die er oft in der amerikanischen Kantine bekommt und schon von Camp Ruston und den anderen Lagern drüben kennt, das ist mal ganz was anderes, aber die bayerischen Kollegen haben das Amiessen nicht so gerne und schwärmen lieber von den Zeiten, als der Leberkäs auf den Bäumen wuchs und die Weißwurscht fangfrisch in der Isar herumschwamm.

»Da schau her, der Pommernhintern …!«

Lehmann dreht sich um und sieht aus seinen übermüdeten Augen Oberkommissär Poschinger vom K4, Betrug und verwandte Straftaten, hinter sich stehen, Tablett und Aktentasche in den Händen, Frühaufsteherlächeln im Gesicht.

»Eine Runde Helles, Herr Bayernober …!«

Poschinger ist im Krieg beim Polizeibataillon 72 gewesen, im Sommer '41 im Bezirk Marburg/Drau stationiert, genau nebenan lag damals Lehmanns Einheit, man kennt sich also vom Polizeikino und vom Kaffeehaus, »chléb« heißt »Brot«, »kurva« heißt »Nutte«. Außerdem ist Sepp Poschinger der Einzige der einheimischen Kollegen, der sich halbwegs bemüht, hochdeutsch mit Lehmann zu reden und sich deshalb auch mal erlauben darf, einen dummen Witz zu reißen.

»Mei, eine Runde Helles … Fritz, was quälst du mich zu dieser frühen Stunde … eine *Runde Helles* …! I werd narrisch …«

Die beiden setzen sich zusammen an einen Tisch und verdrücken ihre Erdnussbutterbrötchen, ohne viel zu reden, was Lehmann nur recht ist, weil Poschinger bis zur Obersekunda auf ein Realgymnasium gegangen ist und sich oft eine Spur zu gewählt ausdrückt für einen gewöhnlichen Polizeibeamten. Das mit dem Bier ist wie mit dem Leberkäs und den fangfrischen Weißwürschten ein ständiges Thema für die Eingeborenen … seit Anfang dieser Woche darf zwar wieder Dünnbier gebraut werden, Pissoline sagt man allgemein dazu, aber im März und April hat die Militärregierung wegen Getreidemangels ein allgemeines Brauverbot verhängt und sich keine Freunde damit geschaffen. Bei Krauss-Maffei wurde sogar gestreikt, weil sie Bier haben wollten, Bier! Bier!! Bier …!!!, die heilige Dreifaltigkeit der Bayern, hätte der Pastor gesagt, dabei kann sich Lehmann erinnern, dass die hiesige Brühe gar nicht schmeckt, jedenfalls das bayerische Leistbräu nicht, das man vor dem Krieg beim *Franziskaner* am Berliner Tor in Stettin bekommen hat. Er selbst mag sowieso kein Bier, und nur wenn es sein musste, hat er früher mal ein Pilsener getrunken. Vollbier wird auch gebraut, zwar offiziell nur für den Export, damit die darbende deutsche Volkswirtschaft Devisen verdienen kann, aber Lehmann will Meier heißen, wenn nicht gelegentlich das eine oder andere Fässchen davon direkt hier in der Ettstraße im Präsidium landet, Exported to the Munich Police Department.

Er plaudert schließlich doch eine Runde mit Poschinger, der auch nichts gegen Erdnussbutterbrötchen hat, oder der Kollege hat einfach bloß Hunger, jedenfalls muss ihm Lehmann noch mal zwei mitbringen, als er selbst nachfassen geht. Inzwischen ist die Kantine voll geworden, aber Hölzl ist immer noch nicht aufgetaucht.

»Viel los bei euch in der Nacht?«

Poschinger hat die Nacht ausnahmsweise bequem im eigenen Bett verbracht und hört sich kopfschüttelnd, aber mit mäßigem Interesse, an, was Lehmann von der Leiche am See zu erzählen hat. Na, so was, und Leute gibt's … wirklich zuzuhören scheint er nicht, es ist natürlich auch nicht die erste Leiche in diesem Jahr. Beim K4 lachen sie ja sowieso nur müde über so eine Bereitschaft, dort kümmert man sich um den Schwarzmarkt, also vor allem um die Möhlstraße mit Jack Lossowitsch und seinem Schmugglerring, da kommt man auch ohne Bereitschaft kaum zum Schlafen.

»Ah geh weider, einmal kurz nach Langwied fahren zum Leichenanschauen …«

Lehmann hat Salkind was versprochen für heute Abend, das muss er aber erst noch organisieren, deshalb bringt er Freund Poschinger dann mal ein bisschen in die Richtung »Was ist denn bei euch so los?«, jeder erzählt ja immer gern jedem, mit wie viel Arbeit er sich gerade herumzuschlagen hat und wie wichtig und unersetzlich er doch ist. Beim Poschinger Sepp ist das üblicherweise genauso, nur heute muss man ihn fast ein wenig dazu zwingen, weil er immerzu an etwas anderes zu denken scheint, oder es liegt daran, dass er letzten Monat mit dem Rauchen aufgehört hat. Am Ende funktioniert es aber doch, und Lehmann erfährt, dass in der Woche vom K4 drei Polen hopsgenommen wurden, die im *Café Taverne* am Sendlinger Tor herumsaßen und bündelweise gefälschte Lebensmittelkarten dabeihatten; die Brüder wollten schießen, aber die Polizisten haben zuerst geschossen. In der Georgenstraße haben andere Schwarzhändler in einer Küche gesessen und sich besoffen, die sollte ein Schutzmann mal ausbaldowern, der wurde dann die Treppe heruntergestoßen, und da hat er seinen amerikanischen Revolver genommen und auch zuerst geschossen. Wenigstens hilft ihnen jetzt die Militärpolizei, vor zwei Jahren noch haben die Brüder die deutschen Polizisten einfach genommen und in die Isar geworfen.

Lehmann schlürft langsam den amerikanischen Bohnenkaffee aus Milwaukee und tut so, als sei der aber was ganz Besonderes, denn zu den Dingen, die nicht jeder wissen muss, gehört natürlich auch, dass er seiner Zimmerwirtin in der Schellingstraße regelmäßig was organisiert, beste Qualität, nach der es morgens in der ganzen Wohnung immer derart duftet und riecht, dass alle extrafrüh aufstehen, um einen Schluck abzubekommen, jedenfalls alle bis auf den guten Doktor Salkind.

»Na, bald gibt's die neue Währung, da hört der Spaß auf mit den Lebensmittelkarten …«

Sepp Poschinger schlürft den Kaffee ebenfalls mit Kennerblick, und Lehmann fragt sich, ob sein Kollege sonst wirklich keinen zu trinken bekommt oder eventuell nur ein ebenso guter Schauspieler ist wie er selbst.

»Morphium werden s' trotzdem weiter schmuggeln und Penicillin. Und schaug'n mer mal, was passiert, wenn des nämlich wirklich kommt, dann hat keiner ein Geld mehr, und dann klauen s' alle miteinander noch schlimmer wie jetzt schon, wirst schon sehen …«

Lehmann nippt noch mal von dem Kaffee.

»Ist schon wieder Morphium aufgetaucht?«

Poschinger zuckt mit den Achseln, als ob ihn die Sache nichts anginge.

»Mei, des weißt schon, da taucht immer was auf. Vor zwei Wochen hamma an Ausländer gehabt, an Itzig aus Polen, glaub ich, der wollt fast hundert Ampullen loswerden, des wird aus den Amizügen geklaut, und gleich ham s' mir in der Möhlstraßen …«

Lehmann weiß, was er wissen wollte, und wechselt das Thema.

»Na ja … und Anni und die Kleinen, wie geht's denen?«

Poschinger zuckt wieder mit den Achseln, aber diesmal anders. Und sein Gesichtsausdruck ist plötzlich nicht mehr abwesend, sondern angsterfüllt.

»Sonst gut, bald vielleicht schlecht. Wenn ich nicht mehr da bin …«

Lehmann versteht nur Bahnhof und runzelt die Stirn. Der Kollege holt einmal tief Luft, dann beugt er sich vor und redet nur noch halb so laut wie vorher.

»Wann haben s' dich noch mal g'fangen genommen?«

Lehmann kribbelt was den Nacken hoch, das ihm gar nicht gefällt, und obwohl er nicht weiß, warum, antwortet er ebenso leise.

»Sommer '43, in Italien.«

Poschinger sieht ihn länger so seltsam an, bevor er weiterredet, was das Kribbeln aber nicht weniger werden lässt.

»Mei, mir san dann ja später noch in Frankreich gewesen bis zum endgültigen Dienstschluss …«

»Weiß ich doch …«

»Gibt aber wos, was d' net woaßt …«

»Und das wäre …?«

»Dass die gesamte OrPo im Juni '44 des Soldbuch von der Waffen-SS bekommen hat, weil Heini der Wimmler noch g'moant hat, die deutsche Polizei hat sich bewährt im Kriege, da gewährt man ihr auch etwas, nämlich die Ehre, ein SS-Mann zu sein und so weiter, woaßt, da hast du scho bei dene Waldheinis im Lager g'sessen und Truthahn 'gessen, verstehst?«

Versteht Lehmann nicht, außerdem haben sie drüben nie Truthahn bekommen, jedenfalls die Gefangenen nicht, weil immer von ihnen selbst gekocht wurde. In Texas gab es sogar einen Dreisternekoch vom *Hotel Adlon* in Berlin, natürlich vorher bei der Luftwaffe gewesen – die Herren der Luftwaffe, die Männer der Marine, die Schweine des Heeres –, jedenfalls kam immer deutsches Essen auf den Tisch, nur die Kartoffeln waren größer als zu Hause. Und nachher im Camp Ruston, als er sich mit den Negern angefreundet hatte, gab es Southern Delights, Red Beans and Rice, Chicken Gumbo, Crawfish Pie … aber worauf will der Poschinger Sepp denn eigentlich hinaus?

»Du bist doch dann trotzdem wieder eingestellt worden, also was ist los?«

»Schon. Bloß dass jetzt wieder Wind g'macht wird deswegen, ein Sturmgebraus sozusagen, das kommt da draußen von Giesing her, und ich muss euch sagen, es gruselt mich sehr …«

»Sepp, könntest du mal normal –«

»Fritz, verstehst mi net? Da is einer von der Kriegsverbrecherstelle an der Tegernseer Landstraße, von der War Crimes Group, der is neu, und der hat die saubere Idee gehabt, amal die Polizei unter die Lupe zu nehmen. Und jetzt bin i dran, verstehst? Die denken doch, ich hab an KZ g'leitet, wenn die sehen, dass ich bei der SS g'wesen bin, auch wenn des gar net stimmt im eigentlichen Sinne …«

Lehmann kribbelt nichts mehr, das kriecht und kratzt und beißt schon und zieht ihm den Magen zusammen wie Heißhunger, auch wenn er gerade erst gegessen hat. Da meldet sich der alte Schiss wieder, der hochgekommen ist, als in Nürnberg die Prozesse anfingen, und der sich doch längst wieder gelegt hat, denn die OrPo, die ist in Nürnberg vergessen worden, ganz einfach vergessen worden, die SS musste ran und die Parteigenossen und Krupp und Konsorten auch endlich mal, sogar General Daluege, den obersten Reichs-Ordnungspolizisten und Reichsprotektor von Prag, haben sie in der Goldenen Stadt wegen Lidice an den Galgen gebracht, aber die OrPo an sich, die hat man vergessen … Lieder hätte er singen und tanzen können, als in den Zeitungen stand, wer alles ranmusste, bloß er nicht, und überhaupt geht ihn das doch alles nichts mehr an, er hat ein Demokratiezertifikat und hört *Midnight in Munich*, Duke Ellington, Harry James und Kay Starr, und niemand weiß, dass er Rumpelstilzchen heißt und im finsteren Wald von Sarny war.

»*Du* brauchst dir doch keine Gedanken zu machen, oder? Warst bloß einfacher Polizist, keine SS, kein gar nix, bist rechtzeitig einkassiert worden … oder? Wo wart's ihr denn nach dem Protektorat und vor Italien?«

Lehmann beantwortet die Frage nicht, schaut dem lieben Sepp mal tief in die himmelblauen niederbayerischen Augen, und der versteht schon und macht dann wieder ein ganz anderes Gesicht, *I have seen something.*

»Mei … des war damals und im Osten, heit is eben anders, und mir san wieder z' Haus …«

Bevor sie weiterreden können, kommt endlich Kriminalhauptkommissar Hölzl in die Kantine gehumpelt und winkt Lehmann zu sich, weswegen das Thema nicht weiter vertieft werden kann.

Hölzl macht einen ausgeschlafenen Eindruck, manche Leute können das ja um diese Uhrzeit, und hat schon mit Polizeipräsident Pfitzer geredet, den er von früher persönlich kennt, und der wiederum hat mit den Amis geredet und erreicht, dass Lehmann vorläufig zum K1 abgestellt wird.

»Sie wissen ja, i kann zurzeit net fahren, und Leit hamma aa net g'nug. Den Gauleiter wer'n S' net kriag'n, aber an alten Opel Olympia hamma noch, des passt dann scho.«

Sie gehen also wieder hinauf in den zweiten Stock zum K1, und Lehmann möchte sich freuen, dass seine kleine Bauernschläue funktioniert hat, aber das will ihm nicht so recht gelingen, denn wie er ja gerade gehört hat, ist ihm vielleicht die große Bauernschläue danebengeraten: Fünf Jahre lang ist alles gut gegangen, in Amerika hat er nichts erzählt vom Wald von Sarny und dem Weg dorthin, hier in München auch nicht, und wenn ihn jemand gefragt hätte – Befehle hat er befolgt, nichts weiter, und das ist ja alles auch gar nicht offiziell gewesen, wer hat da noch Akten, jedenfalls über die Kleinen wie ihn, und dann ist doch alles verbrannt worden in Berlin, als die Russen die Stadt erobert haben … und die Befehle, die er befolgt hat, sind von anderen gekommen, von Sturmbannführer Nowak und sonst wem, sollen die doch dran glauben, und was geschehen ist, ist geschehen.

Auf der Treppe dreht sich Hölzl noch mal um.

»Und bittschön: Wann S' das nächste Mal heimlich Radio hören in der Nacht, drehen S' doch bittschön die Nadel wieder auf an unverfänglichen Sender z'rück. Der Chef hört nämlich äußerst selten den Ami, gell?«

In Lehmann steigt es heiß auf, er nickt wie ein dummer Junge und fühlt sich auch so. Das geht ja gut los mit dem K1, und überhaupt, jetzt kommt gleich alles auf einmal … dann überrascht Hölzl ihn aber, weil er ihm nämlich glatt zuzwinkert und sogar grinst, als wollte er sagen: Na, wir verraten dem Alten aber mal nichts, und da weiß Lehmann plötzlich, dass es gar nicht so schlimm werden wird, dass er vielleicht doch endlich dazugehören kann.

*

Um acht Uhr ist Dienstbesprechung. Die meisten der Kollegen kennt Lehmann schon, weil sie bei irgendwelchen Mordfällen mit den Amis zusammengearbeitet haben, oder von Lehrgängen und Vorträgen in der Stadtpolizeischule. Einmal hat er sogar selbst einen gehalten, »Die Demokratie in Amerika«, weil er ja das Zertifikat vom Antifa Compound im Camp Ruston hat, *We the People*, aber die freie Rede liegt ihm nicht, und so ist es bei dem einen Mal geblieben. Jetzt nicken ihm alle zu oder schütteln ihm sogar die Hand, sicher, die freuen sich, weil sie jeden zusätzlichen Mann gebrauchen können, zwanzig Beamte hat das Kommissariat, und das bei mindestens einer Leiche jede Woche, und letzten Herbst mussten alle Kriminalen nachts mit Streife laufen, weil die Ausländer in den DP-Lagern nicht mehr unter Kontrolle zu halten waren.

Oberinspektor Hellweg kommt mit seiner Aktentasche unter dem Arm in den Besprechungsraum, kurzes Nicken, ach, Herr Lehmann, Sie sind schon da! Na, Sie kennen sich ja alle, und damit ist Lehmann beim K1 – und das K1 bei den Fällen: Denninger und Dehmel, mit denen er bei dem Fall um die Zigeunerbande zusammengearbeitet hat, beackern eine Rechtsanwaltswitwe, die im März im Grünwalder Forst erschlagen und ausgeraubt worden ist, Ludwig Wandinger von der Vermisstenstelle kennt er auch, der stammt zwar aus dem bayerischen Oberland, hat aber im Krieg in einem schlesischen Bataillon gedient und deswegen nichts gegen Preußen, die anderen hat Lehmann nur mal irgendwo gesehen.

Weil Hellweg möchte, dass der Neue einen Einblick bekommt in die laufenden Fälle, wird alles penibel durchgekaut, bei den weiteren Untersuchungen ist allerdings nichts Außergewöhnliches dabei. Einer wird vermisst, der andere umgebracht wegen drei Dollar, die er in der Tasche trägt, oder einer Schachtel Zigaretten, eine Mutter sucht ihre Tochter, die was gekriegt hat vom Negersoldaten und es wegmachen lassen wollte, und dann ward sie nicht mehr gesehen, eine andere wird gebracht, weil sie die Schande nicht ertragen konnte und ihr Goldstück selbst zum Engel gemacht hat.

Zum Schluss dürfen er und Hölzl vortragen, was sie da am gestrigen Abend draußen in Langwied am Baggersee gefunden haben. Hellweg fragt hier und da ein bisschen nach, aber da es noch nicht viel zu erzählen gibt, weil die Ermittlungen ja erst am Anfang stehen, weist er ihnen nur ganz offiziell den Auftrag zu und entlässt sie, na dann mal an die Arbeit, meine Herren, leider müssen Sie das aber ganz alleine machen, Sie wissen ja, was bei uns los ist …

Wissen sie, wissen sie. Wenn Lehmann mal so zurückdenkt, hatte sogar die Stettiner Mordkommission seinerzeit mehr Mitarbeiter als jetzt das K1 hier, dabei war Stettin lange nicht so groß, von Berlin ganz zu schweigen. Einen Prostituiertenmörder haben sie damals gefasst im Sommer '39, er und Jastrow, der schon Kommissar war und außerdem aus Schivelbein stammte, und das ging so: Eine von den Käuflichen vom Holzhafen wurde mit eingeschlagenem Schädel in ihrer Wohnung gefunden, im Verdacht war auch schnell einer, ein Arbeitsscheuer, der wohl manchmal ihr Lude war und manchmal bloß ein alter Säufer, der im *Haus der Heimat* seinen Verstand um die Ecke brachte, und die beiden hatten sich angeblich gestritten. Nachweisen konnte man ihm aber nichts, und die Bande im *Haus der Heimat* hielt natürlich dicht, also verkleidete sich Lehmann als Arbeit suchender Seemann, was bei eins achtzig Größe und dem breiten Mahlower Bauernkreuz nicht weiter auffiel, und schmiss im *Haus der Heimat* eine Runde nach der anderen, und am Ende wurde der Kerl laut und gab damit an, wie er seiner Lise die Schnapsflasche auf dem Kopp zerdeppert hatte, und weg warse …! Sie haben den dann gleich verhaftet, und nachher kriegte er wegen Totschlags lebenslänglich Zuchthaus, kam aber kurz darauf ins KZ, von dem man ja damals noch dachte, es sei nur so eine Art Sonderzuchthaus.

Lehmann überlegt, wie alt er seinerzeit wohl gewesen ist, und kommt auf einundzwanzig. In den Monaten vor dem Kriegsausbruch war das, als noch alles seinen Gang zu gehen schien und die Ostmark eingesackt worden war und das Sudetenland und das Protektorat und das Memelgebiet, alles ohne Krieg, und als es schön war, ein Deutscher zu sein. Jetzt ist er dreißig, letzten Monat war sein Geburtstag, den hat er mit dem Poschinger Sepp im *Conti-Keller* gefeiert, was man sich nur leisten kann, wenn man was auf der Seite hat, und nebenan saßen, muss man sich mal vorstellen, Hans Albers und Erich Kästner mit irgendwelchen Weibern und soffen um die Wette, und Albers brüllte am Ende, stramm wie tausend Russen: Üch bün der Maharadscha von Whisky-Pur …!!!, dass man sich beinahe schämen musste für den alten Dummerjan, den keiner mehr sehen will, aber irgendwie ist es dann trotzdem noch ein ganz schöner Geburtstag geworden.

*

Für neun Uhr dreißig hat Professor Mühlfenzel vom Gerichtsmedizinischen Institut die Leichenschau angesetzt. Lehmann holt sich seinen neuen Dienstwagen, einen mausgrauen Opel Olympia, Baujahr '37, vom Fahrdienst und fährt mit Hölzl zum Universitätsklinikum, das sich in der Thalkirchener Straße, nicht weit vom Sendlinger Tor, befindet. Anfangs ist der Schwarzmarkt wohl in dieser Gegend gewesen, hier und am Deutschen Museum, da hatte die Möhlstraße auch noch nicht ihre heutige Bedeutung, aber in den Cafés und Boaz'n, wie man hier statt »Kaschemme« oder »Spelunke« sagt, treibt sich immer noch allerhand Gesindel herum. Die haben nämlich dazugelernt: Kontakt bei Ersatzkaffee und Gerstenkuchen oder auch bei unter dem Tisch ausgeschenktem Whisky, die Ware liegt unterdessen schön versteckt irgendwo am Stadtrand, wo Poschinger und das K4 nicht hinkommen, und wenn der Mittelsmann erwischt wird, pfeift ein Schwarzgelockter namens Isaak Rosenthal oder Hersch Grünfeld oder Salomon Lifschitz, der zum Ringverein gehört und irgendwo in Freimann oder Landsberg im DP-Lager sitzt und die ganze Operation leitet, sich eins und heißt Hase, und weil der Arme doch so gelitten hat, lässt man ihn in Ruhe und buchtet den Mittelsmann ein. Und Jack Lossowitsch, der Kopf des Ganzen, der

»Schmugglerfürst der Möhlstraße«, wie ihn eine Zeitung genannt hat, ist sowieso nichts weiter als ein Gerücht.

Bei Mühlfenzel handelt es sich um einen hageren Allgäuer, dem in unsichtbaren Buchstaben »Militärarzt« auf die Stirn tätowiert ist, immer zackig, immer auf Draht, um den Hals kann man, wenn man genau hinsieht, auch noch den schwarzen Kragenspiegel mit den Doppelblitzen sehen, aber das gilt natürlich nur für die Eingeweihten. Außerdem soll er '46 in Polen vor Gericht gestanden haben und freigesprochen worden sein, in schwieriger Lage Menschlichkeit gezeigt oder dergleichen, was da genau passiert ist und wo, weiß aber keiner so richtig. Im selben Jahr haben die Polen Rudolf Höß vor sein Lager hingestellt und ihm einen Strick um den Hals gelegt, aus Milde kann es also nicht geschehen sein. Zum Professor hat man Mühlfenzel erst vor Kurzem gemacht, schließlich braucht man auch an der Universität wieder Personal, genau wie bei der Polizei, und sein Spruchkammerverfahren hat er mit dem Urteil aus Polen in der Tasche wohl einigermaßen heil überstanden.

Der Herr Professor lässt warten und kommt dann mit wehendem weißen Mantel in den Saal gestürzt, aha, die Herren Polizisten …! Wenn man noch genauer hinsieht, kann man auch die langen Schaftstiefel an den Beinen sehen und die Walther an der Koppel und am Koppelschloss ein weiteres Mal die Runen, ob der das wohl alles vermisst, in Zivil ist so was ja nur ein halber Mensch.

Das Bündel vom See liegt schon fertig für die Untersuchung im Obduktionssaal. Kalt sieht der Tisch aus mit seinem stumpf gewordenen Edelstahl, der nicht schimmern will im blassen Morgenlicht dieses Freitags am letzten Tag im April. Morgen ist Tag der Arbeit, zu dem am Königsplatz vom Gewerkschaftsbund eine große Kundgebung veranstaltet wird, und die Schandis und ein paar von den Kriminalen werden Sonderschichten schieben müssen … die Fenster des Saals sind hoch und vergittert, was an sich ein Unsinn ist, von hier kann ja nun wirklich keiner mehr fliehen, aber in Deutschland gibt es viele unnötige Gitter vor den Fenstern, das ist Lehmann in Amerika aufgefallen, als er von einem Lager ins andere gebracht wurde und vom Zug oder Lastwagen aus etwas von dem großen Land sehen konnte. Mühlfenzel hat einen Assistenten mitgebracht, semmelblond wie Sepp Poschinger, lang aufgeschossen wie Vater Lehmann und hochgeknöpft und bebrillt wie ein junger Pastor, der zum ersten Mal vor seine Gemeinde tritt. Der Assistent wird, wie von der Strafprozessordnung vorgesehen, das Protokoll führen, und bevor er damit anfängt, schaltet er eine irgendwie durch den Krieg gerettete Bogenlampe über dem Obduktionstisch an, und damit ist das Licht nicht mehr blass, sondern böse und schneidend, und genauso zieht der Herr Professor dann die Augenbrauen hoch und beginnt mit der Arbeit.

»Also: Rumpf einer weiblichen Leiche ... im Zustand fortgeschrittener Leichenzersetzung, geben Sie mal das Maßband ... na, siebenundvierzig Zentimeter Länge sind's ... an den Handgelenken ist die Haut leicht angeschnitten, vermutlich gefesselt gewesen ... Rumpfhaut vorne blass, löst sich, kommen Sie doch her, Doktor Willkens, wir drehen sie mal um ...«

Mühlfenzel hat fast keinen Dialekt mehr, aber Lehmann hat für so was ein Ohr, manchmal macht der Herr Professor mehr ein »sch« als ein »s«, daran erkennt man den Schwaben anstelle des Oberbayern, was eine Unterscheidung ist, von der Lehmann nie erwartet hatte, sie einmal machen zu können.

»Also: Rückenhaut hart und vertrocknet ... und wieder zurück ... ja! Brüste sind kegelförmig, klein und zart ... Brustwarzen klein und blass ...« – da ist es: »Bruschtwartschen« sagt er beinahe – »... allgemein keine Narben und Verletzungen ... Achselhaare und Schamhaare spärlich und dunkelblond ... Handhaut löst sich, Moment, geben Sie doch mal den Spiegel her, Doktor Willkens ... Genitale unversehrt ... die Oberschenkelknochen sind kunstgerecht an den Hüftgelenken herausgelöst worden ... Trennungsfläche scharfrandig, ebenso am Hals ... Hals über dem Kehlkopf abgetrennt ... in der Haut Fliegenmaden. So!«

Das Ganze hat vielleicht zehn Minuten gedauert, und Lehmann fragt sich, wie viele Leichen man im Leben wohl untersuchen muss, um so einen Vorgang in diesem Eiltempo über die Bühne zu bringen. Mühlfenzel kritzelt noch rasch etwas in sein Notizbuch, gönnt dabei den beiden Polizisten vor ihm nicht den geringsten Blick, dann schießt sein Kopf wieder hoch, und man sieht, dass seine Nase ein bisschen zu sehr nach pommerscher Kartoffel aussieht, gar nicht stolz und adlerhaft und preußengleich, wie es einem Offizier zustünde, ob dem das nahegeht? Die Augen sind dafür aber schon ziemlich preußisch durchdrungen, den Blick kennt Lehmann zur Genüge, viele haben ihn ja gehabt in der großen Zeit im Osten, und siehe da, wenn der Herr Professor ein bisschen zackig redet, kommt gleich das angelernte Militärhochdeutsch durch:

»Meine Herren, den vorläufigen Bericht bekommen Sie dann so schnell wie möglich; was drinstehen wird, kann ich Ihnen aber bereits jetzt mitteilen: weibliche Leiche, Todesursache nicht feststellbar, Liegealter drei bis vier Wochen oder länger, sonst hätte sich die Haut noch nicht abgelöst, und die Vorderseite hat ja, wie Ihrem Bericht zu entnehmen ist, im Wasser gelegen. Viel länger kann es aber auch nicht gewesen sein, wegen der fehlenden Verwesung. Alter so zwischen zwanzig und dreißig Jahren, wegen der Körpergröße schaue ich noch mal in der Tabelle nach, dürfte aber so um die eins sechzig bis eins siebzig liegen. Das wäre es dann? Ich hätte noch Vorlesung.«

Lehmann überlegt und würde gerne etwas Gescheites fragen, ist aber so schnell gar nicht mitgekommen. Dafür hat Hölzl aufgepasst:

»San S' mir net bös, Herr Professor, aber des Stück von dem Bein müssten S' scho aa no anschauen …«

Wie der Mühlfenzel da schluckt und böse seinen Herrn Assistentendoktor ansieht, aber der kann ja gar nichts dafür, dass der Herr Professor so vergesslich ist, denn das Stück Bein ist da, in einer Metallschale, die auf einem anderen Tisch steht, man muss es sich nur nehmen und ansehen.

»Ah ja …«

Mühlfenzel rauscht also mit langen Schritten zu dem anderen Tisch hinüber, um die Arbeit ordnungsgemäß zu Ende zu führen, und Doktor Willkens nimmt wieder seinen Schreibblock. Lehmann schielt zu Hölzl hinüber, beinahe fängt er an, den Kollegen zu mögen, und dann schielt Hölzl zurück, und um seine Mundwinkel zuckt es so eigenartig.

»Also, viel zu sehen ist ja nicht, machen wir mal rasch … ein Stück Schienbein und Wade, Moment … fünfzehn Zentimeter lang … zerhackte Trennungsfläche … beginnende Fettwachsbildung … äh … ja, Oberhaut fehlt. Na bitte, das war's doch schon …«

»Würden S' sagen, dass des von derselben Leiche kommt?«

Hölzl hat dieses Mal gar nicht abgewartet, bis der Herr Professor wieder seine Ich-hab's-eilig-meine-Herren-Nummer gibt, ist gleich auf ihn losgehumpelt und steht jetzt zwischen dem Obduktionstisch und der Tür, wobei er in dem alten Lodenmantel und mit dem Hut aussieht wie ein Waldschrat, aber genauso muss man's machen, so geht man um mit diesen Brüdern, da können die noch so gutsbesitzergleich die Augenbrauen hochziehen:

»*Das* ist wohl ein bisschen schwierig festzustellen, Herr Oberkommissar, ich kann ja noch nicht einmal mehr die Blutgruppe bestimmen. Wenn Sie noch ein paar Teile finden, können wir versuchen, sie … äh, zusammenzusetzen, aber so …«

»Aber des Abtrennen, des is sicher *net* mit demselben Instrument passiert, oder? Und Herr Hauptkommissar bittschön, Herr Professor.«

Diese Art gefällt Mühlfenzel nun überhaupt nicht.

»*Offensichtlich* nicht, Herr *Haupt*kommissar … Beine und Kopf vielleicht mit einem Skalpell oder einem sehr scharfen Fleischermesser, das Bein mit einer … mit irgendeinem … Hackebeilchen, würde ich mal sagen.«

Hackebeilchen sagt der und findet sich wohl lustig. Hölzl lässt sich aber von so was nicht beirren.

»Jetzat aber noch amol zu den Händen: Meinen Sie, die hat sich g'wehrt, weil S' sagen, die Haut is oag'schnitten?«

Mühlfenzel seufzt. Ganz leicht bloß, dass sie es gerade so hören können. Der muss weit oben gestanden haben damals. Und ganz unten ist er jetzt ja schließlich auch nicht unbedingt angelangt.

»Ja, aber nur leicht. Da saßen wohl die Fesseln ein bisschen stramm. Wenn sie sich gewehrt hätte, müsste es Hautabschürfungen geben, tiefere Einschnitte et cetera, außerdem ist sie auch nicht geschlagen worden, es gab keinen Kampf, jedenfalls sind auf dem Torso keine Spuren in dieser Richtung festzustellen. Vielleicht hat man die Dame … unter sedierende Drogen gesetzt, was weiß ich.«

»Und des können S' net mehr herausfinden, ob's davon Spuren gibt, von diesen, wie sagen S', sedierenden Drogen?«

Mühlfenzel zuckt leichthin mit den Achseln.

»Arsen oder andere Gifte sind lange nachweisbar. Wenn Sie Haschisch oder Opium geraucht hat, ist es beinahe unmöglich, ebenso bei Morphium, Laudanum und so weiter. Wir werden die üblichen Analysen durchführen, mehr kann ich Ihnen nicht versprechen.«

Lehmann hat aber die ganze Zeit an etwas völlig anderes gedacht.

»Hat sie … hat die Tote … Verkehr gehabt?«

Alle sehen ihn an, weil er das gefragt hat, was jeder hätte fragen müssen. Warum aber ist er darauf gekommen, und die anderen alle nicht?

Mühlfenzel fährt sich mit der Zunge über die Lippen und sieht sich die Leiche noch mal an.

»Keinen gewaltsamen jedenfalls. Die Scheidenwand ist unverletzt, und Samenspuren kann ich nach dieser langen Zeit nicht mehr nachweisen.«

Lehmann nickt, danke, Herr Professor. Der Herr Professor nickt auch, danke, Herr Lehmann, nee, der weiß ja seinen Namen gar nicht, jedenfalls hat er nicht gefragt, und Lehmann war erst einmal hier, aber da waren viele Amerikaner mit dabei.

Dann muss der Herr Professor aber wirklich – meine Herren, die Pflicht ruft! Hölzl hat dieses Mal nichts dagegen, also deckt Doktor Willkens alles wieder zu, und die vorläufige Leichenschau ist beendet.

Draußen im Auto gehen sie das Ganze noch mal durch: Die Frau oder das Mädchen oder vielleicht die Dame, wie Mühlfenzel sagt, ist nicht vergewaltigt, auch nicht geschlagen worden – aber man hat ihr die Hände gefesselt. Vielleicht hat ihr vorher jemand Rauschgift gegeben, und dann, irgendwann zu einem späteren Zeitpunkt, ist dieser jemand oder ein anderer gekommen und hat ihr den Kopf und die Beine abgeschnitten, entweder vor oder nach ihrem Tod. Von den Beinen oder wenigstens einem Teil davon zieht er dann die Haut ab und zerhackt sie, vorher oder nachher, mit einem … Hackebeilchen. Lehmann denkt an einen Kinderreim, den man gesungen hat, als er fünf oder sechs war, über den schwarzen Mann: Warte, warte nur ein Weilchen, bald kommt Haarmann auch zu dir, mit dem kleinen Hackebeilchen macht er Leberwurst aus dir …

Hölzl winkt schließlich ab und meint, dass sie jetzt mit dem Spekulieren aufhören und mit der Aufklärung anfangen sollten, wozu sie sich aufteilen werden. Er selbst mit seinem schlimmen Fuß bleibt im Präsidium und hört sich um, was die Sitte zu sagen hat, was bei den Vermisstenfällen und im Zentralregister in der Türkenstraße zu holen ist und ob es nicht ähnliche Fälle anderswo gegeben hat. Wenn es ein Lustmörder gewesen ist, kann der das ja auch in anderen Städten auf diese Art gemacht haben, man muss nur an den Fall Bruno Lüdke denken, der noch im Krieg erwischt wurde und die Frauen gleich dutzendweise erwürgt haben soll, wenn es ihn überkam, und das im gesamten Reichsgebiet ... Was ist aus dem Lüdke eigentlich geworden, irgendwie im Krieg untergegangen, die Geschichte, aber Lehmann schießt die Frage nur kurz durch den Kopf, weil er ja noch seinen Teil der Aufgaben mitbekommen muss: nach Langwied hinausfahren, im Lager herumfragen, die Leute von der Baufirma aushorchen, vor allem, was den Schutt angeht, und sich überhaupt mal ein Bild von der Lage machen, was Hölzl natürlich anders ausdrückt.

»Passt Eahna des?«

»Passt scho ...«

Na, jetzt guckt der Hölzl aber mal ... Lehmann guckt aber auch, weil ihm das wieder so rausgerutscht ist. Der Kollege fängt an zu grinsen und hebt scherzhaft drohend seinen Zeigefinger.

»Jetzt fangen S' bloß net an, boarisch z' reden, Herr Kollege, des dad i Eahna übel nehmen ...«

Lehmann fährt also später wieder zum Langwieder See hinaus und versucht sich ein Bild zu machen. Das hat der liebe Gott verboten, aber gemacht wird es ja doch, Lehmann hat den Kleinen Katechismus ungern gelesen, aber doch auswendig lernen müssen und auch den Großen, beide hinten im Gesangbuch, beide von Doktor Martin Luther, beide unter Prügeln eingebläut. Was ist das? Das ist, dass man nicht soll und nicht darf, aber doch immer will. Nattern und Otterngezücht, sagte der Pastor, wenn er sich in Rage redete, über vieles hat er sich damals in Rage geredet an den Sonntagen, über die Sünde in der Großstadt und die harte Lage der bäuerlichen Schicht, nie aber ist ein schlechtes Wort über seine Lippen gekommen über das, was ins Rollen kam und nicht mehr mit dem Rollen aufhören wollte, über die Braunhemden in ihrer Macht, als sie die Gotteshäuser der Schwarzgelockten in Schutt und Asche legten, auch die Synagoge in Schivelbein, Am Dahliengarten hieß das nachher, weil nur noch ein Garten da war, eben mit Dahlien drin, und Liebespaare konnten auf den Bänken sitzen. Mit Elena Spanier hätte Fritze Lehmann da sitzen können, der Tochter von Chaim Spanier, dem Schivelbeiner Pferdejuden, aber das ist ja dummes Zeug, dumm't Tüch, Elena Spanier ist schon nicht mehr da gewesen '38, er auch nicht, er war schon in Stettin, und die Bänke waren ja auch nur für Arier erlaubt, da hätte er dann alleine sitzen müssen.

Jedenfalls ist Lehmann konfirmiert, »Ich lege mein Leben in Deine Hände« ist sein Konfirmationsspruch, Abendmahl hat er auch gehalten, wenn auch nur vor dem Krieg, also macht er sich jetzt ein Bild: dunkelblond war die sicher, so wie oben, so wie unten, haben schon die Arbeiter vom Lehrhof immer gemeint, die aber auch nichts davon verstanden. Ob sie ein hübsches Gesicht gehabt hat? So um die eins sechzig, eins siebzig, meint der Herr Professor, gute Größe ist das, nicht zu klein, nicht zu groß ... Lehmann ist eins achtzig, nicht ganz die Höhe, die bei den Lehmanns üblich ist, aber da hat es einen Seemann gegeben, hieß es im Dorf, Magda Lehmann – seine Mutter heißt wie die mittlere Schwester – hat ihren eigenen Vater nie kennengelernt, so war das, und auf diesen Seemann mussten die fehlenden zehn Zentimeter zurückgehen, denn in der restlichen Familie sind alle Männer den Riesen gleich. Und für ne Frau ist das gut, wennse kleiner ist als der Mann, das passt besser ... die Brüste waren kegelförmig, klein und zart, das waren die Worte des Herrn Professors. Lehmann schwelgt in Gedanken an diese kegelförmigen, kleinen und zarten Brüste, er mag breite Hüften nicht und auch keinen Speck auf den Rippen und keine rosigen Wangen, was alles die Mädchen in Pommern auszeichnete, bis auf Elena Spanier, die aber ja eine Schwarzgelockte war und deshalb was anderes. Schlank und rank muss eine sein, und keinen fetten Hintern darf sie haben, dann guckt der liebe Fritz mal hin und denkt sich seinen Teil ... von der äußeren Verpackung haben sie ja nichts gefunden, aber Lehmann macht sich auch hier ein Bild: Nylons sicher und ein Kleid, arm hätte sie natürlich sein können, aber er will trotzdem, dass sie Nylons getragen hat und ein Kleid, das macht sich besser in der Vorstellung, vielleicht war sie ja arm, hat aber trotzdem einen Ami gehabt, und von dem kommt dann der Sack, man darf nichts ausschließen an Hypothesen, hätte Jastrow gesagt. Letztens haben sie einen Anschlag im Präsidium herumgereicht, illegal natürlich, den hat irgendein Deutschnationaler selbst gemalt, abgezogen wer weiß womit und an die Bretterwände der Stadt geklebt, neben »Suche echten Kaffee« und »Wo ist mein Mann?«, nicht wirklich gut gezeichnet, eher so, wie man das in der Volksschule gemacht hat, im Vordergrund ein Landser mit Stahlhelm auf dem Kopf und eingefallenen Wangen, der stirbt da vor sich hin auf dem Bild, und man sieht auch Feldkreuze im Hintergrund, so eins hat Jastrow in seinen Sümpfen am Pripjetfluss gekriegt, und dann noch so ein Amiflitscherl daneben, »Flitscherl« sagen sie hier statt »Flittchen«, lange Beine und geile Wimpern und im geblümten Kleid, Veronica Lake oder Rita Hayworth waren nichts dagegen, und die Bildunterschrift lautete: »Der deutsche Soldat brauchte fünf Jahre, um besiegt zu werden, die deutsche Frau nur fünf Minuten«, und das hat seine eigene Wahrheit.

Als Lehmann merkt, dass er ihm hart wird, ob nun wegen Elena Spanier, dem gezeichneten Amiflitscherl oder der Toten vom Langwieder See, lässt er das sein mit dem Sich-ein-Bild-machen und fängt laut an zu zählen, bis hundert muss das mindestens gehen, denn er fährt mitten auf der Nymphenburger Straße mit seinem grauen Opel Olympia und kann es sich schlecht selbst machen, auch wenn ihm furchtbar danach ist … bei dreißig kommt er an den Kreisverkehr, wo die Autobahn anfängt, bei sechzig hat er den Baggersee erreicht und hört mit dem Unsinn wieder auf.

Diesmal stellt er den Wagen oben auf dem Schuttwall neben der Autobahn ab und steigt aus, um sich zu Fuß umzusehen. Die ganze Gegend hier sieht aus wie eine einzige große Baustelle, nichts ist fertig, überall wird gegraben, überall liegt etwas herum, um das sich niemand mehr kümmert: Bauschutt, Maschinenteile, leere Flaschen – vielleicht hat es hier einmal große Vorhaben gegeben, ein Autobahnkreuz, eine Bahnüberführung oder dergleichen, aber im Herbst '39 war dann sicher Schluss damit, da haben die Bauarbeiter ein Gewehr nehmen müssen, und wer blieb oder aus dem Osten zum Arbeiten geschickt wurde, der ist zum Patronendrehen gekommen. Jetzt wird wiederaufgebaut, am Nordwestufer des Sees ist ein Kettenbagger gerade dabei, einen Lkw zu beladen, schwarz quellen die Abgase aus seinem dunkelblauen Leib, und der schwere Dieselmotor ist bis zu der Stelle zu hören, an der Lehmann auf dem Kieswall steht. Er mag schwere Dinge und vor allem schwere Maschinen, wäre auch gerne Panzer gefahren im Krieg, dann hätte er vielleicht das EK bekommen oder sogar das Ritterkreuz und hätte vor allem nicht in den Wald von Sarny gemusst, der so finster in Wirklichkeit gar nicht war, ein paar Kiefern und Birken und Buschwerk gab's da, und überall schien die Sommersonne durch die Zweige hindurch … er will jetzt aber nicht mehr daran denken und auch nicht an das, was Sepp Poschinger ihm heute Morgen erzählt hat.

Gegenüber gibt es noch einen Feldweg, Hölzl hat wohl nichts davon gewusst, aber der muss auch irgendwo hinführen und zu einer Straße werden, die dann in eine andere Straße mündet, von der aus man in die Stadt kommt. Das wäre für die Zufahrt das Einfachste. Jeder hätte diesen Weg nehmen können, jedenfalls jeder, der ein Auto hat, was natürlich nicht auf so viele Menschen zutrifft in diesen Tagen und in diesem Land. In Amerika haben sie ja alle ein Auto, erst ist es ihm erzählt worden, da hat er es nicht glauben wollen, aber dann hat er es mit eigenen Augen gesehen, wenn er das Lager wechseln musste, selbst die kleinen Bauern fahren ihren alten Ford, das glaubt einem ja keiner hier … und die Bauarbeiter in ihren abseits gelegenen Baracken pennen nachts sicher tief und fest, schwere Arbeit und nüscht zu futtern, das kennt man ja, in der Ernte hat Lehmann, wenn das Tagwerk beendet war, auch geschlafen wie ein Stein, da hätte man das ganze Dorf erschlagen können, und er wäre nicht davon aufgewacht, zu essen hatten sie aber immer genug, Schwarzbrot und Schinken und Leberwurst, und auch zu trinken, Fliederbeersaft für die Frauen und die Kleinen, Bier und Schnaps für die Männer … auf der anderen Seite der Autobahn sieht man ein paar Bauernhöfe liegen, da ist die Stadt noch nicht hingekommen mit ihren Steinwüsten, die jetzt wirkliche Wüsten sind.

Der Fundort ist immer noch abgesperrt. Von den Aubinger Schandis ist nichts zu sehen, wahrscheinlich haben die auch nicht genügend Leute für alles und kommen erst später zum nochmaligen Absuchen. Lehmann steigt wieder die Uferböschung hinab: derselbe Unrat, dieselbe Kohlenschlacke, dieselben zersplitterten Bretter, jetzt sieht er auch das eine große Brett, unter dem die Leiche gelegen haben muss. Er schaut es sich genauer an, von allen Seiten, aber es ist nur ein Brett, nichts weiter, faulig und grünlich und morsch, auf der Unterseite wachsen Schwammpilze, das hat also wohl vorher schon länger im Wasser gelegen. Was ist eigentlich mit den Kleidern der Toten passiert, verbrannt, vergraben, in der Möhlstraße verkauft? Oder sie liegen da irgendwo tief unten im See. Vielleicht sollten sie bei den Amerikanern um einen Taucher bitten, aber Polizeipräsident Pfitzer bittet die Amerikaner nicht gerne um etwas, die Deutschen sollen beweisen, dass sie es schon wieder alleine können, und außerdem weiß man ja auch nicht, wie es da unten aussieht, vielleicht gibt es da lauter Schmodder und Schiet, wie man hier unten aber ganz bestimmt nicht sagt, und es ist dann gar nichts zu sehen, der See ist eh viel zu groß für so eine Suchaktion – Lehmann ertappt sich manchmal dabei, wie er kleine Worte und Ausdrücke benutzt, die es nur hier in Bayern gibt, »gell« und »passt scho« und »heuer« und »eh«, das gefällt ihm nicht, er kann aber auch nichts dagegen machen; ob er in fünf Jahren schon bayerisch quatschen wird, gehen S' weida, Herr Kollege, des pack ma scho, das mit dem Englischen ist auch schnell gegangen – überhaupt, da muss einer erst ins POW Camp, damit er merkt, dass ihm das Sprachenlernen liegt, in Mahlow hätte er das nie herausbekommen, wahrscheinlich noch nicht mal in Stettin.

Im Barackenlager findet er nur kleine Kinder und ein paar alte Frauen, die Wäsche aufhängen. Sie wissen von nichts und schicken ihn zum Bauhof von Paszensky & Grandler, der noch weiter südlich vom See gelegen ist, an dem Feldweg, der hinter dem Lager tatsächlich zur Straße wird.

Auf dem Bauhof wartet zwischen Bretterstapeln, Ziegelsteinen, Zementsäcken und Sand der Lagerleiter Rusniak, seines Zeichens auch Materialverwalter, und der hat gestern nach Aussage von Frank das Revier in Aubing alarmiert. Rusniak muss ihn von Weitem gesehen haben, er steht da mit Schnurrbart und aufgeknöpftem Kittel, die Hände in den Taschen seiner weiten Manchesterhosen, und lauert ihm entgegen, breit und hoch und misstrauisch wie ein alter Kompaniefeldwebel, der aufpasst, dass bei keinem seiner Schäfchen die Mütze schief sitzt.

»Na, glaubense mal nich, datt ich Ihnen viel verzählen kann …«

Rusniak kommt ursprünglich aus Westdeutschland und erzählt dann aber doch einiges: dass die Firma zuletzt im Januar dieses Jahres Bauschutt an der Stelle am Seeufer abgeladen habe, dass die Bretter aber von dem Bauern Anzinger aus Aubing stammten, der sie dort auch schon vor Monaten hingebracht habe, vielleicht sogar schon im Vorjahr, im Herbst '47, und dass keiner in diesen Zeiten so genau wisse, wer dort alles seinen Dreck hinterlasse, Sie wissen ja, wie datt is … Lehmann weiß das nicht, zu Hause in Mahlow war das anders, da hat es eine Schuttkuhle gegeben, eine aufgelassene Tongrube, in die hat jeder seinen Abfall gebracht, wie der Administrator vom Vorwerk das eingerichtet und auch in regelmäßigen Abständen überwacht hat, man war eben arm, aber reinlich in Pommern. Er fragt Rusniak nach dem Feldweg, der zur Straße wird. Der Lagerleiter zeigt einmal in die Runde, wozu er eine Hand aus der Hosentasche nehmen muss.

»Och, datt geht da voahne auf die Straße nach Allach und Untermenzing und denn einmal umn See rum, nä. Hinten über die Autobahn, und denn nach Aubing ins Doahf, vorher jibbet noch ne Abzweigung nach Langwied, da wohnen die Bauern, wissense, die laden ehm immer ihrn Kram hier ab.«

Und Rusniak erzählt noch mehr. Das mit dem Bauschutt habe nicht die Firma Paszensky & Grandler selbst erledigt, sondern der Fuhrunternehmer Franz aus Neuaubing, der Schutt stamme von dem Bahndamm zwischen Karlsfeld und Langwied, den man neulich abgetragen habe. Den Wall zwischen See und Autobahn habe man erst vor zwei Monaten angelegt, damit die Leute nicht mehr einfach so von der Autobahn herunterfahren könnten, um den Weg nach Allach abzukürzen, oder auch bloß, um ihren Abfall ins Wasser zu werfen.

»Na, datt hatt ja nu nich so geklappt mit dem Abfall, ne …«

Lehmann weiß nicht, ob er lachen oder sich schütteln soll über den dicken Kerl, der so breit gemütlich Witze über allerhand Abfall macht, kommt dann aber zu keinem von beiden, weil Rusniaks Frau auftaucht und sich zu ihnen gesellt, auch nicht gerade dürr und klapperig, man ist eben Lagerleiter und Lagerleitergattin, da hat man Möglichkeiten, und die erzählt dann zunächst das Gleiche wie ihr Mann, weiß dann aber noch mehr, als Lehmann nach fremden Autos am See fragt.

»Fremde Autos? Nähhhhh … Bloß im Sommer, ne, da sinn immer die Amis da mit ihren dooitschen Freundinnen, oder watt datt is …«

Man nennt das Nutte, liebe Frau, »Nutte« wie »kurva« und »Brot« wie »chléb« …

»Wo denn genau?«

Na, natürlich nicht bei ihnen in der Nähe der Hütten, datt trauen die sich nich, Herr Kommissar, Lehmann wird den Teufel tun, der Frau zu sagen, dass er bloß Kommissär ist, aber am entgegengesetzten Ufer, da stünden dann immer diese Straßenkreuzer herum, und laute Musik würde auch gemacht.

»Unn Nehga sinn manchmal auch dabei …«

*

Bei Franz in Neuaubing kann sich niemand mehr so recht an den Auftrag von Paszensky & Grandler erinnern, den Fahrer wissen sie aber noch, Alois Vogler, aber der ist entlassen worden, vor einiger Zeit schon, g'soffen hat er, verstehen S'? Lehmann lässt sich die Adresse geben und freut sich halbwegs, dass er endlich einmal die Stadt kennenlernt, jedenfalls den Teil hier draußen im Westen, wo er noch nie gewesen ist, hauptsächlich hat er sonst in der Innenstadt und in Schwabing zu tun, da geraten die G. I. nachts öfter mal in Schwierigkeiten und brauchen einen Dolmetscher, den Schleißheimer Wald hat er im Februar durchkämmt, wegen der beiden, die dort von den Zigeunern kaltgemacht worden sind, und in den Süden der Stadt kommt er sowieso öfter, weil dort die Militärregierung sitzt; außerdem gibt es in dem Stadtteil eine requirierte Villa, und in der wohnt der Mensch namens Nowak, der einmal Sturmbannführer bei der Totenkopf-SS war und die lichten Kiefern und Birken im Wald von Sarny genauso gut kennt wie er selbst.

Nicht, dass es hier draußen schön ist, von wegen Isar-Athen, wie die von Lederer immer angibt, ein niedriges graues Häuschen nach dem anderen, kaum größer als die Landarbeiterkaten zu Hause in Pommern, Karnickel- und Gänseställe vielleicht, aber keine Herrenhäuser. Lehmann will einmal nur in einem Herrenhaus leben, das hat er sich geschworen, als er aus Mahlow weg nach Stettin ist, bis jetzt hat es meist nur zu doppelstöckigen Betten in Holzbaracken und Polizeikasernen gereicht und augenblicklich zu einem Zimmer in der Schellingstraße bei Eurer Durchlaucht Sieglinde von Lederer, aber er ist ja noch jung und hat noch viel vor sich. Wenn er sich auch meistens nicht so fühlt.

In einem der grauen Karnickelställe wohnt Alois Vogler, und als der Lkw-Fahrer die Tür aufmacht, meint man, er habe seit seiner Entlassung mit dem Trinken nicht mehr aufgehört, so verquollen sind die Augen, so unruhig die Hände. Erst will er sogar einen Durchsuchungsbefehl sehen, aber Lehmann weiß was Besseres:

»Dann erklären Sie mir aber erst mal, woher Sie den Alkohol haben …«

»Alkohol, Herr Kommissar, wos denn für an Alkohol? Mei, kommen S' doch nei …«

Wo Bauern sind, da wird Schnaps gebrannt, auch so eine Weisheit, die man nur kennt, wenn man selbst vom Land kommt, und man schreibt das Jahr 1948, da sieht das die Obrigkeit noch weniger gern als sonst. Vogler ist also brav wie ein Schoßhündchen und erzählt so gut er kann von dem Auftrag für Paszensky & Grandler, den er aber schon im vorigen Herbst gefahren haben will, ganz genau weiß er das:

»Mei, da hat nämlich mei Schwester G'burtstag g'habt am näksten Dagg …«

Lehmann hört sich das noch eine Weile an, aber am Ende glaubt er Vogler seine Geschichte, denn an den Geburtstag seiner Schwester erinnert man sich ja, auch wenn man noch so schlimm säuft, dabei fällt ihm ein, dass er Magda noch schreiben muss, sie will im August heiraten, kann nicht mehr länger warten, auch wenn die Eltern und Annemarie noch auf Rügen sind, aber er solle doch kommen, wo sie sich seit fünf Jahren nicht gesehen hätten, er bei der OrPo und im Kriegsgefangenenlager, sie Krankenschwester, und jetzt heiratet sie einen Bauern … jedenfalls sieht es nicht so aus, als ob die Leiche mit dem Bauschutt von Paszensky & Grandler an den See gekommen ist.

Bleibt Bauer Anzinger. Lehmann nimmt den Opel und fährt am Baggersee vorbei und über die Autobahnüberführung nach Aubing, das noch ein richtiges bayerisches Dorf ist mit einem Maibaum in der Dorfmitte und einem *Alten Wirt* daneben, auch wenn hier alles seit '37 zur Stadt München gehört, wie Hölzl ihm erzählt hat. Im *Alten Wirt* isst Lehmann zu Mittag, markenfreies Stammessen, Schwarte mit Sauerkraut – wenn man den Koch im Lager von Amarillo in Texas fragte, was es denn zu Mittag geben würde, sagte er immer »Hüüt? Hüüt gifft Swienschiet mit Dill«, weil er keine Lust hatte, das Essen anzusagen und außerdem aus Bremerhaven kam, wo man wohl diese Art von Platt redet, und wenn Lehmann sich jetzt die Schwarte mit uraltem Sauerkraut ansieht, die er vorgesetzt bekommt, möchte er am liebsten die Schweinescheiße mit Dill haben, die einem dieser Koch immer versprochen, aber nie gekocht hat. Er fragt sich dann nach dem Hof von Anzinger durch; als er ihn findet, wünscht er sich selbst einen Dolmetscher:

»Jo mei, des mit dehne Dochlottn, des woass i nimma ßo g'nau, ob des heier woar oder im fiarigen Joahr …«

Das ist schon kein Münchnerdeutsch mehr, das ist Kuhstallbayerisch, denkt sich Lehmann, versucht aber sein Bestes, Anzingers heiseren Dialekt zu verstehen. Soweit ihm das gelingt, hat der Landwirt die Bretter, bei denen es sich eigentlich um Dachlatten handelt, auch schon im vorigen Herbst am See abgeladen, von seiner alten Scheune sollen sie stammen, die will Anzinger damals abgerissen haben. Mit dem vorigen Herbst hatte Vogler es auch schon, fällt ja schon beinahe auf, dass im Winter und im Frühjahr keiner am See gewesen sein will ... Lehmann versucht es dann mit der Methode Jastrow, Konzentration und Reinträumen, nehmen wir doch mal an, Anzinger ist doch irgendwie verwickelt in die Geschichte, wie kann der denn verwickelt sein ... aber ja, auf dem Hof sind sicher Ostarbeiter gewesen, vielleicht Ostarbeiterinnen, vielleicht eine polnische oder ukrainische Melkerin, die nach dem Zusammenbruch hiergeblieben ist wie so viele, weil sie nicht zurück nach Hause in das Reich von Genosse Stalin, sondern nach Amerika will, und dann passiert es einfach, tierhafte Triebe, hätte der Pastor gesagt, ein Schlachtermesser, eine Axt, ein Kälberstrick, so etwas hat jeder Bauer im Haus.

»Hatten Sie Fremdarbeiter auf dem Hof?«

Anzinger schaut ihn erstaunt aus seinen rosigen, dicken Bayernbäckchen heraus an.

»Wen moahnan S'? Den Drago, unsern Serben, moahnan S'?«

Es stellt sich dann heraus, dass Anzinger Soldat gewesen ist, im Charkower Kessel sei er gewesen, habe dort Glück gehabt, sei dann nach Frankreich versetzt worden und später in Gefangenschaft geraten, aber nur kurz, weil er ja seinen Hof habe bewirtschaften müssen. Die Bauern haben damals in der Hinsicht alle Glück gehabt, wenn sie nicht gerade aus dem Osten kamen wie Familie Lehmann, und während all der Zeit hat anscheinend ein serbischer Fremdarbeiter hier zu Hause die Arbeit für Anzinger erledigt, ein sauberer Mensch, ein anständiger Mensch, ein guter Mensch, der is fürn Pehda, den Kini vun Serbien, net fürn Tito, und deshalb sei der Drago auch in München geblieben und lebe jetzt im DP-Lager in der Luitpoldkaserne wie alle anderen königstreuen Serben, manchmal komme er aber noch zu Besuch und setze sich mit an den Tisch und esse auch mit wie einer, der zur Familie gehöre.

»Auf den loss i nix kimma ...!«

Lehmann hakt seine ukrainische oder polnische Melkerin ab, aber vielleicht hat ja Drago, der Serbe, eine kleine Freundin gehabt, die plötzlich einem anderen schöne Augen gemacht hat, man kann nie wissen, bei Gelegenheit muss er mal in das DP-Lager, sich vorher am besten mit den Amis gut stellen, damit sie ein paar MPs mit reinschicken und so weiter … er sieht Anzinger noch mal fest in die blauen Augen, wird der nervös, nein, der bleibt ruhig, ganz anders als der Lkw-Fahrer Vogler vorhin, der seinem Blick die ganze Zeit ausgewichen ist. Lehmann hat Angst in den Augen der Menschen gesehen, große Angst, er weiß, wie Angst aussieht, und hier sieht er keine.

*

Hölzl hat unterdessen auch kein Glück gehabt. Die Sitte hat in dieser Woche zu vermelden: eine Festnahme im Volksbad, wo sich ein Mann von einem anderen Mann unsittlich am Geschlechtsteil hat berühren lassen, der andere Mann war noch sehr jung; dann ein dritter Mann, der im Englischen Garten sein Glied einer Gruppe von Grundschülerinnen gezeigt hat, woraufhin diese ihre Lehrerin alarmierten, die den Unhold in die Flucht schlug; ansonsten die üblichen Bordsteinschwalben, die vom Stachus und vom Viktualienmarkt in die Ettstraße gesegelt gekommen sind und eine Nacht mit zerrissenen Nylons und verschmiertem Lippenstift in der Zelle verbracht haben, auch diese Frauen waren noch sehr jung; noch jünger aber waren die ebenso üblichen minderjährigen Ausreißerinnen, die ihrem illegalen Gewerbe im städtischen Übernachtungsbunker in der Thalkirchner Straße nachgegangen, dort aufgegriffen und am nächsten Tag mit dem ersten Zug wieder nach Hause geschickt worden sind, wobei man inständig hofft, dass sie dort auch ankommen werden. An unaufgeklärten Frauenmorden, bei denen aufgrund einiger Informationen über die zur Tat führenden Umstände noch eine gewisse Möglichkeit besteht, dass die Münchener Polizei die Tat irgendwann einmal aufklären wird, liegt in den Aktenschränken: die Rechtsanwaltswitwe aus dem Grünwalder Forst, bei der es sich aber eindeutig um einen Raubmord zu handeln scheint; die Griechin aus den Freimanner DP-Lagern, die im Januar einen Tag nach den beiden G. I. im Schleißheimer Forst ermordet wurde, aber hier stehen die Kollegen in der britischen Zone kurz vor einer Festnahme, immerhin kann man mal nachfragen; dann die kleine Sudetendeutsche, die es letzten Sommer im Planegger Wald erwischt hat, da haben die Kollegen von der Kriminaldirektion West immer noch die verheiratete Liebschaft im Visier, die bei der Sparkasse in Starnberg zusammen mit der Toten beschäftigt war; schließlich noch eine Kriegerwitwe, die schon im Frühjahr '45, zwei Tage vor Einmarsch der Amerikaner, erschlagen worden ist, aber da hat es zum einen keinerlei Anzeichen für einen sogenannten sexuellen Missbrauch gegeben, zum anderen ist der Täter halbwegs sicher erkannt, ein französischer Fremdarbeiter vom Gut Fürstenried, mit dem die Tote ein Verhältnis hatte, der aber in den Wirren des Zusammenbruchs unerkannt nach Frankreich entkommen konnte. Den Josef Göttner, »Blaubart von München« nennt man ihn, weil er zwei Frauen auf dem Gewissen und mehrere andere brutal fast bis zum Tode gequält hat, haben sie letzten Juli erwischt, und er steckt jetzt in Haar in einer Zwangsjacke in einem Raum mit nachgebenden Wänden, mal nachfragen, ob der noch sitzt, aber Hölzl hat schon angerufen, ja, der sitzt noch.

Das sind ganz unterschiedliche Aktenmengen, die da auf Hölzls Schreibtisch liegen, obwohl die Frauen ja alle gleich tot sind, für die Kriegerwitwe beispielsweise nur ein paar Blätter, was natürlich kein Wunder ist bei den Umständen damals, für die Sudetendeutsche dagegen ein ganzer Berg, da haben sie wohl halb Starnberg und Planegg vernommen im Laufe der Ermittlungen. Bleiben noch die Vermisstenmeldungen, aber auch dort hat niemand angezeigt, dass ihm abhandengekommen ist: ein schlankes, junges Mädchen, zwischen zwanzig und dreißig Jahre alt, vermutlich dunkelblond, mit schmalem Becken und zarten, kegelförmigen Brüsten, keine weiteren Einzelheiten bekannt. Na, das kann ja was werden, denkt sich Lehmann, keine Kleider, kein Kopf, kein jar nüscht, wenn der Erkennungsdienst nichts aus den Fingerabdrücken machen kann, wird am Ende eine Akte dabei herauskommen, die noch dünner als die der Kriegerwitwe ist.

Er diktiert Hölzl wieder in die Maschine, was er draußen vor der Stadt herausgefunden hat, und deutet auch das mit dem Bauern und dem Serben an, nicht zu auffällig, nachher stimmt das noch, und er muss sich die Lorbeeren mit dem Kollegen teilen, aber doch deutlich genug, was Hölzl aber gar nicht interessiert.

»A Bauer aus Aubing? San S' mir net bös …«

Hölzl findet an der Theorie überhaupt nichts und schickt ihn schließlich mit den alten Fallakten ins Archiv zurück, wenn S' bittschön mal eben kannten, Sie wissen ja, mein Bein … wieder dieses Schmierentheater, wie Lehmann das hasst, aber Befehl ist eben Befehl, also fügt er sich und nimmt den Aktenstapel. Nur die Kriegerwitwe behält Hölzl, denn den ehemaligen französischen Kriegsgefangenen will die Schwester der Toten letzten Herbst auf der Straße in der Nähe des Circus Krone gesehen haben, vielleicht kommt der ja von Zeit zu Zeit nach München zurück und bringt eine Frau vom Leben in den Tod, möglich ist alles.

Das Archiv liegt in dem Kellergang, von dem auch die Asservatenkammer abgeht, Lehmann murrt also auch deshalb nicht über die Laufburschenarbeit, weil er auf diese Weise die Gelegenheit nutzen kann, dort mal zufällig hereinzuschneien. Dem diensthabenden Beamten etwas von einem neuen Fall und, mit den Akten in der Hand, von dringend benötigtem altem Beweismaterial erzählen? Kleinigkeit ... Das K4 hat seine Sachen hinten rechts, die haben die meisten Regale, weil ja der halbe Schwarzmarkt hier zwischengelagert werden muss, draußen in der Polizeikaserne in der Barbarastraße gibt es noch eine Lagerhalle, aber da werden natürlich keine Wertsachen verstaut. Kriminalkommissär auf Probe Lehmann hat erst mal kein Glück und ärgert sich schon, weil er das nicht findet, von dem Sepp Poschinger ihm erzählt hat, aber dann fällt ihm ein, dass Rauschgift auch beim K2 untergebracht wird, Verbrechen größerer Bedeutung, und siehe, dort wird er fündig ... Neunundachtzig Ampullen sind es, jedenfalls steht das auf der Quittung, die an dem Beutel hängt, Lehmann nimmt von hinten, das fällt nicht so schnell auf, und wenn der gute Doktor Salkind sich sputet, kann man sie voll Wasser machen und wieder zurücktun, bevor einer was merkt, vielleicht dreißig Stück, nein, lieber fünfzig, und den Beutel so hinlegen, dass man's nicht sieht, Gott sei Dank ist sein Jackett alt und fadenscheinig, aber weit geschnitten, ein Zweireiher, Lehmann trägt nur Zweireiher, das ist so eine Macke von ihm, jedenfalls passt alles rein. Penicillin ist auch da, aber das will er nicht so recht nehmen, wird ja gebraucht in allen Krankenhäusern, überhaupt ein Unfug, dass das erst noch zu den Asservaten gestellt wird, und dann wird sein gutes Herz belohnt, denn nur, weil er das Penicillin stehen lässt, fällt sein Blick auf die falschen Dollarnoten im nächsten Regal, das schon dem K4 gehört, und Kinder, det is ja wie Weihnachten und Ostern an einem Tag: Sawbucks und Double Sawbucks in rauen Mengen und bloß lose eingeordnet, ohne Banderole; man braucht also nur zuzugreifen, bei Falschgeld wird sowieso nicht so drauf geguckt, wie viel da ist, weil's eben Falschgeld ist … Die Zehner sind besser als die größeren Scheine, weil die Leute draußen nicht so drauf achten in ihrer Dollar-Gier, In God we trust, Hamilton ist drauf, der von ganz wichtiger Bedeutung gewesen ist für die amerikanische Verfassung, Lehmann hat aber nicht behalten, wofür, er hat seinerzeit nämlich Verfassung gehört und Sattessen und Duke Ellington verstanden. Am Ende nimmt er noch schnell ein Feuerzeug, das man seinerzeit bei der Toten im Planegger Wald gefunden hat, aus dem Regal des K1, legt es auf den Aktenstapel, den er auf den Händen vor sich her trägt, und marschiert zufrieden grinsend zum Diensthabenden, der einen Eintrag über das Feuerzeug in sein Dienstbuch macht, Lehmann unterschreiben lässt, ansonsten aber weiter seinen Dienst verrichtet, der im Wesentlichen aus dem Verschlingen des Buches *Heia Safari!* zu bestehen scheint, das sind Oberst Lettow-Vorbecks Erinnerungen an den glorreichen Ostafrika-Feldzug '14–18, Lehmann kennt das Buch aus der kleinen Leihbücherei, die Onkel Hermann damals neben dem Verkauf von Zigaretten und Süßigkeiten und Leipziger Saatgut vorne im Haus unterhalten hat. Das Beste an dem Feuerzeug ist, dass Lehmann in zwei Wochen wiederkommen kann, um das Asservat nach erfolglosen Ermittlungsbemühungen wieder an seinen rechten Platz inmitten der anderen Asservate zurückzubefördern, schließlich ist er ein gewissenhafter Beamter und lässt kein Beweismaterial einfach so in der Weltgeschichte herumfliegen.

Er sitzt dann später mit den fünfzig Ampullen Morphium in den Taschen des weit geschnittenen Zweireihers in Hölzls Büro, Zimmer 258, und dabei wird ihm schon ein bisschen mulmig ums Herz. Es könnte ja auch was herausfallen, Löcher in den Taschen hat das gute Stück schließlich genug, aber Gott sei Dank fällt nichts heraus, und Hölzl merkt auch nichts, denn Hölzl hat andere Sorgen, ihm fällt nämlich nichts mehr ein.

»Ham Sie noch a Idee, Herr Kollege?«

Lehmann schüttelt den Kopf.

Hölzl seufzt.

»Mei, dann mach ma des folgendermaßen: Sie foahn mi jetzt hoam, dann nehman S' den Opel mit nach Haus und holen mi morgen früh wieder ab, und dann geht's weiter, naa, halt, morgen is Feierdag, da holen S' mi erst am Montag wieder ab. Sie haben koan Dienst wegen dem 1. Mai morgen am Königsplatz?«

Lehmann schüttelt wieder den Kopf.

»Nee, wegen der Bereitschaft gestern, genau wie Sie.«

»Sehr schön. Dann nehmen S' trotzdem den Opel und fahren ins Grüne mit Ihrer Freundin, passt des?«

Passt schon, auch wenn das bei Lehmann auf dem Bett liegen und sich schöne Gedanken machen heißt, denn eine Freundin hat er ja nicht, und er will auch keine, damit er ihm nicht wieder zu weich ist, um hineinzukommen, aber das mit dem Opel ist trotzdem ein Segen, denn er kann damit andere Dinge unternehmen, die er lange nicht unternommen hat, und das gibt ihm einen richtigen Stich ins Herz vor lauter Vorfreude.

Er geht dann wieder vor und macht den Wagen startklar, Hölzl kommt hinterhergehumpelt, Lehmann muss warten, die Katze im Sack windet sich wieder auf den Beifahrersitz, der allerdings nicht so bequem ist wie beim Gauleiter, und dann geht es los, langsam gewöhnt man sich an den Ablauf ... Hölzl wohnt mit Frau und drei Kindern in einem kleinen Reihenhaus mit Holzläden vor den Fenstern in Laim, nicht mehr in Giesing, wo er herstammt, denn in Giesing lebt für gewöhnlich nur der gemeine Prolet, und Hölzl hat sich schließlich aus all dem herausgearbeitet und ist jetzt Beamter der Stadt München, zu solch einem höheren Herrn passt keine Wohnung am Ostfriedhof mehr ... das haben Lehmanns Eltern auch immer gewollt, Geld ansparen und dann in Schivelbein ein kleines Häuschen am Stadtrand kaufen, nur ein kleines, aber mit Garten, was Eigenes eben, nicht immer für andere den Buckel krumm machen und seine Stiefel auf anderer Leute Dielen abstellen, zweiunddreißigtausend Reichsmark haben schon auf der Kreissparkasse in Schivelbein gelegen, hat Vater ihm geschrieben, die sind jetzt weg, dabei haben die Lehmanns schon einmal ihr ganzes Geld verloren, in der großen Inflation, als sie noch in der Mühle in Neu-Schivelbein gewohnt haben, aber das weiß Lehmann junior nur aus Erzählungen, weil er damals noch zu klein war.

Nachdem er den Kollegen zu Hause abgesetzt hat, steuert er den Opel in die Schellingstraße, wo ihn das Wohnungsamt bei der grünen Kriegerwitwe von Lederer einquartiert hat. Nur eine grüne Witwe ist sie deshalb, weil ihr Mann gar nicht in Russland gefallen, sondern in München interniert ist, im Lager für die Parteigenossen am Nordfriedhof, dahin geht sie jeden Sonntagnachmittag mit einer Thermoskanne, gefüllt mit Lehmanns Bohnenkaffee vom Schwarzmarkt, und dazu Eichelkuchen unter dem Arm, und wenn sie zurückkommt, ist sie immer voller Hoffnung, den Göttergatten bald wieder in die Arme schließen zu können, eine Hoffnung, die Lehmann ihr nicht nehmen will, weil er an den Sonntagnachmittagen immer ihr Wohnzimmer nutzen darf, um mit Schmitt vom Schwabinger Revier, der gleich nebenan wohnt und auch nicht verheiratet ist, und dem Beamten der Stadtwerke vom Zimmer gegenüber eine Runde Skat zu dreschen. Die von Lederers haben noch einen Sohn ihr Eigen genannt, der aber als Hauptmann der Pioniertruppe auch sein Soldatengrab in den russischen Sümpfen gefunden hat; außerdem gibt es eine Tochter, die aber in Heidelberg studiert, und so steht also die ganze große Wohnung der – seit Jahrhunderten! – adeligen Familie von Lederer dem Wohnungsamt zur Verfügung, und neben Lehmann, Schmitt und dem städtischen Beamten sind noch ein Student der Rechtswissenschaften, den Lehmann oft wegen der Laufbahnprüfung um Rat angeht, eine Verkäuferin aus einem Geschäft in der Türkenstraße und der gute Doktor Salkind hier untergebracht.

An den Herrn Doktor denkt Lehmann schon die ganze Zeit, als er fröhlich pfeifend den Opel Olympia zwischen den noch nicht ganz aufgeräumten Trümmerhaufen in der Schellingstraße parkt. Hat er oder hat er nicht? Lehmann für seinen Teil hat, die Ampullen waren unterwegs in die alte, abgeschabte Tasche aus Rindsleder gesteckt, die auch aus der Möhlstraße stammt und jeden Tag in die Arbeit mitkommt, auch wenn er gar nicht weiß, warum, das mit den vergessenen Butterbroten gestern war nicht gerade eine Ausnahme, und Aktenstudium zu Hause betreibt er auch nicht. Anfangs hat er noch seinen amerikanischen Armeerevolver in der Tasche befördert, einen Colt New Service 1911 hat man ihm wie allen städtischen Polizeibeamten zugeteilt, aber das haben sich die Boys beim CID drei Wochen lang mit großen Augen und ungläubig grinsend angesehen und ihm dann ein Schulterholster geschenkt, wie es die amerikanischen Zivilbeamten alle haben, und so trägt er die Waffe jetzt immer unter der Achsel wie ein richtiger Chicago Cop. Schräg gegenüber von Lehmanns Haus Nr. 32 liegt eine der Quellen, aus der sich auf dem Plan das Blut über die Stadt ergießt, alles rot in rot, und gleich daneben hat man vor ein paar Jahren noch den *Völkischen Beobachter* geschrieben – Herr von Lederer hat nämlich nah bei der Arbeit gewohnt, und diese Arbeit hat er wohl zur allgemeinen Zufriedenheit ausgeführt, bis die US Army mit ihren Shermans hier einmarschiert ist ... vorhin hat Lehmann in der Akte der toten Kriegerwitwe gesehen, dass man damals, am 29. April '45, noch eine Anzeige bezüglich des Falles in den *Beobachter* setzen ließ, »Wer weiß etwas«, die ist aber nicht mehr erschienen, weil an dem Tag eben die Shermans kamen. Die Flying Fortresses haben wohl nach dem Haus gesucht, von dem aus das Reich immer pünktlich über Rassengemisch, Blutschande und Weltverschwörung informiert wurde, oder vielleicht auch nach dem Führerbau, der nicht weit von hier in der Arcisstraße steht, nur gezielt haben sie nicht gut, denn der Führerbau steht noch und ebenso das Pressehaus, in dem sitzen jetzt amerikanische Offiziere und schreiben die *Neue Zeitung*, wenn sie nicht gegenüber im *Schelling-Salon* Poolbillard spielen. Kolbenhoff arbeitet auch dort, der Schriftsteller und Weltgereiste Walter Kolbenhoff, der Lehmann '45 im Camp Ruston in den schönsten Farben die kommende Demokratie ausgemalt und ihn in den Antifa-Kurs gebracht hat. Kolbenhoff war damals Kriegsgefangener wie alle anderen auch, aber er ist nur durch widrige Umstände zu den Soldaten gekommen, weil er eigentlich ein halber Roter war, der nach Dänemark geflohen war, vor dem Krieg schon, aber dann kamen die Soldaten ihm nach Dänemark hinterher ... weil er gut Englisch konnte, »Shorty« nannten ihn die Amis, hatte man ihn im Camp Ruston zum Lagerältesten gewählt. Lehmann ist mit ihm zusammen entlassen worden, jetzt wohnt Shorty ein paar Häuser weiter, und sie spielen manchmal eine Partie Schach wie im Lager und reden miteinander wie zwei, die alles geteilt haben, sie haben aber nur Ruston geteilt und Antifa, sonst hat Lehmann ihm nichts erzählt, und sie teilen auch heute nicht besonders viel, denn Kolbenhoff schreibt im Pressehaus für die neue deutsche Demokratie, und Lehmann läuft an dem Haus vorbei und hat fünfzig Ampullen Morphium in der Tasche.

*

Oben in der Wohnung ist noch alles ruhig. Die von Lederer hat etwas von einer literarischen Lesung erzählt, die sie unbedingt besuchen wollte, der Beamte der Stadtwerke wird noch arbeiten, der Student lernen, und Schmitt vom Schwabinger Revier ist bei seiner Familie in Garmisch im Urlaub, dem ersten, den es überhaupt gibt seit dem Krieg. Aber kaum hat Lehmann den Schlüssel bei sich ins Schloss gesteckt, kommt der gute Doktor Salkind auch schon auf den Flur hinausgeschossen, mit ganz eingefallenen Wangen und den fiebrig glänzenden Augen, die er immer hat, wenn Lehmann oder die Glaubensbrüder aus der Möhlstraße zu lange nichts für ihn organisiert haben.

»Mein Gott, wo *bleiben* Sie denn! Ich werde Sie *anzeigen*, Sie werden Ihren *Posten* verlieren, ich bringe Sie ins *Gefängnis* ...!«

Lehmann denkt bloß: Hoffentlich hat er nicht wieder das ganze Klo vollgeschissen, er kann doch dann immer seinen Stuhl nicht mehr halten, und schiebt den guten Herrn Doktor, der die Worte immer so stark betont, wenn er aufgeregt ist, zurück in sein Zimmer; wenn sich auch die Menschen heutzutage nicht allzu viel um die Angelegenheiten ihrer Artgenossen zu scheren pflegen, muss doch keiner von der Sache mehr als nötig mitbekommen.

»Nu beruhigense sich mal, Herr Doktor, gibt noch Leute, die arbeiten gehen ... Müssense eben n bisschen haushalten mit dem Zeug ...«

Salkind ist leicht wie Papier und wehrt sich auch nicht, furchtbares Durcheinander, lauter Bücher, schmutzige Wäsche, und stinken tut's wie im Raubtierkäfig, der lässt ja keinen rein hier, vor dem Krieg will er in Prag Seelen kuriert haben, jetzt müsste der sich mal um seine eigene kümmern, andererseits hat er ja sicher einiges mitgemacht, nur ist jetzt die Haut so unrein und verschwärt, dass man sich ekeln muss und nicht hinschauen mag. Die Zugehfrau lässt er auch nicht rein, bloß seine Glaubensbrüder und ab und zu Kriminalkommissär auf Probe Lehmann von der Münchner Stadtpolizei, der abwechselnd »Nazischwein« genannt wird oder »Lieber, guter Herr Lehmann«, je nach Marktlage, aber Lehmann lässt das kalt, ein Nazi ist er nie gewesen, da gab es ganz andere, von Politik hat er vor Ruston überhaupt nicht viel verstanden, wollte nur Polizist werden und ist in den falschen Krieg geraten. In der Ecke sieht er schon das Paket aus der Möhlstraße, also hat von daher alles geklappt, und heute Abend wird dann wie immer einer von den Glaubensbrüdern in die Schellingstraße kommen, mit einer Aktentasche unter dem Arm, die fast wie Lehmanns eigene aussieht, dann plaudert man ein bisschen, man kennt sich ja, vielleicht will man auch gemeinsam nach Palästina auswandern, das bald Israel heißen wird – auch komisch, Israel, wie der Name, den die Schwarzgelockten damals alle annehmen mussten … wenn der Glaubensbruder dann wieder geht, werden in der Tasche natürlich nicht alle fünfzig Ampullen sein, weil der gute Doktor Salkind ja auch seinen Teil einbehält, aber dazu, Lehmann den Magen vollzumachen und noch einen Haufen Double Sawbucks extra draufzulegen, langt es allemal.

»Haben Sie's, haben Sie's?«

Haben, haben, haben … ja doch, Lehmann hat, kleinen Augenblick bloß … Er gibt Salkind ein paar Ampullen, die für die nächsten Tage reichen müssen, und deponiert den Rest in der obersten Schublade der kleinen Anrichte, die neben dem Bett steht. Der Schwarzgelockte, der nachher kommen wird, weiß dann schon Bescheid, und so muss man keine Angst haben, dass der gute Herr Doktor einem die Tour vermasselt, wenn er gleich am Anfang zu viel nimmt und nachher hinten und vorne nicht mehr auseinanderhalten kann.

»Vierzig Stück sind das, ja? Genau nachgezählt! Kommense mir nicht auf dumme Gedanken, sonst kriegense Ärger mit Ihren Freunden …!«

Salkind hört ihn aber gar nicht mehr, Salkind sitzt schon mit aufgekrempeltem Ärmel auf seinem schweißig stinkenden Bett, schnallt sich einen Gürtel um den Oberarm und macht Bewegungen, als wollte er Gewichte stemmen. Dann zieht er sich die Spritze auf, und Lehmann legt kurz den Zeigefinger an den Hut auf seine übliche Amerikanische-Filmpolizisten-Art und sagt Bye-bye, das kann er nämlich nicht mit ansehen, so eine Schweinerei, da dreht sich ihm alles um, und er macht bloß noch, dass er da wieder rauskommt, den haben sie aber auch fertiggemacht, den Salkind …! Für einen Moment tut er Lehmann richtig leid, denn wen die SS mal in die Finger bekommen hat, den hat sie durch die Mangel gedreht, Lehmann hat das am eigenen Leib erfahren, auch so eine dumme Redensart, am eigenen Leib, bei ihm selbst stimmt das aber ganz genau.

Aber mit dem Mitleid muss in diesen harten Zeiten nun mal sparsam umgegangen werden, weswegen er seine Gedanken nicht länger auf Doktor Salkind verschwendet, rasch in sein eigenes Zimmer geht und die Tür hinter sich abschließt, und allein, dass er das kann, wo er doch so lange im Lager gelebt hat, wo man das eben nicht kann, macht ihn jedes

Mal von Neuem froh und zufrieden. Er zieht das Jackett aus, schaltet sein Radio ein, auch Courtesy of Möhlstraße, AFN natürlich, Harry James und *You Turned the Tables on Me* läuft gerade, dann reißt er das Paket auf, und ihm gehen die Augen über: ungarische Salami, weißes Brot, eingelegte Gurken, echte Butter, kalter Braten mit Senf und Apfelsinen, richtige Apfelsinen ...! Auf Bezugsschein hat es letzte Woche die erste Zitrone seit dem Krieg gegeben, und er kann hier Apfelsinen futtern, was das Zeug hält, das versöhnt einen doch mit so einigen Widrigkeiten, da lebt man doch wieder so richtig im Frieden mit sich und der Welt ... Bohnenkaffee ist auch mit dabei, das Etikett kann Lehmann nicht lesen, weil es in einer fremden Sprache geschrieben ist, die er nicht versteht, aber der Name lautet »A Brasileira«, und außerdem gibt es wieder Kognak, der brennt die Kehle hinunter und macht einem so richtig warm ums Herz, da freut man sich, dass die Nachschublinien aus dem Elsass über die französische Zone noch intakt sind, trotz aller Bemühungen der Alliierten. Die kennen sich eben aus, die Schwarzgelockten, und ist der Handel noch so klein, bringt's doch mehr als Arbeit ein, hat schon Onkel Hermann immer herumposaunt, dabei war der ein kleiner Fisch mit seinem Leipziger Saatgut und Zigaretten und Leihbüchern, dafür konnte er zum Beispiel Schuhe reparieren und Ziehharmonika spielen und hat das Leben trotzdem nicht geliebt und die Lehmann-Kinder in seinem Jähzorn oft mit dem Lederriemen verdroschen, weil er wohl das Leben nicht aushielt, das in ihnen war, und das waren Lehmanns Kinderjahre in Mahlow in Hinterpommern: an den Händen die klebrige Erde von der Feldarbeit und am Rücken Striemen vom Verdroschenwerden.

Things Ain't What They Used to Be, der Harry James spielt so zittrig Trompete, rauf und runter und kreischend, das passt Lehmann gut, da hört er mal energischer hin, weil ihm ja selber so zittrig und durcheinander ist im Kopf und im Herzen, dabei ist er doch Pommer, und Pommern ist ein weites und stilles Land, hat mal ein Dichter gesagt, das hat ihnen der Lehrer vorgelesen in der Volksschule im sechs Kilometer entfernten Leckow, wo er jeden Tag zu Fuß hingemusst hat, und er hat es vorgelesen, weil sie stolz darauf sein sollten, Pommern und Preußen zu sein, und eigentlich hat er da auch gar nicht hingepasst, in die Weite und Stille, nach Stettin schon eher, das war nicht zu klein, nicht zu groß. Seine Schwester Magda war damals auch schon da, in Stellung bei der

Reederfamilie, die in Züllchow eine Villa hatte, da wäre dann vielleicht später auch Annemarie und so nach und nach sogar die ganze Familie Lehmann in die Stadt gekommen wie Familie Hölzl einstmals nach München, Mimi Westendorp hätte ihn geheiratet, und nie im Leben wäre ihm sein Ding weich geworden wie jetzt, denn er hätte ja nicht in den falschen Krieg gemusst; dass der falsch war, hat Kolbenhoff ihm beigebracht, er hatte es aber schon selbst geahnt, und bestimmt hätten sie drei Kinder, wie Sepp Poschinger, der Kollege vom K4, und beim Ältesten müssten sie schon überlegen, ob er nicht auf die Oberschule gehen sollte, vielleicht sogar auf das Friedrich Wilhelm-Realgymnasium, aber man soll ja nicht zu hoch greifen, die Mittelschule hätte es auch getan.

Und all das, sein ganzes Leben, hat nicht sein sollen, und er hat ein ganz anderes Leben anfangen müssen, in der Fremde und unter Fremden, die fremd reden und fremd denken und fremd schauen, und so ein Leben ist ja bloß zweite Wahl, weil man es sich nicht ausgesucht hat, und gut ist immer nur das, was man sich selber aussuchen kann, so viel hat Lehmann schon verstanden mit seinen dreißig Jahren, und deshalb verschluckt er sich jetzt an dem Weißbrot mit dem kalten Braten und spuckt alles wieder aus, Pfui Deibel, und die Tränen kommen ihm auch noch hoch, dass er schließlich heult wie ein Schlosshund, weil ihm so elend zumute ist, und heult und heult, aber dann kommt ihm mit einem Mal das in den Sinn, was Sepp Poschinger heute Morgen in der Kantine erzählt hat, und da hört er gleich wieder auf zu heulen, denn wenn man Schiss hat, dann laufen die Tränen nicht mehr, dann sitzt man da mit offenem Mund und aufgerissenen Augen und starrt durchs Fenster auf die dunkle Schellingstraße, und man spürt nur noch ein fürchterliches Ziehen im Magen und wünscht sich, das Leben, das man gehabt hat, wäre nie gewesen.

1. UND 2. MAI

Das Wetter bleibt kühl und unbeständig, jetzt soll es auch noch regnen, *partially cloudy with occasional rainfall, showers, gusts, drizzles, squalls, you name it, fellas, highs in the sixties, lows in the mid-thirties, whooooaaaaa, coooold … don't leave your umbrellas at home, folks, and don't forget to pack your sweaters and long johns for that weekend joyride to Garmisch, this is AFN Munich*, Lehmann freut sich noch mal, dass ihm der Opel erlaubt worden ist, höchstens vierzehn Grad, wenn er richtig gerechnet hat, er kann sich einfach nicht merken, wie viele Fahrenheit genau wie viele Celsius sind, jedenfalls kommt es nachts noch schlimmer, runter bis drei Grad, na ja, ob er den neuen Anzug nehmen soll? Bei der Arbeit kann er ihn ja nicht tragen, die würden schöne Stielaugen machen, wenn er da im eleganten Zweireiher zum Dienst erscheinen würde, ganz neuer Stoff und maßgeschneidert, da ist extra so ein kleiner Schwarzgelockter gekommen und hat Taille gemessen, Beinlänge und Schulterbreite, das ist ein Boxerkreuz, min Jung, da leg man noch drauf … der Stoff schöner hellgrauer Nadelstreif und das Jackett ein Zweireiher, wie sich's gehört, ein Hemd hat der Schwarzgelockte gleich mit angefertigt, und die Krawatte konnte sich Lehmann aus einem ganzen Sortiment aussuchen, lassen Sie sich Zait, main Härr, wie die alle so reden, so sanftmütig und auf und ab und die »r«s gerollt und die »ch«s tief hinten im Rachen und die »l«s auch so dunkel, noch dunkler als die »l«s in Pommern und Ostpreußen, und die Wörter außerdem alle durcheinander: »Hob ich gefragt den Doktor Salkind, wos is majn Frajnd …« Am Ende nimmt er die blaue Krawatte mit den weißen Punkten, probiert den guten Hut mit dem schön glänzenden Schweißband dazu aus und sieht im Spiegel, den er sich von einem anderen Schwarzgelockten an die Innenseite der Schranktür hat machen lassen, wie Alan Ladd in *This Gun for Hire* oder wie ein Schieber im *Conti-Keller* aus, aber einer von den besseren, da läge ihm selbst Veronica Lake zu Füßen – darf ich um diesen Tanz bitten, mein Fräulein, *Du hast Glück bei den Frau'n, Bel Ami* … nützt ja bloß nichts, weil er weder Veronica Lake noch irgendein Fräulein bitten wird und auch kein Glück bei den Frauen hat.

Es klopft.

»Herr Lehmann? Sie sind doch schon auf?«

Aber sicher doch, Gnädigste, sicher doch … Lehmann hängt den Hut wieder auf den Garderobenhaken an der Wand und räumt rasch den Tisch ab, die Salami und die Apfelsinen muss seine Zimmerwirtin ja nicht sehen, und schon gar nicht den Kognak; das Paket Kaffee lässt er aber stehen, weil das ja sowieso für sie bestimmt ist. Dann macht er auf: Sieglinde von Lederer ist eine große blonde Blauäugige, wie sie im Buche der Arier verzeichnet war, und gut gehalten hat sie sich auch für ihre über fünfzig Jahre, trägt aber eine Küchenschürze, wie sie früher wohl sogar ihr Mädchen auf den Plunder geschmissen hätte, alt und rissig und grau, darunter ein fadenscheiniges Samtkleid, wie man es manchmal auf ganz alten Fotografien sieht, und vor dem Bauch hält sie ein Tablett mit einer Kaffeekanne und Tassen darauf.

»Gut-ten Mo-rgen!«

»Moaaagn …«

Lehmann ist immer besonders maulfaul, wenn Eure Durchlaucht in der Nähe ist, die Devise lautet: Nur nicht zu vertraulich werden, die sind auch bloß nett, weil sie's gerade nötig haben.

»Ach, portugiesischen Kaffee haben Sie …? Ja, wir waren in Lissabon, im Frühjahr '38, Gott, die Blumen überall, und meinen Mann hätten Sie sehen sollen in seiner neuen Uniform, wie da die Leute geschaut haben … Ach, bevor ich's vergesse, heute Nachmittag um drei, das wäre etwas für Sie, Herr Lehmann: Triowerke von Mozart, Schubert und Beethoven, im Konzertsaal am Alten Botanischen Garten. Hätten Sie nicht Lust, mitzukommen? Ganz leichte Kost, vor allem Mozart, nur zum Kennenlernen!«

Lehmann nickt bedächtig und meint damit: Nein.

»Leider habe ich Dienst heute Nachmittag …«

»Hach je …«

Eure Durchlaucht sagt »Hach je!« und meint damit die Schlechtigkeit, die in den Menschen wohnt, und die unsere armen Polizeibeamten nicht zur Ruhe kommen lässt und immer nur Dienst haben lässt, Dienst, Dienst, Dienst … Dann setzt sie ihr Lächeln für die unteren Schichten auf und geht weiter zu dem städtischen Beamten, der heute tatsächlich Dienst hat und vor Lehmann im Bad war. Was Lehmann von seiner Zimmerwirtin nun eigentlich halten soll, hat er noch nicht so richtig herausbekommen, andauernd gibt sie ihm Ratschläge, in welches Konzert er gehen soll, und mit irgendeinem Museum hat sie es auch immer, sonst kennen Sie unser München ja gar nicht richtig, Herr Lehmann, die Stadt der Deutschen Kunst …! Sie werden sehen, das packt auch Sie noch, dieser Zauber, dieses Leuchten … Vielleicht juckt es gnä' Frau ja auch bloß an den bekannten Stellen, weil ihr Mann schon so lange interniert ist und ihr Lehmanns breiter pommerscher Untertanenrücken gefällt, vielleicht ist es ihre Art, sich für den Kaffee zu bedanken, was sie niemals mit Worten tut, schwarze Ware, böses Kind … Jedenfalls ist für das eine sein Ding zu weich, und das andere … '37 war er mal mit Mimi Westendorp im Kino, neunzehn war er und sie achtzehn, und sein Ding stand ihm jeden Tag wie ein Baum, da haben sie *La Habanera* gesehen, in der Hauptrolle diese aufgetakelte Schwedin, die für Mimi aber die große Dame von Welt war, weshalb er nichts gegen sie sagen konnte, vor allem hatte man damals an Kinobesuche so einige Erwartungen in Richtung Zungenkitzeln, er hatte ja auch schon so seine Erfahrungen gesammelt, und vor dem Hauptfilm in der *Wochenschau* war München zu sehen, besser gesagt der große Festzug »2000 Jahre Deutsche Kunst«, der ging am Haus der Deutschen Kunst vorbei, am Tag der Deutschen Kunst in der Stadt der Deutschen Kunst, und alles, an das Lehmann sich erinnert, sind hohe, breite Männer in Bärenfellen, sicher im Zivilleben Berufsringer, die gingen da mit langen Lanzen neben einem Holzschiff her, das man auf Art der alten Wikinger gebaut hatte, und schauten grimmig: so ein Zauber, so ein Leuchten, darauf kann Lehmann gut verzichten.

Salkind kommt aus seinem Zimmer, eleganter Anzug, die Brille mit Goldrand auf der Nase, gewinnendes Lächeln, sauber gescheitelt, freundlicher Gruß für alle seine Mitmenschen, die Schwären unter sauberen Manschetten versteckt: Frau von Lederer, Herr Lehmann …! Dann verlässt er die Wohnung; Herr Lehmann kennt das schon, die Venen sind satt, hatten zu essen, Doktorchen ist glücklich … Er trinkt seinen Kaffee aus, stellt die Tasse auf das Tablett zurück, das ihm Eure Durchlaucht freundlicherweise immer noch unter die Nase hält, und geht in sein Zimmer zurück, Scheißbayern. Den Parteitagsfilm hat Lehmann damals gemocht, er weiß noch die Szene, in der Kameraden aus allen Gauen des Reiches sich meldeten und sagten, wo sie herkamen, München war auch mit dabei oder wenigstens Bayern, so genau weiß er das nicht mehr, aber das war anders als sonst, wo die Bayern die Preußen nicht mögen und umgekehrt, das war ein großer Zusammenhalt, ein Volk, Deutsche eben, welchen Dialekt sie auch redeten, das war schön, daran hat Lehmann geglaubt … nachher in Berlin haben sie dann erzählt, dass man die Riefenstahl da allgemein Adolfs Gletscherspalte nannte, und er hat lachen müssen, aber an den Film und vor allem diesen einen Teil erinnert er sich doch gerne. Auf AFN haben sie es heute wieder mit der roten Gefahr, in Griechenland hat ein Kommunist den Justizminister mit einer Bombe hochgehen lassen, die haben Bürgerkrieg da unten, das Standrecht für Athen und Südgriechenland ist ausgerufen worden, dieses Jahr ist schon die Tschechoslowakei an Stalin gefallen, da darf man Griechenland nicht aufgeben, wenn auch insgesamt gesehen die ganze Geschichte zum Himmel stinkt, denn wenn es am Ende doch bloß wieder gegen die Russen geht, warum verbündet man sich dann nicht gleich mit den Deutschen und macht reinen Tisch, bevor es zu spät ist und Uncle Joe, wie die Amis den nennen, auch so eine Atombombe hat? Sein Freund, der Schriftsteller und Weltgereiste Kolbenhoff, hört sich da natürlich ganz anders an, bei dem heißt es immer: Demokratie und Sozialismus! Der ist schon so weit, die Amerikaner wegen Hochverrats an der guten Sache vors eigene Gericht zu bringen, es soll jetzt jeden Tag Streit geben im Pressehaus schräg gegenüber, mal sehen, wer da den längeren Atem hat … Kolbenhoff hat aber auch gut reden, der hat seine Heimat nicht an die Rote Armee verloren, der hat gar keine Heimat und träumt von Frieden und Gerechtigkeit und einer neuen Welt, selig sind die Armen im Geiste, hätte der Pastor gesagt, dabei ist Stalin nun einmal Stalin, ob der sich nun Russe nennt oder Kommunist oder Vorsitzender des Saatgutverbands Georgien, das bleibt sich gleich. Und Lehmann glaubt nicht mehr an das eine Volk, auch wenn er sich gerne an das Gefühl erinnert, an Gott schon lange nicht mehr und nicht an eine neue Welt, sondern bloß noch an einen, und der heißt Fritze Lehmann und kommt aus Mahlow in Hinterpommern.

Er schaltet das Radio aus, zieht dann den guten hellgrauen Nadelstreifenanzug wieder aus und den schlechten für alle Tage an, weil der gute vielleicht doch zu sehr auffällt, und das ist nicht von Vorteil für sein heutiges Vorhaben. Außerdem hat er zwar keinen richtigen Dienst, wie er der von Lederer erzählt hat, aber er kann ja auf dem Weg mal bei der amerikanischen Militärpolizei vorbeischauen, ein paar alten Freunden Hello sagen und dabei nachfragen, wer so alles mit einem US Army Vegetable Sack, Return When Empty, in Berührung kommen könnte.

*

Hätte er auch bleiben lassen können.

»Why, it's Fritzie the Fritz!«

»Herman the German!«

»Heil Fritzie, how's it hangin' …?«

Down to the ankles, down to the ankles … im Bereitschaftszimmer lümmeln Sergeant Max Kemp, just call me Mighty Max, und Private Joe Dallario, the name's Joe, and here we go, beide aus Chicago, auf Stühlen herum, die einmal zu einem der besseren Geschäfte der Innenstadt gehört haben mögen, rauchen Chesterfields und blättern die neueste Ausgabe der *Stars and Stripes* durch, »Hangman at work again in Nuremberg« lautet die Schlagzeile, Anfang April sind SS-Gruppenführer Ohlendorf und dreizehn andere abgehakt worden. Dass ausgerechnet die beiden Chicago Boys Dienst haben, ist Lehmann nicht angenehm, weil ihn besonders Kemp immer auf der Abschussliste hat: Familie Kempowski oder Kempinski oder wie die auch immer früher hießen wohnt nämlich in Chicago, Illinois, kommt aber aus Polen, und der gute Max macht sich gerne einen Spaß daraus, die Deutschen zu veräppeln – was auf die Art schon alles aus Lehmanns Namen geworden ist, Fritzie Lyman, Fritz Herman und daraus dann Herman the German, da muss er immer gleich an Onkel Hermann mit dem Buckel und dem Laden vorne im Haus denken, aber der ist '43 gestorben am Wasser in den Beinen, das ist dann immer höher gestiegen im Körper, und irgendwann war es aus.

»What's the matter with you, Herman? I ain't seein' you around here no more!«

»Oh, I'm in Homicide now.«

»Homicide? No shit …!«

Lehmann wünscht sich, einmal im Leben eine schnippische Antwort auf Herman the German geben zu können, aber zum einen fehlt ihm bei den Amis und ihrer großen Klappe der Mumm dazu, zum anderen wüsste er nicht, wie er beispielsweise »strammer Max« im Englischen ausdrücken sollte.

»Amos on duty?«

»Jawoll, my Führer!«

Lehmann grinst säuerlich, wie immer bei solchen Gelegenheiten, und geht zum Büro von Amos Williams weiter, das ist ein bulliger Negerfeldwebel, der früher Football gespielt haben soll, vor vier Jahren aber im Camp Ruston die Wachmannschaften befehligt hat und jetzt Vizechef des Munich Detachment der amerikanischen Militärpolizei ist. Lehmann hatte im Lager erst mächtig Angst vor der beeindruckenden Erscheinung, wie man so sagt, dann hat ihm Amos aber beigebracht, »How's it hangin', baby« oder »Hot dog, man« zu sagen, da hat Lehmann die Angst verloren. Und werden nicht beide von den weißen Amerikanern wie ein Stück Dreck behandelt, der Neger wie der Deutsche?

Amos begrüßt ihn freundlich wie immer, will ebenfalls wissen, warum sich Lehmann in den letzten Tagen nicht bei ihnen hat blicken lassen, bekommt dieselbe Antwort, freut sich aber anders als Kemp mit ihm darüber: Homicide, man, that's swingin' …! Als er die Geschichte von der Toten draußen im Baggersee hört, kann er aber nur seine großen Kulleraugen rollen und sich am Kopf kratzen:

»Well, that means we got about fifty thousand to one hundred thousand suspects here …«

Fünfzig- bis hunderttausend Verdächtige oder wie viele Soldaten die US Army auch immer in der Gegend stationiert hat. Säcke mit dieser Aufschrift kämen standardmäßig mit den Lebensmittellieferungen aus den Vereinigten Staaten über den Großen Teich geschippert, dann würden sie verteilt und gingen an die einzelnen Militäreinrichtungen, nicht nur in Deutschland, sondern auch zu den Truppen, die noch in England oder Frankreich stationiert sind, nach Österreich und Italien sowieso. Und das sei noch nicht alles, teilweise erhielten das Rote Kreuz, die Internationale Flüchtlingsorganisation der Vereinten Nationen und andere Hilfsorganisationen wie das Ukrainian-American Committee oder das Joint Jewish-American Committee, das sich um die Schwarzgelockten kümmert und allgemein »Joint« genannt wird, Lebensmittellieferungen mit den gleichen Säcken. Theoretisch müssten die alle hinterher wieder bei der US Army abgeliefert werden, praktisch gesehen würden sie aber in diesen Tagen überall gebraucht, und Amos und seine Leute hätten für alles andere Zeit, aber nicht dafür, der Unterschlagung eines einzelnen leeren Leinensacks nachzugehen.

»You think an American did it?«

»Don't know …«

Weiß Lehmann nicht, ob das ein Amerikaner war, der Sack kann auch aus Versehen vom Lastwagen oder Güterwaggon gefallen sein oder einfach nur irgendwo herumgelegen haben. In Wirklichkeit sind es also eher fünfhunderttausend bis eine Million Verdächtige.

Amos hat dann zu tun, verspricht ihm aber, die Augen offen zu halten.

»That musta been some *real* sick shit, what done pull that one off, better catch him fast … You comin' to the Deutsches Museum tonight?«

Ja doch, ein richtig krankes Stück Scheiße, den müssen sie schnell fangen, eine Menschenjagd muss das sein … und ja, er will ins Deutsche Museum kommen, in dessen Konzertsaal heute wie fast jeden Samstagabend ein Battle of the Bands stattfindet, da geht er oft hin, die Musik ist gut, und die Amis geben ihm einen aus. Sie machen also eine Zeit aus, dann verabschiedet er sich. Beim Hinausgehen lassen ihn Kemp und Dallario in Ruhe, weil die sich gerade um einen G. I. kümmern müssen, dem gestern Nacht irgendwo in Schwabing Geldbörse, Erinnerung und Dienstwaffe abhandengekommen sind, passiert eben, wenn man nicht aufpasst und mal ans falsche Frollein gerät, und immer noch besser als das, was man sich sonst so einfangen kann, ladies and gentlemen, beware of the clap … Und dann schließlich verscheucht Lehmann die Tote vom Baggersee aus seinem Kopf und stattet dem Menschen einen Besuch ab, der Nowak heißt, in Harlaching wohnt und ihm vor sechs Jahren einen Befehl erteilt hat.

*

Sturmbannführer a. D. Walter Nowak kommt aus der Wiener Vorstadt und wohnt in einer Villa oberhalb vom Tierpark Hellabrunn, das hat Hauptwachtmeister a. D. Lehmann von Anfang an gewundert, denn nur eine Straße weiter steht der Zaun, der den amerikanischen Sperrbezirk vom Rest des Stadtteils abtrennt, da wohnen in stillen, schattigen Straßen und großen, schönen Häusern die Offiziere, die genug Lametta auf der Schulter haben, und dazu ihre Familien, aber das ist natürlich im Protektorat und im Generalgouvernement genauso gewesen, je fetter der Hahn, desto schmiedeeiserner das Gartentor. Was aber ein Wiener Vorstadtrabauke, der zur SS gegangen ist und im Krieg eine Einheit ukrainischer Trawnikis befehligt hat, in so einem Haus will, ist Lehmann ein unlösbares Rätsel … damals, '42, ist Heinz Lazek, auch aus Wien, noch deutscher Meister im Schwergewicht gewesen, kein Vergleich mit Maxe Schmeling natürlich, aber nach dem Anschluss durften die tapferen Kameraden aus der Ostmark ja mitboxen, als Beutegermanen sozusagen, Kamerad Schnürschuh, und Nowak, der angeblich frisch aus dem Reichssicherheitshauptamt zum Einsatz vor Ort abkommandiert worden war, hielt sich wohl für den würdigen Nachfolger von diesem Lazek, jedenfalls kam gleich die Herausforderung, als er gehört hatte, dass der Polizeimeister der Provinz Pommern in der Gegend war. Der Sturmbannführer war fast zwanzig Pfund schwerer und einen halben Kopf größer als er, hatte aber eine miserable Technik, Queensberry für Arme, immer nur linke gerade Stöße und mit der Rechten warten auf die eine Gelegenheit, der dachte doch tatsächlich, er wäre Schmeling, *What a right hand!* Nowak war für so was aber nicht geeignet, zu einseitig, den musste man nur schön aus der Puste bringen, die einfachste Sache der Welt: Halbdistanz, Nahkampf und Aufwärtshaken oder zur Milz, dann Abducken, Wegrollen, der konnte nicht mal richtig decken, Strizzi sagt man hier unten zu so einem, das ist so was Ähnliches wie Lude, in der fünften Runde ist Lehmann aus Hinterpommern dann durchgekommen durch die ewig langen Arme und hat Nowak aus Wien eins an die Schläfe verpasst, dass die fünfundneunzig Kilo Schnürschuh umgefallen sind wie ein nasser Sack, und aus ist's gewesen, noch nicht mal bei zwanzig wäre der wieder hochgekommen … dass Nowak sich das merken und auf seine Rechnung schreiben würde, hätte er sich natürlich denken können, hat er aber nicht.

Lehmann parkt seinen Opel Olympia an der nächsten Straßenecke und wartet. Er macht das so, seit er den Sturmbannführer a. D. zufällig vor zwei Monaten am Stachus gesehen hat und ihm dann hierher zu der Villa gefolgt ist; mal geschieht die Überwachung zu Fuß, mal im Auto, falls eines zur Verfügung steht, aber vor allem: wann immer er Zeit hat. Das ist nicht oft der Fall gewesen in den letzten zwei Monaten, und er hat Nowak auch nie allein erwischt, immer sind drei oder vier Hochwangige mit dabei, Kalmücken müssen das sein oder Kosaken oder wie die Brüder da heißen, jedenfalls sind es keine richtigen Russen, und deshalb war die Sorte ja damals auch bei den Trawnikis oder Hilfswilligen, »Hiwis« war die Abkürzung, von denen Nowak eine Einheit befehligt hat in Wolhynien, im Wald von Sarny, er der Chef, die Jungs seine Gang, und so ist es auch geblieben, er der Chef, sie die Gang, alte Kameraden, jetzt sind sie eben hier in München, weil sie Angst vor Uncle Joe aus Georgien haben, der mit seinen roten Horden den Krieg gewonnen hat und nicht sie, da hocken sie zusammen mit den Resten von Marschall Wlassows ruhmreicher Armee im Lager Frauenholz im Norden der Stadt und träumen von Amerika, bloß will Amerika nicht so recht, weil Amerika ein ehrbares Mädchen ist, das sich nicht gern auf Männer mit zweifelhafter Vergangenheit einlässt … Was Nowak aber vorhat mit seiner kleinen, hochwangigen Privatarmee, das weiß Gott allein, und den gibt es nicht, was immer auch der Pastor gesagt hat – dauernd hin- und hergefahren wird bei denen, Lehmann kennt das jetzt langsam, Nowak am Steuer eines eierschalengelben Mercedes-Coupés und im guten Anzug, die Hochwangigen daneben und auf dem Rücksitz, ins Lager Frauenholz ging es fast jedes Mal, wenn er sie mit dem Auto beobachtet hat, einmal auch nach Pullach, wo es ein ummauertes Areal gibt, vor dessen Eingang ein G. I. Wache hält und keinen hineinlässt. Die Mauern sind in derselben Farbe gestrichen wie Nowaks Mercedes, aber es muss noch einen anderen Grund geben, warum der Mercedes da hineinfahren durfte an jenem Tag, der G. I. hat sogar salutiert. Früher soll das alles mal Heß persönlich gehört haben und für Parteigenossen mit besonderen Verdiensten bestimmt gewesen sein, vielleicht hat Heß da ja gesessen und sich gedacht, bin ich eine Taube, flieg ich mal nach Engeland, nur jetzt steht eben der G. I. davor, und man weiß nicht, was drinnen los ist, Parteigenossen jedenfalls nicht mehr. Er hat Amos gefragt, aber der hat nur so seltsam geschaut und es auch nicht gewusst, es muss sich also um Vorgänge handeln, die keinen gewöhnlichen Charakter aufweisen.

Sitzen und sitzen tut Lehmann da heute. Die Villa ist ein ziemlicher Brocken Haus mit einem großen Garten davor und einem noch größeren dahinter, nur ist wohl der Erbauer ein Freund von Märchen und Sagen gewesen, denn überall gibt es Erker und Fachwerk und kleine Türme wie in einem Kinderbuchschloss, aus dem gleich ein Kinderbuchprinz kommen wird, um seine Kinderbuchprinzessin vor den Klauen des bösen Kinderbuchdrachens zu retten, oder vielleicht ist es auch umgekehrt … Es kommt aber weder der Drache noch der Prinz noch die Prinzessin noch sonst wer aus dem Eingang, zu dem eine breite Treppe mit einem eisernen Geländer hinaufführt. Niemand steckt den Kopf aus der schweren Tür aus dunklem Holz, in die ein Muster oder ein Bild eingearbeitet ist – Lehmann ist der Angelegenheit noch nicht nahe genug gekommen, um Genaueres auszumachen –, und niemand lässt die sechs Zylinder eierschalengelbe deutsche Wertarbeit aus Stuttgart aufheulen, die neben dem Haus stehen und warten. Er futtert zwischendurch noch was von den Viktualien aus der Möhlstraße, die er sicherheitshalber mitgenommen hat, trinkt auch ab und zu einen Schluck von dem Kognak, sonst passiert aber nichts weiter … jemand wie Nowak hätte in Nürnberg vor das Tribunal gemusst, der dürfte jetzt nicht bei den Amis ein und aus gehen, das ist ein großes Rätsel für Lehmann, wie das angehen kann, vielleicht wissen die aber auch gar nicht, mit wem sie es zu tun haben, das ist ja möglich, vielleicht nennt sich der ja gar nicht mehr Nowak, er geht die Frage jedes Mal von Neuem durch, wenn er hier draußen ist, man kann sich ja auch schlecht mal eben die Kennkarte zeigen lassen. Auf jeden Fall muss er vorsichtig sein, und die Amis darf er schon gar nicht fragen, das würde auffallen, denn irgendwann wird er Nowak alleine erwischen, ganz allein, und an diesem Tag wird er ihn kaltmachen wie Mutter Lehmann am Schlachtetag ihre pommerschen Gänse.

Es fängt an zu regnen, wohl einer von den Schauern aus dem Wetterbericht, gusts, squalls, you name it, warm ist es auch nicht, don't forget to pack your sweaters, dabei war hier in den letzten beiden Jahren eher Frühling als zu Hause, so zwei bis drei Wochen schätzt Lehmann mal … er hat es ja auch versucht, wie oft, weiß er gar nicht mehr, gleich damals, als es mit Mimi nicht mehr ging, ist er zu den Käuflichen vom Holzhafen gegangen, hätte ja auch sein können, dass es nur an Mimi lag, dass sich die Gefühle da abgenutzt hatten, aber nicht mal bei den Käuflichen ging es, und im Lager musste man es sich ja sowieso selber machen oder warm werden, haben ja auch einige gemacht, und meist gerade die, die sonst immer so furchtbar mit ihren Weibergeschichten von zu Hause angeben mussten … außerdem hat er immer gehofft, das gibt sich wieder, wenn alles vorbei ist, aber es hat sich nicht gegeben, n Keerl as n Pund Wusst, hätten die vom Lehrhof gesagt, dabei hat er jetzt Geld und Schnaps und alles, und die Frauen suchen ja sowieso, das merkt man schon daran, wie die einen angucken, aber Lehmann hat es sich abgewöhnt, ihre Blicke zu erwidern.

Vielleicht hat ihn ja mal die vom Baggersee angeguckt, irgendwann auf der Straße oder am Stachus bei den hiesigen Käuflichen, und er hat es gar nicht gemerkt, kegelförmige Brüste, klein und zart … und dann ist aber jemand gekommen mit einem Hackebeilchen und einem scharfen Messer, und aus war's, nicht wie damals im Krieg das MG, das macht rattat-tat-tat, und dann blutet es, und die Menschen fallen um, Nowak hat auch einfach nur die Pistole genommen, wenn es ihm zu langsam ging.

Am Ende hat Lehmann den ganzen Nachmittag in seinem mausgrauen Opel Olympia gesessen, und nichts ist passiert – oder jedenfalls fast nichts: Gegen Abend fährt ein amerikanischer Zivilwagen vor, der Fahrer steigt aus, klingelt, legt ein Paket vor das Gartentor des Kinderbuchhauses und verdünnisiert sich wieder. Lehmann wartet eine Weile, die Tür öffnet sich nicht, er wartet weiter, schließlich steigt er aus, schlägt den Jackettkragen hoch und versteckt den Kopf unter dem großen schwarzen Dienstregenschirm hinten aus dem Kofferraum des Opels, so soll ihn mal einer erkennen … dann geht er langsam den Bürgersteig entlang auf das Paket zu und sieht schon beim Näherkommen, dass man nur einen Stapel Papier behelfsmäßig in Zellophan eingewickelt hat gegen den Regen, also bückt er sich beim Vorbeigehen rasch und zieht ein paar Blätter heraus, schnell, weil er Angst hat, dass die Hochwangigen doch noch aus der Tür geschneit kommen könnten, aber niemand scheint ihn gesehen zu haben, alles klappt reibungslos, trotzdem wird dann auch sein Schritt schneller und sein Herzschlag, während er mit den an den Oberkörper gepressten Blättern um die nächste Ecke biegt. Als er außer Sichtweise ist, holt er die Zettel heraus: hektografierte Kopien ein und desselben Textes, den Lehmann aber nicht lesen kann, den komischen Buchstaben nach ist es Russisch, vielleicht hat ja einer von Marschall Wlassows Leuten seine Schreibmaschine mitgebracht ins Lager Frauenholz.

Um nicht gleich wieder an dem Haus vorbeizulaufen, beschließt Lehmann, eine Runde um den Block zu drehen, bis er wieder zu seinem Auto kommt. Er hat sich aber damit verrechnet, weil es hier am Isarhochufer keine Blöcke gibt, sondern nur verschlungene Straßen, die mal hoch, mal runter, mal um die Ecke gehen, bis er die Orientierung verloren hat. Als er schließlich um die richtige Ecke biegt und endlich wieder seinen Opel sieht, ist es schon zu spät. Der Papierstapel vor dem Gartentor ist verschwunden, und in diesem Moment schießt Nowaks eierschalengelber Mercedes aus der Toreinfahrt und verschwindet mit Höchstgeschwindigkeit die regennasse Nebenstraße in Richtung Grünwalder hoch, gerade so, dass man den Besitzer des Wagens in seinem üblichen eleganten Anzug und mit einem schönen Filzhut auf dem Kopf am Steuer und zwei oder drei Hochwangige hinten auf dem Rücksitz ausmachen kann. Lehmann rast zu seinem Wagen, lässt rasch den Motor an und jagt Nowak hinterher, aber die 4 Zylinder, 1,5 Liter Hubraum, 37 PS, reichen nicht aus, um der Stuttgarter Wertarbeit Paroli zu bieten, und so verliert er den Mercedes, den er schon weit entfernt in Richtung Stadt brausen sieht, am Tegernseer Platz endgültig aus den Augen.

Er ärgert sich über die verlorene Zeit und überlegt, ob er auf gut Glück ins Frauenholz hinausfahren oder vor dem Kinderbuchhaus auf Nowaks Rückkehr warten soll, dann meldet sich aber das Rumpeln im Magen wieder, außerdem fängt um acht der Battle of the Bands an, also flucht er, verschiebt den Sturmbannführer a. D. auf den nächsten Tag und fährt ebenfalls in die Stadt zurück.

*

Am Isartor bekommt er in einem Ruinenkeller für zwei von den falschen Sawbucks aus der Asservatenkammer – Gute Arbeit, meine Herren! – anstandslos ein Filetsteak mit Kroketten und Rosenkohl. Kroketten kennt er nicht von zu Hause, das waren Kartoffeln für Herrschaften, lässt sich aber gut essen, natürlich alles illegal, die ganze Angelegenheit in dem Ruinenkeller, und zwei Mann stehen an der Treppe und passen auf, dass keiner von Lehmanns Kollegen von der Schupo vorbeischaut … Lehmann denkt sich, dass die vom zuständigen Revier in der Hochbrückenstraße sicher ab und zu auch auf ihre Kosten kommen, deswegen macht er sich in der Hinsicht keine Gedanken, viel schlimmer wäre es, wenn das die normalen Leute wüssten, das mit dem Filetsteak und den Kroketten und dem Rosenkohl, die normalen Leute mit Steckrübensuppe und dreihundert Gramm Fleisch im Monat auf Marken, da würden sie den Laden stürmen und alles kurz und klein schlagen, gut also, dass da jemand Wache hält … Liebe deinen Nächsten wie dich selbst, steht in der Bibel, aber Lehmann liebt sich selbst nicht besonders, also lässt er sich die Angelegenheit schmecken und denkt nicht weiter an Steckrübensuppe und dreihundert Gramm Fleisch auf Marken und die anderen Menschen, die seine Nächsten sein sollen.

Als er fertig ist, geht er langsam zur Museumsinsel hinüber, wo er vorhin schon den Opel abgestellt hat. Unterwegs, in der Zweibrückenstraße, kommt man an einem Schild vorbei, auf dem »Koschere Küche beim jüdischen Komitee« steht, auch auf Englisch und Hebräisch, jedenfalls kann man sich das mit dem Hebräischen ja denken, auch wenn man es nicht lesen kann. Lehmann wundert sich, dass ihm die koschere Küche hier nie aufgefallen ist, da gehen wohl die Schwarzgelockten zum Essen hin, vielleicht sogar der gute Doktor Salkind, wenn die Venen mal satt sind, aber nein, der geht doch immer in das *Chacke* am Kurfürstenplatz, über dessen Eingang ebenfalls hebräische Buchstaben zu lesen sind und gar nichts auf Englisch oder Deutsch.

Ein Battle of the Bands besteht darin, dass zwei Swingkapellen in Runden gegeneinander antreten wie bei einem Boxkampf, und wer am meisten Applaus bekommt, hat die Runde gewonnen, und wer die meisten Runden für sich entscheidet, ist am Ende der Sieger des gesamten Battles, die Amis gehen ja so was immer mit großem Sportsgeist an … Amos ist hier öfter zu finden, auch der Rest der Truppe von der Military Police, die bei diesen Gelegenheiten gerne mal was aufs Parkett legt, kesse Sohlen sowieso, aber auch Frolleins oder, wie die gerne sagen, Veronika Dankeschöns, sozusagen die deutschen Schwestern von Veronica Lake, das kommt aber in Wirklichkeit von »V. D.«, Venereal Disease, Geschlechtskrankheit, weswegen ja auch in der Amikantine Vorträge über selbige gehalten werden müssen. Lehmann kann heute direkt angeben mit seinem Opel Olympia, wo er doch normalerweise an solchen Abenden die Tram nehmen oder sich von einem von den Amis im Jeep nach Hause bringen lassen muss.

Die Pirates haben schon Aufstellung genommen, lauter Neger, die können's gar nicht erwarten, so wie die schon mit den Füßen wippen und mit den Fingern schnippen, der Saal ist aber noch nicht voll, und der Veranstalter wird warten lassen, weil ein Battle of the Bands nur bei vollem Haus funktioniert, da klatschen die Leute lauter und johlen und kreischen noch dazu, und all das müssen sie, damit das Applausometer ausschlagen kann, eine besondere amerikanische Erfindung, an der die Stärke des Applauses gemessen wird, obwohl Lehmann ja immer überlegt, ob da nicht hinten einer sitzt und an dem Ding herumdreht, je nach Bezahlung, denn wie will man das messen können? Amos und die anderen sitzen auch tatsächlich vorne an der Tanzfläche und haben zwei Tische zusammengeschoben wegen der ganzen Veronikas, die mit dabei sind, er geht also mal vor, macht Winkewinke und setzt sich dazu.

»Why, it's Fritzie the Fritz again ...!«

»Herman the German ...!«

Natürlich sind auch Kemp und Dallario hier, außerdem kennt Lehmann noch: Sergeant Smith, der heißt Washington Lafayette vorne dran, weil seine Eltern Baumwollpflücker aus Alabama sind und an die amerikanische Revolution glauben, und außerdem hat Washington zu Hause Football gespielt wie sein Vorgesetzter Amos Williams und spielt es auch hier in München noch, für die Munich Lions im Stadion am Dantebad, bloß dass sie ihn zu Hause dafür bezahlt haben und studieren ließen und hier nicht, und dann noch First Sergeant James J. Durante aus San Diego, der heißt Jay-Jay oder Jimmy Pachuco, aber den letzten Namen hört er nicht so gerne, die beiden haben zusammen das amerikanische Überfallkommando unter sich und alle zusammen ihre Veronikas im Schlepptau, Kemp, Dallario, Smith und Durante, und sie sind hellauf beschäftigt mit ihnen, mit der Uschi und der Moni und der Gabi und der Susi, was Lehmann aber nicht weiter stört, weil er ja mit Amos quatschen will, der ist verheiratet und beschäftigt sich mit solchen Dingen nicht, wenigstens nicht offiziell, und geht auch immer früher nach Hause als die anderen, weil er Frau und Kinder hat und Verantwortung trägt beim Munich Detachment.

Zuerst feiern sie, dass Lehmann zur Mordkommission gekommen ist, was wohl bei jeder Polizei der Welt eine besondere Ehre ist. Amos lässt eine Runde Vollbier kommen, eigentlich nur für den Export bestimmt, aber genauso wie das eine oder andere Fässchen davon in der Ettstraße beim Präsidium landet, kommt eben auch einmal der Battle of the Bands zu seinem Recht ... Sie nehmen also alle ihre riesigen bayerischen Bierkrüge, an die man sich auch gewöhnen muss als Ortsfremder, und stoßen auf ihn an.

»Listen up, everybody! Herman's a homicide dick now, you better think twice now next time you bump off somebody! Har, har ...«

»Yeah, Fritzie!«

»You got it, baby!«

Lehmann liebt dieses Gequatsche, das ist so ganz und gar nicht deutsch, die haben einen Slang drauf, wie man so sagt, aber vom kleinsten Private hoch bis zum General, nicht so verbissen wie das Landserdeutsch im Krieg, da ist ja auch Klartext geredet worden, alles scheiße, deine Elli, aber irgendwie anders, ihr nassen Säcke, euch mach ich zur Sau, und natürlich haben die Deutschen den Krieg verloren, jedenfalls ist das immer so vieldeutig, »dick« zum Beispiel heißt »Pimmel«, aber auch »Polizist«, und »private dick« also »Privatpimmel« oder »Privatdetektiv«, je nachdem, aber »Privatpimmel« sagt man ja nicht, so ein Pimmel ist ja immer privat, und wenn einer Richard heißt, dann nennen sie den auch »Dick«, das kann einen manchmal ganz schön durcheinanderbringen.

Der Ansager hat den Neulingen noch mal schnell das Applausometer erklärt, und dann legen die Pirates los mit der bewährten Duke-Ellington-Schule, ein bisschen Richtung Count Basie, jedenfalls so, wie man das schon vor ein paar Jahren in Berlin hören konnte, wenn man abends ausging, und die von der Wirtschaft trauten sich was und spielten verbotenen Swing, wobei man ja meistens ein Auge zugedrückt hat, schließlich hatte man ja mit dem Verladen in die Züge schon genug Ärger am Leib, und Gestapo war man auch nicht, also bitte ... Nur hat Lehmann damals nicht gewusst, wie die Stücke heißen und wer da spielt, jetzt hört er sofort, das ist *Perdido*, und dann kommt *Scrapple from the Apple* und schließlich *Embraceable You*, aber dann ist die Runde auch schon zu Ende, und die heutigen Gegner kommen an die Reihe, die Checkers aus den Kasernen in Freimann, wo früher die SS drin gewesen ist und deren Gebäude aus der Luft wie ein großes Hakenkreuz aussehen sollen, wie man sich erzählt ... die Checkers klingen jedenfalls schon viel moderner und haben außerdem als Ass im Ärmel eine Sängerin, die sonst im *Central Exchange* in der Prinzregentenstraße die Post sortiert, damit gewinnen die jeden Battle, *Take love easy, easy, easy* … auch von Ellington, aber ganz neu, *How High the Moon* und *What a Diff'rence a Day Made*, da rast das Publikum, Deutsche wie Amis, da schlägt die Nadel von dem Applausometer aus bis zum Anschlag, und die erste Runde hat einen klaren Sieger.

»This band understands the soul of swing!«

Amos liest regelmäßig die *Down Beat* und zitiert oft aus den Artikeln, was sich auf seine Art genauso albern anhört wie Sepp Poschingers Realgymnasiumsdeutsch, die verstehen die Seele des Swing, recht hochgestochen ausgedrückt, nicht wahr, Herr Jazzprofessor, aber da Lehmann die ausgelesene Zeitschrift meistens hinterher abstauben darf, beschwert er sich nicht.

Die Pirates versuchen dann nachzulegen und machen mehr in Boogie, das bringt zwar die Leute zum Tanzen, aber nicht die Nadel auch nur in die Nähe des Anschlags. Das mit dem Boogietanzen hat man vor ein paar Jahren auch schon gesehen, aber in der *Wochenschau*, Urwaldmusik der Mississippineger, der Swingjude Benny Goodman, Jitterbug hieß der Tanz damals, und jetzt sitzt man hier und wippt mit dem Fuß dazu, das wilde Tanzen liegt Lehmann nicht so und mit wem auch, jedenfalls: Kann das nicht einfach alles ewig so weitergehen, mit dem Fuß wippen und einem Battle of the Bands zuhören und Vollbier trinken, das nicht nach Amerika exportiert worden ist?

Gegen zehn geht Amos dann heim zu seiner Helena und dem kleinen Grover, die haben eine kleine Wohnung in der neuen Amisiedlung an der Straße nach Rosenheim raus, und Lehmann bleibt an einem halb leeren Tisch sitzen, weil die anderen entweder Boogie tanzen oder mit ihren Veronika Dankeschöns schon verschwunden sind, da gibt es dann immer eine Zimmerwirtin, die bekommt eine Packung Camels oder Luckys, und man muss aufpassen, dass die Laken sauber bleiben, jedenfalls denkt Lehmann sich das so von dem her, was er selber erlebt hat, »kurva« heißt »Nutte«, »chléb« heißt »Brot«.

»Sie mögen Jazz?«

Lehmann schreckt hoch, na was soll das denn, setzt der sich einfach so hierher, aber dann erkennt er doch gleich den amerikanischen Offizier, der vorgestern Abend mit Pfitzer aus dem Präsidium gekommen ist, als sie zum Leichenfundort gefahren sind, und hält seinen Ärger zurück, na ja, setzt der sich eben, ist ihm auch egal. Und scheißfreundlich grinst der ihn an und irgendwie so leicht angesäuselt, na also, bitte …

»Ja. Sie wohl auch?«

Der Offizier, jetzt kann man an der Uniform sehen, dass es sich um einen First Lieutenant handelt, lächelt weiter und zündet sich eine Pall Mall an, die auf der Straße acht Reichsmark kostet anstatt sechs wie die anderen Amizigaretten, weil sie ein bisschen länger sind als Luckys oder Camels. Dann hält er Lehmann die Schachtel hin.

»Auch eine?«

Lehmann schüttelt den Kopf, er raucht schon seit Jahren nicht mehr.

»Mein Vater hat eine Schallplattenfirma, stellen Sie sich vor! Keine sehr große, aber immerhin, er kennt viele Musiker. Ich wusste schon gar nicht mehr, dass es andere Musik gibt als Swing, bevor mich meine Mutter in die Metropolitan Opera geschickt hat, damit ich endlich mal eine Oper höre …«

Er zieht an seiner Zigarette und lacht – alberner Fatzke …

»Hat mir dann aber nicht gefallen …«

Lehmann überlegt, wie er reagieren soll, was will der Ami von ihm, dann lacht er aber mal mit. Vielleicht will der ja bloß ein bisschen Eindruck schinden mit seiner Mutter und der Metropolitan Opera und dem Vater, der eine Schallplattenfirma besitzt, aber wie der Deutsch kann, das ist unüblich, ob sie die Neuen jetzt dementsprechend ausbilden? Dabei ist der Bursche erst Mitte zwanzig, wenn überhaupt. Und guckt einen an, wie einen die Amis eben angucken, trotz des Angesäuseltseins, so freundlich und überlegen und ein bisschen amüsiert, dass man da so ein ulkiges deutsches Tierchen vor sich hat, auch so ein bisschen lauernd, glaubt bloß nicht, dass wir das nicht merken, und ganz aus sich heraus kommen die nie vor einem Deutschen, weil man ja schließlich auch besiegter Feind ist, da gibt es immer eine Grenze, und man muss misstrauisch bleiben, es sei denn, man hat lange Haare und einen weichen Busen.

Er unterhält sich dann aber ganz nett mit dem First Lieutenant, der Burke heißt und aus New York kommt, Lehmann fällt nämlich ein, dass er mal im Lager ein Jazzkonzert gehört hat, eine Direktübertragung aus einem Hotel in dieser Stadt, und der Zufall will, dass Burkes Onkel das damals organisiert hat, der ist nämlich auch im Music Business, aber als Impresario, und Burke war an dem Abend selbst im Publikum, mit seiner Verlobten, die aber jetzt nicht mehr seine Verlobte, sondern mit einem Bankierssohn von der Upper West Side verheiratet ist, das ist wohl eine bessere Gegend, und so eine Schallplattenbude war ihr dann nicht gut genug zum Einheiraten, das kennt man ja … Und so kann denn Lehmann auch fast die gleiche Geschichte erzählen, auch wenn es bloß um Stettin und Mimi Westendorp und den Fliegerfeldwebel geht, und dass er nicht mehr mit ihr konnte oder gar warum, erzählt er natürlich nicht, und Burke sagt dann: Machen Sie sich nichts draus, Sie finden eine Neue, ich hab zwar auch noch keine Neue gefunden, aber das wird schon, glauben Sie mir, ich bin nur irgendwie melancholisch heute, deshalb bin ich ein bisschen betrunken und red mit jedem, ach so ist das also, Lehmann lässt ein bisschen nach mit dem Misstrauen, was ein Fehler ist, denn genau jetzt fragt First Lieutenant Burke doch noch wie nebenbei, wo er denn im Krieg gewesen sei, von wegen Mimi Westendorp und Fliegerfeldwebel und nach Stettin zurückkommen, da kommt eins zum anderen, und plötzlich ist die Plauderei so weit, dass man von dem lichten Kiefern- und Birkenwald einer bestimmten Stadt in der Ukraine erzählen müsste … Lehmann nimmt sich aber zusammen und sondert das Übliche ab, ich war Polizist, hab genau das gemacht, was jetzt die amerikanische MP macht, nämlich Besatzungspolizei, musste es ja bei uns auch geben, schließlich haben wir früher genauso Länder besetzt wie heute die Amerikaner, und sonst weiß ich von nichts; in der SS oder Parteigenosse war ich nicht, und deshalb bin ich jetzt auch wieder Polizist und bisher hauptsächlich beim amerikanischen CID beschäftigt.

»Soso, da gehören Sie ja sozusagen zu uns …«

Burke lächelt ein bisschen komisch und würde vielleicht noch mehr fragen, manchmal wollen die's ja ganz genau wissen, bevor sie sich möglicherweise mit einem Deutschen anfreunden, am Ende ist der dann im KZ gewesen, aber nicht als Häftling, und dann steht man da wie Piksieben und muss sich wundern, dass man so einen sympathisch finden konnte, aber auf der Bühne geht jetzt die Jamsession los, ein paar von den Pirates und ein paar von den Checkers haben sich zusammengetan und spielen mal eben was, das wundert Lehmann jedes Mal von Neuem, wie das angehen soll, dass man einfach so Musik macht, ohne vorher wochenlang geprobt zu haben oder nach Noten zu spielen wie die Stadtkapelle Zummach aus Schivelbein, die immer am 9. November vor dem Haus der SA gespielt hat und auch sonst auf den Tanzböden und Erntefesten der Umgebung, oder wie der Opernsänger im Stockwerk unter ihnen in der Schellingstraße, den man ab und zu daran erinnern muss, dass Polente im Haus wohnt, die schlafen will, sonst jodelt der zu jeder Tag- und Nachtzeit einfach drauflos, und immer dasselbe … jedenfalls wendet sich Burke gleich der Bühne zu und wackelt mit dem Kopf und schnippt den Rhythmus zur Musik, da hat sich das mit der Unterhaltung.

How High the Moon spielen die jetzt noch mal, aber ganz anders als vorhin die Checkers, fast doppelt so schnell, und der Trompeter lässt Töne hören, die sind wilder und zittriger als alles, das Harry James jemals zuwege gebracht hat, auch ein junger Weißer macht mit, der am Klavier sitzt und Lehmann vorher gar nicht aufgefallen ist, oder vielleicht hat er auch gar nicht mitgespielt, ganz blass sieht der aus gegen all die Neger an den anderen Instrumenten, wie auch immer, jedenfalls trägt der keine Uniform, sondern eine Schiebermütze und einen alten Anzug und hängt ganz versunken über den Tasten, die er anschlägt, wie es ihm gerade zu gefallen scheint, ein Bild für die Götter … Alles in allem hat Lehmann den Eindruck, da würden zwei Stücke auf einmal gespielt, das will einfach nicht zusammenpassen, auch von den Tönen her nicht, er weiß auch hier nicht so richtig, wie er das für sich selbst ausdrücken soll.

»Das ist Bebop, gefällt Ihnen das auch?«

Burke hat sich auch ein Bier kommen lassen und prostete ihm über den Tisch hinweg zu. Lehmann fasst sein eigenes Glas an, das schon leer ist, und lächelt höflich zurück. Nicht, dass er so was nicht schon mal gehört hat, wird ja durchaus auch im Radio gespielt, aber da kann man abstellen, und man hört es auch nicht allzu häufig. Und wenn er ehrlich ist, hat er beinahe Angst davor, dass ihm diese Art von Musik irgendwann einmal tatsächlich gefallen könnte.

*

Am Sonntag will Lehmann ausschlafen, jagt aber um sechs aus dem Schlaf hoch, weil er schon wieder von den Mongolenfratzen geträumt hat, die in Mahlow einfallen … eigentlich ist der ganze Traum ein ungeheurer Blödsinn, weil er ja im März und April '45 gar nicht in Pommern gewesen ist, sondern in Amerika, *We the People,* aber das kommt immer wieder, und immer wieder steht Mutter in der Küche in ihrer alten blauen Schürze und daneben die kleine Annemarie mit ihrem blonden, ach so blonden Haar und dem seltsam gepunkteten Kleid, das sie gar nicht anhaben sollte, selbst Onkel Hermann ist in dem Traum schon vorgekommen, obwohl der doch '43 am Wasser gestorben ist, einmal haben ihn die Russen erschossen, weil er ihnen nicht die Stiefel reparieren wollte, ein anderes Mal ist er mit dem Lederriemen auf einen T-34 los und in einer Wolke aus Blut und Knochensplittern und Pulverdampf verschwunden. Sein Neffe versucht dann wieder einzuschlafen, aber es geht nicht, also quält er sich aus dem Bett und steht nur kurze Zeit später wieder mit dem Opel vor dem Kinderbuchhaus in Harlaching.

Und diesmal hat er Glück: Gegen neun kommt Nowak mit den üblichen drei Hochwangigen aus dem Haus, einer davon trägt eine verspiegelte Sonnenbrille, wie die amerikanischen Piloten sie haben, so ein Affe, wo noch nicht mal die Sonne scheint ... Der Chef und seine Gang gehen alle zusammen zu dem Mercedes, Nowak trägt wieder Filzhut und gut geschnittenen, dunklen Anzug, die schwarzen Haare glatt nach hinten pomadisiert und außerdem einen Regenmantel über dem Arm, fast zwei Köpfe größer als seine Jungs ist er, und einer von denen schleppt einen großen Koffer mit sich und lädt das Gepäckstück dann hinten in den Kofferraum.

Die Autoverfolgung lässt sich auch leichter an als gestern. In sonntäglicher Gemächlichkeit steuert das Coupé die Grünwalder Straße hinunter, und wegen der auffälligen Farbe kann man den Wagen auch aus einiger Entfernung noch gut erkennen.

Geheimnisvoll wird es erst, als die Fahrt dann nicht wie üblich den Giesinger Berg hinunter und in die Stadt oder ins Lager Frauenholz geht, sondern am Tegernseer Platz geradeaus in Richtung Ostbahnhof – ob das was mit dem Koffer zu tun hat, ob der vielleicht wegwill ...? Lehmann wird unruhig, die Möglichkeit, dass Nowak einmal auf Nimmerwiedersehen verschwinden könnte, bevor er ihn ohne seine kalmückische Ganoventruppe erwischt hat, ist ihm noch gar nicht in den Sinn gekommen. Dann wird es aber noch geheimnisvoller, weil der Mercedes schließlich am Ostbahnhof gar nicht anhält und erst bei der übernächsten größeren

Kreuzung nach rechts in die Äußere Wiener Straße einbiegt, und von dort geht es dann ganz nach Osten aus der Stadt heraus, Richtung Riem. Dort draußen liegt der neue Flughafen, und das ist am geheimnisvollsten, denn den dürfen eigentlich nur die Amerikaner benutzen, hohe Offiziere und Rita Hayworth auf Truppenbetreuung, Leute wie du und ich und Nowak aber ganz bestimmt nicht.

Der Mercedes biegt dann trotzdem seelenruhig auf den Parkplatz vor dem Flughafengebäude ein und parkt dort. Alle Mann raus, Koffer aus dem Kofferraum und im Gänsemarsch zur Schalterhalle ist eins, das muss man dem lassen, seine Leute im Griff, das hat er … Lehmann parkt auch und drückt sich vor dem Eingang herum, man kann in die Schalterhalle hineinsehen, weil die Glastüren sehr groß sind, das ist ein schöner Flughafen hier, kurz vor dem Krieg ist er fertig geworden, hat man ihm erzählt; Nowak und seine Leute halten schnurstracks auf den Schalter der Pan Am zu, und da geht Lehmann ein mäßiges Licht auf, denn er erinnert sich an eine Radiomeldung, von vor drei Wochen vielleicht, die ein beleidigt klingender deutscher Nachrichtensprecher auf Radio München verlesen hat: Pan Am hat eine Linie eröffnet, London–Wien und zurück, die macht Zwischenstation in München, und der Sprecher hat sicher deshalb beleidigt geklungen, weil jetzt zwar auch Zivilisten fliegen dürfen, aber immer noch bloß amerikanische oder sonst wie Siegermachtausländische und Neutrale. Was aber immer noch nicht auf Nowak, ehemals Wien, ehemals SS, jetzt Träger eines dunklen Anzugs, zutrifft, obwohl ja die heldenhafte Ostmark mittlerweile wieder vom Anschluss zurückgetreten und damit sozusagen Ausland geworden ist … Nowak aber, den es nicht zu kümmern scheint, dass alle Wahrscheinlichkeit gegen sein Mitfliegen steht, gibt seinen Koffer am Schalter der Pan Am auf. Die Abflugzeit der Maschine nach Wien steht in Kreideschrift auf einer alten Schultafel neben dem Schalter, Lehmann sieht auf die Uhr, eine ganze Stunde noch, kein Wunder, dass die es nicht eilig hatten, sonst sind keine Flüge angezeigt, wie auch, wenn es sonst keine gibt … Lehmann ist ein einziges Mal geflogen im Leben, in einem amerikanischen Transportflugzeug vom italienischen Festland nach Sizilien in sein erstes Kriegsgefangenenlager, besonders aufregend war es nicht.

Er hat keine Ahnung, was er machen soll, in das Gebäude hinein kann er schlecht, weil sich sonst kaum jemand in der Halle aufhält, da würde er auffallen, und Nowak geht sowieso gleich weiter durch die Kontrolle, hat bloß noch irgendwas zu bereden mit den Hochwangigen, soll er vielleicht doch einfach rein und abdrücken …? Er traut sich aber nicht und wartet weiter, wenn man bloß wüsste, was der überhaupt will in seinem Wien, vielleicht die Frau Gemahlin besuchen, wenn er eine hat, aber das bezweifelt Lehmann, vielleicht sonst was, wenn er mal nur wieder zurückkommt. Der Sturmbannführer a. D. zückt dann tatsächlich einen Pass, Lehmann schielt mal rüber, ist das etwa ein amerikanischer, sieht fast so aus.

Später sitzt er wieder im Auto und sieht den viermotorigen Pan-Am-Flieger abheben, kurz darauf kommen auch die drei Hochwangigen von Nowaks Gang auf den Parkplatz und fahren in die Stadt zurück. Lehmann lässt sie fahren, weil die ja fahren können, wohin sie wollen, er aber diese Kröte immer noch nicht so recht schlucken will: Da fährt also der Sturmbannführer a. D. einfach zum Flughafen und setzt sich in ein Flugzeug, vor dem Krieg war das natürlich normal, jedenfalls mit dem nötigen Kleingeld, aber jetzt ist nach dem Krieg, da ist das ganz unnormal, man kann schon froh sein, wenn man mit dem Bus oder dem Zug über die Zonengrenze kommt, zu Magdas Hochzeit im August muss Lehmann sich noch was einfallen lassen, wie er dann nach oben in das Dorf bei Bremen kommen soll, Darkum heißt es … Als er aus Amerika zurückgekommen ist, Frühjahr '46, hat man noch einen Passierschein gebraucht, wenn man nur die eigene Stadt verlassen wollte, aber Nowak, der eigentlich vor einen Richter gehört in Nürnberg, der kommt und setzt sich in ein Flugzeug nach Wien und hat einen amerikanischen Pass, und das wiederum heißt, wenn Lehmann ihn abserviert, und die Leiche wird irgendwo gefunden, dann hat er den CID am Hacken, der für ermordete amerikanische Staatsbürger zuständig ist, und das vereinfacht die Lage nicht gerade.

Er lässt die Kröte schließlich Kröte sein und fährt zum Mittagessen in die Maxvorstadt zurück, ins *Allotria*, das sich im unteren Teil eines Trümmerhaufens in der Türkenstraße befindet und im Winter als städtische Wärmestube für die Heizungs- und Wohnungslosen gedient hat, jetzt aber wieder den normalen Gaststättenbetrieb durchführt, markenfreies Stammessen, Grützwurst mit Weißkohl, wenigstens kein Sauerkraut, schmeckt aber trotzdem nicht, hüüt gifft Swiinschiet mit Dill, da muss man durch, und die Dollars kann er ja nicht alle auf einmal ausgeben. Später dreht er noch eine Runde durch den Englischen Garten, wo einige Anwohner dabei sind, sich Gemüsefelder anzulegen, und denkt, da ist ja doch Mai in der Luft, aber vielleicht täuscht er sich auch, ein paar Mädchen sind in dem Park unterwegs, und Lehmann kommen die Zeiten in den Sinn, als ihm sein Ding gestanden hat wie ein Baum, da wird ihm komisch zumute … Burke hat ihm gestern Abend noch einiges erzählt, über diese neue Art von Jazz, die sich anhört, als würde man zwei Stücke gleichzeitig spielen, der Vater mit der Plattenfirma scheint da mitzumischen, jedenfalls würde der angeblich Bird kennen und auch Dizz, von denen Lehmann aber nichts weiß, auch nicht, als Burke ihm erklärt hat, dass es sich um Charlie Parker und Dizzy Gillespie handelt, wie solche Leute eben heißen, wer kann sich das alles merken, aber mit denen macht Burkes Vater Schallplatten, ob Herr Lehmann sich das mal anhören möchte …? Nein, wollte Herr Lehmann eigentlich lieber nicht, er hat sich schließlich damit herausgeredet, dass er kein Grammofon hätte oder keinen Plattenspieler, wie man jetzt sagt, was aber gelogen ist, weil er sich natürlich aus der Möhlstraße das neueste Modell hat kommen lassen und immer von Amos und anderen Amis Swingplatten abstaubt, aber das muss er Burke ja nicht auf die Nase binden … am Ende hat er sich verabschiedet, weil der First Lieutenant dann wieder mit dem Krieg anfing.

Zu Hause haut Lehmann sich aufs Bett und liest ein Buch, das ihm Kolbenhoff gegeben hat, der gerade ein paar Kapitel des Romans für die *Neue Zeitung* ins Deutsche übersetzt, angeblich spielt er im Spanischen Bürgerkrieg und beruht auf eigenen Erlebnissen des Autors, na, mal sehen … die einzigen Bücher bei Lehmanns zu Hause in Mahlow waren die Bibel, Karl May und die Sammlung vorne in Onkel Hermanns kleiner Leihbücherei, zum Beispiel das Werk über Oberst Lettow-Vorbecks Afrikafeldzug, Onkel Hermann las so was ja selbst gerne, genauso das berühmte Buch des Führers, aber Onkel Hermann wollte schließlich auch unbedingt einen Volksempfänger kaufen, weil er dann die Direktübertragung des deutschen Einmarsches in London am Apparat hätte verfolgen können … Mutter ist dagegen gewesen, genau wie bei der Terrasse für den Bierausschank, was soll der neumodische Kram, die Lehmanns haben ihr Geld immer zusammengehalten, jetzt ist alles futsch, und mit dem deutschen Einmarsch in London hat es dann ja sowieso nicht geklappt.

In dem Buch geht es jedenfalls um einen Amerikaner von den internationalen Brigaden, der eine Brücke in die Luft sprengen soll und sich mit den örtlichen Partisanen in den Bergen herumdrückt, müsste Lehmann eigentlich bekannt vorkommen, vom Krieg her, tut es aber nicht, weil alle immer bloß diskutieren, zum Beispiel der Held mit seinem alten spanischen Führer, ob man jetzt Menschen wegen irgendwas umbringen darf oder nicht, ob es überhaupt einen Grund dafür geben kann und so weiter, jedenfalls wenn Lehmann das richtig versteht, so gut ist sein Englisch nun auch wieder nicht, aber was für ein Blödsinn ist das denn, im Krieg diskutiert man nicht, im Krieg kommt ein Befehl, und den befolgt man, und ansonsten hält man seinen Arsch in der Deckung – und das soll auf eigenen Erlebnissen beruhen …? Na, da will er Heinrich heißen, tut er aber nicht, Friedrich Hermann Alfred Lehmann steht auf der Taufurkunde, die jetzt irgendwo in Pommern auf einem Abfallhaufen liegt, den die Polen aufgeschüttet haben, so unrecht haben die Jungs von der Military Police also gar nicht mit Herman the German, nur wissen sie das natürlich nicht … Alfred hieß sein zweiter Patenonkel, eigentlich ein Großonkel, aber Vater hat sonst keine Geschwister, musste eben der Großonkel ran. Aber der Romanautor hat wirklich keine Ahnung, und dann weiß man gleich, dass es Ärger wegen der Frau gibt, wenn ihre Haare wieder lang sind, wo ist da die Spannung, und er weiß ja, dass '37 die Legion Condor von München losgeflogen ist, von dem Fliegerhorst nördlich der Barackensiedlung, die jetzt Lager Frauenholz heißt, und in dem Buch, das ist eben die andere Seite, die sogenannten Republikaner, die haben in Spanien verloren und hier gewonnen – mit fünfzehn, sechzehn hat er nur Kriminalromane gelesen, alles über die Gangster von Chicago, und dann sind zur selben Zeit, am Tag der Deutschen Polizei, die Berittenen so schneidig durch das Steintor in Schivelbein getrabt gekommen, da hat Lehmann zum ersten Mal Polizist werden wollen … und dann ist er Polizist geworden, und wenn er mit dem Roman bald wieder aufhört, dann auch deshalb, weil der Alte und der Amerikaner sich bei ihrem Gerede über das Töten in einer Schlucht nahe der Brücke versteckt halten, die sie sprengen sollen, und sie beobachten dabei zwei Soldaten oder Polizisten, General Francos Leute, dumme Kerle, die an der Brücke Wache stehen und rauchen oder dösen, man ahnt schon, dass die später dran glauben müssen, aber schließlich sind diese beiden Fleisch von seinem Fleische und haben auf derselben Seite gekämpft, und genauso gut könnte dieser Hemingway also ihn selbst umbringen, und das gefällt Lehmann nicht, das will er nicht lesen.

3. UND 4. MAI

Am Montag sitzen sie hauptsächlich in Hölzls Büro herum, spekulieren noch mal ohne Ergebnis den gesamten Leichenfund durch und warten ansonsten vergeblich darauf, dass irgendetwas passiert. Gräf hat den Finger vom Gerichtsmedizinischen Institut noch nicht bekommen und ist weiter dabei, die Fundstücke vom See näher zu untersuchen, das Stück Plane stammt vielleicht von einem Zelt, eher aber wohl von einem Lkw-Verdeck, genau feststellen lässt sich das natürlich nicht, wo es doch nur ein so kleines Stück ist; der Draht ist dafür über zwei Meter lang und war an den Enden zusammengedreht, vielleicht hat ja wirklich einer versucht, Steine dranzuhängen; und das Seil, mit dem die Hände gefesselt waren, hat auf eine Benzidinprobe angesprochen, war also wahrscheinlich blutgetränkt. Das wenigstens ist von Interesse, denn wenn man mal nachdenkt, muss die Tote ja eigentlich geblutet haben wie nichts Gutes, als man ihr den Kopf und die Beine abgesäbelt hat, nur ist davon gar nichts mehr zu sehen an der Leiche, keine Verkrustungen, keine Schlieren von geronnenem Blut, wirklich gar nichts. Lehmann kommt gleich drauf, weil er das ja von zu Hause kennt, beim Schlachten im Herbst wurde die ganze Soße immer mit einem Eimer heißem Wasser weggespült, aber den Gedanken aussprechen, das tut dann Hölzl, der das vielleicht von seiner Verwandtschaft auf dem Land kennt, oder er war mal im städtischen Schlachthof:

»Ja mei, ham s' die vielleicht hinterher aa noch *g'waschen* …???«

*

Der Dienstag fängt genauso an, bloß dass ihnen heute noch nicht einmal Gräf mit Neuigkeiten dienen kann. Dafür hat er seinen Zeigefinger bekommen und kann die Abdrücke nehmen, bis die allerdings in der Abdrucksammlung beim Zentralamt und wieder zurück sind, können ein paar Tage vergehen. Lehmann fängt an sich zu langweilen, bei den Amis ist ja immer etwas losgewesen, wenn die eine Abteilung nichts hatte, gab's bestimmt etwas in der nächsten zu tun, und er war ja immer gefragt mit seinem Englisch. Außerdem haben die auch mehr Spaß bei der Arbeit, immer sich so gegenseitig kabbeln und Witzchen reißen, das ist da gang und gäbe, an den deutschen Stil muss er sich erst wieder gewöhnen. Hölzl sitzt meistens herum und tut nachdenklich, der könnte ihn ja auch mal was fragen, wo er denn herkommt und so weiter, aber das hat natürlich mit der Bayernpartei und ihrer Entpreußifizierung zu tun oder vielleicht damit, dass Wacker am Wochenende zu Hause gegen Ulm verloren hat, wenn nämlich weder die Bayern noch die Sechzger mit im Spiel sind, hält man als anständiger Münchner natürlich zum dritten Verein der Stadt. Am Ende nimmt sich Lehmann wieder sein Strafgesetzbuch vor und lernt für die Prüfung, *Paragraf 259, Hehlerei.*

Später, am frühen Nachmittag, schaut er kurz beim K4 vorbei, um mal zu hören, was Sepp Poschinger so zu erzählen hat. Der ist aber ganz kurz angebunden und redet herum, dass er am Samstag habe arbeiten müssen wegen der Großveranstaltung zum Tag der Arbeit, und dann sei er am Sonntag wieder in der Bereitschaft gewesen, und irgendwann müsse er ja auch einmal ausschlafen.

»Na, und die Sache? Weißt schon …«

Poschinger windet sich in seinem Drehstuhl und will nicht so recht. Schließlich hebt er die Hände gen Himmel und lässt sie wieder fallen, fast wie ein Schwarzgelockter.

»Mei, i derf dir ja gar nix sagen, weil ich hab was unterschreiben müssen … i hab an Gespräch gehabt gestern und … i *kann* nix sagen, i kann net und i derf net … die wollen halt, dass man Namen nennt …«

»Ja, und …?«

Lehmann kriecht wieder was über den Rücken, wieso Namen, was meint Sepp damit?

»Mei, i hab's gemacht, i hab Frau und Kinder, i kann net anders … Deiner war's nicht, Verräter bin ich noch lang keiner …«

Und mehr sagt er nicht, der Herr Kollege vom Polizeibataillon 72 … Lehmann bläst Luft in seine Backen und versucht nachzudenken, aber da ist kein Weg, keine Gelegenheit, keine Lösung, das kommt auf ihn zu, schwarz wie die Nacht und tief wie das Wasser im Moor und dunkel grollend wie eine Gewitterfront über dem Wald – wer kennt ihn hier noch, wer weiß möglicherweise etwas vom Reserve-Polizeibataillon 326, das zusammen mit Nowaks Trawnikis in dem bewussten Wald war, wer bloß, und wenn Namen verlangt werden …? Und wenn nun einer den Kopf nur aus der Schlinge ziehen kann, indem er angibt: Hauptwachtmeister Lehmann, Gemeinde Sarny, Kreisgebiet Rowno, Generalbezirk Wolhynien-Podolien, Reichskommissariat Ukraine, 27. August 1942? Er hat sich nie darum gekümmert, wer von den anderen alten OrPo-Leuten bei der Münchner Polizei wo wann wie lange eingesetzt war, überhaupt spricht niemand darüber, das ist ein Paragraf, der nicht im Strafgesetzbuch steht, den aber jeder genauer befolgt als den der Hehlerei, man weiß eben Bescheid und hält die Klappe. Und warum wollen die Namen wissen, das sind doch Gestapo-Methoden, wenn man andere verpfeifen muss, warum untersuchen die nicht die Akte jedes Einzelnen daraufhin, was er denn im Krieg genau gemacht hat, das wäre wenigstens die saubere Art und Weise; aber was hat er es da mit der Sauberkeit, ausgerechnet er …

*

Zwei Stunden später trifft ein Fernschreiben ein. In einer kleinen Stadt auf der Schwäbischen Alb ist am letzten Freitag ein Mann auf der dortigen Polizeiwache erschienen und hat seine Tochter als vermisst gemeldet. Die Stadt heißt Geislingen an der Steige, der Mann Sergei Stepaschkin und seine Tochter Irina. Sie ist sechsundzwanzig Jahre alt, hundertneunundsechzig Zentimeter groß, schlank, hat hellbraune, gelockte Haare, und zuletzt ist sie gesehen worden, als sie sich vor gut drei Wochen von ihrer Familie verabschiedet und den D-Zug nach München genommen hat. Hölzl überfliegt das Schreiben, notiert sich ein paar Einzelheiten und schickt dann Lehmann gleich mit dem Ganzen zum Schreibdienst, um es vervielfältigen zu lassen.

Beim CID haben sie für so was schon Photostats, dafür gibt's noch gar kein deutsches Wort, aber bei der Münchner Polizei wird die gleiche Aufgabe von Frau Berner erledigt, einer Kriegerwitwe, die vor vielen Jahren Philosophie studiert hat und sich nun auf diese Weise ein Zubrot zur mageren Witwenrente verdient. Lehmann muss warten, weil vor ihm erst noch die Vernehmungsprotokolle der drei Norddeutschen dran sind, die am Vortag mit zweihundert Pfund Wurst im Gepäck am

Bahnhof geschnappt worden sind, also hat er Zeit, das Fernschreiben genauer selbst zu lesen: Stepaschkin stammt aus Reval und gibt die estnische Staatsbürgerschaft an, ist also trotz seines Namens kein Russe. 1944 sei die Familie nach Deutschland gekommen, von Beruf will Stepaschkin Richter gewesen sein, da kann man sich so seinen Teil denken, denn als solcher muss er sich ja mit der Verwaltung des Reichskommissariats Ostland gut gestanden und dann die Hosen gestrichen voll gehabt haben, als in dem Jahr Uncle Joes Mongolenhorden in das Baltikum vorgerückt sind … zur Familie gehören noch Stepaschkins Frau, seine Schwiegermutter und eben die verschwundene Tochter, Irina Stepaschkin, zurzeit stellungslos, zuletzt als Dolmetscherin bei einer amerikanischen Armeeeinheit in Kaufbeuren tätig. Die sei dann aber aufgelöst worden, weshalb sich Irina am 7. April nach München begeben habe, um sich dort um eine Anstellung zu bemühen. Bis zum 9. April habe sie zurück sein wollen, seitdem habe aber die Familie in Geislingen nichts mehr von ihr gehört, das muss dort auch so ein Lager für Displaced Persons oder DPs sein, die Geislinger Kollegen schreiben was von UNRRA, das ist die United Nations Relief and Rehabilitation Administration, Lehmann weiß Bescheid, die verwalten auch die Münchener DP-Lager, zum Beispiel Frauenholz oder das Serbenlager in der Luitpoldkaserne, in dem Bauer Anzingers Drago untergebracht ist.

Und dann kommt noch ein Name: Katz, Abraham Katz, wohnhaft in München, Maximilianstraße 16, im dritten Stock, den Namen habe Irina ihren Eltern als Postadresse gegeben, als sie vorher schon einmal in München gewesen sei, oder sie war sogar öfter in der Stadt, aus dem Fernschreiben lässt sich das nicht so genau herauslesen, aber was ist das denn für ein Name, der klingt ja, als ob … Lehmann bekommt so ein mulmiges Gefühl, liest dann aber schnell weiter: Diesem Herrn Katz will Sergei Stepaschkin am 19. April einen Eilbrief geschickt haben, nach fünf Tagen ohne Antwort sei er schließlich selbst nach München gefahren, am Samstag, den 24. April. Besorgter Vater eben, na was sonst, aber in der Maximilianstraße 16 habe niemand seine Tochter kennen wollen, »die Frau bei der Adresse« nicht, wohl die Zimmerwirtin, und auch nicht ein Mann, der sich als »Katz« zu erkennen gegeben habe. Es gebe noch einen zweiten »Katz« in der Wohnung, den Bruder des ersten, aber der erste habe auf die Frage, ob er Irina kennen würde, nicht geantwortet, und der zweite sei nicht da gewesen. Hört sich alles reichlich verworren an, denkt Lehmann, aber wenn Stepaschkin aus Estland kommt, kann er bestimmt nicht so gut deutsch sprechen, und die Kollegen in Geislingen kein Estnisch oder Russisch, vor '14–18 hat das ja zu Russland gehört, der wird ihnen einen vorgestottert haben, und so haben sie's dann aufgeschrieben.

Frau Berner ist jetzt fertig mit den Wurstschmugglern und drängelt, na was denn, bald Feierabend, Herr Lehmann, aber er ist ja gar nicht so, reißt kurzerhand das Fernschreiben in zwei Hälften und gibt ihr den Teil, den er schon gelesen hat. Da guckt sie ihn aber an, amtliches Schreiben, darf man doch nicht einfach so zerreißen, und Lehmann merkt gleich wieder, dass er sich zu sehr an die amerikanische Art gewöhnt hat und jetzt aufpassen muss, weil die deutsche Art eben ganz anders ist … Aber dann mal weiter im Text, die Personenbeschreibung liest sich auch schneller: Größe, Alter, Figur, Haare – hatten wir schon –, ovales Gesicht, gerade Nase, kleine, eng anliegende Ohren, kleiner Mund, geschminkte Lippen und, Lehmann tut es einen Stich, lange, schmale, sehr gepflegte Hände … kann perfekt Deutsch, Englisch, Russisch, Estnisch und sogar Italienisch, Gott, da kann er ja einpacken mit seinem POW-Englisch, aber sein Vater, Karl Lehmann aus Mahlow in Hinterpommern, ist ja auch kein Richter gewesen, bloß früher Wirtschafter auf einem Bauernhof, der anderen Leuten gehört hat, und jetzt ist sein Vater gar nichts mehr … besondere Kennzeichen: viele kleine Leberflecken auf der Brust und auf den Oberarmen, Lehmann versucht sich zu erinnern, aber er hat bei der vorläufigen Obduktion nicht auf solche Leberflecken geachtet, dann: kleine Narbe von einer Zahnoperation am rechten Unterkiefer, da fehlt ihnen wieder der Kopf, und angezogen war sie so: blaugraues Tuch, als Turban um den Kopf gebunden, tragen ja immer noch viele Frauen, obwohl so ein Turban albern aussieht, zweireihiger, grauer Stoffmantel, graublaues, langes Jackett, graublauer Rock, die Farbe gefällt Lehmann auch, dann noch schwarze Halbschuhe mit normalem Absatz – und jetzt wird es anzüglich: rosa Trikotunterrock, rosa Büstenhalter, lange, stark gestopfte, beige Strümpfe, rosa Hüfthaltergürtel, also ob sein eigener Vater wohl so genau wüsste, was seine Frau oder seine Töchter so jeden Tag unter dem Rock tragen … insgesamt soll alles einen ziemlich abgetragenen Eindruck machen, man hört sogar aus dem Fernschreiben heraus, dass Stepaschkin sich dafür schämt, aber Kinder, was wollt ihr denn, so geht es doch jetzt allen, die diesen schönen Kontinent bevölkern …! Irinas Ausbildung: abgeschlossenes Gymnasium, na siehste, Richters Töchterchen eben, Beruf: Stenotypistin und Dolmetscherin, hatten wir schon, also weiter: Herbst '46 bis Frühjahr '47 bei den Amis in Kaufbeuren, dann wegen, na, wenn das mal stimmt, Eierstockentzündung einen Monat im Krankenhaus, seitdem öfter in Augsburg und München auf Arbeitssuche, und dann haben wir's ja schon, die Geislinger Kollegen schreiben dazu, dass ihnen das alles sehr »schleierhaft« erscheine, ganz Lehmanns Eindruck, und dann habe der Vater auch noch gesagt, dass seine Tochter zur Trunksucht neige und »im berauschten Zustand mit allem einverstanden« sei, das passt dann aber gar nicht zu Richters Töchterchen.

Stepaschkin hat dann genauer angegeben, er sei in Reval Untersuchungsrichter gewesen, aha, Ermittlungsbeamter also, und er habe einen ganz schlechten Eindruck von der Frau bei der Adresse gewonnen, diese habe ihn schließlich zur nächsten Polizeiwache geschickt, von dem Herrn Katz sei sein Eindruck auch schlecht gewesen, der habe seine Tochter bestimmt in ein Bordell verschleppt oder Ähnliches … Na, wenn die Kleine trinkt, hat man sie vielleicht gar nicht zwingen müssen, den Weg sind schon andere und von ganz allein gegangen.

Lehmann wartet, bis Frau Berner mit der Abschrift fertig ist, und geht dann mit dem Original in Hölzls Büro zurück. Der Kollege hat inzwischen bei der Post angerufen wegen des Eilbriefs von Herrn Stepaschkin, aber die werden offenbar nur der Eingangsnummer nach registriert und von verschiedenen Boten zugestellt, eine Ermittlung in diese Richtung hat also keinen großen Sinn.

»Was meinen Sie, ist die das?«

Hölzl nickt langsam vor sich hin.

»Des schaugn ma dann, wenn der Kollege Gräf die Abdrücke hat, die Stepaschkin müssen s' ja registriert haben bei der UNO, aber momentan dad i sagen, des schaugt scho a bisserl so aus …«

»Soll ich schon mal runter, den Wagen anheizen?«

Hölzl winkt ab.

»Naa, mir ham jetzt Feierabend, halbert fünfe is scho, des mach ma morgen in der Früh. Solang mir net hundertprozentig wissen, ob des wirklich die Betreffende ist, is des a normaler Vermisstenfall, und der hat koa Dringlichkeit.«

Lehmann wundert sich, sagt aber nichts weiter; das ist auch wieder so die deutsche Art, die vom CID wären jetzt gleich los und hätten sich den Katz geschnappt und ausgequetscht, so was wie Feierabend kennen die da gar nicht, aber ein echter deutscher Kriminalhauptkommissar, der legt bei Dienstschluss die Hände in den Schoß, dabei kann der Kerl doch morgen früh schon über alle Berge sein!

Woher der Wind aber in Wirklichkeit weht, merkt er dann daran, dass Hölzl nicht wie üblich nach Hause gefahren werden will, sondern in der Stadt bleibt, um mit seiner Frau ins Theater zu gehen.

»Wissen S', des hab i ihr schon lang versprochen ...«

Lehmann heizt trotzdem den Opel an, aber nur, um nach Hause in die Schellingstraße zu fahren; das mit dem Anheizen sagt man jetzt so bei Autos, weil es ja in diesen Tagen wirklich oft gemacht wird, vor allem bei den Überlandbussen, die mit Holzvergaser fahren, manchmal sieht man sogar einen Privatwagen mit den dicken Kesseln hintendran, da muss alle paar Kilometer nachgelegt werden wie bei einer Dampflok, aber mit Holz eben, nicht mit Kohlen; allerdings sagt man jetzt auch »bis zur Vergasung«, wenn man ausdrücken will, dass sich etwas ewig hinzieht oder bis zum bitteren Ende, damit sind aber keine Autos gemeint.

*

Zu Hause putzt er mit gesundem Appetit den Rest des Fresspakets aus der Möhlstraße weg, bloß von dem Kognak bleibt noch was übrig, muss er die nächsten Tage eben wieder Kohldampf schieben oder weiter seine Dollars aufbrauchen. Dann fallen ihm die hektografierten Zettel ein, die er vor Nowaks Gartentor stibitzt hat, Salkind kommt doch von irgendwo aus dem Osten, vielleicht kann der Russisch, bestimmt sogar. Er nimmt einen von den Zetteln, die alle gleich aussehen, aus der Innentasche seines Jacketts, ist alles ein bisschen nass geworden in dem Regen am Samstag, und macht dann einen kleinen Nachbarschaftsbesuch beim guten Herrn Doktor. Der reagiert nicht auf sein Klopfen, Lehmann öffnet aber trotzdem und lädt sich selbst ein, weil er weiß, dass an dieser Tür des Öfteren nicht auf Klopfen reagiert wird, und tatsächlich: Salkind ist zu

Hause, liegt aber auf dem Bett wie eine Mumie und glotzt an die Decke, na ja, sind eben so die Stimmungen, die man in dem Zustand hat.

»Sie sind's, Herr Kommissar? Es fängt an, sie fallen in Palästina ein …«

»Wer fällt wo ein?«

Fragt Lehmann aber nur so, weiß er natürlich schon längst: Seit die Vereinten Nationen im letzten Herbst beschlossen haben, den Schwarzgelockten einen eigenen Staat zu verschaffen, redet Salkind jeden Tag davon, dass er jetzt bald nach Palästina beziehungsweise Israel auswandern wird, noch geht es ja nicht so einfach, aber übernächste Woche, am 15. Mai, da ist alles vorbei, jedenfalls für die Herren Tommys da unten, aber ob der gute Herr Doktor überhaupt so lange durchhält? Wie auch immer, zurzeit hängen seine Launen nicht nur vom Hunger in den Venen ab, sondern auch von der jeweiligen Lage im Vorderen Orient, da ist er immer ganz genau informiert: Am 12. April haben die Araber einen jüdischen Sanitätskonvoi überfallen, das Datum hat sich aber auch Lehmann gemerkt, weil am selben Tag Gomulka herausposaunt hat, dass Polen die besetzen Gebiete niemals an Deutschland zurückgeben würde, nun ade, du mein lieb Heimatland, jedenfalls ging es Salkind an dem Tag noch schlechter als sonst … aber dann letzte Woche, als die Hagana Haifa erstürmt und die Irgun Jaffa angegriffen hat, da hätte man den Herrn Doktor mal sehen sollen, wie der gestrahlt hat und gelacht und sogar das Morphium aufgeben wollte, wenn das mal nur so einfach wäre … und jetzt das heute, der wandert wieder im finstersten Tal, weil er auf Kurzwelle gehört hat, dass syrische und irakische Einheiten ohne Hoheitszeichen über die Grenze sind und jüdische Dörfer angegriffen haben, auch Libanesen und Transjordanier, angeblich mit britischen Panzern, nett, dass die Herren Tommys sich auch mal die Hände schmutzig machen da unten, und das am 12. April mit dem Sanitätskonvoi ist auch nicht von ungefähr gekommen, schließlich haben drei Tage vorher jüdische Bewaffnete, die Irgun und die Stern-Bande, in einem Dorf namens Deir Yasin über zweihundertfünfzig Araber kaltgemacht, man könnte meinen, die Schwarzgelockten hätten aus all dem, was passiert ist, ihre ganz speziellen Lehren gezogen, und wer sind wohl ihre Lehrmeister gewesen im Osten … wenn man ein Land neu besiedeln will, sollte eben besser niemand dort wohnen, jedenfalls sieht es im Moment nicht gut aus für den demnächst zu errichtenden Judenstaat, und Salkind redet davon, dass er sterben will.

»Na, nu machense aber mal nen Punkt, so schnell stirbt sich det nich …«

Er holt Salkind vorläufig ins Reich der Lebenden zurück, indem er ihm in allen Farben sein Leben im neuen Staat Israel ausmalt, Fantasie muss man eben haben, und dann hat ihm ja Kolbenhoff von Ägypten erzählt, das kann man hier auch mal anbringen, weil sich das sicher nicht groß voneinander unterscheidet, Ägypten und Israel, außerdem fällt ihm noch ein, dass *Hein Class. Fahrten und Abenteuer*, das er auch aus Onkel Hermanns Leihbibliothek kennt, teilweise in der Gegend gespielt hat, da ging es oft um die Engländer, perfides Albion, beherrscht vom jüdischen Finanzkapital und so weiter, aber das erzählt er Salkind natürlich nicht, dafür erzählt er ihm, wie er mal seinen Lebensabend verbringen wird, in einem Liegestuhl in Haifa, am Mittelmeer unter Palmen im Heiligen Land, umgeben von Thorarollen und koscheren Würstchen, bärenstarken Kibbuz-Bauern und ihren schönen, schwarz gelockten Frauen, das erzählt er.

»Meinen Sie wirklich, Herr Kommissar?«

»Herr Doktor, Sie haben so viel gelitten, das wird bald alles ein Ende haben, glauben Sie mir …«

Da ekelt es ihm richtig vor sich selbst, wie ausgerechnet er so einen klebrigen Quatsch absondert, aber wenn er an Nowak heranwill, muss er alles über den wissen. Salkind nimmt dann auch den Zettel mit dem russischen Text, liest den ersten Absatz und guckt dann mit einem Mal ganz misstrauisch.

»Woher haben Sie das?«

»Beweismaterial in einem Fall, kann ich Ihnen leider nicht so genau sagen, Amtsgeheimnis, nich? Aber ich dachte, wo Sie doch sicher Russisch können, wäre es mir eine große Hilfe …«

Wenn man mal das Lügen anfängt, geht es danach wie von selbst, *Du sollst nicht falsch Zeugnis reden wider deinen Nächsten*, was ist das, hat Doktor Martin Luther gefragt und es dann erklärt in seinem Kleinen Katechismus, aber der ist auch nicht im Wald von Sarny gewesen oder sonst wo im Krieg, bloß auf einer Burg in Thüringen. Lehmann nickt Salkind aufmunternd zu, aber der hat inzwischen zu Ende gelesen und sieht jetzt richtig böse aus.

»Das ist Schmutz! Schmutz ist das! Woher haben Sie das? Antikommunistische Propaganda, aber auch antisemitische Propaganda, verstehen Sie? Das hat jemand geschrieben, der Stalin hasst, aber auch die Juden, denn er behauptet, dass Stalin ein galizischer Jude sei, der einen falschen Namen angenommen habe und von den Weisen von Zion gelenkt werde, da, schauen Sie, ›Agent der zionistischen Weltverschwörung‹ heißt es, was soll denn das?«

Lehmann schluckt erst mal heftig, kann er ja nicht ahnen, dass Nowak dieses *Stürmer*-Zeugs verbreitet. Er lügt sich rasch wieder etwas zusammen.

»Oh, wie gesagt, ein Fall, an dem wir arbeiten, eine Tote im Langwieder See, vielleicht haben Sie die Zeitung gelesen, die kam aus Russland, eigentlich Estland ... und das ist Beweismaterial im Zusammenhang damit ...«

»Lassen Sie mich in Ruhe mit Ihrem Beweismaterial, Sie haben ja sicher auch offizielle Übersetzer bei Ihrer Polizei. Und jetzt möchte ich schlafen ...!«

Jaja, sicher, schlafen Sie bitte, ich wollte ja auch nicht stören ... Lehmann nickt heftig und lässt den guten Herrn Doktor allein, wie alt der wohl ist, sieht aus wie siebzig, aber bei denen aus den Lagern weiß man das nie so genau ... Antikommunistische Propaganda also, mit so was kennt Sturmbannführer a. D. Nowak sich natürlich aus, da zeichnet sich was ab, so eine Art Untergrundarmee, die Stalin stürzen soll, vielleicht? Zusammen mit den Hochwangigen? Na, sollen sie mal, vielleicht bekommen sie auf die Art am Ende Pommern und Schlesien und Ostpreußen wieder, das hängt ja letztendlich alles von Uncle Joe und seinen Mongolenhorden ab und nicht von den Polacken, aber die Amis, die wissen bestimmt nicht so genau, was der Herr Nowak mit seinem amerikanischen Pass da so alles anstellt für sie, und überhaupt, das ist ja unterste Ebene, primitiver Quatsch: zionistische Weltverschwörung ...! Wusste man doch früher schon, dass das Quatsch ist, auch wenn das immer in den roten Kästen hing, in denen im ganzen Reich der neueste *Stürmer* präsentiert wurde, zumindest stark übertrieben, wer soll das denn sein, Salkind oder die Ringvereine aus der Möhlstraße vielleicht? Die wollen nur Geld verdienen, was ja an sich kein Verbrechen ist, will schließlich jeder ... und was Nowak angeht, der wird gar nicht mehr lange genug leben, dass er seinen Stalin noch stürzen kann.

Lehmann nimmt dann noch von dem Kognak, legt sich aufs Bett, und langsam kommt wieder das Durcheinander im Kopf, aber am Ende gehen seine Gedanken doch immer mehr in Richtung der vermissten Irina Stepaschkin und ihrer rosa Unterwäsche, so was von verdorben, und gesoffen hat sie auch, dann nehmen die Mädels es ja nicht mehr so genau, wenn sie einen im Tee haben, aber eine ganz elegante Erscheinung muss das gewesen sein, so mit den graublauen Sachen, der hätte man dann über die beigen Strümpfe gestrichen, waren das vielleicht Seidenstrümpfe oder amerikanische Nylons, und dann hätte sie so komisch geguckt und den Mund so verzogen, wie Veronica Lake auf den Filmfotos, da weiß man dann, dass es geht bei den Frauen, und dann hätte man sie sicher geküsst, das konnte Mimi Westendorp nun gar nicht, angestellt hat die sich immer, wenn er mit der Zunge angefangen hat, aber die im Protektorat, »kurva« heißt »Nutte«, »chléb« heißt »Brot«, die haben das gekonnt, und die Stepaschkin bestimmt auch, und dann hätte man die aus ihrer rosa Unterwäsche gepellt und mal den Busen gestreichelt, zart und kegelförmig, und man hätte sie von hinten genommen, das mögen die Schamlosen irgendwie am liebsten, und die ist bestimmt schamlos gewesen, wenn sie es denn war, die da ihr Ende am See gefunden hat, und als er das denkt, hat er auch schon über die Bettdecke gespritzt und holt schnell ein Taschentuch aus der Wäschekommode, damit die von Lederer beim Waschen die Flecken nicht so sieht.

5. MAI

Am nächsten Morgen bekommt Irina Stepaschkin ein Gesicht. Hölzl hat gestern, während Lehmann beim Schreibdienst war, die Kollegen aus Geislingen angerufen und um eine Fotografie gebeten, und die ist über Nacht mit der Eilpost gekommen, so langsam funktioniert ja wieder alles, im Sommer werden sie sogar eine zentrale Notrufanlage bekommen … Lehmann geht zum Fenster und hält die Aufnahme in das helle Morgenlicht: Um ein älteres Passfoto handelt es sich, nur stark vergrößert, vielleicht hat Sergei Stepaschkin das auf seinem Schreibtisch stehen gehabt, zusammen mit einem Foto seiner Frau. In dem Fernschreiben stand, dass der Richter jetzt als Legal Counselor arbeitet, das soll wohl »Rechtsbeistand« heißen, die Balten wollen ja auch alle nach Amerika weiter, genau wie die Hochwangigen und diejenigen von den Schwarzgelockten, die es nicht an die Palmenstrände von Haifa zieht, da braucht man dann einen Rechtsbeistand, wenn es um Ausreise und Visum geht, und der hat dann sicher ein Büro und einen Schreibtisch darin. So eine Art Hut mit rundem Deckel trägt Tochter Stepaschkin auf dem Foto, keinen Turban, aber auch ein bisschen altmodisch, wie aus einem UFA-Film, die Aufnahme ist sicher noch in Reval gemacht worden. Ihr Gesicht ist etwas breit geraten, slawisch eben, man sieht den oberen Teil eines eleganten Kleids, sie guckt einen auch so ein bisschen von oben herab an, Richters Töchterchen eben, aber wenn man genau hinsieht, ist da so ein verlebter Zug um die Mundwinkel, ganz feine Linien, und die Augenbrauen sind sehr dünn und gezupft, wie bei einer Schauspielerin, die ist sicher einmal die Woche zum Verschönern gewesen zu Hause in Reval, und mit dem Saufen hat sie vielleicht auch nicht erst im DP-Lager angefangen … Die Nase ist nicht so breit wie sonst bei den Slawinnen, und das Haar trägt sie halblang und vielleicht mit Dauerwelle, wegen dem Hut kann man das nicht so gut erkennen.

Gegen acht fährt Lehmann mit Hölzl in die Maximilianstraße hinüber, was eigentlich nur ein paar Meter sind, aber der Kollege kann ja schlecht über den Max-Joseph-Platz humpeln in seinem Zustand, da würden die

Leute komisch schauen … Die Nummer 16 liegt schräg gegenüber vom *Hotel Vier Jahreszeiten*, an dem gerade allerhand Handwerker mit Wiederaufbau und Renovierung beschäftigt sind, weil hier demnächst ein Fremdenhotel der besseren Klasse aufmachen soll, für Fremde mit Devisen natürlich, sonst kann sich das ja keiner leisten. Der Rest der Gegend liegt fast vollständig in Trümmern, von den Überresten des Nationaltheaters und der Hauptpost bis hin zur Isar, an deren anderem Ufer man das Maximilianeum sieht, an dem auch gebaut wird, weil dort der Landtag einziehen soll.

Die Nummer 16 steht aber noch, wie durch ein Wunder, heißt es in so einem Fall für gewöhnlich, genau wie die beiden Häuser jeweils nebenan, und da wohnen Menschen drin, in genau drei Häusern dieser Straße, die einmal eine sehr schöne Straße gewesen sein muss, jetzt aber auch nach Onkel Hermanns Zigarettenbildchen von Rom und Athen aussieht. Als sie aus dem Opel aussteigen, läuft ihnen zufällig der Postbote über den Weg, der gerade seine Runde beginnt, das passt ja, und Hölzl fragt den dann gleich, ob er sich an einen Eilbrief erinnern kann, den er im April an einen gewissen Abraham Katz ausgeliefert hat, das kann der ja vielleicht noch wissen, wenn in der Gegend nur drei Häuser überhaupt bewohnt sind.

»An Eilbrief an den Herrn Katz? Ja, des woaß i scho noch, so Mitte des vorigen Monats wird des g'wesen sein.«

Na, da haben sie Glück gehabt, und Dengler, so heißt der Postbote, eigentlich ist er sogar Telegrafenbote, kann sich sogar an noch mehr erinnern. Katz habe ihm gesagt, die Adressatin wohne nicht mehr bei ihm, komme bloß so alle Vierteljahre mal vorbei; den Eilbrief habe er, der Telegrafenbote Josef Dengler, aber trotzdem ordnungsgemäß zugestellt.

Hölzl nickt zufrieden, Lehmann nimmt noch die Personalien Denglers auf, dann betreten sie das Haus. Da müssen früher bessere Leute gewohnt haben, alles ist so schön groß und hell, und wenn man die Treppe hinaufgeht, hat man das Gefühl, beim Herrn Geheimrat persönlich vorzusprechen, so schwungvoll ist die Treppe gebaut, und so schön vergoldet sind die Knöpfe am schmiedeeisernen Geländer. Bloß jetzt wohnen hier unter anderem ein Hilfsarbeiter, ein Schneider, ein Angestellter, ein Ingenieur, eine Schauspielerin und ein Verkäufer, an jeder Wohnungstür hängen mindestens fünf oder sechs Schilder, das kennt Lehmann ja aus der Schellingstraße, Meyer zweimal klingeln, Müller dreimal, Schulze bitte anklopfen, einmal ist immer der eigentliche Mieter oder Inhaber der Wohnung, der Rest kommt vom Wohnungsamt, hoppla, da haben wir ja doch noch zwei Landgerichtsratstöchter und den Inhaber des Heizungsanlagengeschäfts im Erdgeschoss, das ist doch schon mal was, auch wenn es keinen Herrn Geheimrat mit seiner Sippschaft mehr gibt, der eine ganze Etage für sich belegen würde wie früher einmal.

Im dritten Stock lesen sie: »Abraham Katz, viermal klingeln«, kein Beruf dabei, und »Simon Katz« zusammen mit einer »Vera Karnowsky«, vielleicht seine Verlobte, »fünfmal klingeln«. Es meldet sich aber weder auf vier- noch auf fünfmaliges Läuten jemand. Einmal klingeln ist Heidemarie Brandt, Witwe. Es öffnet dann das Mädchen, was darauf hindeutet, dass die Witwe Brandt noch die eine oder andere Reserve in der Hinterhand hat, wenn sie sich Dienstboten halten kann, normal ist das ja nicht ... Nein, Frau Brandt sei außer Haus, nein, es sei auch sonst niemand da, seit 1942 arbeite sie hier.

»Im April? Nein, diesen April, da hatte ich Urlaub und war fast gar nicht da.«

Die hat so was Schnippisches an sich, spricht auch hochdeutsch und guckt, als wollte sie sagen, was glaubt ihr denn, wer ihr seid, ihr Hampelmänner, vor der Polizei hat ja heutzutage auch niemand mehr Respekt. Muss man sich mal vorstellen, vor drei Jahren kuschen die noch bis zum Allerletzten, und jetzt tun sie alle so, als ob ihnen keiner was kann ... Das Mädchen rückt dann aber doch damit heraus, dass sie Lotte Kaiser heißt und vom 7. bis zum 28. April bei ihrer Familie in Kassel war, und sie sei eigentlich Studentin, ach daher das Schnippische und das Hochdeutsche, von einem Eilbrief oder einem Besucher namens Sergei Stepaschkin will sie nichts wissen, und die Herren Katz besäßen eine Fabrik zur Keksherstellung irgendwo draußen in Sendling, sie wisse nicht genau, wo, und sonst habe sie zu den Herren Katz nichts zu sagen, wirklich nicht, man verfüge dort auch über eine eigene Zugehfrau.

Zugehfrau? Fabrik zur Keksherstellung? Na, manch einem geht's eben besser als den anderen ... Lehmann hält der Kaiser die Fotografie hin, sie schaut sich Irina an, zuckt aber nur mit den Achseln.

»Könnte sein. Oder auch nicht ...«

Bei den Gebrüdern Katz kämen immer mal Mädchen, die würden wohl in der Fabrik arbeiten, den Namen Irina Stepaschkin habe sie aber noch nie gehört, ganz bestimmt nicht, Herr Kommissar, vom Sehen her könne es schon sein, aber wie gesagt, man hat hier nicht so viel Kontakt untereinander, wenn die Herren mich dann entschuldigen wollen …?

Hölzl gefällt diese Art natürlich überhaupt nicht, man kann beinahe hören, wie er denkt: aufg'mandelte Preißenbrez'n, er lässt sich umständlich Lotte Kaisers Kennkarte mit den Personalien zeigen, schreibt sie sogar persönlich auf, hätten S' an Tisch da und an Stuhl, i hob's an die Fiaß … Das Mädchen lässt sich aber gar nicht beeindrucken und zeigt bloß auf das Garderobentischchen auf dem Flur und einen Schemel in der Ecke, der wohl sonst zum Schuhputzen dient, also schnaubt Hölzl in sich hinein, schreibt doch im Stehen und hinterlässt dann noch, dass die Frau Brandt sich bittschön auf dem Präsidium zu melden habe, aber heit noch, wann's möglich war.

Sie fahren dann in die Ettstraße zurück, Hölzl wieder ganz nachdenklich, den beschäftigt das mit der Keksfabrik und der Zugehfrau sicher auch. Wegen der Namen, die sich so anhören, als ob, hat er aber noch gar nichts gesagt, ob dem das klar ist? In Wirklichkeit hat der Kollege aber wohl an etwas ganz anderes gedacht, denn als sie aussteigen, schickt er Lehmann mit Irina Stepaschkins Foto an den Stachus, er solle sich mal umhören bei den Damen da, Sie wissen scho, was für welche i moan, und die Gebrüder Katz, mal sehen, wo diese Fabrik sich genau befinde, die beiden Vögel werde er dann auch vorladen.

»Bis zum Nachmittag san S' ja wieder z'rück, Herr Lehmann, gell?«

Schon wieder so was Anzügliches in der Stimme, als ob der Herr Lehmann am Stachus Dauerkunde wäre, dabei konnten ihm die Käuflichen dort doch auch nicht helfen.

*

Zum Stachus sind es wieder nur ein paar Schritte vom Präsidium aus, allerdings in die andere Richtung. Karlsplatz heißt der eigentlich, warum man »Stachus« sagt, ist Lehmann schleierhaft, aber man sagt es eben, und da es sich sowieso nur um irgendeinen freien Platz inmitten einer Stadt aus Schutt und Asche handelt, ist es auch ganz egal, wie man den nun nennt. Oben am zugehörigen Karlstor haben die Amis ein Schild aufgehängt: »Drive carefully, death is so permanent«, das hat auch seine Richtigkeit, vor allem der zweite Teil; genau das gleiche Schild schmückt das Isartor am anderen Ende der Altstadt, dazwischen liegt die Militärstraße, die Deutsche nur zu Fuß, als Polizisten oder seit Neuestem als Radfahrer benutzen dürfen, und beide Schilder sind nicht ohne Grund aufgehängt worden, denn die Boys und auch die Girls pfeifen sich normalerweise eins auf die deutschen Verkehrsregeln, our country, our city, and what the hell is »beschränkte Geschwindigkeit innerhalb geschlossener Ortschaften«? Wer hat schließlich den Krieg gewonnen, die Leute mit dieser beschränkten Geschwindigkeit jedenfalls nicht.

Wo Amis sind und viel los ist, der Bahnhof liegt ja auch nicht weit entfernt, da kommt schnell die Sorte Flitscherl zusammen, die ohne Nylons und Lippenstift und Puder nicht leben kann, auch in diesen schlimmen Zeiten nicht, aber woher nehmen, wenn nicht stehlen, da braucht man dann einen Boyfriend, und wenn man keinen hat, stellt man sich an die Straße und wartet, bis einer kommt. Es muss ja auch kein Ami sein, ein polnischer Schieber tut's auch oder in Gottes Namen ein deutscher Schlachtermeister, »Metzger« sagt man hier unten, Hauptsache, er kann zahlen, wenn die Rechnung kommt, und Schlachtermeister oder Metzger stehen zurzeit hoch im Kurs, weil es ja immer Schwund gibt in so einer Metzgerei und dreihundert Gramm Fleisch im Monat auf Karte nicht viel hermachen, wenn einen der Hunger plagt, wobei schon davon geredet wird, dass die Rationen bald noch weiter gekürzt werden sollen, weil die Russen sich bei der Belieferung Berlins aus ihrer Zone querstellen, vielleicht muss von dem bisschen bayerischen Fleisch demnächst auch noch zusätzlich an die Reichshauptstadt geliefert werden.

Lehmann hält Ausschau nach Frauen, die ein bisschen zu gut angezogen und geschminkt sind und in dem allgemeinen Gewimmel eigentlich untergehen, aber man findet sie dann doch, wenn man nur genau genug hinsieht, weil sie immer wieder um dieselbe Stelle herumstreichen und so tun, als würden sie ärgerlich auf die Uhr schauen, na, wo bleibt denn mein Karl-Otto, und sindse mal weg, sindse gleich wieder da, Jastrows eigene Worte, Sommer '39 in Stettin, als Lehmann auf Polente gelernt hat bei dem Prostituiertenmord, denn diese meist ganz hübschen Frauen warten gar nicht auf Karl-Otto, die warten auf Kundschaft, und an sich ist das ja verboten und illegal, bloß dass man auf Dauer jar nüscht dagegen unternehmen kann, weil es eben viel zu viele von ihnen gibt, und Bedarf ist schließlich auch da.

Wenn er eine findet, zückt Lehmann seine Marke, und die Betreffende erschrickt erst mal, aber wenn er ihnen dann nur das Bild zeigt und seine Fragen stellt, werden sie gleich zutraulich, ach, bist ja gar nicht von der Sitte, na Süßer, willste nich mal, bei mir gibt's Sonderkonditionen für städtische Beamte, zwei Schachteln Chesterfields, was meinste, sagt die aber bloß so, weil sie ihn veräppeln will, die denkt nämlich, der hat sowieso keine zwei Schachteln Chesterfields, dieser kleine Idiot, dann ärgert Lehmann das Miststück aber mal, weil er von einem Bengel mit Ballonmütze am Bauzaun neben der Kaufhof-Baustelle zwei Schachteln falsche Chesterfields für falsche Dollars kauft und sie der Kleinen in die Hand drückt, da Schatz, mach dir nen schönen Abend ... andere sind netter, mei, guat schaugst aus, was bist bei der Schmier, Schatzi, magst mi net a bisserl beschützen, »Schmiere« oder »Schmier« sagt man hier unten für »Polente«, und komisch ist ja, dass die alle unmoralisch sind, verdorben, und das liebt Lehmann doch so, und als er entlassen wurde, im Frühjahr '46, da hat er gedacht: Na, mit den Käuflichen, da geht das wieder, was aber nicht der Fall gewesen ist und vielleicht daran liegt, dass das Unmoralische und Verdorbene bei denen nur gespielt ist, sich nur auf das Gerede, die Nylons und den Lippenstift bezieht, und das ist ja alles nicht echter als seine Dollars.

Die junge Estin hat aber keine von denen jemals gesehen, sagen sie jedenfalls, und er hat nicht den Eindruck, dass sie sich die Mühe machen würden, ihn anzulügen. So was merkt man ja mit der Zeit, ein winziges Zucken um den Mund herum oder den Blick ganz schnell wieder zur Seite und zurück und dann lieb gucken, das ist Frauenart, wenn es um das Auftischen von Unwahrheiten geht oder darum, etwas zu verbergen, so wie Mimi damals mit dem Fliegerfeldwebel, das hat Lehmann auch gleich spitzgekriegt.

Am Schluss setzt er sich dann sogar noch in die Nesseln, als er eine junge Frau anspricht, die vor der *Maxim-Bar* direkt am Torbogen des Karlstors steht. Er ist sich auch anfangs nicht ganz sicher, einerseits stimmt alles, Ausschau nach Karl-Otto, Kleidung und so, ganz hübsch ist sie auch, Veronica Lake hat diese Frisur, allerdings ist die Dame hier dunkelhaarig und nicht blond, und dann so ein ganz enges schwarzes

Wollkleid mit breitem Gürtel und hochhackige Schuhe und neue Nylons dazu, auf dem Kopf eine Baskenmütze und auf der Nase eine Sonnenbrille, was bei Frauen so was Gewisses hat, auch wenn das Wetter immer noch nicht dazu passt; andererseits ist sie fast schon eine Spur zu gut und vor allem zu schlicht angezogen, und er hätte aufpassen sollen, aber da hat er schon seine Marke und die Fotografie gezückt.

»Na, haste die hier schon mal gesehen?«

Mit den Käuflichen kann man ja sonst immer gleich vertraulich werden, aber sie guckt ihn an, als ob er ein Stück Kuhscheiße wäre, in das Frau Generaldirektor gerade im Zuge ihrer jährlichen Sommerfrische auf dem Lande hineingetreten wäre.

»Kennen wir uns?«

Hört er da einen leichten Akzent, ja, hört er, bringt er aber nicht unter, jedenfalls funkelt ihn die ganz schön an hinter ihrer Sonnenbrille, das merkt man direkt, trotz der dunklen Gläser.

»Nee, Lehmann, Kripo. Und ick wollte bloß wissen, ob Sie det Mädchen mal hier in der Gegend gesehen haben.«

Sie tut nicht mal so, als ob sie sich Irina Stepaschkins Fotografie ansehen würde.

»Nein, noch nie. Und ich *bin* sonst nie in der Gegend …«

Das ist es, »ßonst« sagt die, vielleicht Skandinavierin, aber die langen dunklen Haare passen irgendwie nicht, normalerweise sind die doch alle blond, nordische Brudervölker und so weiter, jedenfalls ist es anscheinend eher er selbst, der in Kuhscheiße getreten ist. Er fasst sich an den Hut und grinst freundlich.

»Na, denn will ich mal wieder, die is nämlich verschwunden und vielleicht ermordet worden, und det müssenwa ja rauskriegen, nich?«

Na, da kommt die aber plötzlich vorgeschossen, reißt ihm beinahe das Bild aus der Hand, guckt es sich ellenlang an und schüttelt dann aber doch bloß den Kopf; gut riechen tut sie.

»Nein, ich weiß nicht, ich glaube nicht. Es gibt ja auch so viele Mädchen hier in München …«

Jetzt setzt sie sich die Brille sogar ab und fummelt daran herum, man kann sehen, dass sie ganz helle graue Augen hat, das passt dann ja wieder zu Skandinavien … Sie legt schließlich die Stirn in Falten, als ob sie richtig nachdenken müsste.

»Sind Sie sicher?«

»Ja … ich meine nein, ich kannte mal ein Mädchen, das sah so aus, so ähnlich, aber die kam aus Polen, wir haben beide hier in der Fabrik gearbeitet im Krieg, bei BMW, Sie wissen schon.«

Soso, aus dem hohen Norden hat es also auch Fremdarbeiter gegeben, oder ist die freiwillig gekommen, aber irgendwie sieht sie richtig besorgt aus, vielleicht hat sie ja Angst, dass man auch einmal mit ihrem Foto in der Hand am Stachus herumgeht und fragt, gut, dass sie nicht weiß, wie die Leiche aussieht … Hölzl hat heute eine Notiz in die *Süddeutsche* setzen lassen, in den Polizeibericht, aber da steht nur drin, dass eine weibliche Leiche in einem Rupfensack, wie man hier unten sagt, am Langwieder See gefunden worden ist, und nicht, dass Kopf und Beine fehlen und jemand hinterher das Blut abgewaschen und die Haut von den Beinen abgezogen hat.

Und dann hat die Skandinavierin oder was die ist doch tatsächlich einen Karl-Otto, der mit langen Schritten aus der *Maxim-Bar* stolziert kommt, und Lehmann kapiert, was er falsch gemacht hat, denn die hat wirklich auf jemanden gewartet und nicht bloß so getan. Ihr Karl-Otto ist dann aber auch so einer mit einem guten, maßgeschneiderten Anzug, den man normalerweise nur trägt, wenn man keiner geregelten Arbeit nachgeht, aber trotzdem über ein gewisses Einkommen verfügt, der Stil kommt Lehmann bekannt vor, könnte glatt von dem Schneider aus der Möhlstraße stammen, und dieser Mann ist groß und schlank und feingliedrig gebaut und hat kein breites pommersches Bauernkreuz wie er selbst, da kommt man sich wieder vor wie der Stallknecht, den man doch hinter sich lassen wollte, auch wegen der alten Fetzen am Leib. Trotzdem hat Lehmann das Gefühl, dass die Skandinavierin nicht gern mit dem zusammen ist, ist aber nur so ein Eindruck. Karl-Otto will dann auch gleich Stunk machen, was wollen Sie von meiner Frau, auch mit einem ausländischen Akzent, der schwer einzuordnen ist, aber sie beruhigt ihren Kerl gleich und schleust ihn zu einem schwarzen Mercedes, der um die Ecke geparkt ist, schon wieder jemand mit einem Mercedes, da ist irgendwo ein Nest, und was parkt der da halb auf der Militärstraße, die Kollegen von den Schandis passen wohl auch nicht richtig auf, und sie redet auf ihn in einer Sprache ein, die Lehmann nicht versteht, kommt dann aber noch mal zurück.

»Tut mir leid, mein Verlobter ist ein bisschen … wie sagt man … leicht erregbar?«

Lehmann schiebt sich den Hut in den Nacken, auf die übliche Amipolizistentour, und setzt sein freundlichstes Grinsen auf.

»Ja, sagt man. Und wär mir ja beinahe nich aufgefallen …«

Und da grinst die doch tatsächlich zurück, das tut ihm gut, denn er merkt gleich, dass sie das ernst meint … dann guckt sie aber gleich wieder eher besorgt.

»Meinen Sie, dass Sie den kriegen?«

»Na, wir wollen's hoffen …«

Lehmann verspricht ihr dann noch, sein Bestes zu tun, und gibt ihr die Nummer von Hölzls Büro, was eigentlich Blödsinn ist, weil die Durchwahl sowieso noch nicht funktioniert im Präsidium, aber es ist eben nett gemeint. Dann geben sie sich die Hand, sogar hinterherwinken tut sie ihm, als er sich die Neuhauser Richtung Ettstraße hinunter absetzt, und schließlich steigt sie zu Karl-Otto in dessen Mercedes, und der braust los, und dann kommt Lehmann doch noch der Gedanke, dass das vielleicht ein bisschen komisch gewesen ist, so schnell, wie das Mädchen die Fotografie dann doch sehen wollte, obwohl sie vorher so getan hat, als ob sie das alles nichts anginge, aber er hat weder ein Zucken um den Mund herum gesehen noch einen Blick ganz schnell zur Seite und wieder zurück und dann lieb gucken, wie das so Frauenart ist, deswegen hält sich sein Misstrauen in Grenzen; vielleicht ist die auch nur eine Nummer zu groß für ihn, wie man so sagt, trotzdem kann man sie ja mal im Auge behalten. Da fällt ihm auf, dass er vergessen hat, nach ihrem Namen zu fragen, aber so viele Skandinavierinnen gibt's sicher zurzeit nicht in der Stadt, da wird die Ausländerregistratur schon weiterhelfen können.

Er kommt dann aber gar nicht dazu, den Gedanken weiterzuverfolgen, weil Hölzl in der Zwischenzeit auch seine Arbeit gemacht hat. Ist in der Maximilianstraße niemand anwesend, wenn er sich dort einfindet, muss sich die Maximilianstraße eben bei ihm einfinden, und als Lehmann um die Ecke von der Neuhauser kommt, steigt gerade ein böse dreinblickender Mann um die vierzig aus einem Dienstwagen mit drei Schandis drin, und zwei von denen steigen mit aus und führen ihn zum Haupteingang des Präsidiums. Erst mal gucken, denkt sich Lehmann und geht langsamer, Konzentration, Methode Jastrow: dunkler, gut geschnittener Zweireiher, gepunktete Krawatte und heller Filzhut, so ein bisschen schräg auf den Kopf gesetzt, gute Schuhe, für so was hat Lehmann ein Auge, schon wegen Onkel Hermanns Grillen im Kopf mit seiner Schuhflickerei zu Hause in Mahlow, solche fehlen ihm jedenfalls auch noch zu seinem hellgrauen Nadelstreif, und schlank ist der Kerl nicht gerade, eher gut im Futter, von wegen dreihundert Gramm Fleisch im Monat … breites, dunkles Gesicht mit dunklen Augen drin, Haare straff nach hinten gekämmt, alles in allem fast so wie Orson Welles in *Citizen Kane*, haben sie drüben im Lager gezeigt, gab ja nicht nur Demokratie und Englisch, auch Unterhaltung, bloß ziemlich klein geraten ist der hier, und so pausbäckig wie der amerikanische Schauspieler ist er auch nicht. Lehmann muss nicht groß raten, das ist Abraham Katz.

*

Diesmal geht es andersherum. Lehmann tippt das Protokoll in die amerikanische Schreibmaschine mit den vertauschten »y«s und »z«s und den fehlenden Umlauten und dem fehlenden »ß«, während Hölzl die Vernehmung durchführt. Der Katz wird gleich laut: Ich! Unbescholtener Bürger! Pünktlicher Steuerzahler!, und was sie denn von ihm wollten, mit der deutschen Polizei habe er das letzte Mal zu tun gehabt, als seine Familie 1938 aus Tilsit ausgewiesen worden sei …! Hölzl hebt die Hände, um ihn zu beruhigen, und macht ganz knapp mit dem Kopf zu Lehmann hin, heißt: Nicht mit ins Protokoll.

Bei den Angaben zur Person kommt dann heraus, dass Lehmann recht gehabt hat mit seiner Vorahnung. Abraham Katz ist einer von den Schwarzgelockten, »jüdischer Mitbürger« schreibt man jetzt dafür, das darf er nicht vergessen beim Mitschreiben, außerdem besitzt der Herr die deutsche Staatsangehörigkeit, was wieder komisch ist, aber vielleicht ist er ja den Krieg über in Sicherheit in Russland gewesen und erst nachher in die amerikanische Zone gekommen, möglich ist viel … Geburtsort, damals noch mit litauischer Staatsangehörigkeit, ist jedenfalls die Stadt Tilsit in Ostpreußen, und so redet der auch, so halb jiddelnd und halb wie die Leute aus der Gegend da, das ist ja noch ein bisschen mit dem Pommerschen verwandt, »Jlöck« sagt man statt »Glück« und

»wasken« statt »was« oder »soken« statt »so«, immer ein »-ken« an alles dran, auch an die einfachen Wörter, wo das im Hochdeutschen gar nicht geht, und das »l« so dunkel und gerollt ... die Eltern Katz hätten dort ein Bekleidungsgeschäft gehabt, in Schivelbein gab es die Salomon-Mühle, die hat auch einem Juden gehört, sonst nur noch ein paar Viehhändler, wie Chaim Spanier, den Pferdejuden, und dann kommt aber heraus, dass Katz doch nicht den Krieg über in Russland gewesen ist und in Sicherheit, denn er gibt an, so mit schneidender Stimme, die gar nicht zu dem gemütlichen Ostpreußisch-Jiddeln passt, dass er von 1941 bis zur Befreiung, so drückt er das aus, die Deutschen sagen ja »Zusammenbruch«, wenn sie '45 meinen, im Konzentrationslager Kowno gewesen sei.

Hölzl muss erst nachfragen, wo denn Kowno überhaupt liegt, kein Wunder, wenn man den Krieg über mit dem Hintern schön warm an den Giesinger Halleröfen geblieben ist, und Parteigenosse ist Hölzl sicher auch nicht gewesen, sonst hätten sie ihn nicht gleich wieder eingestellt. Lehmann könnte ihm aber auch sagen, wo das liegt, das fällt ihn geradezu an, dieser Name, in Litauen liegt das nämlich, jetzt wohl litauische Sowjetrepublik oder so was in der Art, vor dem Krieg Hauptstadt Litauens gewesen und im Krieg im Reichskommissariat Ostland gelegen, an der Bahnstrecke zwischen Königsberg und Wilna, um genau zu sein, Eydtkuhnen hieß der deutsche Grenzbahnhof, das weiß er noch genau wegen dem komischen Namen. Bloß das mit dem KZ hat er nicht gewusst, »Ghetto Kauen« hieß es damals, auch nicht »KL Kauen«, obwohl ja der offizielle Ausdruck »KL« war und nicht »KZ«, also Ghetto Kauen, wo der eine Transport hinging, bei dem er mitmusste, Polizei-Reservebataillon 326, weil Depke vom dritten Zug, der eigentlich dafür vorgesehen war, im Schnapsrausch in einen Haufen Glasscherben gefallen war und alle anderen Unteroffiziere Urlaub hatten oder krank machten, was damals gesoffen wurde, das glaubt einem auch keiner mehr, wann war das wohl, Winter auf jeden Fall, nach der Zeit im Protektorat, er war gerade befördert worden, um die tausend Ostjuden aus der Ecke da hinter dem Alexanderplatz hatten sie eingesammelt und alle zusammen in zwanzig Viehwaggons untergebracht, oder besser neunzehn, weil einer davon ja gar kein Viehwaggon, sondern ein D-Zug-Wagen und außerdem für die Bewachung vorgesehen war; so ist der damalige Hauptwachtmeister der Ordnungspolizei Lehmann mal ins Litauische gekommen.

Hölzl lässt sich das mit Kowno einigermaßen von Katz erklären und macht dann weiter mit der Vernehmung. Der kleine Schwarzgelockte will bis September '46 im Sanatorium St. Ottilien bei Landsberg gewesen sein, da weiß nun wiederum Lehmann nicht, wo das genau liegt, aber er kann im Moment schlecht bei Hölzl nachfragen, jedenfalls habe das Sanatorium nach dem Krieg ausschließlich der Genesung ehemaliger Insassen von Konzentrationslagern gedient. Im selben Monat seien dann er und sein Bruder Simon nach München gezogen, erst in eine Wohnung am Waldfriedhof, dann aber gleich in die Maximilianstraße, wo sie jetzt noch lebten – die aus den Lagern haben ja Sonderrechte, da bekommt man dann eben einfach so was zugeteilt vom Wohnungsamt, na sicher doch, Polizisten allerdings auch, weswegen Lehmann ja damals gleich in der Schellingstraße untergekommen ist, na gut ... Vera Karnowsky heiße die Frau des Bruders, wieso, haben die Frauen nicht denselben Familiennamen bei denen, die liege aber zurzeit im jüdischen Krankenhaus in der Mühlbaurstraße, das ist in der Möhlstraßen-Gegend, wo man auch die ganzen amerikanischen Hilfskomitees finden kann, zum Beispiel das Joint, gleich neben dem Schwarzmarkt, oder anders gesagt: den Schwarzmarkt gleich neben dem Krankenhaus und den Hilfskomitees.

Lehmann muss den Kollegen Hölzl bewundern. Ganz normal befragt der den Katz, als ob der Müller hieße und katholischer Oberbayer wäre, überhaupt keine Regung, was der sich wohl denkt, sogar das mit der Keksfabrik nimmt er einfach so hin, ohne weiter nachzuhaken. Die steht in Sendling, das hat das Mädchen in der Maximilianstraße ja schon gesagt, zweiunddreißig Angestellte, davon neunundzwanzig Frauen, das fügt der Katz jetzt hinzu ... eine von den Ostjüdinnen hat sich damals am Bahnhof in Berlin noch in die Toiletten verpieselt, die hatten ja Angst, das sah man natürlich, obwohl keiner sich wehrte, damals noch nicht, aber die Klofrau hat aufgepasst und ihnen gleich Bescheid gegeben, da musste die kleine Schwarzgelockte dann doch noch mit, Ironie des Schicksals sagt man wohl zu so was, und das vorher ist ja sowieso ein schlechter Witz gewesen, dass sie die ganzen eintausend, Männlein wie Weiblein, Kinder und Alte, ausgerechnet in einem Haus bei einem alten jüdischen Friedhof zusammentreiben mussten, da lagen die ganzen Grabsteine noch in der Gegend herum, umgestürzt natürlich und mit Hebräisch drauf, konnte ja keiner lesen, manchmal aber auch Deutsch,

»Meinem lieben Manne Aaron Hamburger« und so was in der Art, oft auch hingeschmierte Hakenkreuze und »Juda, verrecke!«, das ist dann wohl die SA gewesen.

Katz gibt gleich zu, Irina Stepaschkin zu kennen, aber nur ganz oberflächlich, wie er behauptet, irgendwann vor Weihnachten '47 seien sie sich im *Café Taverne* in der Müllerstraße begegnet, hat da nicht letzte Woche Sepp Poschinger das Feuergefecht mit den Schiebern gehabt, schönen Umgang hat er, der Herr Katz … Lehmann drückt so halb und ohne es zu merken den rechten Arm gegen sein amerikanisches Schulterholster mit dem Colt New Service.

»Wissense, ich dachte gleich, dass öss so a heimliches Straßenmädchen …«

»Heimliches Straßenmädchen«, das sagt der so achselzuckend dahin und bittet dann darum, eine Zigarette rauchen zu dürfen. Hölzl nickt bloß, also holt Katz eine volle Packung Pall Mall aus der Tasche, Donnerwetter, Kekse müssen ja gehen wie warme Semmeln zurzeit, das glaubt dem doch kein Mensch, dass da alles legal vor sich geht, und von wegen pünktlich die Steuern zahlen … Schlechtes Deutsch habe das Mädchen gesprochen, in der Hauptsache Russisch – ach nee, Lehmann guckt gleich zu Hölzl, und der guckt zurück, wenn man ihrem Vater glauben will, ist Irina Stepaschkin doch das reinste Sprachwunder gewesen … Sie habe dann von ihrer Familie erzählt und wie schlecht es ihnen ginge und dass ihr Vater Richter gewesen sei, und am Ende habe sie ihm leid getan und er habe sie mit nach Hause genommen. Aha.

»Hatten Sie Verkehr mit ihr?«

Wie der Hölzl plötzlich Hochdeutsch kann, wenn er nur will, das ist schon ein Ding … Katz zuckt bloß wieder mit den Achseln und nickt.

»Hat s' Ihnen erzählt, wo die Familie wohnt?«

»Oh … ich glaub schon, so a klajne Stadt bei Stuttgart.«

Geislingen an der Steige vielleicht? Ja doch, an den Namen Geislingen kann sich der Herr Katz aus Tilsit in Ostpreußen erinnern, nie sagt dieser Mensch »Herr Kommissar«, wenn er antwortet, so was Unverschämtes, aber was will man machen bei solchen Leuten … Und das mit seiner Adresse, die von Irina Stepaschkin benutzt wurde? Ach ja, das mit der Adresse, sicher, sie habe da was gesagt, aber viele Leute würden seine Adresse benutzen, es jibt ja so wänig Wohnungen, wissense …

Hölzl reicht Irina Stepaschkins Passfoto über den Schreibtisch, das guckt sich der Katz aber bloß ganz gelangweilt an und nickt dann, jaja, das ist sie ... die Ostjuden aus der Ecke hinter dem Alexanderplatz haben dann ganz peinlich genau ihren Wohnungsinhalt quittiert bekommen, das ist der schlechteste Witz von allen gewesen, wenn man mal daran denkt, was nachher kam, und dann der Unsinn mit dem vielen Gepäck, als ob die das noch gebraucht hätten.

»Herr Katz, jetzt überlegen S' amal ganz genau, des kann nämlich äußerst unangenehm für Sie werden, weil aus einem Vermisstenfall leicht a Mordfall wird. Und dann san *Sie* mein erster Verdächtiger ...! Haben S' des Fräulein Stepaschkin danach noch amal g'sehen oder net?«

Gute Vernehmungsarbeit ist das, hätte Jastrow auch gefallen, mal was andeuten von Mord, auch wenn das noch gar nicht sicher ist ... Aber der reagiert gar nicht, wirft bloß die Hände in die Luft in so einer Judengeste, als wollte er sagen, meine Zeit ist kostbar, ich bin Geschäftsmann, ihr Vollidioten, was haltet ihr mich hier mit so einem Blödsinn auf, und was habt ihr denn eigentlich gemacht im Krieg?

»Nu, ich glaub schon. Se war dann wohl noch ejnmol do, zwei oder drei Wochen später. War auch Post für sie da, irgend so a Karte und a Brief.«

»Aus Geislingen?«

»Ja, vielleicht ... kann schon sajn, hab ich nicht geschaut. War ja nicht für mich, die Post.«

»Hat sie wieder die Nacht mit Ihnen verbracht?«

Lehmann erschrickt über sich selbst, weil er ja eigentlich nichts sagen soll, ist aber von ganz allein gegangen ... Hölzl guckt erst ein bisschen böse, aber das gibt sich gleich wieder, weil es ja an sich die richtige Frage ist.

»Ja, sicher.«

Ja, sicher? Ja, sicher. Einfach mal so, was, mal eben so im Vorübergehen, was? Du willst aber gar nicht wissen, was ich im Krieg gemacht habe, du Schweinigel, du Drecksau, das willst du nicht, denn der Polizist, der in dem langen grünen Mantel, den ihr am Bahnhof von Kowno so komisch angeguckt habt, wie ihr da mit eurer Arbeitskolonne langmarschiert seid, so wie ein Hund seinen Herrn anguckt, da warst du doch bestimmt mit dabei, oder nicht, wie ein Hund seinen Herrn habt ihr mich angeguckt, ihr Drecksäue, der Polizist, der seine eintausend Ostjuden dem Erschießungskommando übergeben hat, bald die Hälfte von denen ist ja schon tot in den Waggons gelegen, aber den Rest haben die Litauer mit ihren SS-Offizieren gekriegt, der Polizist, ja mein Lieber, der Polizist, das war ich …

»Und dann vielleicht no amal und no amal und no amal …?«

Jetzt spielt Hölzl mal den Gelangweilten, aber Katz kriegt das gar nicht mehr mit, der guckt nämlich bloß noch ihn, Fritz Lehmann, an, und Lehmann guckt zurück und merkt, dass sich was tut bei dem Katz, der guckt nämlich wieder weg und zündet sich noch eine Zigarette an, wobei ihm das Streichholz wegfällt, und als er dann redet, gerät er ins Stottern.

Ja, doch, ja, mindestens fünf Wochen später sei die Stepaschkin wieder bei ihm gewesen, ob sie Verkehr hatten, ja doch, sicher, sie hätten getrunken und später habe er mit ihr geschlafen. – Die trank immer viel? – Ja, doch, offen gestanden, Herr Kommissar, offen gestanden hab ich sie für a gewohnheitsmäßige Trinkerin gehalten, zwischendurch sei sie dann aber immer wieder nach Hause gefahren, dann vielleicht noch zweimal dagewesen, habe nach Post gefragt, da war aber kajne, Herr Kommissar, sie habe auch nach einem Brief gefragt, das letzte Mal sei sie dann im vergangenen Winter, vielleicht vor Weihnachten bei ihm gewesen.

»Aha. Und für diese Frau wollen Sie sich überhaupt nicht interessiert haben? Ist ja hochinteressant …«

Lehmann hat aufgehört zu tippen und übernimmt jetzt mal die Angelegenheit. Hölzl lehnt sich in seinen Stuhl zurück und zieht dann sachte die Schreibmaschine auf seinen Schreibtisch herüber, der ist ja auch nicht blöde und merkt, was hier vor sich geht.

Katz zuckt wieder mit den Achseln, aber jetzt sieht das aus wie: Bitte nicht weitermachen, Herr Kommissar – na, denkste …

»Wie ist das mit Ihrem Bruder, hat der Irina Stepaschkin auch gekannt?«

»Mein Bruder Shimon? Nein, nein, überhaupt nicht. Sonst auch niemand … Das heißt, doch, ejnmol war ich mit ihr im *Café Deutsches Theater* jewesen, da war auch der Sally Rosenblatt mit dabei, der arbeitet bei uns im Büro als Buchhalter. Mit dem hat sie später auch jeschlafen, aber mein Bruder kannte sie überhaupt nicht, der ist ja auch ein verheirateter Mann.«

Soso, ein verheirateter Mann, jetzt aber mal zu dem Eilbrief, ach der, ja der, dem Mann, der am 24. April gekommen ist, also ihrem Vater, dem haben wir nichts jesagt. – Wieso »wir«? – Nein, ich meine, dem hab *ich* nichts jesagt. – Sie allein? – Ja, ich allein, ich hab mich, das war a Versprecher, ich hab ihm also gesagt, ich kenn die Irina nicht so gut, weil er von dem Verhältnis nichts erfahren sollte ... – Ach so war das also! – Ja, lächelt Katz verlegen, und den Eilbrief haben wir, ich meine, habe ich erst hinterher jesehen, der lag auf dem Schrank im Zimmer meines Bruders, Herr Kommissar. – Wieso Ihr Bruder, ich denke, der hat das Fräulein Stepaschkin gar nicht gekannt? – Ja doch, ich meine, najn, hat er nicht, aber der Postbote hat den Brief wohl Shimon zugestellt, weil dort nur »bei Katz« auf dem Umschlag stand, der hat ja nicht gewusst, welcher Katz damit gemeint war, der Absender war »Wilma Nonne« oder so ähnlich, und jestern ... – Sie meinen gestern erst, gestern, den 4. Mai? – Ja, sag ich doch, jestern kam also noch ein Eilbrief aus diesem Geislingen, den hat dann Shimon mit ins Büro jebracht. – In das in Sendling? – Ja, in welches denn sonst? – Und Sie? – Ich hab jesagt, das Mädchen kommt nicht mehr zu mir. – Woher wollten Sie das denn wissen, waren Sie sich da so sicher? – Sie ist eben lang nich mehr jekommen, deshalb hab ich mir das jedacht, den Brief hat dann de Buchhalterin bekommen. – Wieso jetzt auf einmal Buchhalterin, ich denke, ein Buchhalter? – Nein, nicht Sally Rosenblatt, wir haben noch jemanden im Büro, das ist die Buchhalterin, jedenfalls sollte die ihn zerickschicken in dieses Geislingen.

»Also, jetzt, Moment mal: Sie haben also am 24. April Sergei Stepaschkin gesagt, Sie würden seine Tochter *nicht* kennen...?«

»Nein, nein, Herr Kommissar, jesagt hab ich, ich kenn sie, aber se is lang nicht hier jewesen, so wie es auch de Wahrheit ist.«

»Das stellt Herr Stepaschkin aber ganz anders dar ...«

Katz holt tief Luft und drückt endlich die Pall Mall aus, die ihm schon die ganze Zeit über in der Hand verreckt ist, ohne dass er daran gezogen hätte.

»*Wos* hat der Herr Stepaschkin darjestellt?«

»Dass Sie gesagt haben, Sie würden seine Tochter *nicht* kennen. Gar nicht. Überhaupt nicht. Seine Aussage ist sehr eindeutig in dieser Hinsicht.«

»Das stimmt aber nischt.«

»Nein?«

»Najn.«

Und davon lässt Katz sich nicht mehr abbringen, soviel Lehmann ihn auch noch beharkt, keine Chance. An irgendetwas muss der sich wohl wieder aufrichten, wo Lehmann ihm schon gezeigt hat, dass er der Herr von diesem Hund gewesen ist, bei dieser Aussage bleibt er und gibt bloß noch Kleinigkeiten zu, ab und zu habe er der Stepaschkin so fünfzig oder hundert Mark zugesteckt, so genau will er das nicht mehr wissen, ansonsten habe er das Mädchen nie wiedergesehen.

Hölzl unterbricht Katz schließlich und schickt ihn ins Nebenzimmer, halten S' sich bittschön dort zu unserer Verfügung, dann telefoniert er mit den Schandis, um Sally Rosenblatt aus der Fabrik holen zu lassen … das mit den Erschießungskommandos wussten sie damals natürlich noch nicht, Umsiedlung hieß es ja immer, Juden zur Arbeit in den Osten, Lebensraum gewinnen für die Deutschen, aber als Oberleutnant Ehlers, der die Abteilung Ordnungspolizei befehligte, am Bahnhof von Kowno einen SS-Mann fragte, zeigte der bloß grinsend über die Stadt hinweg und sagte: »Neuntes Fort«, und dann sagte er: »Sonderbehandlung«, und das war so ein Wort, von dem man nicht genau wusste, was es bedeutete, aber weiter drüber nachdenken wollte man auch nicht, weil die Sauerei mit den bald fünfhundert Toten im Zug ja schlimm genug war. Ehlers ist dann gleich wieder retour ins Reichsgebiet mit ihnen allen, wobei das ja nur zehn Mann gewesen sind, zehn Mann, um tausend zu bewachen, das muss man sich auch mal vorstellen, und die haben sich nicht gewehrt, warum bloß, es war eben Krieg, Krieg ist Krieg, aber anders als der, den sein Vater mitgemacht hat … Ehlers war nur Reserveoffizier und hatte sonst in Stettin eine Holzhandlung, der jammerte hinterher, dafür würden die Deutschen noch mal schwer bezahlen müssen, aber so richtig ernst nahm den sowieso keiner, und was später passieren würde, wusste man ja noch nicht.

Als Nächstes ist Simon Katz an der Reihe, den wieder Hölzl verhört. Er ist älter als sein Bruder, sieht ihm auch gar nicht ähnlich: schmales Gesicht, unruhige Augen, ist auch nicht so gut angezogen, vielleicht bringt der das Geld rein, und sein Brüderchen verprasst es dann wieder … Und Schwierigkeiten macht Bruder Simon gar keine, spielt nicht den Gelangweilten, raucht nicht, meckert nicht, setzt sich einfach hin, sagt guten Tag, lächelt freundlich und beantwortet höflich ihre Fragen. Angst machen kann man ihm andererseits aber auch nicht.

»Ich kümmere mich nicht weiter um die privaten Anjelejenheiten meines Bruders, was soll ich Ihnen sagen …?«

Ja, sicher, die Zugehfrau komme einmal die Woche, früher habe das Fräulein Kaiser ihre Zimmer mit erledigt, aber man habe sich nicht so gut verstanden. Er selbst sei früher litauischer Staatsangehöriger gewesen, jetzt aber staatenlos – Moment mal, wieso hat dann sein Bruder die deutsche Staatsangehörigkeit, das passt doch nicht … Abraham frühstücke immer mit ihm und seiner Frau, tagsüber gehe er in ein jüdisches Restaurant essen, vielleicht das *Chacke*, vielleicht die »Koschere Küche beim jüdischen Komitee«, abends dann aus, wie das ledige Leute so zu tun pflegten.

»Aber Sie wohnen doch recht … nah beieinander, gell? Merken S' des da net, wenn Ihr Bruder nachts noch jemanden mit nach Hause bringt?«

»Wissen Sie, wenn man im Konzentrationslager jewesen is, jewöhnt man sich daran, sich nischt um das zu kümmern, was um einen herum jeschieht, verstehen Sie?«

Ganz fein lächelnd sagt der das, vielleicht ist das aber auch bloß seine Art zu sagen: Ihr könnt mich mal … Hölzl nickt langsam und bedächtig, was nickt der so, woher will er das wissen, wie man dann wird, wenn man da gewesen ist, das kann er doch gar nicht wissen …

»Sie waren auch in Kowno?«

»Ja.«

Hölzl macht wieder so kurz Nein mit dem Kopf, das heißt in diesem Fall: Jetzt halten S' sich amal zurück, Herr Lehmann, muss man aber erst mal schaffen, was soll das denn heißen, »wie das ledige Leute so tun«, alle ledigen Leute außer Fritz Lehmann anscheinend, Saubande, wenn er nur mal könnte, wie er wollte …

Braucht er aber gar nicht, weil Simon Katz mit dieser immer leisen und höflichen Stimme, die auch nach Ostpreußen und Jiddeln riecht, alle weiteren Fragen des Kollegen Hölzl prompt und gewissenhaft beantwortet. Einige Male habe sein Bruder wohl Mädchen mit nach Hause gebracht, von einem ständigen Verhältnis is mer aber nischt bekannt, vor vier bis fünf Monaten habe mal ein Mädchen an der Wohnungstür nach »Katz« gefragt und wohl Abraham damit gemeint, ob die gut Deutsch konnte, ja soken, die sprach jut Daitsch, sonst noch etwas, nein, das war des ejnzje Mol, wos ein Mädchen nach dem Abraham jefragt hat.

»Wissen Sie, meine Frau liecht immer noch im Krankenhaus, das ist überhaupt ein jroßes Wunder jewesen, wos mer uns wiederjetroffen hom noch der Befrajung, und Sie werden verstehen, wos mich das mehr berührt als des Liebesleben meines Bruders ...«

Den Namen Irina Stepaschkin will Simon Katz nie gehört haben, und das Mädchen auf dem Bild erkenne er auch nicht, das heißt, den Namen habe er natürlich doch schon gehört, aber erst gestern im Zusammenhang mit dem Eilbrief.

»Wo ist denn dieser berühmte Brief überhaupt?«

»Den von jestern hob ich der Buchhalterin jejäben, damit se ihn zerickschickt. Von dem anderen wojß ich nischt, do missen se meinen Bruder frogen.«

Wieso überhaupt zurückgeschickt? Das habe der Postbote doch gesagt, der sei vorher gekommen, um nach dem ersten Eilbrief, dem vom 19. April, zu fragen. Im Postamt sei es wohl zu Beschwerden gekommen, weil der Brief angeblich verloren gegangen sei, und da habe der Postbote gesagt, wenn noch mal so ein Brief komme, sollten sie ihn einfach zurückschicken, deshalb habe ja auch er, Simon Katz, den Brief gestern mit in die Fabrik genommen, so habe er nicht selbst zur Post gemusst, von dem ersten Brief habe ihm sein Bruder gestern nichts erzählt, und von dem Besuch eines Herrn Stepaschkin habe er nie etwas erfahren.

Hölzl entlässt Simon Katz schließlich, ohne ihn in die Mangel zu nehmen, dabei stimmt das mit den Briefen hinten und vorne nicht, da geht ja alles durcheinander, irgendwer lügt da doch, und dieser Alpengermane will Polizist sein, schämen muss man sich vor seinen Ausbildern, bleib bloß in deinem Soldatengrab am Pripjetfluss, Jastrow ... Lehmann hält aber den Mund, weil er ja nur vorläufig hier ist, und Hölzl geht nach nebenan und fragt Abraham Katz nach dem Brief, hat der sogar mit dabei, hier bitte, lesen Sie, ist natürlich auf Russisch, und sie können ihn gar nicht lesen, Schweinehund, auch noch lustig macht der sich über uns ... Der Absender steht aber mit lateinischen Buchstaben auf dem Umschlag und lautet tatsächlich »Nonne«, Vilma Nonne mit »V«, nicht »W«, wie Lehmann gedacht hat, da ist noch zu klären, was dieser Name zu bedeuten hat.

»Also, das wejß ich nun wirklich nicht ...«

Inzwischen muss der Streifenwagen wieder da sein, sie haben jetzt ganz neue Modelle, mit Funk, versuchsmäßig, versteht sich, wie in den Amifilmen, *calling all cars*, zwei Kfz erst, aber nächstes Jahr sollen alle damit ausgerüstet werden, jedenfalls kommt jetzt ein Schandi herein und hat Sally Rosenblatt im Schlepptau, einen hageren Mittdreißiger, der die gleichen unruhigen Augen wie Simon Katz hat, auch den gleichen abgetragenen Anzug, aber mit Lederschonern an den Ärmeln.

Hölzl macht die Tür zum Nebenzimmer zu und bittet Rosenblatt höflich, sich zu setzen, was denn, schon wieder die sanfte Tour … Hölzl! Mann Gottes! So geht das doch nicht!

»Haben Sie mit Irina Stepaschkin geschlafen?«

Rosenblatt sieht ihn zuerst erstaunt an, dann mehr und mehr verschreckt, Lehmann hat auch recht scharf und schneidig gefragt und böse geguckt, da hat es sich leicht verschreckt gucken.

»Bittschön, Herr Kollege, jetzt woll'n ma doch erst amal die Personalien aufnehmen, gell?«

Mecker mal nur, Kollege, man sieht doch, dass es funktioniert … Rosenblatt hat jetzt nämlich Angst vor ihm und flüchtet sich zu Onkel Anton aus Giesing, dem guten Herrn Kommissar, dem kann ich mich anvertrauen, beim CID nennen sie das »Good Cop, Bad Cop«, und Lehmann hat das gar nicht vorgehabt, aber so ist es natürlich umso besser.

Geht dann alles ganz schnell, Rosenblatt ist natürlich auch einer von denen, jüdischer Mitbürger, nicht vergessen beim Mitschreiben, ist auch in Kowno gewesen und '44 aus Litauen geflohen, im November '45 dann nach München gekommen, wohin geflohen und vor wem, den Deutschen, den Russen? Hölzl fragt wieder nicht nach … Dieses Mädchen habe er vor einem halben Jahr im *Café Deutsches Theater* kennengelernt, ja genau, das Mädchen auf der Fotografie, Abraham Katz sei wohl auch dabei gewesen. Die ganze Zeit oder nur teilweise? Weiß er nicht mehr, ist schon zu lange her.

»Und, ham S' jetzt mit ihr Verkehr g'habt oder net?«

Hölzls Bayerisch wirkt plötzlich ganz gemütlich, das kann der aber auch an- und ausknipsen, wie er will, Respekt, Herr Kollege … Und so ein anheimelnder Dialekt, der schafft noch mehr Vertrauen, Lehmann seinerseits spielt weiter Bad Cop und versucht seine grimmigste Miene aufzusetzen, wenn Rosenblatt in seine Richtung schaut.

»Wissense, …« – jetzt grinst der auch noch so verschämt und wirft die Hände in die Luft – »… ich bin a verheirateter Mann, nur geht das nit mehr so gut, wissense, und dem Avram hob ich erzählt, ich hätt was mit der, um vor ihm großzutun, dabei hab ich sie bloß später noch einmal am Karlsplatz gesehen und gor nicht mit ihr geredet, das war wirklich nur Prahlerei, weil jo der Avram immer so viele Mädchen hat …«

Am Karlsplatz, also am Stachus, hoppla, und warum will von den Leichten da keine Irina Stepaschkin auf der Fotografie erkennen …? Und »Avram«? Ach so, Abraham, »Avram« heißt »Abraham« …

Russisch habe das Mädchen eigentlich am besten gesprochen, und die Sache mit dem Brief gestern, die habe er nur so am Rande mitbekommen, er habe aber gesehen, wie der Brief auf den Tisch der anderen Buchhalterin gekommen sei, und Abraham Katz habe gemeint, der sei von dieser Ausländerin. An den Namen Irina Stepaschkin habe er sich bis heute gar nicht mehr erinnert, obwohl sie ihm damals vorgestellt worden sei, und sonst wisse er von der Sache eigentlich gar nichts.

Hölzl nickt bloß wieder und entlässt den dann auch, ach ja, bittschön die Kennkarte noch, und schaugn S' die nächsten Tage amol vorbei, um das Protokoll zu unterschreiben, fehlt bloß noch der rote Teppich nach draußen … Warum nimmt der denn diese Gestalten nicht mal so richtig in die Mangel? Da ist doch einiges im Busch, das riecht man doch geradezu … das Ghetto selbst hat Lehmann damals nicht gesehen in Kowno, das war zu weit weg vom Bahnhof, genau wie das Neunte Fort mit der Sonderbehandlung, der von der SS hat ihnen dann gleich noch einen Vortrag halten müssen, na sehense, meine Herren Ordnungspolizisten, so hausen die hier, da hinter dem Bahnhof fließt die Memel, und dort, wo die Neris sich in diesen schönen Fluss ergießt, da geht's in den Stadtteil Slobodka, wo wir sie alle hübsch beieinander haben, das müsstense sich mal angucken, da würden Ihnen aber die Augen übergehen … Lehmann hatte gar nicht gewusst, dass die Memel durch Kowno fließt, von der Maas bis an die Memel, ob das jetzt wieder die deutsche Hymne wird, bis vor drei Jahren ist hinterher immer gleich Horst Wessel gekommen, *Die Fahne hoch, die Reihen fest geschlos-sen* … in der Fortbildung hat er mal ein Buch in die Hände bekommen, das ein Polizeimajor extra dafür geschrieben hatte, *Ordnungspolizei auf den Rollbahnen des Ostens*, mit Bildern: Razzia im Judenviertel, magere Rabbiner und so ganz niedrige Holzhäuser, aber das war vielleicht auch Lodsch oder Warschau oder Krakau, im Osten hat ja alles mehr oder weniger gleich ausgesehen.

Schließlich kommt Heidemarie Brandt in Hölzls Büro stolziert, eine schwergewichtige Matrone, die es selbst in diesen Zeiten schafft, mit Rüschenbluse und Broschen und Hütchen Grande Dame zu spielen. Die Aufnahme der Personalien ergibt, dass sie in Flensburg zur Welt gekommen ist und dauernd über den s-pitzen S-tein s-tolpert, nördlich von Hamburg redet man ja auch eher durch die Nase, das kennt er von ein paar Männern aus seinem Zug, die nicht aus Stettin oder Berlin waren wie die meisten anderen, sondern aus der Gegend dort. Frau Brandt wohnt aber schon länger in München und ist, natürlich, verwitwet, der Herr Generalmajor Brandt sei in Italien gefallen, die Wohnung in der Maximilianstraße besitze sie aber bereits länger, nur weise ihr jetzt das Wohnungsamt immer diese Menschen ins Haus, zum Beispiel die Gebrüder Katz, die wohnten bei ihr seit 1946.

»Ich s-tehe aber im besten Einvernehmen mit meinen Mietern …!«

Daran zweifelt hier niemand, Frau Generalmajor, aber die Geschichte mit der Zugehfrau?

»Nun ja, die bleiben eben mehr unter sich, das kann man ja auch vers-tehen …«

Und weiter? Doch, doch, die Frau des einen sei seit Längerem im Krankenhaus, das komme öfter einmal vor, die habe wohl noch was behalten aus dieser Zeit, und ja, da sei dieser Mann gekommen im April, kaum vers-tanden habe man den, in der Woche vor dem jüdischen Osterfest sei das gewesen, also dem Pessach?, ja, am 24. und 25. April sei Pessach gewesen, dieser Herr habe dann erst Herrn Kammeyer, einen anderen ihrer Untermieter, und danach sie selbst mit Fragen überhäuft, so bei drei, vier Uhr herum sei dann Herr Abraham gekommen, den habe der Fremde auch ausgefragt … Woher die das mit dem »jüdischen Osterfest« wohl so genau weiß, aber die von Lederer bei ihm zu Hause in der Schellingstraße ist genauso, nur dass die jetzt statt auf Pessach auf Mahatma Gandhi schwört, so ein heiliger Mann, Herr Lehmann, und so bescheiden, so ganz geistig, an dem sollten wir uns alle hier ein Beispiel nehmen, und im Januar habe sie richtig geweint, als es im Radio hieß, dass sie den umgebracht hätten … Frau Brandt kann sich jedenfalls noch erinnern, dass die Unterhaltung zwischen dem Fremden und

Herrn Katz sehr heftig geführt worden sei, aber sie habe sich dann ja gleich zurückgezogen, und ob Herr Abraham gesagt habe, er kenne das Mädchen gar nicht, das vermöge sie deswegen nun nicht mehr zu sagen. Nachher habe sie dem Mann noch den Weg zum Polizeirevier in der Hochbrückenstraße beschrieben und ihm geraten, sich dort nach seiner Tochter zu erkundigen, und ja, später hätten Herr Abraham und Herr Simon nach dem Eilbrief gefragt.

»Sind Sie sicher? Herr *Simon* Katz auch?«

»Ja, ganz gewiss, da hatte es wohl Ärger gegeben auf der Post, nicht wahr?«

Na eben, das passt alles nicht, was die Brüder da eben erzählt haben, da muss man doch noch mal gehörig auf den Busch klopfen ... Irina Stepaschkin? Nein, habe sie nie gehört, den Namen. Und das Foto?

Frau Generalmajor legt die Stirn in Falten.

»Ja nun ... Oh ja, das mag wohl angehen, so eine hat mal bei dem Herrn Abraham im Zimmer gesessen, so um den ... na, warten Sie man, Mitte März, um den 15. März herum könnte das gewesen sein, auf seinem Schreibtischs-tuhl, wissen Sie, Herr Abraham benutzt den Schreibtisch meines seligen Mannes, das war ja das Mindeste, was man tun konnte, nicht wahr ...?«

Dafür, dass man im besten Einvernehmen miteinander steht, reitet die ihren Untermieter ja ganz schön rein, kaltblütig lächelnd, wie man so sagt, Frau Brandt, und um wie viel wollen wir wetten, dass du Mists-tück an der Tür gehorcht hast, als Vater Stepaschkin und Katz sich gestritten haben, bloß dass du kein Russisch sprichst und deswegen nichts verstanden hast von dem Streit ...? Hölzl hat auch aufgemerkt und bittet die Brandt, kurz zu warten, dann humpelt er nach nebenan, wo immer noch Abraham Katz wartet, und lässt Lehmann allein mit der Matrone.

»Es ist ja auch gar nichts dran an der Sache ...«

Lehmann wird hellhörig.

»Wie bitte? An welcher Sache denn?«

Druckst die Brandt so herum: »Ja nun, wegen des ... wegen des Einbruchs bei den Katz' letzte Woche. Donnerstag ist das gewesen, und hinterher soll ich Schuld gehabt haben, dabei kann ich da ja gar nix für, bei so vielen Menschen in der Wohnung, wie soll man denn da aufpassen?«

Na, das ist ja interessant … Am Donnerstag sagt die, einen Tag vor dem Leichenfund, aber nee, die hat ja schon drei, vier Wochen da gelegen, hat Professor Mühlfenzel gesagt, wann kommt eigentlich endlich der vollständige Obduktionsbericht, der hat auch die Ruhe weg … Aber interessant ist es trotzdem, im besten Einvernehmen also, soso … und was war das für ein Einbruch? Da kommt aber schon Hölzl wieder zurück und drückt ihm einen Zettel in die Hand, »Maria Kotteder« steht drauf.

»Herr Lehmann, gehen S' doch bittschön rasch zum Oberpollinger, dem Herrn Katz zufolge soll die Kotteder des Madl g'wesen sein, des Mitte März bei eahm in der Wohnung g'hockt hat, die soll da als Verkäuferin arbeiten, und des is ja glei ums Eck.«

Lehmann nickt, das Kaufhaus Oberpollinger befindet sich vorne am Stachus, in der Neuhauser Straße. Erzählen Sie mal dem Kollegen das von dem Einbruch, Frau Brandt, bin gleich wieder da … und dann rasch den Hut aufgesetzt und die Treppen hinunter, die Treppenhäuser im Präsidium sind alle so eiförmig geschnitten, und von oben regnet es rein, und ab auf die Straße, Lehmann kommt beinahe ins Laufen, das ist der Jagdinstinkt, das gehört mit zum Beruf, wenn einem das Blut rauscht und man meint, dem Wild schon auf der Fährte zu sein, so ganz dicht auf der Spur, und dann hält man sich ran und schafft in zwei Stunden, was sonst in drei Tagen nicht erledigt wäre.

Maria Kotteder arbeitet in der Strumpfabteilung. Er sieht gleich, dass sie das auch an den Beinen trägt, was sie verkauft, sicher bekommen die Ladenmädchen Rabatt. Auch sonst ein ganz hübsches Ding, Abraham Katz hat einen guten Geschmack: Anfang zwanzig, dunkelhaarig, Typ junge Naive, sieht bloß ein bisschen stumpfsinnig aus, in den Augenwinkeln ist ein wenig Verderbtheit zu erkennen, und die hätte Lehmann vielleicht interessiert, aber als er seine Marke zieht, rennt sie beinahe weg, so einen Schiss kriegt die Ärmste, da verschwindet die Verderbtheit nach sonst wo hin, und man schlägt schüchtern die Augen zu Boden.

»Sie kennen einen Herrn Abraham Katz?«

»Katz? I woaß net …«

Sie gibt es dann aber doch gleich zu und erzählt ihm auf dem Weg ins Präsidium schon fast die ganze Geschichte, vielleicht hat sie ja anderweitig was zu verbergen, einen kurzen Besuch bei der Engelmacherin zum Beispiel, und da ist sie dann froh, dass er das gar nicht wissen will, sondern bloß nach dem Katz fragt, jedenfalls sprudelt die Angelegenheit aus ihr raus wie ein Wasserfall: Jaja, den habe sie schon '45 kennengelernt, bei einer Freundin in der Herzog-Wilhelm-Straße, die sie damals öfter besucht habe, das liege ja auch nicht weit entfernt von ihrer Arbeitsstelle, und der Herr Katz hat glei nebenan g'wohnt, Herr Kommissar. Moment mal, Katz will doch '45 im Sanatorium bei Landsberg gewesen sein und dann erst am Waldfriedhof gewohnt haben …? Davon wisse sie nichts, sie sei aber mit ihm öfter in Vorstellungen gewesen, aber intim geworden sei man nie, ganz bestimmt net, naa, i hab da scho meine Prinzipien … Mädel, Mädel, vor drei Jahren wäre das noch Rassenschande gewesen, und du wärst im Konzertlager gelandet … und also vor drei Wochen, da habe so ein Zettel bei ihr an der Tür gehangen, mit einer Einladung des Herrn Katz darauf. Wann war das? Ja mei, des woaß i nimmer so g'nau, so Mitte April vielleicht, bis zehne hamma dann no bei eahm im Zimmer g'hockt und was getrunken. Na, getrunken auch noch, doch nicht etwa Dünnbier? Naa, der Herr Katz hat schon was and'res dag'habt, dann sei sie aber gegangen, weil sie eben ihre Prinzipien habe.

Den Abraham Katz im Nebenzimmer identifiziert sie dann auch sofort und wiederholt ihre Aussage vor Hölzl, das Mädchen auf der Fotografie will sie aber nicht kennen, naa, wirkli net, Herr Kommissar, und Irina Stepaschkin, naa, nie g'hört, den Namen … Hölzl ruft nach der Brandt, die inzwischen in das leere Büro abgeschoben worden ist, in dem sonst Mitterer sitzt, der gestern zusammen mit einem CID-Agenten nach Wiesbaden gefahren ist wegen einer Überführung, eigentlich Lehmanns Arbeit, aber der vom CID heißt Myers und ist deutschstämmig oder deutsch-jüdisch, da braucht man nicht unbedingt einen Dolmetscher, und Lehmann darf weiter im Fall Stepaschkin ermitteln. Frau Generalmajor kommt dann auch gleich, und sie machen eine Gegenüberstellung mit der Kotteder: Ja, das könnte die gewesen sein, die bei Katz im Zimmer gesessen habe, wovon die Kotteder aber wiederum nichts wissen will, nein, nein, niemand habe sie sehen können an dem Abend Mitte April, die Tür sei immer verschlossen gewesen, außerdem stimmt das Datum nicht, die Brandt will ja das Mädchen Mitte März gesehen haben.

Hölzl schickt die beiden schließlich nach Hause und holt noch mal Abraham Katz herein. Der hat inzwischen seine Pall Malls aufgeraucht und ist wütend.

»Was wirft man mir hier eigentlich vor? Dass ich Jude bin und mit einer … mit einer Arierin geschlafen habe?«

Hölzl wehrt mit den Händen ab, ganz unglücklich sieht der aus.

»Naa, bittschön, Herr Katz, jetzt kommen S' mir doch net so, i hab halt an Vermisstenfall, und Sie haben die Vermisste gekannt, gell? Und so a paar Ungereimtheiten, die müss ma da noch aus der Welt schaffen …«

»Was denn für Ungereimtheiten?«

Hölzl zeigt ihm noch mal das Foto.

»Frau Brandt bleibt dabei, dass s' Mitte März a junge Frau bei Ihnen im Zimmer g'sehen hat, die dem Madl auf dieser Aufnahme ähnlich sieht, und des Fräulein Kotteder will's net g'wesen sein.«

Da wird der Katz aber wild, das sei eine üble Antisemitin, diese Frau Brandt, die habe auch Leute in die Wohnung gelassen, die ihnen fünftausend Mark gestohlen hätten, Lohngeld, und wie stehe er denn jetzt da …! Die Frauen würden sich eben beide irren, das sei ganz bestimmt die Kotteder gewesen, Irina Stepaschkin habe er das letzte Mal vor fünf oder sechs Monaten gesehen, und sonst habe er keine Mädchen mit auf sein Zimmer genommen, und damit basta!

»Kann ich jetzt vielleicht gehen?«

Wenn der sich aufregt, legt sich das mit dem Ostpreußischen, nur von dem Jiddeln hört man noch was, denkt Lehmann, aber was macht denn Hölzl da, der sagt doch tatsächlich: Ja, bitte, Sie können gehen, und dann bloß noch: Sie hören von uns … Ihr einziger Verdächtiger im Fall Irina Stepaschkin nimmt also wortlos seinen Hut und verlässt das Büro.

Lehmann kann nicht anders, er guckt Hölzl nicht weniger böse an, als er es vorhin bei Simon Katz und Sally Rosenblatt getan hat, aber der Herr Hauptkommissar weicht seinem Blick aus.

»Wenn S' bittschön gleich zur Frau Berner gehen könnten mit den Protokollen, die soll des no rasch abtippen, und fünffach, wenn's geht.«

Lehmann steht auf, eine Wut hat er jetzt, aber bitte, wenn's denn gewünscht wird, geht er eben zur Frau Berner und lässt das abtippen, fünffach, geht bestimmt. So bekommt man aber keinen Mörder zu fassen, mein Lieber! Die muss man hart anpacken, die Brüder, und gewitzt muss man sein, hat Jastrow ihm beigebracht, der das eine Mal aber auch nicht hart und gewitzt genug gewesen ist damals in Rokitno, und natürlich gilt das auch für ihn selbst, dass es da das eine oder andere Mal gegeben hat, wo ihm die nötige Härte abging, aber jetzt …?

Während die Sekretärin ihre Arbeit erledigt, geht Lehmann in die Kantine, das Mittagessen nachholen, eigentlich ist ja fast schon Abendbrotzeit, aber Hunger ist nun mal Hunger … Bei der Polizei bekommt man Schwerarbeiterzulage wie die Bauarbeiter draußen in Langwied, ein paar Gramm Fleisch mehr, trotzdem gibt's meistens Eintopf mit Kartoffeln und Steckrüben oder die Art, oder Sauerkraut mit drei Happen Bauchspeck dabei, Swinschiet mit Dill, wer soll das essen …? In der Kantine ist um die Zeit natürlich nichts los, alle haben viel zu viel zu tun, die von der Sitte bekommen jeden Tag Lkw-Ladungen von häufig wechselndem Geschlechtsverkehr herein, das K4 hat seine Schieber, geklaut wird auch andauernd, vermisst wird das halbe Land, und Leute werden umgelegt, weil jemand ihr Fahrrad haben will … was da noch an Knarren im Umlauf ist, die Amnestie letztes Jahr hat ein bisschen was gebracht, aber nicht alles, beim Zusammenbruch sind die Lager geplündert worden, wild muss das zugegangen sein, jetzt läuft jeder mit einer Walther oder einer Luger oder sogar einer Schmeißer herum, einer Schmeißer, wie sie Lehmann hatte als Unteroffizier, und all das passiert, aber Hölzl traut sich nicht mal, einem Verdächtigen ein bisschen auf die Zehen zu steigen, wenn es angebracht wäre …!

Als er später mit den Durchschlägen von Frau Berner wieder in Hölzls Büro kommt, sitzen da der Chef der Kripo und des K1 Oberinspektor Hellweg und Oberstaatsanwalt Dessauer, der Justizpalast liegt ja auch gleich vorne am Stachus, da kann man schnell mal eben herüberkommen, und beide machen ein todernstes Gesicht. Hölzl guckt auch nicht groß anders, also sehen ihn sozusagen alle drei an wie die Gewerkschaftsführung der Leichenbestatter und als ob sie schon was beredet hätten, da fühlt man sich gleich ausgeschlossen, was wollen die denn, er hat doch prima vernommen vorhin … Also dann, Herr Lehmann, mit dem Kollegen haben wir ja schon … Dessauer hat die Sache augenscheinlich in der Hand, das ist also hier der Oberleichenbestatter … aber Ihnen sag ich's auch noch mal. Lehmann fühlt sich gleich wie vor dem hohen Gericht, Dessauer ist München Zwo, die sind für die schweren Delikte zuständig, Eins behandelt nur Eierdiebstahl oder die Käuflichen et cetera. Dessauer macht dann so Kunstpausen, aber das gehört nun mal zu dessen Beruf wie das Jagdfieber zum Polizisten, und er spricht dabei ganz leise:

»Herr Lehmann, Ihnen ist sicher bewusst, dass wir es hier mit einem … nicht ganz einfachen Fall zu tun haben …?«

Lehmann beißt sich auf die Zunge und stottert was vor sich hin, ja sicher, weiß ich. Dessauer zeigt dann auf einen leeren Stuhl, also setzt er sich, und der Oberstaatsanwalt geht ins Detail, eine richtig weiche Stimme hat der, aber dahinter ist schon zu hören, dass er es ernst meint, die deutsche Justiz und die Amerikaner und so weiter, man befinde sich ja mitten im Wiederaufbau, Sie wissen ja sowieso Bescheid, Herr Lehmann, wo Sie doch bis jetzt an der Schnittstelle zum CID gearbeitet haben – sicher doch, Lehmann weiß Bescheid, er ist ja sozusagen ganz allein diese Schnittstelle, gar nicht so lange her, dass es nur amerikanische Gerichte gegeben hat, Summary Courts, Intermediate Courts, General Courts, wenn die G. I. in krumme Dinger verwickelt sind, und bei Verstößen gegen die Bestimmungen des Kontrollrats in Berlin sind die immer noch zuständig, er hat ja nicht nur für den CID gearbeitet, sondern ist auch in Richtung Laufbahnprüfung nicht ganz untätig gewesen.

»Und bei Vergehen von größerer öffentlicher Bedeutung … *und* bei Vergehen, die Displaced Persons betreffen …!«

Dessauer wird dann ganz liebenswürdig, erklärt alles lang und breit, am Ende kommt aber heraus, dass er bloß eine Heidenangst hat, ein jüdischer Mitbürger vor einem deutschen Gericht und so weiter, ja sicher, eigentlich sei das ein Fall für den CID, schon weil das vermutliche Opfer DP-Status hatte, Dessauer hat auch schon beim Public Safety Office angeklopft, aber die hätten dankend abgelehnt, man zieht sich ja zurück aus dem deutschen Kram, Dessauer sagt natürlich »aus den deutschen Angelegenheiten« … Herr Lehmann! Ganz feierlich wird der, das finde ja auch vor der gesamten Weltöffentlichkeit statt, und erst dieses Frühjahr habe man in der ausländischen Sensationspresse über eine Menschenschlachterei berichtet, die angeblich in München aufgeflogen sei, stellen Sie sich mal vor, bei uns hier in München, natürlich alles erfunden, Aber-Sie-wissen-ja-die-Presse-und-dann-im-Ausland, und dann gebe es ja auch immer noch die leidigen Fälle der Unbelehrbaren, jüdische Grabsteine würden umgeworfen, im März vor zwei Jahren seien in Oberramminngen, wo das nun wieder liegt, zwei Radfahrer jüdischen Glaubens mit

Steinen beworfen worden, Heil Hitler hätten die Dorfbewohner geschrien, und die Kollegen von der Staatsanwaltschaft Memmingen hätten sich gerade eben gehörig die Finger verbrannt, als sie einen von denen, die im KL … also, Sie wissen schon, jedenfalls ist vor Kurzem eine Anzeige eingegangen von dessen Vermieterin, ausgerechnet wegen angeblichem Ritualmord an Kindern, typisches Denunziantentum natürlich, traditioneller ländlicher Antisemitismus, und die haben das in Memmingen doch tatsächlich ernst genommen und Ermittlungen eingeleitet, wenn man eben nicht ständig aufpasst, und in Bayreuth habe es einen Vermisstenfall gegeben, ein Bürger sei verschwunden, so was komme ja vor zurzeit, aber gleich habe es geheißen, die Juden waren's, und die Polizei sei genauso in die Falle getappt wie ihre Kollegen in Memmingen, solche Fehler wollen wir hier bei uns in München natürlich vermeiden, Herr Lehmann, nicht wahr?

Da wird Fritz Lehmann aus Mahlow in Hinterpommern aber mulmig zumute … Jaja, stottert er bloß wieder, das ist ja eine Autoritätsperson, der Herr Oberstaatsanwalt, da muss man gut zuhören und nicken, aber der ist noch nicht fertig, besondere Situation für die Staatsanwaltschaft auch in anderer Hinsicht, die Amerikaner würden sie gerade die ersten kleineren Fälle im Zusammenhang mit Kriegsverbrechen bearbeiten lassen, Freiheitsaktion Bayern, da waren Sie ja noch nicht hier in München, Herr Lehmann, oder doch? Nein, also Folgendes, ein Aufstandsversuch in den letzten Tagen des sogenannten Dritten Reiches, es habe ja auch Anständige gegeben damals, aber gerade im Ausland werde ja alles über einen Kamm geschoren, dieser Aufstandsversuch sei jedenfalls noch niedergeschlagen worden, mit standrechtlichen Erschießungen, müssen Sie sich mal vorstellen, zwei Tage vor dem Einmarsch der Amerikaner, gerade jetzt seien sie mitten in der Revision in der Sache Salisco, ehemaliger SA-Mann, im Zusammenhang mit der Freiheitsaktion letzten Herbst zu lebenslänglich verurteilt, nächste Woche die Sache Brüderle, dann im Juli ein weiteres Verfahren, und alles bei uns am Landgericht München Zwo, das wäre dann ja auch für die Tote im Langwieder See zuständig, und wenn sich nun herausstellte, dass es sich wirklich um die vermisste Estin handelt, was ja abzusehen sei, dann könnte das heikel werden, Herr Lehmann … Wir sind ja als Volk sozusagen noch auf Bewährung, das dürfen Sie nie vergessen, Herr Lehmann, und Sie auch nicht, Herr Hölzl.

»Wissen S', i bin an und für sich erst amol Bayer, und i woaß a net, ob i auf Bewährung bin, oder wos ...«

Im nächsten Moment geht aber eine richtige MG-Garbe durch den Raum:

»*Herr Kriminalhauptkommissar!!!* Ihre politischen Ansichten sind mir durchaus bekannt, aber noch ist Bayern Teil der Bizone, genauso wie es Teil des Deutschen Reiches war!!! Und Ihre Blütenträume von einem unabhängigen Freistaat, die können Sie, wie man bei Ihnen hier so schön sagt, den *Hasen* geben!!! *Sie sind, verdammt noch mal, ein Beamter der Stadt München und nicht des Königreichs Bayern, und unser augenblicklicher Souverän sitzt nicht auf Schloss Neuschwanstein, sondern im Weißen Haus in Washington und heißt Harry Truman, habe ich mich da klar und deutlich ausgedrückt???!!!*«

Hölzl nickt bloß noch und zieht den Schwanz ein, ja, sicher, Herr Oberstaatsanwalt, ja doch, obwohl trotzdem der vage Eindruck bleibt, dass er sich irgendwo ganz tief innen drin eigentlich denkt: Mi leckst ... Damit ist die Belehrung beendet. Meine Herren, wir haben uns hoffentlich verstanden? Jawoll, laut und deutlich ... und ab!

Hölzl brütet dann so dumpf vor sich hin, und Lehmann denkt an ihren Souverän im Weißen Haus in Washington, der aber bald wohl Dewey heißen wird und nicht Truman, weil der Senator bei den Umfragen weit vorne liegt, in Amerika gibt es ja Umfragen vor den Wahlen, da weiß man vorher fast schon, wie so was ausgehen wird ... Hölzl legt schließlich auch wirklich ein Ei, weil er nämlich Lehmann mit einem Mal ganz hart ansieht und etwas sagt, das er wohl eigentlich Dessauer sagen wollte, aber jetzt ist es zu spät:

»Bloß, dass S' des wissen, Herr Kollege, i hab an Bruder g'habt, der war vor '33 bei den Kommunisten, und den ham s' glei na Dachau g'schickt, glauben S' net, dass des einfach war für mi, i war scho bei der Polizei damals ... Bloß, was i sagen wollt, i woaß des scho, wie's im KZ zuganga is, glauben S' mir, i woaß des scho ...!«

*

Erst nachher, als er Hölzl wie üblich in der Reihenhaussiedlung in Laim abgesetzt hat und allein in seinem Opel Olympia sitzt, kommt Lehmann langsam wieder ins Überlegen. Der Kollege hat die ganze Fahrt über geschwiegen, das ist ganz beklemmend gewesen, ganz schrecklich … und so allein im Auto kann man dann ja auch gut ins Nachdenken kommen, und da fällt Lehmann auf, dass der Fall Irina Stepaschkin vielleicht doch keine gute Gelegenheit für ihn ist, beim Kommissariat 1, Verbrechen wider das Leben, anzufangen, und dass er sich dazu vielleicht eher den dümmsten Fall ausgesucht hat, der ihm hätte unterkommen können.

6. MAI

Am nächsten Morgen wacht Lehmann mit dem unbestimmten Gefühl auf, gerade geschrien zu haben, was aber kein Wunder ist, denn wieder sind die russischen Panzer den Hügel von Grössin heruntergekommen, und wieder sind die Infanteristen mit ihren Tokarews und den Mongolenfratzen ins Dorf eingefallen, aber diesmal standen nicht Mutter und Annemarie mit ihrem blonden, ach so blonden Haar in der Küche und hielten sich aneinander fest, sondern Chaim Spanier, der Schivelbeiner Pferdejude, und seine Tocher, die schöne Elena, und das kann ja gar nicht sein, so wenig wie der Traum überhaupt sein kann, denn die Familie ist doch '38 ausgewiesen worden, Spanier hatte einen polnischen Pass, denen wurde eben der Aufenthalt nicht mehr verlängert, vielleicht haben sie ja auch nach Amerika auswandern können, oder sie sind sogar nach China gekommen, nach Schanghai, wie so manche andere, die hatten doch wohl Geld, Viehjuden eben, und nun war es Elena, die das gepunktete Kleid trug, aber die hätte es auch nicht anhaben sollen ...

Er geht gleich ins Bad und hält seinen Kopf unter fließendes, kaltes Wasser, wieso träumt er denn nur so einen Unsinn, muss da jetzt auch noch Elena Spanier mit rein, die ihm im Herbst '32 auf dem Schivelbeiner Jahrmarkt schöne Augen gemacht hat? Fast fünfzehn ist er gewesen und hat in Elenas tiefbraunen Abgründen zum ersten Mal das Verdorbene gesehen, nach dem er sich noch heute geradezu verzehrt, auch wenn das alles am Ende zu nichts mehr führt ... nachher haben sie Pflastersteine gegessen, so hat man in Pommern eine Süßigkeit genannt, von der Lehmann nicht weiß, ob es sie anderswo überhaupt gegeben hat, jetzt gibt es ja fast gar keine Süßigkeiten mehr, und diese Pflastersteine, die haben ihnen noch an den Zähnen geklebt, als sie dann an der Kirchenmauer von St. Marien mit ihm knutschte, hinterzu, dass keiner was sehen konnte, und dann hat sie gefragt, willste mal was Schönes erleben, Mahlower Bauernlümmel? Da hat Fritze Lehmann genickt, und sie ihm einfach den Latz aufgeknöpft und das Ding rausgezogen, als wenn's das Normalste auf der Welt wäre, was es ja auch ist, aber das hat er damals noch nicht gewusst, und dann hat sie daran gerieben, peinlich war ihm das, schon beim Knutschen hat die Hose so ausgebeult, und er wollte nicht, dass sie was merkt, hat sie aber doch, und dann wollte er, dass sie nie wieder aufhört, weil es wirklich so schön war wie nichts anderes auf der Welt, und sie hat sein Ding gerieben, immer fester und fester, bis sein Samen gegen die Kirchenmauer gespritzt ist.

Er dreht den Wasserhahn weiter auf, weil ihm schon wieder heiß wird, morgens ist das ja am schlimmsten, aber das geht jetzt nicht, er in Unterwäsche über Sieglinde von Lederers Flur und dann mit der Beule in der Unterhose … hinterher hat Elena ihn dann einfach stehen lassen mit seinem offenen Hosenlatz, beinahe hätte er vergessen, ihn wieder zuzuknöpfen, sie hat sich aber noch mal umgedreht und ihm einen Kuss zugeworfen, wie die Harvey im Kino, verdorben, aber auch lieb, und später hat sie ihm noch ein paar Mal das Ding gerieben, in den Büschen am Buchholzsee oder im Wald, das ist im Sommer '33 gewesen, als wieder Zucht und Ordnung eingezogen waren im Land, wie Onkel Hermann gesagt hätte, aber irgendwann sind sie von Elenas Vater, Chaim Spanier, erwischt worden, der drohte gleich mit der Polizei, was eigentlich auch seinen Witz hatte, wo doch zwei Jahre später die Nürnberger Gesetze kamen, da hätte der Pferdejude Spanier dann nicht mehr mit der Polizei gedroht, als die in Kraft getreten sind, da hätte er Angst gehabt und schön die Fresse gehalten; aber die Reitpeitsche, mit dem Spanier ihm eins übergezogen hat, als er ihn im Wald mit seiner Tochter beim Poussieren erwischte, die hat wehgetan … zu Hause hat Lehmann dann erzählt, dass er mit dem Fahrrad hingeknallt wäre, da hat ihm Onkel Hermann gleich noch eins mit dem Riemen übergezogen, das war ja so üblich damals; er aber hat die Zähne zusammengebissen und sich seinen Teil gedacht.

*

Im Präsidium sitzt Hölzl schon wieder an seinem Schreibtisch und denkt über den Fall nach. Morgens fährt er immer bei Pischl mit, der auch in Laim wohnt, aber beim K4 ist und nachmittags meistens zu einer anderen Zeit Dienstschluss hat. Lehmann weiß erst nicht so recht, wie es weitergehen soll, weil der Oberstaatsanwalt ja gestern recht deutlich war, aber Hölzl hat sich von den ganzen juristischen Vorbehalten anscheinend gar nicht beeindrucken lassen:

»Wissen S', Herr Lehmann, i bin Polizist, Sie san aa Polizist, mir fangen d' Leit, und wos des G'richt mit eahna anfangt, des geht uns nix oa. Und des Oanz'ge, was i noch behalten hab von der ganzen Gardinenpredigt gestern, des is, dass mir an wasserdichten Fall brauchen, oiso … mach ma den Fall halt wasserdicht, passt Eahna des?«

»Passt scho …«

Ist Lehmann wieder so rausgerutscht, diesmal grinst Hölzl aber bloß, als wollte er sagen: Wir zwei Ganoven, wir machen das schon …

Er ist dann aber doch froh, als Hölzl meint, dass sie die Sache mit den Vernehmungen vorläufig lassen sollten, sicher gebe es da Ungereimtheiten, aber so groß seien die nun auch wieder nicht, sie bräuchten vor allem weitere Anhaltspunkte, und da stimmt Lehmann dem Kollegen zu. Gräf hat ja den Zeigefinger bekommen und Abdrücke gemacht, die Anfrage an die DP-Registratur in Geislingen läuft auch schon, aber die endgültige Identifizierung steht noch aus, obwohl niemand mehr daran zweifelt, dass es sich bei der Leiche im See um Irina Stepaschkin handelt. Am Dienstag, ungefähr zu der Zeit, als das Fernschreiben kam, ist doch noch ein Stück Oberschenkel mit Knie daran am See gefunden worden, von dem Baggerführer, der auf dem kettenbetriebenen Monstrum am Nordostufer arbeitet, das Leichenteil hat er aber nicht mit dem Kies hochgebaggert, sondern am Ufer direkt unter seinem Bagger gefunden, wo es vielleicht nach dem Fund der Leiche angeschwemmt worden ist, was aber auch nicht gesagt ist, weil ja die Aubinger Schandis bei den Begehungen des Sees das Ding hätten übersehen können, wenn es unter der Maschine versteckt lag, man weiß also weiter nichts Genaues, vielleicht gibt es ja wirklich noch einen zweiten Sack auf dem Grund des Sees, aus dem jetzt Stück für Stück der Rest der Leiche nach oben treibt und angeschwemmt wird, so eine Leiche quillt ja auf im Wasser … Lehmann und Hölzl sind sich jedenfalls einig, dass Hellweg ihnen nach Dessauers Donnerwetter gestern bestimmt keinen Taucher mehr bewilligen wird, allein wegen dem Aufsehen und dem Gerede, mit dem man dann rechnen müsste, bis jetzt hat ja nur der kleine Absatz im Polizeibericht der *Süddeutschen* gestanden.

Lehmann wiegt sich also in Sicherheit, dass er den Katz nicht wieder vernehmen muss, aber dann macht Hölzl ihm doch einen Strich durch die Rechnung, weil ihm plötzlich einfällt, dass da ja in Sendling eine Fabrik zur Keksherstellung steht, die könne sich der Kollege doch einmal näher ansehen, die Gebrüder Katz und die Belegschaft gleich dazu, vielleicht haben die ja einen Lkw, an dem ein Stück Plane fehlt, schaugn S' amol …

Das sagt sich so leicht dahin … Lehmann nickt, ja, mach ich, schützt dann aber allerhand Kleinigkeiten vor, die vorher unbedingt noch zu erledigen wären, noch mal mit den Fotografien vom Erkennungsdienst zu den Amerikanern vielleicht, da könnte ja was gemeldet worden sein, und gibt's eigentlich was Neues in Geislingen, mal zur Fernschreibstelle schauen, heute Morgen haben sie den dortigen Kollegen eine Zusammenfassung der bisherigen Ermittlungen geschickt, das mit den Angaben von Katz betreffs der Wohnung am Waldfriedhof könnte man doch auch nachprüfen …

»Ja, gehen S' in Gottes Namen no amal zu dene Amis, aber dann bittschön glei nach Sendling, gell, den Rest mach i scho …«

*

»Hey, Fritz, what you got there?«

»Evidence that shows *you* dumped the body in the lake …«

»*Please*, officer, don't shoot me, it's all because of my messed-up childhood …«

Amos hat gute Laune und sieht sich die Fotos an, US Army Vegetable Sack, Return When Empty, das Seil und der Draht mit Maßstäben daneben, hat Gräf so gemacht, damit man den Größenvergleich hat, die Fetzen von dem Kohlensack, das Isolierband und das Stück Plane, aber mehr als einen dummen Witz bringt das Lehmann nicht ein:

»It's them vegetables again! What are you trying to tell me, Herman, you think I eat too many vegetables?«

»Oh, I forgot, you only eat hot dogs and burgers, so it couldn't be you, if I'm lyin', I'm flyin' …«

Amos lacht laut auf und klopft ihm auf die Schultern, wie immer, wenn Herman the German einen seiner amerikanischen Gossenausdrücke zum Besten gibt, »if I'm lyin', I'm flyin'« könnte man mit »soll mich der sonst was holen, wenn ich lüge« übersetzen, wer weiß, wo er das aufgeschnappt hat, vielleicht bei Amos selbst … Lehmann freut sich auch mit, weil ihm das eben am besten gefällt am Englischen, diese paar Wörter, die man an alles dranhängen kann, so ganz unverblümt, bloß manchmal denkt er sich, dass sein Freund und Master Sergeant vielleicht auch einem dressierten Hund auf die Schultern geklopft hätte, wenn der auf »How'd you like the movie?« mit den Ausdruck »strictly shitsville« geantwortet hätte oder mit »snoresville, man« … Nur dass Amos gar keinen Hund besitzt, die Amis sind ja nicht so tierlieb wie die Deutschen, oder vielleicht sind sie es doch, und Lehmann hat es nur nicht mitbekommen, weil er ja von Amerika doch nur Jazz, Soldaten, Lager und das, was er von den Transportzügen aus gesehen hat, kennt. In Lordsburg, New Mexico, ist er vor Ruston gewesen, da hat man im April '44 noch groß Führers Geburtstag gefeiert und jeden verprügelt, der nicht mitmachen wollte, danach in Dermott, Arkansas, ging es auch zu wie im Ratskeller von Kleckershausen an der Schlunz, samt Liederabenden mit allen Schikanen, *In einem Polenstädtchen, da lebte einst ein Mädchen, die war so schön* … Dann kam zum Glück Ruston, Louisiana, mit Duke Ellington und *We the People*, schließlich noch Fort Eustis, Virginia, Mittelschule und Englisch, das beides aber vorher auch schon, bloß dass die Hundertfünfzigprozentigen einen in den normalen Lagern scheel anguckten, weil man sich in den Kursen doch mit den Waldheinis, mit dem Feind also, gemeinmachte, was Lehmann aber ganz egal war … Auf dem Heimweg ging es zuerst ins Camp Shanks, dann aufs Schiff und nach Le Havre und ins letzte Lager, Bolbec in Frankreich, da hat noch die SS regiert im Frühjahr '46, Gott sei Dank ist er aber gleich weitergekommen und dann in Aibling entlassen worden.

Er zeigt dem Freund und Master Sergeant dann noch zwei Aufnahmen, die Gräf gleich am See gemacht hat, und dieses Mal bringt es ihm keinen dummen Witz ein, sondern Amos steht sogar auf, stützt die Hände auf seinen Schreibtisch und sieht ihn an, erst mit offenem Mund, dann ernst, und sagt nix, und man muss auch gar nicht Englisch können, um zu verstehen, was der Blick sagen will.

Agent Shaffler von der Diebstahl-Abteilung des CID kann zu den Fotos auch nicht mehr sagen als Amos, na, wer hätte das gedacht, aber Lehmann will Zeit totschlagen und nicht nach Sendling – gestohlen würden diese Säcke so häufig, dass man daraus keine Spur ableiten könne, irgend so eine Bande überfiele zum Beispiel zurzeit dauernd Güterzüge auf der Strecke nach Garmisch, wo die Amis ihre Recreation Facilities haben, wie sie das nennen, Erholungsheime, aber dann ausgerechnet auf dem Berghof, muss man sich mal vorstellen, von da aus hat Adolf Hitler den Zweiten Weltkrieg geführt, von da und von der Wolfsschanze in Ostpreußen aus; bei der OrPo damals hat es »Ausruheplatz« geheißen, der hat in Zakopane gelegen, im polnischen Riesengebirge, aber Lehmann ist nie dort gewesen, weil er im Heimaturlaub lieber nach Mahlow fuhr oder in Berlin blieb. Die Bande mit den Güterzügen schlage aber immer woanders zu, sagt Shaffler, weswegen man sie nie zu fassen bekäme, das könnten Deutsche sein, die sich in der Gegend auskennen, oder Ausländer, Polen oder Ukrainer aus den Lagern, die in der Gegend als Ostarbeiter eingesetzt waren, nicht jeder hat es ja so gut gehabt wie Drago, der Serbe, bei seinem Bauer Anzinger in Aubing, die Spur darf Lehmann übrigens auch nicht vergessen, egal, was Hölzl da sagt, jedenfalls bestätigt der CID-Mann noch mal, dass von der Sorte Säcke beinahe mehr geklaut würde als regulär verteilt, und dass im Prinzip jeder so einen Sack haben könnte.

Lehmann erkundigt sich dann noch nach den beiden Beamten, die nach Wiesbaden gefahren sind, um den entlaufenen Einbrecher wieder nach München zu bringen, aus dem Stadelheimer Gefängnis ist der ausgebrochen, aber Shaffler weiß nur, dass Agent Myers und Kriminalwachtmeister Mitterer erst am Sonntag wiederkommen werden, weil die Militärbehörde in Wiesbaden bis dahin klären will, ob der Bursche da vielleicht auch noch vor Gericht muss. Lehmann wünscht sich beinahe, er wäre jetzt statt des Kollegen mit in Hessen, wäre er ja eigentlich auch, wenn nicht Irina Stepaschkin dazwischengekommen wäre, denn dann müsste er jetzt nicht Leute wie den Katz verhören und feststellen, dass der Lehmann von früher noch ganz leicht von den Toten wiederauferstehen und so einem fest ins Auge sehen kann, und in Wiesbaden die dortige CID-Kantine leerzufressen, das hätte ihm auch nicht schlecht gefallen …

Der altböse Feind lässt ihn dann auch noch einen anderen Grund finden, nicht gleich nach Sendling fahren zu müssen, er geht nämlich rasch in die hiesige Kantine, ist doch nichts dabei, wo er schon mal hier ist … Er kennt das Mädchen hinter dem Tresen, Louise aus Alabama, nicht

Franzi aus Schwabing, der sagt er auch immer einen Gossenausdruck, und sie gibt ihm dann dafür etwas zu essen, obwohl das streng genommen nicht erlaubt ist – diesmal bekommt er ein paar Donuts für »How's it hangin', sweetie?«, was aber ja noch ganz zivil ist im Vergleich mit so manch anderem, das man in der Amikantine so zu hören bekommt.

»Hey, it's Fritzie the Homicide Fritz! Hey Fritz, you comin' to the Deutsches Museum again next Saturday?«

Sergeant Kemp hat zweites Frühstück oder was auch immer gehalten und ist heute anscheinend im Außendienst, jedenfalls setzt er sich gerade den hell glänzenden Stahlhelm mit den weißen MP-Streifen auf den Kopf – »Schneeglöckchen« wird die amerikanische Militärstreife allerseits genannt –, schnallt sich seinen Karabiner M1 um und steht auf, dabei immer eine halb volle Tasse Kaffee in der freien Hand balancierend.

»Battle of the Bands?«

»No way, José! Four Stars playin' a little Bebop, bop-she-wop, play that rebop, man, woooo …!«

Kemp redet manchmal wie ein Schwarzer, was komisch ist, weil er sonst fast immer »Nigger« sagt oder »Fuckin' Darkies«, wenn gerade keiner von denen in der Nähe ist, aber vielleicht findet er die Sprechweise einfach ulkig.

Ob Lehmann wieder in den Konzertsaal des Deutschen Museums gehen wird wie letzten Samstag, weiß er aber noch nicht, vor allem, wenn da bloß die Four Stars ihren Bebop spielen, ein anständiger Swing ist ihm eben lieber, und nachher langweilt er sich bloß wieder, weil er kein Flitscherl hat, dem er beim Musikhören über die Nylons streicheln kann.

»We'll see, Max …«

»It's a free country! Well, almost …«, lässt Kemp sein schäbigstes Lachen hören und geht.

*

Die Gegend am Isarhochufer im Südwesten der Stadt, in der sich die Keksfabrik befindet, ist von Bomben einigermaßen verschont geblieben, eigentlich komisch, wo hier doch viel Gewerbe und Industrie zu finden sind. Die Boschetsrieder Straße hat aber an ihrem vorderen Ende, wo der Greinerberg nach Thalkirchen hin abfällt, ein paar Treffer abbekommen, dat Jlück kümmt äwer Nacht, säch de Buerfro, dar fünn se een Nest mit fuule Eier, und hier, in einem Hinterhof, zu dem das Vorderhaus fehlt, oder jedenfalls das halbe Vorderhaus – unten findet sich noch das Klingelschild einer Baufirma, und der halbe Hinterhof wird anscheinend als Baustofflager genutzt –, befindet sich die »Keksfabrik Hoffnung, Inh. Gebr. Katz und Co.«, wer wohl der »Co.« ist, muss man sich auch mal nach erkundigen, und vor deren Einfahrt stellt Lehmann seinen Opel ab.

Auf dem Hof steht ein alter Wehrmachts-Lkw, natürlich umgespritzt, und die Haube vorne ist offen, aber es ist niemand zu sehen, der sich am Motor zu schaffen machen würde. Lehmann schaut sich das Gefährt mal an, so alt ist es eigentlich doch noch nicht, ein Mercedes-Viereinhalbtonner, aber das Führerhaus ist aus Sperrholz, damit haben sie erst um das Frühjahr '43 herum angefangen, als ihnen das Blech ausgegangen ist, und für die Ewigkeit ist so was natürlich nicht gebaut, und das Gefährt sieht älter aus, als es eigentlich ist, vor allem, wenn man daran denkt, was es alles mitgemacht haben muss … Die Verdeckplane jedenfalls ist noch ganz, da fehlt kein hundertdreizehn mal dreiundsechzig Zentimeter großes Stück, Gräf hat die Abmessungen in seinem ersten Bericht genau aufgeschrieben, und mit der Plane ist es ja überhaupt wie mit dem Sack, die kann von überallher stammen. Lkw- wie Zeltplanen sind im Krieg in rauen Mengen hergestellt worden, und wenn man sie jetzt sieht, muss man daran denken, wie man einmal auf diesen Lkw durch die russischen Sümpfe kutschiert worden ist mit scharfer Munition im Gepäck, und an die Zelte, in denen man nach getaner Arbeit im Felde schlafen musste.

Drinnen ist man wohl auf den neugierigen Mann im abgetragenen Anzug aufmerksam geworden, der um den Viereinhalbtonner herumschleicht, jedenfalls kommt Simon Katz herausgeschossen und begrüßt ihn überschwenglich, Gutten Tag, Härr Kommissar, der hat es auch nicht mit dem Grüß Gott, was ja auch albern ist, wen soll man da grüßen, wenn es keinen gibt, nichts für ungut, verehrter Herr Pastor … Gut ist, dass es sich um Simon oder Shimon handelt und nicht um Abraham oder Avram, bei dem hätte er sich wieder besonders vorsehen müssen mit dem Lehmann von früher und so weiter, der Bruder ist aber genauso höflich und freundlich wie gestern im Präsidium, da ist Lehmann dann auch höflich und freundlich, jedenfalls soweit das geht für einen von östlich der Oder, je gröber die Faust, desto weiter nach Pommern, hat man früher gesagt, und oh ja, das hat gestimmt …! Und mit Sonntagshöflichkeit und Feiertagsfreundlichkeit im Ton sagt Lehmann: Will mich bloß mal umsehen bei Ihnen – ja, ob er dann nicht Lust habe, ein wenig die Fabrik zu besichtigen? Na, ist doch Ehrensache …

»Mein Bruder ist gerade in der Stadt etwas essen, tut mir leid.«

Die Fabrik stellt sich dann als ganz kleine Klitsche heraus, zwei Maschinen, die den Keksteig umrühren, der dann in Formen gepresst und im Ofen gar wird, oder wie man da sagt, dann kommt das zum Abkühlen und wird schließlich in Papiertüten verpackt, auf denen »Hoffnung« steht, und die Arbeit wird verrichtet von Frauen mit dunklen Augen und Kopftüchern um die dunklen Ringellocken, die stehen an den Maschinen oder den Tischen, wo verpackt wird, und lachen viel bei der Arbeit und sehen ihn neugierig an, guck mal, schöner Mann … Wegen seines Aussehens hat sich Lehmann ja nie Gedanken machen müssen, deswegen denken ja auch alle: der tolle Hecht aus der Schellingstraße, auch wenn das gar nicht wahr ist.

Deutsche Frauen sind das natürlich nicht, sehen ja auch anders aus und reden anders, in Sprachen, von denen Lehmann im Vorübergehen Brocken aufschnappt und sich denkt, Russisch oder Polnisch, vielleicht auch die Judensprache, Jiddisch, bei der man manchmal meint, ein deutsches Wort herauszuhören, *Bay mir bistu sheyn, please let me explain* … damit hat ihn Elena Spanier auch immer geärgert, weil sie genau wusste, dass man das als Deutscher versteht und doch wieder nicht versteht … oben im Büro ist es genauso: dass Sally Rosenblatt jüdischer Mitbürger ist, weiß er ja schon, aber die andere Buchhalterin ist auch eine Sarah, sieht man gleich, ganz schön ist die, elegant beinahe, bloß an den Gesichtszügen sieht man es doch, und in den Augen ist etwas, das guckt hin, aber gleich wieder weg, das kommt ihm bekannt vor, *I have seen something*, und er kriegt es gleich wieder mit der Angst zu tun wegen dem Lehmann von früher, der da irgendwo in ihm drinsitzt. Dabei fällt ihm jetzt auf, dass diesen Blick alle hier haben, der geht immer weg von ihm, auch wenn er sich mit einem oder einer von denen unterhält oder die Arbeiterinnen von Simon Katz gebeten werden, ihm den Produktionsablauf zu erklären, das ist so ein Abgrund, dabei lächeln alle freundlich, und an dieses Lächeln hält er sich, damit der Lehmann von heute, Duke Ellington und *We the People*, weiter Oberwasser behält.

Die Buchhalterin bestätigt ihm die Sache mit dem Eilbrief, na also, löst sich die Geschichte doch endlich in Wohlgefallen auf, dann fällt Lehmann aber etwas anderes ein, nämlich die Frage, wie in einer Stadt, in der Leute dem Metzger das Familiensilber schenken, um bloß mal ein paar Kutteln essen zu können, in der anständige wie unanständige Frauen sich an den Stachus stellen, weil ihnen die Kutteln nicht genügen, in der alte Männer umherlaufen und sich nach Kippen bücken, die ihre Besatzer achtlos halb angeraucht auf die Straße schnippen, das sagt er jetzt natürlich nicht so direkt, aber wie es in einer solchen Stadt wohl angehen kann, dass jemand ausgerechnet Kekse produzieren kann, und das im gewerblichen Maßstab, das fragt er, mit vollendeter Sonntagshöflichkeit.

Simon Katz lächelt wieder dieses feine Lächeln und hat gleich gemerkt, worauf Lehmann hinauswill:

»No, im Laden kennen der Herr Kommissar unsere Käkse näch kaufen, aber das ist janz einfach: Die Maschinen, die sind sehr billig, wie alle Maschinen zurzeit. Die Käkse bestehen hauptsächlich aus Zucker, Mehl und Wasser und ein bissken Aroma, vor allem aber Zucker, der ist zu haben, und verkaufen kennen mer das Janze dann an die amerikanische Armee, die sie schließlich für ihren Teil an ihre Soldaten weiterverkauft, weil sie näch alles mit dem Schiff aus Amerika herüberbringen wollen, oder an den Joint, der sie zu seinen Hilfslieferungen tut und mit verteilt. Und Arbeiter? No, Arbeiter und Arbeiterinnen mit nix zu tun jibt's jenug zurzeit …«

So wird also auch diese Frage geklärt, und als Lehmann noch mal genauer hinsieht, fällt ihm auf, dass es gar nicht »Hoffnung« heißt auf den Verpackungen, sondern »Hofnung«, sicher die Judensprache, und dass darunter ein paar Kringel sind, die er für Verzierungen gehalten hat, in Wirklichkeit sind es aber hebräische Schriftzeichen, die wohl dasselbe besagen, und die Amis zahlen natürlich in harten Devisen, damit lässt es sich wohl überleben in diesen Tagen, wer wüsste das besser als er selbst.

Er verabschiedet sich dann von Simon Katz, möchten Sie nicht etwas mitnehmen für die Familie, vielleicht haben Sie Kinder, nein, leider, aber die Frau Gemahlin, hamwa ooch nich, na dann probieren Sie eben selbst, und zack!, bekommt Lehmann vier Tüten »Hofnung«-Kekse in die Hand gedrückt, was man ihm natürlich rein theoretisch als Bestechung auslegen könnte, wo er doch hier ermitteln soll, aber seit den Donuts vorhin bei den Amis sind auch schon wieder zwei Stunden vergangen, und wenn man das mit anderen Sachen vergleicht, die Kriminalkommissär auf Probe Lehmann so ab und an »geschenkt« bekommt … Als er die Treppe hinunter und wieder alleine ist, reißt er gleich eine Tüte auf und probiert einen Keks: ja, kann man essen, da nimmt er gleich noch einen, die muss man ja auch bewundern, machen aus zwei alten Maschinen und ein bisschen Zucker, Mehl und Aroma ein gutes Geschäft, und zwanzig, dreißig Leutchen können leben davon, die Deutschen dagegen rennen mit ihren Ich-könnt-euch-alle-umbringen-Gesichtern durch die Gegend und bücken sich lieber nach Kippen, als mal ein bisschen nachzudenken und Geld zu verdienen, das ist schon eine andere Rasse …

An dem Viereinhalbtonner arbeitet jetzt einer, das heißt, er fummelt am Motor herum, wie man sich das vorhin bei der offenen Haube schon hat denken können, ein junger Mann unter dreißig, und da bleibt Lehmann bass erstaunt auf dem untersten Treppenabsatz stehen, den hat er doch … genau, so lange und schlanke Finger hat der, genau wie Irina Stepaschkin, und mit denen fummelt er jetzt an den Ventilen herum, letzten Samstag hat er aber Klavier gespielt bei der Jamsession im Deutschen Museum, der schmächtige Weiße ist das, der so über den Tasten gehangen hat … Lehmann fasst sich wieder und schlendert mal in die Richtung des Lkw, was ihm ein bisschen albern vorkommt mit den Kekstüten in der Hand.

»Hallo, Sie! Arbeiten Sie hier?«

Der Schmächtige sieht ihn über die Schulter an, während er weiter mit den Ventilen herummacht, bisschen misstrauisch wirkt der Junge allerdings …

»Warum fragen Sie?«

Ist auch einer von denen, das hört Lehmann sofort.

»Bloß so. Ich hab Sie am Samstag im Deutschen Museum gesehen!«

Gleich hellt sich das Gesicht von dem auf. Er lässt von seinen Ventilen ab und springt von der Stoßstange, auf der er gestanden hat, zu Boden.

»Ah, mögen Sie wohl Jazz, oder? Hat Ihnen gefallen?«

Lehmann schluckt den letzten Rest Keks herunter und lügt.

»Ja, hat es. Muss mich bloß noch ein bisschen gewöhnen an den Bebop, aber ja, mir hat es gefallen, obwohl ich nicht viel davon verstehe …«

Der Schmächtige grinst verlegen und streckt ihm die Hand entgegen.

»Itzhak Klein. Von dieser Musik Sie müssen nichts verstehen, Sie müssen nur mit ganzem Herzen hören … Wer sind Sie denn?«

Lehmann nimmt die Hand und drückt sie, jetzt sieht er noch mal, wie fein sie ist und schlank, solche Hände hätte er auch gerne gehabt und hat doch bloß pommersche Bauernpfoten, die für die Mistgabel gemacht sind und für den Pflug.

»Lehmann, Kripo München. Wir haben da einen Vermisstenfall, und das Mädchen hat wohl den Herrn Katz gekannt, Abraham Katz, meine ich.«

Klein macht Ah!, als wollte er sagen: Also, so ist das … Es ist so etwas unbestimmt Verlorenes an ihm, und er kann Lehmann nicht gerade ansehen, genau wie die Arbeiterinnen drinnen in der Fabrik.

»Sie kennen den Herrn Katz?«

Klein zuckt mit den Achseln.

»Nein, nicht so richtig. Ich muss nur reparieren den Lkw hier auf dem Hof, weil er mir verreckt ist, ich fahr für andere Firma, wir machen Lieferungen für die Herren Katz, die haben selber keinen Lkw.«

»Und was ist das für eine Firma, wenn man fragen darf?«

»Nu ja, ›Waren aller Art und Transporte‹ heißt sie, wir haben Laden in der Großmarkthalle.«

Ach so, also nicht Möhlstraße und Lossowitschs Ringverein, wie er sich beinahe gedacht hat, der Großmarkt ist ja schon eine halbwegs solide Angelegenheit … Trotzdem überlegt Lehmann, ob er dem die Fotografie zeigen soll, schaden kann es ja an sich nichts.

Klein sieht sich die Aufnahme an und runzelt erst die Stirn, dann lacht er auf, und da ist wieder diese komische Sache in seinem Blick, die Lehmann nicht versteht, *I have seen something*, aber irgendwie auch anders …

»Sieht bisschen aus wie mein Mädchen … Aber nein, kenne ich nicht. Ich habe Freundin, und sonst treffe ich nicht viele Mädchen. Bin viel zu Hause mit ihr, sie geht nicht gern aus.«

Jaja, das kennt Lehmann mittlerweile aus seiner unmittelbaren Nachbarschaft, dass man viel zu Hause ist … hätte man sich aber auch im Voraus denken können – arme, kleine Irina Stepaschkin, vorher kannten sie alle, jetzt kennt sie keiner …

»Kommen Sie Samstag wieder nach Deutsche Museum? Ich spiele dort wieder mit Four Stars, vielleicht kennen Sie?«

Lehmann schreckt aus seinen Gedanken auf. Ganz stolz ist der Klein auf sein Engagement, das kann man ihm ansehen.

»Mit Ihnen sind es dann ja eigentlich schon fünf Sterne …«

Da müssen sie beide lachen, und irgendwie findet Lehmann den so zutraulich, dass er seinen schon halb gefassten Entschluss, das Deutsche Museum am nächsten Wochenende zu meiden, wieder umstößt.

»Ach, da wollte ich sowieso hin … Na dann, jetzt sagen Sie mir bloß noch eins, wo lernt man denn *so* gut Klavier spielen?«

Da wird Itzhak Klein doch glatt ein bisschen verlegen und schaut auf den Boden. Dann lächelt er aber wieder.

»Wissen Sie, das war so: Bei Befreiung, wir waren auf Todesmarsch von Dachau, Sie haben sicher gehört davon … in Gegend von … ich weiß nicht … von Tegernsee, ja, da hat mir amerikanischer Soldat gegeben Decke und etwas zu essen, da war SS nämlich schon weg, und amerikanische Panzer waren da, und als der Soldat das tat, hab ich bloß gesagt: ›Duke Ellington‹, weil es war das Einzige, das ich hab gewusst von Amerika, wissen Sie, Duke Ellington, ist das nicht lustig? Denn zu Hause hab ich nur gelernt Beethoven und Schubert, hat meine Mamme gewollt, aber Cousine von mir wollte immer auswandern nach Amerika und hat Platten gehabt, und Englisch konnte ich ja auch nicht, und später ist dann amerikanischer Soldat gekommen ins Lazarett, wo ich hab gelegen, und hat sich erkundigt nach mir und mich auch gefunden, und dann hat sich herausgestellt, dass er ist genauso Klavierspieler wie ich und sogar einmal gespielt hat in der Band von Duke Ellington, nur ganz kurz, aber na ja … Und dann ist er zufällig geblieben hier in der Gegend, in München, und wir haben uns nicht, wie sagt man, verloren aus den Augen, er hat mir Stapel Noten geschenkt, die ihm extra jemand aus Amerika mitgebracht hat, und dann hat er mir gezeigt, so zu spielen wie Duke Ellington, den Swing, und später auch den Bebop, was ja eine ganz neue Musik ist, und deswegen kann ich das jetzt spielen und mache das auch, denn Beethoven und Schubert sind mir geworden, nachdem ich gewesen bin in Auschwitz, ein bisschen, na ja, fad …«

Nein, nein, von Todesmärschen hat Lehmann nur im Nachhinein munkeln gehört, da ist er schon drüben gewesen und hat selbst »Duke

Ellington« gesagt, Duke Ellington, Count Basie, *We the People,* aber Todesmärsche hat er nicht gekannt, er, der doch so viel Schlimmes gekannt hat, und gerade hat er noch gedacht: Der Klein, das wird mein Freund, der erklärt mir den Bebop, aber der kann nicht sein Freund werden, der wird nie sein Freund werden, da müsste die Erde sich zweiteilen, bevor der Klein sein Freund würde, und sagen tut Lehmann auch nix mehr, weil sein Mund zu trocken ist und voller kleiner Keksreste, die ihm am Gaumen kleben und das Schlucken schwer machen, bloß ein schiefes Lächeln bringt er noch zustande, und Klein lächelt auch wieder, fast wie Simon Katz vorhin, ganz fein, ganz höflich, das alte Europa, und dann geben sie sich zum Abschied wortlos die Hand, und Lehmann nickt ebenso wortlos und geht und sieht sich noch mal um, da winkt der Klein ihm doch tatsächlich nach, wie in einem Film, nur das Taschentuch fehlt noch, und Lehmann will beinahe die Heulerei kriegen, aber er beißt die Zähne zusammen und heult nicht, hat vielleicht wer um Pommern geheult, bloß der Klein sieht ihn an, als wollte er sagen: Ich versteh Sie schon, aber das kann der ja gar nicht. Und dann ruft er:

»Wir sehen uns dann Samstag, Herr Kommissar, ja?«

Lehmann nickt noch mal heftig, steigt in seinen Opel, lässt den Motor an und gibt Gas.

*

Im Präsidium will Lehmann erst in die Kantine, weil noch Essenszeit ist, macht aber auf halbem Wege wieder kehrt, weil er merkt, dass ihm der Appetit fehlt. Hölzl hockt wie üblich in seinem Büro und brütet Eier aus, na, was gibt's Neues, na ja, nicht viel … Lehmann erzählt dem Kollegen, wie es ihm draußen in Sendling ergangen ist, das mit Klein und dem Todesmarsch natürlich nicht, weil ja Hölzl wegen seinem Bruder eine empfindliche Stelle hat bei Dachau und all dem – drüben im Lager haben sie ihnen im Sommer '45 Filme gezeigt, die beim Vorrücken der Alliierten gedreht worden sind, die Bulldozer in Belsen, die wandelnden Skelette in Buchenwald, Lehmann mag nicht daran denken, alle haben sich krankgemeldet damals, aber die Lagerleitung ist hart geblieben, wer nicht gerade auf der Krankenstation lag und halb am Verrecken war, musste mit hin. Hinterher hat es ein paar Wochen verkürzte Rationen gegeben, und die Wachen haben beim geringsten Anlass losgeschlagen, weil sie so einen Hass hatten auf die Deutschen, auf jeden Deutschen, hätte man ja vielleicht auch gehabt an deren Stelle, aber schließlich haben die Gefangenen gemeutert, und am Ende wurde es wieder normal, weil die Amis ja die Deutschen auf ihrer Seite haben wollten, wozu sonst der ganze Quatsch, New Deal und *We the People*, und neue Freunde kann man schließlich nicht verhungern lassen.

Und nachher hat man auch nichts davon hören wollen, weil man ja damit zu tun hatte, sein eigenes Elend zu vergessen, das um einen herum und das im Kopf, und das heißt bei Lehmann: der Wald von Sarny und das Lager und Sturmbannführer Nowak mit seinem Hiwi-Bataillon Kalmücken oder Kosaken, vor allem aber der Wald, wo es nach Kiefernnadeln und Birkenholz und Sommer und Pulver und Blut gerochen hat, dass einem schlecht werden konnte; aber vergessen hat er das nicht an einem einzigen Tag in den sechs Jahren seither.

Hölzl hat zwischenzeitlich auch nicht viel erreicht. Sergei Stepaschkin ist gestern noch mal bei den Kollegen in Geislingen gewesen und hat ausgesagt, seine Tochter sei um den 15. März herum und vom 26. bis zum 29. März in München gewesen, das erste Datum passt also zu dem Mädchen, das bei Abraham Katz im Zimmer gesessen und das die Brandt halbwegs als Irina Stepaschkin identifiziert hat. Außerdem habe sie am 4. April Freunden in Geislingen erzählt, sie schlafe in München immer im Hotel, Hölzl hat schon die Fremdenanmeldungen der Hotels und Gasthäuser der letzten Monate durchforstet, aber keine Irina Stepaschkin gefunden, sie muss also gelogen oder wenigstens schwer angegeben haben, den solidesten Eindruck macht das Fräulein ja ohnehin nicht, und Lehmann ist sich langsam ganz sicher, das war so eine Verdorbene, so eine Unmoralische, und er hungert bloß noch mehr danach als ohnehin schon.

Bei den Gebrüdern Katz ist noch ungewöhnlich, dass sie überhaupt in der Stadt leben. Die meisten jüdischen DPs bleiben unter sich, in irgendeinem der DP-Lager, die vorher eine Kaserne gewesen sind oder ein Lager für Ostarbeiter, das größte davon befindet sich in Landsberg am Lech, eine Stunde Autofahrt von München entfernt. Abraham Katz muss auch dort gewesen sein, wegen dem Sanatorium, von dem die Rede war.

»Mei, vielleicht ham s' des nimmer mögen, wenn s' schon im Krieg die ganze Zeit im Lager waren, des kann man ja verstehen …«

Lehmann muss zugeben, dass Hölzl recht hat, und wieder wird ihm vor Augen geführt, dass er von all dem keine Ahnung hat, dass er von diesen Leuten nichts weiß und nicht mit ihnen umgehen kann, selbst Hölzl kann sich besser in die hineinversetzen, was aber andererseits kein Wunder ist bei der Geschichte mit dem kommunistischen Bruder … Was komisch bleibt, ist die deutsche Staatsangehörigkeit von Abraham Katz, die er ja eigentlich nicht braucht, vor allem, wenn er vor dem Krieg sowieso Litauer war, viele DPs sind zurzeit staatenlos, und dass ausgerechnet einer von denen unbedingt Deutscher werden will, ist schon ziemlich seltsam.

»Mei, vielleicht hat er an gefälschten Pass wegen seinen Geschäften …«

Sie spekulieren dann wieder den Nachmittag lang herum, ohne auf eine zündende Idee zu kommen, das geht von: »Der Katz wollte die in ein Bordell verkaufen, der gehört zum Lossowitsch-Ring!« bis hin zu: »Die wollte ihn heiraten, und dann haben sie sich gestritten, und er musste die Leiche irgendwie beseitigen!« … Im Suff passiert ja leicht mal was, vielleicht hat es auch ein Eifersuchtsdrama gegeben mit dem Bruder und dessen Frau oder mit Sally Rosenblatt, der kann ja auch gelogen haben, nur passt das alles nicht, hinten und vorne nicht, nicht zu dem abgetrennten Kopf, nicht zu den fachgerechten Schnitten, nicht zu dem Körper, den man noch extra gewaschen haben muss, nicht zu den gefesselten Händen ohne Spuren von Gegenwehr, nicht zu dem Stück Bein ohne Haut; die Mordmotive, auf die sie kommen, sind alle zu gewöhnlicher Natur.

Lehmann hat wieder dieses Gefühl, das ist tief und dunkel und ist die Hölle selbst, Hölzl versteht nichts davon, und er selbst ahnt es bloß, beim Ermitteln ist es für einen guten Polizisten aber wichtig, auf sein Gefühl zu hören, hat ihm Jastrow beigebracht, Friede seiner Seele, das ist auch wie bei der Jagd, an die Lehmann wirklich viel denken muss in seinem Beruf, in Mahlow ist im Herbst immer Treibjagd gewesen, da haben die Jungs vom Dorf das Wild mit Klappern aus Holz und langen Brettern und Peitschen in die Arme der Jäger getrieben, und einmal hat ihn Volker Sellin, dessen Vater nicht nur Administrator des Vorwerks war, sondern auch die Jagdpacht hatte, mit auf den Hochsitz genommen, Lehmann hat die Schrotflinte nehmen dürfen, und dann kam wirklich so ein Reh vorbeigetrabt, mit der Zeit gewöhnen sich die Augen an die Dunkelheit, und Fritze Lehmann hat angelegt und geschossen, und das Vieh ist umgefallen … seinem Vater hat Volker dann natürlich erzählt, er selbst hätte es zur Strecke gebracht, wie man als Jäger so sagt, was aber gar nicht verkehrt war, sonst hätte das nachher bloß noch wieder Onkel Hermann mitgekriegt und seinem Neffen wie üblich eins mit dem Lederriemen übergezogen.

Später kommt noch Hellweg und will wissen, wie wasserdicht der Fall denn nun inzwischen ist, aber da müssen sie ihn enttäuschen, das leckt an allen Ecken und Enden, Herr Oberinspektor … Zu stören scheint das ihren Vorgesetzen nicht, vielleicht hat er inzwischen noch so eine Sitzung mit dem Herrn Oberstaatsanwalt gehabt, man kann sich auch denken, was da in diesem Fall beredet wurde, jedenfalls legt er ihnen noch mal nahe, um Gottes willen bloß vorsichtig zu sein, denken Sie daran, was wir gestern besprochen haben, aber Hölzl nickt bloß ganz normal, und Lehmann tut es ihm nach, man kann sich auch mal was abgucken bei den älteren Kollegen, sie meinen aber beide damit: Schleich di, du Depp, beziehungsweise: Klei mi an'n Mars, Keerl, da herrscht zwischen den beiden die größte bayerisch-pommersche Einigkeit.

Lehmann fährt schließlich Hölzl nach Laim hinaus und dann nach Hause in die Schellingstraße, wo er sich, den Entschluss hat er inzwischen gefasst, von Salkind was erzählen lassen will.

*

Bevor er anklopft, stopft er noch schnell ein paar Kekse in sich hinein, weil der Hunger natürlich schon wieder groß ist, aber um diese Zeit ist der gute Herr Doktor meistens noch gerade so ansprechbar.

Salkind liegt dann auch ganz leger auf dem Bett, freut sich des Lebens und liest eine Zeitung, die er aber gleich weglegt, als sein Nachbar eintritt und ihm einen guten Abend wünscht.

»Was kann ich für Sie tun, Herr Kommissar? Sie haben doch nicht schon wieder …? Oder soll ich Ihnen wieder etwas übersetzen?«

Lehmann macht die Tür hinter sich zu, schüttelt den Kopf und kann dem Herrn Doktor gar nicht so richtig in die Augen sehen, weil das ja eine heikle Angelegenheit ist, die er jetzt vortragen wird … Er fasst sich mit der einen Hand an die andere und traut sich nicht so recht, aber dann muss er doch heraus damit.

»Na ja, Herr Doktor, ich dachte mir, wir kennen uns doch nun schon länger, und … na ja, wir sind ja immer gut miteinander ausgekommen, nicht wahr? Und da dachte ick, wie gesagt …«

Salkind guckt immer erstaunter, der weiß natürlich nicht, was da gleich auf ihn zukommt, und versteht nur Bahnhof. Lehmann sieht sich um, ach, da ist der Stuhl, nimmt er sich den schnell und setzt sich drauf, obwohl er ihm gar nicht angeboten worden ist, wie sich das gehört hätte, altes Europa und so weiter, in die Augen gucken kann er Salkind immer noch nicht, aber jetzt mal alle Traute zusammennehmen ….

»Und da dachte ick eben, wenn Sie vielleicht n bisschen Zeit hätten, dass Sie mir vielleicht mal … mal erzählen könnten, wie das bei Ihnen so war, ick bin da an so nem Fall dran, wo mir das vielleicht nützen würde, also, wie das bei Ihnen denn war, als Sie in … im … na ja … im …«

»Als ich im KZ gewesen bin?«

Jetzt guckt Lehmann doch hoch. Salkind starrt ihn an wie jemand, der Christus, den Herrn, in Unterhosen sieht, Verzeihung, lieber Herr Pastor, is mir so rausgerutscht …

»Ja … ja. Ja, genau det hab ick jemeint …«

Salkind starrt immer noch und sagt nichts, da wird Fritze Lehmann aber ganz anders zumute, vielleicht ist das doch keine so gute Idee gewesen mit dem Herrn Doktor, aber wenn er es nun mal wissen will, er muss diese Leute verstehen lernen. Dann lächelt Salkind aber bloß sanft und ein bisschen spöttisch.

»Sie möchten wissen, wie das war, als ich im KZ war? Wirklich?«

Lehmann nickt langsam. Salkind lächelt weiter, und in die Augen kommt ein Glanz, den hat Lehmann aber noch gar nicht gesehen, und dann platzt dem Mann sogar ein richtiges Lachen heraus, und noch mal eins, und noch mal und noch mal, ganz rot im Gesicht wird der vor Lachen, das sieht nicht schön aus, wo er doch sowieso schon die ungesunde Haut hat, aber dem laufen richtig die Tränen aus den Augen, so muss der sich kugeln, bloß dass plötzlich der schmächtige Oberkörper hochkommt und die Husterei anfängt, na, das geht eben nicht, sich in dem Zustand so anzustrengen … Lehmann springt auf und will den armen Kerl festhalten, der wehrt aber bloß ab, hustet sich noch mal so richtig aus und stützt sich dann mit einer Hand auf dem Bett ab, dann wischt er sich die Tränen aus den Augen und beruhigt sich wieder, man weiß gar nicht, ob das mit den Tränen nun wegen dem Lachen oder schon aus anderen Gründen ist.

»Wissen Sie, *wissen Sie*, wie lange ich schon warte, dass mich *das* endlich jemand fragt?«

Lehmann sucht nach einer passenden Antwort und findet keine, ums Verrecken nicht. Salkind hätte ihn aber sowieso nicht zum Reden kommen lassen:

»Nein, nein, Sie verstehen mich nicht ... Wissen Sie, das gehörte dazu, dass man sich gedacht hat, wenn ich hier, wenn ich *hier* wieder herauskommen sollte, dann sage ich der Welt, dann *muss* ich der Welt sagen, wie es hier zugegangen ist, vielleicht war das einer der Gründe, warum man es überhaupt bis zum Ende geschafft hat und am Leben geblieben ist, und dann bin ich zurückgekommen und bin wirklich und tatsächlich am Leben geblieben, und niemand, *niemand* hat es wissen wollen ...! Die Deutschen sowieso nicht, kein Wunder, die Engländer aber auch nicht und die Franzosen und die Amerikaner genauso wenig, sogar die Juden, die aus Amerika oder Palästina gekommen sind, um uns zu helfen, wollten es nicht wissen. Verstehen Sie, was das für mich bedeutet hat? Und jetzt kommen Sie, ausgerechnet *Sie*, ein deutscher Polizist, und fragen mich das! Warum?«

Weil ich einen Mörder finden will ...

»Ich, na ja, wegen diesem, äh, Fall ... Sie haben doch mal gesagt, Sie wären früher in der ... Seelenheilkunde tätig gewesen, da dachte ich, vielleicht ...«

Salkind muss wieder lachen, diesmal aber nicht so heftig.

»Habe ich das gesagt? Na, dann wird's wohl stimmen ... Aber nicht, wie Sie denken. Ich habe nicht in Wien bei Doktor Freud studiert, ich war bloß Arzt in einer psychiatrischen Anstalt in Prag, in Bochnitz, wo ich versucht habe, Geistesgestörte zu heilen. Mit der Seelenkunde im eigentlichen Sinne, das fing sozusagen erst in Auschwitz an.«

Lehmann dreht sich was im Magen, Doktor Freud und Wien sagen ihm nicht viel, aber in Prag ist er gewesen, das hat ja damals im Protektorat gelegen, und im Polizeikino lief *Quax, der Bruchpilot* – Gott, was haben sie über den Rühmann gelacht damals, und jetzt hockt der im *Con-*

ti-Keller und säuft auch mit Albers um die Wette, genau wie der Kästner, aber damals konnte man im Kaffeehaus sitzen und den Kurvas hinterherpfeifen, wenn man ein paar freie Tage hatte, von Prag haben sie ja nie welche weggebracht, von wegen Umsiedlung, das Bataillon war nicht direkt in Prag stationiert, nach Theresienstadt sind die alle gekommen, der Führer schenkt den Juden eine Stadt, und dann Arbeitseinsatz im Osten, hat es geheißen, später, als man schon das eine Mal in Kowno gewesen ist, hat man das ja nicht mehr so ganz geglaubt, aber niemand hat allzu viele Gedanken an das Ganze verschwendet, jedenfalls zu der Zeit noch nicht.

»Und, na ja, wie sind Sie denn … ich meine …«

»Wie ich nach Auschwitz gekommen bin? Ganz einfach – in einem Güterwaggon, eingepfercht zwischen hundertfünfzig oder mehr meiner Leidensgenossen. Wichtiger für Ihr Anliegen ist aber eigentlich die Frage, warum ich nach Auschwitz gekommen bin, denn das war ja der große, der geradezu kosmische Witz, dass man gar nichts getan haben, kein Verbrecher sein musste, um dorthin zu kommen. Im Gegenteil – man hat mich nach Auschwitz gebracht wegen einer Sache, die mir selbst gar nichts mehr bedeutet hat, weil ich gedacht habe, ich bin ein Mann der Wissenschaft und gehöre in die, wie man so sagt, moderne Welt. Unser Institut hat zur Karls-Universität gehört, wissen Sie, da haben zumeist Tschechen gearbeitet, aber auch Deutsche, und die besagte Sache, der Grund für meine Inhaftierung ist der, dass ich Jude bin, wenigstens hat man mich dazu gemacht, weil mein Großvater das Sch'ma Jisrael gebetet hat und nicht das Vaterunser, und in dieser Hinsicht hatten einige Ihrer Landsleute wohl irgend so eine, wie man so sagt, fixe Idee im Kopf, die sie unbedingt in die Wirklichkeit umsetzen mussten, ja, so war es: Wir waren eine fixe Idee der Deutschen!« Er hält einen Moment inne, um nachzudenken. »Und die Konsequenz daraus war, dass auch das ganze Lager wie eine fixe Idee wirkte, ein unwirklicher, absurder Ort, an dem Höllenstrafen verabreicht wurden, ohne dass irgendjemand die entsprechende Sünde begangen hatte. Nur leider waren diese Strafen ganz und gar nicht unwirklich …!«

Davon will Fritze Lehmann eigentlich nichts hören, jetzt mal zusammennehmen und auf den Punkt kommen, ja doch, Jastrow, was hat er denn wissen wollen? Das in den Augen, das er nicht versteht, *I have seen something*, also …!

»Aber … wie hat man sich denn gefühlt da … na ja, genau … gefühlt?«

Salkind nimmt sich Zeit mit der Antwort, scheint zu überlegen, nach dem richtigen Wort zu suchen.

»Man hat sich … überhaupt nicht gefühlt, ja, überhaupt nicht.«

Lehmann kann es sich nicht vorstellen, überhaupt nichts zu fühlen … oder doch? In Sarny, in der Nacht danach, als Nowak und seine Kalmücken oder Kosaken mit ihm fertig waren, und er in die Krankenstation beim Bezirk musste, weil alles blutete, hat er da etwas gefühlt? Er weiß es nicht mehr, vielleicht doch, alles, aber auch alles hat wehgetan, er kommt allerdings nicht dazu, weiter darüber nachzudenken, weil Salkind jetzt richtig in Fahrt gerät.

»Ich fange wohl am besten von vorne an, damit Sie es besser verstehen, vorne an der Rampe, am Bahnhof von Auschwitz, wo man ankam in der Nacht … Später habe ich gehört, dass es immer in der Nacht war, das hat die SS so gemacht, um uns von vornherein Angst einzujagen, obwohl wir natürlich schon Angst genug hatten, denn Sie können sich nicht vorstellen, wie das ist, in dem erwähnten Güterwaggon den ganzen Weg von Theresienstadt zu fahren, ohne zu wissen, wohin es geht, ob in den Tod, ob in ein anderes Arbeitslager, oder vielleicht haben die Deutschen ja diesmal nicht gelogen, und wir werden wirklich nur umgesiedelt? Denn die Hoffnung, die verliert man nie, dass es doch noch weitergeht, auch wenn einem der Verstand sagt, dass es sinnlos ist. Aber ich war bei der Rampe, verzeihen Sie, dass ich abgeschweift bin, und ich fange dort an, weil man an der Rampe eine andere Welt betrat, einen anderen Planeten, die Rückseite des Mondes, die man nie sehen kann von der Erde … Sie sehen, ich habe mich ein wenig für Astronomie begeistert als junger Mensch, was ja nicht schwierig war in der Stadt Keplers, und ich habe Jules Verne gelesen, *Von der Erde zum Mond*, aber ich hätte mir nie träumen lassen, diese Reise einmal selbst antreten zu müssen.«

Lehmann versteht kein Wort und hat nur Hans Dominik gelesen, aus Onkel Hermanns Leihbibliothek vorne, *Atomgewicht 500*, die Deutschen und die anderen Nationen auf dem Weg zu den Sternen, und die Deutschen immer vorneweg, in der Wirklichkeit sind dann aber doch die anderen schneller gewesen.

»Ich habe hinterher lange überlegt, was das Besondere dieser Welt ausgemacht hat, und es ist mir nicht eingefallen, aber dann habe ich mich wieder ein wenig mit meinem Judentum beschäftigt, wissen Sie, mit der Religion, die ich als Kind gar nicht so richtig vermittelt bekommen habe, mein Vater war auch Arzt und konnte acht Sprachen sprechen, ein Professor an der Karls-Universität, und er war sicher ein wenig enttäuscht, weil ich nur als einfacher Arzt in der Psychiatrie gearbeitet habe. Jedenfalls habe ich wieder die Thora gelesen, und da ist mir aufgefallen, dass an der Rampe von Auschwitz eine Welt begann, in der die zehn Gebote nicht mehr galten, keines davon, kein einziges der zehn Gebote. Und das ist ganz wichtig, dass Sie das verstehen, das werden Sie nicht verstehen, weil Sie nicht dort waren, aber Sie können es ja versuchen, denn wenn die zehn Gebote nicht mehr gelten, gibt es auch kein schlechtes Gewissen mehr, wenn sie übertreten werden, das ist die Seelenkunde, die ich in Auschwitz betrieben habe. Und dann gilt eben nur noch eines, und das ist die nackte Gewalt. In Auschwitz gab es immer einen, der über einem stand, der die Gewalt hatte, der Kapo, der Blockälteste, der ukrainische Wachmann, ganz oben schließlich die deutsche SS. Aber während es zwischen der deutschen SS und dem ukrainischen Wachmann noch Regeln gab für die Gewalt wie in jeder Armee der Welt, befanden wir Häftlinge uns auf der untersten Stufe, und dort gab es keine Regeln mehr, oder andersherum: nur noch Regeln, nämlich die, die im Lager herrschten, und kein allgemeines menschliches oder göttliches Gebot mehr, das sie eingeschränkt hätte, nur noch die Gewalt, Gewalt und Tod, denn wenn das fünfte Gebot nicht mehr gilt, können Sie Ihren Nächsten mit gutem Gewissen umbringen, wenn Ihnen gerade danach ist, oder weil Ihnen, wie man so sagt, seine Nase nicht gefällt, oder er hat sogar etwas angestellt, sich vielleicht mehr Suppe verschafft, als ihm den Regeln nach zukam, aber die Strafe stand natürlich in keinem Verhältnis zu der Tat. Holen Sie mir vielleicht ein Glas Wasser, ich habe lange nicht mehr so viel geredet, bitte …«

Lehmann springt auf, ja sicher, natürlich, Glas Wasser, muss auch schnell gehen, damit Salkind ihm nicht umkippt, man kann ihm das ansehen, halbe Stunde vielleicht noch, dann kommt das mit dem Zittern wieder, also schnell in die Küche, grüß Gott, gnädige Frau, ach, Herr Lehmann, waren Sie denn in dem Konzert, nein, leider, keine Zeit, und dann aber schnell zurück.

Salkind trinkt das Glas in einem heftigen Zug aus und gibt es dann Lehmann zurück. Der stellt es auf die Kommode und muss dazu die Zeitung hochnehmen, die der Herr Doktor dort hingelegt hat, und weil Salkind gleich wieder anfängt zu reden, vergisst er glatt, sie wieder hinzulegen.

»All das fing an der Rampe an, und nichts im Leben hatte uns jemals darauf vorbereitet, nicht die Toten im Ghetto von Theresienstadt, nicht die Erschießungen, das alles kannten wir, ich habe als Kind bei Verwandten in Russland ein Pogrom miterlebt, das war schrecklich, wie Tiere haben sich da manche Menschen benommen, aber es hatte nichts mit dem zu tun, was wir dann in Auschwitz kennenlernten. Erst einmal kamen andere Häftlinge in den Waggon herein, ganz geschäftig waren die, her mit dem Gepäck, los, los …! Wir hatten ja noch Koffer mitnehmen dürfen, und diese Häftlinge, das war ein sogenanntes Kommando, das Wort haben wir dann gleich gelernt, es gab nämlich ein Kommando für alles: die Rampe, die Selektion, die Kleiderkammer, die Arbeitseinsätze, sogar für die Gaskammern, und man hat selbst in den schlimmsten von ihnen alles mitgemacht, um sein Leben zu verlängern, um nicht selbst ins Gas zu müssen. Und dann ging es los, hinaus auf den Bahnsteig, schnell, schnell …! Und da waren dann die Wachen mit den Schäferhunden und starke Lichter, ganz verwirrt waren wir natürlich, und dann fing es an, weil die Wachen, das konnten Deutsche sein oder Balten oder Weißrussen oder Ukrainer, sich einen Spaß mit uns machten, so dachten sie wohl jedenfalls, sie nahmen nämlich zum Beispiel ein Kind, und der eine warf es in die Luft, und der andere schoss darauf, das nannten sie Tontaubenschießen, so wie reiche Menschen es am Wochenende auf ihrem Landgut betreiben, oder, das war später im Lager, zwei Wachen machen eine Wette, der eine sagt, er kann einen Menschen mit einem Faustschlag umbringen, der andere sagt, unmöglich, also rufen sie einen Häftling zu sich, irgendeinen, und der erste Wachmann schlägt ihm mit aller Kraft auf den Kopf und hat seine Wette gewonnen, oder zwei nehmen ein Kind und ziehen an den Beinen, der eine am rechten, der andere am linken, und jeder in eine andere Richtung, weil sie wissen möchten, wie stark sie ziehen müssen, damit es das Kind in der Mitte zerreißt, verstehen Sie?«

Salkind will nach dem Glas greifen, sieht aber, dass es leer ist, und beugt sich vor. Er redet jetzt schneller, als ob er selber merken würde, dass ihm die Zeit knapp wird.

»Nein, nein, Sie können das nicht verstehen, aber, bitte, versuchen Sie es! Und dann wurde selektiert, und ich kann Ihnen mit Stolz mitteilen, dass mich der berühmte SS-Arzt Doktor Josef Mengele, der derselben medizinischen Ethik verpflichtet war wie ich, dazu bestimmt hat, weiterzuleben, denn nach rechts ging es gleich ins Gas, nach links ins Arbeitslager, und der Herr Doktor Mengele hat gesehen, ah, der da, der hat eine Bildung, und er hat mich gefragt, was ich bin, da habe ich Hoffnung bekommen und gesagt: Ich bin Arzt, Herr Doktor …! Und dann schaut er also meine Hände an und sagt: Aha, feine Hände, keine Schwielen, den stecken wir in den Straßenbau, das war so seine Art von Humor, denn als Arzt habe ich nicht gearbeitet in Auschwitz, auch wenn ich dort meine private Seelenkunde betreiben konnte. Es gab zwar eine Krankenstation, aber dort waren nur junge SS-Ärzte, die gerade approbiert und auch der medizinischen Ethik verpflichtet waren und sich an den Kranken, und davon gab es immer welche, ein wenig in der Kunst der Operation versuchten, es wurde sogar operiert, wenn es gar nicht notwendig war, und der Leiter der Sektionsabteilung zum Beispiel war im Zivilleben zehn Jahre Schmied gewesen. Es ging ja auch gar nicht darum, die Kranken zu heilen, denn wo die zehn Gebote nicht mehr gelten, gilt eben der Eid des Hippokrates genauso wenig.«

Salkind lehnt sich wieder zurück, man sieht schon, dass es jetzt bald vorbei sein wird, und Lehmann weiß immer noch so gut wie gar nichts, wo hört das auf, wo führt das hin?

»Und … aber wie war das damit, dass sie nichts mehr gefühlt haben?«

Salkind seufzt auf. Das Reden macht ihm immer mehr Mühe.

»Lieber Herr Lehmann, es gab da so eine Art Ritus, wenn Sie so wollen, nämlich den, dass man sein Gepäck und die Kleidung abgeben musste und ganz nackt geduscht und desinfiziert wurde, wegen der Seuchengefahr, hieß es, und dann bekam man den Kopf geschoren und musste die Häftlingskleidung mit der Mütze anziehen. Man war also sozusagen ein neuer Mensch, oder besser, man war überhaupt kein Mensch mehr, denn unter Menschen gibt es Gefühle, gute und schlechte, gibt es Mitleid und Hochmut, Liebe und Hass, Anstand und die Lust, sich im Dreck zu suhlen, aber das alles hatte man abgelegt, wenn man diesen Ritus hinter sich hatte, denn überleben konnte man schließlich nur, indem man völlig abstumpfte, indem man all diese Gefühle in sich abtötete. Die Besten von uns, und ich sage das ohne Bitterkeit oder mit aller Bitterkeit, die Sie haben wollen, sind gleich am Anfang gestorben, weil sie das gar nicht ausgehalten haben, und viele haben es irgendwann später auch nicht mehr ausgehalten, die liefen dann noch eine Zeit lang herum, Muselmanen wurden sie genannt, ich weiß nicht, warum, vielleicht, weil man sich an die Bilder von hungernden Arabern erinnert gefühlt hat, und diese Muselmanen hatten jeden Willen zu überleben verloren, da wurde sozusagen die Biologie besiegt, der Überlebenstrieb, die legten sich dann einfach irgendwann sterben oder kamen bei der nächsten Selektion ins Gas. Wir, die wir überlebt haben, taten dies auf zweierlei Art: Einige sind eben in ein besonderes Kommando, oder man wurde Blockältester oder Kapo, anfangs sind das wohl deutsche Gewohnheitsverbrecher oder Kommunisten gewesen, später Homosexuelle, aber auch Juden selbst, und das heißt alles in allem, man hat sich, so gut es eben ging, zum Teil der Gewalt gemacht, die dort herrschte. Und die andere Art, das war eben Glück, man hatte zum Beispiel eine Arbeit, die gebraucht wurde, und konnte sich auf irgendeine Art noch eine Sonderration Brot verschaffen oder Suppe, oder man wurde einfach nie krank und kam in keine Selektion, was schon eine, wie man so sagt, reife Leistung war … Ich zum Beispiel hatte auch Glück, ich habe den Straßenbau erlernt und überlebt, und 1944 hat man mich zusammen mit ein paar Hundert anderen Häftlingen von Auschwitz nach Dachau verlegt, in das Außenkommando Kaufering bei Landsberg, wo wir eine unterirdische Fabrik bauen mussten, da gab es wenigstens keine Gaskammern.«

»Moment mal! Landsberg, was war mit Landsberg …?«

Beinahe aufgesprungen ist Lehmann, dauernd dieses Landsberg, jetzt taucht das schon wieder auf … Salkind guckt ganz böse, weil er ihn unterbrochen hat, aber wohl nicht nur deswegen.

»Wie gesagt, ein Bunker sollte gebaut werden, für die sogenannte ›Wunderwaffe‹, da hat man noch ein paar Tausend KZ-Häftlinge aus den Lagern im Osten hergebracht, und, wie ich ebenfalls bereits sagte, ich hatte das Glück gehabt, in Auschwitz im Straßenbau tätig gewesen zu sein und nicht in der Krankenabteilung, wie es einem Arzt zugestanden hätte, ich hatte mich auch an die schwere Arbeit gewöhnt. Und so hat mir der besondere Sinn für Humor des Doktor Mengele das Leben gerettet … Und in Kaufering war ich dann einer von den, wie man so sagt, alten Hasen, man hat nämlich damals auch viele aus Litauen geholt, die kannten nur die Ghettos von Wilna und Kowno, die wussten gar nicht, was ein richtiges Konzentrationslager war …«

Salkind lacht in sich hinein wie über einen gelungenen Witz … Moment mal, jetzt ist von Litauen die Rede gewesen, von Kowno, aber auch wieder von Kaufering …

»Wie war das mit Kowno, die sind von da nach Kaufering, oder wie heißt das?«

Salkind hustet.

»Kaufering, ja, am Bahnhof dort war das Stammlager, deswegen hieß es Außenkommando Kaufering, nicht Landsberg, obwohl die meisten Lager sich dort befanden, und alles hat zum Konzentrationslager Dachau gehört … Aber jetzt lassen Sie mich bitte in Ruhe, ich fühle mich nicht gut …«

Lehmann springt auf.

»Nein, bitte … ich muss das wissen! Wie war das mit Kowno und Kaufering?«

Zu spät. Salkind kriegt mit einem Mal das Zittern und fängt an zu brüllen, nein, lassen Sie mich, raus hier, raus …! Lassen Sie mich allein …! Nachher, wenn die Venen satt sind, liegt er ja doch bloß wieder da und sagt auch nichts mehr, weil er im Liegestuhl unter den Palmen Haifas ein Sonnenbad nimmt … Mist, verdammter! Hilft wohl nichts, muss Lehmann eben morgen weiterfragen … Aber, Mensch!, das ist wichtig, das mit Kowno und Kaufering, wo hat Abraham oder Avram Katz noch mal genau gesagt, dass er gewesen ist, ach ja, »im Kloster St. Ottilien bei Landsberg«, der ist doch bestimmt auch in Kaufering gewesen, warum hat er das nicht gesagt, warum nur »im KZ Kowno«, was doch an sich gar nicht stimmt, wenn das nur ein Ghetto gewesen ist … Der gute Herr Doktor brüllt aber weiter, nee, eigentlich ist es jetzt mehr ein Gejammere, raus, raus, raus …! Also gibt Lehmann endlich auf und geht, mit dem Rücken voran, Verzeihung, Doktorchen, Verzeihung, sogar verbeugen tut er sich in der Tür, raus aus dem Loch und in sein eigenes Zimmer zurück.

Als er sich an seinen Tisch setzt und das Radio anstellt, fällt ihm auf, dass er immer noch Salkinds Zeitung in der Hand hält, na ja, braucht der ja gerade nicht, also schlägt Lehmann den Sportteil auf: »Ist Schmeling noch populär?« Und wie der populär ist! Den Film über den ersten Louis-Fight, *I have seen something*, hat Lehmann mindestens zwanzig Mal gesehen, der braune Bomber geht zu Boden, das Lehmgesicht, so nicht, Joe Louis, dabei ist der ganz nett, dieser Joe Louis, ist sogar in die POW Camps mit den Deutschen gekommen und hat ihnen die Hand geschüttelt, ein richtiger Gentleman, aber '36 hat den der Kommentator fertiggemacht, der Wollschädel, Max schlägt dem Neger buchstäblich die Seele aus dem Leib, der schwarze Ulan vom Rhein ist da und zeigt den Amerikanern hier, wie man zu kämpfen versteht bei uns, das geht nicht gut aus, Joe Louis, das hast du nicht umsonst gemacht, schließlich der K. o. und das Gebrülle: Aus! Aus! Aus …! Und ob der noch populär ist, und ob, also, wenn der nicht, wer dann sonst, Albers vielleicht?

Lehmann hat gar keinen Hunger, dabei liegen da auf dem Tisch die »Hofnung«-Kekse, aber irgendwie will er nicht so recht, mal Radio lauter stellen, dauert noch eine Weile bis *Midnight in Munich*, heute ist ja Donnerstag, aber wenn er Radio hört und dabei die Zeitung durchackert, kann er vielleicht bis morgen früh um fünf oder so durchhalten, vielleicht liest er sogar den Hemingway zu Ende, auch wenn darin nur Unsinn erzählt wird, er will auf jeden Fall nicht schlafen, bloß nicht schlafen und dann träumen müssen, also wieder die Zeitung, sogar den Kulturteil liest Lehmann, aber was heißt hier Kulturteil, ist ja bloß eine Seite, da hat ja beinahe das *Pommersche Volksblatt* mehr an Kultur gehabt, anderseits sind die Zeitungen eben heutzutage ein bisschen dünner als früher, das hat schon im Krieg angefangen, Lehmann erinnert sich gut, jedes Jahr ein paar Seiten weniger, am Ende waren sie dann wohl fast ganz verschwunden, jetzt fressen sie sich eben Seite für Seite wieder an, als er gefangen genommen wurde, hatten sie jedenfalls den gleichen Umfang wie heute, so vier bis sechs Seiten, im Grunde genommen ist er nicht gefangen genommen worden, sondern schlicht und ergreifend übergelaufen, auch wenn er das keinem je erzählt hat, hat Lebewohl gesagt und ist übergelaufen, als sie irgendwo zufällig auf ein amerikanisches Vorauskommando gestoßen waren, da hat er so getan, als ob er den Befehl zum Rückzug nicht gehört hätte und in dem Dorf gewartet, bis die G. I. kamen, weil es nicht mehr ging, weil er auch gar nicht mehr wollte, man hat eben genug gehabt, so muss man das sehen, *Pro-American riots in Pilsen, Chechoslovakia, Four Powers Conference in*

London postponed, Senator Glenn will go to jail for his breech of segregation laws, Hungarian prisoners of war returned from Russia, French General Weygand rehabilitated by French High Court in Paris, and now for the weather: nice and sunny, endlich ist der schöne Mai gekommen, so wie sie's in der Schule gesungen haben, und jetzt *Midnight in Munich, greetings, jazz lovers,* wieder spielen sie gleich am Anfang Wingy Manone & His Orchestra featuring Kay Starr: *If I could be with you,* der Schlager der Woche sozusagen, und wieder versucht Lehmann, sich die Sängerin, die das »long« in *I'd love you long* singt, als ob sie eine ganz bestimmte Art von Liebe meint, auszumalen, in der Art singende Veronica Lake, aber das geht heute nicht, denn was soll das heißen: Eine Welt, in der die zehn Gebote nicht gelten ... gelten die denn überhaupt, wo es doch den lieben Gott gar nicht gibt, also wieso ist es eigentlich überhaupt verboten, jemanden umzubringen ...? Er versteht gar nichts von dem, was Salkind ihm erzählt hat, gar nichts, oder vielleicht doch, denn in den Tagen, als sie zusammen mit den Hiwis und den Todt-Leuten und den Angestellten der Zivilverwaltung die Tausende von Juden in den Marktflecken und Dörfern um die wolhynische Stadt Sarny herum zusammengetrieben haben, auf Marktplätzen und Dorfangern und Waldlichtungen, und als die dann so dasaßen in ihren Lumpen und Kopftüchern und Hüten und Kaftanen, die blanke Angst auf der Stirn, so teilnahmslos und abgestumpft, dass man gar nicht glauben wollte, dass hier das Parasitenvolk saß, das Deutschland den Krieg erklärt hatte, da hat man sich für einen Moment gefühlt wie Gott, der Herr, der über die Ägypter kommt und sie mit seinen zehn Plagen schlägt, da hatte man die in der Gewalt, wie Salkind das ausgedrückt hat, und niemand hätte einen daran hindern können, sie alle umzubringen, wobei man ja noch gar nicht gewusst hat, dass es eben genau darauf hinauslaufen würde, aber da ist man eben selber Gott, der Herr, gewesen, und wenn man sich im Nachhinein auch vielleicht vor sich selbst fürchtet deswegen – damals ist es ein schönes Gefühl gewesen.

7. MAI

In der letzten Nacht hat Lehmann nicht mehr richtig geschlafen, nur gegen Ende sind ihm die Augen zugefallen, und da war ihm wohl wirr im Kopf, denn er landete nicht in Mahlow, obwohl wieder die russischen Panzer gekommen sind, Typ T-34, der fährt sogar mit Schmieröl und Pferdescheiße und hat ihnen das Genick gebrochen im Osten, aber die schweren Ketten rasselten nicht den Hügel von Grössin herunter, sondern vorbei an den niedrigen, windschiefen, weiß verputzten Holzhäusern mit den Schindeln auf dem Dach, den Bruchbuden, in denen die Juden von Wolhynien hausten, und mitten dort unter dem Volk Israel, das zum Himmel schrie in seiner großen Not, stand die Familie Spanier und betete, Vater Chaim und Mutter Dobbe und Bruder Salomon, der auf die Talmudschule gehen und Rabbiner werden sollte, damals hat man ihn Sally gerufen, und auch Elena, die ihm zum ersten Mal das Verdorbene gezeigt hat, stand dort, gebetet hat sie nicht, aber das gepunktete Kleid hatte schon wieder sie an.

Im Bad gibt es kaltes Wasser, das schüttet sich Lehmann über den Kopf, um den ein Band aus Stahl und Eisen liegt, das drückt ihn mit aller Macht und wird enger und enger wie das heiße Hufeisen, das der Schmied einem Pferd unter die Hufe schlägt und das sich dann beim Abkühlen zusammenzieht … an den Stahlhelm konnte er sich auch nie gewöhnen, den er zum ersten Mal in der Stettiner Polizeihundertschaft tragen musste, nachher kam ja der Einzeldienst, aber im Krieg hat man ihn manchmal wieder aufsetzen müssen, gottverfluchte Kopfschmerzen bekommt man von so einem schweren Stück Stahl, wenn es einem den ganzen Tag auf den Schädel drückt, dabei hat niemand von denen zurückgeschossen, bis auf das eine Mal die Judenhexe in Rokitno, die Jastrow die Augen und den Brägen dahinter aus dem Kopf geblasen hat, denn Jastrow war damals bei der SiPo des Bezirks und trug als Kriminalkommissar und SS-Obersturmführer eine schwarze Schirmmütze, obwohl ihm ein Stahlhelm in dem Moment, wo die Hexe vor ihm stand, ihm die Walther aus der Tasche riss und abdrückte, wohl auch nichts mehr genützt hätte.

Vor dem Bad steht schon der Student und drängelt, Verzeihung, ich habe Prüfung heute Morgen, na denn geh mal, du Neunmalkluger, dabei pennt der sonst immer bis in die Puppen mit seiner Gasmaskenbrille, wie ne Vogelscheuche sieht der aus, soll sich mal lieber beeilen mit dem Studieren, der Jüngste ist er auch nicht mehr … Auf der Kommode neben Lehmanns Tür liegt ein Brief für ihn, hat er wohl gestern Abend nicht gesehen wegen der Sache mit Salkind, die Handschrift erkennt er aber gleich, er ist von Magda aus Darkum – sie schreibt, dass es ihr soweit gut gehe, und möchte unbedingt wissen, ob er denn nun sicher im August zur Hochzeit komme, Annemarie habe auch geschrieben, in einem Brief, der mit einem anderen Flüchtling über die Zonengrenze gekommen sei, sie wolle von Rügen verschwinden und sehen, dass sie es auf eigene Faust in die englische Zone schaffe, um bei der Hochzeit dabei sein zu können. Da wird Lehmann ganz anders zumute, das ist doch ihre Kleine, die hat er zuletzt gesehen, als er '43 noch mal Heimaturlaub hatte und bei den Eltern war, kurz vor der Verlegung nach Italien, dreizehn ist sie damals gewesen und hat wie aus dem Ei gepellt ausgesehen mit ihrer weißen BdM-Bluse, Bund der Mandolinenspielerinnen hieß es damals im Scherz, und Annemarie mit ihrem blonden, ach so blonden Haar, die hat ihn nach Schivelbein zum Zug bringen sollen, aber dann wollte sie noch das Fahrrad an der üblichen Stelle abstellen und war nicht mehr zum Bahnhof gekommen, eine schreckliche Wut hat er gehabt, aber nachher hat sie ihm nach Amerika ins Lager geschrieben, dass sie noch bei Friedrich und Wendeler in der Steintorstraße reingeschaut habe, bloß mal eben so, weil sie doch den Gürtel aus Schlangenleder so gerne haben wollte, manchmal denkt er noch verärgert an den Tag zurück, er hätte ja schließlich auch fallen können in Italien, und dann wäre es das letzte Mal gewesen.

So n kleiner Nachzögling ist die Annemarie, n richtiges Küken, ob er mal schreibt und sagt, sie soll dableiben, aber in der sowjetischen Zone machen sie die Post auf, und er hat keinen, der ihm das mit nach drüben mitnehmen könnte, also geht das wohl nicht, und am Ende würde das noch von der Volkspolizei, wie das jetzt drüben heißt, gelesen, und Annemarie wegen Fluchtgefahr eingesperrt, soll alles schon vorgekommen sein.

*

Im Präsidium bekommen sie heute Besuch von Alfred Glatzner, der ist bei der Staatsanwaltschaft, war aber früher bei der Kripo, und vor allem war er '39 bei der Kripo, als sie Johann Eichhorn geschnappt haben – den Namen hat Lehmann nur mal flüchtig aufgeschnappt, das ist wohl zu weit weg gewesen von Stettin, in der *Wochenschau* kam damals auch nichts über den Fall, also erfährt er jetzt zum ersten Mal, dass Eichhorn als »Schrecken des Münchner Westens« bekannt war, weil er von '28 bis '39 fünf Frauen ermordet und über hundert vergewaltigt hat, aber »ermordet« ist nur ein schwaches Wort für das, was wirklich passiert ist, erwürgt hat er die Frauen, und dabei ist es ihm gekommen, und das hat ihm noch nicht gereicht, denn dann hat er sein Taschenmesser gezückt und bei den Frauen untenherum alles herausgeschnitten, daran musste er wohl aus seinem inneren Zwang heraus riechen und hineinbeißen, dabei ist es ihm noch mal gekommen, und schließlich hat er alles vergraben. Lehmann erinnert sich jetzt doch, dass in der *Stettiner Zeitung* etwas über einen fünffachen Sexualmörder gestanden hat vor dem Krieg, aber man sagt: vor dem Krieg, und es klingt wie: Hundert Jahre war Abraham alt, da ihm sein Sohn Isaak geboren wurde, natürlich stand aber in der Zeitung damals nicht das, was ihnen jetzt Glatzner erzählt. Der wiederum hört sich an, was sie über die Leiche ohne Kopf im Langwieder Baggersee herausgefunden haben, und meint dann: bestimmt kein Lustmord, mit Eichhorn oder gar Haarmann in Hannover 1924 ließe sich das jedenfalls nicht vergleichen, sicher habe hier lediglich jemand versucht, die Leiche zu beseitigen wie bei der Abtreibungstoten in Menzing, das Blut sei dem Täter vielleicht hinderlich gewesen, also habe er sie gewaschen, den Kopf würde man ja möglicherweise noch finden. Letztes Jahr habe es einen ähnlichen Fall im Harz gegeben, an der Zonengrenze – Lehmann zuckt zusammen, weil er gleich an Annemarie denken muss, die doch da rüberwill, um zur Hochzeit ihrer Schwester zu kommen: Ja doch, das ist gefährlich, da treibt sich lauter Kroppzeug herum, aber auf beiden Seiten, und schmuggelt, was das Zeug hält, Leute und schwarze Ware, gegen Geld natürlich, ob die Eltern auf Rügen überhaupt was haben, die Kreissparkasse Schivelbein gibt's doch nicht mehr, zweiunddreißigtausend Mark, alles futsch … Glatzner erzählt also, dass man da einen Menschenschädel gefunden habe, irgendwo im Wald, den zugehörigen Körper aber nicht, nur sei das auf der Seite der Volkspolizisten passiert, und die seien dann nicht zum Treffen mit der Westpolizei gekommen, und weil der Schutzpolizist, den man alarmiert hatte auf der niedersächsischen Seite, ein gewissenhafter Mensch gewesen sei, habe er den Fundort unberührt gelassen, aber nach seiner Rückkehr mit ein paar Kollegen sei der Schädel weg gewesen, den habe man dann später zwar noch mal gefunden, aber da hätten ihn dann Kinder auf einen Stock gesteckt und an den Wegrand gestellt, wohl halb im Spiel und halb im Ernst, als Warnung, denn viele Menschen gehen auf der einen Seite hinein ins Grenzgebiet und kommen auf der anderen Seite nicht wieder hinaus.

»Und, haben sie den gekriegt?«

Glatzner zuckt mit den Achseln.

»Wohl noch nicht, aber wie wollen S' da auch ermitteln, wenn S' mit dem Kommunistengesindel zusammenarbeiten müssen …«

Dass die Kleine nur bloß nicht im Harz rübergeht, irgendwie muss er es doch schaffen, ihr zu schreiben …

»Und Eichhorn, sitzt der noch?«

»Sitzen, der Eichhorn? Also san S' mir net bös …«

Den haben sie nämlich gleich '39 einen Kopf kürzer gemacht, damals hat man sich mit solchen Leuten ja noch nicht die Mühe gemacht, sie lange wegzusperren, ob das für die Menschheit nicht besser war, Herr Kollege, heilen kann man die ja doch nicht … *Du sollst nicht töten*, das ist das fünfte Gebot, von dem Salkind ihm erzählt hat, dass es auf einem bestimmten Bahnhof von der Rampe an keine Gültigkeit mehr gehabt hat, und in so einem Fall, was soll man da machen? – Was ist denn der Eichhorn für einer gewesen? – Na, so ein Hilfsarbeiter bei der Bahn, und Probleme mit den Frauen hat er gehabt, war zwar sogar mit einer verheiratet, wohl die Einzige, mit der es normal ging, aber das ist auch ein Luder gewesen, eine Schamlose, a Flitscherl, die das ganze Haus zusammengeschrien hat, wenn sie's gemacht haben, und das hat wohl den Eichhorn so aufgegeilt, dass er ihm gestanden hat, sonst hat er ihm nicht so richtig gestanden, wie er nachher ausgesagt hat, bloß wenn er es mit Gewalt gemacht und die Frauen gegen ihren Willen genommen hat, und das hat sich dann gesteigert, erst Vergewaltigung, dann Mord. Einen zu großen Trieb hat der Mensch gehabt, dauernd hat er ans Vögeln denken müssen, ein typischer Lustmörder eben …

Lehmann sitzt ganz schief auf seinem Stuhl und klammert sich daran fest, wenn das mal dem Hölzl nicht auffällt, soso, gestanden hat er dem Eichhorn nicht so richtig, so kann's einem eben gehen.

Glatzner geht dann wieder zum Justizpalast zurück, und Hölzl sinniert halblaut vor sich hin, dass die Sache mit den scharfrandigen Trennungsflächen und dem abgehackten Beinteil ja auch andere Ursachen haben könnte, vielleicht wären das zwei verschiedenartige Täter gewesen, oder zwei Täter, die es eilig gehabt hätten, und der eine hätte ein Skalpell bei der Hand gehabt und der andere eine Axt … oder es ist derselbe gewesen, und der hatte erst Zeit und dann doch keine mehr und hat deshalb die Axt für die Beine genommen … Aber warum er überhaupt die Hände drangelassen hat, das will Lehmann nicht so recht in den Kopf: Jemand, der ein Skalpell benutzt, das ist doch kein Johann Eichhorn, der Hilfsarbeiter bei der Bahn gewesen ist, nee, so einer muss doch Verstand genug haben, um die Hände verschwinden zu lassen, und wie ist das mit der abgezogenen Haut von dem Beinstück, wo bleibt eigentlich der vollständige Obduktionsbericht, und was ist mit dem Stück Knie, das man ein paar Tage später gefunden hat, muss Professor Mühlfenzel das nicht auch untersuchen …? Hölzl sagt, der Bericht sei angeblich abgeschickt worden, aber noch nicht bei ihnen angekommen, jedenfalls hätte man ihm das bei der Gerichtsmedizin gesagt, da ist wohl bei der Behördenpost etwas schiefgelaufen, die auch noch nicht so recht funktioniert, aber es geht ja dem ganzen Land so.

»Vielleicht sollten die Hände ja dranbleiben.«

»Wos moanan S'?«

Lehmann erschrickt – ja, was meint er eigentlich …?

»Na ja … vielleicht sollten die eben dranbleiben. Um uns zu ärgern vielleicht, weil er uns sagen wollte: Ätsch, könnt ja die Abdrücke nehmen, wenn ihr wollt, kriegt mich trotzdem nicht, bin schlauer als ihr … oder so ähnlich …«

Hölzl beugt sich leicht zu ihm vor.

»Sie ham net zufällig in Ihrer Jugend z' vui Krimis g'lesen, oder?«

Sie beschließen dann, dass es wohl am besten ist, wenn Sergei Stepaschkin noch einmal selbst nach München kommt und sie persönlich mit ihm reden können. Hölzl setzt sich dazu mit den Kollegen in Geislingen in Verbindung, während Lehmann zum Mittagessen geht und dann in die Thalkirchener Straße zur Großmarkthalle fährt. Er hat sich Hölzl gegenüber nicht so ausgelassen, man muss ja vorsichtig sein, was man über die Schwarzgelockten sagt, wegen dem Bruder, der in Dachau war, aber das mit dem Lkw hat er doch erwähnt, mit dem eingetütete Kekse der Marke »Hofnung« für die Gebrüder Katz transportiert werden, und dass er sich den Inhaber des Transportgeschäfts einmal ansehen wird. Und natürlich hat er alles weggelassen, was Salkind ihm gestern erzählt hat, mit dem muss er heute auch wieder reden, von wegen Kowno und Kaufering, und am Ende ist es sowieso das Beste, wenn er immer ein bisschen für sich behält von dem, was er weiß, entweder bedeutet es nichts, dann hat er keinen Fehler gemacht, oder es bedeutet doch etwas, dann hat er den Fall ganz allein gelöst. Die Frage ist eigentlich nur, ob er ihn überhaupt lösen will.

In der Stadt ist allerhand los, die Reichsbahner und die Metallarbeiter haben bei der Maikundgebung einen Streik angedroht wegen nix zu essen, und heute, Freitag, den 7. Mai, haben sie ihre Drohung wahr gemacht, diese Woche ist nämlich tatsächlich die Fleischsperre gekommen, wegen der zusätzlichen Lieferungen an die amerikanischen und britischen Sektoren von Berlin. Die Leute, die mit der Bahn in die Vororte müssen, stehen an den Straßenrändern und versuchen mitgenommen zu werden, die Arbeiter vom Stellwerk im Hauptbahnhof streiken auch, also ist der Fernverkehr zusammengebrochen, am Gewerkschaftsbüro in der Schwanthalerstraße steht eine Menschentraube und prügelt sich, überall hört man die Trillerpfeifen der Schandis, im Präsidium haben sie schon Feldbetten aufgebaut, verstärkte Bereitschaft, da werden es die Ratten heute Nacht schwer haben, wenn sie aus ihren Löchern kriechen, weil alle Polizisten schlechte Laune und nicht genug gepennt haben.

Lehmann bleibt im Verkehr stecken; was schon wieder für Autos in Deutschland herumfahren, das ist ja auch ein Phänomen, und nicht bloß Amis und Schieber, oder vielleicht doch Schieber, gibt ja wohl mehr, als man so für gewöhnlich annimmt. Sie selbst haben bloß die paar alten Dienstwagen von vor dem Krieg in der Ettstraße, die Stadtverwaltung hatte bis vor Kurzem gar keine Autos, jetzt fahren sie aber zwei von den ersten Volkswagen, für die man seinerzeit sparen sollte, wovon man dann nie wieder etwas gehört hat, bis auf die Tatsache, dass der Kübel auf dem Modell basierte, und das Ding sieht aus, als ob Onkel Hermanns Buckel in der Gegend herumfahren würde … Kein Vergleich mit den amerikanischen Autos, von denen er am liebsten einen neuen Sechszylinder-Studebaker hätte, wie er ihn bei Amos in der *Stars and Stripes* gesehen hat, ein paar höhere Offiziere haben sich ihre Privatfahrzeuge mitgebracht, neben denen sieht so ein Volkswagen aus wie eine Eiterbeule, und Lehmann gefällt vor allem die schlanke Linienführung bei dem Studebaker, hier wirkt ja alles zu groß, was aus Amerika kommt, weil es bei denen viel mehr Platz gibt, er hat es selbst gesehen, vielleicht sollte man Deutschland auch so wiederaufbauen, dass mehr Platz für die großen Autos ist, weg mit dem alten Dreck und Ungeziefer und den Hinterhöfen, schöne hohe Häuser aus Glas und weißen Mauern und Parkplätze … An den Straßenbahnwagen hängen auch mehr Menschen als sonst, und man muss aufpassen, dass einem keiner vor die Stoßstange fällt, wenn es mal ein paar Meter weitergeht, und überhaupt bräuchte es einen schweren, eisernen Besen, um das alles wieder aufzuräumen und wieder einen Anstand in die Menschen zu bekommen.

Er gelangt schließlich in die Thalkirchener Straße, wo er besser vorankommt. Die Großmarkthallen sind nicht so zerstört worden von den Fliegerbombern, da geht der Betrieb weiter, auch wenn es nicht viel zu verkaufen gibt. Der Anstrich ist zwar schon lange nicht mehr erneuert worden, aber man kann noch das Eierschalengelb oder Misthaufengelb erkennen, mit dem sie hier im Süden ihre Häuser so gern anpinseln, Lehmann hat sogar Kirchen gesehen in der Farbe, als er von Aibling hierhergekommen ist nach der Entlassung. Die großen Händler haben ihre Stände in dem großen Zentralgebäude, teils sogar eigene Büros mit dabei, in den langen Nebenhallen finden sich eher die kleinen Klitschen, und außen herum Lkw und Pferdekarren und Packer, die sich in einem Bayerisch anpflaumen, das Lehmann wohl nie verstehen wird, und wenn er noch so lange hierbleibt.

Jedenfalls kann man sich hier ganz gut verlaufen, also fragt Lehmann mal bei L. Pavone nach, Südfrüchte und italienischer Wein. »Katzelmacher« nennen die hier unten die Makkaronis, und wer kauft in diesen Zeiten eigentlich Südfrüchte und italienischen Wein, wenn nicht Jack Lossowitsch und die Möhlstraßenbrüder …? L. Pavone weiß aber gleich

Bescheid von wegen dem jüdischen Mitbürger mit den Transporten und den Waren aller Art, si, si, Signore … Lehmann mag dieses Getue nicht, aber sei's drum, das ist sicher Signore Schneider in der Halle da hinten.

Auf dem Schild über dem Laden in Halle 83 steht dann irgendwas Hebräisches und »Josef Sznaider«, der schreibt sich also gar nicht wie im Deutschen, am Stand daneben ist »Hersch Lipowski« zu lesen, »Im- und Export«, aber genauer müsste man sagen: alles aller Art, das sieht aus wie … na ja, wie in der Judenschule, hat man früher gesagt, so ein bisschen was ist ja immer dran an den Sachen, die man so sagt. Hier stapeln sich jedenfalls die Säcke bis an die Decke, ist ja interessant, anderseits könnten die sogar »US Army« und so weiter draufhaben, müsste trotzdem nichts bedeuten. Bei Lipowski ist abgesperrt, Gitter vor dem Eingang, aber bei Sznaider sieht man einen herumhantieren, vielleicht Klein, aber dann guckt Lehmann näher hin, nee, das muss Sznaider selbst sein, mehr Leute gibt es nicht, vielleicht heuern sie die Packer ja stundenweise an, draußen neben der Marktverwaltung ist auch eine Filiale vom Arbeitsamt, »heuern« ist so ein schönes Wort, das sagt man in Norddeutschland, Lehmann hat es in Stettin gelernt, das ist ja ein großer Hafen gewesen, aber die Kameraden aus Hamburg und Bremen haben das Wort auch gekannt.

»Kann ich helfen dem Herrn?«

Sznaider ist aus seiner Ecke gekommen und blinzelt ihn misstrauisch an, er trägt ein Judenkäppchen mit verblichenen Stickereien, und seine Schläfenlocken sind halb grau, ein Graugelockter, und einen Bart hat er auch, aber der ist noch schwarz, sodass der Mann also zum Teil aussieht wie sechzig und zum Teil wie vierzig, da soll sich einer auskennen, die Augen, die ganz eng zusammenstehen, sehen aber aus wie hundert – Lehmann zückt automatisch seine Marke, die mit einer Kette am Hosenbund befestigt ist, und kriegt diesen harten Ton in der Stimme, den man sich von Berufs wegen angewöhnt, er merkt schon im Sprechen, dass er einen Fehler macht, aber er ist ins Sinnieren gekommen, und der Graugelockte hat ihn erschreckt.

»Lehmann, Kripo München, ick hätte mal gerne …«

Sznaider wartet gar nicht ab, bis Lehmann zu Ende redet, sondern dreht sich einfach um und geht wieder nach hinten.

»Ich rede nicht mit Polizei von München, rede nur mit Polizei von Amerika. Auf Wiedersehen.«

Lehmann sieht dem hinterher und kriegt den Mund gar nicht wieder zu von wegen: so eine Frechheit, und im ersten Moment schwillt ihm auch gleich der Kamm, und er will losbrüllen, aber im letzten Moment hält er sich dann wieder zurück, weil es ja doch nichts nützt. Sznaider wird wohl DP sein, wenn der nicht mit der deutschen Polizei reden will, dann muss er das im Prinzip auch nicht.

»Ich hätte doch bloß ein paar Fragen …!«

Sznaider sieht sich nicht einmal um.

»Herr Sznaider? Bitte …!«

Sznaider kommt zurück und macht ihm mit einem giftigen Blick die Tür vor der Nase zu.

Lehmann schiebt sich den Hut in den Nacken, ganz heiß ist ihm geworden – mal umsehen, ob das einer mitgekriegt hat, hat aber wohl keiner. Schließlich geht er langsam zum Ladehof zurück, mit einem Gefühl, als hätte er das Ding nicht reingekriegt, weil es zu weich ist.

*

Im Präsidium läuft ihm Sepp Poschinger mit seinem niederbayerischen Rundschädel über den Weg, auch so ein abgebrochener Riese wie Kollege Hölzl, Alpengermanen eben, in Pommern war Fritze Lehmann höchstens Durchschnitt, hierzulande ist man mit eins achtzig so eine Art Berliner Funkturm.

»Wos machstn heit Ahmd?«

»Weiß nich, was machstn du?«

Poschinger schlägt den *Conti-Keller* vor, obwohl es eigentlich nichts zu feiern gibt, aber man ist am Leben geblieben, das kann man immer noch jeden Tag feiern, also sagt Lehmann zu und vergisst darüber ganz, dass er eigentlich heute noch mal mit dem guten Doktor Salkind reden wollte, aber der wird ihm schon nicht weglaufen, und er muss Sepp endlich mal wegen der bewussten Angelegenheit mit dem War Crimes Department auf den Zahn fühlen … der Kollege wiederum ist ganz aufgeblasen vor Stolz und sagt mit einem strahlenden Lächeln auf, was er alles so aufgefischt hat in den letzten Tagen: zweitausendsiebenhundert Dosen Fischkonserven, achttausend Zigaretten, vier Zentner Mehl, in der Agnes-Bernauer-Straße haben sie einen erwischt, der hatte eintausend

Stück Solinger Messer in der Küche und wollte sich mit Eigenbedarf herausreden … Hübsch, aber uninteressant, denkt sich Lehmann, aber dann gab es noch drei Rauschgifthändler, in deren Küche lagerten keine Messer, da lagerten fünf Kilo Kokain und Morphium, das gleich ans K2 gegangen ist.

Er richtet es dann so ein, dass er zufällig mit dem Feuerzeug aus dem Mord im Planegger Forst in die Asservatenkammer zurückmuss, nee, leider keine heiße Spur, leg ich wieder zu den Asservaten zurück, und deckt sich diesmal gleich mit einem anständigen Vorrat ein: die Hälfte von dem Zeug ist Morphium, satte zweieinhalb Kilo, also mal nicht so bescheiden, von dem Kokain weiß er den Schwarzmarktpreis nicht, gibt es nicht so häufig, und irgendwie denkt man an Systemzeit, lange Zigarettenspitzen und bolschewistische Kunst, er nimmt aber mal ein bisschen mit und wird das ausbaldowern, vielleicht lohnt es sich ja doch, und noch mal von den falschen Dollars, gut gemacht sind die, bis jetzt hat keiner auch nur die Stirn gerunzelt, dem er die angedreht hat … das kann ja ein angenehmes Wochenende werden, morgen früh noch Dienst, aber dann, vielleicht ist ja auch Nowak wieder zurück, mal vorbeifahren, wo er jetzt den Opel hat, geht alles einfacher; das Beste ist, dass nie irgendetwas passiert, ab und zu wird im Präsidium Anzeige gegen Unbekannt erstattet, wenn mal jemand merkt, dass etwas fehlt, aber es fehlt ja so viel, und da müsste das K4 auch sozusagen gegen sich selbst ermitteln, wer will es denen verdenken, wenn da mal ein paar Akten liegen bleiben bei der ganzen Arbeit draußen auf der Straße, und so bleibt es dann eben liegen, bis es verjährt ist.

Oben auf dem Gang ist große Indianerversammlung wegen dem Streik, ein paar von den Kollegen haben mit zum Ordnungsdienst bei der Streikversammlung der Eisenbahner gemusst, so was liebt man als Kriminaler, wo man doch eigentlich längst keine Uniform mehr tragen muss, und dann wieder den ganz gewöhnlichen Gendarmen spielen, aber im Moment wird jeder Mann gebraucht, weil beinahe jede Versammlung so vonstattengeht, dass sich am Ende die Anwesenden in die Haare kriegen, das artet in richtige Prügeleien aus, ob das nun eine neue politische Partei ist oder die Truderinger Kleingärtner, die über den Mundraub an ihren kostbaren Gemüsebeeten klagen, und irgendwann geht es dann immer gegen die Ausländer und die Amerikaner, die ja bekanntlich Fleisch horten und hinterher die Reste ihren Hunden geben, bloß damit die armen Deutschen kein Eisbein mehr zu sehen bekommen und das schiere Sauerkraut mit drei halben Kartoffeln dazu verputzen müssen … und das Neueste ist, dass jetzt die Straßenbahner auch mit Streik drohen, unter anderem wegen dem fehlenden Eisbein, aber vor allem hat sich gestern Nacht ein Haufen ukrainischer DPs mit den Schaffnern auf einer der Nachtlinien angelegt, wieso wir zahlen?, ihr habt Krieg verloren, ich ganzen Krieg für euch gearbeitet, wo mein Geld?, am Ende hat sich die ganze Straßenbahn an der Prügelei beteiligt … Na, langsam läuft den Leuten eben die Galle über, da muss doch mal wieder Ordnung einkehren, das Kontrollratsgesetz von '45 verbietet es den Leuten, schlecht über die Ausländer zu reden, aber wer will ihnen die heißen Herzen verbieten.

*

Im *Conti Keller* sitzt wie üblich Albers an der Theke und spielt den blonden Hans von der Reeperbahn, üch bün där Maharratscha vonn Wüsskie-Puhr, wie der hier immer herkommt, soll doch angeblich am Starnberger See draußen wohnen, manche Leute haben wohl auch eine eigene Ölquelle im Garten, Lehmann hat die Felder in Texas gesehen, vom Transportzug aus, und gegen solche Leute hat man Krieg führen wollen … Gönnt er dem Albers, dass ihn jetzt keiner mehr sehen will, jedenfalls nicht in seinem letzten Film, … *und über uns der Himmel*, was aber vielleicht auch daran liegt, dass man jetzt Amifilme zu sehen bekommt, Alan Ladd in *This Gun for Hire*, zusammen mit Veronica Lake, aber vor allem Bogart in *The Big Sleep*, der hat was, oder in *The Maltese Falcon*, wo auch das Glubschauge mitspielt, das in einem ganz alten deutschen Film einen Frauenmörder gespielt hat, nee, ein Kindsmörder war das … Lehmann hat sich damals ins Kino geschlichen in Schivelbein, weil er noch zu jung war, immer so eine Melodie gepfiffen hat der mit den Glubschaugen, ein Kommissar mit Melone auf dem Kopf war auch dabei, Systemzeit eben, und das sind alles Kerle, nach denen man gehen kann, nicht so labberige Hamburger Kotzbrocken, die mitten im Film ein gemütvolles Liedchen anstimmen, *Und üüüüü-ber uns der Himmel, läßt uns nicht uuun-teeer-gehhhn* … glaubt dem doch kein Mensch mehr, die

Masche, und dann spielt in dem Film ausgerechnet der blonde Hans einen, der aus dem Krieg wiederkommt, dabei hat er im Krieg höchstens Pulver gerochen, wenn er mit Göring in Masuren auf der Jagd war.

Lehmann setzt sich mit Sepp Poschinger an einen möglichst weit entfernten Tisch.

»Jetzt rück aber mal raus mit der Sprache, was wollten sie denn nun wissen?«

»Mei, des hob i doch scho g'sagt, des i da wos unterschrieben hob …«

Der Kellner kommt, zwei Whisky, bitte, die Herren sind Amerikaner …? Aber sicher doch, sehen Sie die Dollars hier, oh natürlich, zwei Whisky … Poschinger bezahlt die erste Runde, und Lehmann fragt ihn genauso wenig, wo seine Greenbacks herkommen, wie umgekehrt. Poschinger braucht drei Whisky, was zwei mehr sind, als das Ordnungsamt erlaubt, bis er das mit dem Unterschreiben bei der Kriegsverbrecherstelle endlich nicht mehr so eng sieht.

»I hob halt an Namen g'sagt, ja? Untersturmführer Schmiedinger, ganz einfach.«

»Ja, und dann?«

»Dann hob i noch an Namen g'sagt, Oberstleutnant der Polizei Schacht, dem sein Bataillon hat's Ghetto bewacht in Lodsch, des weiß ich, weil da ein Kollege aus München mit dabei war, und dann hob i no an Namen g'sagt, Gendarmeriemeister Heinrichs, das war so a Norddeutscher wie du, der hat in Frankreich a bisserl über die Stränge geschlagen, wo die Résistance was gemacht hat, da hat er gleich a ganzes Dorf niederbrennen lassen, woaßt schon, und der Schmiedinger, des war a Bayer, der war aa bei der SS, der hat mit sei'm Zug gleich am Anfang in Polen die Leit erschossen bei der Umsiedlung, mir war'n da unten in Premissel, i woaß net, wo's ihr wart zu der Zeit?«

»An der Grenze zu Wolhynien, weiter nördlich.«

Das ist das erste Mal gewesen, dass er in die Gegend gekommen ist, da ist noch nichts passiert, man bewachte die Grenze zur Sowjetunion und kontrollierte Ausweise und die Züge, die mit den Volksdeutschen aus dem Osten kamen, niemand hat sich die Hände schmutzig gemacht, niemand hat schlecht geschlafen, und am »Tag der deutschen Polizei« haben sie ein Lagerfeuer gemacht, auf einer Bühne haben ukrainische Matkas Volkstänze aufgeführt, und Oberwachtmeister Schelski, der zu

Hause in Berlin einen Friseurladen hatte und im Gesangverein war, hat mit seiner schönen, klangvollen Stimme den Prinz Eugen gesungen.

»Ja, und dann hab ich a Papier unterschreiben müssen und noch oans, dass ich im Krieg selbst nicht an Verbrechen gegen die Menschlichkeit beteiligt gewesen bin, vorher hat er natürlich wissen wollen, wos i ois g'macht hob, an Lebenslauf sozusagen, woaßt scho, und des war's.«

Schön und gut – aber …

»Ja, und die Leute, Schmiedinger, Schacht, Heinrichs, was ist mit denen, wo sind die jetzt? Und warum reitest du die rein?«

Poschinger hat sich jetzt ein Helles bestellt und gönnt sich einen großen Schluck, so klein und dann so einen Durst … Dann wischt er sich den Schaum vom Mund, setzt so ein bauernschlaues Niederbayerngesicht auf, so die eine Augenbraue hoch und das andere Auge zusammengekniffen und die Stirn in Dackelfalten, und zuckt mit den Schultern.

»Mei, des is halt so, dass alle von denen, der Schmiedinger, der Heinrichs und der Schacht, und aa der Kollege aus München, der den gekannt hat, die san alle gefallen, verstehst …?«

Ach, so ist das … Lehmann fängt an zu begreifen und muss schließlich grinsen: Mensch! Wenn bloß mal alle so schlau gewesen sind …! Plötzlich hat er auch Lust auf ein Bier, und als es da ist, stößt er mit Poschinger an.

»Auf die gefallenen Kameraden!«

»Die von Stalingrad und die von anderswo …!«

8. MAI

Am Samstag schließen sich die Straßenbahner den Kollegen von der Reichsbahn an und treten auf allen Linien in den Streik. Jeder, der zur Arbeit will, muss zu Fuß gehen oder Fahrrad fahren, wenn er denn eins hat, jeder bis auf Leute wie Lehmann natürlich, dem ja immer noch der Opel zur Verfügung steht … Er kann sich nicht erinnern, was er diese Nacht geträumt hat, da hat ihn wohl der Whisky gerettet, jedenfalls fährt er mit einem leichten Brummschädel zum Präsidium und nimmt in der Barer Straße einen Anhalter mit, der zum Stachus will, das ist ja seine Richtung, und in der Not rückt der Mensch zusammen, auch wenn das Mitnehmen in Dienstfahrzeugen eigentlich verboten ist. Der Fahrgast stellt sich gleich vor, Hans Theißen, Vertretung für Hosenträger und Schnürsenkel, habense Bedarf, nee, ach, Sie sind aber auch nicht aus Bayern, ich bin nämlich Ostpreuße, wissen Sie. Pommern? Ach, dann sind wir ja beide fern der Heimat, was? Aus Tilsit bin ich, vom Memelstrand, Preußisch-Litauen, wenn Sie's genau wissen wollen, die Berliner haben gesagt: Preußisch-Sibirien, hä, hä, aber echt deutsche Familie … Bei »Ostpreußen« hat Lehmann aufgemerkt, bei »Tilsit« spitzt er richtig die Ohren; kennense doch, Tilsit, oder, bestimmt, allein wegen dem Käse, hahhah, vor dem Krieg habense noch nen Film jedreht bei uns, *Die Reise nach Tilsit* hieß der, von dem, der nachher *Jud Süß* … na ja, wissense ja, wollenwa nich drüber reden, aber das war ne Lachnummer, der Film, jedenfalls fahren die beiden, haben Sie den Film gesehen? Nee? Ach, da warnse in Gefangenschaft, na, wenn er mal wieder läuft, also, da sind zwei in einem Boot, die kommen vom Kurischen Haff, also von der Memelmündung, litauische Fischer, wissense, das wird dann auch so jezeicht in dem Film, bloß dass die von links nach rechts anjesechelt kommen, unter der Königin-Luise-Brücke durch, also von stromaufwärts, und das Dorf, das stand wohl in Ungarn, aber nich anne Mündung vonne Memel, wat ham wir jelacht … Lehmann lässt sich dann von Theißen die Visitenkarte geben, ist ja vielleicht nicht uninteressant wegen den Gebrüdern Katz, was die da so gemacht haben in Tilsit, aber sagen tut er erst mal nichts, ist ja wahrscheinlich sowieso nichts los mit denen, bloß dass er vielleicht Socken bräuchte, Theißen wohnt in der Blütenstraße, das ist auch nicht weit weg von ihm, gleich um die Ecke, da wird er den mal besuchen gehen.

Jetzt muss er aber zur Arbeit. Er lässt den Hosenträgermenschen bei den Verkaufsbuden am Alten Botanischen Garten raus, da kommen schon die Nächsten: Na, Süßer, wohin so eilig … Lehmann winkt grimmig knurrend ab und fährt das kurze Stück in die Ettstraße weiter.

Hölzl ist gerade am Telefon und redet mit Mühlfenzel, der immer noch steif und fest behauptet, dass der vollständige Obduktionsbericht abgeschickt worden sei, obwohl er nie angekommen ist. Der Bericht soll dem Professor zufolge aber nichts Bedeutendes mehr enthalten, und sie kümmern sich schon bald nicht mehr darum, denn Gräf hat endlich Irina Stepaschkins Abdrücke von der DP-Registratur in Geislingen bekommen und kann sie mit den Abdrücken des Fingers vom Fundort vergleichen, und so steht gegen zehn Uhr morgens eindeutig fest, dass es sich bei der Toten am See um die verschwundene Estin handelt.

Sie setzen sich dann zusammen und gehen alles durch, was sie haben: Der oder die Täter haben Irina also gefesselt, bevor sie auf irgendeine Art und Weise getötet wurde, das könnte gewaltsam geschehen sein oder auch nicht, am Torso gibt es keine dahin gehenden Spuren, aber es wäre ja zum Beispiel möglich, dass ihr der Schädel eingeschlagen worden ist, was man natürlich nicht feststellen kann ohne den Kopf. Dieser und die Beine sind mit einem Skalpell oder einem sehr scharfen Messer vom Rest des Körpers abgetrennt worden, die Beine hat man dann höchstwahrscheinlich mit einer Axt oder einem großen Fleischermesser in Stücke gehackt und vorher oder nachher wenigstens einem Teil davon die Haut abgezogen, lauter langwierige Verrichtungen, die es unwahrscheinlich machen, dass der Mord am Langwieder See selbst geschehen ist. Dagegen spricht auch das Brett, unter dem die Leichenteile offenbar rasch und notdürftig versteckt wurden. Um allerdings Torso und Beinstücke dorthin zu bringen, dürfte man für An- und Abfahrt einen Pkw oder Lkw verwendet haben, denn der See liegt zu abgeschieden, selbst mit dem Fahrrad ist es von der Stadt aus zu weit, vor allem nachts, und nachts musste es geschehen sein, sonst wäre es den Bauarbeitern am See oder ihren Familien in den Baracken aufgefallen. Für die Verwendung eines Pkw oder Lkw spricht auch die Nähe zur Autobahn, die ein schnelles Überqueren des Erdwalls ermöglicht, bei dem man rasch die Leiche in den See werfen, sie notdürftig mit Bauschutt bedecken und dann wieder verschwinden konnte. Da der Torso in zwei Leinensäcke und ein Stück Zelt- oder Lkw-Plane eingewickelt war, liegt es nahe, dass der oder die Täter einen Beruf ausüben, der sie mit diesen Dingen in Berührung bringt, oder jedenfalls jemanden kennen, auf den dies zutrifft und der ihm oder ihnen bei der Beseitigung der Leiche zur Hand gehen konnte. Für diese Leichenbeseitigung wie schon für den Mord selbst ist offensichtlich ein Mindestmaß an Körperkraft erforderlich, also kann man eine Frau als Einzeltäter mit hoher Wahrscheinlichkeit ausschließen. Davon abgesehen lässt auch die Ausführung der Tat nicht auf eine Frau schließen, da derart brutale Verstümmelungen eines Mordopfers, soweit bekannt, nur von Männern verursacht werden. Der oder die Täter müssen Irina Stepaschkin vor ihrem Tod allerdings auch irgendeine Droge verabreicht haben, weil sie sich offenbar nicht gegen das gewaltsame Ende gewehrt hat, also kommt eine Frau als Mittäterin durchaus infrage. Hinterher ist die Tote dann gewaschen worden, da Gräf ja Blutspuren an der Fessel gefunden hat, Professor Mühlfenzel an der Leiche aber keine, jedenfalls bei der ersten Leichenschau. Außerdem ist die Haut wenigstens eines Unterschenkels abgezogen worden, ob vor oder nach dem Ableben, will man sich lieber nicht vorstellen, und der Mord muss in den Tagen kurz nach dem 7. April, an dem Irina Geislingen verlassen hat, passiert sein, weil Mühlfenzel als Liegealter drei bis vier Wochen angegeben hat und sie die Leiche am 29. April gefunden haben.

Eine wirklich heiße Spur gibt es nicht. Dafür gibt es: einen jüdischen Mitbürger, mit dem Irina ein Verhältnis gehabt hat, der sie aber seit der Zeit vor Weihnachten nicht mehr getroffen haben will, was zwar im Widerspruch zur Aussage seiner Zimmerwirtin steht, die noch Mitte März in Katz' Wohnung ein Mädchen gesehen hat, auf das Irinas Beschreibung zutrifft, trotzdem muss Katz nicht lügen, weil sich Heidemarie Brandt bei der Gegenüberstellung mit der Kotteder nicht sicher war, ob nicht diese das bewusste Mädchen war, was das Ladenmädchen wiederum bestreitet, aber auch das kann gelogen sein, weil sie das Verhältnis zu Katz herunterspielen will. Dieser hat sich ansonsten ausgesprochen verdächtig benommen, weil er Sergei Stepaschkin zufolge diesem gegenüber am 24. April geleugnet hat, seine Tochter überhaupt zu kennen. Hier steht Aussage gegen Aussage, weil Katz den Sachverhalt anders darstellt, da braucht man mehr, zum Beispiel den anderen Untermieter, der bei dem Besuch Stepaschkins zugegen gewesen sein soll, außerdem müsste man den Bekanntenkreis von Katz überprüfen, jemanden wie Sally Rosenblatt, der ja bei der Aussage, er habe gar keinen Verkehr mit der Estin gehabt, gelogen haben könnte. Seltsam und verwickelt, wie die ganze Angelegenheit, ist auch das mit den Eilbriefen, die keiner empfangen haben will, mit reinem Gewissen hätten die beiden Katz ja in jedem Fall zugeben können, dass sie die Briefe empfangen haben, vielleicht steckt mehr dahinter. Vielleicht aber auch nur die Angst und das natürliche Misstrauen von Leuten, die im KZ gewesen sind, heute Abend muss Lehmann unbedingt weiter mit Salkind reden.

Der oder die Täter mussten die Angelegenheit mit Irina Stepaschkin *in Ruhe* erledigt haben, zur Tatzeit jedenfalls haben sie nicht unter Zeitdruck gestanden, später lief das vielleicht anders, wie man an den grob zerhackten Beinstücken sehen kann. Und da sie sich Rosenblatt zufolge am Stachus herumtrieb und außerdem der Aussage ihres eigenen Vaters nach zu viel trank, kann sie sich auf irgendeine Geschichte eingelassen haben, zu der keine Spuren von ihrer Leiche und kein Hinweis aus ihren sonstigen Lebensumständen führen werden.

Sie spekulieren noch eine Weile ins Blaue hinein, aber das führt zu nichts, da kann man genauso gut Kriminalromane schreiben: Sepp the Ripper, der Schlitzer von München, Jankele, der Leichenmacher aus Litauen, Iwan, der schreckliche Würger von der Wolga, alles ein ziemlicher Blödsinn, sie sind weit entfernt von dem, was Oberstaatsanwalt Dessauer einen wasserdichten Fall nennen würde.

Hölzl fährt heute mit dem Kollegen aus Laim nach Hause, mit dem er morgens immer kommt, also kann Lehmann mittags bei Dienstschluss gleich in die Schellingstraße zurück. Er fährt aber noch um die Ecke zu den Bretterbuden am Stachus und nimmt zwei Anhalter mit in die Barer Straße, muss er direkt im Kalender anstreichen, was er heute für ein Menschenfreund ist … Der eine ist bei der Stadt und vermutet, dass die Kommunisten hinter den Streiks stecken, die Lage solle wegen der bevorstehenden Gemeinderatswahlen destabilisiert werden, was der für Wörter kennt, das hat sich allerdings tatsächlich über alle Westzonen ausgebreitet, Stuttgart, Hannover, überall brüllt man: Hunger! und streikt, genau wie im Januar, bloß dass seinerzeit die Gewerkschaft erst fein säuberlich hat abstimmen lassen, und diesmal geht es einfach von selbst los, und hoppla!, nun arbeitet keiner mehr, das müsse die KPD sein, gar kein Zweifel … Der zweite Anhalter ist eine Anhalterin und so Anfang zwanzig, ach Hannover? Wissen Sie, ich komme aus Hannover …! Sie hat bei den Kammerspielen vorsprechen wollen, aber die Theater haben seit gestern zu, weil ihnen die Schauspieler vor Hunger auf der Bühne umfallen, stellen Sie sich mal vor, Schauspielschülerin also?, ja, das ist meine Berufung, schon immer gewesen, schon in Hannover, wissen Sie, aber Hannover ist so grau und traurig und kaputt und München doch die Stadt der Deutschen Kunst … Haben Sie eigentlich schon etwas vor morgen, am Sonntag, man sieht ja, dass Sie nicht verheiratet sind, Sie haben doch ein Auto, da könnte man doch mal ins Grüne hinausfahren, wo's doch jetzt endlich warm wird, zwanzig Grad, hat man gesagt, nee Fräulein, geht nich, immer im Dienst, wissense … In Schivelbein hat im Winter immer das Kolberger Stadttheater im *Metropol* gastiert, aber dafür hat Lehmann nie Zeit gehabt, wozu Theater, wenn man ins Kino gehen kann, nur später in Stettin war er mal in einer Vorstellung, in einem richtigen Theater mit fester Spielstätte, als er Magda besucht hat, die ist da immer von ihrer Stellung mit hingenommen worden, an Tochters statt beinahe, und hat dann gemeint: Dir tut die Bildung auch nicht schlecht!, aber er hat nicht viel damit anfangen können.

Salkind ist nicht da, nur die gnädigste von Lederer.

»Der Herr Doktor? Ich glaube, er hat von Landsberg gesprochen, Freunde besuchen, wieso suchen Sie ihn denn?«

Suchen, wieso suchen, wer sucht denn hier was? Und angehen tut's dich auch nix, Hochgnädigste … Lehmann ärgert sich, weil er das Zeug aus der Asservatenkammer gestern mit hergebracht und in seinem Schrank gebunkert hat, er weiß nicht einmal, ob Salkinds Freunde zum Ringverein von Lossowitsch gehören oder zu einem der anderen, außerdem sind sogar die Kekse bald alle, da könnte man doch mal wieder über so einen hübschen, kleinen Präsentkorb reden … ist natürlich besser, dass ihn in der Möhlstraße niemand kennt, dann kann auch niemand seinen Namen verraten, aber dumm ist es doch, dass Salkind weg ist … Während er sich noch ärgert, kümmert sich auch die von Lederer wieder um seine Bildung wie seinerzeit seine Schwester: in der Sophienstraße heute Abend das Dresdner Streichquartett und morgen um halb sechs Akademiekonzert im Prinzregententheater, haben Sie schon von dem Dirigenten gehört? Leonard Bernstein, ein ganz junger Ju–, also, äh, mosaischen Glaubens und schon hochberühmt, und es gibt ja auch solche, die uns sehen, wie wir sind, und nicht so, wie wir allenthalben dargestellt werden, ach, die Zeiten sind hart, nächste Woche muss ich wohl wieder Ersatzkaffee machen … Lehmann nickt, jaja, kleiner Wink mit dem ganzen Lattenzaun, aber da müssen wir warten, bis der gute Herr Doktor wieder da ist – und für diesen Bernstein hätte dein Göttergatte noch ganz andere Worte gefunden, als er damals für den *Beobachter* geschrieben hat …

Er legt sich schließlich eine Stunde aufs Ohr und fährt dann nach Harlaching hinaus, wo aber auch nichts los ist. Nowaks Kinderbuchhaus macht einen beinahe verlassenen Eindruck, Lehmann kriegt schon einen Schreck, der wird doch nicht wirklich aus München verschwunden sein, nachher muss er den auch noch suchen, wenn er ihn umlegen will. Er fragt dann mal bei der Nachbarin nach, grüß Gott auch, bin ein alter Kriegskamerad, wollte noch mal meinen Hauptmann sehen, bevor ich nach Australien gehe, ist denn der Herr Nowak in letzter Zeit …? Wieso denn Nowak?, guckt ihn die Nachbarin groß an. Als sein Hund mal über den Zaun ist, hat er herumgeschrien, Ihr Herr Hauptmann, und sich dann als Nolan vorgestellt, Mister Nolan, hat aber sehr gut Deutsch gesprochen für einen Amerikaner, eigentlich sogar ein bisschen mit österreichischem Akzent, ich dachte schon, das sei einer von denen, die vor '38 raus sind, aber wenn das ein Kriegskamerad von Ihnen ist … – Wer wohnt denn da sonst noch? – Na, diese, diese … Asiaten sind das wohl, sonst sieht man keine, die sind aber nie lange da, aber das wissen Sie wohl besser, was der Herr Nolan mit denen zu tun hat, wenn das ein alter Kriegskamerad von Ihnen ist. – Ooch, vielleicht täusch ick mir ja ooch, Nolan hieß mein Hauptmann eigentlich nicht, ach so, na ja, ist denn der Hund noch da? – Ach der … na kommen Sie mal mit … Geht die Nachbarin also mit raus und zeigt ihm die Hundehütte auf der anderen Seite des Gartenzauns, und da liegt das Vieh dann drin, ein Dobermann, und von einer Größe, dass der mindestens drei Schauspielerrationen am Tag verputzen muss, um sein Gewicht halten zu können, aber wenn der Hund da ist, wird Nowak schon wiederkommen, Hand an den Hut und »Habe die Ehre, gnä Frau«, die will ihn aber noch nicht ziehen lassen: Komisch sei ja auch, dass die Amerikaner die Villa hier in dieser Straße beschlagnahmt hätten, wo wir doch gar nicht zum Sperrgebiet gehören, finden Sie nicht auch? – Wieso, ist das Haus denn beschlagnahmt? – Aber ja, da hat doch vorher der Neffe von Reichsstatthalter von Epp gewohnt. – Ach nee, ein Opfer der Siegerjustiz sozusagen. – Ja, wir haben ja schon gedacht, wir müssen auch raus, aber dann haben sie uns nur vom Wohnungsamt dieses Sudetenpack ins Haus geschickt … Und mein Mann ist ja geschäftlich weg.

Wo führen ihn denn seine Geschäfte so hin, Madame, nach Nürnberg, nach Polen …?

Das mit der offiziellen Beschlagnahmung ist aber schon eine Nummer, zusammen mit dem falschen Namen und dem Pass bedeutet das nämlich: Nowak hat denen einen Bären aufgebunden und führt seinen Feldzug gegen den Kraken des Weltkommunismus, hinter dem dann dieses komische Zion steckt, unter anderer Flagge weiter … Gar nicht dumm, aber dass man so fanatisch sein kann, auch dann noch, wenn alles längst vorbei ist, wahrscheinlich hat der am Ende an seinen eigenen Quatsch geglaubt und wirklich überall Weise von Zion und Weltverschwörung gesehen, so ein Spinner … Und wegen seinen Verbindungen zu den Kalmücken und Kosaken können die Amis ihn gut gebrauchen, aber wenn die mal erfahren, wer das wirklich ist, dann boy oh boy, the shit will rise up to the ceiling, and then it'll hit the fan …

Jedenfalls kann Lehmann es sich sparen, dumm in der Gegend herumzustehen und auf den Sturmbannführer a. D. zu warten, also fährt er in die Stadt zurück und sucht sich eine Litfaßsäule, auf der die Kinofilme angeschlagen sind, *Die 39 Stufen* hat er schon in Amerika im Lager gesehen, aber das ist ein guter Film, kann man sich zweimal angucken, nur befindet sich das *Burgtheater* in Obermenzing, und da draußen kriegt man hinterher nichts Anständiges zu essen. Sonst laufen allerdings hauptsächlich alte UFA-Schinken, die schon wieder freigegeben sind, Lachen ist gesund, Herr Feldwebel, sagte der Schütze und schoss ihm auch das zweite Ei weg, dann noch *Der Herr der sieben Meere,* hat er aber auch schon im Lager gesehen und lohnt kein zweites Mal, der englische Erfolgsfilm *Madonna der sieben Monde,* schon der Titel hört sich an, als ob der Streifen Mimi Westendorp gefallen hätte, der weltbekannte Farbfilm *Caesar und Cleopatra,* Geschichte langweilt ihn, außerdem läuft der in der Nachmittagsvorstellung, und da trifft man in romantischen Filmen hauptsächlich auf Jungdeutschland beim Herumpoussieren. Mit Elena ist er auch mal im Kino gewesen, *Filmpalast F. Steinke* in Schivelbein, *Razzia in St. Pauli,* irgend so ein Hafen-Huren-Unterwelt-Quatsch mit er weiß die Schauspieler gar nicht mehr, angeblich haben seinerzeit echte Ganoven aus der Hamburger Unterwelt mitgespielt, Ballhaus-Else, Matrosen-Karl und Musiker-Leo hießen die im Film, an die Namen erinnert er sich noch gut, weil er damals den Film eigentlich gar nicht so schlecht fand und unbedingt Polizist auf St. Pauli werden wollte, in derselben Vorstellung ist auch *F.P.1 antwortet nicht* gelaufen, natürlich mit Albers, den er damals noch einigermaßen gemocht hat, vor allem aber mit Sybille Schmitz, in die er richtig verknallt gewesen ist, und den St. Pauli-Film hat er dann nicht zu Ende gesehen, weil Elena ihm in der letzten Reihe, wo sie ganz allein waren, das Ding aus dem Hosenlatz gezogen hat, wie üblich, und es dann aber nicht mit der Hand gerieben hat, sondern mit der Zunge darangegangen ist und geleckt hat, wie eine, die was trinken will, und dann hat sie die Lippen drübergemacht, als ob sie einen Eislolly lutschen wollte, und das ist wieder das Schönste gewesen, das Fritz Lehmann aus Mahlow bis dahin je erlebt hatte.

Er fährt schließlich doch nach Obermenzing in den Hitchcock-Film, aber da ist es noch schlimmer als beim knutschenden Jungdeutschland, da sitzen die dreizehnjährigen Kriminalfilmliebhaber im Kino und quatschen dauernd während der Vorstellung, weil sie alles besser wissen als die Londoner Polizei … Der Film ist synchronisiert, und Lehmann wundert sich, dass aus den deutschen Spionen, die im Original die Bösewichter waren, plötzlich Drogenschmuggler geworden sind, das mit der Bombe, die im Bus mitfährt, sieht sich beim zweiten Mal aber genauso spannend wie beim ersten, da hören sogar die Obermenzinger Stadtrandgewächse mit dem Quatschen auf … In der *Wochenschau* vorher haben sie Senator Glenn gezeigt, der im Staate Alabama einen Eingang benutzt hat, der nur für Schwarze bestimmt war, sechs Monate auf Bewährung wegen Missachtung der Gesetze über die Rassentrennung, also nicht »will go to jail«, wie es vorgestern im Radio geheißen hat, jedenfalls ist das auch komisch, dass die Amis so einen Aufstand wegen der

Schwarzgelockten machen, dabei müssen ihre Neger in den Südstaaten einen anderen Eingang benutzen, genau wie damals in Deutschland mit den getrennten Parkbänken und Geschäften … Wenn es dabei mal geblieben wäre, da hätte keiner was sagen können, aber deutsch sein heißt, eine Sache um ihrer selbst willen zu tun, hat irgendein U-Boot-Kommandant in irgendeinem anderen Film, den Lehmann mal gesehen hat, gesagt, und außerdem: Zu leben verstehen wir Deutsche vielleicht nicht, aber sterben können wir dafür ganz hervorragend.

Amos' Eltern haben auch im Süden gelebt, hat sein Freund ihm erzählt, aber dann sind sie nach Chicago, als er noch klein war, denn in Chicago gab es Arbeit und keine Segregation Laws. Das mit der Arbeit hat sich dann aber erledigt, weil die Große Depression kam, und Amos ist so früh wie möglich in die Armee, fünf Jahre älter als Lehmann ist er, in Deutschland hat man zu der Zeit fast gar nicht in die Armee gekonnt, da hatten sie nur das Hunderttausend-Mann-Heer, was hat der Lehrer in der Volksschule immer geschimpft auf die Novemberverbrecher und den Schandvertrag von Versailles, '33 wurde das natürlich alles anders.

*

Amos ist dann auch schon im Konzertsaal des Deutschen Museums, als Lehmann nach einem schuhsohlengroßen Rumpsteak in seinem üblichen Kellerlokal am Isartor, wohin sonst mit den Dollars in der Tasche, beim Konzert der Four Stars aufkreuzt.

»Hey Fritz! You lookin' good!«

»I'm getting a lot of exercise.«

»The hell you are …«

Lehmann bestellt sich ein Bier. Das hat auch etwas, so eine kleine Besetzung: Schlagwerk, Bassgeige, Saxofon und Trompete, und natürlich das Klavier, an dem tatsächlich, als fünfter Stern eben, Itzhak Klein sitzt. Die Stücke gehen immer ähnlich, erst spielen die beiden Blasinstrumente eine Art kleine Melodie, beide dieselbe oder fast dieselbe, und dann darf jeder einmal, aber nicht die Melodie, sondern alles ganz anders, obwohl das trotzdem immer halbwegs zu den anderen Instrumenten passt, und die halten sich dann zurück, alles natürlich in einem rasenden Tempo, sogar Gershwin spielen sie doppelt so schnell wie gewöhnlich, sodass man kaum das Stück erkennt, das der am Saxofon aber groß ankündigt, Ladies and Gentlemen, here's a little tune from a great master, man muss sich vielleicht wirklich erst daran gewöhnen.

»These cats are baaaad ...«

Amos macht so ein Negergesicht, bei dem man nicht weiß, was es eigentlich bedeuten soll, »bad« kann ja auch »gut« bedeuten, baaaad motherfucker, andererseits meint er vielleicht auch nur, dass die Kapelle schlecht spielt, Lehmann kann die Geste nicht so richtig einschätzen; immerhin ist es mal kein Zitat aus der *Down Beat*.

Klein ist aber eine richtige Nummer, ganz versunken hängt der über seinen Tasten und spielt, mal ein paar Noten zusammen, mal so eine kleine Melodie, ganz dahingeworfen alles, gar nicht wie Duke Ellington, im Radio hat Lehmann einmal ein Konzert gehört im Lager in Arizona, der Duke persönlich, ist ja auch so ein Witz, »Herzog Ellington« und »Graf Basie«, dabei sind das da drüben für die Weißen ja eigentlich Nigger, die einen anderen Eingang benutzen müssen, wenn Sie in Alabama auftreten ... Der Herzog hat dann mit *Take the »A« Train* angefangen, erkannte man erst gar nicht, weil er so auf dem Klavier herumspielte, man sah dann aber doch, dass alles einen Zusammenhang hatte, denn plötzlich war mitten in dem Herumspielen die Anfangsmelodie zu hören, daaaaaaa-baa-dap-dap-di-daaaa, und alle wussten: Jetzt geht's gleich los, und so ist es dann auch gewesen, mit Trompeten und Posaunen wie die Heerscharen des Volkes Israel vor Jericho. Ich bin der Herr, dein Gott, ich bin Gott, dein Herr, das ist so eine Melodie, die sie zwölf Jahre gesungen haben in Deutschland, die musste auch Klein gehört haben, der Lkw-Fahrer und Jazzpianist, der dürre Hering, der einen Todesmarsch mitgemacht hat und jetzt so versunken in seinen Noten lebt ... Und wenn Lehmann hundert Jahre erreicht, wird er nicht verstehen, warum die sich nie so richtig gewehrt haben, dabei hätten die sich nur einmal angucken müssen und denken: Wir sind doch zehnmal mehr, hundertmal mehr, tausendmal mehr, rennen wir die paar Deutschen doch einfach über den Haufen, aber andererseits, wenn die eine Seite Gott, der Herr, ist, dann darf wohl das Gleichgewicht in der Welt nicht gestört werden, dann sind die anderen eben Ungeziefer.

Ein paar Tische weiter entdeckt Lehmann jetzt auch Burke und winkt ihm zu. Der amerikanische Offizier erkennt ihn nicht gleich und macht erst so ein Gesicht: Na, was will der denn, aber dann geht ihm doch ein Licht auf, und er lächelt freundlich: Ah, der Jazzliebhaber ist wieder da, gefällt ihm der Bebop wohl doch, winken wir mal zurück … Neben ihm sitzt so etwas Elegantes mit Perlenkette und einer Frisur wie die der Skandinavierin neulich am Stachus, was aus der und ihrem Mercedes-Fahrer wohl geworden ist, vielleicht denkt er am Montag daran, die hat so komisch geguckt bei dem Foto, vielleicht hat sie Irina Stepaschkin ja doch gekannt, wenn die sich oft am Stachus herumtrieb, und das mit der polnischen Freundin von ihr ist nur so eine Geschichte gewesen … Die mit der Perlenkette neben Burke ist aber ganz blond und hat so einen arroganten Zug um die Nase, das gefällt Lehmann, da muss er gleich daran denken, wie er es mit der gemacht hätte, früher, als sein Ding noch in Ordnung war, und da wird er wieder unruhig und hört lieber der Musik zu, die jetzt den Eindruck macht, als ob vier von den Four Plus One Stars so mal eben vor sich hin tröten und schlagen und zupfen, während der Fünfte am Klavier sitzt und ihm gerade eine Geschichte erzählt hat, nur dass er den Anfang verpasst hat, es war einmal, und jetzt versteht er den Rest der Erzählung nicht.

Nach dem Ende des Sets wirbelt alles so ein bisschen auf, weil Amos nach Hause zu seiner Familie geht, see you later, alligator, und ein paar von den anderen Jungs mit ihren Flitscherl im Schlepptau aufkreuzen, Veronika Deutsch, Veronika Dankeschön, Venereal Disease, jedenfalls sitzt Lehmann am Ende mit Kemp, einer Rothaarigen und ein paar von den anderen in Begleitung weiterer Haarfarben am Tisch. Burke und die Arrogante mit der Perlenkette sind auch weg, na, der hat wohl Drang heute Nacht, und dann kommt auch noch die Band dazu, wobei Klein sich einen Stuhl nimmt, Lehmann zulächelt und sich hinter ihn setzt, weil niemand ihm Platz macht.

»Das freut mich aber, Herr Kommissar, dass Sie auch da sind!«

»Na, versprochen ist versprochen, oder?«

Sie lächeln sich dann noch ein bisschen verlegen an, Klein weiß anscheinend auch nicht, was er sagen soll, und Lehmann gerät in die Unterhaltung mit den Amis, Hey Fritz, how's life in Homicide, you miss those extra rations? … Dig this cat, fellas, blows his horn like Bird himself and can't even hold his bladder, mit Klein redet keiner so richtig, vielleicht haben sie Angst vor ihm, vielleicht ist er ihnen auch egal, und Englisch sprechen kann er wohl auch nicht so gut, hat ja damals bei dem Todesmarsch schon bloß »Duke Ellington« sagen können. Lehmann überlegt ein paar Mal, wie er ein Gespräch mit ihm anfangen könnte, aber ihm fällt nichts ein, er wüsste nicht, wo anfangen, da ist ja der Todesmarsch und all das, da kann man nicht einfach sagen: Na, wie geht's uns denn heute, alter Knabe, hamwa den Krieg glücklich überstanden, wa?

Dass Klein nicht so gut Englisch kann, ist aber vielleicht auch ganz vorteilhaft, weil Sergeant Kemp einen im Tee hat und von den Wall-Street-Juden anfängt und wie sein Vater sein ganzes Geld verloren hätte beim Börsenkrach 1929, da zieht sich einem alles zusammen. Dass ausgerechnet manche Amis auf diese Art reden, hat ihm einen ganz schönen Schreck eingejagt, als er das zum ersten Mal gehört hat, dabei ist doch Amerika Duke Ellington und *We the People ... that all men are created equal,* andererseits ist man aber mit dunkler Hautfarbe ein »Nigger«, ein Jude ist ein »Kike«, ein Italiener ein »Wop« und ein Mexikaner ein »Dago« oder »Greaser« oder »Taco Bender« ...

Zur Jamsession klettern jetzt ein paar deutsche Musiker auf das Podest und wollen auch mal dürfen, Max Greger erkennt er gleich, der grinst immer so schön giesingerisch, Paul Kuhn am Klavier, »Paulchen« nennen sie den in *Mitternacht in München*, Paulchen Kuhn, die mögen den Jazz auch, obwohl sie ihre Musik wohl eher beim Heeresmusikkorps gelernt haben, und natürlich fangen sie mit *How High the Moon* und *I Got Rhythm* an und versuchen so zu spielen wie die Four Stars, aber das geht noch nicht so richtig.

»You can take the Jew out of the gutter, but you can't take the gutter out of the Jew ...«

Kemp hat das in eine Musikpause hineingesprochen und ganz besonders laut, was vielleicht nur Zufall ist, aber alle haben es gehört und gucken ganz komisch, man kann den Juden aus der Gosse holen, aber die Gosse nicht aus dem Juden, und das ist nicht schön, so etwas zu hören.

»Was hat er gesagt, Herr Kommissar?«

Klein fragt das, und Lehmann fährt innerlich zusammen, du meine Güte ... Er druckst herum, hab ich auch nicht verstanden, aber dann hört die Musik ganz auf, und Kemp sagt es noch einmal und guckt dabei Klein auf eine Art an, dass es wohl Absicht sein muss:

»I say: You can take the Jew out of the gutter, but you can't take the gutter out of the Jew …«

Jetzt hat Klein verstanden, oder jedenfalls den Sinn, denn er springt ganz außer sich auf, bringt aber kein Wort heraus und starrt Kemp bloß an, brüllen soll er doch, brüllen muss er, nu brüll doch …! Dass ihm so etwas ins Gesicht gesagt wird, im Jahr 1948 …! Aber er brüllt nicht, er dreht sich bloß irgendwann um und läuft nach draußen. Kemp grinst so halb schmierig vor sich hin, und die anderen tun so, als ob sie nichts gehört hätten, die Flitscherl haben sowieso nichts mitbekommen, also steht Lehmann endlich auf und geht Klein hinterher, das kann man doch nicht so auf sich beruhen lassen.

Klein steht draußen vor der Tür, schon halb auf der Ludwigsbrücke, und macht ein Gesicht wie ein ganzes Jahr Regenwetter.

»Ich habe Amerikaner richtig verstanden, Herr Kommissar, oder?«

Lehmann zuckt nur mit den Achseln.

»Warum sagt er so was, Herr Kommissar, können Sie mir erklären? Warum sagen Menschen überhaupt so was?«

Lehmann weiß nicht, was er sagen soll, er weiß auch gar nicht, warum er überhaupt herausgekommen ist, ausgerechnet er, was will er denn hier … Gegen die Juden ist ja immer geredet worden, die haben den Heiland ans Kreuz geschlagen, wie geht das an, Herr Pastor, wo das doch eigentlich die römischen Soldaten gewesen sind, und niemand ist deswegen den Itakern böse, er hat sich auch früher nichts gedacht dabei, wetten tun die Juden, wenn sie kein Geld haben, geht ja zu wie in der Judenschule, jüdischer Rechtsverdreher, jüdischer Wucher, Finanzjudentum in der Wall Street, aber das ist ja schon überzogen gewesen, und nur Leute wie Nowak glauben an so etwas, auch dass Lenin Jude gewesen sein soll, und an die Weisen von Zion. Das hat sogar der weltanschauliche Führungsoffizier damals bei den Schulungen gesagt: Nehmse det mal allet nich so ernst, meine Herren, wat der *Stürmer* so schreibt, da müsstense erst mal zwee Jüdlein finden, die ein und derselben Meinung sind, wa? Ha, ha, ha … Bloß, irgendwer muss es ja geglaubt haben.

Klein schüttelt schließlich den Kopf und zieht eine Schiebermütze aus der Jackentasche.

»Warum kann man nicht uns behandeln wie alle anderen auch? Warum sollen wir etwas Besonderes sein? Ich merke das auch bei Ihnen,

Herr Kommissar, Sie sind ganz ... wie sagt man, befangen, wenn Sie reden mit mir, Sie denken, das ist ein Jude, der ist was Besonderes ...!«

Klein kommt auf ihn zu.

»Ich möchte, dass Sie wissen: Sie müssen das nicht. Der Krieg ist vorbei, ist seit drei Jahren vorbei, können wir wieder normal zueinander sein, ich weiß auch, dass nicht alle Deutschen gewesen sind in KZ als Wärter, haben auch einige geholfen den Verfolgten.«

Einen Schritt vor Lehmann bleibt er stehen.

»Und ich weiß auch, Sie denken: Warum fährt der Itzhak Klein denn Lastwagen, wo er doch spielen kann so gut Klavier, und ich möchte Ihnen das erzählen, weil Sie mich dann besser verstehen werden ... Ich bin aus Warschau, mein seliger Vater hatte dort Geschäft für Musikalien, wissen Sie, aber meine selige Mutter ist gewesen Opernsängerin, als sie war jung, und sie hat gewollt: ich soll mal keine Noten verkaufen, wenn ich groß bin, und weil ich ein Talent für Musik, bekam ich von klein auf Unterricht am Klavier, erst von ihr selbst, dann hab ich auch gehabt einen Lehrer. Beethoven und Schubert hab ich gelernt, das hab ich ja schon gesagt, aber dann kam die deutsche Wehrmacht nach Polen, und meine Mutter hat mich geschickt nach Kowno in Litauen, wo sie einen Bruder hatte, der mich hat aufgenommen. Dort habe ich auch Duke Ellington gehört, wie ich Ihnen erzählt habe, weil es dort diese ältere Cousine gab, die hat immerzu geträumt davon, nach Hollywood zu gehen und Filmschauspielerin zu werden, aber sie war nur kleine, fette Jüdin aus Litauen, Gott sei ihr gnädig, und deshalb hat sie tun können nichts weiter als jeden Tag Jazz zu hören und sich Kleider nähen zu lassen nach den Bildern in Filmzeitschriften, und eine lange Zigarettenspitze hat sie gehabt, womit sie aber nur russische Papirossi geraucht hat, die man nach oben halten musste, weil sonst der Tabak herausgefallen ist.«

Wie Elena Spanier, Elena mit ihren drei amerikanischen Illustrierten und ihrem Ich-guck-mal-so-von-der-Seite-du-Affe, morgen bin ich längst in Hollywood, ihr blöden Kartoffelbauern aus Polzin oder Grössin oder Korlin, haut doch alle ab ... Elena ist aber nicht klein und fett gewesen, und außerdem stammte die Familie nicht aus Litauen.

»Dann ist die deutsche Wehrmacht im Sommer 1941 aber auch gekommen nach Litauen, und wir mussten in ein Ghetto, wo die Deutschen Arbeiter gesucht haben für alle möglichen Einrichtungen der

Wehrmacht. Da kam der Obersturmführer Jordan, ein ganz brutaler, gemeiner Mensch ist das gewesen, wissen Sie, der hat immer eingetreten die Tür und nicht angeklopft, er war aber für uns zuständig. Und dann mussten wir antreten, und er hat ausgesucht, Arbeiter oder nicht, und dann hat er gesehen meine Hände, ich war ja erst siebzehn Jahre alt und hatte nur Noten umgeblättert und Klavier gespielt, verstehen Sie, und dann hat Obersturmführer Jordan gesagt: Der hat feine Hände, der kommt in die Kfz-Werkstatt zum Ventileschrauben! Und so kam es dann, und man hat mir dort alles beigebracht, damit ich reparieren konnte Lkw und Kübelwagen für die Wehrmacht, man musste sich eben unentbehrlich machen, also hab ich versucht, so gut wie möglich Motoren zu reparieren, das ging dann auch. Und deswegen bin ich jetzt Lkw-Fahrer, und nun wissen Sie es.«

Lehmann nickt, nun weiß er es. Da streckt Klein ihm plötzlich die Hand hin und sieht ihn ganz ernst und feierlich an, als wollte er sagen: Das war alles schlimm, aber jetzt ist alles gut, und wir können Freunde sein, wollen Sie nicht mein Freund sein? Und Lehmann weiß gar nicht, wo er jetzt hinsehen soll, in Kleins Augen bestimmt nicht, wie soll denn das auch gehen mit einem wie ihm, der im Wald von Sarny war, aber sein Gegenüber lächelt ihm aufmunternd zu, und schließlich sagt Lehmann innerlich Ja und ergreift die Hand und schüttelt sie, ganz fein ist Kleins Händedruck, gar nicht wie ein Automechaniker fasst er zu, aber der spielt ja auch Klavier, ein besonderer Mensch eben. Mit einer besonderen Geschichte.

Klein setzt seine Mütze auf und winkt zum Abschied, dann verschwindet er in Richtung Isartor die Ludwigsbrücke hinunter, Lehmann winkt auch halbherzig und überlegt, ob er wieder reinsoll, hat aber keine Lust mehr: Max Greger und Sergeant Kemp, keine angenehme Mischung. Also zum Auto zurück, da fällt ihm ein, dass er ja Klein nach Hause fahren könnte, die Straßenbahner sind immer noch im Streik, aber sein neuer Freund – kein Wort ist gefallen bei dem Händedruck, aber Lehmann hat trotzdem alles deutlich gehört – ist schon verschwunden, vielleicht zur *Koscheren Küche beim jüdischen Komitee*, da will Lehmann jetzt nicht hinein, da werden dreißig Schwarzgelockte sitzen und ihn anstarren, wenn er zur Tür hereinkommt, ins *Chacke* am Kurfürstenplatz hat er mit den Amis mal wegen Schwarzmarktgeschichten hineingemusst, und da wollte man gleich rückwärts wieder raus, wie in den amerikanischen Wildwestfilmen, wenn der Sheriff in den Saloon kommt, in dem das ganze zwielichtige Gesindel der Stadt zusammenhockt und finstere Pläne schmiedet … Lehmann geht also zum Opel Olympia zurück, und erst als er den Zündschlüssel ins Schloss steckt, fällt ihm auf, dass Klein ihm gerade erzählt hat, er sei in Kowno gewesen, und dann sei er ins Ghetto gekommen, also doch wohl ins Ghetto Kowno, und es durchfährt Lehmann wie ein Stromschlag, weil er nicht einmal entfernt daran gedacht hat, den zu fragen wegen Kowno und Kaufering und Abraham Katz, und so einer wie er will Polizist sein, wäre er mal bloß Bauer geblieben … das Dumme mit dem auserwählten Volk ist aber, dass es nur eines davon geben kann, und als es schließlich die Deutschen geworden waren, da konnten die Juden es nicht mehr sein.

9. BIS 23. MAI

Am Sonntag haben sie wirklich schönes Wetter in der Stadt, zwanzig Grad und Sonnenschein, und die finsteren Gesichter auf den Straßen hellen sich ein klein wenig auf, man kann spazieren gehen und irgendwo einen Kaffee trinken, und genau das macht Lehmann heute Morgen. Im Kaffeehaus *Römische Grotte* um die Ecke in der Türkenstraße muss man nur mal mit einem Dollarschein winken, damit sie sich an den Bohnenkaffee im Hinterzimmer erinnern, Euer Durchlaucht hat nämlich tatsächlich keinen mehr, und Salkind ist immer noch nicht aus Landsberg zurück, aber mit Greenbacks in der Tasche geht alles, und für noch mal einen davon bekommt man auch ein richtiges Frühstück mit Eiern und Speck dazu, natürlich im Hinterzimmer und nicht vor aller Leute Augen.

Satt und zufrieden mit sich und der Welt will Lehmann dann los und Klein suchen, der muss ja auch irgendwo wohnen und kann ihm was erzählen von Kowno und vielleicht Kaufering und sogar den Gebrüdern Katz, aber als er vor seinem eigenen Hauseingang ankommt, steht dort schon ein Buick mit amerikanischem Militärkennzeichen und den CID-Agenten Wilfredson und Jaspers darin, die auf ihn warten. In der Nähe von Fürstenfeldbruck ist das ausgebrannte Wrack des Dienstwagens gefunden worden, mit dem Mitterer und Myers den jungen Einbrecher, Wilfried Helms heißt er, aus Wiesbaden überführen sollten. Die völlig verkohlten Leichen der beiden hat man hinten im Kofferraum gefunden, und von Helms fehlt jede Spur.

Die nächsten zwei Wochen über macht Lehmann das, wofür er bei der Münchner Polizei eingestellt worden ist, nämlich die Zusammenarbeit zwischen CID und den örtlichen Polizeibehörden bei gemeinsamen Ermittlungsaufgaben sicherzustellen, thanks to *English for POWs, I to VI* und anschließender Slangschule bei den Wachmannschaften. Auf dem Weg nach Fürstenfeldbruck erfährt Lehmann das Wesentliche: Helms ist erst siebzehn Jahre alt, hat aber ein Vorstrafenregister, lang wie das Alte Testament, und nicht nur einbrechen kann er gut, auch ausbrechen, in der Akte finden sich die Namen von Erziehungs- und Strafanstalten aus allen Westzonen, aus denen er geflohen ist, jetzt hätte er nur noch neunzig Tage wegen Einbruchs in Stadelheim abzusitzen gehabt, und dann baut er so einen Scheiß … Der gemeinsame deutsch-amerikanische Erkennungsdienst, Gräf ist auch mit dabei, stellt fest, dass der Junge während der Fahrt irgendwie die Dienstwaffe Mitterers an sich gebracht haben muss, das letzte Mal, als die beiden sich bei einer CID-Dienststelle gemeldet hatten, in Heidelberg, war er noch gefesselt gewesen, aber dann: Peng!, und tot waren die beiden, und ab in den Wald mit dem Wagen und anzünden und weg. Wenn Lehmann mal daran denkt, dass, wenn der Fall Irina Stepaschkin nicht passiert wäre, eigentlich er in dem Wagen hätte sitzen müssen, kriegt er das kalte Gruseln.

Sie beginnen die Jagd bei den Bauernhöfen in der Nähe des Leichenfundorts und finden heraus, dass Helms sich als armer Junge, dessen Eltern beim Bombenangriff auf Dresden umgekommen sind, vorgestellt und um Brot und Milch gebettelt hat, er wolle zu seinen Verwandten in Norddeutschland und dann nach Amerika auswandern. Die Spur führt von einem Bauernhof zum anderen und tatsächlich immer weiter Richtung Norden, Lehmann mit Wilfredson und Jaspers immer hinterher, die beiden gehören nicht zu seinen engeren Freunden bei den Amis, aber man kann schon zusammenarbeiten, bloß dass die beiden sich einen Scheißdreck darum scheren, ob er »Hot Dog« und »You're darn tootin'« sagen kann oder nicht. Sie sagen auch »Fritz« zu ihm und nicht »Herman the German«, was für die zählt, ist gute Arbeit und sonst nichts. Lehmann lernt also Heilbronn kennen und Heidelberg und Mannheim und Frankfurt und sogar Köln, das ja schon in der Zone der Tommys liegt und wo er genauso Probleme hat, die Staff Sergeants von der britischen Militärpolizei zu verstehen, wie die beiden Amis, die reden alle ein Englisch da und stolzieren einher, als ob sie einen Besenstiel im Hintern stecken hätten … Am Ende verschwimmt ihm alles zu einer einzigen Stadt, zu einem einzigen großen Trümmerhaufen, der sich an die Flüsse Deutschlands schmiegt und in dem sie immer wieder den gleichen blassen Menschen dieselben Fragen stellen und dasselbe Foto von Helms zeigen, und dazwischen Dutzende der gleichen rotgesichtigen Bauern in einsamen Höfen, die alle gut im Futter stehen und sich ihre guten Stuben mit den Standuhren und Teppichen der hungrigen Städter verschönert haben. Deutschland, das sind schlecht angezogene Menschen mit Mörderblicken und Kaugummi kauende Amis und Tommys mit Besenstiel im Hintern und gut angezogene Schieber und die Dialekte der Bauern, die allesamt reden, als ob sie kein Hochdeutsch gelernt hätten, und das von Dorf zu Dorf verschieden. Ab und zu sieht man ein hingeschmiertes Hakenkreuz und »Ami go home« oder »Tommy go home« oder »Bis zum letzten Blutstropfen«, das sind die einsamen Getreuen des Führers, und das alles unter einem strahlend blauen Maihimmel. In Köln sind sie über Pfingsten, in der Schule hat Lehmann gelernt, dass im Rheintal der Frühling eher Einzug hält, jedenfalls steht der Dom noch, aber sonst fast nichts mehr, und die Sonne lacht über ihnen, dass einem das Herz aufgehen will.

Helms wird schließlich in Belgien gefasst und soll von den dortigen Behörden so bald wie möglich ausgeliefert werden, sie können also wieder nach München fahren. Lehmann hat beinahe gehofft, die Jagd würde sie in Richtung Bremerhaven führen, weil Helms beim dortigen amerikanischen Konsulat schon mal aktenkundig geworden ist, da hätte man leicht einen Schlenker hin zu Magda und ihrem Verlobten machen können, was die für Augen gemacht hätten, aber so ist es eben nichts geworden, und am Ende ist er beinahe froh, dass er wieder zurück an die Isar kommt, zu dem Trümmerhaufen, der jetzt sein Zuhause ist.

Als Wilfredson und Jaspers ihn fast genau zwei Wochen, nachdem sie ihn abgeholt haben, wieder in der Schellingstraße 32 absetzen, ist die Streikbewegung in Süddeutschland zuerst außer Kontrolle geraten und dann in sich zusammengebrochen, hat der bayerische Ministerpräsident Ehard den Zweizonenrat in Frankfurt beschuldigt, Bayern zu behandeln wie ein Stück Dreck, was er natürlich anders ausgedrückt hat, ist das Derby Bayern gegen 1860 1:1 ausgegangen, hat das Office of Military Government for Germany (United States of America), auch OMGUS genannt, das absolute Beschäftigungsverbot für ehemalige Parteigenossen aufgehoben, es gibt also Hoffnung für das Geschlecht derer von Lederer, haben die USA ihre Atombombenversuche auf dem Eniwok-Atoll im Großen Ozean beendet, hat Hein ten Hoff seinen Deutschen Meister im Schwergewicht in Berlin gegen Arno Kölblin durch K. o. in der siebten Runde verteidigt, hat Italien nach den knapp gegen die Kommunisten ausgegangenen Wahlen endlich einen neuen christdemokratischen Ministerpräsidenten, und ist Prinz August Wilhelm, gerne »AuWi« genannt und Sohn des letzten Hohenzollern-Kaisers, in einem Internierungslager in Ludwigsburg von der Spruchkammer als Belasteter eingestuft worden, weil er den Führer so gern gehabt und das auch jedem offen und vor Publikum ins Gesicht gesagt hat, da kannte der keine falsche Scham, vor allem aber ist am 14. Mai in Jerusalem von Ben Gurion der neue Staat Israel proklamiert worden, und am selben Tage haben sich die Partisanengruppen von Irgun, Stern und Hagana in die regulären Truppen dieses Staates verwandelt, und die arabischen Freiwilligen sind zu den Armeen Ägyptens, Transjordaniens, Iraks, Syriens und des Libanon geworden, und beide Seiten befinden sich jetzt offiziell in einem Krieg, den der Großmufti von Jerusalem zu einem heiligen Krieg erklärt hat, denn es gäbe fünfzig Millionen Araber, und selbst wenn sie zehn Millionen verlören, wäre es den Preis wert, also ins Meer mit den Juden, was dazu geführt hat, dass die Araber bis zum 20. Mai Gaza, die Negev-Wüste und Hebron erobert haben und Dr. Benjamin Salkind aus Prag an diesem Tag versucht hat, sich umzubringen.

»Herr Lehmann, Herr Lehmann, Sie können sich gar nicht vorstellen, was los war bei uns in der Wohnung, dabei wohnt doch Ihr Kollege Schmitt auch hier bei uns, aber jetzt waren Sie *beide* nicht da, das war einfach *furchtbar* …«

Nach einigem Hin und Her kriegt Lehmann schließlich heraus, dass der gute Herr Doktor die ganze Zeit über so gereizt war und auch schlecht ausgesehen hat, dauernd habe er bei ihm an die Tür geklopft, einmal sogar versucht, diese aufzubrechen, wie ein Tier ist er geworden, Herr Lehmann, ganz schrecklich, was wollte er denn nur von Ihnen …? Dann sei da mal so ein jüdischer Mitbürger gekommen, der habe wohl Medizin dabeigehabt, und dann sei es dem Herrn Doktor ein paar Tage ein wenig besser gegangen, aber dann habe er vor drei Tagen Zeitung gelesen und sei plötzlich in die Küche gerannt gekommen, ganz schwer geatmet hat er, Herr Lehmann, und geheult und geschrien: Ich will nicht mehr, habe ich dafür überlebt?, und dann habe er sich ein Messer genommen und wollte sich im Bad damit die Pulsadern aufschneiden, angefangen habe er auch schon, aber zum Glück seien der Ingenieur und der Student da gewesen und hätten ihm das Messer weggenommen, aber das Blut, Herr Lehmann, das können Sie sich gar nicht vorstellen, zwei Tage putzen musste ich, und schließlich sind Ihre Kollegen vom Präsidium gekommen, die haben sofort gesagt: So ein Pech, dass der Herr Lehmann nicht zu Hause ist, der hätte das gleich übernehmen können …

»In welchem Krankenhaus liegt er denn?«

»Oh, ich weiß nicht … beim Wohnungsamt haben sie jedenfalls gesagt, er käme vermutlich wieder zurück …«

Ach, gleich angerufen wegen Neubelegung? Biest, verdammtes … und wenn dein Karl-Otto vor die Spruchkammer kommt, dann soll er lebenslang nichts weiter machen dürfen als Mist ausfahren und Unkraut jäten, und du sollst dazu die Gänse hüten und im Herbst Federbetten für die Aussteuer der Enkel draus machen, aber nicht den Braten essen dürfen, weil für dich auch Steckrübensuppe reicht mit drei Fettaugen drin …

Lehmann fragt nicht weiter nach, Selbstmorde, auch bloß versuchte, gehen sowieso automatisch an das K1, da kann er auch morgen im Büro nachfragen; jetzt ist es nachmittags, halb vier, und er erinnert sich vage, dass in Hamburg gleich Max Schmeling gegen Walter Neusel kämpfen wird, Revanche für den großen Kampf 1934, also macht er das Radio an, aber anscheinend wird nicht übertragen, oder jedenfalls nicht von Radio München, er ist aber beinahe froh darüber, weil er hundemüde ist, und schaltet gleich wieder aus. Dienstbeginn ist morgen um halb sieben, also hat er so um die dreizehn Stunden, in denen er sich auspennen kann, wozu er in den letzten vierzehn Tagen nicht so richtig gekommen ist. Was aber auch sein Gutes hat, denn wenn man nicht viel schläft, kann man auch nicht viel träumen.

24. MAI

Nachdem er am nächsten Morgen beim Frühstück erfahren muss, dass er nichts verpasst hat, weil Schmeling den Kampf am Ende von zehn Runden nach Punkten verloren geben musste, nimmt Lehmann die Straßenbahn, den Opel haben sie natürlich in der Zwischenzeit abgeholt, und meldet sich pünktlich zum Dienst. Gleich als Erstes bekommt er von Hellweg zu hören, dass er den Fall Stepaschkin für ein paar Tage alleine bearbeiten muss, viel passiert ist ja sowieso nicht, Herr Lehmann, aber der Kollege Hölzl, na, irgendwann erfahren Sie's ja doch, Hellweg dreht und windet sich, am Ende rückt er damit heraus, dass es gestern eine Wahlveranstaltung der Bayernpartei im Circus Krone gegeben hat, für ein selbstständiges Bayern in einem freien Europa, nach den Kreistags- stehen jetzt schon wieder die Stadtratswahlen ins Haus, der Kollege Lallinger hat halt seine Ansichten zum Besten gegeben, Lallinger ist Kriminalbeamter und Gründer der Bayernpartei, zu der ja auch viele weitere Kriminalbeamte wie Gräf und Hölzl gehören, ein paar Schutzpolizisten und Aushilfen von den Kriminalen hatten Ordnungsdienst, na, und dann brüllt doch so ein Provokateur plötzlich: Und was ist mit Deutschland?!, da können Sie sich vorstellen, was dann los gewesen ist, ich bin ja auch kein richtiger Bayer, wissen Sie, aus der Pfalz, jedenfalls wollten die sich auf den stürzen, und einer von den Kollegen von der Sitte, der eben Ordnungsdienst hatte, stellte sich vor den, da ging's aber erst richtig los, beinahe gelyncht hätten sie den Mann …

»Und Hölzl?«

Hellweg kratzt sich am Kopf.

»Tja, der Kollege Hölzl hat sich im Eifer des Gefechts auf den Kollegen gestürzt, der den Provokateur vor dem Mob beschützt hat, ausgerechnet Hölzl mit seinem schlimmen Fuß, und der Kollege ist leider im Polizeisportverein …«

»Wie lange fällt er aus?«

»Auf drei bis vier Tage wird es schon hinauslaufen. Lesen Sie sich mal in die Protokolle ein, Sie finden alles in Hölzls Büro, das Sie ja auch, äh, benutzen können. Sie werden dann ja sowieso noch mal zum CID rübermüssen, wenn die den Helms hier haben …«

Allzu viel Elan in Sachen Irina Stepaschkin ist wohl nicht mehr verlangt … Bevor er sich an die Berichte setzt, geht Lehmann also noch mal schnell über die Flure und sagt allen hallo, mei, san S' wiader da, was war'n los, hobt's ihr den?, na, und ihr hier?, ah, geh weider, des Übliche halt: Messerstecherei in der Straßenbahn nach Streit zwischen Sudetenflüchtling und Polen, Täter flüchtig, vier Ausländer bei Einbruch in der Valpichlerstraße erwischt, Einbrecher in der Deisenhofener Straße kommt an Hochspannungsleitung und verkohlt, Laborant und Büroangestellte des Klinikums Innenstadt handeln mit Penicillin, Sepp Poschinger hat in den letzten Tagen elftausendzweihundert Schachteln amerikanische Zigaretten einkassiert und wieder mit dem Rauchen angefangen. Außerdem hat Lehmann die Artisten der Camilla-Mayer-Truppe verpasst, die ihre Hochseilkünste über dem Alten Botanischen Garten gezeigt haben, alle reden von dem Menschenauflauf, aber da kann er nur müde lächeln, schließlich kommt The Stratosphere Girl aus Stettin, außerdem ist das bloß noch der Name Camilla Mayer, die Artistin selbst ist 1940 in Berlin abgestürzt, da hat er schon Dienst geschoben an der Grenze vom Generalgouvernement zu Wolhynien, nachher haben sie aber zu Hause erzählt, dass halb Stettin bei der Beerdigung gewesen sei; zweimal hat er sie dort gesehen, '37 auf dem schwankenden Stahlmast über dem UFA-Palast, '38 ist sie die fast dreihundert Meter vom Museum auf den Hakenterrassen bis zum Kaiser-Friedrich-Denkmal im Genickhang runter, der Ausdruck bedeutete, dass sie so einen Haken ums Genick geschlungen hatte, der an einem Stahlseil hing, das in die Tiefe führte, janz schön mutig, det Mädel. Vielleicht hatte sie aber '40 auch Glück mit dem Abstürzen, angeblich war sie ja in der ganzen Welt berühmt, andererseits hat sie fleißig fürs Winterhilfswerk gesammelt, das würden ihr heute wahrscheinlich einige übel nehmen.

Von Pischl erfährt er, dass der Selbstmordfall von vor drei Tagen im jüdischen Krankenhaus in der Mühlbaurstraße liegt, hätte er genauso von selbst drauf kommen können, da hat ja auch die Frau von Simon Katz gelegen, hat das eigentlich mal jemand überprüft …? – Wos woaßt n du von dem Salkind, hat der Probleme g'habt? – Na weißte doch, KZ und so, und jetzt das mit Israel, das hat er sich schon immer zu Herzen gehen lassen. – Und des mit derer Morphiumsucht, des woaßt net? – Nee, den sah man ja auch kaum, wirkte ganz normal, aber so ist das wohl bei denen, wenn die was gespritzt haben, kannst auch den Schmitt vom Revier 5 fragen, der wohnt auch bei uns. – Den hob i scho g'fragt, der woaß aa von nix.

Wird er den Salkind mal besuchen gehen, ist ja ein bisschen auch seine Schuld, weil schließlich das Morphium und das Kokain die ganze Zeit über bei ihm im Schrank gelegen haben, Gott sei Dank ist niemand auf die Idee gekommen, die Wohnung zu durchsuchen, die von Lederer hätte sich da bestimmt gar nicht geziert, überall aufzuschließen. Den guten Herrn Doktor hat er einfach vergessen vor zwei Wochen, dabei braucht der das Zeug ja, kein Wunder, dass der seine Tür aufbrechen wollte, wenn er sich nur nicht verplappert hat, Pischl scheint keinen Schimmer zu haben, aber Lehmann wird das K2 mal im Auge behalten und sich in nächster Zeit etwas zurückhalten.

In den Protokollen, die Hölzl in der Zwischenzeit über den Fall Irina Stepaschkin angelegt hat, findet sich ein Haufen neuer Vernehmungen, aber keine wirklich heiße neue Spur, und bei den alten hat sich die Angelegenheit nur millimeterweise voranbewegt:

Sergei Stepaschkin ist wie vorgesehen am 9. Mai nach München gekommen und hat im Estnischen Komitee übernachtet, das sich im ehemaligen Haus einer Studentenverbindung in der Kaulbachstraße befindet. Zu seiner wohl nicht geringen Überraschung hat er am nächsten Morgen festgestellt, dass auf dem mit Stroh gefüllten Sack, der sein Nachtlager darstellte, in schwarzen Buchstaben »US Army Vegetable Sack, Return When Empty« stand, und gleich Alarm geschlagen. Hölzl hat den Sack einbehalten und den Sachverhalt protokolliert, bedeuten muss es nichts; sie wissen ja bereits, dass von den Säcken jede Menge im Umlauf ist.

Am Tag darauf hat der Baggerführer am Langwieder See wieder ein Stück Bein gefunden, das ordnungsgemäß der Gerichtsmedizin übergeben wurde, Lehmann kramt schnell in den Akten herum, der endgültige Obduktionsbericht fehlt immer noch, was das nun wieder bedeuten soll … Hölzl hat vermerkt, dass die eigentlichen Bauarbeiten, er meint wohl die Ausbaggerungen, außerhalb des Sees vorgenommen würden, also musste das Beinteil angeschwemmt worden sein, und wahrscheinlich gibt es tatsächlich irgendwo auf dem Grund des Sees einen zweiten Sack, aus dem die Überreste von Irina Stepaschkins Beinen Stück für Stück und nach und nach an die Wasseroberfläche geschossen kommen, vielleicht liegt sogar der Kopf noch da unten.

Am 12. Mai schließlich wurde Sergei Stepaschkins Aussage zu Protokoll gegeben. Zuerst die Angaben zur Person für sich und seine Tochter, na gut, kennen wir schon, bloß ein bisschen genauer: Im Herbst '47 ist sie nach Augsburg, angeblich, um einen Offizier, bei dessen Einheit sie in Kaufbeuren als Dolmetscherin gearbeitet hatte, nach Arbeit zu fragen; der hätte ihr aber auch nicht weiterhelfen können. Kurz darauf zum ersten Mal auf Arbeitssuche nach München, den Eltern hat sie eine Postadresse in der Dachauer Straße angegeben, von wo aber Post als unzustellbar zurückgekommen sei, wieso schicken die ihr überhaupt Post, wenn sie nur für ein paar Tage in München ist? Nach einigen Wochen wieder in München, dann vor Weihnachten noch mal, bei einer dieser Gelegenheiten muss sie Abraham Katz kennengelernt haben, an dessen Adresse hat die Familie auch eine Karte geschickt, die sei wohl angekommen, jedenfalls ist sie nicht zurückgeschickt worden, was in Hinblick auf den Eilbrief vielleicht nicht ganz uninteressant ist, aber Katz hat ja zugegeben, ein Verhältnis mit ihr gehabt zu haben. Und merken diese Eltern denn gar nichts, immer diese Fahrten in die umliegenden Großstädte wegen angeblicher Arbeitssuche? Nein, die merken nichts, Irina erzählt ihnen von einer ehemaligen Arbeitskollegin, die sie in München getroffen hätte und die bei Katz wohnen würde, das haben sie geschluckt, ach, Kinder, ihr habt ja ein Gottvertrauen ...! Irina sei dann noch öfter nach München gefahren, um sich dort um eine Stellung zu bemühen, sie hätten ihr immer Geld mitgegeben. Mit der Mutter, Vilma Nonne heißt sie, Nonne ist der Mädchenname, daher also der Absender auf dem Eilbrief, mit der Mutter also hat es Streit gegeben deswegen, und weil es ja auch nie geklappt hat mit der angeblichen Arbeitssuche.

Na, Frau Stepaschkin-Nonne, das kommt darauf an, von welcher Art Arbeit hier die Rede ist ... Hölzl scheint denselben Gedanken gehabt zu haben, jedenfalls wehrt Stepaschkin gleich im nächsten Satz ab: Nein, nein, wegen ihrer Alkoholsucht sei seine Tochter wohl kaum so oft nach München gefahren, von einem ausschweifenden Leben sei ihm auch nichts bekannt ... Dass die Katz' eine Keksfabrik besäßen, habe sie ganz offen erzählt, auch dass es sich um jüdische Mitbürger handele, jedenfalls hat Irina bei Stepaschkins zu Hause wohl mal ein paar Tüten Kekse mitgebracht, da wussten dann alle Bescheid. Und wunderten sich über nichts? Na, die wollten wohl nicht …

Wann ist denn Irina nun genau zuletzt in München gewesen?, Hölzl hat da mal ein bisschen auf den Punkt kommen wollen, gut so. Also: Karfreitag, den 26. März, habe sie den Zug bestiegen und am 27. zurück sein wollen, da ist Sergei Stepaschkin dann aber anscheinend plötzlich eingefallen, dass sie zehn bis vierzehn Tage vorher schon einmal in München gewesen sei, es hat sich also bei dem Mädel, das Heidemarie Brandt in Katz' Zimmer gesehen hat, wohl tatsächlich um Irina Stepaschkin gehandelt … Am 29., also am Ostermontag, sei sie zurück gewesen und habe von einer Anstellung in München berichtet, über die sie aber keine Bescheinigung bekommen hätte, weil der zuständige amerikanische Offizier die Feiertage über verreist gewesen wäre. Es werde auch erzählt, dass sie an Karfreitag mit irgendeinem Esten aus dem Geislinger DP-Lager im Auto nach München gefahren sei, na, das wird ja wohl immer bunter, wo hat denn so ein Flüchtling ein Auto her – aber das passt doch, Auto, Autobahn, Langwieder See … Nee, passt doch nicht, das ist ja noch gar nicht die Reise ohne Wiederkehr, von dieser hier ist sie zurückgekommen. Dann wird es einigermaßen kompliziert: Am Sonntag, den 4. April, habe Irina wieder eine Fahrkarte nach München gelöst, weil sie am nächsten Tag, dem 5. April, wegen der Bescheinigung über die Anstellung zu dem amerikanischen Offizier gewollt hätte. Sie habe dann auch am Montag das Haus verlassen, in dem die Stepaschkins einquartiert sind, um zum Bahnhof zu gehen, am nächsten Tag aber, dem 6. April, hätten die Eltern von Bekannten erfahren, dass sich Irina immer noch in Geislingen aufhalte, man habe sie mit jungen Herren, einer davon heiße Scheller, in der Wohnung ihrer Tante Gertrud Nonne und auf der Straße gesehen, und sie habe allen erzählt, dass sie die Fahrkarte nach München nur zur Beruhigung ihrer Mutter gekauft habe. Sergei Stepaschkin sei dann zur Wohnung seiner Schwägerin gegangen und habe Irina zur Rede stellen wollen, die aber habe sich in der Toilette versteckt. Am Ende habe er die Tür aufgebrochen und sie gegen ihren Willen mit nach Hause gezerrt, den Familienkrach kann man sogar aus dem Protokoll noch herauslesen, und wundern muss man sich darüber auch nicht, offenbar hat das Mädchen gelogen wie gedruckt, und da wollen die immer noch nichts gemerkt haben, von wegen ausschweifendes Leben und Alkohol und so weiter, dumm wie der hinterste Teil vom Schwein, hat man in Pommern zu so was gesagt … Ihre Mutter habe Irina dann die Fahrten nach München verbieten wollen, sie habe aber trotz allem darauf bestanden, wegen der angeblichen Bescheinigung dorthin zu müssen, und das haben die ihr immer noch abgenommen, herrjemine …! Jedenfalls sei sie dann am 7. April wohl in den D-Zug um elf Uhr elf Richtung Ulm und weiter nach München gestiegen, Mutter Vilma sei sogar noch mitgekommen, um sicherzugehen, dass ihr Töchterlein nicht doch noch im letzten Moment wieder ausbüxen würde.

Du meine Güte, die müssen doch irgendwann mal merken, dass die Sache mit der angeblichen Anstellung von vorne bis hinten erstunken und erlogen ist! Alles bloß ein Vorwand, damit sie Geld von ihnen bekommt und in die Stadt kann, das riecht doch n alter Jagdhund mit verstopfter Nase, und immer und immer wieder hat sie gelogen, Lehmann kramt ihre Fotografie aus den Akten und guckt sich die noch mal an: das Verlebte unter den Augen meint er jetzt deutlicher zu sehen, und er kriegt wieder sein Ziehen, weil er die so gerne gehabt hätte … Und dann kommt die Alte auch noch mit und passt auf, dass schön brav in den Zug eingestiegen wird, die hätten Irina lieber einsperren und den Schlüssel wegschmeißen sollen – andererseits hatten sie ja vielleicht Hoffnung auf Katz und seine Kekse, als zukünftigen Schwiegersohn sozusagen, der ist ja jetzt kein Saujude mehr, sondern jüdischer Mitbürger mit eigener Fabrik, ist doch eine gute Partie, und mit einem jüdischen Schwiegersohn steht man heutzutage gewiss auch ganz gut da bei der amerikanischen Einwanderungsbehörde, vor allem, wenn man in Estland während der deutschen Besetzung beim Gericht gewesen ist, außerdem ist sie sechsundzwanzig gewesen, da kommen Eltern ins Überlegen, jedenfalls bei Töchtern, seine eigenen Eltern haben ja auch schon was angedeutet in der Richtung, er ist dreißig jetzt, aber als Mann kann man ja immer noch warten, bevor man heiratet, und schließlich könnte er mit seinem bisschen Gehalt kaum eine Familie ernähren, aber ganz bestimmt war das der Grund dafür, dass Irina an diesem 7. April noch mal unbehelligt nach München fahren konnte.

Zurückgekehrt ist sie nie. Am 9. April habe sie wieder in Geislingen sein wollen, am 19. war sie immer noch nicht wieder da, und den

Stepaschkins muss langsam klar geworden sein, dass es sich nicht um die üblichen zwei, drei Tage Verspätung handeln konnte, also hat Sergei den ersten der Eilbriefe an die Adresse von Abraham Katz geschickt und ist in Ermangelung einer Antwort am 24. April persönlich nach München gefahren, wobei er darauf beharrt, dass Katz ihm bei dieser Gelegenheit gesagt habe, er kenne Irina überhaupt nicht.

Dann wird es aber interessanter: Sergei Stepaschkin hat nach dem Karfreitagsausflug seiner Tochter nach München deren Handtasche durchforscht, einmal Untersuchungsrichter, immer Untersuchungsrichter, und dort hat er zwei Visitenkarten gefunden: »Zirngiebel, Handelsvertreter« und »Dupois, Swing-Betriebe«, was für Betriebe ...? Seiner Aussage zufolge ist Stepaschkin dann am 24. April, nachdem er in der Maximilianstraße war, auch zu diesen beiden Adressen gegangen, dort habe er aber nur Zirngiebel angetroffen, der Irina nicht kennen wollte, Stepaschkin habe allerdings kein Foto von ihr dabeigehabt, und nein, Irina habe nie von einem Zirngiebel oder Dupois gesprochen, nur von Abraham Katz und seiner Keksfabrik; einer Freundin in Geislingen habe sie erzählt, sie habe in München eine »jüdische Gesellschaft« kennengelernt.

Hölzl hat die Aussage am 12. Mai protokolliert, muss aber schon vorher mit Stepaschkin geredet und dann in Geislingen nachgefragt haben, denn am selben Tag ist ein Fernschreiben der dortigen Kollegen eingetroffen mit Zeugenvernehmungen, die sich teilweise auf Väterchen Sergeis Erzählungen beziehen:

Die Estin Gudrun Kaasik, eine Freundin Irinas, hat angegeben, diese habe ihr verraten, sie fahre oft nach München, ließe sich dort ansprechen und verdiene Geld damit, sie, Gudrun Kaasik, habe auch gefragt, wie das funktioniere, Irinas Antwort: Ganz einfach, sie nenne den Preis, und die Verbindung sei da, am 3. oder 4. April habe Irina erzählt, sie habe erst kürzlich in München mit Juden gefeiert.

Sirje Vares, ebenfalls eine Freundin Irinas und ebenfalls estnische DP, hat erklärt, Irina sei mit einer anderen Estin oft nach München gefahren, Karin Puusepp heiße die, die Geislinger Polizei hat das gleich nachgeprüft und herausgefunden, dass die Puusepp bereits im November 1947 nach England ausgewandert ist, was für die Ermittlungen nicht von Vorteil ist, weil die Amtshilfe von dort noch nicht wieder so richtig funktioniert.

Eine dritte estnische Freundin Irinas, Anita Lepik, berichtet, Irina sei schon oft bei ihr in der Wohnung gewesen, Ostern habe man in Plochingen tanzen gehen wollen, Moment mal, Irina war doch über Ostern in München?, müssen die Geislinger auch gefragt haben, jedenfalls sagt die Lepik, dass Irina dann aber nicht gekommen sei, und hinterher habe sie eine Geschichte erzählt: In München hätte ein Auto mit zwei vornehmen und gut gekleideten Herren aus der britischen Besatzungszone neben ihr gehalten – die hat also auf jeden Fall auf der Straße gearbeitet, von wegen »heimliches« Straßenmädchen, mein lieber Herr Katz ...–, mit den beiden hätte sie dann die Nacht verbracht und später dann viel Geld dafür erhalten, Lehmanns Mund wird ganz trocken vor Aufregung, überhaupt sei es Irina völlig gleichgültig gewesen, mit wem sie zusammen gewesen sei, Gott, war das eine Verdorbene, die Hauptsache wäre gewesen, dass es Geld und Schnaps gegeben hätte. Am 7. April so um fünfzehn Uhr herum sei Irina zu ihr gekommen und habe gesagt, sie wolle nach München zu einer Geburtstagsfeier, Lehmann blättert zurück, am 7. April hat Mutter Vilma sie doch extra zum Bahnhof begleitet, zum D-Zug um elf Uhr elf, wie geht das denn nun wieder zusammen, ist die noch mal zurückgekommen und dann wieder bei dem Esten im Auto mitgefahren ...? Außerdem: Wer hat denn Geburtstag um die Zeit, Lehmann blättert noch mal weiter nach hinten, weil ihm so was im Hinterkopf haften geblieben ist, und siehe da, Sally Rosenblatt hatte vorletzte Woche Wiegenfest, Abraham Katz eine Woche vorher, alle Sternbild Stier, ach nein, passt ja doch nicht, das mit dem Mord ist ja Anfang April passiert, Simon Katz ist im Winter geboren, fallen also alle flach, sein Ding steht ihm dafür schon wieder, wenn mal bloß keiner ins Büro kommt.

Aber weiter im Text, Hölzl hat schwer geschuftet, eine Vernehmung nach der anderen, und alle haben in die Ettstraße kommen müssen, weil der getreue Lehmann nicht da gewesen ist zum Chauffieren, nee, Quatsch, das waren ja alles die in Geislingen, da hat er nur zum Fernschreiber humpeln müssen ... Irinas Tante hat noch ausgesagt, ihre Nichte sei am 5. April tatsächlich bei ihr in der Wohnung gewesen, was die alle eigene Wohnungen haben, in München wohnen die DPs in Barackenlagern, aber vielleicht ist das draußen auf dem Land ja anders, und in Begleitung zweier junger Herren habe sie sich befunden, in der des dreiundzwanzigjährigen Fotografen Siegfried Scheller und des neunzehnjährigen Installateurs Olaf Gessler.

Scheller haben sie in Geislingen dann auch noch vernommen, er hat angegeben, in der fraglichen Nacht, also vom 5. auf den 6. April, mit Irina zusammen gewesen zu sein, also Verkehr gehabt, oder wie? Mann Gottes, Hölzl, drück dich klarer aus …! Den Eltern Scheller zufolge seien ihr Siegfried und Irina ein Paar gewesen – na, da wird er nicht der Einzige gewesen sein, der das gedacht hat …

Hölzl hat dann aber doch noch selbst geschuftet am 12. Mai, weil ein Anruf kam, den er aufnehmen musste: Ein Kunstmaler Bertram Holdweiß ist am 7. April mit seinem Opel Kadett von Dachau nach München gefahren und gegen achtzehn Uhr dreißig am Langwieder See vorbeigekommen, na, der ist lustig, macht den Riesenumweg über die Autobahn, und dass er überhaupt ein Auto hat – Kunstmaler …! Aber achtzehn Uhr dreißig, das würde ja passen, wenn Irina aus dem Zug wieder ausgestiegen, um fünfzehn Uhr bei ihrer Freundin gewesen und dann mit dem großen Unbekannten im Auto nach München gefahren ist, in der Zeit kann man das wohl schaffen, Lehmann ist die Strecke erst letzte Woche gefahren, als er mit Jaspers und Wilfredson aus Norddeutschland zurückgekommen ist. Der Kadett habe dann einen Motorschaden gehabt und Holdweiß nur zwanzig Stundenkilometer fahren können – zwanzig Stundenkilometer! Na, denn aber runter von der Reichsautobahn, Herr Kunstmaler …! Ist der aber nicht, und deshalb habe er einen entgegenkommenden taubenblauen Opel Kadett oder BMW beobachten können, der von der Autobahn ab und zum Baggersee hingefahren sei, es habe beinahe so ausgesehen, als ob er in den See hineinfahren wolle, direkt am Ufer habe das Kraftfahrzeug dann aber angehalten. Danach habe Holdweiß nichts mehr sehen können, weil er sich inzwischen zu weit vom See entfernt habe. Lehmann überlegt, nette Geschichte, aber ganz passt es doch nicht, weil ja der Opel oder BMW von der Stadt her gekommen ist und nicht aus Richtung Stuttgart, außerdem: Wer ist so blöd und schmeißt am helllichten Tag eine Leiche ins Wasser, nee, Moment mal, achtzehn Uhr dreißig, Anfang April ist es ja noch früher dunkel geworden, Hölzl hat wohl dasselbe gedacht, weil er einfügt, dass der Sonnenuntergang an diesem Tag in etwa in diese Zeit gefallen sei, also in der Dämmerung, hm, unklar, also weiter, am Steuer habe ein Mann gesessen, daneben eine Frau – vielleicht die tote Irina, so als kleiner Scherz am Rande? Nee, die muss ja schon in Einzelteilen im Sack gelegen haben, insgesamt ist das von der Zeit her aber alles zu knapp, vor allem, wenn das Mädel um drei Uhr nachmittags tatsächlich noch in Geislingen gewesen ist: hinfahren, umbringen, zerhacken, an den See fahren, unter dem Brett verstecken – nee, das geht nicht, und ein ausländischer Wagen sei das gewesen, schwarze Ziffern auf weißem Grund, Hölzl hat auch das bedacht und schreibt, dass laut Anfrage bei der Zulassungsstelle die neuen, seit März ausgegebenen deutschen Kennzeichen auch schwarze Ziffern auf weißem Grund haben, vorher war es weiß auf schwarz, es kann sich also auch um einen neu zugelassenen deutschen Wagen handeln, und vor allem kann man sich schwer vorstellen, wie unter diesen Umständen die sachgerecht durchgeführten Schnitte an Hals und Hüfte zustande gekommen sein sollen, von der abgezogenen Haut ganz zu schweigen.

Am selben Tag hat Hölzl den Herrn von den Swing-Betrieben in die Ettstraße kommen lassen, Max Dupois, geboren 1912, und wie sich dann herausstellt, handelt es sich bei dem Swing nicht um die Musik, sondern um eine ordinäre Schiffsschaukel, weil »swing« ja auch »Schaukel« bedeutet auf Englisch – raffiniert, der Bengel, der hofft auf ausländisches Publikum … Dupois stammt wohl aus einer Schaustellerfamilie, jedenfalls gibt er an, seine Mutter besitze ein Karussell und sein Vater ein Café in der Müllerstraße, und in der Müllerstraße wohne auch er selbst mit seiner Frau Franziska, ein paar Häuser weiter vom väterlichen Café und halb ausgebombt, ein Zimmer sei an den Kunstmaler Engelhardt vermietet, schon wieder ein Kunstmaler, na ja, in der Stadt der Deutschen Kunst … Zwei Schlafzimmer, Küche und zwei Zimmer ohne Außenwände, das sei alles, und die zwei Zimmer ohne Außenwände könne man natürlich nur als Abstellräume verwenden, also gäbe es keine weiteren Untervermietungen – oder vielleicht doch, wenigstens über Nacht und zeitweise …? Hölzl muss nachgehakt haben, weil Dupois sich dann lang und breit darüber auslässt, dass er und seine Frau, die Franzi, durchaus von den vierzig Reichsmark leben könnten, die ihnen die Schiffsschaukel im Monat einbrächte – von vierzig Reichsmark! Dat hülpt al mit, säch de Hund, do piss hei in n Ozean … Die Schaukel besitze er erst seit März dieses Jahres, er verfüge auch über den nötigen Wandergewerbeschein, und außer ihm würden da noch seine Frau und der Bulgare Popoff arbeiten, Letzterer als Schaukelbeweger, *Komm auf die Schaukel, Luiiiiise, Es ist ein großes Plaisir …*, zurzeit sei die Schaukel am Bahnhof Fasanengarten aufgebaut, zwischen dem 27. März und dem 18. April hätten sie einen Platz auf dem Frühlingsfest am Ausstellungsgelände gehabt.

Na, jetzt aber, Hölzl, komm mal zur Sache … Also, das Mädchen auf der Fotografie? Nein, will Dupois nie gesehen haben, den Namen habe er auch noch nie gehört. Na, und die Visitenkarte? Der Bericht geht jetzt ein bisschen durcheinander, der Bursche wird sich gewunden haben … die Karten würde er hier und da verteilen, bei Schaustellern kämen nämlich immer Mädchen, die würden nach Arbeit fragen oder auch nach Unterkunft und brächten dann manchmal ihre Liebhaber mit – mit anderen Worten: Ein illegales Freudenhaus betreibt ihr da in der Müllerstraße, gib's doch wenigstens zu …! Hat Dupois aber nicht, nur die Vermutung angestellt, das Mädchen hätte vielleicht im letzten Jahr auf dem Sommerfest irgendwie eine der Karten in die Hand bekommen, wieso Sommerfest, wenn du die Schaukel erst seit März betreiben willst? Da hat Hölzl mal was übersehen beziehungsweise vergessen zu fragen. Seit Ostern habe aber bestimmt niemand mehr in dem kleinen Zimmer übernachtet, er meint wohl das zweite Schlafzimmer bei ihnen in der Wohnung, manchmal empfehle er die Mädchen auch zur Arbeit weiter, an wen denn?, an den Wurfbudenbesitzer Maier zum Beispiel.

Lehmanns Magen grummelt, ja doch, ja doch … die letzten zwei Wochen hat er wieder in den Amikantinen essen können, Chicken Maryland ist auch nicht übel. In der Kantine gibt es das übliche Zusammengekochte mit Sauerkraut, immerhin mit ein bisschen Speck, das ist wohl die Schwerarbeiterzulage, trotzdem handelt es sich insgesamt wieder um Swienschiet mit Dill.

Nach dem Mittagessen geht er so einer Ahnung nach, die ihm beim Lesen des Vernehmungsprotokolls von Dupois gekommen ist – auch n komischer Name für einen Bayern –, und fragt bei der Sitte an, ob gegen den oder seine Frau was wegen Förderung der gewerbsmäßigen Unzucht vorliegt. Er zieht eine Niete, dafür bekommt er ein neues Los, das fast wie ein Treffer aussieht: Gegen eine Dame aus der Maximilianstraße, die eines der Zimmer ihrer geräumigen Großbürgerwohnung an G. I. vermietet hat, die ein ruhiges Plätzchen für sich und ihre deutschen

Flitscherl gesucht haben, läuft ein Ermittlungsverfahren in eben einer solchen Angelegenheit – Heidemarie Brandt, die Zimmerwirtin der Brüder Katz …! Bis jetzt nur ein Anfangsverdacht, und die Sitte hat auch weiß Gott zu viel zu tun, um wegen so einer Lappalie das Überfallkommando loszuschicken, interessant ist es aber auf jeden Fall, vor allem, wenn man an den angeblichen Diebstahl der Lohngelder denkt, den Abraham Katz angezeigt hat. Wegen dieser Angelegenheit schaut Lehmann dann auch noch beim K4 vorbei, aber da hört er bloß, dass die Ermittlungen laufen, was so viel heißt wie: Geh mir weg mit dem Kleinkram. Er erzählt den Kollegen die Sache mit den Ermittlungen gegen Heidemarie Brandt wegen der Amis und ihrer Flitscherl, und da freuen die sich richtig, denn dann kann sich ja der CID drum kümmern. Und bei denen heißt es dann auch wieder: Geh mir weg mit dem Kleinkram, bloß auf Englisch.

Also wieder an die Ermittlungsakten, gleich nach Max Dupois hat Hölzl noch dessen Frau Franziska vernommen, die sagt aber aus, weder die Frau auf dem Foto zu kennen, noch den Namen Irina Stepaschkin jemals gehört zu haben. Vor allem hat sie gar nichts davon wissen wollen, dass das kleinere Zimmer in ihrer Wohnung jemals an Mädchen vermietet worden wäre, dabei hatte ihr Maxe von den Swing-Betrieben das doch schon halb zugegeben … Ihr Mann habe sich nämlich im Krieg ein Nervenleiden zugezogen und schlafe daher immer allein in dem Zimmer, da könnten sie es gar nicht vermieten. Hölzl hat dazu vermerkt, dass den Schutzpolizisten zufolge, die Herrn und Frau Dupois aus ihrer Wohnung geholt haben, das kleine Zimmer schlecht möbliert und das Bett nicht überzogen gewesen sei, also muss Franziska Dupois gelogen haben, aber das kann man sich ja denken.

Am nächsten Tag, dem 14. Mai, ist einer von dem zerlumpten Strandgut vom Langwieder See in die Ettstraße gekommen: Hans Steck, Straßenwärter, wohnhaft in dem Barackenlager der Baufirma Paszensky & Zöllner. Ihm sei da nämlich noch etwas eingefallen – na haste Töne, einer von der janz schnellen Truppe …! Am 26. April nämlich habe in der Nacht sein Hund angeschlagen – das passt aber überhaupt nicht zum Liegealter der Leiche, drei bis vier Wochen hat es geheißen, also um den 8. April herum, drei Wochen vor dem Leichenfund, und vorher ist sie ja noch quicklebendig in Geislingen herumgeturnt. Stecks Hund habe aber vorher schon einmal nachts angeschlagen, so um den 12. April herum, das passt schon eher, aber auch nicht ganz, und da sei er mit dem Hund herausgegangen und habe ein Auto am Nordostufer des Sees gesehen. Na, und sonst? Sonst nichts, kein Kennzeichen, keine Automarke, es sei ja auch dunkel gewesen, viele Autos würden ihre Abfälle in den See werfen, das sei ganz normal, na, wir Deutschen sind eben ein reinliches Volk, in der Südostecke gebe es einen Kahn, der einem amerikanischen Soldaten namens Robert gehöre; dieser arbeite in Karlsfeld bei BMW im Büro, na, sehr hilfreich, und der hat Irina wohl rausgerudert für eine romantische Bootspartie, oder was, außerdem ist das nicht mehr BMW da draußen, sondern die amerikanische Ausbesserungswerkstätte für Panzer, BMW war im Krieg, die haben da Flugzeugmotoren gebaut.

Allerdings sagt Streck genau dasselbe wie die Frau des Lagerleiters Rusniak, nämlich, dass den Sommer über immer Amis mit ihren Mädchen an den See kämen, die Autos stünden dann aber meist bei dem kleinen Wäldchen an der Westseite des Sees, die Stelle kennen also viele. Er habe sonst nichts gesehen, man kümmere sich um die anderen im Lager nicht, na, wer's glaubt … Schutt? Nein, da sei zuletzt vor dem Winter etwas abgeladen worden. Das Mädchen auf dem Foto hat Streck nie gesehen und den Namen nie gehört, es liefen ja auch so viele Mädchen an der Autobahn herum, um sich mitnehmen zu lassen … Lehmann stellt sich ganze Heerscharen von Irina Stepaschkins vor, die am Straßenrand stehen und winken und dann zu Männern mit breiten Hutkrempen und neuen Anzügen in den Wagen steigen, um nie wieder gesehen zu werden … Hölzl hat dann am Pfingstmontag, dem 17. Mai, offenbar Tagesbereitschaft gehabt und an diesem Tag erneut Simon Katz vernommen.

Und warum nicht gleich Abraham? Na egal, Simon hat jedenfalls ausgesagt, sein Bruder habe ihm erzählt – hat erzählt, habe gesagt, lauter Hörensagen –, er hätte den ersten Eilbrief erst nach dem 24. April erhalten, als Sergei Stepaschkin schon dagewesen sei, das müsse aber nichts bedeuten, vielleicht habe der Brief irgendwo herumgelegen, er könne sich nicht mehr daran erinnern, vielleicht habe sein Bruder auch gedacht, das Mädchen würde schon irgendwann kommen und sich seine Post abholen, er selbst wisse jedenfalls nichts weiter von der Angelegenheit.

Was ja gegen einen von den Schwarzgelockten als Täter spricht – neben der erstaunlichen Tatsache, dass sie alle brav zur Aussage erschienen sind, obwohl sie, von Abraham Katz abgesehen, als DPs nur mittelbar der deutschen Polizeigewalt unterstehen –, ist der Umstand, dass sie den Brief nicht einfach haben verschwinden lassen, nicht einfach leugnen, Irina Stepaschkin überhaupt zu kennen. Das heißt, nee, so klar ist das nun auch wieder nicht, der Brief ist vom Postboten persönlich zugestellt worden, und sie mussten ja wissen, dass der Familie die Adresse bekannt war, also ist es vielleicht sogar geschickter, die Briefe liegen zu lassen und sich dann dumm zu stellen, das lässt sich schwer abschätzen. Oder es war nur einer von ihnen, der eisern schweigt, und die anderen wissen tatsächlich von nichts.

Hölzl ist dann am Tag darauf, wahrscheinlich mit einem Wagen der Schutzpolizei, in die Müllerstraße zum *Café Taverne* gefahren, wo Abraham Katz Irina kennengelernt haben will, Moment mal, Müllerstraße – da wohnen doch die Dupois' …! Kann aber auch Zufall sein, schließlich liegt das alles mitten in der Stadt beim Sendlinger Tor, wo früher der Schwarzmarkt war. Der Oberkellner vom *Café Taverne* und zwei von den Bedienungen haben die Estin dann tatsächlich auf dem Foto erkannt, aber nicht mehr gewusst, wann und mit wem sie das letzte Mal da gewesen ist. So, das sind also ihre Jagdgründe gewesen, hätte Lehmann da mal hingehen sollen, und nicht immer bloß ins *Allotria*, die *Schwarz-Gelb-Stuben* oder mit Sepp Poschinger in den *Conti-Keller*, da hätte man sich vielleicht kennengelernt …

Am selben Tag ist auch Georg Wörgl, Untermieter bei der Brandt und Meteorologe beim Wetteramt oben in Bogenhausen, in die Ettstraße gekommen und hat sich an den Besuch Sergei Stepaschkins erinnert, an Einzelheiten aber nicht. Er habe die beiden Herren streiten gesehen, wisse aber nicht, worüber der Streit gegangen sei. Das Mädchen auf dem Foto hat er nicht erkannt, den Namen nie gehört – daraus kann man schon ein Lied machen: *Ich er-keeee-nne sie nicht, ihren Naaaa-men weiß ich auuuuch nicht …*

Am 19. Mai, einen Tag später, hat Hölzl sich dann endlich wieder an Abraham Katz getraut, mal gut, dass Lehmann nicht mit dabei gewesen ist, nachher hätte er wieder die Wut gekriegt wegen den Weibergeschichten und auch wieder so geschaut, wie er nicht mehr schauen will … Katz sagt aus, er habe sich alles noch mal überlegt, es sei aber genauso gewesen, wie er es bei seiner ersten Aussage angegeben habe, dem sei nichts hinzuzufügen. Hölzl muss dann ein bisschen nachgehakt haben, jedenfalls fügt Katz doch noch etwas hinzu: Irina habe ihm erzählt, sie sei zweimal verheiratet gewesen, einmal mit einem Deutschen, einmal mit einem Esten. Ansonsten, wiederholt Katz, habe er sich aber nicht für sie interessiert, sie habe ihm auch nichts weiter erzählt, bloß dass sie eine Freundin in München habe und immer für zwei bis drei Wochen herkomme, na gut, eben auch so eine kleine Lügengeschichte.

Bei ihm, Abraham Katz, habe aber keine Freundin der Irina Stepaschkin gewohnt, und jetzt fällt ihm auch noch ein, dass er am 24. April vielleicht zu unbestimmt zu ihrem Vater gewesen sein könnte und auf die bewusste Frage eventuell doch mit »Nein« geantwortet habe, weil er keine Unannehmlichkeiten wegen des Verhältnisses zu ihr haben wollte, seine erste Aussage hierzu habe er sich wohl zu wenig überlegt … Lehmann überlegt auch, nämlich ob das bloß ein besonders cleverer Trick von dem Katz ist, um die Widersprüche in seiner ersten Aussage aus der Welt zu schaffen, er denkt aber noch einmal an das, was Salkind ihm über seine Zeit in Auschwitz erzählt hat, da ist es natürlich andererseits verständlich, wenn man ein übermäßiges Misstrauen allem und jedem gegenüber an den Tag legt, vor allem jetzt, wo man in Deutschland ist und die Deutschen einen doch dorthin gebracht haben.

Hölzl hat dann wieder mit dem Brief angefangen. Lehmann geht das langsam auf die Nerven, wahrscheinlich hat das dumme Stück Papier einfach irgendwo herumgelegen, und keiner hat es gesehen, kein Wunder, wenn sechs oder sieben Parteien in der Wohnung hausen und Heidemarie Brandt draußen ein Schild hat: »Come in, boys!«

Lehmann reibt sich die Augen, das Lesen strengt ihn an, und er hat den Stapel Protokolle immer noch nicht ganz durch, dabei wird die Sache immer vager. Mit jeder Aussage verlieren die Spuren an Gewicht, mit jedem neuen Bekannten oder Freund oder Liebhaber Irinas kommt jemand dazu, der vielleicht etwas mit dem Fall zu tun haben könnte, wo soll man anfangen, wenn sie nur zu zweit sind, und am Ende werden sie noch die ganze Stadt vorläufig verhaften müssen.

Zuletzt kommt dann nur noch Kleinkram: Am 20. Mai hat die zweite Visitenkarte, der Handelsvertreter Heinrich Zirngiebel, ausgesagt, er habe etwas vergessen gehabt, na, du Schlawiner … es folgt die übliche langwierige Geschichte: seinen Schwager am Abend des Ostersonntags vom *Café Deutsches Theater* zum Bahnhof gebracht, weil der den letzten Zug nach Fürstenried erwischen musste, Irina an der Schranke zu den Bahnsteigen gesehen, angesprochen, die Ärmste ohne Quartier in München, also mit zu ihm nach Hause, aber keinen Verkehr gehabt, endlich nennt Hölzl die Dinge mal beim Namen, die Kleine sei nämlich im Grunde anständig gewesen, ach wat, mal ne janz andere Meinung, am nächsten Morgen raus, noch verabredet, aber nicht wiedergesehen, er habe ihr eine Geschichte erzählt, um sie loszuwerden, seine Verlobte habe nämlich an dem Tag zu Besuch kommen wollen, seit Ostern habe er Irina nicht mehr gesehen.

Gleichentags ist auch wieder eine Meldung aus Geislingen gekommen: kein Este gefunden, der mit Irina am Karfreitag nach München gefahren ist. Stattdessen wurde ein feuchtfröhliches Gelage nach dem anderen zu Protokoll gegeben, an dem Irina teilgenommen und die verschiedensten Männer kennengelernt hat, darunter ein gewisser Paul Pikkus und noch ein Este, der in der britischen Zone leben soll, Name unbekannt, besonderes Kennzeichen: Spitzbart.

Am 21. Mai ist Hölzl ins Estnische Komitee wegen dem Sack, weder Komiteevorstand noch Hausmeister haben irgendeine Ahnung, sonst auch keine Säcke in der Art vorhanden, die Esten wissen aber alle von der Sache, Mordfall Irina Stepaschkin große Angelegenheit in der Estonian DP Community, bei den Deutschen nicht im Geringsten ... Im Estnischen Komitee kennt niemand sonst Sergei Stepaschkin oder seine Familie, einer will sich aber umgehört haben und hat ausgesagt, sie habe einen Bekannten in Augsburg gehabt, den Namen wisse er nicht, aber er würde weitere Nachforschungen anstellen und sich dann wieder melden, gut so, braver Junge.

Den letzten Bericht überliest Lehmann fast, weil es nur so ein halbes Blatt Papier ist, das Hölzl provisorisch zu den anderen Protokollen gelegt hat, aber pommersche Bauernjungen haben eben einen gehörigen Dickschädel, und außerdem ruft da einer in ihm: Nimm dich zusammen, Lehmann ...! Ja doch, Jastrow, ja doch, jedenfalls wird es wieder ausgesprochen kompliziert: wieder Geislingen, bei Sergei hat eine Maria Allas vorgesprochen, Geigerin im DP-Symphonieorchester in München, was es so alles gibt, DP-Symphonieorchester ...! Diese Allas wohnt jedenfalls auch in Geislingen, da ist anscheinend Little Estonia, jetzt aber mal schneller im Text: Übers Wochenende nach München zu Proben, untergekommen im DP-Lager Luitpoldkaserne, dort Malerin kennengelernt, schon wieder jemand aus dem künstlerischen Gewerbe, Kristin Sydheim heiße sie, auch DP, und habe Maria Allas folgende Geschichte erzählt, ach was Geschichte, eine Räuberpistole ist das, Chicago gegen Al Capone, die Sydheim sei in irgendeinem Lokal gewesen und habe getrunken mit so einem Kerl, der dann: Draußen steht ein Auto, willste nicht mit, sie also »abenteuerlustig« gewesen, hört, hört, und tatsächlich mitgekommen, kleine Spritztour, immer zickzack durch die Stadt, sie verliert die Orientierung, dann landen sie irgendwann in einem Haus mit dicken Teppichen und dicken Tapeten, nein, es ist nur ein Zimmer mit dicken Teppichen und dicken Tapeten, und dann wird Wein getrunken und der Dame schummerig, war wohl Betäubungsmittel drin, ach so, deshalb hat Hölzl das mit reingelegt, das ist ja dann doch interessant … die Kerle, jetzt sind es also mehrere, hätten sie dann alleingelassen, da hätte sie sich zum Fenster geschleppt wegen frischer Luft, dann raus auf den Flur, die Kerle hätten unterdessen eine Partie Poker gespielt, wie das Kerle eben so machen, aber da wäre noch eine andere Frau gewesen, die Mitleid mit ihr gehabt und gesagt hätte, sie müsse hier schleunigst verschwinden, und sie hätte ihr wohl auch gefallen, Moment mal, die Sydheim gefällt der anderen Frau, oder was? Sodom und Gomorra … Und es geht noch bunter weiter, denn die andere Frau hätte ihr dann ihre Telefonnummer gegeben, und dann hätte einer der Männer sie nach Hause gebracht, zwei Tage später wären zwei von denen wegen einer neuen Spritztour bei ihr zu Hause gewesen, sie hätte sich aber von ihrer Zimmerwirtin verleugnen lassen, und aus ist die Geschichte.

Lehmann lässt das Blatt Papier aus der Hand fallen und lehnt sich in Hölzls Drehstuhl zurück. Nee, das hört sich doch nach Unsinn an, wieso haben die Männer, die Kerle, sie denn nach Hause gebracht, wenn sie was mit ihr vorgehabt und ihr sogar ein Betäubungsmittel gegeben haben, wenn das denn überhaupt stimmt, das passt doch hinten und vorne nicht, nee, die hat sich höchstens wichtigmachen wollen, und wahrscheinlich wurde bloß getrunken, waren wohl welche aus der Möhlstraße, und dann ist der Kleinen schlecht geworden, und sie wurde eben nach Hause verfrachtet, und als Maria Allas ihr von Irina erzählt hat, ist die Fantasie ins Kraut geschossen, wie man so schön sagt.

Er steht auf, streckt sich und geht in die Kantine, einen Kaffee holen. Oberbürgermeister Scharnagl hat sich für Sonderrationen eingesetzt, damit seine braven Beamten weiter Überstunden schieben können, deshalb gibt es zurzeit echte Bohne sogar in der deutschen Kantine, und die braucht er jetzt auch. Die dicke Franzi macht ihm einen Pott voll, »Haferl« sagen die hier, er sagt aber weiter »Pott«, man passt sich ja sonst schon genug an, dann geht er ins Büro zurück.

Heißer, starker Bohnenkaffee, kein Muckefuck und kein Zichoriengebräu, ohne Milch und Zucker und so n Weiberkram, hätten sie mal in dem Winter an der Grenze zu Wolhynien haben sollen, wobei natürlich die Umgesiedelten oder Umzusiedelnden oder Umsiedler oder wie man sagt, die da in Güterzügen aus dem Osten ankamen, froh waren, wenn sie nur mal heißes Wasser hatten, aber man war bei der deutschen Polizei, und das war schließlich etwas Besonderes, in jeder Hinsicht … ein Gutes hat die Sache ja, das läuft nicht mehr alles so auf die Schwarzgelockten zu, sondern in alle möglichen Richtungen. Irina Stepaschkin ist ein Luder gewesen, das steht fest, aber von der allerfeinsten Sorte, Mensch, die hätte er *haben* wollen … Aber die ist nicht mehr zu haben, und *irgendwer* in einer dieser Richtungen könnte es gewesen sein, irgendwer auf der Straße, dem sie den Preis genannt hat, und dann war die Verbindung da, und am Ende hat sie den Preis bezahlt, aber der ist viel höher gewesen, als sie sich hätte träumen lassen.

Auf jeden Fall ist das mit Kowno und Kaufering und so weiter nicht mehr ganz so wichtig. Kriminalkommissär auf Probe Lehmann kann dann aber trotzdem nicht ruhig schlafen, obwohl er immer noch hundemüde ist. Das liegt daran, dass ihm die Vernehmungsprotokolle dauernd im Kopf herumgehen, von einer Seite auf die andere wälzt er sich, und vor seinem inneren Auge erhalten die vielen Namen ein Gesicht und eine Kleidung: der Este mit dem Spitzbart am Steuer eines BMW, Maria Allas, im Kostüm und Geige spielend, Zirngiebel mit Halbglatze und bayerischem Rundschädel und Knickerbockern, Scheller und Gessler im Schnapsrausch, Sergei Stepaschkin als großer weißhaariger Mann mit stechender Nase und krummem Russenblick, Irinas estnische Freundinnen, alles Flitscherl im geblümten Kleid und mit amerikanischen Nylons an den Beinen, ihre Tante als verdorbene alte Vettel, die den jungen Leuten beim Poussieren zuschaut und sich mit der Zunge über die Lippen fährt, das regt ihn schon wieder furchtbar auf, aber er macht es sich trotzdem nicht selber, weil ihm am Ende doch die Augen zufallen und er ins Träumen gerät, aber nicht von Mahlow und Elena und den Mongolen mit ihren Tokarews, sondern von einem Zimmer mit dicken Teppichen und dicken Tapeten und gedämpftem Licht, und in diesem Zimmer liegt ein Mädchen mit gefesselten Händen und weit aufgerissenen Augen, die alles sehen, was auf sie zukommt, und trotzdem kann sie nichts machen, weil man sie heimtückisch betäubt hat mit weißem Pulver im roten Wein, und ein dunkler Schatten bewegt sich vor ihr, der hat ein Skalpell in der Hand und kommt näher und näher, und gleich daneben sitzen drei Männer mit Hut an einem Tisch und spielen Poker und sehen nicht hin und sehen nicht hin und trinken den Rest von dem Wein und sehen nicht hin.

25. MAI

Als Lehmann aufwacht, hat er das Gefühl, etwas vergessen, nein, übersehen zu haben, an den Traum kann er sich nicht mehr gut erinnern, aber das ist es nicht. Das Gefühl verschwindet nicht, als er sich gewaschen und angezogen hat, und auch nicht, als er in der Achter Richtung Stachus sitzt, Gott sei Dank fahren die Trambahnen wieder, wenn er mal immer wegen Hunger streiken würde, da käme er gar nicht mehr zum Arbeiten, arbeeten mag ick woll, säch de Buur, bloot min Sweet mag ick nich rööken … es verschwindet nicht mal, als er Hellweg den Opel wieder abschwatzt, den er für die anfallenden Ermittlungsarbeiten dringend benötigen würde, dabei kann ihm im Fall Irina Stepaschkin eigentlich nur noch ein ganzes amerikanisches Panzerregiment mit Shermans helfen, aber er bekommt den Wagen und fährt nach Bogenhausen zum jüdischen Krankenhaus.

Er nimmt extra den Umweg über die Maximilianstraße und den Max-Weber-Platz, weil er nicht in die Nähe der Möhlstraße geraten will, das fängt ja gleich am Friedensengel an mit den Buden, aber über die Äußere Wiener Straße in die Grillparzerstraße und dann zur Äußeren Prinzregentenstraße beim Theater, wo gleich die Mühlbaurstraße abzweigt, kommt man auch zum Krankenhaus. Vor dem Krieg muss das eine der besseren Gegenden Münchens gewesen sein, jedenfalls hat man ihm das so erzählt, und man sieht auch lauter schöne große Häuser hier mit Eingängen wie pommersche Landgüter oder italienische Kirchen. Bombenschäden gibt es nicht so viele wie drüben auf der anderen Seite der Isar, obwohl ja der Führer hier seine Stadtwohnung hatte, ist ihm auch erzählt worden, so halb hinter vorgehaltener Hand, denn München ist schließlich Hitlers Lieblingsstadt gewesen, in dem weißen Eckhaus am Prinzregentenplatz hat die Wohnung gelegen, neben dem Theater, das jetzt zusammen mit dem Circus Krone und dem Konzertsaal des Deutschen Museums für die politischen Versammlungen genutzt wird, oben im dritten Stock, aus den großen Fenstern hat er bestimmt weit über die Stadt schauen können, aber wenn er da jetzt stehen und über die Stadt schauen würde, liefe ihm sicher die eine oder andere Laus über die Leber, denn die ganze Gegend hier ist von den Schwarzgelockten übernommen worden, der Joint ist in der Nähe, das Rote Kreuz, das Zentralkomitee der befreiten Juden in der amerikanischen Zone, das Office of Rehabilitation and Training, die machen Kurse und Ausbildungen für die Auswanderer, und eben das jüdische Krankenhaus, das früher ein Gymnasium gewesen ist.

Ein klein gewachsener Arzt mit dicker Brille und tatsächlich schwarzen Locken bringt ihn an Salkinds Bett, aus Amerika kommt der Arzt wohl, aber er spricht auch ganz gut Deutsch und Lehmann ja sowieso Englisch, und der Arzt meint unterwegs, dem Herrn Doktor Salkind könne man noch nicht zu viel zumuten, sie würden einen Entzug probieren, aber man habe leider die geeigneten Mittel hier nicht zur Verfügung, also die kalte Tour oder »Cold Turkey«, wie die Amis das nennen. Lehmann hat davon gehört und es auch schon gesehen, weil es gerade bei den schwarzen G. I. auch solche gibt, die sich was spritzen, und die Schwarzen sind eher seine Freunde als die Weißen, die sich gerne so aufführen, wie Sieger sich eben aufführen, das in der Spritze heißt dann Heroin und muss noch schlimmer sein als das Morphium, so genau will er es gar nicht wissen, aber der kalte Entzug, das soll das Schlimmste sein, was einem überhaupt passieren kann. Lehmann ist sich da nicht so sicher, weil er im Leben schon allerhand Schlimmes erlebt hat und nicht weiß, wie es noch schlimmer kommen könnte, aber so wird es eben erzählt.

Nein, die kalte Art, das sei zu gefährlich, gibt auch der kleine Arzt mit den schwarzen Locken zu, der Herr Doktor Salkind sei ja auch körperlich nicht mehr der Stärkste, also versuche man zunächst, langsam die Dosis herabzusetzen und Beruhigungsmittel zu verabreichen, und dann werde man sehen … Salkind liegt dann auch ganz friedlich in einem frisch bezogenen Bett im ersten Stock, man sieht noch, dass hier früher ein Klassenzimmer war, an der Wand gibt es eine helle Stelle in Kreuzform, wo das Kruzifix gehangen haben muss, das sie hier in Bayern überall in den Schulen haben, aber das hat man wohl abgenommen, nachdem die letzten Schüler ihr Notabitur gemacht und einen Stahlhelm in die Hand gedrückt bekommen haben … der Nachbarssohn in Mahlow hat auch immer mit der Mütze vom Rudolf-Virchow-Gymnasium bei ihnen vor der Tür gesessen und seine ersten Zigaretten geraucht, die er in Onkel Hermanns Laden gekauft hatte, aber dann ist er gleich ’39 freiwillig zu den Fliegern und in der Luftschlacht um England abgeschossen worden, so ein Esel.

»Herr Kommissar! Was führt Sie zu mir?«

Lehmann drückt dem Häufchen Elend in seinen weißen Leinenbezügen die Hand, nimmt den Hut ab und setzt sich auf einen Stuhl neben dem Bett. Der Arzt lächelt noch freundlich und nickt, dann kümmert er sich um die anderen Patienten, alles sehr ruhig hier, sehr sauber und so still, obwohl bestimmt zwanzig Betten eng an eng stehen, aber niemand beschwert sich, niemand schreit, man hat wohl auch nicht überlebt, um sich dann hinterher über das Krankenhaus zu beschweren.

»Ach, Doktor Salkind, ich wollte ja bloß mal sehen, wie es Ihnen geht …«

Lehmann hat sich gut vorbereitet und in den letzten Tagen Radio gehört: Am Sonntag haben israelische Einheiten die Araber in einer Gegenoffensive aus dem Jordantal vertrieben, Sie werden schon sehen, Herr Doktor, das wird alles noch ein gutes Ende haben, die wehren sich da unten, die sind nicht so leicht unterzukriegen, und am Ende sitzen Sie dann doch noch in Ihrem Lehnstuhl unter Palmen, diesmal ist es Lehmann ganz ernst mit dem Lehnstuhl und den Palmen, er will ja auch gar nichts von dem Salkind, bloß wegsterben soll er ihm nicht, es sind doch schon so viele gestorben von denen, es muss ja auch nicht das Mittelmeer sein, von ihm aus kann Salkind auch in Kalifornien am Großen Ozean sitzen, wenn er bloß am Leben bleibt und in zwanzig Jahren friedlich an Altersschwäche stirbt … Der gute Herr Doktor lächelt aber nur und sieht furchtbar müde aus, seine Hände liegen ganz ruhig über der Bettdecke.

»Herr Kommissar, wir wissen doch beide sehr gut, dass ich niemals nach Israel kommen werde. Sie haben wohl heute noch nicht die Nachrichten verfolgt, sonst wüssten Sie, dass die Araber die Altstadt von Jerusalem erobert haben, und selbst wenn der Staat Israel überleben sollte, braucht man dort Arbeiter und Soldaten, aber keine Irrenärzte, die selbst nicht gesund sind …«

Ja, aber Kalifornien!, will Lehmann schreien, aber dann sagt er doch nichts, weil ihm eigentlich klar ist, dass Salkind auch nicht an den Großen Ozean kommen wird oder sonst wohin – der kann froh sein, wenn er aus diesem Bett hier noch mal rauskommt. Salkind lächelt immer noch, aber diesmal scheint es zu bedeuten: Ich weiß schon, was Sie denken, Herr Kommissar.

»Wissen Sie … wir haben doch über das KZ geredet, nicht wahr? Wissen Sie, was das Schwierigste war hinterher?«

Lehmann zuckt mit den Achseln und kriegt so ein mulmiges Gefühl – ob er vielleicht gar nicht hätte kommen sollen …?

»Dass man wieder herauskommt und plötzlich merkt, dass man kein Mensch mehr gewesen ist. Und dass es so lange gedauert hat, wieder zu lernen, einer zu sein. Und dass manche es immer noch nicht wieder geschafft haben.«

Da wird dem Polizeikommissär auf Probe der Mund ganz trocken, vielleicht sollte er einfach wegrennen … ist Lehmann denn selbst ein Mensch gewesen im Krieg, wo er doch Gott, der Herr, gewesen ist und die anderen die Wanzen, und hat er hinterher wieder gelernt, einer zu sein, im Camp Ruston vielleicht? Vielleicht ja doch, er kennt die amerikanische Verfassung und ist für die Demokratie, auch wenn er bis jetzt noch zu keiner einzigen Wahl gegangen ist, weil ihm keine Partei seiner Stimme würdig erschienen ist, aber er weiß, dass auf dem Zwanzigdollarschein Jackson zu sehen ist, und über die Todesstrafe muss man auch reden in einem neuen deutschen Staat, die muss nicht bestehen bleiben, das sagt sogar er als Polizist, kein Mensch darf Gott, der Herr, sein und anderen das Leben nehmen, *that all men are created equal, that they are endowed by their Creator with certain unalienable Rights.*

»Wollten Sie sonst noch etwas wissen über meine Zeit im Konzentrationslager?«

Lehmann zuckt zusammen, unbedingt deswegen ist er eigentlich gar nicht gekommen, er will nur mal nett sein und guten Tag sagen, weil er den Doktor Salkind auf dem Trockenen hat sitzen lassen, der Fall geht ja jetzt in eine ganz andere Richtung, oder besser gesagt, in alle möglichen Richtungen …

»Na ja … ach so, ich hätte eigentlich noch wissen wollen, wie das mit Landsberg war, warum da welche aus Litauen waren, aber so wichtig ist das jetzt –«

Salkind schneidet ihm das Wort ab.

»Nein, nein, das kann ich Ihnen schon noch erzählen, das geht schnell. Das war, wie bereits gesagt, das Außenkommando Kaufering. Da hat man also 1944 noch einen großen Bunker im Wald zwischen Kaufering und Landsberg errichtet, drei Bunker sollten es sogar werden, für den Flugzeugbau, weil die amerikanischen Bomber die Flugzeugfabriken zerstört haben, und bei diesem Bunkerbau, die ›Wunderwaffe‹ sollte dort entstehen, wie ich neulich sagte, und da waren auch viele aus Litauen, weil die Ghettos in Kowno und Wilna bis 1944 noch nicht geräumt waren, anders als die polnischen Ghettos, man hatte die Arbeitskraft der Bewohner benötigt für die Wehrmacht. Und die paar Tausend Überlebenden kamen dann nach Dachau und zur Baustelle zwischen Kaufering und Landsberg, weil die noch ganz kräftig waren, jedenfalls kräftiger als wir, die wir in Auschwitz gewesen waren ...«

»Und alle Überlebenden des Ghettos sind zu dieser Außenstelle Kaufering gekommen?«

Salkind hebt seine Hände ganz leicht an, als wollte er sie nach Judenart gen Himmel heben, aber er schafft nur ein paar Zentimeter.

»Herr Lehmann, ich gehörte ja nicht persönlich zu dieser Gruppe, vielleicht finden Sie jemanden, auf den das zutrifft, wenn es Sie so stark interessiert.«

Der kleine Arzt mit den schwarzen Locken steht plötzlich neben ihnen und zeigt lächelnd auf seine Uhr: Zeit zu gehen, der Patient ist sehr schwach! Lehmann steht also auf und nimmt seinen Hut, das ist ja ganz gut so, das reicht ihm alles schon wieder, er will das gar nicht mehr wissen, und für Salkind reicht es auch, warum soll der sich auch derart mit den alten Geschichten belasten, wenn es gar nicht mehr nötig ist, dann fällt ihm aber etwas ganz anderes ein, er beugt sich noch mal zu dem Kranken hinab und flüstert:

»Herr Doktor, vielleicht könnten Sie Ihren Freunden in der Möhlstraße ...«

Der Arzt zupft ihn am Ärmel, Salkind sieht jetzt auch ganz furchtbar aus, blass, die Wangen eingefallen und die Haut wie ein fauler Apfel, das hat wohl wirklich keinen Zweck.

»Na, dann machen Sie's gut, ich komm morgen wieder ...«

Er geht mit dem Arzt nach unten.

»Was werden Sie mit ihm anstellen?«

»Oh, we don't have a lot of morphine here, wissen Sie, kein Morphium. Für einen richtigen Entzug wird eigentlich Eukodal genommen, aber das haben wir, wie gesagt, überhaupt nicht. Und was das Morphium angeht: Hier gibt es viele Patienten, die schwere Schmerzen haben, we give it to them first, have to … Ich weiß nicht, in ein paar Tagen, und dann …«

In ein paar Tagen, und dann … Cold Turkey, vielleicht überlebt er es, aber die Chancen stehen nicht gerade gut dafür, jedenfalls guckt der Arzt ihn an, als wollte er sagen: Was soll ich tun, ich kann doch nichts machen.

*

Im Präsidium geht Lehmann noch mal die Akten durch, und nach einer halben Stunde weiß er, was er gestern übersehen hat: Der G. I., der am Baggersee in Langwied ein Boot hat, arbeitet bei BMW in Karlsfeld. Die Malerin in dem DP-Lager in der Ludwigskaserne heißt Kristin Sydheim. Die Frau mit dem skandinavischen Akzent vom Stachus hat im Krieg bei BMW gearbeitet und auffällig lange Irinas Foto betrachtet. Er geht rasch zu Holzapfel vom K4 hinüber, von dem er weiß, dass er im Krieg mit einem der Münchner OrPo-Bataillone in Norwegen gewesen ist.

»Sydheim? Ja mei, des kannt scho a norwegischer Name sein, ›syd‹ heißt ›Süden‹ …«

Danke, genügt schon. Lehmann ruft sofort bei der Münchner DP-Registratur an, muss eine halbe Stunde warten, dann weiß er Bescheid: Kristin Sydheim, geboren am 27. Februar 1921 in Bergen, Norwegen, seit dem 18. März 1941 in München, zuletzt in der Lampadiusstraße 4a bei Kugler gemeldet, das aber schon am 13. Juni 1946.

Lehmann notiert sich alles, setzt den Opel in Gang und fährt zum DP-Lager in der Luitpoldkaserne, die im Kasernenviertel in der Nähe des alten Flughafens am Oberwiesenfeld liegt. Jetzt haben entweder die Amerikaner oder die UNRRA die Gebäude in Beschlag genommen, aber in den UNRRA-Einrichtungen sind nicht unsere jüdischen Mitbürger untergebracht, sondern ehemalige Kriegsgefangene, Fremd- und Ostarbeiter, die nicht nach Hause zurückwollen oder -können, bei den Serben gibt es immer Ärger, weil Marschall Tito seine Agenten in die Lager schickt, um sie zur Rückkehr zu bewegen, die wollen aber nicht, weil sie alle für ihren König Peter sind, wie Drago, der Ostarbeiter vom Bauer Anzinger aus Langwied; und alle wollen sie nach Amerika. Lehmann ist sich ziemlich sicher, dass er im DP-Lager eine schlanke, dunkelhaarige Frau mit einer Frisur wie Veronica Lake finden wird, die gerne eine Sonnenbrille vor ihren hellgrauen Augen trägt, auch wenn die Sonne gar nicht scheint, und vielleicht eine Baskenmütze und ein dunkles Wollkleid nach dem neuesten Schnitt aus Amerika. Die Frage ist nur, was mit ihrem Schieberfreund und seinem dunklen Mercedes passiert ist, aber man hat ja schon vor drei Wochen am Stachus gemerkt, dass die beiden sich zumindest damals nicht so gut verstanden haben.

Bei der Lagerverwaltung weiß man gleich, wer Kristin Sydheim ist. Ja, die ist hier gewesen, bis letzte Woche eigentlich, Moment amal, naa, an sich müsste die sogar noch da sein, warten S' amal … Lehmann wartet, die Angestellte kommt zurück, naa, des Bett is anderweitig belegt, die hat sich aber net abg'meldet, tut mir leid, wissen S', mir ham ja so viele da, die kommen und gehen … Lehmann erkundigt sich nach ihrem Aussehen und bekommt bis auf das schwarze Wollkleid eine haargenaue Beschreibung der Skandinavierin vom Stachus, er fühlt sich seltsam leicht und aufgeregt zugleich und irgendwie gierig, das ist wieder das Jagdfieber.

Wohin also jetzt? Lehmann schnappt sich den Stadtplan aus dem Handschuhfach des Opels und sucht nach der Lampadiusstraße, mal sehen … Planquadrat D 9 c, hat alles seine Ordnung hier, da ist sie ja: außerhalb des Bereichs, in dem das Blut fließt, grau auf grün sieht es hier aus, und ganz in der Nähe ist das, nur die Dachauer Straße bis vor dem Gaswerk hoch und dann in die Borstei.

Die Borstei ist eine geschlossene Siedlung, nach außen hin öde und lang und mit Fenstern wie bei einem Hexenhäuschen, drinnen gibt es aber einen schönen Hof mit Brunnen und Efeu an den Wänden, oder ist das wilder Wein, wie bei Sellins auf dem Vorwerk, sogar eine Statue steht da, so was hat es auf dem Vorwerk natürlich nicht gegeben, dafür standen '36 während der Olympischen Spiele ähnliche Männer mit Speeren und anderen Gerätschaften auf dem Reichssportfeld herum, alle vom selben Bildhauer, vielleicht hatte der damals eine Fabrik, in der solche Männer hergestellt wurden, so wie andere Leute eine Fabrik für Gartenzwerge haben.

Bei 4a/Kugler handelt es sich um eine Kriegerwitwe, die müde auf seine Dienstmarke schaut, ihn müde in die Küche bittet, wo sie sich müde auf einen Stuhl setzt, neben dem eine Wiege mit einem kleinen hellbraunen Etwas darin steht, das bestimmt nicht Feldwebel oder Unteroffizier Kugler hervorgebracht hat, eher schon Corporal oder Sergeant Brown aus Alabama, *Oh Susanna, das Leben ist nicht schwer*, und jetzt ist Brown verschwunden, der Schuft, aber das kleine Etwas ist geblieben.

Kristin Sydheim? Ja, die hat hier g'wohnt, aber nur a paar Monate, Anfang '47 war's scho wieder weg. Und das Wohnungsamt? Dem hob i nix g'sagt, des melden S' doch net, Herr Kommissar, Sie sehen doch aa, wie eng's da bei uns is, i und die Mary da, des reicht doch schon … Persönlich habe es keinen engen Kontakt gegeben, nein, Sie wisse nicht, mit wem das Fräulein Sydheim befreundet gewesen sei, des war eben so eine, naa, net in dem Sinne so eine, die hat eben a Bildung g'habt, verstehen S', des war ganz a andere Welt, a Malerin … I hob bloß Volksschule und dann Näherin g'lernt, verstehen S'?, Lehmann versteht, a Adressen für die Post?, ja, warten S' amol … Sie kramt in einem kleinen Schälchen auf dem Küchenbüfett herum, bis sie einen zerknitterten Zettel gefunden hat, auf dem steht: »Kristin Sydheim, c/o Petar Ivarsson, Humboldtstraße 6, 3. Stock, bei Schmitz«.

Auch das Giesinger Pensionärsehepaar Schmitz weiß gleich Bescheid, als er sich dort nach Herrn Ivarsson erkundigt, ja freilich, der hat da bei uns g'wohnt, vom Wohnungsamt zugewiesen, wissen S', aber immer sehr korrekt! Damen hat der nie in seiner Wohnung gehabt, ganz bestimmt net, des war ja auch illegal gewesen wegen der nicht angemeldeten Belegung, ach, des Fräulein Sydheim, mei ja, die war scho des Öfteren da, aber gewohnt hat s' net bei uns, des kann i Eahna versichern …! Lehmann hustet in die hohle Hand, na, erzählt ihr ruhig, und dann fragt er so ganz nebenbei, ob er mal das Zimmer von dem Herrn Ivarsson …? Ja mei, den haben doch vor zwei Wochen Ihre Kollegen geholt … Lehmann zieht erstaunt die Augenbrauen hoch, lässt sich aber nichts anmerken, immer die Ruhe bewahren, und sein Zimmer? Mei, des is halt … da hamma … Na, Sie werden doch seine Sachen nicht so einfach verkauft und dem Wohnungsamt die mögliche Neubelegung nicht gemeldet haben …? Oiso, wenn i des noch amol so durchdenke, dann hat des Fräulein Sydheim da scho a Zeit lang mitg'wohnt, mir san ja auch keine Unmenschen in dem Sinne, da sagt man halt nix, wie lang war des, Ludwig? Ja mei, des letzte Jahr über halt, und in dem Jahr aa noch a Zeit lang, bloß dass jetzt der Herr Ivarsson ja festgenommen worden ist, und wo des Madel is, des wissen mir aa net …

Auf dem K4 erfährt Lehmann, dass ein Petar Ivarsson, seines Zeichens isländischer Staatsbürger, vor zwei Wochen wegen diverser Schwarzhandelsdelikte verhaftet und in seine Heimat abgeschoben worden ist. Irgendwelche Erkenntnisse sein Privatleben betreffend sind nicht vorhanden. Im K5 bei der Sitte haben sie eine große Kartei, fast vierzehntausend Festnahmen letztes Jahr, einsame Spitze aller Abteilungen, aber kein Eintrag über eine Kristin Sydheim, was andererseits nicht viel zu bedeuten hat, denn über Irina Stepaschkin gibt es ja auch keinen, und die hat nun ganz sicher an der Straße gestanden und auf Männer gewartet.

Bleibt noch die *Maxim-Bar*. Lehmann schaut kurz bei Amos vorbei, leiht sich dort ein Schild mit der Aufschrift »Public Safety Division« aus, steuert den Opel dann die paar Meter die Neuhauser Straße bis zum Stachus hinunter und freut sich, dass er ein Auto hat und alle anderen zu Fuß laufen müssen. Er parkt direkt vor der Bar, erntet böse Blicke von den Fußgängern, die aber sofort aufhören, als er das Schild hinter die Windschutzscheibe klemmt, das er nur deswegen mitgenommen hat, damit er auf der Militärstraße nicht abgeschleppt wird.

»Kenn ick nich, har ick nie jehört, weeß ick nich. Sonst noch wat?«

Der Besitzer der *Maxim-Bar* stammt hörbar aus Berlin und hat keine Lust, sich mit Lehmann zu unterhalten. Von Kristin Sydheim und Petar Ivarsson will er erst recht nichts gehört haben. Schwarzhändler, bei mir im Lokal? Nu machense mal n Punkt, det is n anständiget Lokal, nur beste Kundschaft, sogar Gouverneur Wagoner kommt hierher, hammse verstanden, Gou-ver-neur Wagoner, klingelt da wat bei Ihnen, und jetzt müssense mir entschuldigen, ick hab zu tun, wa?

Findet sich Lehmann also draußen wieder und weiß nicht, was er jetzt anstellen soll, weil er gegen Gou-ver-neur Wagoner nicht so viel ins Feld führen kann, aber dann fällt sein Blick auf das Schild hinter der Windschutzscheibe seines Opels, und er hat eine Idee, weil der Gouverneur ja weit, aber die Kavallerie nah ist: zurück ins Präsidium, in den

Flügel zu den Amis und mal gucken, Amos direkt fragen ist zu auffällig, aber vielleicht findet er in der Kantine jemanden … Glück gehabt: Max Kemp und Washington Lafayette Smith haben ihre grün schimmernden MP-Helme mit den leuchtend weißen Bändern neben sich auf den Tisch gelegt und nehmen gerade ein paar Donuts zu sich, die sie mit Kaffee hinunterspülen. Lehmann bekommt von Louise für ein »Hey, sweetie-pie, what's cooking?« auch einen Donut, dann geht er zu den beiden hinüber.

»Hey fellas! Can you spare ten minutes for me?«

»Hey Fritz! We're taking a break here, what do you want?«

»I want you to be mean and bad …«

»That sounds doable …«

Sind sie dann auch, böse und gemein: Helm halb übers Gesicht, Kaugummi im Mund, Gummiknüppel locker im Handgelenk schwingend, so schlendern die beiden Schneeglöckchen durch die *Maxim-Bar* mit Lehmann im Schlepptau, und dem Besitzer stehen gleich die Schweißperlen auf der Stirn, vor allem, als sich Kemp und Smith mal hinter der Theke umschauen, wo ja gerne die Flaschen mit den illegalen Spirituosen aufbewahrt werden, und die Gummiknüppel fliegen dann auch gefährlich nahe an den Whisky- und Gin-Vorräten vorbei, kostbarer als Gold heutzutage, so eine Flasche … This stuff is for foreigners only, you know that? – Aber ja doch, ja doch … *ohnlie* fohr forreners, ohnlie …

Lehmann überzieht die geplanten zehn Minuten etwas, hat aber am Ende eine Adresse in der Lilienstraße, das ist bei Gräf in der Nähe, zwischen Mariahilfplatz und Deutschem Museum, angeblich wohnt da eine gute alte Freundin, bei der sie unterkommen wollte, und wennse da nich is, Herr Kommissar, denn erfahrense von der Freundin bestimmt trotzdem, wo die steckt, wa, die sind ganz dicke, die beiden, bloß tunse mir den Gefallen und kommense nich noch mal, und nehmense vor allem ihre Kollegen hier wieder mit, die können sich meinetwegen auch ne Flasche einstecken …

*

Von dem Haus in der Lilienstraße steht nur noch die eine Hälfte, und das Grundstück nebenan ist einfach ein Haufen Schutt. Hier haben sie noch nichts weggeräumt wie zu Hause in der Schellingstraße, das geht kreuz und quer über Ziegeltrümmer und mal eben so hingelegte Bretter, bis man an den Hauseingang kommt, der früher einmal der Hintereingang gewesen sein könnte, oder es ist der Hofeingang eines ehemaligen Hinterhauses gewesen, man erkennt das nicht mehr so – was man aber erkennt, sind Wäscheleinen, auf denen die Hausbewohner in der schönen Maisonne ihre Bettlaken und Unterhosen trocknen lassen, und hören kann man auch was, nämlich eine Frauenstimme, die singt mit Orchesterbegleitung: *Wenn bei Capri die rote Sonne im Meer versinkt …*

Lehmann biegt um eine Ecke in den Trümmern und sieht, dass da jemand ein Stück Fallschirmseide zwischen einen Rest Kamin und einen Rest Außenwand gehängt hat, und jemand liegt da auch drin wie seinerzeit die Seeleute im Haus der Heimat in Stettin in ihren Hängematten, wenn sie auf Heuer warteten und ihr Geld versoffen, eine junge Frau liegt da drin, und die trägt eine Sonnenbrille und kurze Kakihosen wie seinerzeit das Afrikakorps oder die Tommys in Burma, sie will wohl ihre Beine sonnen, und oben die Schultern hat sie auch frei, sodass die dunklen Haare, die immer noch wie bei Veronica Lake geschnitten sind, the peek-a-boo girl, auf die nackte Haut fallen, und auf der Illustrierten, die sie gerade liest, steht: »New Look am Ende?«, wobei Lehmann nicht weiß, was der New Look sein soll, aber eines weiß er sicher: Das ist Kristin Sydheim.

»Na, hamwa endlich schönes Wetter, wa?«

Die Frau in der Hängematte dreht den Kopf ein bisschen und wirft ihm über den Rand ihrer Sonnenbrille einen erstaunten Blick zu, man sieht gleich die hellgrauen Augen.

»Lehmann, Kripo. Sie sind Kristin Sydheim, nicht wahr? Geboren am 27. 2. 1921 in Bergen?«

Sie richtet sich in ihrer Fallschirmseide auf und legt die Illustrierte weg, sowieso erstaunlich, dass für so einen Weiberkram schon wieder Geld da ist, *New Look* … erst tut Madame erstaunt, dann huscht ein Lächeln über ihr Gesicht: Den kennste doch irgendwoher …?

»›Lehmann, Kripo‹ … Sie schon wieder! Was habe ich denn verbrochen?«

Sie fängt beim Sprechen an, in der Hängematte so leicht hin- und herzuschaukeln, was Lehmann ein bisschen verunsichert, weil er jedes Mal den Ansatz ihrer Brüste über dem Oberteil sieht, wenn sie ihm entgegengeschaukelt kommt.

»Verbrochen weiß ich nicht … haben Sie denn was verbrochen?«

»Ich weiß nicht, ich kenne nicht alle Gesetze …«

»Na, wennse sich da unsicher sind, dann kaufense sich doch mal n Gesetzbuch, oder vielleicht findense auch nen hübschen kleinen Jurastudenten, der Ihnen daraus vorliest …«

Sie schaukelt schneller und schneller und lächelt jetzt ganz lieb, die will ihn wohl einwickeln mit ihrer Fallschirmseide, aber nicht mit Lehmann, Püppchen …

»Vielleicht lesen Sie mir ja was vor …«

»Det is schlecht, ich kann nämlich nicht lesen.«

»Sie können nicht … lesen?«

»Nee, und deswegen hab ick den Teil ja auch nie gelesen, wo drinsteht, dass man n Durchsuchungsbefehl braucht, wenn man in ne Wohnung will, und den ganzen anderen Quatsch, zum Beispiel, dass man Verdächtige nicht schlägt beim Verhör … Schlichte Leseschwäche, wissense.«

Sie hört auf zu schaukeln, und aus ihrem Gesicht ist jedes Lächeln verschwunden – böse kann man den Gesichtsausdruck andererseits auch nicht nennen, eher neugierig fragend.

»Sie wollen mich schlagen …? Aber warum denn?«

Lehmann wird von dem neugierig fragenden Gesichtsausdruck leicht aus der Bahn geworfen und weiß nicht gleich, was er antworten soll … nee, vielleicht geht ja die grobe Masche nicht, machen wir mal lieber einen auf sachlich und ernst.

»Also, jetzt mal Schluss mit dem Unsinn. Sind Sie Kristin Sydheim, geboren am …«

»27. Februar 1921 in Bergen in Norwegen? Haben Sie doch schon gefragt … Ja, die bin ich, wollen Sie meine Kennkarte sehen?«

Jetzt lächelt sie wieder und nimmt die Sonnenbrille ab. Lehmann guckt einen Augenblick zu lang in die hellen grauen Augen, unterhalb derer sich ein paar Sommersprossen breitmachen, dann lässt er sich den DP-Ausweis zeigen: stimmt alles, Passbild, Fingerabdrücke, Geburtsdatum, jedenfalls sieht die Karte nicht gefälscht aus. So einen Ausweis muss Irina Stepaschkin auch bei sich gehabt haben, wo ist der eigentlich abgeblieben, wahrscheinlich beim Kopf und den Klamotten …

Er gibt der Sydheim das Dokument zurück und ärgert sich, dass sie die grobe Masche so schnell durchschaut hat, mag er sowieso nicht, wenn einen die Frauen so angucken, so wissend und überlegen und ganz die Frau-nach-der-sich-alle-umdrehen …

»Darf ich fragen, warum Sie nicht nach Norwegen zurück sind nach Kriegsende, jetzt zwingt Sie doch keiner mehr hierzubleiben, oder?«

Augenblicklich verschwindet das Lächeln wieder, und das Gesicht wird ganz finster, genauso finster wie der Himmel, bei dem sich wie auf Bestellung eine dicke Wolke vor die Sonne geschoben hat. Da friert einem gleich, es ist ja auch noch längst kein Sommer.

»Ich muss mir was überziehen. Sie können ja mitkommen, wo sie sowieso keinen Durchsuchungsbefehl lesen können …«

Sie steht auf und klettert über die Trümmer zum Hauseingang, guckt gar nicht nach Lehmann, als wollte sie sagen: Mach doch, was du willst. Macht er dann auch, klettert ihr nämlich hinterher.

Oben im dritten Stock geht sie in eine kleine Einzimmerwohnung, in der zwei Betten stehen, die mit einem Vorhang voneinander abgetrennt sind, das heißt, »Vorhang« ist übertrieben, weil einfach eine Wäscheleine quer durch den Raum gespannt ist, an der man mit Wäscheklammern eine alte Gardine befestigt hat, so kann eben im Handumdrehen die lauschigste Atmosphäre hergestellt werden, ein Griff, ein Kniff, fertig ist die Laube …

»Was überziehen« ist auch gut, weil sich die Sydheim dann nämlich gleich ganz auszieht, hinter dem Vorhang zwar, aber man kann immer so ein bisschen sehen, vielleicht will sie das aber auch, man weiß ja nie. Und dann legt sie Unterwäsche an, oder wie man da sagt, die ist aber nicht rosa, wie Irina Stepaschkin sie getragen haben soll, sondern eher so beige oder hautfarben, gibt aber ja auch Haut, die rosa ist.

Lehmann fummelt die ganze Zeit an seinem Hut herum, weil er nicht weiß, ob er ihn absetzen soll. Am Ende lässt er es aber, weil so viel Respekt ja nun auch wieder nicht nötig ist.

»Sind Sie hier gemeldet?«

Die Sydheim antwortet wie geistesabwesend: »Hab vergessen, zum Amt zu gehen.«

»Wohnt Ihre Freundin hier sonst?«

Jetzt zieht sie sich die Strümpfe hoch, echte Nylons, Junge, Junge, die hat schon was … vor allem hat sie jetzt aber so was Gereiztes in der Stimme:

»Ja, meine Freundin wohnt hier sonst. Mit ihrem Verlobten.«

»Und wo sind die?«

»Geschäftlich unterwegs.«

Soso, geschäftlich …

»Und solange dürfen Sie hier mal unterschlüpfen?«

»Genau.«

»Hat Ihnen wohl nicht gefallen im DP-Lager, was?«

Sie guckt kurz hoch, während sie sich die Strumpfbänder festmacht.

»So viele Menschen auf einem Haufen, wissen Sie … Da kann ich nicht so gut einschlafen …«

»Und dann erzählen Sie Geschichten, wenn Sie nicht einschlafen können? Geschichten von Zimmern mit dicken Teppichen und pokernden Kerlen und Frauen, die Ihnen ihre Telefonnummer geben …?«

Sie guckt wieder hoch. Diesmal zuckt fast so etwas wie ein Lächeln um ihren Mund.

»Ach, *deshalb* sind Sie hier … Helfen Sie mir mal?«

Sie tut so, als ob sie den Büstenhalter hinten nicht zubekommt, na, wenn's weiter nichts ist … Lehmann steht auf und hakt das Ding zu. Sie riecht immer noch so gut wie damals am Stachus.

Schließlich zieht sie tatsächlich das schwarze Wollkleid an, das sie bei der Gelegenheit auch getragen hat, setzt sich zu ihm an den kleinen Küchentisch und zündet sich eine Pall Mall an.

»Mögen Sie auch?«

»Nee, danke, hab's aufgegeben.«

Sie zieht ein paarmal heftig und bläst genauso heftig den Rauch aus.

»Mir hat die Frau leidgetan, sie war so aufgeregt wegen dem Mord, ach, ist das vielleicht das Mädchen, das Sie mir …?«

»Genau die ist es.«

Sie zieht noch heftiger.

»Und jetzt denken Sie natürlich, ich hätte etwas damit zu tun, oder?«

Lehmann geht das Ganze entschieden zu langsam.

»Sie haben doch gesagt, Sie hätten bei BMW gearbeitet, oder?«

Kristin Sydheim nickt.

»Kannten Sie da einen amerikanischen Soldaten namens Robert?«

Sie runzelt die Stirn.

»Als ich dort gearbeitet habe, gab es bei BMW höchstens deutsche Soldaten …«

In Lehmann steigt es heiß auf: Mensch, das stimmt ja …! Da hat er sich einen Quatsch zusammengereimt, der Straßenwärter Steck hat ja bloß »BMW« gesagt, weil das früher so hieß, in Mahlow haben sie auch einen Schwedenteich gehabt, obwohl da schon lange keine Schweden mehr drin herumgeschwommen sind …

»Und … ach, war das bei den Flugzeugmotorenwerken in Karlsfeld oder im Hauptwerk?«

»Im Hauptwerk.«

Langsam, aber sicher, löst sich Lehmanns brillante Kombinationsgabe in Wohlgefallen auf. Jaja, Jastrow, Konzentration …

»Jetzt aber mal zurück zu der Geschichte, die Sie in der Luitpoldkaserne erzählt haben … Können Sie mir die erklären?«

Er nickt ihr aufmunternd zu.

»Die habe ich mir ausgedacht … ausgedacht, weil … ich sagte ja schon, die Frau tat mir leid. Ich wollte ihr irgendetwas erzählen, wissen Sie, so nach dem Motto: Anderen passiert auch Schlimmes, die Esten hat der Mord ja alle sehr bewegt, ich weiß nicht …«

»Wie kann man sich denn so was ausdenken?«

Die Sydheim drückt ihre Zigarette im Aschenbecher aus, alte Granathülse, sieht Lehmann jetzt, bewundernswertes deutsches Improvisationstalent noch in der Niederlage. Dann zuckt sie mit den Achseln.

»Ich les eben viel …«

Lehmann glaubt ihr kein Wort, beugt sich vor und kneift die Augen zusammen, was ja einschüchternd wirken soll, vor allem, wenn man dazu noch so ein breites pommersches Bauernkreuz hat.

»Wissen Sie, ich würde das hier ja nur ungern dem Wohnungsamt melden, weil Sie sonst wieder in dieses schrecklich volle Lager müssten …«

Sie zuckt ganz leicht zusammen, sieht er sofort.

»Und anscheinend haben Sie ja auch was dagegen, wieder nach Hause geschickt zu werden …«

Jetzt wird sie böse.

»Glauben Sie, ich habe Lust, mir von den dummen Jungen in meiner Stadt, denselben dummen Jungen, die vier Jahre lang ›Jawohl, Herr Feldwebel, aber sofort, Herr Feldwebel‹ zu den Deutschen gesagt haben und sonst nichts, glauben Sie wirklich, ich lass mir von denen die Haare abschneiden und mich als Deutschen-Hure durch die Straßen jagen …!?«

Lehmann lehnt sich wieder zurück. Unter dem Aspekt hat er das noch gar nicht betrachtet – was wohl mit den Kurvas im Protektorat passiert ist …? Er schaltet einen Gang zurück und spielt lieber den guten Onkel.

»Erzählense doch mal, wie ging das denn alles?«

Die Sydheim zündet sich eine neue Zigarette an und erzählt doch mal: 1940 habe sie sich in diesen jungen, furchtbar gut aussehenden deutschen Leutnant mit Siegerlächeln verliebt, der dann ins OKW in die Heimat zurückversetzt worden sei. Sie ihm dann hinterher nach Deutschland, große Pläne, Heirat, Kinder und so weiter, bloß dass es zu Hause plötzlich ein Fräulein von Sterneburg gegeben habe, die Verlobte des jungen, furchtbar gut aussehenden Leutnants, und bald darauf habe er die dann auch noch schnell geheiratet, weil er nach Russland an die Front musste, wo er aber bald darauf gefallen sei. Sie selbst sei daraufhin nach München, der Stadt der Deutschen Kunst, sie habe schon in Bergen Malerin werden wollen, aber ihr Vater habe sie in die Handelsschule gesteckt, und sie sei dann im Büro versauert, bis der Leutnant aufgetaucht sei, dem ihr Vater nicht zu widersprechen gewagt habe. In München seien damals Arbeiterinnen für die Rüstungsindustrie gesucht worden, diese Arbeit habe sie dann gemacht und gleichzeitig Privatstunden genommen, bei ganz berühmten Malern, die hätten ihr großes Talent bescheinigt. Dann sei der Krieg aus gewesen, und sie habe Petar Ivarsson kennengelernt, das heißt, eigentlich habe sie ihn schon vorher kennengelernt, das mit dem Schwarzmarkt habe ja auch schon in den letzten Kriegsjahren begonnen, wie er als Isländer hierherkam, wisse sie auch nicht, er habe aber irgendetwas für die deutsche Armee gemacht, von dem er ihr nie erzählt habe, und als Nordländer seien sie sich eben gleich nähergekommen. Das Zimmer in der Humboldtstraße habe er nur zum Schein bewohnt, jetzt könne sie das ja sagen, in Wirklichkeit hätten sie ein schönes großes Haus im Herzogpark bewohnt, und weil Petar jemanden beim Wohnungsamt mit drei Kindern, die immerzu Hunger! schrien, gekannt habe, hätten sie die Villa ganz für sich allein gehabt, das müssen Sie sich mal vorstellen, so viel Platz …! Beim Pensionärsehepaar Schmitz hätten sie sich ab und zu blicken lassen, damit niemand Verdacht schöpfen konnte, und sie müsse schon zugeben, dass sie gern ein bisschen übertreibe, weil sie aus so einfachen Verhältnissen stamme, und so viele ihrer Freunde hätten Eltern mit Fabriken oder Rechtsanwaltskanzleien, das können Sie doch nachempfinden, oder ...? Ja, das versteht Lehmann, und da erzähle sie eben gerne so Geschichten, die sie ein bisschen interessanter machen würden, als sie vielleicht in Wirklichkeit sei, und so eine Geschichte war das auch, die ich der Estin in der Luitpoldkaserne erzählt habe, verstehen Sie?

Lehmann nickt, jaja, brauchste mir nich aufzumalen.

»Und sonst wissen Sie wirklich nichts weiter von der?«

Er hält der Sydheim noch mal Irinas Foto hin. Sie betrachtet es wieder und schüttelt den Kopf, sieht eigentlich ganz überzeugend aus dabei.

»Nein, wie gesagt: Meine polnische Freundin, Agnes Blatka hieß sie, die sah so ähnlich aus, aber vielleicht irre ich mich auch, das Mädchen hier ist auch Slawin, oder?«

»Halb, der Vater ist wohl Russe, aber die Mutter Estin.«

»Na ja, vielleicht habe ich sie deswegen verwechselt, slawische Frauen haben ja oft hohe Wangenknochen und ein breites Gesicht, ich habe Agnes mal ein bisschen porträtiert, wissen Sie.«

»Haben Sie das Porträt da?«

Sie schüttelt den Kopf.

»Ich habe wenig mehr bei mir, als ich in einem Koffer tragen kann. Es ist irgendwo zurückgeblieben.«

Ganz so breit ist Irinas Gesicht nun auch wieder nicht, findet Lehmann, als er das Foto noch mal selbst betrachtet. Andererseits könnte die Sydheim durchaus recht haben, hohe slawische Wangenknochen hat sie schon gehabt, und eine Winzigkeit zu breit ist sie vielleicht doch im Gesicht.

»Das mit dem Zimmer und der Frau haben Sie sich also ausgedacht, sagen Sie?«

Sie zögert.

»Nein.«

»Nein?«

»Nein. In Wirklichkeit habe ich das so ähnlich in einem Buch gelesen.«

»Und was für ein Buch ist das?«

»Ein unanständiges.«

»Ein unanständiges Buch? Liegt so was bei Ihnen auf dem Nachttisch?«

»Manchmal.«

Lehmann muss den Kopf schütteln, Sachen erzählt die ihm und guckt ihn dabei auch schon wieder so seltsam an, genau wie vorhin.

»Soso … und kann man sich das mal ausleihen, das Buch?«

»Ich fürchte, es hatte das gleiche Schicksal wie meine Bilder. Und kaufen kann man es nicht.«

»Kaufen kann man es nicht?«

»Es ist ein … verbotenes Buch.«

Wie die das sagt, es ist ein verbotenes Buch, da läuft es einem ganz kalt den Rücken herunter, und: Kaufen kann man es nicht … Ich aber, Prinzessin Kristin von Bergen, hatte trotzdem bereits das Vergnügen, mich an dieser kostbaren Rarität zu delektieren, sagt man da »delektieren«?, Lehmann ist kein Dichter und kein Deutschlehrer, er ist Polizist und war auf der Volksschule in Leckow und der Landwirtschaftsschule in Schivelbein … Das Dumme ist nur, dass ihm diese Sydheim da gar nicht übel gefallen will, und das ist schlecht, ganz schlecht.

»Na, schreiben Sie mir doch mal den Titel auf, vielleicht find ich's ja irgendwo beim Trödler oder im Giftschrank beim Staatsanwalt …«

Sie kritzelt etwas auf einen Zettel und gibt ihm den, er schaut kurz hin und sieht, dass es wohl Französisch ist, das versteht er nicht, will es aber nicht zugeben und steckt den Zettel weg. Dann steht er auf, will seinen Hut aufsetzen und merkt, dass er ihn gar nicht abgenommen hat. Sie lächelt. Er lächelt zurück.

»Kann sein, dass ich noch mal zurückkommen muss auf Sie und Ihre Geschichte, ich werde das nachprüfen lassen. Bleiben Sie hier wohnen?«

Sie steht auch auf und legt den einen Arm unter den Brustkorb und stützt den anderen darauf so ab, dass Sie mit dem Zeigefinger unter das Kinn kommt, und dann noch die Beine so ein bisschen schräg und den Hintern zur Seite raus, die hat wirklich was, ne Dumme ist das sowieso nicht, auch nicht so ne Mütterliche wie Mimi Westendorp, aber auch keine Kurva, die hat irgendwas, das Lehmann so noch nie über den Weg gelaufen ist.

»Ich fürchte, das kann ich Ihnen nicht versprechen …«

Lehmann zieht einen Flunsch.

»Haben Sie noch die Telefonnummer, die ich Ihnen am Stachus aufgeschrieben habe?«

Sie schüttelt den Kopf.

Lehmann gibt ihr eine von den Visitenkarten, die neulich an alle verteilt wurden, die Nummer vom K1 steht mit drauf.

»Dann muss ich leider darauf bestehen, dass Sie sich bei uns melden, wenn die Adresse wechselt, falls Sie wieder vergessen sollten, sich abzumelden. Machen Sie das? Und versuchen Sie nicht abzuhauen, unsere amerikanischen Freunde werden Sie ab jetzt mit dem Ausweis nicht mehr über die Zonengrenze lassen ...«

»Dann muss ich ja wohl ... Wie heißen Sie denn, wenn ich da anrufe?«

»Lehmann, hab ick doch schon gesagt, Sie können das aber auch jedem anderen –«

»Nein, Ihr Vorname.«

Lehmann ist schon halb aus der Tür.

»Fritz heiß ich, Fritz Lehmann.«

»Das passt zu Ihnen.«

»Wieso?«

Sie zuckt mit den Achseln, aber wie sie das macht, so ganz kurz und bloß angedeutet, das macht ihr so schnell keine nach.

*

Im Opel auf dem Weg ins Präsidium hat er ein schlechtes Gefühl, was komisch ist, denn eigentlich hat sie ihm genau das erzählt, was er sich schon selbst beim Aktenlesen gedacht hat, nämlich dass die ganze Geschichte erfunden war.

In der Nähe des Viktualienmarkts hält er bei einem Buchhändler und erfährt, dass es sich bei dem Buch tatsächlich um ein verbotenes Werk aus dem alten Frankreich handelt, in dem vier reiche und krankhaft veranlagte Herren sich in ein Schloss im Schwarzwald zurückziehen, sich dort den ganzen Tag Geschichten anhören, in denen Menschen gequält werden, und hinterher selbst Menschen quälen. Und wie viele Geschichten sind das? Nun, es sind hundertzwanzig Tage, und an jedem davon werden vier Geschichten erzählt ... Wo man das Buch bekommen kann? *Les 120 Journées de Sodome* ...? Aber um Gottes willen, das bekommen Sie nirgendwo ... Nachdem Lehmann das erfahren hat, kann er Kristin Sydheim noch schwerer einschätzen, aber immerhin könnte das bedeuten, dass sie nicht gelogen hat, denn bei hundertzwanzig mal vier gleich vierhundertachtzig Geschichten wird schon eine mit dabei sein, in der ein Mädchen betäubt wird und Männer nebenher Karten spielen, wenn es darin hauptsächlich ums Quälen von Menschen geht. Was Lehmann angeht, der muss darüber nicht unbedingt Bücher lesen.

26. MAI

Am Mittwoch ist Hölzl wie vorausgesagt noch nicht wieder einsatzfähig, aber Lehmann hat auch gar keine Zeit, sich um ihren gemeinsamen Fall zu kümmern, denn gleich nach Dienstbeginn kommt Agent Jaspers ins K1, um ihn zur Vernehmung von Wilfried Helms zu holen.

Nicht, dass es ihnen der Junge wirklich schwer machen würde, er gesteht und gesteht und gesteht, das will gar kein Ende mehr nehmen. Wenn einem die Schlechtigkeit nicht angeboren ist, muss man eben irgendwann heraus damit, da hilft nichts, und wem ist die Schlechtigkeit schon angeboren …? Jedenfalls zieht sich das Ganze in die Länge, weil ja immer übersetzt werden muss fürs Protokoll, und dann redet Helms mal Englisch, mal Deutsch, wie's ihm gerade in den Sinn kommt, und fängt bei Pontius an und hört bei Pilatus noch lange nicht auf, obwohl das meiste gar nichts mit dem Mord an Mitterer und Myers zu tun hat, aber das muss raus, das muss raus, und am Ende ist es so, dass er gar nicht gelogen hat bei seinen Betteleien auf den Bauernhöfen: Als er zwölf war, sind seine Eltern tatsächlich bei dem Doppelangriff im Februar '45 auf Dresden verreckt, ja, der sagt »verreckt«, der spricht kein schönes Deutsch, und der kleine Wilfried ist durch die brennenden Ruinen geirrt, siebentausend Tonnen Phosphorbomben sind es gewesen in drei Tagen, sagt man, und kein Mensch versteht so was, wo die Stadt voller Flüchtlinge war und keine Bedeutung mehr für den Krieg hatte. Mütter haben ihre brennenden Kinder in die Elbe geworfen, damit sie wenigstens ertrinken und nicht bei lebendigem Leib verbrennen, die Straßen waren voller verkohlter Leichen, in den paar Luftschutzkellern haben sich die Menschen gegenseitig totgetrampelt, der Sog des Feuersturms hat alle mit sich gerissen, die keinen Schutz hatten. Als wir dann auf die Straße gekommen sind, you won't believe this, nichts hab ich mehr wiedererkannt, von unserem Haus die ganze Etage mit unserer Wohnung weg, einfach weg, und der Rest war am Abfackeln, that was our house, no more house, und die anderen Häuser in unserer Straße haben auch gebrannt, immer bloß Feuer, überall Feuer, this was like hell, you don't know what hell is, und die Gasleitungen sind explodiert, Häuser eingestürzt, die Flüchtlinge mit ihren Leiterwagen, alles hat gebrannt, und die Leute haben gebrüllt, die Pferde haben auch gebrüllt, haben Sie mal ein Pferd brüllen gehört, alle rannten durcheinander, Männer, Frauen, Kinder, alle am Rennen oder Verrecken, ein brennendes Pferd hab ich gesehen, das ist in die Elbe gesprungen, da hab ich zum ersten Mal im Leben wirklich gebetet, aber dann waren schon neue Verbände zu hören, der zweite Angriff ging los, und es gab keine Luftschutzkeller mehr in der Nähe, I was so scared, und, und, und …

Wenn einen das nicht aus der Bahn wirft, was dann?

Seine beiden älteren Brüder seien in Russland geblieben, Soldatengrab in der Taiga, hätte Lehmann auch haben können, ist ihm zum Glück erspart geblieben. Helm hat nichts in der Richtung vorzuweisen, bloß immer wieder Erziehungsanstalt und Knast, frei habe er sein wollen, frei wie ein Vogel, und lange ausgehalten hat er es ja nirgendwo, das ging immer nur rein und gleich wieder raus, bloß raus, schon von Dresden her. Aber dann hat er Englisch gelernt, oder besser gesagt: aufgeschnappt, und sämtliche Konsulate von Garmisch über München und Frankfurt bis Bremerhaven davon überzeugt, dass er ein amerikanischer Staatsbürger ist, dem man seinen Pass gestohlen hat und der dringend nach Hause muss, bis New York hat er es auf die Tour geschafft, warum er wohl nicht dageblieben und untergetaucht ist, aber vielleicht ist New York auch bloß ein großes Gefängnis, aus dem man rauswill, immer nur raus, vielleicht hat er auch Sehnsucht nach der alten Heimat gehabt, bloß: welche Heimat, wenn der Feuersturm drübergegangen ist, mit dreizehn haben sie ihn mit sieben Schießeisen erwischt, früh übt sich, einen ehrbaren Beruf ergreift so einer jedenfalls nicht, aber wenn man mal drüber nachdenkt, gibt es sowieso nicht so viel ehrbare Berufe auf der Welt, vor '45 hat nicht mal mehr der des Polizisten dazugehört.

Und dann die Sache mit den Atombomben: Eine hätte doch genügt, um den Japanern und der Welt zu zeigen, dass man das Ding hat und verwenden will, über dem Meer bei Tokio hätte man die zünden können, da hätte sich der Kaiser in seinem Kirschblütenpalast in die Hosen gemacht und hätte gesagt: Schluss jetzt! Aber nein, es mussten zwei Städte sein, in denen Frauen und Kinder lebten und alte Leute, jaja, sie haben auch Frauen und Kinder erschossen, aber soll man sich schämen deswegen, wenn ein Flugzeug einmal schnell eine Bombe wirft, und eine ganze Stadt ist tot? Eine Stadt, in der Krankenhäuser standen und Schulen, und in denen verliebte junge Leute Hand in Hand durch den Stadtpark spazierten und sich auf die Bänke setzten, wie er und Elena Spanier das getan hätten, wenn nicht Nürnberg gekommen wäre und die Sache mit der Rassenschande, wobei sie diese Rassenschande aber doch gemacht haben, als sie sein Ding einmal nicht bloß gerieben oder gelutscht hat, nachts am Buchholzsee ist das gewesen, er hat sich aus dem Haus geschlichen und ist mit dem Fahrrad die fünf Kilometer ohne Licht durch die Nacht, und da hat sie sich nach einer Weile Knutschen und Reiben plötzlich auf ihn gehockt ohne Unterrock und ohne sonstiges und sich sein Ding genommen und draufgesetzt und so gegrunzt, dass man meinte, sie würde sterben. Sie hat das aber nur schön gefunden, und Fritze Lehmann hat es auch schön gefunden, zum dritten Mal so schön wie nichts anderes je zuvor im Leben, denn da kann der Kirchenchor *Ein feste Burg ist unser Gott* singen oder sogar die Engel *Halleluja*, aber nichts ist so schön wie das Gefühl, in einer Frau drin zu sein und sie dabei im Arm zu halten.

We hold these truths to be self-evident, jaja, Frauen und Kinder wurden erschossen, die Erste hatte ein dünnes Sommerkleid an, das hatte man ihr halb heruntergerissen, der Zweite war ein dürrer alter Mann mit Schläfenlocken, die Dritte war ein kleines Mädchen mit seltsam blonden Haaren … Wilfried Helms sagt aus, dass er sich irgendwo zwischen Ulm und Augsburg von seinen Fesseln befreit habe, wieso haben die Dummköpfe denn keine Handschellen benutzt, die Amerikaner haben doch alles, und dann habe er gewartet, bis die Gelegenheit günstig gewesen sei, aber was heißt denn günstig bei hundert Stundenkilometern auf der Reichsautobahn? Der deutsche Beamte, also Mitterer, habe seine Dienstmappe hinten liegen lassen, so ein Leichtsinn, und da sei auch noch der Dienstrevolver drin gewesen, aber das muss man sich mal vorstellen, wie der den Revolver nimmt, die beiden Polizisten totschießt und dann bei hundert Stundenkilometern das Auto wieder in den Griff bekommt, und niemand habe etwas bemerkt, also hat Helms den Wagen von der Autobahn herunter- und in den nächsten Wald gesteuert, dort dann alles mit Benzin übergossen und angezündet und dann weg, bloß weg da, die ausstehenden neunzig Tage Gefängnis hätte er nicht ertragen können, dann schon lieber wegen Mordes gesucht werden, wegen Doppelmordes, wegen doppelten Polizistenmordes sogar, und einer der Polizisten war ein Ami, vielleicht will er ja auch sterben, vors Oberste Militärgericht werden sie ihn stellen und zum Tode verurteilen, das kann man sich ausrechnen, dafür reicht selbst das bisschen Fantasie, das Lehmann sein Eigen nennt, der Helms hat eben genug von der ganzen Soße, in der sie alle stecken.

27. MAI

Am Donnerstag ist Fronleichnam, und Lehmann hat Tagesbereitschaft, was nicht das Verkehrteste ist, weil er an Feiertagen sowieso nie weiß, was er mit sich anfangen soll, außer Nowak hinterherzufahren natürlich, aber in Harlaching draußen tut sich nichts, er ist gestern Abend noch vorbeigefahren und hat den Hund im Garten gesehen, sonst nichts. Und Fronleichnam ist so ein katholischer Mummenschanz, über den man sich in Pommern die Bäuche gehalten hätte vor Lachen: Zu Tausenden laufen sie da dem Oberpopen hinterher, der eine heilige Reliquie in einem goldenen Strahlenkranz vor sich her trägt, Götzenanbetung, hätte der Pastor gesagt und dabei vielleicht gedacht: papistische Schweinepriester, in München gibt es aber auch Evangelische, das weiß Lehmann, weil er gleich wieder angemeldet worden ist, als er aus der Kriegsgefangenschaft entlassen war, da kam ein lieber Brief vom zuständigen Pfarramt und hat ihn zum Gottesdienst eingeladen. Den Brief hat er gleich weggeworfen, weil er vor Gott nicht mehr knien kann, seit er dem gleich geworden ist.

Hölzl ist wieder aus dem Krankenhaus zurück und hat ebenfalls Bereitschaft, anscheinend ist Hellweg immer noch sauer wegen der Angelegenheit im Circus Krone und will ihm eins auf den Deckel geben. Der Kollege trägt eine Bandage über dem rechten Auge, schlimm sieht das aus, und dazu humpelt er durch das Büro, einmal wie das Rumpelstilzchen auf der Suche nach frischen Königskindern und dann wieder wie Boris Karloff in *The Mummy*, was ein alberner und überflüssiger Film ist, aber im Lager war man ja für jeden Quatsch empfänglich.

Irgendwann gegen zehn ruft Kristin Sydheim an. Hölzl nimmt den Anruf von der zentralen Vermittlung entgegen, Durchwahl haben sie immer noch nicht, zieht dann amüsiert die Augenbrauen nach oben und hält Lehmann den Hörer hin.

»Hallo.«

Sie sagt ihren Namen nicht, aber er erkennt die Stimme trotzdem sofort.

»Ach, Sie sind's … Sie ziehen um?«

»Eigentlich nicht …«

»Nein? Und warum rufen Sie dann an?«

»Weil Sie etwas vergessen haben.«

»So, vergessen … Und das wäre?«

»Sie wollten mich für Samstagabend zum Essen einladen …«

Lehmann schießt ein Kloß in den Hals hoch: Mensch, die ist vielleicht Zeugin … er dreht sich von Hölzl weg, der die Akten studiert und ihn misstrauisch aus den Augenwinkeln heraus beobachtet.

»So was. Ich kann mich gar nicht erinnern …«

»Dann ist es ja gut, dass ich noch mal anrufe, oder?«

Lehmann macht sich nicht für zwei Pfennig Illusionen: Die ruft an, weil sie ihren Beschützer losgeworden ist und einen neuen sucht, und wenn's ein Polyp ist … das Leben ist ein Übergang, sagte der Fuchs, als ihm der Jäger das Fell über die Ohren zog, nachher findet sich schon was Besseres, so wie dieser junge, gut aussehende Leutnant vielleicht oder der Schwarzhändler Petar Ivarsson, denen ist bestimmt auch nicht das Ding weich geworden im entscheidenden Augenblick.

Hölzl räuspert sich schließlich und humpelt auf den Flur hinaus. Taktgefühl hat er ja.

»Und wenn ich jetzt verheiratet wäre?«

»Sind Sie aber nicht. Und auch nicht verlobt.«

»Sieht man mir das an?«

»Ja.«

Lehmann hustet vor Verlegenheit in die hohle Hand. Am anderen Ende der Leitung hört er das schöne Fräulein Sydheim lachen.

»Also dann, Samstagabend. Sie holen mich ab? Gegen sieben?«

Er weiß, was sie will. Er sagt ohne zu zögern Ja.

Als er den Hörer auflegt, kommt Hölzl ins Büro zurück und sieht ihn so strafend an, dass er direkt beichten muss. Ganz vorsichtig erzählt er von seinen Ermittlungen vorgestern, das mit der halb durchsichtigen Gardine natürlich nicht, und dass die Sydheim ihm auf ihrer Hängematte aus Fallschirmseide immer so entgegengewippt ist, dass man ein bisschen mehr von ihrem Busen sehen konnte, auch nicht, aber das mit dem Buch erzählt er, aus dem sie ihre Geschichte haben wollte.

»Aha. Und warum ruft die dann an bei uns?«

Lehmann erklärt dem Kollegen lang und breit, dass die Norwegerin keine feste Adresse habe, da müsse die sich eben melden bei ihnen, habe er alles so eingefädelt. Das mit Samstagabend erwähnt er natürlich auch nicht.

»So … Sie wissen schon, dass S' mit der …?«

Lehmann nickt heftig, klar doch, Dienstvorschriften, kleines Einmaleins des kriminalpolizeilichen Dienstes, so was macht man nicht. Schöne Augen hat sie aber, denkt er sich unterdessen.

»Na ja … Schreiben S' da an Bericht?«

Lehmann zuckt mit den Achseln.

»Bisschen vage, die ganze Geschichte, oder?«

Hölzl zuckt auch mit den Achseln.

»Wo S' recht ham, ham S' recht …«

Den Besuch bei Salkind hat Lehman auch nicht erwähnt, mit dem Fall hat das ja sowieso nichts mehr zu tun. Hölzl selbst schweigt wie ein Grab, was seine Erlebnisse am letzten Sonntag angeht, hat aber schon wieder eine neue Idee für Ihre Mördersuche: Vielleicht ist des a Rachegeschichte gewesen … – Wieso Rache? – Na, schaugn S' amol den Stepaschkin oa, der is Richter g'wesen, moanen S', dass der ganz sauber war, wenn der im Reichskommissariat Ostland, oder wie des g'heißen hat, Richter war? – Na ja, vielleicht hat er auch einfach schlechte Erfahrung mit den Kommunisten gemacht in den beiden Jahren vorher, kann man ja nicht wissen. – Naa, weiß man net, aber wenn doch? Wenn der vielleicht die estnischen Juden mit ans Messer g'liefert hat, und jetzt schaugn S' amol, in Nürnberg, des is net so bekannt, aber passiert is doch, da is a Lager, des war des Stalag XIII früher, da hatten s' vor zwei Jahren über zehntausend SS-Männer und PGs drin, da ham s' dene des Brot vergiftet mit Arsen …!

»Wer hat denen das Brot vergiftet?«

»Ja mei, Juden halt, DPs. Die ham s' net erwischt, alldieweil die glei na Palästina abg'hauen san, aber trotzdem. Die ham sich halt rächen wollen, verstehen S'?«

Lehmann kriecht ein kalter Schauer den Rücken hoch … ist ja auch beinahe komisch, dass niemand kommt und sich rächen will und sie alle totmacht, wie sie's wahrscheinlich verdient hätten, wo sich doch nach Stalingrad alle in die Hosen gemacht haben, weil sie eben davor so große Angst hatten. Einen einzigen Fall haben sie in München gehabt in die

Richtung, als letztes Jahr Hugo Männer aus der Isar gefischt wurde, der zu der erlesenen Gruppe von Porträtspezialisten gehört hatte, die sich vor '45 »Hitlerfotograf« nennen durften, auch in einen Sack verpackt, aber sonst noch vollständig vorhanden, den Täter haben sie noch nicht, man kann sich vorstellen, dass da vielleicht Rache mit im Spiel gewesen ist, aber das mit dem Arsen im Stalag XIII ist schon ein Ding.

»Wie viele sind denn dabei draufgegangen?«

»Koaner. Des is z'wenig Arsen g'wesen. Bloß a bisserl übel ham s' sich g'fühlt, die Herren von der SS ...«

Lehmann hat beinahe das Gefühl, auch nur deshalb noch am Leben zu sein, weil er zu wenig Arsen bekommen hat, wobei Arsen ein heimtückisches Gift ist, das riecht man nicht, das schmeckt man nicht, davon kriegt man jeden Tag ein bisschen eingeflößt, und dann geht man über den Jordan, was auch so ein Ausdruck ist, den man hier im Süden nicht kennt.

Hölzl führt seine Theorie dann noch weiter aus. Die Gebrüder Katz kämen doch auch aus dem Baltikum: Lettland, Litauen, Estland, Tilsit, alles dieselbe Ecke. Aber was heißt das schon, dass die alle aus dem Baltikum kommen, die Katz' sind ja nicht von Richter Stepaschkin nach Kowno geschickt worden, sondern von einem deutschen Richter und von deutschen Polizeibeamten in Tilsit, und wieso sollten die sich an seiner Tochter rächen, wenn schon, dann doch an Stepaschkin selber, wenn der wirklich Dreck am Stecken hat, und vor allem: Wenn man sich rächt, will man doch, dass der Betreffende das mitbekommt, da lässt man ihm etwas zukommen, ein kleines Zeichen, einen Brief, was auch immer.

Hölzl sieht schließlich ein, dass der Gedanke ziemlich weit hergeholt ist, und eigentlich ist es ihm wahrscheinlich – genau wie Lehmann – gar nicht unrecht, dass die Sache nicht mehr so eindeutig in Richtung Schwarzgelockte geht, schon allein, weil sie dadurch die Staatsanwaltschaft nicht mehr am Hals haben. Sie teilen dann die Arbeit für die nächsten Tage auf: Lehmann soll noch mal herumfahren und alles mit eigenen Augen anschauen, die Arbeitsstellen der in den Fall verwickelten Personen aufsuchen, nach den Lebensumständen fragen, die Angaben überprüfen – Knochenarbeit, aber die gehört auch dazu. Hölzl will ab und zu selber mitkommen, soweit ihm sein Bein und die Bandagen das erlauben, aber vor allem wird er im Präsidium bleiben, telefonieren und in alten Akten herumwühlen, wenn dann noch mal ein Verdächtiger fällig ist, muss er zum Verhör eben wieder in die Ettstraße kommen. Man muss jetzt weitere Kreise ziehen, mal bei den Kollegen in den britischen und französischen Besatzungszonen nach ähnlichen Fällen fragen, Sie warn da doch in Köln, Herr Lehmann, da kennen S' doch die Leit jetzt, machen Sie des doch, vielleicht noch mal an den Stachus gehen und die Damen dort ausquetschen, Zeugen finden, das ist jetzt Ihre Hauptaufgabe … Hölzl fällt plötzlich mitten im Reden ein, dass da ja ein Brief für Lehmann gekommen sei letzte Woche, mei, des hab i jetzt völlig vergessen, Herr Kollege, da, nehmen S', der war die ganze Zeit im Schreibtisch g'legen, hätten S' bloß amal schaun müssen, hat Lehmann aber nicht, was interessieren ihn fremder Leute Schubladen, außerdem gibt's da sicher einen Paragrafen im Beamtengesetz, *Wer ohne ausdrückliche Genehmigung* …, der Umschlag kommt von den Amerikanern, das sieht man gleich an der guten Papierqualität, adressiert an Kriminalkommissär Lehmann, z. Zt. Polizeipräsidium München, Kommissariat 1, das »auf Probe« haben sie netterweise weggelassen, aber entscheidend ist ja der Absender: 7708th War Crimes Group, Advocate's Office, draußen an der Tegernseer Landstraße befinden sich die Büros, bei der Militärregierung, das Schreiben ist aber mit der Amtspost gekommen, und da braucht man keine Straßenbezeichnung, die Dienststelle reicht. Lehmann reißt den Umschlag gleich auf und hat das Gefühl, der Stuhl sackt weg unter ihm, denn das ist eine Vorladung zur Vernehmung. Der Termin ist morgen früh um zehn Uhr.

*

Den Rest des Tages über verschwendet er nicht einen einzigen Gedanken mehr an den Fall Irina Stepaschkin, und abends im Bett kriegt er kein Auge zu. Jetzt mal langsam, Fritze Lehmann, was sagen wir denn und was nicht, und wer ist überhaupt gefallen von all denen, die mit dabei gewesen sind, glaubt ja nicht, dass ich euch Nowak gebe, der gehört mir …! Aber Strack kann er ihnen geben, den stellvertretenden Zugführer vom zweiten Zug, der hat sich freiwillig gemeldet, um an das schwere MG der Ukrainer zu kommen, so ein Dreckschwein, nachher in Stettin hat es geheißen, dass ihn die Partisanen erwischt hätten, sicher hat man ein paar Häuser oder ein ganzes Dorf niedergebrannt deswegen, eins zu hundert war das befohlene Verhältnis, hundert Russen für einen Deutschen … Dafür wäre dann der Bataillonskommandeur zuständig gewesen, aber den kann Lehmann nicht hinhängen, weil er ja vorher auch selbst zu dem Bataillon gehört hat, außerdem ist der Kommandeur kein schlechter Mensch gewesen, der hat sogar heimlich heulen müssen, als es an dem Tag losging, hat jedenfalls Sobiak von der Ordonnanz erzählt, aber wen gibt's denn noch … Von Italien weiß er fast nichts mehr, da hat er bloß abgestumpft alles über sich ergehen lassen und auf die Gelegenheit zum Überlaufen gewartet, da sind auch Dörfer niedergebrannt worden, aber er weiß nicht genau, wo und von wem, halt, einen Namen weiß er doch, Leutnant Drescher, der von der SS zur Polizei gekommen ist, den hat er selbst schießen gesehen, aber nachher lebt der noch, und wenn er noch lebt, hat Lehmann Ärger am Hacken, also, wen noch …? Persson vielleicht, Wachtmeister Persson, den niemand gemocht hat, ja, das ginge, der ist gefallen, ob er Verbrechen gegen die Menschlichkeit, wie man jetzt sagt, begangen hat, weiß Lehmann nicht, aber gefallen ist er, da wird er eben irgendwas erzählen, und dann natürlich Jastrow, der ihm sicher nicht böse sein wird in seinem Soldatengrab in den Sümpfen am Pripjetfluss, schließlich hat er selber gesagt: Schlau sein, Lehmann, immer schlauer sein als die anderen.

Den muss er nun also hinhängen, geht nicht anders, dabei hat Jastrow gar nicht da hingewollt, aber wer von ihnen hat das schon, eben noch Kriminalkommissar in Stettin und ein anständiger Kerl, und zack!, schon ist man zur Sicherheitspolizei nach Wolhynien abkommandiert und ein Schwein, was haben sie sich beide gefreut, als Lehmanns Bataillon in der Gegend auftauchte: Mensch, wir beide wieder zusammen, wer soll uns denn noch was wollen hier, und was gab es hinterher zu jammern, jedenfalls für Lehmann, dabei hat Jastrow doch Schlimmeres verhindern wollen, die sollten nicht auch noch vergewaltigt werden, bevor man sie kaltmachte, also hat er die Ukrainer zurückgescheucht, aber da rief plötzlich jemand mit lauter Stimme »Juden, sie wollen uns umbringen!«, jedenfalls wurde das so erzählt hinterher, das Jiddische konnte man ja nicht verstehen, da wurden die Wanzen unruhig, und einige versuchten zu fliehen, es gab ein Riesendurcheinander, und das hat dann die kleine Judenhexe ausgenutzt. Aber Jastrow muss hingehängt werden, da hilft kein Flehen und kein Bangen, auch wenn er das alles nicht gern gemacht hat, im Kreisgebiet Rowno ist er für Konzentration und Umsiedlung zuständig gewesen, was so viel hieß wie: Alle Juden nach Sarny, und dort dann: Weg mit ihnen.

28. MAI, TAGSÜBER

Noch in der Tram raus zur Militärregierung versucht sich Lehmann die drei Namen einzuprägen, den Opel hat Hölzl dabehalten, weil er sich auch mal in der Keksfabrik der Gebrüder Katz umschauen möchte, muss eben ein anderer den Chauffeur spielen – also: Strack, Persson, Jastrow; Strack, Persson, Jastrow … beim Ersten das schwere MG, beim Dritten die verantwortliche Stellung, beim Zweiten muss er sich was einfallen lassen, die Sache mit dem Ghetto-Krankenhaus vielleicht, genau, das muss sogar Perssons Zug gewesen sein, da hat es plötzlich gebrannt, offiziell aus Versehen, aber in Wirklichkeit wohl, weil sie keine Lust hatten, die Kranken noch groß in die Kaserne zu bringen, Mütter mit Neugeborenen waren auch dabei, und Sauerei ist schon gar kein Wort mehr für so was, ja doch, dafür wird er Persson hinhängen, Persson mit seinem komischen Namen, stammte wohl aus der Schwedenzeit, und Perssons Uropa oder Ururopa oder was auch immer war ein schwedischer Reiter, der den Katholischen die Köpfe eingeschlagen hat, dass man nachher singen konnte: *Maikäfer flieg* und *Pommerland ist abgebrannt*, jetzt kann man das auch wieder singen, ganz ohne Schweden, und wenn man bedenkt, wie Persson nachher umgekommen ist, in dem Dorf, das die erste Kompanie niedergebrannt hat: In einem der windschiefen Schuppen, wie die Bauern sie dort alle hatten, sollte nach Waffen gesucht werden, das war so üblich wegen der Partisanen, Persson hat aber keine Waffen gefunden, sondern bloß ein Fangeisen, das heißt, eigentlich hat eher das Fangeisen Persson gefunden, das hatte nämlich der Bauer dort aufgestellt, weil im Winter die Wölfe aus den Sümpfen und Wäldern gekommen waren oder was auch immer, und dann hat er es vergessen, und Persson ist hineingetreten beim peinlich genauen Durchsuchen des Schuppens, wobei man auch in Ecken kam, an die der Bauer gar nicht mehr gedacht hatte, an einem schönen Tag im Frühsommer, als die Mücken noch nicht so gestochen haben wie ein paar Wochen später, und Persson hat sich nicht mehr befreien können, geschrien muss er dann haben wie ein abgestochenes Schwein, aber das ist in dem allgemeinen Gebrülle wohl untergegangen, das anhob, als die Flammen die Strohdächer emporzüngelten, und überhaupt war alles so ein Durcheinander, dass niemandem die Abwesenheit des einen Polizisten auffiel … Wachtmeister Persson, »Mürbeteig« wurde er genannt, weil er immer so mürrisch aus der Wäsche guckte und so ein talgig-weißes Gesicht hatte, nachher haben sie dann die verkohlte Leiche mit dem Fangeisen daran aus den rauchenden Trümmern gezogen, die Hundemarke mit der Personalstammnummer hat ihn identifiziert, war ja alles immer bestens durchorganisiert bei den Preußen, jedenfalls wäre es fast besser, wenn Persson tatsächlich was auf dem Kerbholz hätte, damit man wenigstens sagen könnte, genau so einen Tod, den hat er verdient.

Die Sekretärin im Vorzimmer ist Amerikanerin, hat die fünfzig schon überschritten und sieht aus wie eine vertrocknete Zwiebel. Lehmann grüßt artig, Donuts für Slangausdrücke werden sie ihm hier nicht geben, und überreicht ihr seine Vorladung.

»Mr … Lehmann? Please have a seat.«

Sag doch einfach »Herman the German« wie alle anderen auch … Lehmann setzt sich auf einen der alten Holzstühle, die in einer Reihe an der Wand stehen und sicher noch aus der Zeit stammen, als hier die Reichszeugmeisterei der NSDAP einquartiert war, hat er mal in einer *Wochenschau* gesehen, in der gezeigt wurde, wie von fleißigen deutschen Frauenhänden die ganzen Hakenkreuze auf die Flaggen genäht wurden, und die Kordeln und die Mützen und die Koppeln und die Hemden und die Hosen und Aufnäher … an Flaggen und Uniformen und dem ganzen anderen Kram herrschte ja Bedarf damals, und bei der Partei erst recht, Gott sei Dank ist Lehmann dem Verein nie beigetreten, obwohl der Ortsgruppenleiter das damals gern gesehen hätte, als er ihm mit der Meldung bei der Polizei geholfen hat, aber einmal im Leben hat er ja doch auf seinen Vater Karl Lehmann gehört, der ihm im Herbst '39 gesagt hat, immer den Kopf unten lassen, bloß nichts freiwillig machen und niemals mehr, als man sowieso machen muss.

»Mr Lehmann? Please …«

Er schreckt hoch. Die Sekretärin zeigt auf die offene Tür zum Zimmer des Special Investigator, und als Lehmann aufsteht, noch mal artig grüßt und hineingeht, sieht er auch den Namen auf dem Schild und weiß nicht, ob er sich freuen oder ob er noch mehr Schiss haben soll.

First Lieutenant Burke sieht aus wie aus dem Ei gepellt, Haar schön glatt nach hinten gekämmt, sauberer Scheitel, Schlips ins frisch gebügelte Uniformhemd gesteckt, wie die Amis das eben so machen, eins a gepflegte Fingernägel – aus dem Mann hätte auch in der deutschen Wehrmacht etwas werden können … Lehmann ist erst mal stehen geblieben, weil er mit Jazzfreund Burke nicht unbedingt gerechnet hat, aber denken hätte man es sich andererseits doch können, weil er den ja an dem Tag, als Irina Stepaschkin gefunden wurde, zusammen mit Pfitzer aus dem Haupteingang des Präsidiums hat kommen sehen, später dann im Deutschen Museum, und jetzt fällt ihm eine ganze Ladung Schuppen von den Augen, da hat Burke nicht so komisch geguckt und nett getan und gefragt, weil er sich mit Lehmann anfreunden wollte, sondern …

Burke ist mit den Papieren auf seinem Schreibtisch beschäftigt und sieht gar nicht auf.

»So, Lehmann. Sie hab ich mir bis zum Schluss aufgehoben …«

Der Angesprochene kann gar nicht mehr ein und aus vor lauter Ehre und bleibt weiter wie gebannt in der Tür stehen.

»Kommen Sie doch vor!«

Zieht Lehmann also umständlich die Tür hinter sich zu und schiebt seinen schweren pommerschen Bauernleib langsam und vorsichtig in Richtung Schreibtisch, vor dem auch so ein Holzstuhl steht. Auf den deutet Burke jetzt, nachdem er endlich den Kopf gehoben hat, Lehmann setzt sich aber nicht gleich, weil man ja Kinderstube hat, auch wenn man vom Land kommt, und hier fehlt doch noch die offizielle Begrüßung …

»Lieutenant Burke? Ich meine, First Lieutenant …«

Burke winkt ab und lehnt sich zurück.

»Schon gut, schon gut, jetzt lassen Sie mal die Formalitäten und setzen sich endlich. Die Tatsache, dass wir uns bekannt sind, tut hier nichts zur Sache, auch nicht die Tatsache, dass Sie einem Teil von mir möglicherweise sympathisch sind, weil wir dieselbe Musik mögen, Sie verstehen mich schon, nicht wahr? Schließlich sind Sie Polizist …«

Der Stuhl ist unbequem und die Sitzfläche eingerissen; wenn man sich bewegt, spürt man kleine Holzsplitter, die einen durch die Hose hindurch unangenehm pieken. Lehmann nickt schweigend.

Burke kommt wieder vor, faltet die Hände auf der Schreibtischplatte zusammen und nickt auch.

»Gut, ich vertrete hier als Special Investigator die Militärregierung von Bayern, diese Untersuchung wird also nicht nur in München allein durchgeführt, ja? Uns geht es wie Ihnen, wir haben nicht genügend Personal, um alles gleichzeitig durchführen zu können. Trotzdem müssen Sie damit rechnen, dass eine Falschaussage erkannt wird, weil wir aus vielen verschiedenen Quellen schöpfen, wenn Sie wissen, was ich meine.«

Lehmann weiß, was er meint, und fängt an herumzurutschen, bis er einen besonders scharfen Splitter erwischt.

Burke blättert in seinen Papieren und spricht dann weiter:

»Letzte Woche war ich in Augsburg, kennen Sie Augsburg?«

»Nicht die Spur.«

»Sie sind nicht von hier, oder?«

»Nee, Kreis Belgard-Schivelbein.«

»Vertriebener, was?«

»Ja.«

Lehmann wird immer unruhiger. Woher weiß der, dass man Vertriebener ist, wenn man aus dem Kreis Belgard-Schivelbein kommt, den man ja kaum in Berlin gekannt hat …?

Burke zieht eine Akte aus einem Berg Unterlagen heraus. Als er sie aufschlägt, glaubt Lehmann »Military Government of Germany, Fragebogen« zu erkennen, daher weht also der Wind, Burke hat seine Hausaufgaben gemacht. Jetzt tut er allerdings so, als ob er den Fragebogen, den Lehmann wie alle anderen nach seiner Rückkehr aus den Staaten ausfüllen musste, zum ersten Mal im Leben in den Händen hält.

»Ah ja, hier steht's ja … wohnen Sie noch in der Schellingstraße?«

»Ja.«

»Na, mal weiter, adelig sind Sie ja offensichtlich nicht … vorbestraft auch nicht … also, Secondary and Higher Education, sehen Sie, das ist falsch übersetzt worden auf diesen Fragebögen, da steht ›Grundschul- und höhere Bildung‹, dabei ist ›Grundschule‹ aber ›Primary Education‹, und jetzt hat natürlich jeder Deutsche hier seine Grundschulzeit mit angegeben, so ein Unsinn … also: Volksschule Leckow, Deutsche Landwirtschaftsschule Schivelbein, ja?«

Ja doch – und von wegen übersetzen: Das mit den hungernden Schauspielern hat sich dann auch so geklärt, dass eigentlich Sonderzulagen für »artists« bewilligt waren, aber die Esel von der Stadt haben das Wort mit »Artisten« übersetzt und nicht mit »Künstler«, wie es sich gehört hätte, und so sind die Sonderzulagen eben nicht ans Theater, sondern an den Zirkus gegangen …

»Den eigentlichen Mittelschulabschluss haben Sie aber im Kriegsgefangenenlager gemacht, in … Moment … im Camp Ruston, Louisiana?«

»Oh, ich glaube, da habe ich mich geirrt, das müsste erst in Virginia gewesen sein, im Fort Eustis. Da war ich nach Ruston.«

Burke blättert im Fragebogen weiter, ohne etwas zu vermerken.

»Na ja, deswegen werden wir Sie nicht wegen Urkundenfälschung vor Gericht stellen. Aber das mit der Landwirtschaftsschule müssen Sie mir mal erklären, wollten Sie denn eigentlich … Bauer werden?«

»›Wollen‹ wäre übertrieben … Ich meine, mein Vater war Bauer, und ich der älteste Sohn, also musste ich Landwirt lernen, um den Hof zu übernehmen, das war eben so, da wurde nicht gefragt.«

»Na gut, aber normalerweise werden doch *zweite* Söhne von Landwirten Polizisten, weil sie den Hof eben *nicht* übernehmen, warum dann Sie als erster Sohn?«

Lehmann muss sich Mühe geben, dass ihm der Mund nicht offen stehen bleibt, Mensch, der kennt sich aber gut aus, der tut unwissend, und dann weiß er am Ende doch alles …

»Na ja, äh, das war so … ich hatte dann die drei Jahre DeuLa gemacht, also die Landwirtschaftsschule, nur den Abschluss nicht, und dann war ich bei meinem Vater auf dem Hof. Wir haben uns aber nicht verstanden, und ich wollte eigentlich auch kein Bauer werden, deswegen habe ich mich mit achtzehn, als die Wehrpflicht anstand, bei der Stettiner Polizeihundertschaft gemeldet. Man konnte statt zur Wehrmacht zur Polizei gehen, und es musste Stettin sein, weil es dort einen Ausbildungszug gab.«

»Moment mal, nicht so schnell … Was wäre denn aus dem Hof geworden? Ich frag nur aus Neugier …«

So langsam kommt Lehmann ins Schwitzen.

»Den hätte dann … na ja, mein Vater hat wohl geglaubt, wenn ich ein paar Jahre Dienst gemacht habe, komme ich wieder zurück, oder vielleicht wäre er auch verkauft worden.«

»Aha.«

Burke glaubt ihm wohl nicht so recht, und das ist ganz richtig so, denn in Wirklichkeit hat ja den Lehmanns der Hof, den sie für den Gutsbesitzer in Grössin gegen Wohnrecht und Deputatbezüge bewirtschaftet haben, gar nicht gehört, und wenn Karl Lehmann seinen ältesten Sohn nicht zur Landwirtschaftsschule geschickt hätte, damit der später für den Gutsbesitzer hätte weiterarbeiten können, wie es damals üblich war, wäre er vertragsbrüchig geworden, und die ganze Familie hätte den Hof verlassen müssen. 1935 aber hat der nationalsozialistische Staat diese sogenannte Hofgängerverpflichtung zu Unrecht erklärt und Fritz Lehmann und Tausenden anderen Landarbeitersöhnen die Freiheit geschenkt, und wenn das nicht gekommen wäre, hätte er den Rest seines Lebens in Mahlow im Kuhstall gestanden und das Viehzeug gefüttert, und dann wäre er abends ins Haus gekommen, und seine Frau hätte gesagt, nu wasch dich mal, du stinkst noch, wenn er Drang gehabt hätte.

»Ach, jetzt lassen wir mal Kindheit und Jugend, das heißt, halt, Sie waren nach Ihren Angaben hier *nicht* in der Hitlerjugend?«

»Ich musste abends ja Kühe melken und unser Pferd striegeln, da blieb keine Zeit für so was. Anfangs war es ja auch noch nicht vorgeschrieben.«

»Sie waren ja auch schon fünfzehn im Jahr '33, sehe ich das richtig?«

»Ja, genau. Und schon auf der Landwirtschaftsschule.«

»Und der Reichsarbeitsdienst? Da steht hier nichts.«

»Na ja, unser Bürgermeister …«

»Ja?«

»Na ja … der war ja von der NSDAP, und der hat das so hingedreht, dass wir den RAD … als Erntehelfer machen konnten.«

»Als Erntehelfer? Wo denn?«

»Äh … also, na ja, zu Hause bei uns im Dorf.«

Burke lacht leise auf.

»Sie haben zu Hause bei sich die Ernte eingefahren, und das war Ihr Reichsarbeitsdienst?«

»Sozusagen, ja.«

Der First Lieutenant schüttelt leicht den Kopf, dann sieht er wieder auf den Fragebogen.

»Na ja … und dann wollten Sie also Polizist werden, für Recht und Ordnung eintreten, die bösen Buben einbuchten, ja?«

Lehmann zuckt mit den Achseln, was will der eigentlich, die Geschichte seines Lebens, Roman in zehn Lieferungen?

»So in etwa.«

Burke lächelt.

»Dann hätten Sie mal nach Berlin fahren sollen, da saßen nämlich die übelsten bösen Buben Deutschlands und regierten das Land, ist Ihnen das nie aufgefallen?«

»Ich war nicht politisch.«

Burke lächelt noch mehr.

»›Ich war nicht politisch‹ … wissen Sie, wie oft ich mir das hier anhören musste in den letzten Wochen? Anscheinend war niemand von Ihnen ›politisch‹, dabei waren Sie doch alle Diener des Gemeinwesens, griechisch ›Polis‹, davon kommt nämlich der Ausdruck ›Polizei‹, falls Ihnen das nicht bewusst sein sollte … Ist man da nicht sozusagen von vornherein ›politisch‹?«

»Das wurde damals in Deutschland nicht so gesehen.«

»Unglücklicherweise, sonst säßen wir beide wohl nicht hier. Na, dann mal zu Ihrer Laufbahn als Polizist des Landes Preußen: Eintritt in die Polizeihundertschaft Stettin im Frühjahr 1936, ist das richtig?«

»Ja.«

»Dort dann Dienst bis 1938 … wann genau 1938?«

»Bis Ostern, genau zwei Jahre nach Eintritt in die Schutzpolizei. Ich bin dann in den Einzeldienst gekommen.«

»Jaja, aber was haben Sie genau gemacht in der Hundertschaft? Stettin hatte ich noch nicht, wissen Sie, Ihre Kollegen sind ja meistens von hier unten.«

Lehmann dreht die Handflächen nach oben, hoppla, fast schon wie ein Schwarzgelockter …

»Alles Mögliche. Militärische Ausbildung, Polizeiausbildung, Ordnungsdienst … Wir waren bei den Olympischen Spielen in Berlin zum Beispiel, wie alle Hundertschaften der preußischen Landespolizei, Absperrung an der Marathonstrecke und so was.«

»Son Kitei, nicht?«

»Was?«

»Son Kitei, der Japaner hat doch die Goldmedaille beim Marathonlauf gewonnen, obwohl alle gedacht haben, dass Zabala sie bekommt.«

»Oh, jaja …«

Lehmann hat sich seinerzeit nicht groß darum gekümmert, wer den Marathonlauf gewonnen hat. Von den Wettbewerben haben sie sowieso nicht viel mitbekommen, auch wenn er gerne zum Boxen gegangen wäre, aber wenn man nicht absperrte, musste man Uniformknöpfe polieren, damit das Reich einen guten Eindruck bei den ausländischen Besuchern hinterließ, und wenn man weder absperrte noch polierte, wurde man von den vielen Menschen und der Stadt Berlin in Beschlag genommen, die größer und aufregender war als alles, was Lehmann je im Leben gesehen hatte.

»Sie waren nicht zufällig im Einsatz, als ein paar Hundert Zigeuner auf ein Feld vor der Stadt deportiert und dort eingesperrt wurden, um Berlin, Moment, ich zitiere, ›für die Spiele zigeunerrein‹ zu machen?«

Lehmann verneint erstaunt und muss nicht mal lügen dafür. In ganz Berlin war kein *Stürmer* zu sehen gewesen in dieser Zeit, die Schilder mit den Judenverboten an den Parkbänken waren auch weg, und von Zigeunern hat er überhaupt nichts gehört.

»Das waren sicher welche von den Berliner Kollegen, davon weiß ich nichts.«

»So …«

Burke kramt in seinen Papieren, als ob er wieder was ganz Kompliziertes und Schlaues fragen will, dann guckt er aber bloß hoch und fragt etwas ganz Einfaches, aber genauso Schlaues.

»Und am 9. November 1938, wo waren Sie da?«

Lehmann muss sich mühsam beherrschen, nicht wieder auf dem Stuhl herumzurutschen, jetzt wird es langsam ernst …

»Ich hatte … jedenfalls keinen Dienst.«

»Gab es eine Synagoge in Stettin?«

»Ja, die … von der Grünen Schanze aufwärts ging es dahin, wenn man vom Bahnhof kam.«

»Wissen Sie, so gut kenne ich mich nicht aus in Stettin …«

»Na, beim Bahnhof war die eben. In der Stadtmitte.«

»Wie auch immer. Hat denn die Synagoge gebrannt am 9. November?«

Lehmann nickt.

»Und, hat die Stettiner Polizei eingegriffen? Das war doch immerhin de jure Sachbeschädigung, oder?«

Lehmann schüttelt den Kopf.

»Warum nicht?«

Tja, warum wohl nicht …

»Ich war ja nicht … der Polizeipräsident, ja? Das mit der Synagoge war die SA gewesen, und nachher hieß es, von Berlin sei die Anweisung gekommen, nichts zu machen, nicht einzuschreiten. Das müssen Sie aber die hohen Tiere fragen, ich bin damals bloß Streife gelaufen.«

»Ich denke, an dem Abend hatten Sie keinen Dienst?«

»Nein, ich meine, ich bin … ich bin sonst eben bloß Streife gelaufen. An dem Abend war ich aber mit meiner Verlobten aus. Ich habe Ihnen ja schon von ihr erzählt.«

»Ah ja, die Verlobte … Sie waren tanzen und so? Walzer vielleicht?«

Was will der denn? Ja, Walzer auch, im *Café Willi*, und vorher ins Kino, *Urlaub auf Ehrenwort* oder *Sergeant Berry*, weiß Lehmann nicht mehr so genau, Mimi war ja so für Hans Albers damals. Aber was will der denn, man hatte eben sein Leben, man hat sich verliebt und ging miteinander ins Kino und tanzen.

»Ich kann mich nicht mehr erinnern.«

»So, Sie können sich nicht mehr erinnern … Aber dass die Synagoge gebrannt hat, das wissen Sie noch?«

»Das hörte man hinterher, und man konnte es ja auch sehen.«

Er war an dem Abend mit Mimi mal allein, und sie hatten es gemacht, oft ging das ja nicht, weil er in der Polizeikaserne und sie bei ihren Großeltern wohnte, und dann war es Herbst und lausekalt, da ging es auch im Park nicht, aber die Großeltern sind an dem Tag wegen eines Todesfalls nach Köslin gefahren, wo der Opa her war, also ging es in Mimis Zimmer. Von der Geschichte mit der Synagoge hat er nur am nächsten Tag die qualmenden Überreste gesehen.

»Was haben Sie sich dabei gedacht?«

Lehmann schaut hoch. Auf solche Fragen ist er mehr oder weniger vorbereitet.

»Na ja … Was würde sich ein Polizist aus Alabama denken, wenn der Ku-Klux-Klan nachts die Kirchen der Neger in seinem Ort abbrennt, und vorher hat aber sein Vorgesetzter aus Montgomery angerufen und gesagt, lass die mal machen, das kommt von ganz oben, vor allem, wo es das doch schon immer gegeben hat, getrennte Parkbänke und Eingänge bloß für Neger und besondere Schulen?«

Burke weicht seinem Blick nicht aus, wird aber eine Spur lauter.

»Sie haben aber gut aufgepasst in unseren Kriegsgefangenenlagern, was …? In Amerika würde aber niemand aus der Hauptstadt anrufen, und die Segregation ist eine nationale Schande, nicht die offizielle Politik der Bundesregierung, außerdem gibt es keine Konzentrationslager, in denen irgendjemand vergast und verbrannt wird, nicht wahr?«

»Die Japaner in Kalifornien wurden aber auch …«

»*Herr Lehmann*!!! Es geht hier nicht darum, welche – möglicherweise falsche – Politik die amerikanische Regierung ihren nationalen Minderheiten gegenüber verfolgt oder verfolgt hat, es geht *einzig und allein* darum, was *Sie* während der nationalsozialistischen Herrschaft gemacht haben!!! Also!?«

Lehmann duckt sich unwillkürlich auf seinem Stuhl zusammen und krampft die Hände um die Stuhllehnen, trotzdem hat er momentan nicht mehr ganz so viel Angst, weil er merkt, dass er Burke mit seiner Antwort ein winziges bisschen verunsichert hat.

»Ich bin …«

»*Ja!?*«

»Ich wurde 1939 zur Ordnungspolizei eingezogen, nein, ich meine, ich war ja schon OrPo als Schutzmann, die Schutzpolizei war ein paar Jahre früher der Ordnungspolizei unterstellt worden, und ich kam dann wieder in eine Hundertschaft, aber das sagte man nicht mehr, man sagte jetzt ›Polizeibataillon‹, das war am Anfang des Polenfeldzugs.«

»Bataillonsnummer?«

»23, Heimatstandort Stettin.«

Burke kramt wieder auf dem Schreibtisch herum, ein Durcheinander ist das, passt gar nicht zu der ansonsten so ordentlichen Erscheinung des Herrn First Lieutenant, und dann hat er gefunden, was er gesucht hat: eine dicke Aktenmappe mit rotem Umschlag und einem Stempel vorne drauf, den kann Lehmann aber nicht lesen.

»Ihr Dienstgrad?«

»Zugwachtmeister, später Hauptwachtmeister.«

»Also entsprechend Unteroffizier und Feldwebel bei der Wehrmacht, ja?«

»So in etwa.«

»Ihr Einsatzgebiet?«

»Na ja, wir sind immer hinter der Front her, von Westpreußen bis zur russischen Grenze: Bandenbekämpfung, Gefangennahme versprengter polnischer Truppenteile, Entwaffnung der Bevölkerung ...«

»Lehmann, ich *weiß*, wie die offizielle deutsche Propaganda das genannt hat, aber was haben Sie *wirklich* getan ...?«

Lehmann ist wieder einigermaßen ruhig.

»Das ist genau das, was wir getan haben, was soll ich Ihnen sagen?«

Er muss nicht mal lügen, später war auch von Umsiedlungsaktionen zu hören, aber da war sein Bataillon schon wieder weit weg ... Burke schlägt eine Seite in der dicken roten Akte auf und liest ab:

»23. November 1939: Polizeioberleutnant Altendorf vom Polizeibataillon 102 veranstaltet eine Judenaktion in der Kleinstadt Parczew, Geschäfte werden zerstört, Menschen werden misshandelt ... haben Sie davon gehört?«

»Nein, der Ort war nicht ...«

»Am 6. Dezember 1939 wird ein jüdisches Geschäft in Tschenstochau von Angehörigen des Polizeibataillons 72, das waren übrigens Ihre Kollegen aus München hier, geplündert, die Ladenbesitzerin wird später als unbequeme Zeugin erschossen, haben Sie *davon* gehört?«

»Nein.«

»Vielleicht hiervon: Am 22. Januar 1940 werden auf dem Marktplatz von Rzeszów, unter deutscher Besatzung ›Reichshof‹ genannt, dreißig bis vierzig Juden durch Angehörige eines nicht näher bekannten deutschen Polizeibataillons öffentlich ausgepeitscht, war die Nummer des Bataillons vielleicht 23?«

»Nein.«

»Oder drei Tage vorher, am 19. Januar desselben Jahres: Als das Polizeibataillon 102 aus einem Ort namens Kasimierz abrückt, lässt Polizeioberleutnant Bock noch mal die Juden des Ortes zusammenschlagen und sonst wie misshandeln, damit sie, Zitat, ›uns in gutem Andenken behalten‹, kennen Sie vielleicht *diese* Geschichte?«

»Nein.«

»Was haben Sie denn die ganze Zeit über gemacht, Lehmann?«

»Meine Kompanie wurde nach Beendigung des Feldzugs zur Grenzbewachung abgestellt, wir waren an einem Grenzübergang in der Nähe von Chelm stationiert.«

»Ah, Sie waren also so eine Art … Zöllner?«

»Wenn Sie so wollen.«

»Was war denn da so Ihre Aufgabe?«

»Die Papiere kontrollieren beim Grenzübertritt, Grenzwache, ganz normal.«

»Und wer trat da so über, über diese Grenze?«

»Hauptsächlich war das wegen der Umsiedlungen.«

»Umsiedlungen?«

»Ja, die Volksdeutschen aus Russland sollten ja im Warthegau angesiedelt werden, die kamen da immer mit Zügen an, musste man eben alles ganz genau kontrollieren.«

»Wieso sollten die denn umgesiedelt werden? Und wohin genau?«

»Darüber habe ich mir keine Gedanken gemacht.«

»So, keine Gedanken gemacht. Na, vermutlich doch wohl auf Höfe, von denen man die polnischen Bauern vertrieben hatte, nicht wahr? Alles unter Aufsicht der Ordnungspolizei …«

»Ich war, wie gesagt, an der Grenze stationiert.«

»Natürlich. Sie waren an der Grenze. Und später?«

»Ich bekam im Mai ’40 Heimaturlaub und wurde zu einem anderen Bataillon versetzt, nach Berlin.«

»Nummer?«

»Das war das Polizeibataillon 326, das heißt, eigentlich war es ein Polizeireservebataillon, also lauter ältere Reservisten.«

»Und da hat man erfahrene Hauptwachtmeister gesucht für die Ausbildung?«

»So in etwa.«

»Und die Ausbildung dauerte wie lange?«

Soll sich schon mal wer totgefragt haben … Wann kommt der denn endlich mal auf den Punkt?

»Bis zum Herbst ’40. Dann waren wir Besatzungspolizei im Protektorat, ich meine, in der Tschechoslowakei, also damals war das …«

»Schon gut, schon gut … Sie waren also bei der Deportation der Stettiner Juden nach Lublin am 15. Februar 1940 nicht anwesend oder irgendwie beteiligt?«

»Nein, da war ich noch …«

»Da waren Sie noch an der deutsch-sowjetischen Grenze, ja.«

Lehmann hat aber davon gehört, Gauleiter Schwede-Coburg hatte ganz vorneweg marschieren wollen bei der Lösung der Judenfrage, das wurde nachher erzählt, Pommern als erster Reichsgau judenfrei, da ist denen die Brust angeschwollen und sonst noch was, und selbst in Berlin ging das ja wohl erst im Herbst '41 so richtig los …

»Wo waren Sie denn im Protektorat, und wie lange?«

»Unser Bataillon war östlich von Prag stationiert, bis zum Januar 1942.«

Jetzt weiß er auch wieder, wann er mit dem Transportzug in Kowno gewesen ist, genau den Februar darauf muss das gewesen sein, oder vielleicht auch schon im März, auf jeden Fall war noch Winter …

»Was haben Sie dort gemacht?«

»Was Ihre MP hier auch macht.«

»Ach, genau wie unsere MP waren Sie also. Keine … Umsiedlungen?«

Lehmann zögert. Jetzt kommt es darauf an, wie viel Burke weiß, sicher von den Aktionen im Herbst '41, aber dann …?

Burke liest wieder ab: »Im sogenannten Protektorat Böhmen und Mähren wurde die Zwangsghettoisierung am 18. Oktober 1941 eingeführt, die jüdische Landbevölkerung musste in die Ghettos von Theresienstadt, Prag, Königgrätz, Olmütz und so weiter ziehen. Wollen Sie mir weismachen, dass Sie auch dieses Mal ›nichts davon mitbekommen‹ haben? Und dass diese Juden von alleine in die Ghettos sind?«

Was weiß der genau, *was weiß der genau …*?

»Das waren … je nu, das hieß eben ›Umsiedlung‹, die sollten ja neues Land im Osten kriegen, später, wenn der Krieg vorbei gewesen wäre, da war ja gar keine Rede davon, dass man die verga–, also, ich meine, dass man die umbringen würde …«

Und auch hierbei muss er nicht lügen, denn zu der Zeit hat noch alles seinen halbwegs geregelten Gang genommen, die durften ihre Sachen mitnehmen, und dann ab ins Judenviertel, da ist gar nichts passiert, jedenfalls meistens nicht, man hat ja gewisse Sachen gehört … Aber Gott, der Herr, hat seinem auserwählten Volk nur Angst und Bange gemacht zu der Zeit, geschlagen hat er es erst später.

»Was haben Sie sich gedacht bei diesen … Umsiedlungen?«

»Das wurde eben … befohlen. Ja, befohlen.«

»Aber diese Menschen hatten doch seit Jahrhunderten dort gelebt, haben Sie sich nie überlegt, warum die wegsollten?«

»Na ja, das passte ja wohl trotzdem irgendwie nicht zusammen ... ich weiß nicht ...«

»Wie bitte, das passte nicht zusammen?«

»Na ja, viele Einheimische haben das ja auch so ... Die Juden gehörten da wohl irgendwie nicht hin, ich weiß nicht.«

Da springt First Lieutenant Burke aber auf und haut mit der flachen Hand auf den Schreibtisch, dass es Lehmann bis in die Knochen fährt und sein bisschen innere Ruhe gleich wieder zum Teufel geht, zu ihm rüber beugt der sich dann und stiert ihn an, als ob er ihn gleich anfallen wird.

»*Soll ich Ihnen mal verraten, wer hier nicht hingehört???!!! Sie und Ihresgleichen!!!* Meine Familie hat seit 1324 in Frankfurt am Main gelebt, seit *drei-zehn-hundert-vierundzwanzig*, wir waren schon mit den Römern am Rhein, als Ihre heiligen germanischen Vorväter noch in Bärenfellen herumgelaufen sind und Ehebrecher im Moor versenkt haben!!! Wenn einer nach Frankfurt gehört hat, dann *wir*!!! Und '36 hat man uns auch gesagt, ihr gehört nicht hierher ... *Wir, ausgerechnet, wir!!!* Mein Großvater war so deutsch, der hätte dem Kaiser den *Arsch* abgewischt, wenn man es ihm befohlen hätte, und da kommen *Sie* daher und wollen mir jetzt, 1948, erzählen, wir hätten hier alle *irgendwie nicht hingehört*???!!!«

Na, jetzt ist es also endlich heraus ... Lehmanns Fingerknöchel sind schon ganz weiß, so sehr krallt er sich an die hölzerne Stuhllehne, so ist das also, kein Wunder, dass der so gut Deutsch kann, auch kein Wunder, dass er sich so gut auskennt ... Mensch, Mensch, Mensch, das ist einer von denen, sieht man ihm gar nicht an, nee, könnte ein ganz normaler Amerikaner oder Deutscher sein, na ja, wenn die schon so lange in Frankfurt gelebt haben, dann vermischt sich das wohl mit der Zeit ...

Burke beruhigt sich so schnell wieder, wie er in die Luft gegangen ist, setzt sich hin, ganz ruhig die Hände, nicht wie Lehmanns, aber ein Stechen im Blick, das tut weh.

»Verzeihung. Also, zurück zur Ordnungspolizei. Was haben Sie dann gemacht ab dem Frühjahr '42?«

Lehmann holt tief Luft, jetzt heißt es wirklich Konzentration, Jastrow, alter Freund und Kupferstecher ... Er kann aber nicht verhindern, dass Schweißtropfen beginnen, ihm den Nacken hinunterzulaufen wie hungrige Insekten.

»Ich … war dann in Berlin, Umgruppierung, bin wieder nach Stettin in den Einzeldienst bis '43, dann mit einem anderen Bataillon nach Italien, bis zur Gefangennahme.«

Burke hebt die Hand wie ein Ringrichter, der den Kampf unterbricht.

»Moment mal, nicht so schnell …«

Er kramt wieder in den Papieren herum. Lehmann muss sich zusammenreißen, wie er sich im Leben noch nicht zusammengerissen hat, Gott, wenn das bloß gut geht, jetzt kommt der kritische Punkt, von dem einen Transport nach Kowno kann ja kaum einer etwas wissen, und das war ja auch nur wie im Protektorat, Umsiedlung und so weiter, aber das andere …?

»Hiernach war Ihr Bataillon im Sommer 1942 im Norden des Reichskommissariats Ukraine eingesetzt, in Wolhynien, Sie waren doch noch beim 326sten, oder?«

Lehmanns Hände krallen sich wieder um die Stuhllehne. Er hat sich die Antwort die ganze Nacht hindurch überlegt.

»Ich wurde als nicht ostfähig wieder nach Hause geschickt.«

Burke starrt ihn an.

»Als *was*?«

Lehmann hebt mühsam eine Hand und hustet hinein, jetzt bloß aufpassen, was er sagt …

»Nicht ostfähig, so nannte man das.«

»Und was hat es bedeutet?«

»Hauptsächlich, dass man keine Frauen und Kinder erschießen wollte.«

Burke hebt seine Augenbrauen.

»Aber diese Frauen und Kinder *wurden* erschossen? Von *Ihrem* Polizeibataillon?«

Lehmann nickt langsam, während der Raum um ihn herum sich langsam zu drehen beginnt.

Burke kriegt so ein Schimmern in den Augen – ja, der hat auch Jagdfieber …

»Und Sie waren dabei persönlich anwesend?«

Dreimal hat Petrus seinen Herrn verleugnet, ehe der Hahn krähte. Dreimal hat Fritz Lehmann geschossen.

»Ich war, wie gesagt, nicht ostfähig. Ganz offiziell, mit Vermerk in der Akte.«

»Und deshalb sind Sie nach Stettin zurück?«

»Ja, in den Einzeldienst.«

»Und dann '43 …«

»… mit einem anderen Bataillon nach Italien …«

»… wo Sie … übergelaufen sind …?«

»Genau.«

Burke lehnt sich vor, man sieht ihm an, das ihm die Sache jetzt ganz gut gefällt … Der Raum dreht sich weiter, jetzt fängt auch der Boden an zu schwanken.

»Aber Sie haben von den Erschießungen gehört?«

Lehmann nickt vorsichtig. Seine Hände zittern.

»Warum haben Sie sich nie gemeldet mit der Geschichte?«

»Ich war doch froh, dass alles vorbei war. Man wollte eben nichts mehr hören von dem Ganzen, deshalb habe ich mich ja auch gefangen nehmen lassen …«

Burkes Finger trommeln einen Swing-Beat auf die Tischplatte. Vielleicht spielt in seinem Kopf ja *How High the Moon* dazu …?

»Wer war denn ostfähig in Ihrem Bataillon?«

Lehmann räuspert sich. Die Schweißperlen im Nacken sind eine ganze Ameisenarmee geworden, die Hände zittern immer noch, aber das Büro kommt langsam zum Stehen.

»Was meinen Sie damit?«

»Ich meine, wer *hat* Frauen und Kinder erschossen?«

»Wissen Sie, das ist doch alles so lange her, ich …«

»*Kommen Sie mir nicht mit falsch verstandener Kameradschaft!!! Wer hat Frauen und Kinder erschossen, verdammt noch mal???!!!*«

Lehmann hustet wieder in die hohle Hand. Er versucht, ganz ruhig zu atmen.

»Da war wohl, also man hat erzählt, da war der stellvertretende Zugwachtmeister Strack, vom zweiten Zug, dritte Kompanie, der war persönlich an Erschießungen in einem Ort namens Sarny im Kreisgebiet Rowno beteiligt …«

Am Ende hat er Strack für das schwere MG hingehängt, Persson für die Sache im Krankenhaus und Jastrow, weil der für die SiPo im Bezirk alles organisiert hat, bis zu dem Tag in Rokitno, und Burke hackt natürlich noch weiter darauf herum, ob er nicht selbst mit in Sarny war, aber

Lehmann hat so langsam das Gefühl, dass ihn wohl kein anderer hingehängt hat, und erzählt nichts weiter, nur immer wieder das mit dem nicht ostfähig und dass ihn das alles seelisch sehr belastet habe, was ja gar nicht gelogen ist, und dass er alles dazu beitragen wolle, die Sache aufzuklären, was voll und ganz gelogen ist, also muss Burke am Ende aufgeben und schiebt ihm ein Papier hin, *Office of Military Government for Germany, War Crimes Office: I hereby declare ... no crimes against humanity ... no violence against the civilian population ... whatsoever*, Lehmann überfliegt die Sache kurz, nimmt einen Federhalter und unterschreibt, Paragraf 156, *Falsche Versicherung an Eides Statt*, oder ist das sogar 348, *Falschbeurkundung im Amt*, muss er noch lernen für die Prüfung, aber er war ja eigentlich auch kein Verbrecher, jedenfalls nicht im strikten Sinne, ihn brauchen sie nicht anzuklagen in Nürnberg.

»Haben Sie dem noch irgendetwas hinzuzufügen?«

Lehmann schüttelt den Kopf.

»Wir werden das überprüfen, das wissen Sie, ja? Und wenn Sie hier falsch ausgesagt haben ...«

Burke zieht den gestreckten Zeigefinder über die Kehle, jaja, weiß Lehmann schon, kostet den Kopf, und das ist nicht bildlich gemeint, in der Festung Landsberg lässt der Henker immer noch pünktlich jeden Montagmorgen sieben von den Dachauer Wachmannschaften baumeln, das ist nicht auf Höß '47 in Auschwitz beschränkt, das zieht weitere Kreise, die in Landsberg dürfen aber immerhin an dem Ort sterben, an dem der Führer das berühmte Buch geschrieben hat, geradezu welthistorische Bedeutung hat der Knast da, aber wenn sie hier gar nicht so viele Leute haben und Burke sogar persönlich nach Augsburg muss, um da den gleichen Kladderadatsch zu machen, dann kann sich das wohl hinziehen mit dem Überprüfen, ist ja wohl auch viel verloren gegangen in dem Durcheinander am Schluss oder sogar beiseitegeschafft worden, und General Clay und Präsident Truman sind sowieso auf seiner Seite und nicht auf der von First Lieutenant Burke.

Lehmann will schon aufstehen und sich verabschieden, aber Burke macht noch mal eine kurze Geste mit der Hand.

»Herr Lehmann, ich möchte Ihnen noch etwas sagen. Ich weiß recht gut, dass viele von Ihnen, vielleicht die meisten, die früher bei der Ordnungs- oder Sicherheitspolizei außerhalb wie innerhalb der Grenzen des Deutschen Reiches gedient haben, auf irgendeine Art in Verbrechen verstrickt sind, möglicherweise nicht im strafrechtlichen, aber doch im moralischen Sinne. Ich weiß nicht, ob Sie mich hier angelogen haben oder nicht, Sie machen keinen schlechten Eindruck auf mich, das wissen Sie ja, und Sie haben wohl auch dazugelernt als unser Kriegsgefangener. Sie sind kein Ewiggestriger, das spricht für Sie, aber ...«

Der hätte auch Pastor werden können oder Rabbiner, so schön wie der predigen kann ... Lehmann sagt aber nichts und versucht nur, ein aufmerksames Gesicht zu machen.

»... sollte ich irgendwie herausbekommen, dass Sie *doch* ostfähig waren, werde ich Sie vor Gericht bringen, und zwar gerade Sie, verstehen Sie mich?«

Burke guckt dann noch ein bisschen streng, steht aber endlich auf und zeigt zur Tür. Lehmann streckt die Hand vor, und Burke guckt dann nicht mehr streng, sondern eher, als ob er in Kuhscheiße treten muss, genau wie Kristin Sydheim damals am Stachus, dann nimmt er die Hand aber doch und drückt sie ganz vorsichtig.

»Ich wurde übrigens als Robert Burkheimer geboren, falls Sie das interessiert. Im Sommer ist unsere Familie immer ins Seebad Kolberg gefahren, den Stettiner Hauptbahnhof, den Bahnhof Schivelbein und die pommersche Landschaft kenne ich also ein bisschen, war eine schöne Gegend da bei Ihnen, still und weit ...«

Still und weit, ja, aber wieso »war«, hat sich das denn ins Hässliche gewandelt, bloß weil da jetzt die Polacken sitzen, aber an die Sommerfrische fahren ins Seebad Kolberg, mit Herrn Papa und Frau Mama, das kann man natürlich nicht mehr, da kann man noch so viel Geld haben, da muss man sich dann seine Stille und Weite woanders suchen, vielleicht am Mississippi-Delta oder in der Wüste von Arizona oder wo auch immer ihr jetzt hinfahrt von New York aus, New York, das heile ist und steht und nichts vom Krieg wusste und weiß und nie wissen wird ...

Lehmann nickt aber bloß wieder, und Burke lässt endlich seine Hand los, also darf er gehen – na endlich, will er denken, geschafft, will er denken, Gott sei Dank, will er denken, aber es stellt sich gar keine Erleichterung ein, eher hat er das Gefühl, der Raum würde sich wieder drehen und sein Kopf wäre eine einzige Leere, nein, eher schwankt das ganze Gebäude, und sein Kopf ist gar nicht leer, vielmehr taucht darin ein Kiefern-

und Birkenwald im Sommer auf, dieser eine Kiefern- und Birkenwald, in dem er gewesen ist vor sechs Jahren … aber es geht schon, es geht, vorne durchs Zimmer der Sekretärin, auch kurz mit dem Kopf nicken, good-bye my dear, good-bye, raus auf den Flur und zur Treppe, leer soll sein Kopf sein, ganz leer, aber der Kiefern- und Birkenwald bleibt, runter zu der großen Doppeltür und raus auf den Vorplatz, beim Posten versucht er, auf die übliche Art lässig zu salutieren, den Finger ganz leicht an die Hutkrempe und ab die Post, aber er fuchtelt nur irgendwie hilflos in der Luft herum, das Schneeglöckchen grinst sich eins und beachtet ihn nicht weiter, draußen scheint ja auch die Sonne, bald ist Sommer, wie damals in dem Kiefern- und Birkenwald, dann die Straße runter in Richtung Straßenbahnhaltestelle, leer soll sein Kopf sein, ganz leer, aber da ist der Waldweg, und da hallen die Schüsse, nach rechts müsste er jetzt gehen, in Richtung der Haltestelle, stattdessen hält er plötzlich inne, sieht sich um und überquert die Straße, auf der anderen Seite befindet sich die Schuttendlagerstelle Süd, die ist wohl früher ein Loch im Boden gewesen, vielleicht eine Kiesgrube, denn da wächst nichts in die Höhe wie bei den Schuttbergen im Norden der Stadt, sondern es geht in einem sanften Bogen so leicht nach unten in ein Tal aus Trümmern, und auf dem Talboden können die Lkw und Schuttbahnen ihre Fracht abladen. Jetzt ist aber gerade nichts los, und auf einen der Ziegelbrocken oben am Rand der Grube kann man sich ganz gut hinsetzen, weil der groß und eben genug ist, und hinsetzen muss sich Lehmann, weil er erst hier draußen so richtig merkt, dass nicht nur sein Kopf nicht leer sein will und ihm einen Kiefern- und Birkenwald im Sommer zeigt, den Wald bei der Stadt Sarny im Kreisgebiet Rowno im Reichskommissariat Ukraine, sondern dass ihm außerdem das Hemd flattert wie nach drei Stunden Artilleriefeuer, wie damals in Italien, bevor er sich abgesetzt hat, weil er es nicht mehr ausgehalten hat, dass ihm derart das Hemd flattert, dass er gar nicht mehr weiß, wohin mit seinem Kopf voller Kiefern- und Birkenwald und wohin mit den Gedanken, die langsam aber sicher anfangen, sich darin breitzumachen.

Da fällt ihm ein zwölf- oder dreizehnjähriger Bengel in einer abgerissenen Uniformjacke auf, Haare lang und ungekämmt und darunter die Augen dreimal so alt wie der Rest, der hat schon die ganze Zeit da im Schutt herumgelungert und die Lage gepeilt, aber Lehmann hat einfach durch ihn hindurchgesehen. Jetzt kommt der Kleine also rüber und fragt: Na, wollense nich vielleicht mal, oder eher meine Schwester? Nee, will Lehmann nicht, aber eine Zigarette kauft er ihm ab, Lucky Strike, erst will der Lausejunge acht, aber Lehmann kennt sich ja nun weiß Gott aus mit den Preisen und zahlt bloß sechs Mark wie üblich, ist ja keine Pall Mall, dann schickt er den Kleinen wieder weg.

Wird ihm ganz anders zumute, die erste Aktive nach sechs Jahren, ein bisschen Schwindelgefühl hat er, und im Hals kratzt es ihm, tut aber gut, ist doch drauf geschissen, dass das ungesund ist und nichts für einen anständigen Boxsportler, ganz tief hinein in die Lungen saugt er den Rauch, damals hat er nicht mehr wollen, weil das ja keiner mehr mit angucken konnte, immer hatten ständig alle eine im Maul, meistens natürlich Selbstgedrehte, die hingen dann so aus dem Mundwinkel heraus, besser können das höchstens die amerikanischen Filmpolizisten und Filmgangster, jedenfalls haben sie alle geraucht, vor dem Schießen, beim Schießen und nach dem Schießen, und er selber genauso, bloß nach dem Schießen dann nie wieder.

Er pafft die Lucky schnell zu Ende, winkt den Jungen heran und kauft sich gleich noch ein paar, wollense nich doch, ick brauch doch das Geld. Komm, jetzt hör schon auf, wo bistn her? Frankfurt anne Oder, wa, meine Alten sind weg vom Fenster, und ick wollt keen Kommunist werden, da bin ick hierher zu die Amis. Nu gib mal nich so an, bei den Russen landeste im Arbeitslager, so sieht's aus, willste nich ne kleine Geschichte hören. Nee, lieber nich, ick kann mir nich konzentrieren wegen den Bombenschäden, wa, da krieg ick bloß wieda Kopfschmerzen von, wa … Lehmann gibt ihm schließlich zehn Dollar in die aufgehaltene Hand und scheucht ihn weg. Und die Geschichte erzählt er sich selbst.

Es war einmal: Das fängt an mit der Ansprache vom Kommandeur, am Abend vorher hat Lehmanns Zug noch zusammen Radio gehört, *Am Kamin* und *Gut gelaunt zur späten Nacht* mit Helga von Henning auf Sender Kiew oder Sender Lemberg, und ein paar andere haben mit den ukrainischen Hiwis um die Wette gesoffen, Wodka aus Wassergläsern, aber man muss sich ja nicht zu allem herablassen, und so hat er dann beim Aufwachen keinen Kater, aber die gut gelaunten Lieder im Ohr, *Man müßte Klavier spielen können* haben sie gespielt, *Wer Klavier spielt hat Glück bei den Fraun*, kann aber keiner von ihnen, weswegen sie auch alle nicht bei der Truppenbetreuung oder in einem Rundfunkstudio in Berlin sind, sondern an diesem stickigen Augustmorgen in der endlosen russischen Weite, wie das die *Wochenschau* auszudrücken pflegt, in der Stadt Sarny in Wolhynien stehen, und dort müssen sie sich anhören, was der Bataillonskommandeur ihnen zu erzählen hat: Meine Herren, Männer, es fällt mir schwer und so weiter, und das ist wohl gar nicht gelogen, hinterher wird man sich dann erzählen, dass er heimlich geheult hätte, an dem Morgen heult er aber noch nicht, oder man sieht es ihm nur nicht an, er ist ja auch immer so auf Unsere-Ehre-als-deutsche-Polizisten und so weiter, da hat man natürlich schwer zu schlucken an so einem Auftrag, sie haben bis jetzt auch bloß wieder Umsiedlung gemacht, Konzentration, so lautet die offizielle Order, und das kennt man ja aus dem Protektorat, umgesiedelt worden sind alle Juden aus Rokitno und Kostopol und Szumsk und Turzysk und wie das sonst noch heißt in der Gegend, alle nach Sarny in so eine alte Kaserne aus der Zarenzeit, die haben sie mit Stacheldraht umzäunt und die Schwarzgelockten dort hineingetrieben, bis sie aus allen Nähten geplatzt ist, am Ende auch die Bewohner des Ghettos von Sarny selbst. Bei den Umsiedlungen ist Jastrow draufgegangen, weil sich ein paar von denen plötzlich nicht mehr benehmen wollten, wie sich Wanzen zu benehmen haben, wenn Gott, der Herr, ihnen entgegentritt, und deswegen sind alle nervös, weil sie das nicht kennen, mit der Judenhexe in Rokitno hat es angefangen, und anderen Polizisten ist ins Gesicht geschlagen worden, einmal wurde auch gebissen, und dann sind immer wieder welche in die Wälder und Sümpfe geflohen, in Wälder und Sümpfe, das ist schon der Arsch der Welt, wo sie der Krieg hingebracht hat, hier ist Napoleons Große Armee durchgezogen und später das kaiserliche Heer, diesen Sommer sind die deutschen Truppen bis in den Kaukasus vorgedrungen, seit dem 21. August flattert die deutsche Kriegsflagge auf dem Elbrus, der Soldatensender hat eine Sondermeldung gebracht. Am Ende haben sie in Sarny so um die vierzehntausend Schwarzgelockte zusammenbekommen, was soll wohl mit denen passieren, hätte man sich fragen können, hat man aber nicht … Nowak ist auch da mit seinen Kalmücken oder Kosaken, und an diesem Augustmorgen also steht Lehmann in der endlosen russischen Weite und hört dem Kommandeur zu, wie der den Tagesbefehl verliest, und der lautet: Alle Juden erschießen.

Da geht so ein Murmeln durch die Reihen der drei Kompanien, *Der Winnnd hat mir ein Lieeed erzähhhlt*, fünfhundert Mann sind sie zu der Zeit, später werden die Bataillone kleiner, weil die OrPo keine neuen Rekruten mehr bekommt, aber an dem Tag ist beim 326sten noch alles vollzählig. Der Kommandeur erzählt dann was von wegen: Eure Frauen und Kinder zu Hause leiden auch unter den englischen Terrorbombern, *von einem Glück, unsaaaagbaaar schöööön*, denkt immer daran, und denkt auch daran, dass unsere Feinde in tausenderlei Masken auftreten, und er sagt dann noch, dass sie es mit einer ungeheuer schweren Aufgabe zu tun hätten und dass sie sich ihrer als würdig erweisen müssten, denn der deutsche Mann müsse immer und überall ein Vorbild sein, auch in der Härte sich selbst gegenüber und vor allem gegenüber den slawischen Hilfsvölkern, denn tatsächlich schießen sollen nur die Ukrainer, also Sturmbannführer Nowaks Trawniki-Bataillon, die haben schwere MGs auf Lafette, aber die Juden in Trupps zu zwanzig oder dreißig Mann zum Erschießungsplatz bringen und sie die Gruben ausheben lassen, wo die Toten reinkommen werden, die Gruben da im Wald hinter der alten Zarenkaserne, das sei ihre Aufgabe, zusammen mit den Kameraden von der Organisation Todt, von denen es hier auch eine Abteilung gibt, und wer sich dem nicht gewachsen fühle, der dürfe jetzt seine Waffe abgeben und zum Stubendienst abrücken, sonst werde ihm nichts weiter geschehen. Da sehen sich alle an, *Haben Sie den neuen Hut von Fräulein Molly schon geseh'n?*, na, wer ist denn wohl der Weiche, der sich meldet, die Heulsuse, das Kameradenschwein, wer wohl, denn hart wollen sie doch alle sein, einer von der zweiten Kompanie, den Lehmann nicht kennt, tritt aber vor, gibt dem Zeugmeister seine Waffe und geht mit einem Gesicht wie ein Leichentuch in die alte Schule zurück, wo sie Quartier gemacht haben, da kommen dann gleich noch ein paar andere nach, *ach ist der schick, ach ist der schön*, man kennt das ja, wenn einer sich traut, trauen sich andere gleich auch, aber mehr als ein Dutzend sind es am Ende doch nicht, obwohl auch Oberleutnant Ehlers mit dabei ist, derselbe Ehlers, der schon in Kowno gesagt hat: Das wird sich alles rächen, und von den ganz Frechen zischeln welche: Weiche, Schwuchteln, Drückeberger, heim zu Muttern, aber der Kommandeur unterbindet das und befiehlt noch mal ausdrücklich, dass denen nichts passieren soll, *das ist kein Hut, das ist ein Chapeau!*, auch innerhalb des Bataillons nicht, das sei ganz im Sinne des Reichsführers SS und der deutschen Polizei, dem durchaus klar sei, dass diese Aufgabe für manchen noch zu schwer sei, *den gibt's nur in Paris, sonst nirgendwo*, es sind ja sowieso noch genug da für die schwere Aufgabe, weil das Dutzend Hampelmänner mit Oberleutnant Ehlers an der Spitze gar nicht ins Gewicht fällt, also wird jetzt mit der Einteilung der Gruppen für die Erschießung begonnen, und so lernt Lehmann endlich, was das Wort »Sonderbehandlung« bedeutet, denn er hat zwar überlegt und überlegt, ob er sich nicht auch abmelden sollte, weil er ja, obwohl er Polizist ist, noch im Leben keinen Menschen umgebracht hat, jedenfalls nicht von Angesicht zu Angesicht, und weil es auch eine Sache ist, wie Gott, der Herr, auf irgendeinem Marktplatz oder Dorfanger zu stehen und auf die Wanzen hinabzuschauen und noch eine, Dutzende oder Hunderte oder auch Tausende von ihnen zu einem Bahnhof zu bringen und sie in einen Zug zu setzen, eine ganz andere aber, mit anzusehen, wie sie vor dem schweren MG stehen werden und umfallen, *Mein Freund Johnny war ein feiner Knabe*, aber dann ist es zu spät, und er wird mit seinem Zug eingeteilt, aber nur zur Bewachung der Lkw, die etwas abseits auf einem Hügel abgestellt worden sind, *Er war ein Tramp, und hatte kein Zuhaus*, da denkt er sich, vielleicht krieg ich ja gar nichts mit.

Er kriegt dann aber ganz schnell was mit, weil sie zwar gleich zu den Lkw sind und die bewachen, was bedeutet, erst mal eine rauchen nach alter Väter Sitte, schön lange Züge paffen und den Glimmstängel immer zwischen Daumen und Zeigefinger halten, weil zwischen Zeige- und Stinkefinger nach Art der Weiber und derer vom anderen Ufer ist, und nachher gekonnt wegschnippen, so geht's, *Ich brech die Herzen der stolzesten Frau'n*, aber dann gibt es einen Aufruhr, die Wanzen in dem Ghetto wollen auch hier plötzlich keine Wanzen mehr sein und benehmen sich danach, denn zwei von ihnen, ein Blechschmied und ein Tischler wird es hinterher heißen, die haben wohl ihr Werkzeug noch, und damit schneiden sie ein Loch in den Stacheldrahtzaun, den man um die alte Kaserne gezogen hat, und dann ist da mit einem Mal ein fürchterliches Geschrei und Gerenne, und Lehmann denkt: die Hölle selbst, denn die richtige Hölle, die später kommen wird, die hat er noch nicht kennengelernt, und dann drängen die zu Dutzenden und Hunderten und Tausenden durch das Loch im Zaun und wollen in den Wald fliehen, Nowaks

Trawnikis bauen aber gleich ihre schweren MGs auf Lafette auf und feuern in die Menge hinein, später wird man zweieinhalbtausend Tote zählen, und nur ein paar Hundert werden es wirklich in den Wald schaffen, von der SS sind auch welche da, die führen gewissenhaft Buch ... Gott sei Dank liegen der Wald und der Steinbruch aber in der entgegengesetzten Richtung von der Stelle, wo sich Lehmanns Zug befindet, also müssen sie nicht eingreifen, *weil ich so stürmisch und so leidenschaftlich bin*, denn befohlen ist ja nur: Lkw bewachen.

Dann kommt aber ein anderer Schlag in die Geschichte. Die deutschen Offiziere brüllen herum wie beim Schleifen auf dem Kasernenhof, und die Ukrainer und die zweite Kompanie treiben die Juden mit ihren Gewehrkolben vom Zaun weg, den die Leute vom Gerätetrupp gleich wieder flicken, alles zack-zack!, und mal das Blei aus dem Arsch nehmen, dir kann man ja im Gehen die Schuhe besohlen, los, los, los ...!!! Vom Bezirk haben sie einen Lautsprecherwagen geschickt, der hat den Zweck, dass eine lustige Musik gespielt wird zu der harten Arbeit, *Alte Kameraden, Deutschmeister, Glühwürmchen, Rosamunde, schenk mir dein Herz und sag ja* und *Auf der Heide steht ein kleines Blümelein, das heißt Eeee-ri-kaaaa*, Lehmann kriegt und kriegt aber *Gut gelaunt zur späten Nacht* nicht aus dem Kopf und davon vor allem die Leander mit ihrer dunklen Stimme, die ihn zu dieser Zeit noch an Mimi Westendorp erinnert, was ein eher angenehmes Gefühl ist inmitten von all dem Schmutz, von dem Fliegerfeldwebel weiß er ja noch nichts, *von einem Glüüück unsaaaagbaaaar grooooß*, die Sache wird dann so organisiert, dass jeweils zwei Kompanien Ukrainer und Deutsche zusammen die Einpferchung räumen und alles zusammentreiben, was Jude heißt, und mögliche Verstecke ausräuchern, manchmal schmeißen sie auch einfach bloß Handgranaten in den Keller der Kasernengebäude, dann knallt es laut, und man sieht etwas einstürzen, *Und bei Rocktown liegt er längst im Grabe, und aus seinen Knochen wachsen Blumen raus*, die dritte Kompanie der Deutschen bringt dann die Juden in Gruppen auf Dreieinhalbtonnern oder zu Fuß zu dem alten Steinbruch, aber was dort dann vor sich geht, kann Lehmann nicht sehen, nur hören, dang-dang-dang-dang-dang gehen die schweren MGs, das sind noch die alten mit der niedrigen Feuergeschwindigkeit, später das MG 42 hört sich ja an, als ob Stoff zerreißt, eintausendzweihundert Schuss pro Sekunde, und das Krachen der Karabiner und das Spucken der Schmeisser-MPis hört man auch; die Juden aber hört man beten.

Überhaupt ist ja der ganze Krieg ein einziges Gebrülle, er hat sich das auch angewöhnen müssen als Unteroffizier, Ach-*tung*!, Links-*um*!, stehense nich da wie n Sack Mehl, Ihnen reiß ich den Arsch auf, Sie Pflaume, ihr sollt mich noch kennenlernen, und jetzt mal chinesische Ehrenbezeugung mit japanischer Einlage, aber dalli, ihr Untiere, euch mach ich noch zu Helden, und wenn ihr dabei draufgeht, nee, so was hat er nicht gesagt bei der Ausbildung in Berlin, ganz schlimm hat er nicht geschliffen, immer den Menschen sehen im Soldaten, lautet die Devise, die Reservisten sind ja auch alle fast zwanzig Jahre älter als er, da hätte er schön eins in die Fresse gekriegt, wenn er es übertrieben hätte, Polizeimeister von Pommern hin, Polizeimeister von Pommern her, nach Dienstschluss ist es dunkel, und man sieht nicht, wer einem den Kiefer bricht. Sind eigentlich auch alles gute Jungs gewesen, man hat sich verstanden, mal zusammen einen hinter die Binde gekippt, eins auf die Lampe gegossen, dreizehn gerade sein lassen, mit denen konnte man Spaß haben – jetzt rennen sie aber alle durch die alte Zarenkaserne von Sarny und stoßen mit dem Kolben ihrer Karabiner Mauser 98k, das Modell muss sein Erzeuger Karl Lehmann schon in Rumänien dabeigehabt haben, nach schreienden und heulenden Kindern und Frauen und Alten im Kaftan und mit Hut, na los, macht schon, ihr Judensäue, ihr Drecksgesindel, schreit ruhig, bald is ja Schluss, da hört euch keiner mehr schreien, bald ist ewige Ruh, *Ich brauche keine Millionen, mir fehlt kein Pfennig zum Glück*, und sie denken sich auch nichts dabei, die guten, anständigen Jungs, die schreienden und heulenden Kinder und Frauen und Alten dann zu den Lkw mehr zu prügeln als zu treiben, nicht zu Lehmanns Lkw, die stehen abseits auf einer Anhöhe und werden vorläufig nicht gebraucht, nur ab und zu kommt einer vorbei, um einen Schluck Wasser zu trinken, denn der Spieß hat die Verpflegung bei ihnen aufgebaut, und dann streicht der sich über die schweißnasse Stirn und sagt: Junge, Junge, das strengt an, so ne Judenhatz, *Ich brauche weiter nichts als nur Musik, Musik, Musik*, und dann ab auf die Ladefläche von dem Dreieinhalbtonner, Mercedes oder Henschel fahren sie meistens, ist aber im Prinzip dasselbe Modell, und los geht's mit Gebrüll, oder gleich im Gänsemarsch zu den Gruben, links-links-links-zwo-drei-vier, der Deutsche an und für sich hat es eben mit dem Marschieren, *Good-bye Johnny, good-bye Johnny, schön war's mit uns zweiiin*, zackig muss das sein, wo immer wir Deutschen hinkommen, einen Schmiss braucht das, den Kosaken oder Kalmücken hat das die SS aber auch schon beigebracht, man muss direkt den Hut davor ziehen, wie das bei denen geht, aber andererseits saufen die nun mal wie die Löcher, heute schlimmer als sonst, und nach einer halben Buddel Wodka ist die ganze Disziplin im Arsch, da sind die dann wie die wilden Tiere, und je höher die Sonne steigt, desto mehr ertrinkt das alles in Schweiß und Schnaps, denn die Deutschen tun es den Kalmücken nach und fangen auch mit dem Saufen an, *aber leider, aber leider, kann's nicht immer so sein,* und wenn der Deutsche säuft, dann ist er schlimmer als ein Tier.

Wachtmeister Döhring reitet Lehmanns Zug dann in die Soße, weil er sein großes Geschäft nicht im Wald erledigen kann, sondern unbedingt zum Quartier in die alte Schule muss, der hat einen Blumenladen zu Hause in Berlin und bekommt Anfälle von Anstand mitten in den russischen Sümpfen, aber dumm ist das nun mal, weil er damit gegen das elfte Gebot beim Militär verstößt, welches da lautet: Immer schön den Kopf unten lassen und nicht »Hier!« schreien, wenn eingeteilt wird, nee, halt, das ist ja das zwölfte Gebot, das elfte geht anders, nämlich: Du sollst dich nicht erwischen lassen, gegen das verstößt Döhring aber auch, weil er direkt vor dem Scheißhaus dem Oberleutnant von der Dritten in die Arme läuft, der mit seinem Zug seit drei Stunden das Ghetto räumt, und der findet dann, dass Döhring nicht verschwitzt und nicht mückenzerstochen genug aussieht, es ist ja August, und die Biester quälen einen bis aufs Blut, und da heißt es dann: Von welcher Einheit? Döhring antwortet: Zweite Gruppe, zweiter Zug, zweite Kompanie! Da macht der Oberleutnant dann Meldung von wegen Lkw-Bewachung ablösen; zwei-zwei-zwei, ist wohl eine Unglückszahl, Lehmann kennt sich mit so was nicht aus, jedenfalls ist es die Zahl, die ihn und seine Leute vom Hügel mit den Lkw in den lichten Kiefern- und Birkenwald hinunterbringt.

Erst mal geht es auch noch ganz gut. Weil sein Leutnant seit drei Tagen mit der Scheißerei beim Bezirk im Krankenhaus liegt, ist also Lehmann der Chef von den vierzig Mann und also auch Vorbild für die, und das ist ein weiterer Grund, weswegen er sich nicht melden wollte, als der Kommandeur vorhin gefragt hat: Wer will nicht?, und jetzt muss er die drei Gruppen einteilen, also los dann, Männer, nützt ja nix. Sie passen sich dann auch schnell ein in die Ordnung, die hier herrscht, immer eine Gruppe mit zwanzig, dreißig Juden raus aus der Menge, absondern sozusagen, zweite Gruppe übernehmen und gleich weg oder zu den Lkw, *Der Winnnnnd hat mir ein Lied erzäääääählt*, geht ihm einfach nicht aus dem Kopf, diese Schwedin, von Nahem hört man jetzt, was die da so beten, aber verstehen kann man es trotzdem nicht, weil es ja wohl Hebräisch ist oder eine sonstige Judensprache, wenn man auch »Israel« versteht, immer wieder »Israel«, aber was das bedeutet, man ist ja nicht Freitags in den Judentempel gegangen, sondern Sonntags in die Kirche, *Ein feste Burg ist unser Gott, ein gute Wehr und Waffen … Oh Haupt voll Blut und Wunden, voll Schmerz und voller Hohn, oh Haupt, zum Spott gebunden mit einer Dornenkron*, das geht Lehmann aber gleich wieder aus dem Sinn, es ist auch ganz unmöglich, sich hier wie Gott, der Herr, zu fühlen, der über die Ägypter kommt, weil weiter eine Unruhe herrscht, ganz anders als bei den Umsiedlungen im Protektorat oder bei dem Transport nach Kowno, die gucken einen zwar auch an und dann wieder weg, ja, die haben Angst, aber das ist Menschenangst, keine Wanzenangst, und wo es keine Wanzen gibt, kann es wohl auch keinen geben, der Gott, der Herr, ist.

Der Oberwachtmeister von der ersten Gruppe, ein Schlesier ist das, kommt dann beim zweiten Mal von den Gruben zurück und sagt, ich kann nicht mehr, das geht über meine Kräfte, der ist auch ganz weiß im Gesicht und hat sich wohl unterwegs übergeben müssen, also übernimmt Lehmann die Gruppe selbst und schickt den Mann ins Quartier zurück, er ist schließlich Vorgesetzter und Vorbild, muss er also selbst mit ran, der Kommandeur hat ja auch gesagt, dass bloß die Hiwis schießen würden, die besoffenen Schweine, der größte Beschiss der Welt ist das alles gewesen, also los zum Appellplatz und die Gruppe Juden übernehmen, um die hundert von denen sind die Gruppen inzwischen stark, das muss alles schneller gehen, sonst werden sie mit den vierzehntausend nie fertig werden bis heute Abend, Mittag machen müsste man auch noch irgendwie, bevor die Ersten umkippen bei der Hitze, und dann vorwärts mit den hundert, die alten Männer in ihren Judenkaftanen und mit Hüten auf dem Schädel, die Frauen und die Kinder, ein paar Weiber haben ihre Brut auf dem Arm, Säuglinge sind das noch, was soll das denn, das ist doch unnötige Grausamkeit, aber drauf geschissen, bloß hinter sich bringen den Quatsch hier, die meisten arbeitsfähigen Männer sind vor ein paar Tagen schon ausgesondert worden, die sollen wohl noch irgendwo mit anpacken, und sie hier haben es jetzt mit dem Rest zu tun, und so lernt Lehmann endgültig den Wald von Sarny von innen kennen, *Jawoll, meine Herren, so haben wir das gern*, links-zwo-links-zwo, aber da ist kein Tritt mehr reinzukriegen, das geht holterdiepolter unter den Kiefern und Birken hindurch, die so nach Sommer riechen und nach stillen Augusttagen zu Hause am Buchholzsee, wenn bei der Ernte mal Pause war und die Kinder wegdurften, *denn von heut an gehört uns die Welt*, da mischt sich aber bald ein anderer Geruch mit hinein, und man wundert sich nicht mehr, dass der Oberwachtmeister aus Schlesien gekotzt hat, das riecht so dampfig nach Blut und Schweiß und auch so sauer dazwischen und beißend nach Pulver, und das alles in dieser russischen Sommerhitze, die Sonne steht jetzt hoch am Himmel, und die Mücken stechen, und man hört das schwere MG, lauter und lauter wird das, dang-dang-dang-dang-dang, das riecht wie im Herbst im Schlachthaus, wenn der Kessel dampft und das Schwein ausblutet über dem Eimer für das Schwarzsauer.

Sie kommen dann mit den Juden auf eine Lichtung, wo schon ein großer Haufen liegt von Kleidern und einer von Uhren und einer von Geld und einer vom Schmuck der Frauen, denn jetzt müssen die sich ausziehen und nackt weitergehen, da ist schon eine Abteilung Kalmücken oder Kosaken, die den Haufen in Empfang nimmt, und Lehmann kann mit seinen Leuten wieder zurück und muss nicht den ganzen Weg bis vor an die Gruben, wo das schwere MG rattert, dang-dang-dang-dang-dang, man kann auch nichts so richtig sehen, weil es da steil hinuntergeht, und oben am Abhang stehen Birken und rascheln im Wind, Birken gibt es ja viele hier im Osten, also wieder zurück durch den Wald und zurück zum Ghetto, was wohl die Leute zu all dem sagen werden, die in der Stadt Sarny wohnen, das ist ja gar nicht zu übersehen, was sie hier veranstalten, *Ich brauche keine Millionen, mir fehlt kein Pfennig zum Glück*, also die nächste Gruppe und retour, Lehmann guckt nicht so genau auf die Leute, weil er nicht wissen will, wen er da zum Sterben in den Wald bringt, warum auch, warum sich noch die Gesichter merken, das sind eben welche, die da hinmüssen, das sind eben so Gestalten, jetzt spielt der Lautsprecherwagen aber ebenfalls gut gelaunte Lieder, wenn auch nicht zur späten Nacht, vielleicht sind ihnen die Märsche ausgegangen, *Good-bye Johnny*, ausgerechnet, *Good-bye Johnny*, aus welchem Film ist das noch mal, haben sie doch gestern im Radio gehabt, hört man ja auch immer wieder gerne, gerade jetzt und hier am Arsch der Welt, UFA eben, Lehmann kann noch nichts Besonderes finden an der Musik, die er in den heimlichen Berliner Swingkneipen gehört hat, man darf eben nicht nachdenken, sonst kotzt man hinterher auch zwischen die Birken, und das geht doch nicht, *Schön war's mit uns zwei'n*, links-zwo, links-zwo, auch hier kein Tritt reinzukriegen, Lehmann reißt einem Ukrainer, der sich im Wald ausruht, die Wodkaflasche aus der Hand und nimmt einen anständigen Schluck, sein Unterhemd ist schon ganz durchgeschwitzt, unter den Ärmeln auch die Jacke, *Aber leider, aber leider kann's nicht immer so sein*, dann kommt wieder der Geruch, aber Lehmann riecht schon fast nichts mehr, Augen zu und durch, Vorbild ist er, da darf er sich nicht gehen lassen, sie kommen dann wieder auf die Lichtung, wo aber die Ukrainer schon zwei andere Gruppen nackte Juden gerade zu den Gruben bringen, also warten, aber mit warten ist dann nix, weil da schon Sturmbannführer Nowak bei dem Haufen Kleider steht und sie heranwinkt.

Sag beim Abschied leise Servus, na los, kommt's scho her, ihr könnt des aaa mach'n, des muss schnöller gehen, aha, der Herr Polizeimeister von Pommern im Schwergewicht, stimmt ja gar nicht, Halbschwer ist er bloß, da sieht Nowak ihn so seltsam an, und Lehmann schwant was, was ganz Übles schwant ihm, zuerst müssen sich aber die Juden ausziehen und die Uhren abgeben und das Geld und die Frauen den Schmuck, da erhebt sich dann ein Geschrei, und einige wollen noch davonlaufen, aber das geht ja nicht, die Männer hauen mit den Kolben drein, wenn es einer versucht, bis endlich alle so weit sind, oder fast alle, denn eine Frau hat sich nicht schnell genug ausgezogen, die trägt ein dünnes, gepunktetes Sommerkleid, roter Stoff mit weißen Punkten darauf, und das hat sie noch halb an, als Nowak schreit: Schluss jetzt! Die solln eeendlich weitermochen, die Grub'n muss zua, also behält die Frau das Kleid an, als sie mit anderen durch die Birken in die Grube hinuntergetrieben wird, ein großes Loch in einem tiefer gelegenen Teil des Waldes, wo Lehmann jetzt also hinkommt mit seinen Männern und seinen Juden, und der Gestank wird zum Nichtaushalten schlimm, *Der Wiener braucht sein Kaffeehaus und aaauch sain Glaaaserl Waaain*, geht's net a bisserl schnöller, »schnöller« sagt Kamerad Schnürschuh, weil er kein richtiges Deutsch kann, die Grube ist voll von Menschenleibern, davor stehen die besoffenen Trawnikis mit ihrem schweren MG, das hier ist ja nur eine Grube von vielen, nee halt, das sind gar keine Trawnikis, das sind welche von der dritten Kompanie, die den Kosaken oder Kalmücken den Spaß nicht gegönnt haben und auch mal schießen wollen, Strack vorneweg, der steht schon im Unterhemd da, und man kann sehen, dass er auch was intus hat, und nicht schlecht was, das Saure im Geruch muss von dem Kalk kommen, von dem ein großer Haufen neben der Grube aufgeschüttet worden ist, *Good-bye Johnny, good-bye Johnny*, und Schaufeln sind auch da, mit denen müssen jetzt die Juden den Kalk auf die Toten unten in der Grube werfen, damit das nicht so fault hinterher wahrscheinlich, das Blut kommt auch schon nach oben, wie ein See von Blut ist das, da steigen richtig Blasen drin auf, und alle sind anscheinend noch nicht tot, denn man kann sehen, wie sich hier und da noch etwas regt, ja, sollen die denn lebendig begraben werden, *Schön war's mit uns zwei'n*, dann müssen die Polizisten die Juden in die Grube stoßen, besonders tief hinein geht es nicht mehr, weil sie schon so voll ist, wie viele Hundert sind das wohl oder wie viele Tausend, und dann geht wieder das schwere MG, dang-dang-dang-dang-dang, aber jetzt aus der Nähe kommt einem das vor wie eine Acht-Acht oder was noch Größeres, *dang-dang-dang-dang-dang*, Strack hält da rein, und die fallen wie Weizenhalme unter der Sense und sind tot oder doch schwer verletzt, die im gepunkteten Kleid regt sich noch, das fällt ihm gleich auf, und auch noch andere, die müssen noch totgemacht werden. – Hauptwachtmeister Lehmann! – Jawoll! – Rein da und mit der Schmeisser die Reste beseitigen, mir wollen kaa Munitiooon für das MGee verschwäänndn …

Als Unteroffizier hat man ja seine Schmeisser, die ist für so was besser geeignet als das MG oder gar der Karabiner 98 k, gerade mal sechs Schuss und dann Nachladen, da hat Nowak recht, und Lehmann ist ja gerade erst befördert worden mit seinen vierundzwanzig Jahren und darf Maschinenpistole tragen, das ist auch eine Verantwortung, weil man Vorbild ist für die anderen, aber jetzt will er doch kein Vorbild mehr sein, *Aber leider, aber leider kann's nicht immer so sein*, und muss es doch,

Nowak grinst ihn an mit seiner Wiener Vorstadtfresse, »Strizzi« heißt so was, wird er später in München lernen, boxen können S' scho, Herr Hauptwachtmeister, schaug'n mer mol, was S' da unten z'sammabringa. Lehmann guckt sich um, aber es ist niemand mit höherem Dienstgrad da, der Kommandeur will mit der Schweinerei wohl nichts zu tun haben und ist ab ins Quartier, der Kompaniechef organisiert das Zusammentreiben vorne an der Kaserne, und der Leutnant von Lehmanns Zug liegt mit der Scheißerei beim Bezirk, Nowak ist also hier augenblicklich sein Vorgesetzter, wie man sich leicht ausrechnen kann, zwar nicht sein unmittelbarer, aber doch sein Vorgesetzter nach Dienstrang, er nimmt also seine Schmeisser von der Schulter und entsichert, da spürt er schon was hochkommen vom Magen, aber tapfer sein, tapfer sein, tapfer wie das kleine Schneiderlein, nicht weich sein, nicht Klein-Fritzchen sein, hart wie Kruppstahl, zäh wie Leder, wenn er bloß flink weggekonnt hätte, seine Stiefel sinken gleich halb ein in der klebrigen Soße aus Blut und Kalk und Dreck, Strack und die anderen beim MG rauchen in aller Ruhe ihre Zigaretten, zwischen Daumen und Zeigefinger gehalten, nach Männerart, und machen die Schnapsflasche leer oder was da drin ist und sind schlimmer als Tiere, denn die haben ja nicht nur gehorcht, die haben »Hier!« gerufen und sich vorgedrängelt, jetzt hätte Lehmann aber auch gerne noch einen Schluck genommen, hier mitten unter den toten Wanzen, nein, tote Menschen sind das, man sieht doch die Menschenhaut und das Menschenhaar und die Menschenbeine und die Menschenhände und alles andere vom Menschen, das sind keine Wanzen, und Lehmann will sich einreden: Ewiges Juda, Verderber der Menschheit, Verderber unserer Frauen, das Unglück des deutschen Volkes, wer hat sich im Krieg bereichert, die Juden, Ungeziefer, Parasiten, Aasverkäufer, Blutsäufer, Kinderschänder, wo der Jude ist, ist der Partisan, ein Volk, ein Reich, ein Führer, der Führer hat immer recht, das deutsche Volk liebt seinen Führer Adolf Hitler, aber als er den Abzug durchdrückt, und die Schmeisser Tod spuckt auf die Frau im gepunkteten Kleid unter ihm, rat-tat-tat-tat-tat, da weiß er, dass er auch Elena Spanier erschießt, und als er den dürren alten Mann mit den Schläfenlocken neben ihr vom Leben zum Tod bringt, rat-tat-tat-tat-tat, da mordet er ihren Vater, den Pferdejuden Chaim Spanier aus Schivelbein, und als seine Kugeln die Brust des kleinen Mädchens mit den seltsam blonden Haaren durchsieben, die eine Reihe weiter hinten liegt, rat-tat-tat-tat-tat, da vergeht er sich an der kleinen Judith Spanier, die so hell lachen konnte und ein echter Sonnenschein für ihre Familie gewesen ist, nur die Mutter Spanier und Salomon, den Ältesten, der Rabbiner werden sollte, die bringt er nicht mehr um, die kann er nicht mehr umbringen, weil sich ein Band aus Eisen um seine Brust gelegt hat, das drückt ihn schwer wie den Ochsen das Joch und nimmt ihm die Luft, und die Tränen verkleben ihm die Augen, und das Erbrochene schießt ihm in hohem Schwall aus dem Mund heraus, und es wird schwarz um ihn herum wie in der finstersten Nacht Ägyptens, als ihm die Knie weich werden und er in den See aus Blut und aus Toten und aus Sterbenden hineinbricht, denn heute ist der Tag, an dem Fritz Lehmann den Wald von Sarny betreten hat, und an diesem Tag lernt er, dass mehr Anstand ist in seinem sündigen Menschenleib als in seinem von Gott gegebenen Verstand und dass er nicht Gott, der Herr, und nicht einmal Gottes Ebenbild und ein anständiger Christenmensch ist, sondern das furchtbarste Wesen, das die Schöpfung je hervorgebracht hat.

28. MAI, ABENDS

Lehmann bekommt den Opel wieder, bringt Hölzl um halb fünf nach Hause und fährt dann nach Harlaching. Diesmal hat er Glück: Nowaks eierschalengelbes Mercedes-Coupé steht vor der Tür, und einer von den Hochwangigen trägt gerade einen großen Koffer ins Haus, es ist der mit der verspiegelten Sonnenbrille, den Lehmann schon kennt, heute scheint ja auch im Gegensatz zum letzten Mal die Sonne. Im Krieg haben die ganz anders ausgesehen mit ihren Hilfswilligen-Uniformen, Hiwis, Trawnikis, Ausputzer, Schutzmannschaften, gerade gut genug für die Drecksarbeit, jetzt sitzen sie aber alle da in weißen Kurzarmhemden und Anzughosen, und ihr Name ist Hase, sie wissen von nichts und wollen nach Amerika, wo man es vom Tellerwäscher zum Millionär schaffen kann oder vom kleinen Dieb zu Al Capone, mit dem Schießen kennen sie sich ja schon ganz gut aus.

Lehmann fährt langsam an dem Kinderbuchhaus vorbei. Die Nachbarin mit den Sudetenflüchtlingen ist im Garten zugange, pflanzt vielleicht Gemüse an, heute muss ja so manch einer seine Hände in den Dreck stecken, dem vor dem Krieg von Minna die Fingernägel manikürt wurden, sie guckt aber nicht hoch, und wahrscheinlich hätte sie ihn sowieso nicht wiedererkannt. Er parkt dann ein ganzes Stück weiter die Straße runter, in der zwei andere Autos stehen, da fällt er nicht auf und hat trotzdem einen guten Überblick, also lehnt er sich im Sitz zurück, schiebt den Hut in die Stirn und steckt sich eine von den Luckys an, die der Junge am Schuttabladeplatz ihm verkauft hat, eigentlich ist das albern, von dem Geld für so eine Zigarette könnte man sich allerhand leisten, und da sitzt man nun und pafft in zwei Minuten alles weg, bloß weil man wieder Schmacht auf den Rauch hat, und das nach sechs Jahren, aber vielleicht täuscht man sich ja sowieso, wenn man glaubt, dass die Zeit alle Wunden heilt und der Mensch sich irgendwann einmal ändert.

Eigentlich ist ja Kolbenhoff, der Schriftsteller, Schuld daran, dass er hier überhaupt sitzt: Mensch, das ist wichtig, dass du wieder Polizist wirst, sonst haben wir gleich wieder die alten PGs am Hals oder Dummköpfe, die ihren Beruf nicht gelernt haben … Der hat ja nichts gewusst von Sarny und davon, dass Lehmann wegen Sarny mit dem ganzen Krempel nichts mehr am Hut haben wollte und nur deshalb nicht mit den anderen im Lager an Führers Geburtstag *In einem Polenstädtchen da lebte einst ein Mädchen* gesungen und an den Endsieg geglaubt hat, die haben ihn alle schief angeguckt, Verräter, redet mit den Waldheinis und den Niggern sogar, macht Kurse, *We the People*, ist keiner mehr von uns, da hat er es ihnen dann erst recht gezeigt, wenn schon Verräter, denn schon Verräter, die Älteren haben aber bloß gelacht und weiter Skat gespielt, wenn solche Vorwürfe kamen, die haben an gar nichts mehr ge glaubt und waren froh, ihre Ruhe zu haben, aber die Jüngeren, sein Alter oder darunter, die haben Ausbrüche geplant und sich mit der Lagerleitung angelegt, Fanatiker waren das, aber das hat man Lehmann auch erst im Demokratiekurs beigebracht, dass ein Fanatiker ein gefährlicher Mensch ist, vorher hat es geheißen: ein fanatischer Nationalsozialist, und das sollte bedeuten: ein guter, der bestmögliche Nationalsozialist.

Sein Revolver drückt gegen den Oberarm, und er nimmt ihn aus dem Schulterholster, das ihm die Amis geschenkt haben. So eines hätte Mitterer mal haben sollen, dann hätte er seinen Dienstrevolver nicht wie die anderen deutschen Polizisten in der Aktentasche untergebracht und würde noch unter den Lebenden weilen, obwohl das natürlich trotzdem bodenloser Leichtsinn war, die Aktentasche auch noch auf dem Rücksitz zu lassen, verflucht bodenloser Leichtsinn. Lehmann nimmt sich vor, morgen Blumen zu kaufen und sie mit ein bisschen Geld Mitterers Witwe zu schicken, einen kleinen Sohn haben die Mitterers auch, und es ist zwar in der Ettstraße und auf allen Polizeidienststellen für den Kranz gesammelt worden, aber trotz allem wäre es ja eigentlich seine, Lehmanns, Fahrt gewesen, und für einen Kranz kann man sich nichts zu essen kaufen.

Die Frage ist, wie er das mit Nowak anstellen soll. Er könnte zum Beispiel langsam an ihm vorbeifahren, so ein Auto ist eine praktische Erfindung, und schießen wie in den amerikanischen Filmen mit Edward G. Robinson, »drive-by shooting« nennen sie das, aber München ist nicht Chicago, und Lehmann gehört zu keiner Gang, die ihn nachher beschützen kann, außerdem würde sich irgendjemand die Nummer merken und die Polizei alarmieren, das steckt so drin in der deutschen Seele, da kann alles zusammenbrechen und der Bauch noch so schmerzen vor Hunger, aber die Obrigkeit informieren, das tut man. Und nachher hätte er vielleicht auch nicht richtig getroffen, er hat keine Tommy-Gun wie Edward G. Robinson in *Little Caesar*, sondern bloß einen mittelgroßen Six-Shooter – ein, zwei Schüsse, mehr wäre in der kurzen Zeit nicht drin, und im Fahren ist schlecht Zielen; wenn er andererseits Nowak irgendwo auflauert, muss er die Hochwangigen, die nicht von dessen Seite weichen, gleich mit erledigen, und man kann sich schwer vorstellen, dass die ohne Bewaffnung herumlaufen, für drei, vier Mann auf einmal reichen aber weder Zeit noch Munition aus, nachts ins Haus rein und abknallen ist auch nicht ungefährlich, die Nachbarn könnten einen sehen, der Hund könnte anschlagen, und die Kalmücken könnten aufwachen, außerdem stellt sich in diesem Fall die Frage nach dem Fluchtweg. Davon abgesehen will er genug Zeit haben, und er will, dass Nowak ganz genau weiß, wer ihn da ins Jenseits befördert.

Er legt den Revolver dann neben sich auf den Beifahrersitz, weil Herr Sturmbannführer a. D. mit den üblichen drei Mann aus dem Haus kommt, alle steigen in den Mercedes, und dann geht eine kleine Spritztour los, wieder zur Grünwalder Straße, am Tiroler Platz wenden und zurück in die Stadt, Lehmann immer hinterher, schön Abstand lassen, auch das kennt man aus den Filmen, in Stettin ist man den Schlawinern zur Not noch mit der Straßenbahn hinterher, jaja, die gute alte Zeit. Wie er es auch dreht und wendet, es gibt eigentlich nur eine Möglichkeit: weiter abwarten, eine günstige Gelegenheit abpassen, einen Moment, in dem er Nowak allein und im Dunkeln erwischt, und dann gleich den Revolver vor die Nase halten und rein ins Auto und eins übergezogen und raus zu irgendeiner der Schutthalden im Norden der Stadt, wo er ihn endgültig kaltmachen und verbuddeln kann, die Berge dort werden immer höher, weil immer noch so viele Kriegstrümmer in der Stadt herumliegen, jeden Tag kommt eine neue Schicht drauf, den wird nie wieder jemand finden, es sei denn ein Altertumsforscher, der in tausend Jahren Grabungen anstellt wie Schliemann in Troja, Lehmann hat nur eine ungefähre Vorstellung davon, was Schliemann eigentlich in Troja ausgegraben hat, aber wenn Onkel Hermann sich in seinem Laden oder beim Schuhflicken in Rage geredet und die großen Deutschen aufgezählt hat, dann hat er neben Oberst Lettow-Vorbeck, Bismarck und Kaiser

Barbarossa auch immer den Altertumsforscher Heinrich Schliemann aus Mecklenburg hervorgehoben, und die Gymnasiasten, die vor dem Laden ihre erste Zigarette rauchten und ihr erstes Bier tranken, haben beifällig genickt und gesagt, ja, Schliemann, Troja, Schatz des Priamos.

Nowak biegt diesmal nicht Richtung Ostbahnhof ab, sondern fährt in die Stadt hinunter, Giesinger Berg, Wittelsbacherbrücke, Kapuzinerstraße, Kaiser-Ludwig-Platz, durch die Bahnunterführung zum Stiglmaierplatz, Schleißheimer Straße – der übliche Weg zum Lager Frauenholz. Hinter dem Nordbad sieht man rechts den Trümmerberg im Luitpoldpark wachsen und links den am alten Flugplatz Oberwiesenfeld, beide hervorragend für die Beseitigung von Leichen geeignet, vor allem der auf dem Oberwiesenfeld, weil sich da keine Wohnhäuser, sondern nur ein paar Kleingärten in der Nähe befinden, wegen denen man aber auch aufpassen muss, weil bestimmt Ausgebombte drin wohnen ... Vielleicht sollte er Nowak besser irgendwo draußen im Wald erledigen und dann erst die Leiche zur Schutthalde fahren, das wäre wohl die beste Lösung. Überhaupt sind diejenigen Vollidioten gewesen, die Irina Stepaschkins Leiche in den Langwieder Baggersee geworfen haben, die Schutthalden sind viel sicherer, dass man da nicht gleich auf die Idee kommt.

Der Mercedes parkt am Lagereingang. Alle Insassen steigen aus und gehen hinein. Ein paar Jeeps stehen auch vor der Schranke, aber das muss nichts bedeuten, weil ein DP-Lager nun mal von der amerikanischen MP bewacht wird, außerdem kommen hier viele schwarze G. I. her, die billige Frauen suchen. Für die Zigeunerinnen und Russinnen, die in Frauenholz leben, muss man weniger Zigaretten und Schnaps anlegen als für die deutschen Flitscherl, von denen manch eines auch eine Abneigung gegen die schwarze Haut hat oder davon träumt, sich einen arischen Mr Smith oder Mr Jackson zu angeln, der sie heiratet und mit nach Amerika nimmt, und da will sie natürlich in einem schönen großen Haus mit eigenem Kühlschrank in der Küche und Vacuum Cleaner für den Hausputz leben – in den Zeitschriften stehen jetzt viele Geschichten über diesen besonderen American Way of Life, der allerdings die Wellblechhütten in Alabama wohl noch nicht erreicht hat.

Lehmann fährt am Lager vorbei, in den Weg, der zum Schleißheimer Fliegerhorst führt. Die Baracken stehen frei auf dem Feld, da fällt es auf, wenn man in der Nähe parkt, also stellt er sich an den Waldrand hinter ein paar Büsche und wartet darauf, dass Nowak und die Hochwangigen wieder herauskommen. Immer, wenn er vom CID aus einen Wagen gehabt hat, ist er dem Sturmbannführer auf diese Weise hinterhergefahren und hat gewartet, gewartet und gehofft, dass sich eine Regelmäßigkeit abzeichnet, ein vorhersehbares Muster, auf das er sich einstellen, das er ausnutzen könnte, aber Nowak hat ihm eine lange Nase gedreht, ist mal hierhin, mal dorthin gefahren, nach Pullach ein paarmal zu der Anlage, die Heß gebaut haben soll, auch hierher ins Frauenholz, mal schien er auch tagelang das Haus nicht zu verlassen, dann wiederum war er gar nicht in der Stadt, wie neulich, als er dann auch noch zum Flughafen gefahren ist. Nicht mal eine Frauengeschichte scheint es zu geben, sonst hätte er die doch ab und zu besuchen müssen, und da wären die Hochwangigen wohl kaum mitgekommen, jedenfalls ins Bett zu der Frau, aber nach allem, was Lehmann sich denken kann, ist Nowak sowieso andersrum veranlagt und schläft nicht mit Frauen, jedenfalls nach dem, was sonst noch in Sarny passiert ist.

Es dauert nicht lange, und der ganze Verein kommt wieder aus dem Lager zurück. Lehmann hat das im Griff, das Fernglas ist auch Courtesy of the Criminal Investigation Department, Munich Detachment, ganz gute Optik, aber lange nicht so gut wie die Zeiss-Gläser im Krieg, die schließlich deutsche Wertarbeit darstellten. Während er noch durch das Glas schaut, lässt er schon den Motor an und legt den ersten Gang ein, damit er gleich losfahren kann. Wenn er das richtig sieht, ist das jetzt ein Hochwangiger mehr als vorhin, der trägt auch eine Sonnenbrille, außerdem einen besseren Anzug, dessen Jacke er ganz leger über die Schultern gehängt hat, sicher kein unwichtiger Mann im Lager.

Die Fahrt geht in die Stadt zurück. Am Stiglmaierplatz biegt der Mercedes links ab und fährt dann die Brienner Straße über den Königsplatz an den zerbombten Museen vorbei bis fast vor an den Odeonsplatz zu einer leer geräumten Fläche, auf der früher einmal ein großes Haus gestanden haben muss, jetzt heißt sie »Platz der Opfer des Nationalsozialismus«, und Nowak parkt den Mercedes dort und geht mit dem Mann, der die Anzugjacke über die Schultern gehängt trägt, über die Straße in die *Carlton-Teestube*, die aber nur Teestube heißt, ansonsten trinkt man dort Whisky auf Eis, jedenfalls die Devisen-Ausländer oder solche, die Devisen haben und deshalb als Ausländer durchgehen, das ist wie im

Conti-Keller, wobei sowohl die Devisen als auch die Ausländer meistens aus der Möhlstraße kommen.

Lehmann stellt den Opel am Maximiliansplatz hinter dem Taxistand ab, kauft sich Zigaretten von ein paar Jugendlichen, die in den Anlagen herumlungern, gefällt Ihnen meine Schwester, nein danke, und geht dann zu Fuß zurück in die Brienner Straße. Es dämmert inzwischen, und die Geschäfte haben schon zu, er zündet sich also eine Zigarette an und tut so, als ob er die Auslagen studieren würde, wobei da nicht viel zu studieren ist.

Er sieht die beiden Hochwangigen erst, als sie ihm schon eine Walther in die Rippen drücken, und dann ist es zu spät, die sind plötzlich hinter ihm aufgetaucht, als er das Porzellan in Augenschein genommen hat, und er hat sie im Schaufensterglas gesehen, hätten ja auch harmlose Passanten sein können, sind es aber nicht. Lehmann will im selben Moment nach seinem Revolver greifen und greift ins Leere, weil er den auf dem Beifahrersitz hat liegen lassen, und da hat er vorhin noch gedacht, Mitterer sei leichtsinnig gewesen, dabei ist er genau der gleiche Esel.

Die Hochwangigen ziehen ihn am Arm mit sich auf die Rückseite der Ruine, in der sich die *Carlton-Teestube* befindet. Hier geht niemand spazieren, hier sind sie ganz unter sich … Los, machen schnell, dawai, dawai, der eine hält ihm weiter die Walther ins Kreuz, der andere tastet ihn ab und findet das leere Schulterholster, bellt dem anderen was zu, ja, das ist die deutsche Schule, Scheißkommunistenschwein, schnauzt der andere mit schwerem Akzent Lehmann an, und sie stoßen ihn zwischen die Mauerreste am Hintereingang des *Carlton*, wo Nowak schon mit den beiden anderen Kalmücken auf sie wartet.

»So, na da hamma öööndlich amol jemanden von der aaand'ren Saaait'n, hob mi schon g'fraaagt, wo's ihr so laaang blaaaibt …«

Nowak steht da und raucht, ganz wie früher, Zigarette zwischen Daumen und Zeigefinger, nach Männerart, und er hat auch einen Fuß auf ein Stück Schutt gestellt, wie man das früher gemacht hat bei der SS, nur dass er jetzt blank polierte Halbschuhe trägt und keine Schaftstiefel, und sein Ostmärker-Deutsch kommt so hässlich aus seinem Wiener Vorstadtmaul wie eh und je. Lehmann sagt nichts und richtet sich halb auf, dann sieht er Nowak vorsichtig an und wartet, aber nichts passiert, kein Erkennen blitzt auf in den dunkelgrauen Pupillen, die halb unter dem dichten Schwarz der Augenbrauen versteckt liegen, eher ein vorsichtiges Abschätzen und ein bisschen Hochmut, und da kommt Lehmann der schreckliche Gedanke, dass Nowak ihn vielleicht längst vergessen hat.

»Naaa, schaaaißt dir jetzt vor Ooongst in d' Hosen …? Oder warum saaagst nix?«

Nowak macht einem der Hochwangigen ein Zeichen, nur so ein kurzes »da!« mit dem Zeigefinger, und Lehmann bekommt einen Magenschwinger verpasst, der ihn schnurstracks zu Boden schickt. Er keucht und will gleich wieder hoch, niemals aufgeben, lautet die Devise, schon gar nicht vor dem da, aber der Schmerz ist zu groß, der Hochwangige hat gewusst, wohin er schlagen muss. Ob der damals auch mit dabei gewesen ist, Lehmann kann sich an keine Gesichter erinnern, nur an die brennenden Schmerzen überall, die jedes Mal ein bisschen schlimmer wurden, wenn sie sich abwechselten. Er merkt, dass ihm schlecht wird, noch so ein Schlag, und er wird speien müssen, dabei müsste er nur seine Dienstmarke zeigen, und die würden Bauklötze staunen, aber er will nicht, die sollen ihn ruhig für einen kommunistischen Spion halten, nachher denken sie noch, die Polente ist hinter ihnen her, und verschwinden aus München, und wenn Nowak für die Amis arbeitet, die wissen ja nicht, wen sie sich da eingefangen haben, dann bekommt er am Ende noch Ärger mit dem Public Safety Department, er muss nur den Schmerz aushalten, aber das kann er, er hat viel Schmerz ausgehalten damals, das kann man beinahe lernen …

Der Hochwangige reißt ihn wieder hoch und schlägt ihm mit der flachen Hand ins Gesicht, dass er nach hinten auf die Steine fällt, beinahe mit dem Kopf auf einen Ziegelstein, was das Ende bedeutet hätte, aber er muss aushalten, auch wenn es noch so wehtut, und dann ist es sowieso vorbei, weil in dem Moment, als er sich auf den nächsten Schlag einstellt, ein paar Schatten über Nowak und seine Kalmücken kommen und sie von Lehmann wegreißen, und da wird nicht viel geredet, da werden Messer gezückt, da fließt Blut, da kommt keiner mehr dazu, seine Walther abzufeuern, weil die gleich im hohen Bogen zwischen die Trümmer fliegt, und am Ende nehmen die Hochwangigen Reißaus, Nowak verschwindet im Hintereingang des *Carlton*, und Lehmann sieht sich einer Bande von zehn, zwölf halbwüchsigen Sudetendeutschen oder Schlesiern gegenüber, die durch die Ruinen gestromert sind, weil sie nichts zu tun haben, und die nichts wissen von Fritz Lehmann und Walter Nowak und Sarny und Kalmücken oder Kosaken, aber sie haben ein paar dreckige Ausländer gesehen, die einen Deutschen zusammengeschlagen haben, und Ausländer bekommen Essen von der UNO und handeln auf dem Schwarzmarkt und sind alle stinkreich, und als anständiger Deutscher hat man immer nur ein Loch im Bauch und seine Heimat verloren.

Einer von den Jungs beugt sich zu Lehmann herab, und man hört, dass er wohl Sudetendeutscher ist, weil er das »r« ein bisschen rollt.

»Alles in Ordnung, Kamerad?«

Lehmann nickt und lässt sich hochheben. Irgendwer hat die Polizei alarmiert, die Sirenen des deutschen Überfallkommandos und der amerikanischen Motorradstaffel nähern sich gleichzeitig, also dankt er den Jungs für ihre Hilfe und sagt ihnen, sie sollen abhauen, bevor es Ärger gibt, und so verschwinden die Schatten wieder zwischen den Häuserruinen.

Lehmann bleibt da und erklärt den Kollegen, dass er in eine Schlägerei zwischen DPs und deutschen Vertriebenen geraten ist, die habe er schlichten wollen und dabei selbst etwas abbekommen. Er muss dann noch mit in die Stadtwache gleich neben dem Präsidium und ein Protokoll unterschreiben, aber da diese Art von Schlägerei fast jeden Tag vorkommt, wird niemand ernsthaft daran denken, nach den Beteiligten zu suchen.

Als er endlich wieder am Maximiliansplatz bei seinem Opel ist, liegt der Dienstrevolver immer noch auf dem Beifahrersitz, wahrscheinlich hat er Glück gehabt, weil wegen der Taxis immer Betrieb in der Nähe ist, aber er steckt die Waffe in sein Schulterholster und nimmt sich fest vor, sie dort nie wieder herauszunehmen.

In der Nacht träumt er wieder den Traum und wacht auf davon. Er lässt das Licht brennen, weil er nicht mehr schlafen will, denn als diesmal die T-34-Panzer den Hügel von Grössin herunterkommen, steht nicht mehr Familie Lehmann und auch nicht Elena Spanier in der Wohnküche, sondern die Frau in dem gepunkteten Kleid, dasselbe Kleid, das vorher die Traum-Annemarie und die Traum-Elena getragen haben, jetzt hat es endlich die Richtige an, sie lächelt sogar, als wollte sie was von ihm, dann der alte Mann, jetzt trägt er einen schwarzen Mantel und einen Hut, und man sieht, dass es ein Rabbiner ist, und das kleine Mädchen, das trägt eine Schleife im Haar und spielt Ball und sieht ihn auch an, und man erkennt, dass es gar keine T-34-Panzer sind, die den Hügel herunterrollen, sondern deutsche Panzer III und IV, und die stoßen in ein Weizenfeld hinein, das aus Menschen besteht, aus ängstlichen, schreienden, hilflosen, mit der Erde verwachsenen Menschenhalmen, aus den zweitausend, die er nach Kowno zur Sonderbehandlung gebracht hat, aus den vierzehntausend, die in den Gruben von Sarny geblieben sind, aber noch schlimmer ist, dass der erste Soldat, der durch die Küchentür gestürmt kommt, keine Mongolenfratze hat, sondern das Gesicht, das Lehmann sieht, wenn er morgens in den Spiegel schaut.

29. MAI

Am nächsten Morgen ruft die Sitte an: Ihr macht's doch des mit der Stepaschkin, kommt's amal rasch herüber! In Zimmer 255 sitzt ein Mann mit einem Hundegesicht und viel zu langen Armen und Beinen, der hat gerade zugegeben, dass er Arzt gespielt hat, aber nicht Onkel Doktor wie die kleinen Kinder, sondern ganz richtig, im weißen Kittel und mit einem Stethoskop um den Hals, so hat er bei alleinstehenden Frauen angeklopft und gesagt: Grüß Gott, ich bin vom Gesundheitsamt …! Und so einen Herrn Doktor, den lässt man ja zur Not noch eintreten, auch wenn sich ansonsten jede Menge Gesindel herumtreibt in der Stadt, in den Ärztestand wird Vertrauen gesetzt, und da hat der falsche Doktor dann erzählt, er wäre von der Seuchenstelle, wir haben da mehrere Fälle in der Gegend, ich muss Sie mal untersuchen, was denn für ne Seuche, ach, so eine Unterleibsgeschichte, und das hat den dann erregt, wenn sie nackt vor ihm gestanden sind, da ist ihm das Ding hart geworden, und er hat sie einfach genommen und ihnen sein Ding hineingesteckt, und da haben die dummen Weiber natürlich endlich gemerkt, woher der Wind weht, und wollten losschreien, aber da hat er ihnen mit seinen viel zu langen Armen schon den Mund zugehalten. Sieben Fälle hat er zugeben müssen, weil die Frauen ihn bei der Gegenüberstellung erkannt haben, aber das ist sicher noch öfter passiert, die Frauen schämen sich ja oft hinterher, wenn ihnen ein solches Unglück widerfahren ist, und zeigen die Schweinehunde nicht an. In vier Fällen haben die Frauen ausgesagt, dass er ihnen sein Hundemaul auf den Mund gedrückt und mit der Zunge darin herumgewühlt hat, und das sei am schlimmsten gewesen, schlimmer als das, was untenherum passiert sei.

Hölzl fühlt dem mal auf den Zahn, wo warn S' denn Anfang April, bittschön, und ob der vielleicht noch mehr Arztsachen hat als nur den weißen Kittel und das Stethoskop, ein Skalpell zum Beispiel oder Betäubungsmittel, mit denen man die Frauen ja auch ruhigstellen kann, wenn man was von ihnen will und nicht bekommt, weil man hässlich ist oder schüchtern oder arm oder alles zusammen. Der falsche Doktor wehrt sich dann aber mit aller Gewalt gegen weitere Verdächtigungen, die Frau auf dem Foto hat er natürlich nie gesehen und den Namen Irina Stepaschkin nie gehört, am Schluss fängt er das Heulen an, ich hab doch schon alles zugegeben, was wollt ihr denn noch von mir, und obwohl so einer natürlich nie im Leben einen Mord gestehen würde, haben sie doch beide eher das Gefühl, dass er nicht infrage kommt. Sonst noch Neuigkeiten bei der Sitte, wo wir schon mal da sind? Naa, nix Neues, irgendein krankhaft Veranlagter geht durch die Hinterhöfe und zerschnippelt Frauenunterwäsche, die auf den Wäscheleinen hängt, hauptsächlich Damenunterwäsche, ein anderer, den sie noch nicht haben, lockt Frauen irgendwohin und fesselt sie dann, hoppla, das kommt der Sache doch schon näher, naaaa, der nimmt die dann bloß von hinten und peitscht sie aus dabei, Peitschenspuren haben sie auf den Überresten von Irina Stepaschkin nicht gefunden, dabei kann man Peitschenspuren noch monatelang sehen, jahrelang, Lehmann weiß da Bescheid, ein Dritter ruft bei Frauen an und stöhnt am Telefon herum, bis sie endlich etwas merken und auflegen, den kriegen sie auch nicht, weil das mit den Fangschaltungen noch nicht wieder funktioniert. Sagt's mir aber Bescheid, wenn's ihr den Auspeitscher habt, gell, des kannt noch wos sei. – Auspeitscher, jawohl, mach ma.

Um zwei Uhr ist, wie samstags üblich, Dienstschluss. Lehmann bringt also Hölzl nach Laim in sein Siedlungshäuschen und fährt dann rasch in die Mühlbaurstraße zum jüdischen Krankenhaus, rasch deswegen, weil er heute noch was vorhat und vorher unbedingt baden will. Salkind ist dann auch gar nicht ansprechbar, weil sie ihn auf starke Beruhigungsmittel gesetzt haben, aber Lehmann ist sowieso nicht gekommen, um mit dem guten Herrn Doktor wieder über bestimmte Bahnhöfe und Kowno und Kaufering zu sprechen. Er nimmt den kleinen Arzt aus Amerika beiseite und fragt beiläufig, wie das wohl mit dem Morphium aussieht, und der Schwarzgelockte runzelt die Stirn und meint, das sehe ganz schlecht aus, tighter than a rat's ass, in Kürze Cold Turkey, also nimmt Lehmann das Päckchen mit den vierzig Ampullen aus seinem Vorrat im Kleiderschrank, das er heute Morgen eingesteckt hat, aus der Jackentasche, wenn nur Kollege Hölzl immer alles so wüsste, und gibt das Morphium dem Arzt, der nicht lange fragt, wo er es herhat, und sich kurz bedankt. Als er Lehmann aber versprechen soll, dass nur der Herr

Doktor davon bekommt, schüttelt er den Kopf, nein, da gibt es noch so viele andere, die etwas brauchen, nicht weil sie süchtig sind, sondern wegen der Schmerzen. Lehmann will sich auf keine große Debatte einlassen, aber der Arzt zieht ihn am Ärmel mit sich.

»Come on, I'll show you something …«

Sie gehen in eines der Krankenzimmer. An die alte Schultafel hat jemand in sauberen Reihen hebräische Schriftzeichen gepinselt, die lernen bestimmt für die Auswanderung, der Arzt bleibt dann vor einem Bett stehen und zeigt auf den Kopf des Patienten, der in einer dicken Binde steckt, head wound, never properly treated, dem sei eine Kugel von hinter dem Ohr durch den Kopf und zum Auge wieder heraus gegangen, darum habe sich nie ein deutscher Arzt gekümmert, und dass er überhaupt überlebt habe, sei ein großes Wunder Gottes. Nachher sei er dann noch ins KZ gekommen und habe in Kaufering auf der Bunkerbaustelle arbeiten müssen, und das alles mit der offenen Wunde und nur einem Auge, das sei jetzt drei Jahre her, und die Wunde sei immer noch nicht richtig verheilt. Ist der vielleicht auch aus Kowno, I don't know, vielleicht, aber vielleicht auch aus Polen, denn letztes Jahr war sein Bruder hier, der lebt schon in Palästina, nein, jetzt natürlich Israel, und der sagte, sie würden beide aus Warschau stammen. Lehmann nickt schließlich, ja, geben Sie dem alles, was er braucht, auch wenn es mein Morphium ist, ich bringe Ihnen noch mehr, alles, was er hat, wird er bringen, kann ja noch das Kokain verkaufen, das sagt er natürlich nicht laut, er wird auch noch mehr Ampullen aus der Asservatenkammer besorgen, und wenn der wieder gesund ist und aus Kowno kommt, will ich mit ihm reden, if it's possible, okay?

Er fährt dann rasch nach Hause und hört sich beim Ausziehen die Nachrichten an, israelische Truppen stoppen ägyptischen Vormarsch mit deutschen Messerschmitt 109, die sie von den Tschechen gekauft haben, UNO befiehlt Waffenstillstand, da wird der gute Herr Doktor sich freuen, wenn er aufwacht und das hört, Freundschafts- und Beistandspakt Bulgarien-Polen, Schwierigkeiten bei der Brotversorgung wegen unzureichender Mehlvorräte, Wetter weiterhin freundlich, na wunderbar.

Das Badewasser ist lauwarm, und natürlich hat nicht die von Lederer selbst den Kessel eingeheizt, sondern der Student mit der Gasmaskenbrille, der weniger Miete zahlt, weil er hier und da im Haushalt aushilft.

Wegen der Temperatur kann Lehmann sich aber nicht beschweren, weil keine Briketts zu haben sind, der gute Doktor Salkind und seine Freunde in der Möhlstraße fehlen ihnen an allen Ecken und Enden, die von Lederer grüßt auch nur noch so oberflächlich, weil er keinen Bohnenkaffee mehr anbringt, und vor allem versucht sie nicht mehr, seinen Bildungshorizont zu erweitern, was aber natürlich sein Gutes hat. Er seift sich bibbernd ein und gießt sich das Wasser über den Kopf, und als er fertig ist, geht er im Bademantel auf den Flur und klopft an die Tür des Studenten, damit der Junge weiß, dass er jetzt auch noch kann.

Einen Hunger hat Lehmann außerdem, von den Keksen ist gar nichts mehr da, und die Fresspakete aus der Möhlstraße fehlen genauso wie die Briketts, irgendwann muss er Salkind im Krankenhaus mal alleine erwischen, der Kontaktmann vom Ringverein könnte ja auch einfach so herkommen, ohne dass der gute Herr Doktor da ist, er selbst kann sich bei Jack Lossowitsch, oder wer auch immer dahintersteckt, nun mal schlecht blicken lassen. Er guckt auf die Uhr, viel zu viel Zeit noch, also legt er sich aufs Bett und dreht das Radio wieder an. Die Frequenzwahl steht immer noch auf AFN, und Harry James lässt seine berühmte zittrige Trompete ertönen, *Cotton Tail*, alte Ellington-Nummer. Er wird aber nachher gut essen, so viel ist klar, um sieben, hat die Sydheim gesagt. Lehmann steht wieder auf, findet hinter dem Schrank noch eine Konservendose amerikanisches Corned Beef, das er gierig hinunterschlingt, guckt sich dabei schon mal den schönen, hellgrauen Nadelstreifenanzug an, den er heute Abend zum ersten Mal anziehen wird, und freut sich, weil er weiß, dass er darin eins a aussieht.

*

Der Witz ist, dass Kristin Sydheim auch Nadelstreifen trägt, in dunkelgrau zwar, aber eben Nadelstreifen, so ein Kostüm, eng auf Taille geschnitten und mit breitem Revers, der Kragen ihrer weißen Bluse guckt oben raus, ist das etwa der berühmte New Look, den Stil hat Lehmann noch gar nicht gesehen, aber das kann er auch gar nicht, sagt Kristin ihm, weil sie Modell gestanden hat für ihre Freundin, die auf der Modeschule das Schneiderhandwerk erlernt. Als sie zum Auto gehen, hakt sie sich bei ihm unter.

»Warum drehen wir nicht einen Film … *Die zwei in Nadelstreifen …?*«

Lehmann grinst, und warum nicht gleich *Schieber-Maxe und Moneten-Else*, das werden nämlich die Leute denken, auch wenn Kristin gar nicht aussieht wie so ein Schieber-Flitscherl, eher wie eine, die selber mithält beim Geschäftemachen, sophisticated wie Kay Starr, und Lauren Bacall in *The Big Sleep* ist die entsprechende Schauspielerin dazu. Er hält ihr sogar die Tür auf, als sie die Treppe in den *Conti-Keller* hinuntergehen, und diese Art von Benimm ist ihm nicht gerade in die Wiege gelegt worden.

Der Laden ist eigentlich voll, aber Lehmann drückt dem Kellner ein paar Dollarscheine in die Hand, und eins, zwei, drei hat man einen Tisch und zwei Stühle von hinten herbeigezaubert und macht Platz für den Herrn und die Dame in Nadelstreifen, auf den Tisch kommt eine Kerze, und Lehmann bietet seinem Date den Stuhl an, man kann sich sogar sehr anstrengen, wenn man nur will, in Mahlow wäre man mit solch verfeinerten Sitten direkt scheel angeguckt worden. You are American, Mister? – Sure thing. – What can I bring you, Sir? – The menu, please. – Sure thing … Weder Lehmann noch der Kellner sind Amerikaner, aber wie immer gilt: money talks, und Kristin will sich halb kaputtlachen über sein POW-Englisch und das PX-Englisch des Kellners, aber sie kann es auch nicht besser: I have one red wine, do you have Bordeaux? – Bien sûr, mademoiselle. – What? Oh, the same thing for me, then, and one Porterhouse steak, medium, no, rare, please, or is it »bloody«, was sagt man denn zu »blutig«, rare, I think, jaja … Kristin bringt ihm dann bei, wie man Rotwein trinkt, gut anwärmen und Luft ziehen lassen, damit sich das Aroma entfalten kann, Frau Malerin kann sich gewählt ausdrücken, und dann nur schlückchenweise trinken, das schmeckt gleich ganz anders, als wenn man den Rotspon in langen Zügen aus der Flasche säuft, und nicht nach Holz und Herbstlaub und Katzendreck, sondern genauso wie damals bei *Timm* in Stettin, ziemlich gut schmeckt es, die Geschmacksknospen sind das Letzte beim Menschen, das erwachsen wird, erklärt ihm Kristin, erst so ab dreißig, na, dann hab ich ja noch Chancen, was sind denn Geschmacksknospen, das Zeug, das du auf der Zunge hast, Dummkopf, ach, wir duzen uns, sei nicht spießig, natürlich duzen wir uns ….

Heute ist Wochenende, also spielt eine kleine Kapelle ein paar alte Tangos und Foxtrotts, aber vor allem Jazz für die amerikanischen Herrschaften. Lehmann freut sich, als er am Klavier Itzhak Klein erkennt. Er winkt ihm zu, Klein bemerkt ihn nach einer Weile und winkt lächelnd zurück, wobei man nicht den Eindruck hat, dass er dafür mit dem Klavierspielen aufhören muss. Kristin fragt, wer ist denn das, und Lehmann sagt, das ist ein ganz hervorragender Pianist, er kann nämlich auch gestelzt daherquatschen, wenn er bloß will, ein ganz hervorragender Pianist mit einer schweren Geschichte, aber die handelt vom Krieg, und den Krieg wollen wir heute Abend mal beiseitelassen.

Während sie sich über die unanständig großen Steaks hermachen, spielt Klein eine Zeit lang alleine, und Lehmann verschluckt sich beinahe an dem butterzarten Rindfleisch, als er plötzlich meint, aus dem sanften Geklimper die Melodie von *If I Could Be with You* herauszuhören – ob denn der Klein auch …? Er vergisst das Kauen und hört konzentriert zu … nein, jetzt spielt er schon wieder etwas anderes … muss auch nicht sein, das Stück ist ja schon älter, von Louis Armstrong hat Lehmann es schon gehört, sogar von Herzog Ellington persönlich, aber das klang ein bisschen lasch, zu viel Sophistication ist auch nicht gut, jedenfalls freut er sich wie ein Schneekönig und nimmt sich vor, Klein nachher zu fragen, ob der die Version von Kay Starr schon kennt, in den letzten Wochen liefen auch neuere Songs von ihr im Radio, *Mercy, Mercy, Mercy* oder *Frying Pan*, aber keiner kann mit der älteren Aufnahme mithalten.

Natürlich ist auch Albers wieder da, heute allerdings nicht allein, sein alter Freund und Kampfgenosse Heinz Rühmann hat nämlich in der Stadt ein Engagement und dreht einen Film in den Studios draußen in Geiselgasteig. Albers winkt einen Kellner heran und sagt dem was ins Ohr, der Kellner verschwindet nach hinten, wo er vielleicht mit dem Besitzer redet, denn etwas später kommt einer auf die kleine Bühne zu den Musikern, bittet um das Mikrofon und dann die Herren Albers und Rühmann auf die Bühne – die tun natürlich so, als ob sie sich zieren müssten und lassen sich dreimal bitten, aber dann kommen sie doch, ganz ordentlicher Applaus erhebt sich, sind wohl noch ein paar mehr Deutschamerikaner anwesend heute Abend, und ob die Herren nicht einen ihrer berühmten Filmschlager zum Besten geben wollen, sie zieren sich wieder ein bisschen, aber diesmal schon kürzer, und dann witzelt Rühmann, dass er sich ja gerade noch an den Text von *Jawoll, meine Herr'n* aus *Der Mann, der Sherlock Holmes war* erinnern kann, weil der so kurz ist, da brüllt Albers auch schon: Jawoll, meine Herren, das machen wir …! Kristin weiß nicht so recht, wer die beiden überhaupt sind, und Lehmann zuckt mit den Achseln, nur so zwei alte, aufgeblasene Säcke, ach so, bist du immer so vulgär, Lehmann steigt es heiß auf, wenn man nicht immer aufpasst mit seinen guten Manieren … Sie beugt sich aber vor und flüstert ihm ins Ohr: Sei ruhig vulgär, ich mag das, da steigt es Lehmann noch heißer auf.

Es gibt dann aber Ärger mit der Musik, weil Klein am Piano noch nie etwas von *Jawoll, meine Herr'n* gehört hat, und spielen? Also nein, tut mir leid, ich spiele nur amerikanische Musik, ach, und der Tango vorhin?, das ist auch amerikanische Musik, aus Südamerika, na, wat sind Sie denn für n Schlaumeier …! Klein steht auf und geht, eine peinliche Stille entsteht, in die hinein der Ansager sich auffällig komisch räuspert: Ist vielleicht jemand im Publikum, der Glück bei den Frauen hat und Klavier spielen kann, haha …? Aber ja doch, steht gleich einer auf und hat bloß darauf gewartet, dass er endlich gerufen wird, ach, kennen wir uns nicht? Tja, Rundfunkorchester Berlin früher, ja, da ham wir uns doch sicher schon mal, sowieso, bei der Filmmusik zu *Wasser für Canitoga*, ach, jetzt weiß Lehmann auch wieder, aus welchem Film er *Good-bye Johnny* kennt … Er kriegt das so mit halbem Ohr mit, Wiedersehen unter alten Kollegen, man könnte zu Tränen gerührt sein, den Film hat er damals gern gesehen, aber nachher kam *We the People* und Duke Ellington, da stirbt es sich nicht mehr so gern mit der Flagge über dem Kopf … Wieder Applaus, und dann setzt sich der vom Rundfunkorchester Berlin ans Klavier, das ist so ein hässlicher Glatzkopf, der bestimmt kein großes Glück bei den Frauen hat, Schlagwerk und Bass spielen zwei Amerikaner, denen man ihre Nationalität ansieht, auch wenn sie keine Uniform tragen, die grinsen ein bisschen freundlich und kennen *Jawoll, meine Herr'n* natürlich auch nicht, aber sie tun ihr Bestes, um mitzuhalten bei dem deutschen Marschrhythmus, irgendwann geht es dann: *Wer hinterm Ofen sitzt und die Zeit wenig nützt*, die beiden alten, aufgeblasenen Säcke tun so, als ob immer noch alles wie früher wäre, das ist nun wirklich peinlich, aber außer Lehmann fällt das gar keinem auf, weil die Amis begeistert mitklatschen, man, dig these crazy Germans, drei Tische weiter sitzt sogar ein Captain vom CID, den Lehmann erst vor drei Tagen bei der Vernehmung von Helms gesehen hat, der klatscht besonders laut.

Kristin guckt eher, als ob sie das alles ein bisschen komisch findet, dann guckt sie aber, als sie eine Zigarette hochhält und Lehmann ihr Feuer gibt, so in der Art, dass ihm langsam sein Ding hart wird, gut, dass die Hosen so weit geschnitten sind.

Er wartet einen Moment, bis das Blut wieder raus ist, und entschuldigt sich dann kurz, um nach Klein zu sehen, doch hinten erfährt er vom Geschäftsführer, dass der Klavierspieler gegangen sei und nie wieder engagiert werde, so ein unverschämter Judenbengel …! Lehmann hat Lust, dem pomadigen Dickwanst, der den *Conti-Keller* führt, eine zu verpassen, aber was nützt es, wenn Klein sowieso weg ist … Er läuft an dem verblüfften Geschäftsführer vorbei nach draußen und blickt sich hektisch suchend um, aber Klein ist schon verschwunden, und hier am Maximiliansplatz kann er in alle möglichen Richtungen gegangen sein. Mit einer Mordslaune geht Lehmann an den Tisch zurück, er hätte den Pianisten gerne der Norwegerin vorgestellt, außerdem ist es ungerecht, dass einer wie Klein gehen muss und nicht mehr engagiert wird, und einer wie Albers, der den Krieg in Saus und Braus verbracht hat, darf auf der Bühne stehen und sich beklatschen lassen.

Die Mordsstimmung beruhigt sich dann wieder ein bisschen, weil der blonde Hans und Rühmann heftig umjubelt an die Theke zurückkehren und die beiden amerikanischen Musiker ihre Instrumente einpacken. Der vom Rundfunkorchester bleibt noch sitzen, ganz selig ist der und klimpert versonnen ein paar alte Melodien vor sich hin, *Schöner Gigolo, armer Gigolo*, fast schon wie Klein vorhin, aber das geht im allgemeinen Gemurmel mehr oder weniger unter. Sie haben dann Nachtisch, flambierte Banane, was Lehmann auch noch nie gegessen hat, aber schmecken tut es ganz aus-ge-zeich-net … nachher trinken sie Whisky, und Kristin bringt ihm bei, dass man die Eiswürfel nimmt, damit der Alkohol nicht so in der Kehle brennt beim Herunterschlucken, seine Laune bessert sich aber kein bisschen. Als er merkt, dass Kristin auch nur noch mühsam lächelt und sie sich nichts mehr zu erzählen haben, steht er endlich auf.

Er geht zu dem Captain vom CID drei Tische weiter und bittet ihn um einen Gefallen.

»Hey Fritz, you havin' some fun with your doll tonight?«

»Yeah, Cap'! Listen, I need your help …«

Rühmann hat sich inzwischen verabschiedet, und Albers sitzt wieder, wie üblich, allein an der Theke und stürzt seinen Whisky herunter. Er guckt erst gar nicht, als sich Lehmann vor ihm aufbaut und ihm den Dienstausweis von dem CID-Captain unter die Nase hält.

»Können Sie sich ausweisen? Got some ID?«

Jetzt guckt Albers aber doch, *was* will der da von ihm, *Hans Albers* soll seinen Ausweis zeigen …???

Lehmann lässt nicht locker.

»May I see some ID? Ich glaube, Sie sollten nicht hier sein, dieses Lokal ist nicht für Deutsche, you shouldn't even be here …«

Inzwischen ist der restliche Laden auf ihn aufmerksam geworden, zuerst ist es totenstill, dann wird gemurmelt. Die Amis verstehen nicht, worum es geht, und die Deutschen merken plötzlich, dass sie Deutsche sind, schließlich ist ihnen jahrelang erzählt worden: Waldheinis, Niggermusikliebhaber, kulturlos und rassisch vermischt, und dann steht da einer von denen und hält *ihrem* Hans Albers einen Polizeiausweis hin … Ein Kellner kreuzt auf und fleht Captain Lehmann an.

»*Please*, this is *Hans Albers* …!«

Lehmann bleibt stur.

»I don't give a shit 'bout who he is. He's not supposed to be here.«

Wenn die es mal bloß nicht darauf ankommen lassen, er kann ja schlecht Albers mitnehmen und in der Ettstraße dem CID präsentieren, schließlich hat er selber auch nichts im *Conti-Keller* verloren … Sklavenhalter!, ruft jetzt einer unterdrückt, und: Wir sind doch keine Kolonie! Albers, der ihn die ganze Zeit mit seinen herausquellenden blauen Augen angestiert hat, gibt dann aber wortlos nach, rutscht von seinem Barhocker und geht. Sieg auf der ganzen Linie also, nur dass Lehmann jetzt von zwanzig, dreißig Paar feindseligen Augen verfolgt wird, als er dem CID-Captain seinen Ausweis wiederbringt, Fritz, what did you do, was that some kind of a joke?, ja, doch, big joke, und dann zum Tisch zurückgeht, aber das ist er Klein jetzt einfach schuldig gewesen.

Kristin lächelt ihn wieder an, aber es ist kein bemühtes Lächeln mehr, sondern so echt wie damals am Stachus, was machst du denn da bloß?, ich kann den nicht leiden, so, nicht leiden kannst du den, machst du das mit allen Leuten, die du nicht leiden kannst? Sie trinken dann noch einen Whisky, und langsam ist es Lehmann egal, ob ihm sein Ding nachher wieder weich wird oder nicht.

Im Auto lehnt sie sich plötzlich an ihn, das ist ein ganz schönes Gefühl.

»Was liest du da eigentlich für Bücher? Im Laden hammse mich ganz groß angeguckt, als ich gefragt hab ...«

»Du hast wirklich nachgefragt?«

»Ich bin Polizist, was denkst du wohl?«

»Ich weiß nicht, was ich denke ...«

»Und warum liest du so was?«

»Ich mag eben ... Abenteuer.«

»Und das sind Abenteuer da drin?«

Sie lächelt, gibt ihm einen Kuss auf die Wange und legt, ganz leicht, die Hand auf seinen Hosenlatz ...

»Ja, ganz schlimme Abenteuer ...«

Sie fahren dann ein bisschen in den Ruinenstraßen umher, weil es so eine schöne laue Nacht ist, fast schon Sommer, und Kristin erzählt von Norwegen, wobei sie aber nie vergisst, langsam sein Ding zu reiben, nicht doll genug, um ihn vom Fahren abzuhalten, aber auch nicht so wenig, dass es wieder weich wird. Sie stellen fest, dass sie beide vom Land kommen, Kristin aus einem Fischerkaff in der Nähe von Bergen, wo ihr Vater einen kleinen Laden gehabt hat, und Lehmann eben von einem Bauernhof in Pommern, und dass sie beide in die Stadt wollten, Kristin eigentlich immer schon nach Berlin, weil das die Hauptstadt Europas war, sagt sie, Lehmann bloß nach Stettin, aber immerhin in die Stadt, und der Krieg hat sie beide nach München verschlagen. Was war denn im Krieg, wieso bist du hier, will sie wissen, aber Lehmann will nicht reden, hör bloß auf damit, seien wir froh, dass wir am Leben sind, Scheißkrieg, er will auch gar nicht viel von ihrer Zeit hier in München wissen, denn zwischen dem gut aussehenden jungen Leutnant und dem Schieber wird sie ja nicht wie eine Nonne gelebt haben. Sie hört dann irgendwann auf, sein Ding zu reiben, und richtet sich auf.

»Fahren wir in die Au? Ich glaube, bei mir sind wir allein ...«

Es geht dann erst mal alles, wie er es schon kennt. Er bringt sie in die Wohnung hoch, wo sie tatsächlich allein sind, weil die Freundin und ihr Karl-Otto sich immer noch auf Geschäftsreise befinden, dann küssen sie sich, und sein Ding wird wieder hart. Sie setzt sich aufs Bett, einen schönen Busen hat sie auch, nicht zu groß, nicht zu klein, sophisticated eben, aber auch nicht übertrieben, jetzt zieht sie ihn zu sich heran und nimmt das Ding in den Mund wie Elena Spanier und wie die Kurvas im Protektorat, dann lehnt sie sich zurück, und das heißt, es ist so weit, und wie sonst auch sinkt das Miststück wieder auf Halbmast, und ihm wird ganz trocken im Mund, weil er sich jetzt wieder eine Entschuldigung ausdenken muss, aber dann dreht sie sich auf die Seite und guckt ihn wieder so an und sagt:

»Tu mir weh.«

Und da wird Lehmann ganz anders zumute, was hat sie da gesagt, das hat noch nie eine zu ihm gesagt, er steht bloß da und weiß nicht, wie ihm geschieht, und weiß nicht, ob vor oder zurück und was jetzt bloß sagen, und ihm wird ganz heiß, aber da sagt sie es noch mal:

»Tu mir weh, bitte ...!«

Und sie nimmt seine Hand und legt sie auf ihren Hintern, damit er weiß, was er machen soll, und dann hebt er die Hand vorsichtig hoch und lässt sie draufklatschen, einmal, zweimal, dreimal, und Kristin stöhnt so furchtbar geil, dass er härter zuschlägt, und noch härter und noch härter, und sie schreit so, wie er noch nie eine Frau hat schreien hören, und als er an sich runterguckt, sieht er, dass sein Ding hart und fest ist wie aus Eisen und beinahe wehtut, also schlägt er weiter zu, und Kristin schreit immer lauter und lauter, dass er es fast mit der Angst zu tun bekommt wegen der Nachbarn, aber dann denkt Lehmann nicht mehr an die Nachbarn, weil er nur noch daran denkt, jetzt endlich *rein*zukommen, und dann dreht sie sich wieder und zieht ihn herunter und zerkratzt ihm fast den Rücken mit ihren langen Fingernägeln und nimmt sich sein Ding und steckt es sich *rein*, und Lehmann rauscht das Blut in den Ohren, weil er zum ersten Mal seit sechs Jahren wieder *drin* ist in einer Frau, und dann beginnt er zuzustoßen mit aller Gewalt, und Kristin drückt ihren Mund auf seinen und macht rrr!, rrr!, wie ein Raubtier und zerkratzt ihm jetzt wirklich den Rücken, und dann haut er ihr eine runter und noch eine und noch eine, und sie krampft sich zusammen und brüllt richtig, und er brüllt auch, weil er in ihr abspritzt, das erste Mal seit sechs Jahren in einer Frau abspritzt, und sie fallen ineinander wie ein Fleisch, und so kommt es, dass Fritz Lehmann gerettet wird von der Frau, auf die er gewartet hat seit sechs Jahren, jeden Tag.

ZWEITER TEIL

22. JULI

Lehmann schluckt den Rest von den Nudeln mit Fleischragout herunter, spült mit Rotwein nach und stößt unauffällig hinter vorgehaltener Hand auf. Das kommt in den besten Familien vor, aber Kristin hat zum Glück nichts gemerkt … sie ist auch immer so abwesend in letzter Zeit, selbst wenn sie zusammen unterwegs sind, und reden tut sie überhaupt nicht viel. Er weiß nicht mal, ob sie noch zu den Malstunden in die Akademie geht, mit denen sich die Professoren während der Semesterferien ihr mageres Gehalt aufbessern, das Schulgeld hat er gleich am Anfang auf einen Schlag beglichen, um sich nicht mehr damit herumschlagen zu müssen. Seit der Währungsreform müssen die Künstler jeden Pfennig zweimal umdrehen, und nicht nur die Künstler – das Problem ist jetzt nicht mehr, dass das Geld nichts wert ist, das Problem ist, dass niemand welches hat.

Er lässt sich die Rechnung kommen und zählt die Scheine ab. In Amerika gedruckt, die Vorderseite der Zehner und Zwanziger sieht auch fast aus wie bei den Greenbacks, aber auf der anderen Seite sind keine toten Präsidenten abgebildet, sondern eine Frau mit Waagschalen auf den Zehnern und eine mit Lorbeerkranz auf den Zwanzigern, größere Scheine hat man ja noch nicht zu Gesicht bekommen. Sepp Poschinger mit seinem Realgymnasium bis zur Obersekunda hat ihm die Bedeutung erklärt, aber Lehmann hat das meiste davon gleich wieder vergessen.

Während der Kellner, ein Makkaroni wie aus dem Bilderbuch, das Wechselgeld holt, entschuldigt sich Kristin auf die Toilette, und Lehmanns Blick schweift zum wiederholten Male zum Nebentisch, an dem ein dicker, schwitzender Deutscher mit Speckrolle im Nacken und ein amerikanischer Lieutenant Colonel ihr Abendessen einnehmen. Für einen Donnerstagabend ist es voll heute, und einmal hat der Makkaroni beim Servieren zu dem Dicken »Prego, Signore Landrat« gesagt – meine Herren, noch vor wenigen Jahren hat in diesem Etablissement der Führer persönlich gespeist …! Aber heute ist man eben froh, wenn man einen Landrat und einen Lieutenant Colonel bedienen kann. Jedenfalls reden die beiden da am Nebentisch englisch und genieren sich nicht, denken wohl, der Schieber da und sein Flittchen neben ihnen verstehen sie nicht, aber da haben sie die Rechnung ohne den Wirt gemacht, oder besser gesagt, ohne den Polizisten, schließlich sitzt hier Kriminalkommissär Fritz Lehmann, dem man nach bestandener Laufbahnprüfung das »auf Probe« genommen und ihn auf diese Weise endgültig in die Reihen der Münchner Kriminalpolizei aufgenommen hat, sogar mit Hölzl versteht er sich jetzt gut, der Kollege hat ihn auf eine Maß in den *Mathäser* mitgenommen und tatsächlich gefragt, wo denn Schivelbein in Pommern liegt oder vielmehr: gelegen hat ... Nicht, dass Wichtiges beredet würde am Nebentisch, »West Germany« sagen sie und »Frankfurt Economic Council« und »Federal elections«, was aber andererseits auch wieder komisch ist, weil eigentlich zurzeit das Tagesgespräch die Blockade der Zufahrtswege nach Berlin durch die Russen ist. Lehmann ist das alles egal, Pommern ist nicht dabei, das ist schon in Stein gemeißelt, und seinetwegen können sie den Iwans die Reichshauptstadt auch noch geben, da ist ja sowieso nichts außer Ruinen und neuerdings der Sozialistischen Einheitspartei Deutschlands.

Der Kellner kommt mit dem Wechselgeld, prego, Signore, Lehmann lässt das Trinkgeld auf dem Tisch liegen, den richtigen Betrag, nicht zu viel, nicht zu wenig, hat ihm alles Kristin beigebracht, grazie, Signore, aber gerne doch, mein Duce, alter Kumpan und Kampfgenosse ... im Frühjahr hätten in Italien beinahe die Kommunisten die Wahlen gewonnen, muss man sich mal vorstellen, Uncle Joe hatte sich bestimmt schon auf regelmäßige Spaghettilieferungen gefreut, oder was auch immer das Land sonst zu bieten hat, Lehmann hat seine Zeit da unten mehr oder weniger im Halbschlaf verbracht, aber wenn er sich recht erinnert, haben sie schöne Kirchen, die allerdings Stalin wohl weniger gut gefallen würden ... er denkt dann aber nicht mehr weiter an die rot angehauchten Südländer und ihre Gotteshäuser, weil jetzt Kristin von der Toilette zurückkommt, »vom Klo« hat man bei Lehmanns zu Hause nicht gesagt, da war man arm, aber reinlich, auch bei der Sprache, und schon gar nicht »vom Scheißhaus«, wie dann bei den Preußen. Sie lächeln sich an, und Lehmann steht auf und schiebt den Stuhl zurück, dann will er Manieren zeigen und ihr in den Mantel helfen, der an der Garderobe gleich neben dem Tisch des Dicken und des Amerikaners hängt, und dabei rumpelt er Ersterem, während der sich nach hinten beugt, ein bisschen unglücklich an die Speckrolle.

»Können S' net aufpassen?«

So, ein Hiesiger also … Lehmann nimmt langsam den Mantel vom Haken, streift ihn Kristin langsam über und dreht sich dann ganz langsam zum Nebentisch um.

»Och, tut mir leid, ne?«, kleine Kunstpause. »Andererseits machen sich manche eben ein bisschen arg dick …«

Speckrolle ist gleich auf hundertachtzig und will aufspringen, fährt die Krallen aber im letzten Moment mit einem Blick auf den Ami wieder ein und greift sich wütend, aber ohne ein Wort zu sagen, seinen Rotwein – na, auch gut … setzt sich Lehmann also seinen Hut auf, tippt leicht dran wie der Schauspieler mit der fiesen Visage in *Kiss of Death* neulich, lässt Kristin sich unterhaken und marschiert ab, sollen ihn die doch alle mal kreuzweise. Seitdem er mit seiner Norwegerin zusammen ist, lernt er nicht nur gute Manieren, sondern spielt zum Ausgleich auch hin und wieder gern den ungehobelten Pommern, der diesen süddeutschen Schnöseln hier mal zeigt, wo der Hammer hängt, gräow as en pommerschen Oss, so gefällt ihm das, je gröber die Faust, desto weiter nach Pommern, er geht jetzt auch zum Polizeisport in die Barbarastraße und macht Sparring, da schiebt man eben sein Bauernkreuz und seine Boxerfäuste nach vorne, dann halten die schon die Klappe, die Drecksbayern … Er hat sich auch schon gedacht, vielleicht doch noch in die britische Zone zu gehen, wenn das mit der Besatzung erst mal aufhört, *West Germany* und *Federal elections* und so weiter, Düsseldorf ist auch vom Boxen her interessanter, oder Hamburg, Karl Schmidt, der neue Deutsche Meister im Mittelgewicht, kommt zum Beispiel von dort. Kristin spielt bei diesen Überlegungen natürlich auch eine gewisse Rolle, er weiß ja genau, dass sie so ganz tief innen drin doch darüber nachdenkt, nach Norwegen zurückzugehen, vielleicht kann man sich auf Hamburg als halben Weg einigen, denn verlieren will er sie nicht.

Sie spazieren die paar Meter durch die laue Abendluft die Schellingstraße hinunter bis zur Nr. 32, vorbei an den amerikanischen Presseoffizieren, die im *Schelling-Salon* bei offenem Fenster Poolbillard spielen, dann kommt Kaiser's Kaffee an der gegenüberliegenden Ecke Schellingstraße/Barer Straße, ein Kaiser's-Geschäft hat es in Schivelbein auch gegeben, am Markt, dann Metzgerei Stocker, joi, sind da plötzlich die Würste im Schaufenster gehangen am 21. Juni, bloß jetzt jammern natürlich alle, dass keiner was kauft, tja, Preise runter, Freunde, das nennt sich Marktwirtschaft und wird in jeder *Wochenschau* von Professor Erhardt vom Frankfurter Wirtschaftsrat erklärt … Tabak Höhl, wo es wieder gute Brasilzigarren gibt, Lehmann hat ja noch dicke von dem Kokain und braucht auch den guten Doktor Salkind nicht mehr, der seit ein paar Wochen in St. Ottilien im Sanatorium liegt, Kristin hat nämlich auch so ihre Kontakte aus der Zeit, wo sie mit dem Isländer zusammen war, Lebensmittel Weber, jetzt gibt es auch wieder Wein ohne Marken, aber nur so sauren Frankenkram oder zuckersüßen Mosel, nichts im Vergleich zu der Auswahl, die man in der *Osteria Bavaria* geboten bekommt, Stuckerei Holz, Buchbinderei Werner, denen geht's sicher schlechter als vor der Reform, Schelling-Apotheke, denen geht's immer gut, Dampfwaschanstalt Mayer, denen auch, Haus Nr. 40 ist eine Ruine, dann wieder Tabak, dann unten Fahrräder, oben Ruine, der kennt bestimmt seine ukrainischen DPs, die ihn mit gestohlenen Drahteseln versorgen, Nr. 34 ist auch Ruine, und unten in Nr. 32 finden sich Lebensmittel Grahl, Tabak Kemptner und Goldschmied Fuchs, dort hat er für Kristin und sich selbst Verlobungsringe gekauft, da hat sie sich gefreut, aber auch gelacht und gesagt, dass sie nie im Leben heiraten will, auch ihn nicht.

Allzu viele Gedanken deswegen macht er sich noch nicht, er lebt ohnehin seit Jahren von einem Tag in den anderen, das wird sich so schnell auch nicht ändern, Währungsreform hin, Währungsreform her, und alles andere wird sich finden … ein Motorrad könnte er sich vielleicht leisten, bei BMW in Milbertshofen haben sie wieder mit der Produktion begonnen, er hat ja noch von dem Kokain, aber das wird immer gefährlicher, wo dem Schwarzmarkt mit der neuen Währung jetzt endgültig das Wasser abgegraben werden soll, die Möhlstraße gibt's aber immer noch, schließlich fallen ja allerhand Konsumgüter, wie Professor Erhardt sagen würde, weiterhin unter die allgemeine Bewirtschaftung, und ansonsten betreibt man in Bogenhausen jetzt eben freie Marktwirtschaft, wer den besten Preis für ein vergleichbares Produkt hat, zu dem kommen die Kunden, und wenn der Einkaufspreis gegen null tendiert, weil man das Zeug irgendwo geklaut hat, kann der Verkaufspreis angenehm niedrig gehalten werden.

Der Fall Irina Stepaschkin schläft seit längerer Zeit sanft vor sich hin. Nicht, dass das irgendjemandem auffallen würde, die große Geschichte diesen und letzten Monat war sowieso Wilfried Helms, gegen den im Oktober der Prozess eröffnet werden soll, da kommen immer noch Reporter aus der britischen oder französischen Zone und wollen Näheres über »Die Bestie aus dem Dresdner Feuersturm« wissen. Nach der toten Estin hingegen hat nie auch nur ein einziger Pressemensch gefragt, und einen richtigen Zeitungsartikel hat man nach der kleinen Meldung im Polizeibericht nicht mehr über sie geschrieben, das war nur eine kleine, dumme Ausländerin, die sich am Stachus an die Straße gestellt und den falschen Freier geangelt hat. Vielleicht haben auch Hellweg und Dessauer ihre Beziehungen spielen lassen, damit nichts über irgendwelche jüdischen Mitbürger in der Zeitung steht.

Der Zeuge vom Estnischen Komitee in der Kaulbachstraße hat sich noch mal gemeldet und ihnen einen Namen in Augsburg gegeben, Alexander Rüütel, den haben die Kollegen drüben auch gefunden und verhört, aber bezüglich Irina Stepaschkin gab es nur dieselbe alte Leier, Namen nie gehört, Dame auf dem Foto nie gesehen. In Geislingen lichten sich langsam die Reihen der zu vernehmenden Personen, weil sie entweder nach England oder in die Staaten ausgewandert sind. Die jungen Herren Scheller und Gessler hat man noch mal zur Befragung zitiert, und beide haben ausgesagt, Irina habe immer von einem Tag in den nächsten gelebt, ansonsten sei ihr alles egal gewesen, das habe zum Beispiel auch für die Fahrt nach München gegolten, besser gesagt die Tatsache, dass sie nicht am 5., sondern erst am 7. April gefahren sei. Gessler zufolge habe sie auch gemeint, bald sterben zu müssen, aber das sei ihr vollkommen egal gewesen, sie habe eben leben und feiern wollen, sonst nichts. An dem betreffenden Abend seien alle betrunken gewesen, deswegen habe sie keiner ernst genommen. Das ist alles, was sie in den letzten zwei Monaten herausbekommen haben, und am Ende hat Hölzl gemeint: Na, Herr Kollege, des mach i dann scho alloa weida …

Lehmann hatte also Zeit, sich um sein Privatleben zu kümmern. Als Erstes ist er von Pontius zu Pilatus gerannt, bis er einen im Präsidium gefunden hat, der einen im Wohnungsamt auf der Rechnung hatte, und den im Präsidium hatte wieder Sepp Poschinger auf der Rechnung, und so ist dann Salkinds altes Zimmer ganz offiziell Kristin zugeteilt worden, was bedeutet, dass er jetzt bei Sepp Poschinger auf der Rechnung steht, aber das ist ja sowieso klar. Sie haben ordentlich sauber gemacht, und jetzt stapeln sich hier die Ölbilder, die Kristin in den letzten Jahren gemalt und nicht irgendwo verloren hat: die Berge und noch mal die Berge, sie mag die Alpen, sagt sie, weil sie von ihnen an Norwegen erinnert wird, sie kann auch Skifahren und ist mit dem schneidigen jungen Leutnant einmal in Garmisch gewesen, bevor der mit der Verlobten in Berlin herausgerückt ist. Lehmann für seinen Teil findet die großen Steinriesen südlich der Stadt eher bedrohlich.

Ein Bild gibt es aber, das keine steilen Gipfel oder Bergseen zeigt, sondern einen Wolf, der während des Krieges noch im Tierpark Hellabrunn gelebt hat, da ist sie wohl ab und zu hin und hat den gezeichnet und dann in Öl gemalt, man sieht das Tier nicht von der Seite, sondern es blickt einen sozusagen aus dem Bild heraus an mit seinen blassen grauen Augen, und Kristin hat auch gesagt, das sei kein Wolf, das sei eine Wölfin.

Zu Hause gibt sie ihm einen Kuss und sagt: Ich mal noch ein bisschen, er weiß aber, sie wird nur auf dem Bett sitzen, rauchen und an die Decke starren, er hat mal vor einiger Zeit ein Auge durchs Schlüsselloch riskiert und sie da so gesehen, sie geht auch manchmal abends noch weg, ohne was zu sagen, und nachher heißt es dann: Ich war bloß spazieren, und Lehman will auch gar nicht so genau wissen, ob das denn stimmt oder nicht, er weiß ja, dass er nicht mit einem Ladenmädchen zusammen ist – er hat aber noch Drang, und wenn sie so ist wie heute Abend, will sie immer nicht, das kennt er nun schon zur Genüge, also muss er sich irgendwie ablenken und macht das Radio an: Ministerpräsidenten treffen zu Beratungen über die Frankfurter Dokumente zusammen, sechs kommunistische Funktionäre in Berlin verhaftet, jetzt geht es den Roten an den Kragen wegen der Blockade, und General Clay hat auch schon angekündigt, dass die sogenannte Entnazifizierung in Deutschland bis zum Ende des Jahres vollständig abgeschlossen sein soll, und dann ist das Beschäftigungsverbot für ehemalige PGs aufgehoben worden, die von Lederer macht sich schon größte Hoffnungen, dass ihr *Völkischer-Beobachter*-Gatte bald wieder rauskommen wird.

Lehmann nimmt sich dann die ausgelesene *LIFE*, die Amos ihm gestern gegeben hat; wenn sich die Gelegenheit ergibt, treibt er sich immer noch gern bei den Amis herum. Das Titelbild bringt ihm aber gleich seinen Drang zurück, weil sie so eine Tante im Badeanzug draufhaben, die steht da so nach vorne gebeugt, dass man aber auch wirklich alles sehen kann, am Strand aufgenommen, und der Wind zerzaust ihr die Haare, »Fun on the beach« steht neben ihr als Titel oder Bildunterschrift, na denn … Lehmann ist ein einziges Mal im Leben am Strand gewesen, mit seiner Klasse von der Schivelbeiner Landwirtschaftsschule nach Kolberg, eine Reichsmark fünfzig für jeden hin und zurück, Mutter hat geschimpft wegen der unnötigen Ausgabe, aber er hat so lange gebettelt, bis sie ihm den Ausflug erlaubt hat, er wollte nämlich mit Elena Spanier mit halten, die schon zweimal mit ihrer Mutter und der kleinen Schwester auf der Kolberger Seebrücke gewesen war und ihn immer damit aufzog, dass er sein Lebtag nie aus der Schivelbeiner Gegend herausgekommen war. Ob ihm da wohl Robert Burke, geborener Robert Burkheimer, über den Weg gelaufen ist? Möglich wäre es ja, aber den Ausflug haben sie im Frühsommer gemacht, bevor die Ferien und die Erntearbeit anfingen, Familie Burkheimer aus Frankfurt ist dagegen bestimmt erst im August gekommen; unter den vielen Menschen in Stadtanzügen und Sommerkleidern, die damals aus dem ganzen Reich nach Kolberg kamen, wäre die Familie auch gar nicht aufgefallen, solche fielen ja erst auf, als sie einen gelben Stern tragen mussten.

Schließlich kommt er wieder auf seinen Drang zurück und kramt die Reitpeitsche unter dem Bett hervor, die er letzte Woche aus der Barbarastraße mitgebracht hat, wo neben dem Polizeisportverein auch die berittene Abteilung untergebracht ist. Die von Lederer wundert sich bestimmt schon über den Lärm, den sie manchmal machen, aber seit wegen Kristin und ihrer Verbindungen wieder regelmäßig Bohnenkaffee in die Schellingstraße 32 kommt, ist Gnädigste wie in alten Zeiten die Freundlichkeit in Person, verzichtet aber zum Glück auch weiterhin darauf, ihn auf Ausstellungen und Konzerte hinzuweisen, schließlich lebt jetzt die Verlobte von Herrn Lehmann mit im Haus, und die kann ihm ja selbst das Leuchten von München zeigen – Kristin hat aber bis jetzt gar nicht versucht, ihn in ihre Welt mitzunehmen, die Bilder sind ihre, die Polizei ist seine Angelegenheit, sie haben ihre gemeinsame Welt, die dreht sich um das Bett, schick ausgehen, am Wochenende hin und wieder eine Fahrt übers Land machen und sich auch mal zusammen betrinken, das haben sie sich ein bisschen angewöhnt, und insgesamt hat bis jetzt keiner das Gefühl gehabt, dass es an Gemeinsamkeiten fehlen würde.

Er geht mit der Peitsche unter dem Hemd auf Zehenspitzen über den Flur, fehlt ja noch, dass einer mal was merkt, am besten Kollege Schmidt oder die Kriegerwitwe, die jetzt im Zimmer von dem Studenten wohnt, der mit seinem Examen fertig und zu den Eltern zurück ist; immer läuft die mit dem Rosenkranz in der Hand herum und betet für ihren Ignaz, der in den russischen Weiten geblieben ist, Friede seiner Asche und der von zwanzig Millionen anderen Toten, jedenfalls reden sie von zwanzig Millionen, er kann das nicht nachprüfen, und das Katholenpack mit seinen Ave Marias geht ihm auf die Nerven, er betet ja auch nicht für den alten Jastrow in seinem Soldatengrab am Pripjet … An sich hat er die Peitsche erst am Wochenende einweihen wollen, auf einem Ausflug zum Tegernsee, Kollege Schachner von der Fahrbereitschaft steht schon länger bei ihm auf der Rechnung, weil Lehmann ihm für die Abtreibung seiner Schwester Geld geliehen hat, die sich mit einem Neger von den Schneeglöckchen eingelassen hatte, dann aber das Balg nicht wollte, na ja, jedenfalls war das eigentlich so geplant, dass Kristin und er irgendwo mit dem Auto auf einen stillen Waldweg über dem See gefahren wären, und dann …

Er klopft an, ja, sagt sie, und rin in die gute Stube. Sie liegt natürlich im Unterrock auf dem Bett und raucht und tut einen Teufel, aber nicht malen, über der Staffel hängt ein Tuch, da hängt eigentlich dauernd ein Tuch, jedes Mal, wenn er nach dem Bild gucken will, haut sie ihm auf die Finger und sagt: Noch nicht, du Kunstbanause!, und das stimmt, er ist wirklich ein Kunstbanause und hat auch schon an ein Kind gedacht, damit sie noch mehr in ihrer gemeinsamen Welt haben als bloß das Bett und die Ausflüge und den Alkohol, aber bis jetzt hat er sich nicht getraut, davon anzufangen, sie hat nun mal was anderes im Kopp als Kohlsuppe kochen und Kindern den Rotz von der Oberlippe wischen – er sagt kein Wort und macht bloß ach! vor lauter Drang, als er die Reitpeitsche unter dem Hemd rauszieht, und solche Augen muss man gesehen haben, die unser Fräulein Sydheim da macht, nee, mit so was hat se nich jerechnet, und Fritze Lehmann hat ganz richtig kalkuliert, sie macht auch so, aber ha!, zieht die Luft ganz scharf ein und sagt auch kein Wort, aber mit einem Mal hat die wohl vergessen, dass sie müde war, denn ihre Augen, die glänzen, und sie fährt sich mit der Zunge über die Lippen und drückt schnell die Zigarette in den Aschenbecher, und dann rollt Lehmann die Peitsche aus und lässt sie durch seine Hand gleiten, da schließt sie die Augen, dreht sich um, dass sie halb auf dem Bauch zum Liegen kommt, und zieht sich den Unterrock hoch.

23. JULI

Am nächsten Morgen nimmt Lehmann die Tram zum Präsidium. Er sitzt jetzt bei Wandinger mit im Zimmer, der schon in der Vermisstenstelle arbeitet, seitdem er aus dem Krieg zurückgekehrt ist, und jede Unterstützung gebrauchen kann. Er hat dem neuen Kollegen gezeigt, wie man das Zentralregister in der Türkenstraße benutzt und wo man, vom Bahnhof abgesehen, am häufigsten auf jugendliche Ausreißer stößt, die von ihren Eltern vermisst gemeldet werden, nämlich im städtischen Übernachtungsbunker in der Thalkirchner Straße, in den Grünanlagen am Alten Botanischen Garten und bei schlechtem Wetter unter den Isarbrücken, so kommt langsam Routine in Lehmanns Arbeit. Abends gehen sie oft zusammen mit Sepp Poschinger in ein Lokal, wo schwarzes Vollbier ausgeschenkt wird, an das Lehmann sich langsam gewöhnt, auch eine Folge des 20. Juni, nur Pilsner Urquell hat er noch nirgendwo gesehen, und wenn er sich nicht so ganz mit dem ebenfalls unverheirateten Wandinger anfreunden kann, dann nur deshalb, weil nicht bekannt ist, ob der auch organisiert und man sich also vorsehen muss. Darüber hinaus war er anscheinend den ganzen Krieg hindurch Besatzungspolizist in Dänemark und hat sich nicht den kleinen Finger schmutzig gemacht dabei.

»Morgen, Ludwig!«

»Griaß di, Fritz! Du, schaug amol des an, des machst vielleicht besser du, wegen dene Amis …«

Lehmann nimmt die Akte, die Wandinger ihm auf den Schreibtisch geworfen hat, und liest einen Namen: Sabine von Esterhazy, die hat ihr Vater gestern als vermisst gemeldet, weil sie am Vorabend nicht nach Hause gekommen sei; zwanzig Jahre sei sie alt und habe sich in einen amerikanischen Fliegerleutnant verliebt, Josef Calhurne vom 86th Fighter Wing in Neubiberg, der sei aber vorigen Monat nach Hause versetzt worden, und die Familie fürchte nun das Schlimmste. Lehmann ruft bei der angegebenen Telefonnummer an, klärt ein paar Einzelheiten ab und erhält eine Personenbeschreibung mit ungarischem Akzent: jung, zwanzig Jahre, dunkelblonde, mittellange Haare, schlank, gepflegte Hände, sie spielt Klavier, wissän Sie, und dann muss so ein Amerikanär kommän … Moment mal, schießt es in Lehmann hoch, dunkelblond, schlank, gepflegte Hände? Was, wenn Irinas falscher Freier es mit dem einen Mal nicht bewenden lässt? Wenn er immer wieder und immer weiter nach dunkelblonden, schlanken Frauen mit gepflegten Händen sucht, um ihnen den Kopf und die Beine abzuschneiden …?

Seine übliche Morgenmüdigkeit ist wie weggeblasen. Calhurne? Kaum, wenn der wieder in den Staaten ist – aber vielleicht jemand, der ihn kennt, einer von den amerikanischen Soldaten, die in Heidemarie Brandts flottem Haushalt in der Maximilianstraße ein und aus gegangen sind, dort könnte auch Irina Stepaschkin ihm über den Weg gelaufen sein …

Ohne sich weiter um Wandingers fragende Blicke zu kümmern, rast Lehmann durch Treppenhaus und Korridore zur amerikanischen Militärpolizei, ein paar von der alten Truppe sind in den letzten Wochen versetzt worden, aber Amos ist immer noch Vizechef, und Kemp und Washington Lafayette Smith sind auch noch da.

»Jesus Christ, Fritz, have you *seen* this? That girl is a *bombshell*, I mean, look at those *yo-yos* …!!!«

Kemp lümmelt sich, die Beine hochgelegt, die Ärmel des Uniformhemds aufgekrempelt, am Schreibtisch des Wachhabenden und hält ihm die neueste Ausgabe von *Photoplay* unter die Nase, auf deren Titelbild die Schauspielerin Jane Russell in dem Film *The Outlaw* zu sehen ist, der laut Bildunterschrift schon fünf Jahre alt ist, aber bis 1946 in den Staaten verboten war und jetzt auch nach Europa in die Kinos kommt.

»Sure, Max, but I gotta talk to Amos …«

»He's talkin' to the Colonel in there, ain't no way you can see him now …«

Was muss der jetzt mit seinem Oberst reden … Lehmann bleibt stehen und ist entschlossen zu warten. Kemp hält ihm immer noch die Zeitschrift unter die Nase: Jane Russell hat tatsächlich einen riesigen Busen, der einem aus dem Bild heraus anzuspringen scheint, und sie schaut in die Kamera, als hätte sie den schlimmsten Drang, von dem jemals eine Frau in der Geschichte befallen worden ist – Lehmann lässt sich von so was nicht beeindrucken, er hält nicht viel von weiblichen Fleischbergen, Rita Hayworth ist lange sein Typ gewesen, jetzt ist es Kristin, und mit Irina Stepaschkin hätte er sich wahrscheinlich auch anfreunden können. Vielleicht läuft da draußen ja irgendjemand herum, der genau die gleiche Vorliebe hat.

Schließlich lässt er sich von Kemp eine Camel geben, nimmt widerwillig die *Photoplay* in die Hand und blättert sie durch: »Humphrey Bogart says: I am not a communist«, hat das vielleicht irgendjemand behauptet? Lehmann ist nicht mehr so ganz auf dem Laufenden, was die Verhältnisse drüben angeht, weil er nicht mehr ins Deutsche Museum oder in die Jubilee Hall geht – einerseits, weil Kristin andere Lokale bevorzugt, andererseits, weil er keine große Lust hat, First Lieutenant Burke über den Weg zu laufen. Klein hat er auch nicht mehr gesehen seit dem Abend im *Conti-Keller*, wo der Schwarzgelockte nicht für Hans Albers spielen wollte, aber das kann natürlich auch andere Gründe haben, denn seit dem 15. Juli ist offiziell die Auswanderung nach Israel im Gange.

»Fritz! What can I do for you?«

Endlich … Lehmann wirft Kemp die *Photoplay* in den Schoß und stürmt seinem Freund Amos fast in die Arme, Man!, da ist so ein Mädchen, die wird vermisst, Good God!, die gleiche Personenbeschreibung, Holy shit!, guck doch mal, ob du was rausfinden kannst, am Ende hat das Schwein die auch noch gekriegt, Hold on, man, we'll find out!

Nach ein paar Telefonaten mit dem Fliegerhorst in Neubiberg landet Amos schließlich bei der Militärpolizei in Frankfurt: Sabine von Esterhazy? Yeah, we got her …! Wie sich dann herausstellt, hat die dumme Gans unbedingt ihrem Joeyboy das Jawort geben wollen, und weil ungarischär Vatär anderer Meinung war und sie noch nicht volljährig ist, hat sie sich von einer Freundin mit drei Flaschen Wasser und einem Laib Brot in einer Kiste mit Calhurns Adresse in Brooklyn darauf einnageln und als Luftpost nach Amerika aufgeben lassen, wobei ihre Pläne aber heute Morgen vom Customs Officer am Frankfurter Flughafen durchkreuzt worden sind, der sich nicht wenig gewundert hat, als die Kiste vor ihm den Packern aus dem Händen gerutscht ist und mit einem Mal laut »Aua!« geschrien hat.

Und wegen so was denkt man nun, man wäre wieder dem Mörder Irina Stepaschkins auf der Spur …! Amos macht zwei Gläser Bourbon voll, und sie prosten sich zu.

»You still don't have that son of a bitch?«

Lehmann nimmt einen Schluck und schüttelt den Kopf.

Amos kratzt sich hinter dem Ohr.

»I mean, this ain't no *normal* murder, is it? You do this once, you do it again, that's my opinion. Maybe you guys just have to wait …«

»For another dead girl in another lake?«

»Well …«

Amos hat ja recht, das kann kein gewöhnlicher Mord gewesen sein, da ist es nicht um Eifersucht gegangen oder Geld oder verlorene Ehre, das ist es ja, was einem immer noch solche Unruhe macht, und er hat ja selber sofort gedacht, die von Esterhazy könnte ein neues Opfer sein.

»Oh, and Fritz?«

»Yes?«

»People tell me you have a girl now. Why don't you ever bring her to the Deutsches Museum?«

»She's very beautiful. And I'm a careful man.«

Amos setzt sein breitestes Grinsen auf.

»Who you afraid of? Piss-bums like Kemp? Man, I wanna see you back there …!«

»I will, Amos, I promise!«

»Jazz is *live* music, you know that, don't you? It's nice to listen to it on the radio, but it only rocks you when you're *there* …«

Lehmann grinst auch, Amos zitiert immer noch gern aus der *Down Beat* … Er verspricht nochmals, sich so bald wie möglich wieder im Deutschen Museum blicken zu lassen, und verabschiedet sich.

Zurück in seinem Büro erzählt er Wandinger, was passiert ist. Als der aus dem Lachen wieder heraus ist, geht er gleich ins Nebenzimmer, um die Geschichte den Kollegen zu erzählen, und Lehmann ruft bei Esterhazys an und rät dem Herrn Papa, doch besser persönlich nach Frankfurt zu fahren, bevor seine Tochter noch auf die Idee kommt, nach Bremerhaven zu entwischen und es dort als blinder Passagier zu versuchen. Als er auflegt, taucht in der geöffneten Tür Kriminalhauptkommissar Hölzl auf.

»Sie, Kollege Lehmann, ham S' vielleicht grad Zeit? I glaub, des dat Sie aa interessieren …«

Kollege Lehmann hat Zeit und folgt Hölzl zu dessen Büro, was gibt's denn, ja mei, Hölzl hat sich noch mal alle Akten vorgenommen und dann zum zweiten Mal Franziska Dupois vorgeladen, weil dem Streifenbeamten damals aufgefallen ist, dass das kleine Zimmer in der Wohnung der Dupois' entgegen der Aussage der Ehefrau sicher nicht vom Ehemann benutzt wurde, sondern eher für Adam und Evi oder Maria und Joe, und Hölzl hat sich gedacht: Wer einmal lügt, dem glaubt man nicht, der Sache muss man noch mal auf den Zahn fühlen, und jetzt halten S' sich fest, aber hören S' selbst, was die zu sagen hat …

»Frau Dupois, kannten S' vielleicht noch amal wiederholen, was S' mir da grad erzählt ham?«

Lehmann sieht die Frau des Schiffsschaukelbesitzers zum ersten Mal persönlich, ein zartes Frauenzimmer mit spitzer Nase und kleinen Knopfäuglein, die seinem Blick ausweichen, ein richtiges Häschengesicht, zartgliedrig oder wie sagt man da, über die schmalen Schultern gehängt trägt sie eine fadenscheinige Strickjacke, darunter ein Sommerkleid, das zur Zeit von Reichspräsident Hindenburg modern gewesen sein muss, an den Beinen nichts und an den Füßen flache Schuhe, deren Farbe man nicht erkennen kann.

»Ja mei, was soll i da sag'n, i hob halt damals den Nachnamen net verstanden g'habt von dem Maderl, i hob ja auch bloß den Vornamen g'wusst, und den ham S' mir net g'sagt …«

Lehmann verliert den Faden in dem Knäuel bayerischer Grammatik und guckt hilflos zu Hölzl, der guckt aber kaum zurück und macht bloß unter dem Schreibtisch eine Faust, was sie sich im Laufe der Zeit ausgedacht haben, um die Sache mit den verteilten Rollen im Verhör mal in eine Regel zu bringen, Good Cop, Bad Cop, bei den ersten Vernehmungen im Fall Stepaschkin hat das ja nur zufällig geklappt, und geballte Faust heißt: Ran an den Speck, was man sich ja leicht merken kann, also setzt sich Lehmann auf die Tischkante vor der Dame und guckt böse.

»Jetzt aber Moment mal: *Wessen* Nachnamen haben Sie nicht verstanden? Und *wann*?«

Die Dupois weicht seinem Blick wieder aus und nestelt an ihrer Strickjacke herum.

»Mei, den von der Irina. Bei der Vernehmung damals.«

Lehmann holt tief Luft.

»Soll das vielleicht heißen, Sie haben Fräulein Stepaschkin *doch* gekannt …?«

»Mei, i hob halt net g'wusst, des die Stepaschkin hoaßt mit Nachnamen, und Ihr Herr Kollege hat mir damals net g'sagt, wie der Vorname lautet ...«

Kurzer Blick zu Hölzl: ganz leichtes Kopfschütteln – na klar, so blöd ist kein erfahrener Hauptkommissar, dass er im Verhör nicht nach dem vollständigen Namen fragt, und schließlich haben sie bei den Vernehmungen damals immer denselben Spruch heruntergeleiert: Kennen Sie eine Irina Stepaschkin, kennen Sie die Frau auf diesem Bild ...?

Er beugt sich zu der Dupois hinunter.

»Klingt n bisschen unwahrscheinlich, oder ...?«

Jetzt sieht er, dass sie in der anderen Hand einen Rosenkranz hält, der halb in einen Einkaufskorb aus geflochtenen Weiden hineinhängt.

»Mei, i sag's Eahna halt, wie's is, vielleicht hob i's aa net richtig verstanden, i woaß net ...«

Lehmann springt von der Tischkante hoch, geht Richtung Fenster und reibt sich dabei den Nacken, als wollte er sagen: Gott, was für eine Plage ist das alles, dann schnellt er plötzlich herum, rennt wie von Taranteln gestochen zum Schreibtisch zurück, lässt seine Boxerfaust auf die Tischplatte donnern und faucht ihr ins Gesicht:

»Jetzt hörnse mir mal gut zu, Frau Dupois: Wennse uns hier Lügen auftischen wollen, dann könnwa auch anders, ja? Dann kommense nämlich erst mal mit in die U-Haft, und dann könnense sich überlegen, wiese uns das erklären wollen, dass Sie Irina Stepaschkin beim ersten Mal nicht identifiziert haben, ja? Und ich kann Ihnen verraten, so eine U-Haft, die is *überhaupt* nicht lustig, verstehnse, weil wir nämlich viel zu viele schnappen und viel zu wenig Platz haben zurzeit, da liegense denn mit drei oder vier in einem Bett, und det sind keene Klosterschülerinnen, det sind die freundlichen Damen vom Stachus, wissense, und vielleicht sind det auch welche vom andern Ufer, det können wir ja nich allet kontrolliern, wir sind ooch bloß Menschen, und da werdense nachts nich zum Schlafen kommen, det kann ick Ihnen verraten ...«

»Also bittschön, Herr Kollege ...«

Hölzl unterbricht ihn genau in dem Moment, als sich die Schrecken der U-Haft auf Franziska Dupois' Häschengesicht abzuzeichnen beginnen, Ihr Einsatz, Mr Good Cop, und richtig, die guckt gleich Hilfe suchend zu dem netten älteren Herrn Polizeibeamten, der ja auch das vertraute Münchnerisch spricht:

»Des kömma später aa noch klären, jetzt erzählen S' uns doch erst amal, wie S' des Fräulein Stepaschkin kennengelernt haben, gell?«

Ja mei, des war so, Herr Kommissar, im Februar, zur Faschingszeit, habe das Fräulein bei ihnen übernachtet, jawohl, in dem kleinen Zimmer, sie könnten ja von den Einnahmen der Schiffsschaukel kaum leben, eigentlich fast gar nicht, wenn man's genau nehme, ach nee, und was haste uns da vor zwei Monaten erzählt …?, also vermiete man das Zimmer für die Nacht, die Visitenkarten ihres Mannes habe sie bei den Taxifahrern am Hauptbahnhof verteilt, Kuppelei?, naa, wieso denn Kuppelei, mir ham doch bloß des Zimmer vermietet, jedenfalls habe das estnische Maderl von daher wohl die Visitenkarte gehabt, und am Fasching sei sie dann mit einer Bekanntschaft aus Düsseldorf da gewesen, den Namen wisse sie nicht mehr, oder vielleicht habe er ihn auch gar nicht genannt, des war so gegen zehne, bis oans auf d' Nacht samma dann in der Küchen g'hockt, geballte Faust unter dem Tisch: Wat habt ihr Hübschen denn da noch so lange getrieben? Bittschön, net in dem Ton, noch mal auf den Tisch geknallt, jetzt aber mal raus mit der Sprache, oder wollense wegen Mordverdacht gleich hierbleiben?!? Da zuckt die Franzi aber zusammen, damit hat sie nicht gerechnet, dass gleich von Mord die Rede ist, nu ziernse sich mal nich so …! Also, der Herr habe dann Schnaps geholt, von unten, aus seinem Auto, Franziska Dupois muss schlucken, was denn für n Auto? Bittschön, Herr Kollege, das klappt langsam wie am Schnürchen, wenn er und Hölzl erst mal losgelassen werden, ja, das Auto, das habe schon vor der Tür gestanden, mit einem anderen Herrn darin, ach, hat der aa bei Eahna übernachtet?, naa, naa, der sei wohl später noch weggefahren, sie hätten dann alle zusammen von dem Schnaps getrunken, Sie alle?, naa, mei Mo net, der hat scho g'schlaffa, aber alle anderen schon, und um eins seien die Herrschaften dann ins Bett gegangen.

»Und was ham die da gemacht im Bett?«

»Des geht mi nix oo.«

»Vielleicht sich gegenseitig Märchen vorgelesen?«

»Naa, mir ham koa Märchenbuch im Haus …«

Lehmann muss sich das Lachen verbeißen, und bei Hölzl zuckt es auch so verdächtig um die Mundwinkel – diese Dupois ist aber auch eine, ist die nun tatsächlich so doof, oder stellt sie sich bloß so …?

»Und dann san s' am nächsten Tag wieder weg?«

Ja doch, freilich, um sieben habe sie die Herrschaften wecken sollen, das sei auch geschehen, man habe noch gefrühstückt, dann seien sie aber gegangen, der Herr habe mit einem Packerl amerikanische Zigaretten bezahlt.

Und wie hat der ausgesehen?

»Mei, so groß in etwa wie Sie, oder a bisserl kloaner, a bisserl älter aa, vierz'ge vielleicht …«

»Mundart?«

»Wos moanen S'?«

»Ich meine, kam der von hier, oder wie hat er geredet?«

»Naa, der is ja aus Düsseldorf kimma, wie g'sagt. I woaß net, Hochdeutsch is des wohl g'wesen.«

»Bartwuchs?«

»Wos? A so, naa.«

»Besondere Kennzeichen?«

»Mei, i kann mi an nix erinnern … Die Irina hat aber g'sagt, er hätt sie wiedertreffen wollen.«

Lehmann und Hölzl sehen sich an und denken beide an die Geschichte, die Irina Stepaschkin in Geislingen ihrer Freundin erzählt hat, die von den zwei Herren aus der britischen Besatzungszone mit einem Luxusauto, mit denen sie eine gemeinsame Nacht verbracht haben wollte.

»Sind Sie später noch einmal wiedergekommen, vielleicht diesmal zu dritt, Fräulein Stepaschkin zusammen mit den beiden Herren?«

»Naaaa …«

»Lügen Sie mich nicht an, Frau Dupois!!!«

Sie blickt wieder Hilfe suchend zu Hölzl.

»Aber wieder'kommen is dann scho?«

Die Dupois nickt eifrig, ja, freilich, und wann?, ja mei, in der Woch'n nach Ostern, also in der Woche vom 5. bis zum 11. April?, die wird's gewesen sein, i woaß nimmer so g'nau, wieder sehen die beiden Polizisten sich an, jetzt wird es wirklich interessant, am 7. oder 8. hätte das sein können, ihr Mann habe seinerzeit seine Schiffsschaukel beim Frühlingsfest auf der Theresienwiese aufgestellt gehabt, ja, und Sie, da müssen Sie doch kassieren, oder nicht?, naaa, mir ham uns g'stritten, weswegen gestritten?, mei, wegen so a Fraueng'schicht von meinem Mo, und deshalb warense allein zu Hause?, ja, genau, deswegen hat der aa nix g'wusst von der Irina, beim ersten Mal hat er ja im Bett g'legen, der kann die gar net kannt ham, ach, so ist das also … Ja, freilich, am 8. oder 9. April sei sie dann zum ersten Mal nach dem Streit wieder auf dem Frühlingsfest gewesen, und am Tag vorher sei Irina gekommen, um bei ihnen zu übernachten. Lehmann kramt in seinem Gedächtnis herum, am 7. April um elf Uhr hat Irina Stepaschkins Mutter sie zum Bahnhof in Geislingen in den D-Zug Richtung Ulm gebracht, und wenn die junge Estin nicht unterwegs wieder ausgestiegen wäre, hätte sie am späten Nachmittag in München eintreffen müssen … Und dann hat sie also bei Ihnen übernachtet? Naa, des war ja die Sach, Irina habe am Abend ins *Café Deutsches Theater* gewollt und sei dann aber später gar nicht gekommen, sondern erst am nächsten Morgen, und da habe sie erzählt, dass sie die Nacht im Geschäft eines Herrn in der Nähe des Bahnhofs verbracht habe, mit dem hat s' wohl aa wos g'habt.

»Was für ein Geschäft?«

»Mei, i woaß net …«

Geballte Faust von Hölzl, Lehmann knallt wieder auf den Tisch, diesmal mit der flachen Hand.

»*Frau Dupois!!!*«

Sie guckt wieder zu Hölzl, der zieht aber jetzt eine genauso böse Miene wie Lehmann, jetzt kommt die Variante Bad Cop, Bad Cop.

»Des war … i woaß nimmer … naaaa, bittschön … oiso, i denk, des war vielleicht an Briefmarkeng'schäft, hat s' g'sagt, oder Tabak …«

Aha.

»Wissen S' aa, wo sich des befindet?«

»Beim Bahnhof gibt's mindestens zehn Läden mit Briefmarken oder Tabak, hamse da nich nachgefragt?«

»I glaub, Prielmayerstraß'n hat s' g'sagt …«

Na also, geht doch …

»Und mit dem hat sie sich dann wieder getroffen?«

»Naaa, i woaß net … Mir san dann z'samma in den *Bayerischen Herold* in der Lindwurmstraß'n und ham g'frühstückt …«

»Wann war das?«

»So zwischen zehne und elfe.«

»Und dann?«

»Dann bin i zu mei'm Mo auf d' Theresienwies'n, der hat ja draußen im Wag'n g'schlaffa …«

»Und Irina Stepaschkin?«

»Mei, die hat halt g'sagt, i soll drauf aufpassen, sie würd am Abend wiederkimma, und dann is s' ganga, aber am Abend net wiederkimma …«

»Aufpassen? Worauf aufpassen …?«

Da greift also die Frau Franziska Dupois in den Weidenkorb rechts neben sich, wozu sie erst einmal ihren Rosenkranz, der die ganze Zeit über in ihrer Hand gekreist ist, in der Seitentasche ihrer Strickjacke verschwinden lassen muss, und zieht eine braune Mappe hervor, nach Pappe sieht die aus, und drumherum ist ein Gummiband gezogen, damit nichts herausfällt, und diese Mappe legt sie vor ihnen auf den Schreibtisch und sieht sie an, als wollte sie sagen: Was wollt ihr denn eigentlich, hier ist doch alles.

»Wos is des?«

»Mei, des hat s' dag'lassen …«

»Das gehörte Irina Stepaschkin?«

»Ja, freilich.«

»Und des bringen S' uns erst jetzt?«

»Mei, i hob ja schon g'sagt, i hob net g'wusst, des die Irina mit Nach namen Stepaschkin g'hoaßen hat, und des andererseits diejenige Irina g'hoaßen hat, die wo tot im Langwieder See g'legen hat.«

Jetzt haut Hölzl mal mit der flachen Hand auf den Tisch.

»San S' staad!!!«

Lehmann greift nach der Aktenmappe, aber Hölzl packt ihn am Arm, richtig, die Fingerabdrücke, vielleicht kann Gräf ja was finden. Hölzl hat auch gleich ein sauberes Taschentuch ausgepackt, mit dem er vorsichtig das Gummiband von der Mappe zieht, die tatsächlich aus Pappe ist.

»Ham S' da amol neig'schaut?«

Die Dupois schüttelt heftig den Kopf.

»Naa, des Mapperl hat d' ganze Zeit über bei uns auf'm Balkon g'legen, wissen S', mir ham ja die zwei Zimmer mit Bombenschaden, die benutz mer nur zum Abstellen … Und koaner hat mehr dran'dacht …«

»Is scho recht, Frau Dupois …«

Hölzl sagt das mit einem Zischen in der Stimme, als wollte er der Schaustellerfrau im nächsten Moment an die Kehle gehen. Lehmann achtet nicht weiter darauf, weil der Kollege jetzt die Mappe aufklappt und ihren Inhalt mit dem Taschentuch stückweise herausholt, um ihn vor sich auf dem Schreibtisch abzulegen.

»Da schau her …«

Alles, was man so für unterwegs braucht: ein olivfarbenes Frotteehandtuch, das den Aufdruck »US Army« trägt, mit besten Empfehlungen von Joe oder Jack oder John, eine Haarbürste in einer durchsichtigen Hülle, ein silberner Kamm, wohl aus Aluminium, solche Kämme hat Lehmann schon bei den Amis gesehen, eine leere Zelluloidhülle, in der vielleicht eine Zahnbürste gesteckt hat.

»Liegt da bei Eahna noch a herrenlose Zahnbürsten umeinander?«

»Naaaa …«

Weiter: eine gelbe Brosche, sieht aus wie Bernstein, hübsches Blumenmuster drauf, bisschen altmodisch, Mutter Lehmann hat so was auch in der Kommode gehabt, Bernstein kommt ja aus dem Ostseeraum, dazu gehört Pommern ebenso wie Estland, Mutter Lehmann hat sie aber nie getragen, vielleicht wird's zur Goldenen Hochzeit was, die Silberne fiel in den Krieg und wurde kaum gefeiert, und jetzt liegt der ganze Kladderadatsch an Wertsachen auf dem kleinen Mahlower Friedhof vergraben und kann da verrotten und verrosten bis in alle Ewigkeit oder jedenfalls, bis die Polen das Versteck finden … dann ein Pinsel mit schwarzer Schminke daran, was malt man sich denn schwarz als Frau, ach ja, die Wimpern; ein leeres Glasfläschchen, Hölzl hält es ihm im Taschentuch hin, damit er daran riechen kann, Kölnischwasser oder so was in der Art; eine Dose zum Aufdrehen, auch aus Zelluloid, Hölzl macht den Drehverschluss auf, wozu er ein zweites Taschentuch braucht, das nicht sauber ist und in seiner Hosentasche gesteckt hat, die Dose ist leer, aber es ist wohl Creme darin gewesen; dann ein Lippenstift; ein Stück Seife; ein schmaler Lederriemen, wofür hatte sie denn *den* …? Nee, auf den Armen und anderswo waren keinerlei Einstiche zu bemerken gewesen, obwohl ja auch Doktor Salkind einen ähnlichen Riemen verwendet hat, um die Venen dicker zu machen, wenn er sich was spritzen wollte; schließlich ein kleines schwarzes Buch, weicher Einband und ein Kreuz darauf, sieht aus wie ein evangelisches Gesangbuch, vertraut und verhasst von zu Hause im Konfirmandenunterricht: Aufschlagen, Nummer 226! *O Haupt voll Blut und Wunden, voll Schmerz und voller Hohn*, Hölzl schlägt dann tatsächlich auf und hält ihm das Buch hin, The Holy Bible, New Testament, und auf der ersten Seite steht in geschwungener Schönschrift: »Irina Stepaschkin, Am Hospitalweiher 91, Geislingen an der Steige«, sonst wirkt das Neue Testament unbenutzt, wobei man sich ja auch kaum vorstellen kann, dass ausgerechnet Irina Stepaschkin ihre Tage damit verbracht hat, in der Heiligen Schrift zu blättern, andererseits: Warum trägt sie das Ding mit sich herum, als Andenken an Jack oder Joe oder John, als Amulett, um vor dem Bösen geschützt zu sein?

»Und was is das da?«

Unter der Bibel hat sich eine Streichholzschachtel versteckt, schon halb zerdrückt, und Streichhölzer sind auch keine mehr drin, aber auf der Rückseite hat jemand ein paar fahrige Buchstaben gekritzelt. Hölzl hält sich die Schachtel nahe vor die Augen und runzelt die Stirn, dann gibt er sie Lehmann, der aber das Gekrakel auch nicht so richtig entziffern kann.

»457 209 M. Rudolf … Glubbt …?«

Hölzl nimmt die Schachtel zurück:

»Oder ›GmbH‹?«

Lehmann guckt noch mal: »Oder ›GmbH‹, und dann … ›Kring‹ … oder ›Vring‹.«

»Mmm … jawohl, oder ›Vring‹ … wos kanntn des hoaß'n?«

Lehmann kann seine Augen noch so sehr anstrengen, er kann es nicht erkennen.

Hölzl hat eine Idee: »Ein Herr Kring, der unter 457 209 bei der M. Rudolf GmbH zu erreichen is!«

»Oder Nummer 457 209 in München, Name Rudolf Glubbt, wohnhaft bei Kring.«

»Geht aa … aber sagen S' amoi, Vring, Vrings, gibt's da net im Rheinland an Ort, der so ähnlich hoaßt, i kenn mi dorten net aus …?«

»Ich mich auch nicht. Aber vielleicht war das einer von den Schwarzhändlern aus dem Rheinland …?«

»Düsseldorf, hat d' Irina g'sagt, Düsseldorf!«

Lehmann schreckt aus seinen Gedanken hoch; dass die Dupois noch anwesend ist, hat er ganz vergessen. Hölzl geht es offenbar nicht anders, er legt die Streichholzschachtel zu den anderen Sachen und räuspert sich.

»Ah ja, Frau Dupois ... Jetzt verraten S' mir dann aber doch noch amal, warum S' erst jetzt mit derer Mappen zu uns kommen ...?«

»Mei, i hab ja scho g'sagt, des i den Namen net g'hört hab ...«

Und so geht das noch eine halbe Stunde lang weiter, da hilft kein Fauchen und kein Brüllen und keine Boxerfaust auf dem Schreibtisch mehr, kein Good Cop und kein Bad Cop. Die Geschichte stinkt drei Meilen gegen den Wind, aber am Ende gibt Hölzl auf und schickt das störrische Weib nach Hause, wir überprüfen das, Sie hören von uns, bitte, danke.

»Warum stecken wir die nicht tatsächlich in U-Haft, da wird sie uns schon sagen, wie die Aktien in Wirklichkeit stehen ...«

Hölzl zieht einen schiefen Mund.

»Mei, da frisst mi der Staatsanwalt, wenn i di einsperrn lass ... Vergessen S' net, dass i die zwar vorg'lad'n hab, aber des Mapperl hat s' freiwillig mit'bracht, und dass ihr die Stepaschkin bekannt war, hamma aa net aus ihr nausprüg'ln müssen.«

»Vielleicht ist die ja nervös geworden wegen der zweiten Vorladung und hat es mit der Angst gekriegt, weil es da vielleicht noch jemanden gibt, der genau weiß, dass Irina Stepaschkin bei ihnen übernachtet hat ... ja, zum Beispiel der Briefmarkenhändler.«

»Aber den hat s' doch aa selbst an'geben.«

»Aber nur auf Druck ...! Und sie hat ja vorher nicht wissen können, ob der uns schon anderweitig bekannt ist oder nicht, und da denkt sie sich also: Ich gebe genau so viel zu, wie man mir sowieso nachweisen kann, wenn's aufkommt, und ansonsten stell ich mich dumm.«

»Des wird koa schwierige Aufgabe g'wesen san, des Dummstellen ...«

Lehmann muss unwillkürlich lachen.

»Allerdings. Aber was können wir den Dupois denn zur Not nachweisen: Irina Stepaschkin hat zweimal bei ihnen übernachtet, beim ersten Mal könnten das die Rheinländer bezeugen, beim zweiten Mal wissen sie nicht, ob der Briefmarkenhändler nicht von Irina ihren Namen erfahren –«

Hölzl unterbricht ihn.

»Wo S' grad von dem reden, kannten S' net schnell amol an n Stachus vorschauen und den suchen? I schau dann rasch, ob mir sonst aa no was über die Dupois ham und was des mit dem Vrings oder Krings auf sich hat.«

Lehmann nickt kurz, springt auf und merkt, dass ihm das Blut unruhig geworden ist. Die Jagd hat wieder begonnen.

*

Wegen dem Laden muss er nicht groß herumfragen, die Prielmayerstraße erstreckt sich zwischen Stachus und Bahnhofsplatz und stellt im Wesentlichen eine einzige große Trümmerwüste dar, auf deren Nordseite sich noch ein norddeutsch aussehendes städtisches Amtsgebäude aus rotem Backstein und der Justizpalast gehalten haben. Die Südseite ist fast ganz von Fliegerbomben zerstört worden, vom übrig gebliebenen Erdgeschoss eines Ladenhauses hinter dem *Hotel Königshof* abgesehen, in dessen rechter Hälfte sich »Tabakwaren und Briefmarken von Rantzow« eingenistet hat. Von draußen sieht man einen hochgewachsenen Mann im guten Anzug und zwei weibliche Bedienungen, aber keine Kunden.

Grüß Gott, der Herr, womit kann ich dienen? Sind Sie der Besitzer …? Ja, warum …? Lehmann weiß gleich, dass er den Kerl nicht mag: um die vierzig, eins neunzig, Haare nach hinten geölt, schönes, klangvolles Hochdeutsch und so einen penetranten Hauch von Mann von Welt. Er redet nicht lange um den heißen Brei herum und zieht seine Polizeimarke und das Foto von Irina Stepaschkin aus der Tasche.

»Kennen Sie die?«

Von Rantzow nickt den beiden Bedienungen zu, die daraufhin aus dem Laden nach hinten verschwinden, nimmt eine Brille aus der Seitentasche seines neuen Anzugs, setzt sie auf und sieht sich das Bild an … und dann so ein gewinnendes Lächeln, so ist diese Brut, entweder kommandieren oder Speichel lecken, was anderes können solche Leute gar nicht, und man kann über das untergegangene nationalsozialistische Deutschland sagen, was man will, aber wenigstens musste niemand blaues Blut haben, um etwas zu werden … von Rantzow betrachtet das Foto sorgfältig und schüttelt dann den Kopf, immer noch lächelnd, was sich aber schnell gibt, als er die Polizeimarke in Lehmanns anderer Hand sieht, die ihm wohl vorher wegen fehlender Brille nicht aufgefallen ist.

»Nein, ich, äh … ich glaube nicht.«

»Ach, das ist nicht zufällig das Mädchen, das Sie am 7. oder 8. April dieses Jahres irgendwo hier in der Gegend aufgegabelt und dann über Nacht mit ins Geschäft genommen haben?«

»Wie kommen Sie dazu –«

Von Rantzow kann seinen Satz nicht zu Ende bringen, weil ihm ein Hustenanfall dazwischenkommt.

»Vielleicht erinnern Sie sich ja an Ihren Namen: Irina Stepaschkin?«

Das mit dem Husten legt sich langsam wieder. Von Rantzow schnäuzt sich und schaut schließlich aus tränenunterlaufenen Augen zurück, dann schüttelt er den Kopf, erst langsam, dann heftig. Lehmann geht einen Schritt vor und schiebt seine Boxerschultern nach vorne.

»Sehen Sie, wir haben da aber eine Zeugin. Überlassen Sie den Laden hier mal Ihren Angestellten und kommen Sie bitte mit aufs Präsidium, ist ja nicht weit.«

*

Auf dem Weg zurück in die Ettstraße müssen sie am Lenbachplatz warten, weil ein Demonstrationszug der Gewerkschaften, der sich durch die Mittagshitze Richtung Königsplatz schiebt, den Weg versperrt: Todesstrafe für Schwarzhändler! Weg mit der Möhlstraße! Wer schützt unsere Kinder!? Langsam fängt sich von Rantzow wieder und wird redselig: Er wolle der Polizei ja gerne helfen, aber das Mädchen auf dem Bild ... ob er das Foto noch mal sehen könne? Lehmann gibt es ihm. Nein, wirklich, ich weiß nicht ... ich werde aber auch im Präsidium sicher nichts weiter wissen ... Lehmann hat langsam die Schnauze voll von dem feinen Herrn und gibt ihm einen kleinen Stups mit der Hand, müssen sie eben durch den Demonstrationszug hindurch.

»Jetzt machense mal hin! Hab nich den ganzen Tag Zeit ...! Wir können uns dann gleich in Ruhe unterhalten ...«

Von Rantzow sieht ihn für einen Moment an, wie Gutsherren so ihre Knechte anzusehen pflegen, und da kocht eine Wut in Lehmann hoch, dass er dem beinahe eine verpasst: von Rantzow, von Klemzow, von Teterow, für die alle zusammen hat Familie Lehmann sechshundert Jahre lang den Buckel krumm gemacht im alten Pommern, mit ihren Gutshöfen und ihren Vierspännern und ihrer eigenen Bank in der Kirche, der eine hat fünfhundert Hektar, der andere kann Swienschiet mit Dill fressen, so ist das gewesen östlich der Elbe, und wenn ihm auch das Herz wehtut wie eine offene Wunde, wenn er an die verlorenen pommerschen Höhenrücken und die verlorenen pommerschen Wälder und die verlorene pommersche Weite und Stille denkt, so freut er sich doch nicht wenig, dass so ein von Rantzow mit einem Mal keine fünfhundert Hektar mehr hat, sondern bloß noch einen Tabak- und Briefmarkenhandel in einer Ruine in München.

In Hölzls Büro werden erst mal keine Anstalten gemacht, Angaben zur Person, aber bitte, die Herren Kommissare, der ist wieder ganz ruhig und höflich, und Lehmanns Wut wird nicht weniger, das haben die schon als Kind mit auf den Lebensweg bekommen, immer hübsch ruhig und überlegen, das kommt wohl von den Klavierstunden und den morgendlichen Ausritten und den Jagden im eigenen Revier. Von Rantzow gibt aber an, 1915 in Hamburg geboren zu sein, aha, kein Landgut also, und nur drei Jahre älter als Lehmann selbst ist der Tabak- und Briefmarkenhändler, da hat er sich vorhin aber gehörig verschätzt … Vollständiger Name: Nikolaus Freiherr von Rantzow, die Kennkarte ist in Ordnung, Staatsangehörigkeit vor '45: deutsch, Religion: evangelisch, Aufenthalt seit '45: München, jetziger Wohnort: Berg am Starnberger See – soso, ist die Katze also wieder auf die Füße gefallen, wenn man hier am Starnberger See wohnt, gehört man nicht gerade zum städtischen Pöbel, so viel hat Lehmann in den letzten zwei Jahren auch schon mitbekommen … Familienstand: verheiratet, Einkommen: familieneigenes Geschäft, sechs Angestellte, wo waren die denn vorhin?, unter den augenblicklichen unglücklichen Umständen kann ich es mir nicht erlauben, alle in Vollzeit zu beschäftigen … Gehört das Geschäft Ihrer Familie? Bitte? Ob das Geschäft Eigentum der Familie von Rantzow ist …? Nein, der Familie meiner Frau … Wohnort vor dem Krieg: Hamburg; Beschäftigung: im Familienbetrieb, in wessen? In dem meiner ersten Frau, ein Textilunternehmen, dieses dann aber ausgebombt, 1940 Scheidung von erster Frau, zweite Heirat 1942 in München, Übernahme des hiesigen Familienbetriebs … Lehmann schwirrt vor lauter Familienbetrieben der Kopf, aber nicht so sehr, dass ihm da nicht etwas spanisch vorkommen würde:

»Moment mal, Sie haben nicht gedient?«

»Ich war UK gestellt wegen eines chronischen Rückenleidens.«

Lehmann und Hölzl sehen sich nur wortlos an.

»Und wos ham S' dann von '42 bis '45 g'macht, san S' nur hier in München g'wesen?«

Von Rantzow zögert einen winzigen Moment.

»Ich hatte einen Textilbetrieb im Generalgouvernement gepachtet.«

»Wo, bittschön?«

»In … ach, in Krakau, wieso fragen Sie?«

»Ach, wissen S', i war halt die ganze Zeit über in München, da frag i halt amol nach …«

»Ach so.«

Hölzl macht zwar keine Faust, aber Lehmann haut trotzdem mal mit der flachen Hand auf den Tisch.

»Können Sie uns jetzt vielleicht endlich erzählen, wie Sie Irina Stepaschkin kennengelernt haben?«

Von Rantzow guckt wieder so, wie ein Gutsherr seinen Knecht ansieht, und Hölzl macht hektisch flache Hand unter dem Tisch, immer mit der Ruhe, Herr Kollege.

»Sind das eigentlich die neuen Methoden bei der deutschen Polizei, ins Präsidium gestoßen und eingeschüchtert zu werden? Oder sollte ich vielmehr sagen, die alten, schon von der Gestapo erprobten Methoden …?«

»Bittschön, Herr von Ratzow, mir ham da a Zeugenaussagen, kennen S' jetzt des Maderl oder net?«

Von Rantzow nimmt sich noch mal das Foto und tut so herum, also, ich weiß nicht … nein, wohl eher nicht … ich bin aber nicht ganz sicher … Der Hund führt sie an der Nase herum, das ist sicher, und Lehmann zerbricht sich den Kopf darüber, wie er dem noch eine verpassen kann, das mit Good Cop, Bad Cop hat jedenfalls nicht geklappt, er muss auch aufpassen, dass er nicht zu persönlich wird … Was hat der eigentlich gemacht in seinem Krakau da, im Osten, wo kein Gesetz mehr gegolten hat, das wäre doch mal interessant, wer ist denn im Generalgouvernement gewesen von den alten OrPo-Leuten im Präsidium …?

Er beugt sich zu Hölzl hinunter und flüstert ihm ins Ohr, dass er von Rantzow irgendwie hinhalten soll, dann macht er sich auf die Suche.

Im Präsidium geht es wegen der Demonstrationen drunter und drüber, aber nach einer halben Stunde hat Lehmann herausgefunden, dass ausgerechnet Wandinger, der alte Fuchs, doch nicht den ganzen Krieg über Besatzungspolizist in Dänemark, sondern zeitweise auch mit dem Polizeibataillon 74 aus Augsburg in Krakau stationiert war. Er lässt sich rasch das Nötigste erklären und geht dann in Hölzls Büro zurück, wo von Rantzow inzwischen auch Hölzl ansieht wie der Gutsherr seinen Knecht und offenkundig dabei ist, seine aristokratische Geduld zu verlieren.

»Meine Herren, wenn dieser Fliegendreck alles ist, womit Sie hier aufwarten können, dann verschwende ich besser meine Zeit nicht …«

Lehmann schneidet ihm das Wort ab.

»Wo haben Sie damals die Arbeiter für Ihre Textilfabrik in Krakau herbekommen, aus … wie hieß das da, Plaszow?«

»Was meinen … also, was …?«

Lehmann nickt Hölzl zu und guckt heimlich noch mal auf den Zettel, den er in seiner Handfläche versteckt hält, und auf dem Wandinger ihm ein paar Namen aufgeschrieben hat.

»Sie wissen doch, was Plaszow war, oder? Eine Außenstelle des Konzentrationslagers Auschwitz, in der Häftlinge untergebracht waren, die in den diversen deutschen Industrie- und Gewerbebetrieben in Krakau und Umgebung, wie sagt man … zu Tode gearbeitet wurden. Kamen da Ihre Arbeiter her? Es gibt doch sicher Unterlagen.«

Leichenblass ist gar kein Ausdruck für von Rantzows Gesichtsfarbe, und als er wieder redet, versteht man ihn kaum noch.

»Da war Krieg … niemand ist sauber durch den Krieg gekommen …«

Lehmann tut es einen leichten Stich, weil von Rantzow einen Satz gesprochen hat, der ja die Wahrheit selbst ist. Aber darum geht es hier nicht.

»Das überlassense mal jedem Einzelnen selber, wie der durch den Krieg gekommen ist …«

Von Rantzow lacht höhnisch auf.

»Ach, und Sie selbst? Hat es nicht Polizisten gegeben, die die Ghettos bewacht haben, die in den Zügen aufgepasst haben, dass die Todgeweihten sich nicht im letzten Augenblick noch davonmachen, die hinter der Front –«

»Vielleicht erinnern Sie sich an den Kommandanten von Plaszow, Amon Göth, im Frühjahr vor zwei Jahren von den Polen zum Tode verurteilt und aufgeknüpft. Wir können hier natürlich auch in Gegenwart der Amerikaner weiterreden …«

Von Rantzow blickt hoch.

»Das würden Sie tun, nicht wahr, als Deutscher …?«

Lehmann nickt noch nicht mal.

Es dauert eine halbe Ewigkeit, bis von Rantzow wieder zu sprechen beginnt, und als er es tut, hat er nicht nur die fünfhundert Hektar Familiengut, sondern auch die Klavierstunden, die morgendlichen Ausritte und die Jagden im eigenen Revier sowie die Familienbank in der Kirche, das klangvolle, schöne Hochdeutsch und den Vierspänner verloren.

»Ich … ich wollte Ihnen das nicht sagen, wegen meiner Frau, wenn die erfährt, dass ich Mädchen … verstehen Sie, das Geschäft gehört mir doch nicht … also, wenn ich mir das Bild noch mal genauer ansehe, dann handelt es sich wohl um eine junge Frau, die tatsächlich Anfang April in meinem Geschäft übernachtet hat …«

»Wann genau Anfang April?«

»Ich … weiß nicht, geregnet hat es in der Nacht …«

»Jetzt strengense sich mal n bisschen an …«

»Gegen Ende der zweiten Woche war das vielleicht …«

»Am 8. oder 9. April?«

»Ja, an einem von den beiden Tagen vielleicht …«

»Und weiter?«

Langsam, aber sicher kommt von Rantzow ins Reden, und Lehmann muss bloß noch böse gucken, um die Sache am Laufen zu halten. Das sei an dem Abend gewesen, als er den letzten Zug nach Starnberg verpasst habe, gegen halb elf ginge der immer, und er habe ja oft noch spät zu tun im Geschäft, wegen der Abrechnungen, da komme es schon mal vor, dass er den Zug verpasse und über Nacht im Geschäft bleiben müsse, seine Frau mache sich deswegen auch keine Gedanken, die Zeiten sind nun eben so, meine Herren, er sei dann noch über den Karlsplatz geschlendert, weil er noch nicht habe schlafen können, und da habe er das Mädchen angesprochen, sie sei ihm gleich aufgefallen, weil sie so einen ausnehmend hässlichen Stein an einer Kette um den Hals getragen habe, im Laden habe man dann zusammen getrunken.

»Nur getrunken?«

»Ja, wirklich, das müssen Sie mir glauben, ich hatte ja vorher auch schon getrunken, da wäre das gar nicht … also …«

»Sie schlucken wohl ganz schön, was?«

Von Rantzow sieht sich Hilfe suchend nach Hölzl um, aber der ist aufgestanden und hat sich aus seiner Thermoskanne Kaffee eingeschenkt, seine Frau sorgt ja immer so für ihn, und diesen Kaffee schlürft er jetzt lautstark in sich hinein und lächelt dem Freiherrn aufmunternd zu, nur zu, mein lieber, guter Herr …

»Kommt das öfter vor, dass Sie bei solchen Gelegenheiten Mädchen ansprechen?«

Von Rantzow braucht wieder eine halbe Ewigkeit, um zu antworten.

»Ich weiß nicht, was mit mir los war an dem Abend, ich hatte ja, wie gesagt, schon getrunken …«

»Ist das Gewohnheit? Haben Sie das aus Krakau mitgebracht?«

Von Rantzow schließt die Augen … plötzlich lächelt er versonnen.

»Sie haben doch Göth erwähnt, nicht wahr? Bei dem sind Sie nicht unter zwei Flaschen Kognak am Abend wieder herausgekommen …«

»War Ihre Frau mit in Krakau?«

»Natürlich nicht!«

»Hatten Sie … Beziehungen zu Ihren weiblichen Arbeiterinnen?«

»Ich bitte Sie, das gehört doch nicht …«

»Ich versuche nur, mir ein Bild zu machen …«

»Und wos ham S' dann mit dem Fräulein Stepaschkin weiter g'macht? Kreizworträtsel g'löst?«

Nein, nein, nein … Sie hätten nur getrunken, und er habe sie dann auch wieder loswerden wollen, sie habe ihm von einer Unterkunft in der Nähe des Sendlinger Tors erzählt, von einem Zimmer sei die Rede gewesen, und er habe sich erboten, sie dorthin zu begleiten, man habe sich auch auf den Weg gemacht, aber unterwegs habe es angefangen zu regnen, sehr stark habe es geregnet, das sei in der Sonnenstraße gewesen, und deshalb sei man dann wieder umgekehrt. Im Laden habe er wegen der Kälte den Ofen angemacht, und das Mädchen habe sich auf ein paar Stühlen schlafen gelegt. Am nächsten Morgen habe er ihr achthundert Mark gegeben, damit sie sich ein Paar Schuhe kaufen konnte.

»Wie viel?«

»Achthundert Mark. Reichsmark natürlich.«

»Sie geben ihr achthundert Reichsmark und wollen keinen Verkehr mit ihr gehabt haben?«

Von Rantzow atmet tief durch und richtet sich in seinem Stuhl auf.

»Sie hat mir *leidgetan*, zum Henker! Sie hat mir ihre Familiengeschichte erzählt, ach, was sag ich: Eine Tragödie ist das doch, der Vater ein ehrbarer Mann, Richter, und jetzt bettelarmer Flüchtling …«

»Herr von Rantzow, die Stadt ist voll von bettelarmen Flüchtlingen …!«

»Die hatten mir aber an diesem Abend nicht ihr Leid geklagt!«

»Und gleich achthundert Reichsmark?«

Von Rantzow findet langsam seine Haltung wieder.

»Ach, wir haben doch alle gewusst, dass die Währungsreform bald kommen würde, was waren da schon achthundert Reichsmark …! So viel hat eben ein Paar Schuhe im Laden damals gekostet … Ich habe *nicht* mit dem Mädchen geschlafen, verstehen Sie!!!«

»Und warum wollten Sie Fräulein Stepaschkin dann vorhin nicht wiedererkennen?«

»Weil ich eine gute Ehe führe! Und ich wollte nicht, dass meine Frau von der Geschichte erfährt, so verstehen Sie mich doch … Ja, mein Gott, ich trinke eben zu viel! Ja, ich habe das aus Krakau mitgebracht, es war nun einmal Krieg, und wenn ich zu viel trinke, dann habe ich ein weiches Herz, was wollen Sie, deswegen habe ich sie bei mir schlafen lassen und ihr das Geld gegeben, das ist alles.«

»Und am nächsten Tag ham S' des Maderl dann wieder getroffen, und dann hat s' damit gedroht, sie verrät ois der Frau Gemahlin, wenn s' net mehr Geld bekommt, und dann ham S' s' um'bracht, ja?«

Von Rantzow springt auf.

»Umgebracht???«

Lehmann nickt leise in sich hinein, nicht schlecht von Hölzl, bringt genau an der richtigen Stelle mal eben unter, dass es hier eigentlich um einen Mordfall geht …

»Ja, um'bracht … Ende April hamma die Leich'n g'funden, drei Wochen hat s' ungefähr gelegen, des dad scho passen mit Eahna.«

Von Rantzow starrt sie mit offenem Mund an. Mal sehen, was ihm jetzt noch so alles einfällt.

»In so einem Textilbetrieb … gibt es da nicht besonders scharfe Messer oder Scheren, mit denen man den Stoff schneidet, haben Sie davon noch welche zu Hause …?«

Sie nehmen den Freiherrn dann den Rest des Nachmittags ins Kreuzverhör, aber er bleibt bei seiner Aussage: kein Verkehr, Geld aus Mitleid, kein weiteres Treffen, die Mappe? – nie gesehen.

Am Ende sind sie erschöpft, haben den ganzen Tag nichts gegessen, und es geht ihnen wie schon bei Abraham Katz und Franziska Dupois: Was man den Leuten nachweisen kann, geben sie zu, alles andere wird standhaft abgestritten. Der Tatverdacht gegen von Rantzow reicht jedenfalls genauso wenig für einen Haftbefehl aus wie bei den Dupois', also muss Hölzl auch ihn wieder nach Hause schicken, halten Sie sich zu unserer Verfügung, Sie hören wieder von uns, bitte, danke, und ab.

Es ist schon fast Dienstschluss, aber trotzdem will keiner von beiden nach Hause. Lehmann holt ein paar Semmeln aus der Kantine, und Hölzl fischt zwei Flaschen Helles aus seinem Schreibtischvorrat, dann bleiben sie, bis die Abendsonne lange Schatten wirft, und weder denkt Hölzl daran, seine Frau anzurufen, noch fällt es Lehmann ein, dass in der Schellingstraße Kristin auf ihn warten könnte.

Beide heute vernommenen Personen hätten der Täter sein können, von Rantzow auf die Art, wie Hölzl das angedeutet hat: Am nächsten Tag kleines Rendezvous in irgendeinem Lokal, sie versucht es mit Erpressung, er gerät in Panik, bringt sie wieder zum Laden, wo er sie überwältigt und fesselt, schließlich umbringt, dann fährt er die Leiche zum Langwieder See, und weg damit …

»Ein Auto hat er aber net, wenn er den Zug nach Starnberg nehmen muss, von da san's aa noch drei oder vier Kilometer nach Berg am See hinüber …«

»Er kann ja Freunde mit Auto haben.«

Und dass der Kerl besoffen gewesen war, will Lehmann ihm gerne glauben, aber dass er nicht mit der Estin gevögelt hat, das glaubt er ihm nicht; weshalb spricht man denn wohl sonst am Stachus ein Mädchen an …! Überhaupt seltsam, dass dauernd von Irina Stepaschkin im Zusammenhang mit dem Stachus die Rede ist, Sally Rosenblatt hat das damals auch erwähnt, aber von den Käuflichen, denen er Anfang Mai ihr Foto gezeigt hat, wollte keine das Mädchen kennen – mehr als seltsam sogar.

Die Dupois' hätten es aber auch sein können: Achthundert Reichsmark sind viel Geld, wenn man von vierzig im Monat leben muss – andererseits hat Max Dupois das ja nur behauptet mit den vierzig Reichsmark, in Wirklichkeit werden sie sich mit dem kleinen Zimmer ein ordentliches Zubrot in Dollars und Zigaretten, also seinerzeit harter Währung, verdient haben, und dann ist die Summe schon wieder relativ unbedeutend, darüber hinaus hat von Rantzow natürlich nicht ganz unrecht, aus heiterem Himmel ist die Währungsreform nicht gefallen, und viel kaufen konnte man mit der alten Währung ja sowieso nicht, das gibt kein großes Tatmotiv. Aber hat es nicht auch geheißen, der Mann habe ein Nervenleiden mitbekommen aus dem Krieg, vielleicht ist er einfach durchgedreht, hat bloß die achthundert Reichsmark vor Augen gehabt und die Stepaschkin dann am Abend umgebracht, vielleicht gab es einen Streit, vielleicht war ein Dritter anwesend, der für die Verstümmelungen verantwortlich ist, und wenn das eine Schaustellerfamilie ist, dann gibt es da sicher irgendjemanden, der einen Lastwagen hat, mit dem man die Leichenteile nachts an den See bringt, sicher auch einen alten Sack und Draht und Zeltplane.

Hölzl packt schließlich die leeren Bierflaschen zurück in den Schreibtisch, des wird streng kontrolliert, wissen S', des mit die leere Flasch'n, und lässt sich von Lehmann nach Hause bringen, was den angenehmen Nebeneffekt hat, dass dem dann wieder der Opel zur Verfügung steht und er nachher noch mit Kristin irgendwo hinfahren kann.

Als er in die Schellingstraße kommt, ist das Fräulein Verlobte allerdings abwesend, also wartet er auf sie und hört Radio, Ulbricht kündigt in Potsdam politische Säuberungen der SED an, Franzosen führen weiterhin Demontagen von Industriebetrieben durch, aber als sie nach über einer Stunde immer noch nicht zu Hause ist, setzt er sich fluchend seinen Hut wieder auf und geht ins *Allotria*, wo es seit dem 20. Juni eine richtige Speisekarte mit richtigen Gerichten drauf gibt, und verputzt ein Wiener Schnitzel mit Kartoffelsalat, dazu ein Dünnbier, einen Kaffee und ein Glas von dem Kognak, den die Wirtin für Stammgäste hinter dem Tresen versteckt hält, alles gibt es ja noch nicht wieder markenfrei.

Gegen elf ist er wieder zu Hause und klopft bei Kristin an die Tür: Fehlanzeige. Er probiert den Türgriff: verschlossen. Wo die bloß steckt, er weiß ja sowieso nicht, was sie tagsüber so treibt, soll ihm auch herzlich egal sein, sie sagt oft, sie sei wieder im Tierpark gewesen, da gäbe es immer noch zwei Wölfe, ein Männchen und ein Weibchen … Sie arbeitet natürlich nicht, aber das ist Teil der Abmachung, über die nie geredet worden ist, die aber lautet: Er kümmert sich um sie, dafür macht sie ihn wieder zum Mann. Lehmann weiß nicht, ob das Liebe ist, aber jedes Mal, wenn sie es auf die harte Tour machen, hat er das Gefühl, beinahe derselbe Mensch zu sein wie sie, da gibt es keine Grenze mehr, weder zu ihr noch zum Rest der Welt, das ist ein einziges Schwimmen und Abtauchen und Versinken in einem Meer, das Kristin Sydheim heißt, und falls das nicht Liebe ist, kann Lehmann auf Liebe gut verzichten. Er weiß auch nicht, ob sie ein guter Kamerad ist, in der Ehe soll die Frau dem Mann ein guter Kamerad sein und ihm beistehen, so sagt man jedenfalls, und er hat nicht das Gefühl, dass sie diesen Zustand jemals erreichen werden, aber wenn er ganz unten in dem Meer angelangt ist und vergessen hat, dass es Pommern und München und Polizei und Hunger und Irina Stepaschkin gibt, will er auch darauf verzichten, wenn es nur immer so weitergehen würde. Jedenfalls ist es das erste Mal, dass er abends von der Arbeit nach Hause kommt und sie nicht da ist.

*

Sehr viel später wacht er vom leisen Klicken des Türschlosses auf und merkt, dass er angezogen eingeschlafen ist, woraus er sich nicht viel macht, und er ist auch zu müde, um wirklich aufzuwachen, deswegen denkt er nicht groß darüber nach, als sie sich neben ihn legt und nach Schnaps und Zigaretten stinkt … Bevor er wieder einschläft, meint er aber, sie leise weinen zu hören.

24. UND 25. JULI

Er lässt Kristin schlafen, während er sich ein bisschen Wasser ins Gesicht spritzt und sich rasiert, das Hemd wechselt und dann mit dem Opel ins Präsidium fährt. Die Demonstrationszüge der Gewerkschaft setzen sich auch heute Morgen fort, diesmal sind auffallend viele Frauen dabei: Der Schwarzmarkt ist der Tod der neuen Währung! Todesstrafe für Schieber und Schwarzhändler! Runter mit den Preisen! Unsere Kinder verhungern! Die Schandis haben jede Menge zu tun, damit der Verkehr am Stachus nicht völlig zusammenbricht. Es ist Samstagmorgen, und wer Geld hat, will einkaufen; an der Ecke Sonnen-/Bayerstraße wächst langsam, Stein um Stein, der neue große Kaufhof in die Höhe, und Lehmann stellt sich vor, wie die Frauen aus dem Demonstrationszug ausscheren und in dieses Kaufhaus gehen, um die Sonderangebote zu begutachten … So recht will man Professor Erhard vom Frankfurter Wirtschaftsrat ja noch nicht glauben, der da in der *Wochenschau* die freie und soziale Marktwirtschaft erklärt und Wohlstand für alle verspricht, es wurde ja so viel versprochen in den Jahren zuvor und nichts davon je gehalten, und dann gibt es all die neuen Wörter: Marshallplan, Otto Normalverbraucher und Bruttosozialprodukt, und dazu sieht man in der *Wochenschau* glückliche Menschen, die Anzüge nähen und Schuhe besohlen, und ebenso glückliche Menschen, die diese Produkte dann hinterher anprobieren, dieselben glücklichen Menschen, die noch vor ein paar Jahren den Volksgenossen die Gasmaske für den Luftschutz erklärt haben, da bleibt man lieber vorsichtig und hält sich vorerst weiter an die Möhlstraße.

Kaum ist Lehmann im Büro, taucht auch schon Oberstaatsanwalt Dessauer auf und gibt überraschend zu erkennen, dass er den Fall Stepaschkin doch noch nicht völlig vergessen hat: Weiter so, meine Herren, legen Sie denen die Daumenschrauben an, bis es quietscht, die kriegen wir …! Der freut sich natürlich: *Adeliger Tabakladenbesitzer wegen perversen Frauenmords vor Gericht* oder *Zwielichtiges Schaustellerehepaar begeht grausamen Raubmord an estnischem Flüchtlingsmädchen*, das erregt Aufsehen, damit kann man sich einen Namen machen, und man muss ja auch an die Zeiten denken, wenn die Justizverwaltung wieder ganz in deutsche Hände übergeht.

Lehmann verbringt den Großteil des Vormittags beim CID am Telefon, um die amerikanische Zentralstelle für Kriegsverbrechen in Berlin zu erreichen, er denkt nicht mal dran, dass die ja auch über ihn Akten haben könnten, und nach mehreren Versuchen hat er endlich den für das ehemalige Generalgouvernement zuständigen Officer am Apparat, der sich dann wiederum viel Zeit lässt, bis er Lehmann zurückruft, und ihm am Ende aber nur mitteilen kann, dass Nikolaus von Rantzow 1937 einen Antrag auf Mitgliedschaft in der NSDAP gestellt hat, was in etwa die Zeit gewesen sei, in der man den Aufnahmestopp von 1933 aufgehoben habe; daran erinnert sich Lehmann, wer noch nicht hatte, der wollte damals, der Laden lief ja insgesamt auch noch wie geschmiert … Was der Freiherr von Tabak und zu Briefmarken allerdings seinerzeit in Krakau so alles angestellt hat, wissen die in Berlin nicht. Hölzl hat währenddessen einen neuen Bericht geschrieben und eine Kopie an die Geislinger Kollegen geschickt.

Heute ist ein besonders heißer Tag, also dunkeln sie nach dem Mittagessen Hölzls Büro, dessen Fenster nach Süden gehen, mit ein paar alten Decken ab, krempeln die Ärmel hoch, lassen sich Kaffee kommen und versuchen noch mal, die letzten Tage von Irina Stepaschkin mit den jetzt vorliegenden Aussagen so genau wie möglich zu rekonstruieren, aber viel weiter als bisher kommen sie am Ende nicht.

Zu viele Unstimmigkeiten.

Zu viele vage Hinweise, die alles Mögliche bedeuten können.

Zu viele Möglichkeiten, dass irgendwer gelogen hat.

»Wo ist denn dieser *Bayerische Herold* eigentlich genau?«

»Ja mei, da gehen S' von der Müller ums Eck in die Lindwurm, und dann is gleich vorne links.«

»Also auch die Richtung zur Theresienwiese.«

»Wenn S' über den Beethoven- oder den Goetheplatz gehen mögen, ja.«

Lehmann wischt sich den Schweiß von der Stirn.

»Bis zu diesem Zeitpunkt scheint alles einigermaßen zu passen …«

»Ja, aber eben nur einigermaßen …«

»Und dann die Mappe … was ist eigentlich mit der Streichholzschachtel?«

Hölzl schlägt sich an den Kopf.

»Ach herrje, des hab i gestern ganz verschwitzt wegen dem Freiherrn … Soweit i des hab rausfinden können, is ›Vrings‹ a Stadtteil von Köln, hoaßt eigentlich ›Severinsviertel‹, aber in dem dortigen Dialekt wird des wohl so ausg'sprochen.«

»Also Telefonnummer, Firma, Stadtteil?«

»I hab a Anfrage an die Kölner Kollegen weiterg'leitet, vielleicht ergibt sich da wos.«

Lehmann nickt zögernd.

»Wäre allerdings nicht so wahrscheinlich wie ein adeliger Windhund, der erpresst wird und Angst vor seiner Frau hat …«

Hölzl zuckt mit den Achseln.

»Schaun mer amol. I denk, die Dupois hat no net alles g'sagt, was s' woaß.«

Bevor sie gehen, wirft Lehmann noch einen Blick auf die Amtspost und muss unwillkürlich lächeln, weil ein Brief von Captain Burke, 7708th War Crimes Group, für ihn drinliegt, soso, haben sie den also befördert, weswegen denn, weil er so erfolgreich ist, bestimmt nicht … Er reißt den Umschlag auf, hält seine zweite Vorladung in der Hand und macht sich nicht allzu viel daraus: In den letzten Wochen haben die alten OrPo-Leute im Präsidium sich alle mal ein bisschen untereinander umgehört, und das Ende vom Lied ist, dass nicht ein Einziger von ihnen die alten Kameraden hingehängt hat, alle haben entweder geschwiegen oder Sepp Poschingers Trick mit den bösen Buben, die gefallen sind, angewendet, der Geist der Truppe ist intakt, und überhaupt – spätestens zum Jahresende werden die Spruchkammern aufgelöst, nächstes Jahr die ersten freien Wahlen abgehalten, und übernächstes Jahr gibt es sowieso den nächsten Krieg, wenn Uncle Joe und seine Genossen in Pankow so weitermachen. Lehmann hat außerdem über seine Kontakte beim CID gehört, dass Burke mehr oder weniger ein Einzelkämpfer ist, dessen Ermittlungseifer von seinen Vorgesetzten nicht besonders gern gesehen wird. Er pfeift ein bisschen und freut sich direkt auf den Termin.

*

Am Spätnachmittag gibt es ein Gewitter, und er geht mit Kristin ins Kino. Sie hat gute Laune, pikst ihm unterwegs dauernd in die Seite und erzählt lustige Geschichten, und wegen gestern Abend tue es ihr leid, sie habe in der Stadt eine alte Freundin getroffen, und die habe sie auf eine Feier eingeladen in ein Bildhaueratelier oben am Englischen Garten, sie sei ja noch nach Hause gekommen und habe gewartet …

»Aber dann, Wölfchen, bist du nicht gekommen …«

»Ich konnte nicht eher. Hat dich wer nach Hause gebracht?«

Sie schmiegt sich enger an ihn.

»Ach was, die paar Meter …«

Er sagt nichts weiter, obwohl er es nicht richtig findet, dass sie ohne ihn ausgeht und dann auch noch nachts allein durch die Stadt spaziert, und zum wiederholten Mal sagt er sich: Du hast kein Ladenmädchen, das weißt du doch. Das mit den Atelierfesten ist auch so eine Geschichte, Kolbenhoff hat ihm vom alten Schwabing erzählt, wenn man's genau nimmt, erzählen einem hier alle immerzu vom alten Schwabing, das muss der wahre Himmel auf Erden gewesen sein, lauter verrückte Maler und Dichter und Studenten und sonst was, wahrscheinlich eher sonst was, und dann die Faschingsbälle … Lehmann ist evangelisch-lutherisch, »Ich lege mein Leben in Deine Hände«, und der ganze katholische Mummenschanz liegt ihm fern, ob nun Karneval oder »Fasching«, wie sie hier sagen. Einmal, im letzten Februar, hat er sich hinreißen lassen, mit Sepp Poschinger und ein paar anderen Kollegen auf den Ball der städtischen Beamten zu gehen, im Deutschen Theater, als Verkleidung musste aber ein Matrosenhütchen reichen, das passte zu Stettin und ist wohl das Äußerste, zu dem er in dieser Hinsicht fähig ist, Sepp hat ihm auch noch einreden wollen, seinen restlichen Aufzug auf christliche Seefahrt einzustellen, wirst sehen, da gehst nei, und scho hast a Maderl, aber er hat sich standhaft geweigert.

*

Sie gehen in *The Treasure of the Sierra Madre*, beziehungsweise in *Der Schatz der Sierra Madre*, Kristin versteht Englisch nicht so gut. Lehmann hat in den Film gewollt, weil Humphrey Bogart die Hauptrolle spielt, der seit dem Kriegsgefangenenlager sein Lieblingsschauspieler ist, der spielt ja oft Gangster oder Detektive in Kriminalgeschichten, und das hat Lehmann von diesem Film eigentlich auch erwartet, aber in Wirklichkeit ist Bogart hier ein Herumtreiber, der irgendwo in Mexiko gestrandet ist und auf die große Gelegenheit wartet, eher wie Kolbenhoff früher, aber andererseits trotzdem ein bisschen gangsterhaft. Das mit den Kriminalgeschichten ist ein alter Tick von Lehmann aus der Zeit, als er heimlich Onkel Hermanns Leihbücherei durchstöbert hat, wo es die vielen Jack-Bilbo-Bücher über Chicago und die Bandenkriege in der Zeit des Alkoholschmuggels gab: Al Capone, die O'Banion-Gang, Bugs Moran, Hymie Weiss, der jüdische Mobster, der die Sache mit dem drive-by shooting erfunden hat, in deren Welt hat er gewollt damals, natürlich nicht als Gangster, sondern als Polizist, denn die Polizisten haben die Macht und gewinnen am Ende den Kampf, G-men heißen die vom FBI, das ist fast so wie jetzt hier in München, die deutschen Polizisten sind die Kleinstadtsheriffs, die G-men sind die Amis vom CID.

Kristin kichert zwischendurch immer wieder, während Bogarts Herumtreiber und die anderen Goldsucher sich mit Verfolgungswahn und Banditen herumplagen, ach Gottchen, das sind aber auch harte Männer da … Da wird Lehmann richtig wütend, weil er doch so mitfühlen kann mit denen, die nimmt das gar nicht ernst, dabei ist das doch todernst, der Kampf ums Dasein, aber sie lacht hinterher bloß und sagt, dass die Leute, die richtig viel Geld verdienen, nicht zum Goldwaschen in die Berge fahren, sondern hübsch zu Hause in ihrer Villa bleiben und zum Telefon greifen.

»Ach Wölfchen, wenn du wüsstest …«

Sie hat sich angewöhnt, ihn »Wölfchen« zu nennen, was ihn einerseits berührt, wie man so sagt, aber mit über dreißig will man doch andererseits, wenn es denn unbedingt sein muss, lieber »Wolf« genannt werden.

»Beißt du mich nachher noch, Wölfchen …?«

Er beißt sie dann aber nicht gleich, weil sie erst noch im *Vier Jahreszeiten* essen gehen und tanzen wollen. Das Hotel hatte Anfang Mai Wiedereröffnung, kurz nachdem sie die Leiche Irina Stepaschkins gefunden haben, und gehört in dieselbe Kategorie wie die *Osteria Bavaria* oder der *Conti-Keller*, aber Kristin gefällt das, so ein bisschen die Vornehme spielen und dabei eigentlich weder Vermögen noch Einkommen haben, und Lehmann ist es recht, solange das Geld aus der Möhlstraße noch reicht … Mit dem Tanzen hat er es nicht so, aber die Kapelle hier macht das auf sehr dezente Art, *Moonlight Serenade* und so weiter, und bei den langsamen Stücken muss man ja keine großen Schrittfolgen gelernt haben, da schiebt man sein Mädel unter den großen Kristallleuchtern so vor sich hin und drückt sie an sich, als würde man's können.

Der Abend schiebt dann auch insgesamt so vor sich hin, sie quatschen über alles und nichts, und Lehmann ertappt sich des Öfteren dabei, wie er an seinem Whisky nippt und nicht weiß, was er sagen soll. Kristin sagt zwischendurch mal hier, mal dort hallo, weil sie den einen oder anderen der Gäste kennt, und dann kennt sie wohl einen von denen ein bisschen zu gut, denn als sie mal auf die Toilette verschwindet und Lehmann zufällig gleich danach auch das Bedürfnis verspürt, findet er sie da im Gang mit einem Kerl, der zwei Pfund Frisiercreme im Haar hat und eine gelbe Krawatte trägt, den hat sie vorhin kurz an der Bar begrüßt, und Lehmann hat sich nichts dabei gedacht, aber jetzt stehen die beiden in einer dunklen Ecke vom Gang, wo sich auch ein Tischchen mit einem großen Blumenstrauß befindet, weswegen man nicht so genau hingucken kann, aber wenn man sich mal nähert und doch genau hinguckt, hat Kristin gerade Kokain auf einen kleinen Taschenspiegel gestreut und will das durch einen Geldschein die Nase hochziehen.

Lehmann wird schwarz vor Augen, aber das dauert nicht lange, und als er wieder sehen kann, tritt er in seiner Wut das Tischchen mit den Blumen um, dass Kristin der ganze Kram um die Ohren fliegt. Und dann hat der mit der Frisiercreme sich von seiner ersten Überraschung erholt und greift in die Jackentasche, aber Lehmann ist schneller und verpasst dem Dreckskerl einen sauberen rechten Haken in die Schiebervisage und zwei ebenso saubere Uppercuts in die Nieren, dass der Herr noch sauberer in die Knie geht und umkippt – hin zu dem und in die Jacke greifen ist eins: Ein Springmesser trägt der Mensch also, sollte man verbieten so was, ein wirklich ganz sauberer Herr, und Kristin findet auch ihre Stimme wieder und brüllt herum wie angestochen: Du Scheißer, du kleiner Spießer, lass mich doch in Ruhe … Aber Lehmann packt sie einfach am Arm und zieht sie nach draußen.

Auf dem Weg nach Hause versucht eine furchtbar wütende Kristin ihn erst zu schlagen, was aber nicht funktioniert, weil er im zweiten Gang bleibt und sie einfach mit der einen Hand festhält und mit der anderen steuert, dann schimpft sie bloß noch: Was glaubst du eigentlich, wer du bist, du kleines Arschloch, du blöder Spießer, du Bauerntrampel, du hast doch keine Ahnung, bist ja bloß ein kleiner Polizist, kleiner Beamter, ist alles klein an dir, klein, klein, klein, du willst nichts, und du bist nichts … Lehmann hält schließlich am Karolinenplatz und schmeißt sie raus, was ihm schon wieder leidtut, als er den Wagen vor der Schellingstraße 32 parkt, aber andererseits: Soll sie doch sehen, wie sie nach Hause kommt und wer ihr dabei über den Weg läuft, und wenn sie überhaupt nicht nach Hause kommt, ist es ihm auch egal. Als er sieht, dass sie ihre Jacke im Auto gelassen hat, kann er sich ein hämisches Grinsen nicht verkneifen, nach dem Gewitter heute hat es abgekühlt …

Sie lässt dann aber nicht lange auf sich warten, vielleicht ist ja noch eine Nachttram gegangen, jedenfalls steht sie schon in der Tür, als Lehmann gerade vom Zähneputzen aus dem Bad kommt, und haut ihm eine runter, dass sein Kopf zur Seite fliegt. Er steht für einen Moment da und weiß nicht, wie ihm geschieht, aber wehren kann er sich dann auch nicht, weil er das ja nun gar nicht gewohnt ist … Sie aber dreht sich einfach um, geht auf ihr Zimmer und knallt die Tür hinter sich zu, morgen wird die von Lederer wieder dumme Fragen stellen, er geht dann auch in sein Zimmer, zieht die Tür aber extra leise hinter sich ins Schloss, um nicht noch mehr Aufsehen zu erregen. Er weiß auch nicht so recht, was er von der Sache halten soll. Kristin hat nie von dem Zeug genommen, das er hier lagert, und einerseits verkauft er es schließlich selbst und weiß natürlich, dass sich nicht nur Klosterschwestern damit einen schönen Abend machen, aber selbst davon zu nehmen ist doch noch etwas anderes, er hat Salkind gesehen und weiß, wohin das führt.

Sehr viel später kommt sie dann in sein Zimmer, schlüpft zu ihm ins Bett und riecht nach vielen Zigaretten.

»Du kümmerst dich um mich, Wölfchen, ja …?«

»Ja …«

Er zieht sie zu sich heran und küsst sie, ja, er kümmert sich um sie, aber sie darf nicht zu weit vom geraden Weg abkommen, sonst reicht die Leine nicht mehr, die er ihr zuwerfen kann – es wird dann schließlich noch sehr schön, weil sie miteinander schlafen, aber nicht auf die harte Tour, sondern ganz normal, ganz leicht und sanft, und Lehmann hat keine Angst mehr, und alles klappt, und er weint beinahe vor Glück, so wie er an dem Abend im Mai geweint hat, weil es wieder das erste Mal seit sechs Jahren ist.

*

Am Sonntag nehmen sie den Opel und fahren an den Tegernsee, wo Lehmann wieder ein erstes Mal hat, ihm gefallen nämlich heute die Berge, schön anzusehen sind sie, es ist auch ein wirklich herrlicher Tag, eine leichte Brise geht, fast wie am Meer, und die Wölkchen fegen so über das Himmelsblau mit der leichten Brise mit. Später klettern sie mit Malutensilien bepackt irgendwo den Berghang hinauf, bis sie allein sind und eine gute Sicht auf das Tal haben, und da oben zeichnet Kristin ausgiebig die Landschaft, während er im Gras liegt, die Augen schließt und sich vorkommt wie Humphrey Bogart, der gerade eine Goldader gefunden hat.

Er weiß nicht genau, was das ist mit dem »Tu mir weh!« und der Peitsche und all dem, was sie sonst noch so anstellen. Er will ihr ja nicht wirklich wehtun, sie spielen das eigentlich nur, aber trotzdem hat man dabei einen Trieb, der einen überkommt wie ein Wolkenbruch mit Blitz und Donner … Ob das noch schlimmer wird, wenn man hinter einem schweren MG steht und in die Masse der Leiber hineinhält, wie Strack und die anderen, wenn man nicht nur damit spielt, sondern Ernst macht? Aber nein, das passt alles nicht, das ist kein Spiel, die Toten sind am Ende wirklich tot, und vorher sind sie Wanzen, und der am MG ist Gott, der Herr, während Kristin Sydheim, die sich die Peitsche wünscht, in Wirklichkeit die Herrin ist, und Fritz Lehmann mit Peitsche ist ihr Knecht, der genau das machen muss, was sie von ihm will, denn Gott, den Herrn, mag es nicht geben, aber was es immer geben wird, ist die Gewalt, die eine schöne Frau über einen hat.

Später machen sie es im Wald noch mal auf die ganz normale Tour, das ist so schön, dass Lehmann beinahe das Gefühl hat, wieder ein Leben zu haben, alles geht voran und wird besser, vielleicht kann er irgendwann nicht nur ein Motorrad kaufen, sondern ein Auto, ein Haus, eine Reise nach Florenz, vielleicht geht Kristin nicht nach Norwegen zurück, *Night and day, you are the one* und *Pennies from Heaven for you and me.*

26. UND 27. JULI

Der Fall Irina Stepaschkin hat schon schwer in den Seilen gehangen, aber jetzt rappelt er sich noch mal auf und scheint über die volle Distanz gehen zu wollen. Hölzl verbreitet hektische Geschäftigkeit, um endlich zum entscheidenden K.-o.-Schlag zu kommen. Zuerst lässt er sich von Lehmann in die Türkenstraße zum Zentralamt fahren, um nachzuprüfen, was wohl das Vorstrafenregister zu den neuen Verdächtigen zu sagen hat, während Lehmann selbst die Geschäfte um den Stachus herum abklappert und Meinungen über von Rantzow, Tabakwaren und Briefmarken, einholt, wobei aber nur herauskommt, dass der Freiherr, wenn ihn überhaupt jemand kennt, für einen mehr oder weniger korrekten Geschäftsmann gehalten wird.

Später holt er Hölzl wieder ab. Im Zentralamt war zu erfahren, dass Franziska Dupois vor ’45 wegen Vergehens gegen das Heimtückegesetz im Zuchthaus gewesen ist, *Wer vorsätzlich eine unwahre oder gröblich entstellte Behauptung tatsächlicher Art aufstellt, die geeignet ist, das Wohl des Reichs oder das Ansehen der Reichsregierung oder das der Nationalsozialistischen Deutschen Arbeiterpartei oder ihrer Gliederung schwer zu schädigen, wird mit Gefängnis bis zu zwei Jahren* … den genauen Grund hat Hölzl allerdings nicht herausfinden können.

»Das wird doch keine Widerstandskämpferin gewesen sein?«

»Ah, gehen S’, die hat vielleicht an Hitlerwitz erzählt …«

Im engeren Sinne, das Heimtückegesetz gilt ja nicht mehr, ist sie also nicht vorbestraft, ihr Mann ebenfalls nicht, und das Gleiche gilt für von Rantzow, jedenfalls gibt es keinen Eintrag über ihn in der Kartei des Bayerischen Zentralamtes, gegebenenfalls müssen sie eine Anfrage an die Behörden der anderen Länder stellen. Lehmann schlägt dann vor, die Starnberger Kollegen loszuschicken, aber Hölzl schüttelt den Kopf, da wart mer besser no ab, ob net den Dupois’ beizukommen ist, nachher mach mer dem die Ehe kaputt, und der is des dann gar net g’wesen … Dann kommt auch noch Gräf vorbei, und nachdem der Toni und der Robert die Halbfinalspiele vom Wochenende durchgegangen sind und die Chancen für das Endspiel in zwei Wochen zwischen Kaiserslautern und Nürnberg erörtert haben, als Bayer ist man natürlich für den Club, muss der Kollege vom Erkennungsdienst ihnen leider mitteilen, dass er auf der braunen Mappe und ihrem Inhalt nur die Fingerabdrücke Irina Stepaschkins und die Franziska Dupois', die die Schaustellersfrau bei der Registrierung für ihre Kennkarte in der Einwohnermeldekartei hinterlassen hat, finden kann.

Zum Mittagessen trifft Lehmann sich mit Sepp Poschinger, der kurz vor der Beförderung steht, weil er in den Tagen nach der Währungsreform insgesamt um die fünfhundert Schwarzhändler hat hochgehen lassen, was zwar Jack Lossowitsch und den Möhlstraßenring insgesamt nicht sonderlich beeindruckt haben dürfte, weil das alles kleine Fische waren und der Nachwuchs schon Schlange steht, aber im Rathaus und im neuen Landtag, der immer noch darauf wartet, im Maximilianeum tagen zu können, machen sich solche Festnahmeziffern gut: Ja, meine Herren, *unsere* Polizei …! Sepp hat aber etwas anderes nicht, nämlich eine zweite Vorladung zur War Crimes Group bekommen, was Lehmann ein bisschen verwundert, aber er hat nicht viel Zeit, sich groß Gedanken darüber zu machen, weil Hölzl in die Kantine kommt, sich bei der dicken Franzi einen Kaffee holt und dann auf die Uhr klopft, Herr Kollege, gleich geht's los, und als er die Tasse geleert hat, fahren sie zusammen zur Wohnung der Dupois' in der Müllerstraße, um eine unangemeldete Haussuchung durchzuführen – Lehmann erinnert sich dunkel an seine amerikanische Staatsbürgerkunde im Kriegsgefangenenlager, *We the People*, keine Haussuchung ohne richterlichen Befehl, aber so richtig hat sich das im besetzten Deutschland noch nicht eingebürgert.

Erstaunlicherweise sind beide Dupois' zu Hause, was der Gatte damit erklärt, dass zurzeit kein Geschäft ginge, aha, und wovon leben S' dann?

»Mir verkaufen halt so Wertsachen, Familienbesitz, wissen S', des geht scho …«

»Aha.«

Die Wohnung ist dann genauso, wie sie in dem Schutzpolizeibericht von Mitte Mai beschrieben wurde, zwei kleine Schlafzimmer, in einem davon steht ein altmodisches, reich verziertes Gitterbett, fast eine Antiquität, und falls die Dupois' diesen Familienbesitz mal verkaufen müssen – Kristin Sydheim und Fritz Lehmann hätten vielleicht Verwendung dafür … Das kleinere Zimmer macht tatsächlich den Eindruck, nicht von den Hauptmietern benutzt zu werden, wahrscheinlich lassen die Dupois' auch weiterhin christliche Nächstenliebe walten und vermieten an Mariechen und Jack, Monika und Joe und Mimi und John, dann gibt es einen Flur, eine Wohnküche und zwei Zimmer, bei denen durch einen Bombenangriff die Außenwände verloren gegangen sind. Lehmann nimmt sich besonders diese Abstellräume und die Kleiderschränke vor, könnte ja sein, dass man irgendwo noch auf einen graublauen Rock, ein graublaues Jackett, einen graublauen Turban, einen grauen Stoffmantel oder rosa Unterwäsche stößt … Familie Stepaschkin hat letzten Monat sogar noch einen Stoffrest geschickt, den hat Lehmann dabei, aber er findet nichts, das dazu passen würde, ebenso wenig wie stark gestopfte, beige Strümpfe oder Schuhe mit flachem Absatz. Seit Anfang April sind jetzt schon weit über drei Monate vergangen, aber es könnte ja jemand etwas vergessen haben, zum Beispiel im Nachttisch, »Nachtkasterl« sagen sie hier unten, die Dupois ist sicher nicht die ordentlichste aller deutschen Hausfrauen, vielleicht gibt es noch irgendwo Blutspuren, oder irgendwo liegen noch Haare herum oder ein weiterer Leinensack beziehungsweise »Rupfensack« mit dem Kopf drin, man muss an das Abwegigste denken. Lehmann hat sich inzwischen ein bisschen schlaugemacht: Haarmann in Hannover soll damals seine »Puppenjungs« als Frischfleisch verkauft haben – gleich um die Ecke von hier ist die Freibank, da haben am Wochenende vor dem 20. Juni über dreitausend Menschen auf billiges Fleisch gewartet, haben sie sogar im Radio und in der *Wochenschau* gebracht, derart gieren die Leute nach Koteletts und Gulasch, und man muss auch an die Münchner Menschenschlachterei denken, über die Oberstaatsanwalt Dessauer zufolge im Frühjahr in der ausländischen Presse berichtet worden ist, aber das haut natürlich alles nicht hin, denn von den Beinen ist ja doch der größte Teil gefunden worden, und an so einem Kopf ist nix dran.

Nachdem sie jeden Winkel der Wohnung mehrfach erfolglos durchkämmt haben, müssen sie die Haussuchung beenden. Bevor sie wieder gehen, lassen sie sich noch ein paar Namen geben: Wer kann bestätigen, dass Ihr Mann in der Woche vor dem 8. oder 9. April allein auf dem Frühlingsfest war, wohnhaft an welcher Adresse, wer noch, wer noch … wir überprüfen das …! Hölzl will gleich ein paar Schandis losschicken, um alle ins Präsidium holen zu lassen, aber dafür ist es schon ein bisschen spät, also erledigen sie noch den einen oder anderen Bürokram und machen dann Feierabend.

Als Lehmann nach Hause fährt, überholt er in der Barer Straße einen schwarzen Mercedes von einer Bauart, die auch draußen in Harlaching vorkommt, und er muss lächeln, weil er seit Ende Mai nicht mehr draußen gewesen ist und sich auch keine großen Gedanken mehr gemacht hat über die Leute, die solche Wagen zu fahren pflegen.

Sie machen es an diesem Abend wieder auf die harte Tour, Wölfchen soll beißen, Wölfchen beißt auch, so gut es kann. Er will ihr nachher erklären, dass er im Moment viel arbeiten muss, aber sie schneidet ihm das Wort ab und will gar nicht wissen, was für einen Grund das hat.

»Wölfchen, du bist Polizist, das weiß ich schon … und ich habe es vorher schon gewusst, also entschuldige dich bitte nicht.«

Bevor er sie noch mal küsst, denkt sich Lehmann, dass er so viel Glück wirklich nicht verdient hat.

*

Mit dem Dienstag kommt die nächste Runde im Kampf Hölzl/Lehmann gegen X: Inzwischen haben auch die Schandis ganze Arbeit geleistet und führen die Zeugen vor, die gestern von den Dupois' zur Entlastung angegeben worden sind.

Der Wurfbudenbesitzer Alois Maier bestätigt, dass die gesamte Familie Dupois im Schaustellergewerbe tätig sei, der Mutter gehöre ein Karussell, außerdem gebe es zwei Brüder, von denen der eine das *Café Quick* am Sendlinger Tor betreibe. Maier will sich nicht erinnern, dass bei Max Dupois jemals Mädchen zur Anstellung vorgesprochen hätten, auch zu ihm selbst sei niemand aus diesem Grund gekommen, und was er so allgemein von den Dupois hielte? Wissen S', den Max Dupois hat ja koaner von uns mehr so recht ernst g'nommen, der hat ja was ab'kriegt im Krieg, oder jedenfalls erzählt man sich des … Des Maderl da auf dem Buid? Naa, kenn i net, und den Namen hat er natürlich auch noch nie gehört.

Vinzenz Pfarrmeyer, der als Packer für eine Eisenwarenhandlung im Erdgeschoss des Anwesens in der Müllerstraße arbeitet, in dem auch die

Dupois' ihre Wohnung haben, meint immerhin, das Mädchen komme ihm irgendwie bekannt vor, aber sicher sei er sich da nicht, über Ostern sei er bei seinen Eltern in Schrobenhausen gewesen, aber wahrscheinlich habe bei den Dupois' der übliche Betrieb geherrscht. Der übliche Betrieb? Ja mei, was soll i sag'n, die Frau Dupois macht ja für mi immer die Wäsch'n mit, aber trotzdem, was soll i sag'n, moralisch is des fei net … In letzter Zeit habe da sogar ein Mädel für längere Zeit gewohnt, die sei aber vor Kurzem mit ihrem amerikanischen Verlobten in die Staaten gegangen. Ob das Ehepaar Dupois auf dem Frühlingsfest gewesen sei? Doch, scho. Und gestritten? Ja, gestritten hätten sie sich wohl, der Max Dupois sei ja an sich eher ein Ruhiger, aber sei Frau hat in der Zeit a blaues Auge g'habt, des woaß i no' g'nau …

Der Schaustellhelfer Dimitri Popoff, in München gestrandeter Bulgare und auf dem Frühlingsfest als Schaukelbeweger bei Max Dupois angestellt, hat interessante Neuigkeiten, aber nur auf den ersten Blick: Das Ehepaar Dupois habe während des Frühlingsfestes nur einmal im Wohnwagen auf dem Festgelände übernachtet, und zwar gemeinsam. Sind Sie sich da sicher? Ja schon, bin ich ganz sicher … Streit zwischen den beiden habe es auch nie gegeben, nur immer mit der Mutter von Max Dupois, das Mädchen auf dem Foto? Ja, sicher erkenne er sie wieder, die sei doch mit Franziska Dupois auf der Festwiese gewesen, an einem Regentag, das wisse er noch genau, und die Dupois sei jeden Tag um zwölf Uhr mittags gekommen, um für den Betrieb zu kassieren, und das Mädchen war einmal dabei, bin ich ganz sicher, eine Cousine von Frau Dupois, habe es damals geheißen, groß, stark und blond, bayerischen Dialekt habe sie geredet und sei mit einem Amerikaner gegangen.

Als Popoff weg ist, holt Hölzl wieder zwei Flaschen Vollbier aus seinem Schreibtisch, und sie gehen die Aussagen durch. Popoffs Blonde war sicher das Mädchen, das laut Pfarrmeyer eine Weile in dem kleinen Zimmer gewohnt hat, bevor sie mit Jack oder Joe oder John nach Amerika gegangen ist, Irina Stepaschkin war schließlich nicht groß, stark und blond und hat bayerischen Dialekt geredet. Das blaue Auge, das die Dupois Pfarrmeyer zufolge in der fraglichen Zeit mit sich herumgetragen hat, spricht zusätzlich dafür, dass die Schaustellersfrau die Wahrheit sagt, andererseits weist der offenbar sporadisch auftretende Jähzorn ihres Mannes wiederum auf dessen mögliche Täterschaft hin.

»Is des jetzt wasserdicht, wos moanen S', Kollege Lehmann?«

»Wie n rostiger Eimer ...«

Hölzl nickt grimmig. Klar ist jetzt jedenfalls, dass das Ehepaar Dupois in seiner Wohnung einen florierenden Bordellbetrieb mit illegalem Ausschank unterhalten hat, von dem die beiden sicher angenehm leben konnten, ohne auf die mit Schiffsschaukel erzielten Einkünfte angewiesen zu sein – was allerdings genauso für die achthundert Reichsmark Irina Stepaschkins gilt.

Hölzl greift zum Telefon, Herr Kollege, san S' doch amal so liab und holen uns an Kaffee, die Thermoskanne is leer, macht Lehmann doch glatt, und als er zurückkommt, hat Hölzl die Wetterdaten des 8. und des 9. April vom Wetteramt eingeholt: Am 8. hat es geregnet, zwischen zweiundzwanzig und dreiundzwanzig Uhr auch stärker, vor allem in der Innenstadt, am 9. fast überhaupt nicht, nur ein leichter Schauer gegen drei Uhr morgens ist registriert worden.

Lehmann geht also die paar Schritte in die Prielmayerstraße hinüber, um Nikolaus von Rantzow mit diesen neuen Erkenntnissen zu konfrontieren, nein, bitte, nicht hier vorne, kommen Sie bitte mit in mein Büro ... Der Freiherr kramt dann in seinen Geschäftsunterlagen herum, sehen Sie, ich habe nachgedacht, er habe nämlich gar nicht den Zug verpasst an dem bewussten Abend, sondern ohnehin vorgehabt, wegen einer Briefmarkenauktion, die vom 6. bis zum 9. April stattgefunden habe, in der Stadt zu bleiben. Und er habe auch eigentlich im Hotel übernachten wollen, sei dann aber mit dem Mädchen ins Geschäft gegangen, er könne sich auch an ein Ferngespräch erinnern, das er an diesem Tag geführt habe, hier, das steht in meinen Geschäftsunterlagen, sehen Sie, der 9. April war es, also komme nur die Nacht vom 9. auf den 10. infrage.

»Laut Wetteramt hat's aber nicht geregnet an dem Abend ...«

»Dann muss das Wetteramt sich irren!«

»Aha.«

Lehmann lässt sich dann die Adresse des Ortes geben, an dem die Briefmarkenauktion stattgefunden hat.

»Und Sie wollen weiterhin dabei bleiben, dass Fräulein Stepaschkin in der Nacht vom 9. auf den 10. bei Ihnen übernachtet hat?«

»Ich bin mir absolut sicher ...«

»Wie betrunken waren Sie denn überhaupt an dem Abend?«

Woraufhin von Rantzow einfach nichts mehr sagt und Lehmann sich schließlich empfiehlt, Sie hören dann von uns, überlegen Sie sich das lieber noch mal mit dem Datum – für Lehmann ist der Freiherr nicht weniger verdächtig als das Ehepaar Dupois.

Die Briefmarkenauktion ist vom Inhaber eines großen Briefmarkengeschäfts in der Dachauer Straße im *Hotel Königshof* organisiert worden, der aber befindet sich gerade auf Geschäftsreise in der französischen Besatzungszone, auch gut, warten wir eben … Hölzl ist inzwischen bei der Kartei mit den Fremdenanmeldungen gewesen und hat alle Anmeldungen vom 1. Februar bis zum 26. April noch mal persönlich durchgesehen, aber auch diesmal keine Irina Stepaschkin gefunden, sie muss also in der Nacht vom 7. auf den 8. April irgendwo privat untergekommen sein.

»Und wenn sie tatsächlich erst am 8. bei den Dupois' aufgekreuzt ist? Dann könnte doch von Rantzow wirklich die Nacht vom 9. auf den 10. mit ihr verbracht haben! Aber wir hätten leider noch einen Tag mehr, von dem wir nicht wissen, was sie da angestellt hat.«

»Außerdem war der 9. a Freitag, und des wird der Tag sein, an dem der Freiherr üblicherweise sei Abrechnung macht, um am Samstagmittag zeitig nach Berg z'rückfahr'n z können, des passt scho … Des passt auch in der Hinsicht, des die Dupois wegen dem beginnenden Wochenende mehr Geschäft auf dem Frühlingsfest erwartet hat und deswegen am Freitag zum ersten Mal in der Woch'n wieder zu ihr'm Mann naus'ganga is.«

»Und von Rantzows Problem ist wahrscheinlich, dass er am Morgen des 9. zum Beispiel nicht im Geschäft war, was ja seine Angestellten bestätigen könnten, am Morgen des 10. aber schon, was seine Geschichte bestätigen würde, er habe die Stepaschkin erst an *diesem* Tag kurz vorher nach Hause geschickt …«

»Während er am Morgen des 9. zum Beispiel damit beschäftigt war, die Leiche zu beseitigen …«

»Zum Beispiel …«

Hölzl klopft mit dem Zeigefinger auf den Schreibtisch.

»Gehen S' doch die nächsten Tage immer mal wieder an dem G'schäft vorbei, und wenn er selbst net da is, gehen S' nei und fragen S' die Verkäuferinnen, ob er an dem Freitagmorgen vielleicht da war …«

»Oder noch besser: Sie gehen vielleicht selbst hin und tun so, als ob Sie an dem Tag wegen einem Geschäft in der Stadt waren, den Herrn von Rantzow aber nicht im Laden angetroffen haben. Und dann fragen Sie, ob man sich noch erinnern kann, mich haben die da schon zweimal gesehen, vielleicht würden sie mir nichts erzählen …«

Hölzl zieht die Augenbrauen hoch.

»Herr Lehmann, Sie san a Fuchs …!«

Gegen vier kommt noch ein Fernschreiben der Geislinger Kollegen: Sergei Stepaschkin sei ziemlich aufgeregt wegen der neuen Entwicklungen, und er habe gleich eine Liste von Sachen angefertigt, die seiner Tochter zusätzlich zu den bereits genannten gehört hätten, sich aber nicht mehr in Geislingen befänden: ein neues blaugraues Wollkleid, ein Morgenmantel, eine lange, rotweinfarbene Jacke, ein turbanförmiger, brauner Hut, ein neuer brauner Koffer aus Vulkanfiber, eine Handtasche aus hellbraunem Leder, eine weitere Handtasche …

»Hat die ihrn ganzen Hausstand mitg'nommen, oder wos?«

»Ja, aber das heißt doch: Es gibt noch irgendwo einen Koffer …«

Die Mutter Irina Stepaschkins hat weiterhin angegeben: einen Lippenstift, ein grünes Frotteehandtuch, eine kleine Puderdose aus Metall, einen Kamm aus Aluminium, eine Pappschachtel mit Augenbrauenpaste, einen schwarzen, in Zellophanpapier eingepackten Pinsel, außerdem eine runde Zelluloiddose, die einem nicht näher bestimmten Zweck dient, und ein Zigarettenetui. Vilma Nonne-Stepaschkin sei sich absolut sicher, dass ihre Tochter mit diesen Sachen am 7. April Geislingen verlassen habe, und bis auf das Zigarettenetui haben sie auch alles in der braunen Mappe gefunden, die Franziska Dupois im Präsidium abgeliefert hat.

»An sich gibt es nur zwei Möglichkeiten: Entweder der Koffer ist dort geblieben, wo sie in der Nacht vom 7. auf den 8. gewesen ist, oder die Dupois' haben das Stück samt Inhalt verkauft und die braune Mappe einfach nur vergessen.«

Hölzl seufzt.

»Mei, da wer'n ma wohl morgen a weitere Haussuchung machen müssen, gell? Und dann auch amal den Wohnwagen von denen anschauen, weil des net uninteressant war!«

Lehmann will nicken, aber dann fällt ihm ein, dass er am Vormittag wegen der zweiten Vorladung zur War Crimes Group muss, Captain

Burke besuchen, nee, kann morgen früh nicht, bin wahrscheinlich erst gegen Mittag wieder da, dann können wir loslegen …

*

Am Abend geht er mit Kristin in die *Schwarz-Gelb-Stube*, denn das Fräulein Verlobte tanzt nicht nur gerne im *Vier Jahreszeiten*, sie steigt auch gerne in die Gosse hinab und säuft schwarzgebrannten Schnaps. Am Tresen hockt, wie üblich in ihrem abgewetzten, zwanzig Jahre alten Samtkleid, Enzian-Paula, die so aussieht, wie sie heißt, und früher für berühmte Schwabinger Maler Modell gestanden haben soll. Das ist noch jemand, der dem alten Wahnmoching nachhängt: Was waren das doch früher für Feste, kein Vergleich mit dem Saustall heute, und die Männer wollten alle nur mich … Momentan wollen aber alle Männer Kristin, die heute wieder ihr Nadelstreifenkostüm anhat und Lauren Bacall in nichts nachsteht, jedenfalls machen sie Stielaugen und wenden sich übertrieben schnell ab, wenn sie merken, dass Lehmann sie im Visier hat. Für einen Moment hat er Angst, dass in dem verkommenen Weib Kristins Zukunft vor ihm sitzt, und seine ist vielleicht der dicke Kneipier aus Dortmund, aber er nimmt sich vor, in den nächsten Tagen doch einmal wegen Hamburg und Heiraten und Familie zu fragen.

Das große Thema heute Abend ist Otto Skorzeny, der gerade aus einem amerikanischen Kriegsgefangenenlager in Darmstadt geflohen ist, sogar im Radio haben sie die Meldung gebracht, und Lehmann denkt sich, dass er morgen vielleicht umsonst in die Tegernseer Landstraße fahren wird, weil Captain Burke jetzt sicher größere Sorgen hat, als einen unbedeutenden Polizisten mit Demokratiezertifikat vorzuladen; die anderen Gäste trinken auf den Mussolini-Befreier und lassen das Großdeutsche Reich hochleben.

»Das war doch wenigstens noch ein *Mann*!«

»Jawoll, der und der Prien!«

»Der Marseille aber auch!«

»Und der Rommel!«

»Naa, der Rommel war an elendiger Verräter, der Hund!«

»Ach was, der wusste einfach nur, was los war …!«

Der Wirt holt ein Grammofon aus dem Schrank, und bald leiern vertraute Weisen durch die Wirtsstube, *Du sollst mein Glücksstern sein* und *Ich tanze mit dir in den Himmel hinein* und *Tango Notturno* von Pola Negri … Lehmann hat weder auf Skorzeny noch auf das Großdeutsche Reich angestoßen und wünscht sich, es wäre Wochenende und er säße im Deutschen Museum, er kann jetzt aber nicht einfach nach hinten gehen und das Grammofon aus dem Fenster werfen, weil Kristin und eine junge Frau, die Lehmann nicht kennt, zusammen zu Pola Negris gefährlich rollenden »r«s zwischen den Tischen Tango tanzen, oder jedenfalls das, was sie dafür halten, *Dass du mein Schicksal bist, hab voll Glück ich empfunden, Als in einsamen Stunden ich vor Freude geweint …*

Na, die Stielaugen muss man aber gesehen haben, die da jetzt gemacht werden … Lehmann muss an sich halten, um sie nicht an den Haaren aus der Kneipe herauszuschleifen, aber immer noch besser, sie tanzt mit einer Frau, als dass sie wieder irgendwo hinten bei den Toiletten Kokain schnupft – ob sie eigentlich vom anderen Ufer ist und sich nur Männer sucht, die sie beschützen können? Oder sie kann mit beiden Geschlechtern und trifft sich mit Frauen, wenn sie abends ohne ihn unterwegs ist … Er ist einen langen Weg gegangen seit seiner Kindheit im gottes- und kaiserfürchtigen Haus der Familie Lehmann in Mahlow in Hinterpommern, und irgendwo unterwegs muss er die Übersicht verloren haben. Jedenfalls wird er ihr nachher mal auf den Zahn fühlen.

Nachdem sie wieder zu Hause sind, kommt er aber erst einmal nicht dazu, jedenfalls nicht im übertragenen Sinne, denn das Fräulein Verlobte ist betrunken und zerrt ihn in das Malerzimmer, wo sie sich zwischen den Bergpanoramen und der Wölfin und dem abgehängten Bild die Augen verbinden, mit Lehmanns amerikanischen Handschellen an den Ofen fesseln und mit der Reitpeitsche Striemen über den Rücken ziehen lässt. Bis jetzt haben sie es auf diese Tour immer mit Lehmanns Ledergürtel gemacht und nur ganz selten, weil die Striemen mit dem Gürtel zu scharf und tagelang zu sehen sind, aber mit der Reitpeitsche geht es besser, und Lehmann muss ihr einen Lappen zwischen die Zähne stecken, damit man im Haus nicht von den Schreien aufwacht.

28. JULI

Am Mittwochmorgen gibt Lehmann den Opel bei der Fahrbereitschaft wieder ab, damit Hölzl oder sonst wer damit in die Müllerstraße fahren kann, und nimmt dann die 25er-Tram nach Obergiesing. Am Stadion müsste er in den Bus umsteigen, aber der kommt nicht, also geht er das letzte Stück die Tegernseer Landstraße bis zur Militärregierung hoch zu Fuß, weshalb er eine gute halbe Stunde zu spät kommt und in Burkes Vorzimmer von der Sekretärin mit einem kopfschüttelnden Blick auf die Uhr begrüßt wird.

Captain Burke ist offensichtlich gerade nicht auf der Suche nach Otto Skorzeny, sondern sitzt an seinem Schreibtisch und telefoniert, Yes Sir, I'll do my best, Sir, the investigation is on its way … well, I can't vouch for that … yes, I know you're quite busy with the manhunt now, dabei deutet er auf einen Stuhl ihm gegenüber, aber Lehmann guckt sich den lieber erst mal an, nachher ist es wieder der mit den Splittern im Holz, und das ist er dann auch tatsächlich, also nimmt er sich die Freiheit und tauscht das Möbel gegen ein komfortableres Modell aus, das in einer Ecke des Zimmers steht.

Burke hat den Stuhltausch mit einem Auge verfolgt, und als er auflegt, kneift er die Augen zusammen und versucht gleichzeitig, die rechte Augenbraue hochzuziehen, was kein besonders erhebender Anblick ist.

»Sie fühlen sich hier schon ganz zu Hause, was?«

Lehmann zuckt mit den Achseln.

»Wie man's nimmt … Glückwunsch zur Beförderung übrigens.«

»Danke, nicht nötig.«

Burke lehnt sich zurück, faltet die Hände auf dem Tisch zusammen und lauert so komisch. Er trägt eine Brille heute, Schildplatt oder wie man das nennt, vielleicht werden seine Augen langsam schlechter von all den Akten.

Lehmann bleibt ruhig – was kann der ihm schon …?

Schließlich beugt sich Burke wieder vor.

»Wissen Sie, dass Sie der Einzige sind, den ich zum zweiten Mal hierherbestellt habe?«

»Nee, wusste ich nicht …«

»Aber wissen Sie vielleicht, warum?«

Lehmann zuckt wieder mit den Achseln. Ob er mal Skorzeny ins Spiel bringt, den Burke jetzt eigentlich verfolgen sollte?

»Weil ich von Ihnen am meisten enttäuscht bin.«

Lehmann will etwas antworten, aber Burke lässt ihn nicht zu Wort kommen.

»Weil ich gedacht hatte: Der da, der lässt mich nicht im Stich, der hat was dazugelernt bei uns als Kriegsgefangener, der sagt die Wahrheit, das ist ein neuer Deutscher … Nein, dass Ihre Kollegen mich verladen und angelogen haben, damit kann ich zwar nicht leben, doch es wundert mich auch nicht besonders, aber *Sie* …«

Der gute Junge tut Lehmann ja fast leid, Rache nehmen will der im Grunde genommen, aber es ist zu spät für Rache, *eine Verfassunggebende Versammlung einzuberufen, die spätestens am 1. September 1948 zusammentreten sollte*, wer die drei Jahre bis jetzt überlebt hat und den Mund hält, hat das Spiel gewonnen, und da sitzt Captain Burke nun und will immer noch Rache, glaubt an die Vereinigten Staaten von Amerika und wahrscheinlich an die Gerechtigkeit Gottes, aber da ist nichts, gar nichts, *We hold these truths*, und man kann sich auch ausrechnen, was in Amerika in Wirklichkeit los ist, wenn sogar Humphrey Bogart in aller Öffentlichkeit sagen muss: »I am not a communist«, das mit den bösen Nazis war mal, jetzt spielen Uncle Joe und Ulbricht die Schurkenrolle, und die Sache ist gelaufen.

»Was wollen Sie eigentlich von mir?«

»Ich kann immer noch jeden Einzelnen von Ihnen um seine Stellung bringen, wenn ich genauer in Ihrer jeweiligen Vergangenheit herumkrame, das wissen Sie …«

»Das würde viel Arbeit erfordern … *und* die absolute Unterstützung Ihrer Vorgesetzten … gerade jetzt während der Berlin-Blockade.«

Burke kneift wieder die Augen zusammen.

»Sie sind ganz schön schlau für einen Bauernjungen aus Hinterpommern, Lehmann, sehr schlau … und deswegen sind Sie auch hier.«

»Weswegen bin ich hier?«

»Ich bin auch schlau, Lehmann … Und ich weiß schon, warum Sie in den letzten zwei Monaten nicht mehr im Deutschen Museum gewesen sind oder an sonst einem Ort, wo ich Ihnen hätte über den Weg laufen können …«

»Ich hab ne Verlobte jetzt, die geht da nich so gerne hin …«

»Wissen Sie, was Sie haben? Sie haben ein schlechtes Gewissen, und das ist alles, was Sie haben … Sie möchten gerne ein neuer Mensch sein, die Amerikaner mögen, Jazz hören, Whisky trinken, alles vergessen, was passiert ist, an die Demokratie glauben, ja, das möchten Sie, aber Sie können nicht, weil Sie das alles nicht wirklich vergessen können … Was haben Sie getan, Lehmann, im Krieg, *was* haben Sie getan …?«

Ganz sanft redet der, und Lehmann ertappt sich dabei, wie er nach der Stuhllehne greifen will, aber ins Leere fasst.

»Ich war nicht ostfähig.«

Burke wird einen Ton schärfer.

»Ich glaube Ihnen kein Wort, Sie waren so ostfähig wie jeder andere auch, und Sie haben geschossen wie jeder andere auch, als es Ihnen befohlen wurde, und noch mehr, es hat Ihnen sogar Spaß gemacht, Sie haben gerne geschossen, Sie haben noch mal nachgeladen, um …«

»*Nein!!!*«

Burke sieht ihn wieder so komisch an, und plötzlich weiß Lehmann, was er sieht, er sieht Gott, den Herrn, der über die Ägypter kommt in seiner Macht, er sieht sich selbst durch Burkes Augen, also: eine Wanze, und er weiß: Genauso hat er selbst die Juden angesehen auf den Marktplätzen und Dorfangern von Wolhynien.

»Vielleicht haben ja Ihre Piloten auch gerne ihre Brandbomben auf Dresden geworfen, vielleicht haben ja Ihre Piloten auch gerne zwei Atombomben auf Hiroshima geworfen und zweihunderttausend Zivilisten umgebracht …«

Jede Sanftheit fällt ab von Burke.

»*Wir haben das getan, weil es notwendig war!!!* Weil Sie und Ihre japanischen Verbündeten anders nicht zu stoppen waren, weil Sie bis zum letzten Moment des Kriegs Ihr *Leben* gegeben hätten, und alles nur, um –«

Er unterbricht sich und greift in seine Schublade, um ein gerahmtes Bild daraus hervorzuholen und es vor Lehmann auf den Tisch zu knallen.

»Um diesem *Verbrecher* zu dienen!!!«

Lehmanns ganzer Leib verkrampft sich, und er starrt auf das Bild, das so lange Zeit Teil seines Lebens gewesen ist, ihrer aller Leben, denn es hat ja überall gehangen, dieses Bild, in jeder Schule und in jeder guten Stube, auf den Ämtern und in den Geschäften, in den Kasernen und auf den Bahnhöfen, man hat schon gar nicht mehr darauf geachtet, und als er nach Deutschland zurückgekommen ist, hat es plötzlich nirgendwo mehr gehangen, und mit einem Mal weiß er, warum ihm das Land damals fremd vorgekommen ist, das hatte den Grund, dass überall ein Loch gewesen ist, wo das Bild gehangen hatte, ein Loch im Herzen von Deutschland.

»*Warum*, Lehmann, sagen Sie mir, *warum*!?!?!? Warum für diesen *hässlichen, widerlichen, ekelhaften … Landstreicher*!?!?!? Diesen … *Kleinganoven*!?!?!? Diese … *Wanze*!?!?!?«

Nein!, nicht Wanze, das seid doch ihr gewesen, Volk Gottes von eigenen Gnaden, ihr, Wanzen, über die Gott, der Herr, gekommen ist in seiner Macht und sie gestraft hat, dich und deine verlauste Verwandtschaft … Der auf dem Bild aber ist keine Wanze gewesen, der ist von ganz unten gekommen wie das ganze Volk der Deutschen und der mächtigste Mann Europas geworden, und die Deutschen sind das mächtigste Volk Europas geworden, und die Welt hat uns nicht mehr ausgelacht, sie hat gezittert vor uns, und noch jetzt habt ihr Angst vor uns, sonst müsstet ihr dem Reich nicht Pommern und Schlesien und Ostpreußen entreißen und es in zwei Teile spalten, ihr zittert ja immer noch, und es hat die ganze Welt gebraucht, bis man uns endlich geschlagen hat … Lehmann merkt beinahe überrascht, dass etwas in ihm steckt, das keinen Deut besser ist als die alten Kameraden, die noch im Lager in Texas den Geburtstag des Führers und Reichskanzlers Adolf Hitler gefeiert haben, und da wird ihm schlecht.

»*Warum?!?!*«

Lehmann kämpft gegen die Magensäure an, die ihm die Speiseröhre hochkommt.

»Ich habe *nicht* … bis zum letzten Atemzug gekämpft, ich hatte '43 genug von all dem … und ich *glaube* an die Demokratie, die Amerika mir beigebracht hat, und ich war *nicht* ostfähig, da können Sie so viele alte Akten wieder hervorkramen, wie Sie wollen, aber das ist die Wahrheit …!«

Da steht Burke auf und nimmt ein Buch aus dem Regal hinter ihm, das legt er dann neben das Bild des Führers und Reichskanzlers auf den Schreibtisch und schlägt es auf, Lehmann kann noch »Crimes Comitted

Against Humanity« und »International War Crimes Council in Nuremberg« lesen, dann ist der frischgebackene Captain auch schon beim Bildteil angelangt.

»Ich habe manchmal das Gefühl, der Nationalsozialismus war für die Deutschen keine Knechtschaft, sondern Erlösung ... Haben Sie das gesehen, Lehmann?«

Ja doch, du Idiot, was glaubst du, was sie uns im Lager gezeigt haben, *Die Todesmühlen* hieß der Film, Belsen und Dachau, ist doch genau dasselbe, der Stacheldraht, die Wachtürme, die Bilder von der Befreiung mit den Toten und den Halbtoten in ihren gestreiften Häftlingsanzügen, die Galgen, die verlausten Holzbaracken, die zugeschissenen Aborte, die leeren Augen, nein, leer nicht, da ist genau das drin gewesen, das Lehmann auch in den Augen der Arbeiterinnen bei den Katz' in der Keksfabrik nicht verstehen konnte, *I have seen something*, die wandelnden lebenden Skelette, die liegenden lebenden Skelette, die toten lebenden Skelette ...

»Und *das*?! Und *das*?! Und *das* ...?!«

Ja, das auch, und das auch, und das auch, auch die Leichenberge und die Gehenkten und auch –.

Lehmanns Hand schießt vor und hält die Seite fest, die Burke gerade aufgeschlagen hat, da sind Leichenteile auf den Fotografien zu sehen, von den medizinischen Experimenten, von denen man gehört hat, in dem Film damals ist das nicht vorgekommen: abgetrennte Beine, die in einem Trog herumschwimmen, irgendetwas, das er nicht genau erkennen kann, der steife Körper eines Toten, auf dessen Arm noch die tätowierte Nummer zu erkennen ist, noch mehr Leichen, mit ganz verschrumpelter Haut, die liegen auch in einem Trog und haben keinen Kopf mehr, er schiebt Burkes Hand weg und blättert selbst weiter und kann vor Aufregung kaum lesen, was dort als Bildunterschrift steht, »mutilated bodies of prisoners ... sent regularly from the concentration camps«, denn es folgt auf der nächsten Seite ein Bild, nein, es folgen zwei Bilder, aber sie zeigen dieselbe Sache, und Lehmann übersetzt für sich, *Zu Schauzwecken an das Hygiene-Institut der Waffen-SS in Berlin, das Anatomische Institut der Reichsuniversität Straßburg und für den Unterricht an die SS-Ärztliche Akademie Graz*, die Bilder zeigen wieder Teile von Armen und Beinen, die in dem Trog in irgendeiner Flüssigkeit herumschwimmen, aber vor allem zeigen sie zwei weibliche Oberkörper, die man wohl irgendwie einbalsamiert hat, um sie an den drei genannten Orten für den Anatomieunterricht zu verwenden, am Rudolf-Virchow-Gymnasium in Schivelbein gab es eine Puppe aus Zelluloid, die konnte man aufklappen, um zu sehen, wie der Mensch innen drin aussieht, und die ganze Stadt hat die Puppe kennengelernt, als ein paar national eingestellte Oberprimaner sie in der Systemzeit aufgeklappt vor das Schivelbeiner SPD-Büro gestellt haben, aber das hier auf den Bildern sind keine Puppen aus Zelluloid, das sind Menschen aus Fleisch und Blut gewesen, mit richtigen Organen innen drin und richtiger Haut außen herum, und vorher haben sie auch richtige Beine und einen richtigen Kopf gehabt, denn das ist das Schlimmste an den Bildern, die sonst nicht schlimmer oder besser sind als die anderen, die Burke vorher aufgeschlagen hat, das ist das Schlimmste, dass Kopf und Beine fehlen, aber Arme und Hände nicht, dass diese weiblichen Oberkörper also genauso aussehen wie das, was sie vor drei Monaten am Langwieder See gefunden haben.

Lehmann sieht sich selbst mit glasigen, fiebrigen Augen hochschauen: Burke redet irgendwas auf ihn ein, aber er versteht kein Wort, hört gar nichts.

Er sieht wieder auf die Bilder: *Kann das sein …?!?* Er blättert wie betäubt weiter, vielleicht gibt es noch mehr von der Art, ja, die haben im KZ alle Ringe und Uhren vorher eingesammelt, ja, ja, ja … aber dann wieder: Schrumpfköpfe, die sich die SS in der Pathologie von Buchenwald als Souvenirs hat machen lassen, laut Bildunterschrift nach Vorbild der Kannibalen in der Südsee, man hätte zu diesem Zweck extra eine wissenschaftliche Untersuchung angefordert, um die entsprechenden Techniken studieren zu können, und dann kommt auch die abgezogene Haut: besonders schöne Tätowierungen, die man den jeweiligen Besitzern zusammen mit der Haut abgezogen hat, bevor Lampenschirme daraus gemacht wurden.

Ein Frauentorso mit Armen dran.

Ein fehlender Kopf.

An den Beinen abgezogene Haut.

Anatomisch fachgerecht ausgeführte Trennwunden.

Lehmann springt auf und muss sich die Hand vor den Mund halten, damit er nicht Burke auf den Schreibtisch kotzt, der kommt auch gleich um den Schreibtisch herumgeschossen und reißt ihn nach draußen auf den Flur und dann auf die Toilette, wo sich Lehmann über einem blitzsauberen, nach amerikanischen Desinfektionsmitteln riechenden Pissoir übergibt, bis ihm vom Magen bis zu den Zähnen alles brennt und wehtut.

Nach einer Weile rappelt er sich wieder einigermaßen hoch und hangelt sich zum Waschbecken, um den sauren Geschmack aus dem Mund zu bekommen. Er lässt das Wasser auch über seinen Kopf laufen, weil ihm furchtbar heiß ist, und er trinkt und spuckt aus und trinkt wieder, bis ihm beinahe von Neuem schlecht wird.

Am Eingang der Toiletten steht Burke und hat ihn ganz und gar missverstanden.

»Grausam, nicht wahr? Mir ging es genau wie Ihnen beim ersten Mal, glauben Sie mir …«

Lehmann hustet und muss noch mal mit Wasser nachspülen und steht schließlich einigermaßen wieder auf den Beinen. Gott, der Herr, ist aus Burkes Augen verschwunden, dafür macht sich dort beinahe so etwas wie Mitleid breit.

»Helfen Sie mir, Lehmann, wenn Sie wirklich an die Freiheit und an die Demokratie glauben, und vor allem an die Menschlichkeit. Die meisten von denen, die diese Verbrechen begangen haben, laufen immer noch frei herum, und das darf nicht sein, wenn die Menschheit nicht jeden Respekt vor sich selbst verlieren soll … Lassen Sie uns zusammenarbeiten!«

»Kann ich das Buch … mit nach Hause nehmen?«

Burke zieht erstaunt die Augenbrauen hoch, dann geht er aber in sein Büro zurück und kommt mit den Crimes Comitted Against Humanity zurück.

»Hier, nehmen Sie … fahren Sie nach Hause und lesen Sie sich das in aller Ruhe durch, aber glauben Sie nicht, dass Sie danach ruhig schlafen werden – und dann entscheiden Sie sich, entscheiden Sie sich für die richtige Seite …!«

*

Diesmal schafft er es nicht einmal bis zu der Schutthalde um die Ecke, sondern setzt sich einfach an den Straßenrand neben der Einfahrt zur Militärregierung, zückt seine Packung Luckys und raucht eine nach der anderen weg, ohne es zu wagen, auch nur einen Blick in das Buch zu tun, und alles kommt wieder: die Kiefern und Birken im Wald von Sarny und Nowak und seine kalmückischen oder kosakischen Hiwis und die Schwarzgelockten und Katz sowieso und Sznaider und Klein und wie sie alle heißen in den DP-Lagern und die Wanzen auf den Marktplätzen und Dorfangern von Wolhynien und die Judenhexe, die Jastrow mit seiner eigenen Walther P38 das Lebenslicht ausgeblasen hat, und Salkind, der in seinem Bett vor sich hin stirbt und in einem richtigen Konzentrationslager gewesen ist, und Elena Spanier, die Tochter des Schivelbeiner Pferdejuden Chaim Spanier und die Sonderbehandlung in Kowno und die Umsiedlungen nach Theresienstadt und all das und all das und all das, was er mehr oder weniger vergessen hat, weil Kristin Sydheim ihm sein Ding wieder hart macht.

Schließlich hält ein Taxi vor der Einfahrt, aus dem eine ältere Amerikanerin aussteigt, die dann in den Hof weitergeht, und Lehmann springt schnell auf und fragt den Fahrer, ob er ihn mitnimmt.

»Naa, i bin a Devisentaxi, da brauchen S' den Coupon …«

»Reichen zwanzig Dollar?«

»Des geht aa.«

Lehmann lässt sich auf den Rücksitz fallen und schließt die Augen, während das Taxi sich auf den Weg in die Schellingstraße macht; das kann nicht sein, das kann nicht sein, nein, das kann nicht sein ….

Er ruft zuerst vom Apparat der von Lederer aus im Präsidium an und meldet sich für den Rest der Woche krank. Attest bringen S' bittschön nach, gell, aber selbstverständlich, Herr Inspektor, dann geht er in sein Zimmer und legt sich aufs Bett.

Kristin hat ihn gehört und kommt mit einem Malerkittel bekleidet und einem Pinsel in der Hand aus ihrem Zimmer.

»Was ist denn los …? Oh Gott, du siehst ja furchtbar aus … Wölfchen!«

Sie will sich gleich auf ihn stürzen und seine Hand nehmen, aber Lehmann schüttelt so heftig den Kopf, dass sie zurückschreckt und ihn erstaunt anstarrt.

»Nein, bitte … ich erklär's dir später.«

Kristin lässt ihn nach einem Moment des Zögerns allein, aber in der Tür dreht sie sich noch mal um und schüttelt auch den Kopf, aber so, als wolle sie sagen: Du Idiot weißt gar nicht, was gut für dich ist.

Und das weiß er auch wirklich nicht.

*

Sehr viel später, nachdem sie noch mal gekommen, mit dem gleichen Kopfschütteln begrüßt worden und schließlich Essen aus dem *Allotria* holen gegangen ist, sitzt Lehmann also vor diesem Essen, das er nicht angerührt hat, und nimmt endlich das Buch in die Hand, das dem Umschlag zufolge als Beweisstück F 321 bei den Nürnberger Prozessen gegen die Hauptkriegsverbrecher verwendet worden ist, und liest es in einem Zug durch, später macht er noch das Radio an, es ist zwar Mittwoch, und deshalb kommt nur *Mitternacht in München* mit Max Greger und Paul Kuhn, aber selbst das ist besser als die Stille, die er sonst nicht aushalten würde, und Kristin hat dann auch gesagt, sie könne bei dem Licht nicht schlafen und ist in ihrem Zimmer geblieben; er kann aber nicht mit dem Lesen aufhören.

In dem Buch hat man Zeugenaussagen von Davongekommenen gesammelt, hauptsächlich stammen sie von Franzosen, denn zusammengestellt hat das Ganze die französische Regierung, es ist aber auf Englisch übersetzt worden, und man hat die Aussagen der Reihe nach geordnet: zuerst mit dem Zug nach Osten, bis zum Bahnhof des jeweiligen Lagers, wo ausgesucht wurde, wer noch eine Weile weiterleben durfte und wer gleich ins Gas musste, dann hinein ins Lagerleben und die Arbeit in den Kommandos. Es steht da, wie viel sie zu essen bekamen und wie sie medizinisch versorgt wurden, und manche Sachen sind wirklich so, als ob sie gar nicht auf dieser Welt passiert wären, als ob sie sich ein Verrückter ausgedacht hätte, der von der Rückseite des Mondes erzählt, wie Salkind das ausgedrückt hat, von der Rückseite des Mondes, die angeblich noch nie ein Mensch zu sehen bekommen hat, aber Lehmann weiß genau wie Salkind, dass das nicht wahr ist.

Und Gott, den Herrn, der über die Ägypter kommt, den gibt es hier auch, und er hat immer den einen Namen, der da heißt: SS, was auch komisch ist, weil ja dem Hörensagen nach viele Hiwi-Bataillone als Wachtruppen in den Lagern eingesetzt wurden, aber hier heißt es immer nur: »SS« und »SS-Leute« und vielleicht auch einmal »Nazibestien«, aber man nennt das nie beim Namen, was da brüllt und mit Gewehrkolben stößt und schießt und schlägt und lacht und seine Arbeit wohl gerne verrichtet hat, höchstens steht da mal ein Buchstabe und ein Punkt für einen Nachnamen, der nicht genannt wird. Von Ärzten ist auch viel die Rede, aber ganz wie Salkind gesagt hat, haben sie die Menschen nicht gesund gemacht, wie das sonst die Art der Ärzte ist, sondern zum Beispiel einem Häftling eine Spritze ins Herz gesetzt und dann abgewartet, ob er vielleicht stirbt, wenn in der Spritze dies oder das oder jenes gewesen ist, Lehmann versteht die medizinischen Ausdrücke nicht alle, aber er kann sich schon denken, dass »Phenol« kein Arzneimittel gewesen ist. Operiert wurde auch viel, da es offenbar einen Haufen junge SS-Ärzte gab, die gerade erst ihre Prüfung hinter sich hatten und Übung brauchten, deshalb wurde irgendeinem Häftling der Bauch aufgeschnitten, auch wenn man bloß einen kleinen Kratzer am Finger oder eine Erkältung hatte, auch davon hat Salkind ihm schon berichtet, und zuerst muss Lehmann noch immer wieder die Augen zumachen, und ihm wird auch wieder schlecht, aber wenn man dann zwanzig oder dreißig oder vierzig Geschichten von der Art gelesen hat, fängt alles an, sich zu gleichen, und zieht bloß noch an einem vorbei.

Über die Frauenleichen, die ohne Köpfe und Beine als Schaustücke präpariert wurden, findet er nicht viel. In einer Zeugenaussage steht, dass Ende '43 die pathologische Abteilung in Auschwitz den Auftrag bekommen habe, möglichst rasch »sehr schöne anatomische Präparate« an die wichtigsten deutschen Universitäten zu schicken, ist München nicht auch eine wichtige deutsche Universität?, Lehmann stellt sich für einen Moment einen Dozenten vor, der im Wintersemester 1948/49 seinen Studenten am anatomischen Modell den Aufbau des weiblichen Körpers erklärt, und keiner weiß so genau, woher dieses Modell eigentlich kommt … Und dann haben sie dort extra Leute mit Tuberkulose krank gemacht, damit man die verschiedenen Stadien der Krankheit studieren konnte, wie es in dem Buch heißt, und das hat wohl bedeutet, dass man die Kranken jeweils totgemacht und ihre Lungen herausgeholt hat, um sie dann in einer Flüssigkeit namens Formalin einzulegen, dazu dienten anscheinend die vielen Tröge und Bottiche, die Lehmann auf den Bildern gesehen hat, und dann hat die Universität Innsbruck noch zweitausend gesunde Organe für ihre Sammlung haben wollen, also hat man einfach genauso viele ins Gas geschickt, obwohl oder besser *weil* sie gesund waren. Die dazugehörigen Bilder haben die Franzosen gemacht, als sie Straßburg eingenommen haben, oder vielleicht waren das auch die Amis, jedenfalls hat man in der Reichsuniversität dann die Präparate gefunden, die aus der Pathologischen Abteilung des KZ Natzweiler-Struthof im Elsass stammten.

Was Lehmann nicht findet, ist ein Satz von der Art: Das mit den anatomischen Schaustücken ohne Kopf und Beine auf dem Bild auf Seite soundso hat der Arzt Dr. Heini Derundder gemacht, der heute als angesehener Arzt in Daunddort lebt, wo Lehmann ihn einfach hätte aufspüren können. Was er dafür findet, ist der Wald von Sarny: Obwohl das Buch eigentlich nur über die KZs geht, haben sie einmal, in der Abteilung über Hinrichtungen, auch die Aussage eines Elsässers aufgenommen, der damals bei der Wehrmacht gewesen ist, ab '40 mussten die ja wieder mit ran, und dieser Elsässer hat erzählt, wie er in einem Ort namens Sarny in Wolhynien etwas bewachen musste, nämlich einen Ort in den etwas weiter abseits gelegenen Steinbrüchen, wo die Schwarzgelockten in Höhlen, die man anschließend sprengte, getrieben wurden, das war einigermaßen entfernt von den Gruben, an denen Lehmann war, und er kann sich nicht erinnern, ob sich damals auch Wehrmachtseinheiten in der Gegend herumtrieben, es sind zu viele verschiedene Truppen gewesen, OrPo, Hiwis, SS, OT, sogar der Kreislandwirt war aufgetaucht und schwang seine Dienstpistole, aber möglich ist alles, vielleicht haben ja von der Wehrmacht auch welche mitgeschossen, vierzehntausend an einem Tag, da braucht man jedes Gewehr, er erkennt aber gleich die Gegend hinter der Kaserne wieder: sandiges Hügelgelände in Richtung Zutowice, ja, so hat es dort ausgesehen, nur der Ortsname ist nicht ganz richtig, es hieß Tutowicze, der Elsässer erwähnt aber auch die Ukrainer und Lehmanns eigene Einheit: »vom Blut berauschte Bestien, deren Augen aus den Höhlen traten unter dem Einfluss des Wodkas, der sie ihre Verbrechen vergessen ließ«, nennt er sie, als wenn das so einfach wäre, seine Verbrechen zu vergessen.

Vor allem scheint es auch so gewesen zu sein, dass im KZ nicht etwa die SS-Ärzte selbst die Leichen auseinandergeschnitten haben, sondern dass man dafür ein Arbeitskommando gebildet hat, das Wort »Kommando« hört man wirklich dauernd in dem Zusammenhang, da hat Salkind recht, und dieses Kommando hat dann unter der Aufsicht der Ärzte die Sachen präpariert, oder eigentlich müsste man sagen: *die* Kommandos, denn so eine Einrichtung zum Leichenpräparieren hat es wohl in jedem

Lager gegeben, aber in dem Buch stehen nur die Zeugenaussagen und keine Erklärungen dazu, genaue Anhaltspunkte im kriminalistischen Sinn sind das nicht, man hat die Aussagen ja auch nicht gesammelt, damit Kriminalkommissär Fritz Lehmann einen Mordfall lösen kann.

Er lernt außerdem, dass es vielleicht nur eine Art von Gott, dem Herrn, gegeben hat, aber ganz verschiedene Arten von Wanzen: Ganz unten standen die »Muselmanen«, von denen Salkind erzählt hat, und die Kapos hat der gute Herr Doktor ja auch schon kurz erwähnt, da bekamen also Schwerverbrecher nach ihrer Zuchthausstrafe noch KZ aufgebrummt, und dort hatten sie dann eine schwarze Binde um den Arm und durften kommandieren und auch ungestraft Leute umbringen, um an deren Essensrationen zu kommen.

Lehmann versucht sich das vorzustellen, und es ist gar nicht schwer, wenn er an den Nuttenmörder aus Stettin denkt, der später ins KZ gekommen ist: Kurz vor dem Polenfeldzug war die Gerichtsverhandlung, und bei der ist dann herausgekommen, was für ein Hass auf Gott und die Welt in dem Täter steckte, das war bei dem Mord durch den Suff aus ihm herausgebrochen, weil der Mensch ja auch durch den Alkohol Anstand und sittliche Haltung verliert, hätte der Herr Pastor gesagt, und dann hat man den wegen Totschlags ins Zuchthaus gesteckt, wo es vielleicht auch nicht Anstand und nicht sittliche Haltung, aber dafür Prügel von den Wärtern gegeben hat, und wenn man den dann weiter in ein KZ bringt, ihm eine schwarze Binde gibt und zum »Kameradschafts-Polizisten« macht, dann wehe dem Ägypten, über das dieser Gott kommen wird.

Über den Kapos standen die Blockältesten, die eine ganze Baracke mit hundert Mann unter sich hatten, sie waren so eine Art Gutsbesitzer, wie sie es den Erzählungen der Alten nach früher in Pommern gegeben hatte, Brot- und Gerichtsherren in einem, sie hatten sogar einen Schreiber, der ihnen die Liste führte, wie viele Leute im Block waren, und jeden Tag gab es Appell, wenn da einer fehlte von der Liste, wurde Alarm geschlagen, und die Hunde wurden losgelassen, und die Wachen durchkämmten das gesamte Gelände, bis sie den Betreffenden gefunden hatten.

Die Leiter ging dann noch höher, zum Lagerältesten, der trotz seines Namens nicht etwa das Lager unter sich hatte, sondern nur der König aller Wanzen darin war, aber dann kommt auch schon das böse Tier mit dem Namen SS, und Lehmann findet doch noch eine Aussage, in der das genauer steht: Der Lagerführer nannte sich SS-Obersturmbannführer, in Auschwitz also zum Beispiel Höß; die Wachen kamen von den Totenkopfverbänden; die Offiziere waren Deutsche oder Volksdeutsche; die Mannschaften setzten sich aus Deutschen, Rumänen, Ungarn, Kroaten, Ukrainern, Weißrussen, Litauern, Letten und Esten zusammen – was also erklärt, warum in den Münchner DP-Lagern jetzt Rumänen, Ungarn, Kroaten, Ukrainer, Weißrussen, Litauer, Letten und Esten sitzen und darauf warten, nach Amerika oder sonst wohin auswandern zu dürfen, das ist nicht der Abscheu vor der Weltanschauung Uncle Joes und seiner mongolischen Horden, das ist die nackte Angst vor dem Henker.

Weswegen wohl genau die Stepaschkins aus Estland geflohen sind? Lehmann hat keine Ahnung, was man als estnischer Untersuchungsrichter im Reichskommissariat Ostland zu tun hatte, aber groß von den derzeitigen Verhältnissen in Deutschland wird sich das nicht unterschieden haben. Es gibt zwar längst wieder deutsche Gerichte und Staatsanwaltschaften, aber die Oberherrschaft haben trotzdem noch die Amis, Summary Court, Intermediate Court und General Court.

Ob Hölzl mit seiner Baltikumstheorie doch recht hatte, also wirklich jemand von Sergei Stepaschkin ins KZ geschickt wurde und sich nun an der Tochter gerächt hat? Hört sich nicht mehr so abwegig an wie vor zwei Monaten …

Max Greger versucht sich am *Creole Love Call*, und Lehmann macht das Radio aus. Das Schlimmste an dem Buch sind eigentlich auch nicht die ganzen Leichen, von denen immer die Rede ist und die auf den Fotografien zu sehen sind, Lehmann hat viele Leichen gesehen, und man gewöhnt sich an viele Scheußlichkeiten mit der Zeit – woran man sich aber schwer gewöhnt, ist das Ziehen und Jucken zwischen den Beinen, wenn in dem Buch davon die Rede ist, dass den Frauen zwanzig Stockschläge auf den nackten Hintern verpasst wurden oder sich im Frauenlager die SS-Aufseherinnen vom anderen Ufer mit ihren Lieblingen auf den Bettstellen vergnügten und die anderen dabei zuschauen mussten, oder dass sich die Wachen einfach mal eben ein paar Mädchen nahmen und sie vergewaltigten, wenn ihnen danach war, *Du sollst nicht begehren deines Nächsten Weib*, und besonders schlimm ist es bei einer Geschichte, in der bestimmten Frauen der Kopf abgeschlagen und auf einem Seitengewehr aufgespießt durchs Lager getragen wurde, als wollte man sagen: Das passiert allen, die keine Wanze sein wollen und sich gewehrt haben. Und wogegen sie sich gewehrt haben, das waren die Hunde, die man eigens darauf dressiert hat, sie abends nach der Arbeit zu bespringen, und da schlägt Lehmann das Buch endlich zu.

29. JULI

Wovor er auch Angst gehabt hat, das ist der Traum, von dem er schon wusste, dass er ihn in der Nacht heimsuchen würde; aber er hat Glück, und es ist nur die alte Geschichte aus Mahlow, die von den russischen Panzern, die den Hügel von Grössin hinunterkommen, den drei Juden in der kleinen Küche der Lehmanns, der Frau mit dem gepunkteten Kleid, dem alten Rabbiner und dem kleinen Mädchen mit der Schleife, und wieder kommt Lehmann selbst mit dem Sturmgewehr in der Hand ins Haus gestürmt, und man kann durch die Wände hindurch alle sehen, die er ins Lager gebracht hat, die tausend von dem Transport, die tausend und noch mal tausend anderen aus dem Protektorat und die vierzehntausend aus Sarny, nur dass jetzt alle, die ins Lager gekommen sind, ihren Kopf auf einem Seitengewehr vor sich her tragen, als wollten sie sagen: Sieh her, Bruder Lehmann, das also ist passiert mit uns, nachdem du uns den Rücken zugekehrt hast …!

Als er aufwacht, ist es schon nach zehn, und er hat weder Hunger noch große Lust, Kristin unter die Augen zu kommen, also zieht er sich schnell an, geht leise aus dem Haus und nimmt die Straßenbahn in die Ettstraße, wo er aufpasst, dass ihn niemand von den Kollegen sieht, als er sich von dem Beamten der Fahrbereitschaft, der wegen der Abtreibung seiner Schwester bei ihm auf der Rechnung steht, einen kleinen BMW geben lässt, der sich viel flotter fährt als der alte Opel Olympia; mit diesem Wagen nimmt er die nach Osten aus München herausführende Reichsstraße Richtung Landsberg.

Irina Stepaschkins Leiche sieht aus wie eine von den Anatomiestudien, die während des Kriegs in den medizinischen Abteilungen vieler KZs hergestellt wurden, und sie hat wenigstens einen Juden gekannt, Abraham Katz, der bei seiner Vernehmung angegeben hat, im »KZ Kowno« gewesen zu sein, und der hat mit Sicherheit gelogen, als er behauptete, sie seit Weihnachten nicht mehr gesehen zu haben. Hat es in diesem KZ Kowno, Lehmann erinnert sich auch weiterhin nur an das Ghetto, vielleicht auch so eine medizinische Abteilung gegeben, in der Katz gearbeitet hat oder sogar Kapo gewesen ist? Oder sein Bruder? Oder Sally Rosenblatt? Oder sonst wer, der in Kowno gewesen ist und zum Bekanntenkreis der drei gehört?

Es muss einen Grund dafür geben, dass die Leiche so aussieht … Warum gefällt es jemandem, einer Frau den Kopf und die Beine abzuschneiden, mit einem Skalpell oder einem ähnlichen Werkzeug, scharfrandig und kunstgerecht, hat es geheißen, diese Kunst kann man wohl an vielen Orten lernen, aber warum übt man sie auf diese Weise aus, und vor allem ohne, dass es einem befohlen wird? Gibt es irgendwo doch noch einen Dr. Derundder aus Daunddort, der Gott, der Herr, geblieben ist und sich eine Wanze hält, die für ihn aus jungen Frauen, die zu viel trinken und sich am Stachus verkaufen, Anatomiestudien macht und ihnen die Haut von den Beinen abzieht – kann man das *mögen* …? Und wo ist die Haut geblieben, hat irgendwo irgendjemand einen Lampenschirm stehen, der nicht aus dem KZ kommt, aber doch aus Menschenhaut ist?

Vor Landsberg liegt eine sanft an- und absteigende Hügellandschaft. Von Zeit zu Zeit kommt Lehmann durch ein Dorf oder ein kleines Städtchen, das einem seltsam heil vorkommt, wenn man gerade aus den Ruinen Münchens herausgefahren ist, lauter blitzblanke bayerische Bauernhöfe und Gasthäuser und die Kirchen mit den ulkigen Zwiebeltürmchen, schon die Frauenkirche hat ja so komische Formen oben, und man glaubt gar nicht, dass es in diesem Land noch bis vor gut drei Jahren auch einen Krieg gegeben hat, jetzt wird man nicht einmal frische Gräber auf den Friedhöfen finden, weil all die toten Männer, die es ja auch hier geben muss, in Charkow liegen, in Tobruk, in den Ardennen oder vor Monte Cassino, nur André und Drago und Jadwiga sind nicht mehr da, die statt dieser Männer die Kühe gemolken und das Korn gedroschen und die Schweine gefüttert haben; aber das glaubt man alles nicht, wenn man die Leute auf der Straße sieht, gar nicht verhungert sehen die aus und haben keine Mordlust in den Augen wie die Städter – genauso wäre es jetzt in Pommern, aber in Pommern sind es andere Menschen, die durch die Straßen und Wege von Mahlow und Grössin und Leckow und Klemzow und Regenwalde laufen und gar nicht verhungert aussehen und keine Mordlust in den Augen haben, vielleicht sind ja einfach die polnischen Ostarbeiter von den Gutshöfen dageblieben.

Landsberg selbst fängt mehr oder weniger mit der Festung an, wo in der Systemzeit *Mein Kampf* geschrieben worden ist von dem, dessen Bild jetzt überall fehlt; derzeit dient es als amerikanisches Gefängnis für Kriegsverbrecher. Kolbenhoff hat ihm erzählt, dass er von der *Neuen Zeitung* zur Hinrichtung der »Zwölf aus Dachau« geschickt worden, aber beinahe nicht hingefahren sei, weil ihm so viel Tod und Gerechtigkeit zu nahegehe. Man kommt dann in ein Tal hinunter, in dem der eigentliche Ort liegt, beiderseits des Lechflusses, hier gibt es enge Gassen und Kopfsteinpflaster, eher wie Schivelbein, nur größer, und dort gibt es ja auch nur eine kleine alte Burg der Deutschordensritter, vorne an der Brücke über die Rega, und keine Festung, die von einem Ende der Altstadt zum anderen über dem Ort liegt wie ein Verhängnis.

Ansonsten hat in der Gegend die Wehrmacht allerhand Einrichtungen hinterlassen, die jetzt von den Amerikanern genutzt werden. Lehmann fragt sich durch und gelangt schließlich an eine ehemalige Kaserne an der Straße nach Schongau, in der jetzt das größte jüdische DP-Lager von ganz Süddeutschland untergebracht ist: eine Ansammlung von hohen grauen Gebäuden mit einer Mauer drumherum und einem Exerzierplatz in der Mitte; das Gelände senkt sich nach Süden hin leicht ab, sodass man in der Entfernung dunkelblau die Umrisse der Berge nicht wirklich sehen, aber erahnen kann, von hier sind es ja auch nur noch vielleicht dreißig Kilometer bis an die ersten Ausläufer, und weil heute so ein schöner Tag ist, könnte man fast in Urlaubsstimmung geraten.

Der Eingang zum Lager befindet sich am Ende einer kleinen Stichstraße, die von langen, dreistöckigen Wohngebäuden gesäumt wird, früher sicher für die Familien der verheirateten Unteroffiziere gedacht, jetzt hängt dort ebenso wie im Lager selbst die Wäsche der Bewohner in großer Unordnung an Leinen, die zwischen den engen Fenstern aufgespannt worden sind, das hätte es in einer deutschen Unteroffiziersfamilie nicht gegeben, und ab und zu hört man Lachen oder einen lauten Ausruf in einer fremden Sprache, das gehört also wohl schon zum Lager mit dazu. Am Tor zur eigentlichen Kaserne spielen zwei gelangweilte amerikanische MPs Karten, die Maschinenpistolen und Helme haben sie neben sich gelegt und die Ärmel ihrer Uniformhemden hochgekrempelt; was wohl die Leute reden, die sich da von Fenster zu Fenster Sachen zurufen, Mensch, weißte noch, die alten Zeiten in Kowno, wo sie uns fast erschlagen hätten ... Nein, bestimmt nicht, eher darüber, wo die Reise jetzt hingehen soll: Ja, mein Vetter Sammy in Amerika, der hat's zu was gebracht, bei dem kann ich ins Geschäft mit hinein, oder: Hast du schon Hebräisch gelernt, in Israel spricht niemand Jiddisch, und: Kannst du schießen, da unten wollen sie uns schon wieder erschlagen.

Die Wachen lassen ihn nicht hinein.

»I'm sorry, partner, but you need special clearance here ...«

»But I'm a police officer!«

That's mighty nice, mein Lieber, du bist aber ein *deutscher* Polizeibeamter, und they don't like German cops around here, you know ... Lehmann kehrt den angelernten Amerikaner heraus und bringt jedes bisschen Slang unter, das er jemals gelernt hat, aber die beiden bleiben eisern. Aber er solle doch mal zur Polizeiwache in der Stadt gehen und seine Anfrage offiziell einreichen, und warum er denn nicht vorher angerufen habe, aber Lehmann will ja gar nicht offiziell werden, solange er keinen wasserdichten Fall hat, allein die Vorstellung, dem Oberstaatsanwalt jetzt mit Pathologischen Abteilungen von Konzentrationslagern zu kommen ...! Er versucht es dann mit einem Hundertdollarschein, woraufhin sich die beiden ansehen, ihre Helme aufsetzen, die MPis wieder in die Hand nehmen und sich breitbeinig vor ihm aufbauen.

»Va-mooose, shitbird ...!«

»Get back where you belong, filthy Kraut, and don't come back ...!«

Da steht Lehmann nun mit seinem Geldschein in der Hand und weiß nicht, wohin damit.

»I said: Move it! You listen to me? *Move it*!!!«

Er versucht es dann in der Stadt, vielleicht ist es hier wie in München, wo Leute wie die Gebrüder Katz ja auch nicht im DP-Lager wohnen, und vielleicht gibt es etwas Ähnliches wie die *Koschere Küche beim Jüdischen Komitee* oder das *Chacke*. Lehmann fragt ein bisschen herum und findet heraus, dass sich in Landsberg leider alle vergleichbaren Einrichtungen in dem Lager befinden; außerdem scheinen die DPs und die Einwohner der Stadt nicht besonders gut miteinander auszukommen.

»Desch sind eben net die unsrigen Juden, sondern Oschtjuden, wenn S' mi da versteha ...«

Mit Mühe, der Dialekt hier ist schon wieder ganz anders als in München, aber Lehmann bekommt immerhin so viel mit, dass er sich ein

Bild machen kann: Die Leute hier meinen, dass im Lager ja sowieso schon mehr Flüchtlinge untergebracht seien, als die Stadt Einwohner habe, Lehmann fragt sich, wie das angehen kann, so groß ist die Kaserne nun auch wieder nicht, aber wenn sie denn der Meinung sind, und dann seien zwei von denen mal verschwunden gewesen, und da habe es im Lager gleich geheißen: Das waren die Deutschen, und da habe es einen Aufruhr gegeben, und zwei Busse seien verbrannt worden. Na, kein Wunder, dass die ihn nicht reingelassen haben, wenn's hier so hoch hergeht ... Und oisch bloß, weil der Führer da bei unsch sei Büchle g'schrieben hat, wosch kenna denn mir dafür ...? Und daraufhin hätten die Amerikaner das gesamte Lager umstellt, und die Juden hätten sich auf die Straße gesetzt, Frauen mit Kindern, und die Amerikaner seien nicht mehr durchgekommen mit ihren Jeeps und Lastwagen, fünfzehn von dene hat man oig'sperrt, und letzten Herbst sei sogar Ben Gurion da gewesen, der jetzt Ministerpräsident des neuen Judenstaats sei, und der habe eine Rede gehalten vor fünfzehntausend Menschen, desch kenna Sie sich gar nit vorstella, fünfzehntausend Menschen in dem kloina Landschberg, die seien aus ganz Bayern hier gewesen, und bittschön, desch kann doch nit auf Dauer so weidageha ...!

Lehmann spricht dann noch ein paar Fußgänger an, die er für Schwarzgelockte hält, es will aber keiner mit ihm reden oder auch nur sich anmerken lassen, dass er ihn verstanden hat. Zu guter Letzt versucht er es mit seiner Polizeimarke, aber da wird gleich vor ihm ausgespuckt, und einige deutsche Passanten, die das mitbekommen haben, fangen an zu rufen: »Unverschämtheit!« und »Juden raus!« und »Haut doch ab nach Palästina!«, da setzt sich Lehmann lieber wieder in seinen BMW und will wegfahren, aber gerade, als er den Motor anlässt, muss ja einer der Deutschen rufen: »Feigling!« und »Weicher!«, was bleibt ihm da anderes übrig, als auszusteigen und dem Kerl eine rechte Gerade in die Nieren zu versetzen, dass der umfällt wie ein Sack Kartoffeln; da wird der Aufruhr natürlich noch größer, aber der Motor läuft ja schon, also muss er nur ins Auto springen und abhauen.

Auf dem Rückweg fällt ihm ein Wegweiser nach St. Ottilien auf. Er überlegt nicht lange und nimmt die Abzweigung, die ihn einen der sanft ansteigenden Hügel hinauf zu einer großen alten Klosteranlage führt, die von einer Mauer umgeben ist und in deren Mitte ein großer Doppelturm aufragt – in Pommern hat es von Klöstern nur Ruinen gegeben, weil Luther und der Pommer Bugenhagen schon vor Jahrhunderten die Kirche reformiert haben, aber hier geht noch alles seinen katholisch geregelten Gang, und das erste menschliche Wesen, das Lehmann zu Gesicht bekommt, ist eine Nonne in einem weiten weißen Gewand und mit einer großen weißen Haube auf dem Kopf, die mit einem Korb in der Hand aus dem Eingangstor marschiert kommt, da weiß er nicht, ob er lachen oder vor so viel Heiligkeit Angst haben soll.

Vor dem Gebäude, das als Krankenhaus, oder besser: Sanatorium genutzt wird, laufen noch mehr von den großen weißen Hauben mit diesem oder jenem beschäftigt herum, er sieht dann aber eine blonde Rotkreuzschwester, die am Eingang steht und raucht, also bestimmt nicht allzu heilig ist, und die hat dann einen netten holländischen Akzent und weiß auch gleich, wen er sehen will, sogar hinbringen tut sie ihn, in ein Zimmer im zweiten Stock, von dem aus die Patienten eine sehr schöne Sicht auf die Berge haben, die jetzt in der beginnenden Abenddämmerung doch ganz deutlich zu sehen sind, in so einer Umgebung soll einem das Gesundwerden wohl gelingen, und wenn man stirbt, dann doch wenigstens bei einer schönen Aussicht.

»Herr Kommissar Lehmann, das ist aber eine schöne Überraschung!«

Lehmann nimmt seinen Hut ab und gibt Doktor Salkind die Hand. Die holländische Schwester sieht, dass sie sich kennen, lächelt noch mal hübsch – auch nicht schlecht, so ins Rotblonde spielt ihr Haar hinüber, und gut im Futter ist sie, die würde sicher … dann geht sie aber und lässt ihn mit Salkind allein.

»Sie sehen, ich bin von Schönheit umgeben, auch wenn sie sich meistens unter einer seltsamen Tracht verbirgt, die den unvoreingenommenen Betrachter an schneebedeckte Tannen erinnert …«

Lehmann muss lachen – der alte Schwerenöter …! Dann sucht er sich einen Stuhl und setzt sich damit an Salkinds Bett; fast gesund sieht der gute Herr Doktor aus, bald zehn Jahre jünger, anscheinend hat das mit dem Entzug funktioniert, und Lehmann ist beinahe ein bisschen stolz darauf, dem kleinen jüdischen Arzt in der Mühlbaurstraße das Morphium gebracht zu haben; außerdem hat es in Israel vor Kurzem einen Waffenstillstand gegeben, da kann es mit der Stimmung ja auch nur noch bergauf gehen.

»Was führt Sie denn zu mir?«

Lehmann wehrt ab.

»Nein, nein … erst mal: Wie geht's Ihnen denn?«

»Ach, das wird schon wieder alles werden …«

Die Dosis sei langsam heruntergesetzt worden, und jetzt komme er schon zwei Wochen ganz ohne aus, was denn aus dem Zimmer geworden sei?, ach, Sie haben eine Verlobte, das ist gut, denn es steht geschrieben, dass der Mensch nicht allein sein soll, und meine Sachen, ja, die sind abgeholt worden, irgendwann als Lehmann nicht zu Hause war, na, dann bin ich beruhigt, ich habe ja doch noch Freunde in München … aber das Beste sei ohnehin, dass er jetzt ein Ausreisevisum für Kanada habe, also nicht Haifa unter Palmen, sondern von Schlittenhunden durch den Schnee gezogen, aber so ist es auch gut, wissen Sie, für Israel bin ich nicht stark genug, nach Prag zurückkehren werde ich nicht, weil die neuen Herren dort mich für ein Mitglied der absterbenden bürgerlichen Klasse halten, und in Deutschland möchte ich nicht bleiben, zu viel kommt immer wieder hoch in mir, Sie verstehen das hoffentlich, es ist ja nicht Ihre Schuld … In Kanada will Salkind sich erst einmal umschauen, vielleicht werde er sogar wieder arbeiten können, psychiatrische Anstalten gebe es ja auf der ganzen Welt.

Lehmann räuspert sich – und ob das seine Schuld ist. Aber jetzt mal konzentrieren …

»Wissen Sie, das ist auch so ein kleiner Grund, warum ich gekommen bin …«

Salkind macht ein halb erstauntes, halb spöttisches Gesicht.

»Ich dachte schon, Sie wollten wieder über das KZ reden …«

»Nein, nein … oder vielleicht doch, ich weiß nicht … ich habe jetzt auch so ein Buch darüber gelesen …«

Salkinds Gesichtsausdruck wird noch erstaunter.

»Sie haben ein *Buch* gelesen darüber …? Herr Lehmann, Sie müssen der einzige Mensch in Deutschland sein, der diese schwere Aufgabe auf sich genommen hat … Sagen Sie mir, warum interessiert sich sonst niemand dafür, nur Sie? Jedenfalls kenne ich sonst niemanden …«

Lehmann sieht aus dem Fenster nach draußen. Die Alpen verschwinden langsam in der Dämmerung.

»Ich arbeite immer noch an dem Fall, von dem ich Ihnen kurz erzählt habe, ein Frauenmord …«

»Und deshalb müssen Sie alles über die KZs wissen? Weil dort auch andauernd gemordet wurde, oder wie darf ich Sie verstehen?«

»Nein, nein, ich meine … Also, ich wollte fragen, weil Sie doch in einem Irrenhaus gearbeitet haben …«

»Psychiater war ich, bitteschön! In einer psychiatrischen Heilanstalt! Sie sind ja schlimmer als mein seliger Vater …!«

Lehmann zuckt zusammen, er hat den guten Herrn Doktor nicht verletzen wollen, aber dem huscht bloß wieder so ein leicht spöttisches Lächeln über das Gesicht, da beruhigt er sich.

»Na jedenfalls, vielleicht haben Sie da mal so was erlebt, so einen Fall …«

Er erzählt Salkind von Irina Stepaschkins Leiche, nicht in allen Einzelheiten, das mit den Anatomiepräparaten auf den Fotos lässt er zum Beispiel vorläufig aus, aber wie die Leiche ausgesehen hat, das schildert er genau, und sagt auch, dass er nicht glaubt, dass sie nur zerstückelt worden ist, um sie für den Transport im Sack kleinzukriegen, sondern dass etwas anderes dahinterstecken muss, die kunstgerechten Schnitte an den Oberschenkeln und am Hals und die fehlenden Spuren von Gewalt oder Gegenwehr vergisst er nicht, und auch von den grob zerhackten Beinen erzählt er. Das mit der abgezogenen Haut lässt er wieder weg, weil es ihm von vornherein zu sehr in Richtung KZ geht.

Salkind hört sich alles genau an, und mit jeder neuen Information wird er aufmerksamer, fragt auch nach und verwandelt sich langsam, aber sicher in den Herrn Doktor, der er ja tatsächlich einmal gewesen sein muss, und am Ende hat Lehmann den Eindruck, dass eigentlich er es ist, der hier im Bett liegt und geheilt werden soll, und Salkind gerade auf Visite ist.

»Meinen Sie … Gibt es eine spezielle Art von Verrückten, die so was anstellen könnte?«

Salkind nimmt sich Zeit mit der Antwort.

»Sehen Sie … Ich hatte nie solch einen Fall bei mir in der Klinik, und ich habe auch nie als Gerichtspsychiater gearbeitet, aber Kollegen von mir haben sich damit beschäftigt, und ich habe zum Teil gelesen, was sie darüber geschrieben haben.«

»Und was …?«

Salkind hebt die Hand, als wäre er ein Schiedsrichter, der beim Fußballspiel ein Abseits pfeift.

»Nein, nein … Wie ich Ihnen schon sagte, ich habe auch nicht bei Doktor Freud in Wien studiert, wahrscheinlich kennen Sie den gar nicht …«

Genau, den kennt Lehmann gar nicht, aber das hatten wir doch schon …

»… also arbeite ich auch nicht besonders viel mit dessen Modell, aber ein bisschen kann ich Ihnen schon sagen: Das sind meistens Burschen, also fast nie Frauen, das hat man nur in der Geschichte, Elisabeth Báthory in Ungarn zum Beispiel … aber egal, das ist für uns nicht wichtig, das sind also Burschen, die ganz … wie soll ich sagen … schüchtern sind und keinen Erfolg haben im Leben, weder im Beruf noch beim anderen Geschlecht … und dann muss es einen Hass geben, der von irgendwoher kommt, vielleicht richtet sich die Aggression in Wirklichkeit auf die Mutter, weil sie den Vater unterdrückt hat oder so etwas in der Art, es ist eigentlich alles möglich. Außerdem ist wohl auch Angst mit im Spiel, übersteigerte Angst, die in ein übersteigertes Verlangen nach Kontrolle umschlägt, da will ich wieder dem Herrn Doktor Freud folgen …«

Er zieht die Augen zusammen, als müsste er schwer überlegen, es kann aber auch ein bisschen Schauspielerei mit dabei sein; Lehmann lernt ihn heute wirklich von einer ganz neuen Seite kennen.

»Es scheint auch, sagen wir einmal, zwei Arten dieser Männer zu geben, die einen sind eher, wie soll ich sagen … wild, sie vergewaltigen die Frau meistens und töten sie dabei …«

»Wie Johann Eichhorn!«

»Ja, von dem habe ich gehört, er war in München aktiv, nicht wahr?«

Lehmann nickt.

»Ja, so in etwa müssen Sie sich das vorstellen. Oder nehmen Sie Fritz Haarmann, von dem sogar in Prag die Rede war, der hat zwar junge Männer umgebracht, aber da er homosexuell war, geht es wohl in dieselbe Richtung; normalerweise richtet sich die Aggression immer auf Frauen. Diese Männer begehen also meist sehr viele Vergewaltigungen, und dabei kommt es nur ein paarmal vor, dass sie diese Frauen auch tatsächlich umbringen und dann nachher vielleicht aufschneiden oder irgendetwas in der Art, das ist wohl mehr eine Art sehr starker Rausch …«

»Und die zweite Art?«

»Nun, ich glaube, die trifft eher auf den Typ Leiche zu, den Sie mir geschildert haben … Das sind Leute, die das ganz in Ruhe machen, es ist keine wilde Raserei dabei im Spiel, sie vergewaltigen die Frauen auch nicht, sondern geraten vielleicht erst beim Anblick der Leiche in den Rausch und befriedigen sich dann selbst.«

»Und warum schneidet so ein Mann der Leiche dann Kopf und Beine ab?«

Salkind zuckt mit den Achseln.

»Das kommt ganz auf den individuellen Fall an. Auch die Sache mit den Handfesseln spricht ja für das starke Verlangen nach Kontrolle, das ich eben erwähnt habe … Hat man das Mädchen geschlagen?«

»Vermutlich nicht, die Handfesseln waren nicht tief eingeschnitten.«

»Nun, das muss nichts heißen, es kommt wohl häufig vor, dass die Opfer von Gewaltverbrechen sich gar nicht gegen die Tat wehren, weil sie unbewusst spüren, dass der Mörder im tiefsten Wortsinne wahnsinnig ist und also keine Hoffnung mehr auf Rettung besteht.«

»Und der Kopf, die Beine?«

»Damit ich das alles genau beantworten kann, müsste ich den Mörder befragen können … Also, bringen Sie ihn mir!«

Er lacht wieder; Lehmann lächelt mit.

»Versuche ich ja … Aber noch mal zu dem, was Sie am Anfang gesagt haben, mit der Schüchternheit und dem Hass …«

»Da muss ich mich vielleicht auch ein bisschen korrigieren: Es kommt mehr darauf an, was diese Burschen für ein Bild von sich selbst haben, was sie wollen und was sie sind – von einem stark mangelnden Selbstwertgefühl könnte man sprechen, man hält das eigene Leben für wertlos, und dann kommt irgendwann ein Punkt, an dem vielleicht wirklich etwas für diese Person objektiv Schlechtes passiert, und dann schlägt man plötzlich zu … Wenn ich so darüber nachdenke, müsste man beinahe einmal genauer das Leben Adolf Hitlers untersuchen, der sich für einen großen Architekten und Künstler gehalten hat, aber in Wirklichkeit nur ein armes Würstchen in einem Wiener Männerwohnheim gewesen ist, und am Ende hat er kaltblütig und methodisch Millionen von Menschen umgebracht, vielleicht ist dieser Herr ein ganz gutes, nein, sicher das beste Beispiel für den zweiten Typ Mörder, von dem ich gesprochen habe, aber natürlich weiß ich nicht, ob er dabei masturbiert hat in seinem Hauptquartier …«

In Lehmann schießt es heiß hoch, nein, nicht das jetzt …

»Meinen Sie, dass so ein … mangelndes Selbstwertgefühl auch im KZ entstehen könnte?«

Wieder das leicht erstaunte, leicht spöttische Lächeln.

»Von Hitler kommt man schnell wieder auf das KZ, was …? Herr Lehmann: Im KZ hat man nicht das *Gefühl*, das eigene Leben sei nichts wert, im KZ *ist* das eigene Leben nichts wert, so verstehen Sie doch endlich …!«

Lehmann muss zu Boden blicken und hat das Gefühl, einen furchtbaren Unsinn gefragt zu haben, aber er ist nun mal kein Studierter, das kommt so aus ihm heraus, wie er es denkt …

»Und denken Sie daran, was ich vor zwei Monaten, oder wann war das, zu Ihnen gesagt habe: Man hat das nur überlebt, wenn man unglaublich zäh war, vielleicht Kapo geworden ist und sich mit der Macht im Lager arrangiert hat, oder wenn man viel Glück hatte. Und wenn Sie mich jetzt fragen, ob es möglich ist, dass jemand, der im KZ gewesen ist, so ein Verbrechen begeht, muss ich Ihnen ehrlich sagen: Warum nicht? Der Mensch wird nicht gut dadurch, dass er getreten wird, ganz im Gegenteil, wenn er in einem schlimmen System leben muss, wie es die Lager gewesen sind, dann wird er eher selber schlimm … Und denken Sie auch an die Bibel, das fängt mit Kain und Abel an, dass der Mensch seinen Bruder erschlägt, aus welchem Grund auch immer … Also, möglich ist alles, und wenn ich jetzt so darüber nachdenke, ist es ja beinahe schon rätselhaft, dass nicht mehr Morde dieser Art geschehen sind in den letzten drei Jahren, das lässt mich beinahe wieder an den Menschen glauben …«

Kein erstauntes oder gar spöttisches Lächeln mehr – nur noch diese Finsternis in den Augen, die Lehmann bei all denen gesehen hat, die dort gewesen sind, *I have seen something*, und jetzt weiß er auch, was sie sagen will: *Ich war dort, aber ihr nicht – ich weiß etwas, aber ihr wisst es nicht.*

»Na ja, ich glaube beinahe … ich muss dann mal wieder …«

Salkind lächelt und ist mit einem Mal wieder der gute Herr Doktor, der im Sanatorium seiner Genesung entgegengeht. Nur furchtbar müde wirkt er jetzt. Er hebt langsam eine Hand.

»Wir haben ja auch wieder lange geredet … Herr Kommissar …!«

Lehmann steht auf und hebt ebenfalls seine Hand.

»Ich muss mich bedanken, Sie haben mir sehr geholfen.«

Salkind gluckst auf.

»Oh, keine Ursache …! Ich freue mich, dass ich mich für die mir geleisteten Dienste doch noch einmal revanchieren konnte …«

Da müssen sie beide lachen, bis ihnen die Tränen kommen, fast wie damals in der Schellingstraße ist es, nur dass damals der gute Herr Doktor alleine gelacht und Lehmann nur Bahnhof verstanden hat, jetzt kann er dafür so richtig mitlachen, und schließlich steckt die Schwester ihren Kopf zur Tür herein, um nach dem Rechten zu sehen. Sie wiehern wie die Pferde, und als Salkinds Lachen in Husten übergeht, kommt die Schwester ans Bett, bedenkt Lehmann mit milde tadelnden Blicken und hilft Salkind, sich etwas aufrechter hinzusetzen.

Mühsam das Lachen unterdrückend winkt Lehmann ihm zu und verlässt schließlich das Krankenzimmer. Auf der Treppe nach unten schnäuzt er sich und wischt sich die Tränen aus dem Gesicht, damals bei Salkind war er sich nicht sicher, aber heute bei sich selbst weiß er ganz genau, dass nicht alle davon der Heiterkeit geschuldet sind.

*

Als er nach Hause kommt, erzählt er alles Kristin.

Da nimmt sie seinen Kopf auf ihren Schoß und krault ihm den Nacken wie einem kranken Tier.

»Vergiss das doch alles, der Krieg ist vorbei, alles ist vorbei, die Welt ist schlecht, und sie bleibt schlecht, Wölfchen …«

»Nichts ist vorbei …«

»Aber du musst den nicht finden, du musst dich nicht um alles Schlechte in der Welt kümmern, vielleicht ist der längst über alle Berge, du bist nicht Gott …«

Doch, doch, er ist Gott, der Herr … und da reut es Ihn, dass Er die Menschen gemacht hat auf Erden, und es bekümmert Ihn in seinem Herzen, und Er spricht: Ich will die Menschen, die Ich geschaffen habe, vertilgen von der Erde.

»Ich muss aber.«

»Unbedingt?«

»Unbedingt.«

30. JULI

In der Nacht halten sie sich nur fest in den Armen wie zwei Kinder, die Angst vor dem Dunklen haben, und als sie am nächsten Morgen aufwachen, liegen sie noch genauso da, wie sie eingeschlafen sind.

Lehmann hätte eigentlich am Abend vorher den BMW zurückgeben müssen, der neue Fahrdienstleiter wird einen Riesentanz aufführen, aber das ist jetzt auch schon egal. Zuerst fährt er zu dem Arzt, von dem er weiß, dass die Schwester des gestern Diensthabenden dort die Abtreibung gemacht hat, und lässt sich ein Attest ausstellen, nach dem er voraussichtlich eine ganze Woche lang dienstunfähig sein wird, Diagnose: Magenbeschwerden, das steckt er in einen Briefumschlag, adressiert diesen an das Präsidium und gibt ihn beim Postamt Theresienstraße auf, das in der Nähe seiner Wohnung liegt, sodass niemand Verdacht schöpfen wird. Dann fährt er die Isar entlang flussaufwärts bis Thalkirchen, über die Brücke zum Tierpark und dann den Berg bei der *Harlachinger Einkehr* hoch, gleich oben links geht es in die Straße, in der Nowak wohnt.

Er fährt langsam an dem Kinderbuchhaus vorbei und sieht erleichtert, dass der eierschalenfarbene Mercedes vor der Tür steht und der Hund im Garten herumspringt. Für einen Moment hat er sogar den Eindruck, weiter hinten die eins neunzig Sturmbannführer a. D. mit aufgekrempelten Ärmeln auszumachen, die ein paar Lumpen um den rechten Arm gewickelt haben; anscheinend ist Nowak gerade dabei, seinen Köter abzurichten.

Er biegt in die nächste Querstraße ein und hält. Sein Schulterholster mit dem Revolver darin liegt schon wieder nachlässig zusammengerollt auf dem Beifahrersitz, du meine Güte, wird er wohl nie lernen … Er könnte jetzt die Waffe nehmen, aussteigen, zu dem Kinderbuchhaus gehen und die Sache zu Ende bringen. Stattdessen zündet er sich eine Lucky an und starrt aus dem heruntergerollten Seitenfenster in den sommerlichen Villengarten neben ihm, der hinten an den Garten des Kinderbuchhauses grenzt. Ab und zu hört man undeutlich, wie Nowak seinem Hund Befehle erteilt oder ihn überschwänglich lobt.

Am Abend nach den Erschießungen im Wald von Sarny ist der Sturmbannführer mit einer guten Handvoll seiner Kalmücken oder Kosaken bei ihnen im Quartier in der alten Schule aufgetaucht; dort haben sie Lehmann aus dem Bett geholt, in das er sich auf Anraten des Bataillonsarztes früh hineingelegt hat, nach einer halben Flasche Wodka, mit der er sich den Schädel betäuben wollte und es doch nicht geschafft hat; die Kameraden haben zwar komisch geschaut, aber nichts gesagt und auch nichts weiter gemacht, weil Nowak ja SS war und sie bloß Ordnungspolizei, und außerdem hatte sich der stellvertretende Zugführer Lehmann als Weicher und Heulsuse und Hosenscheißer erwiesen, der keine Juden erschießen konnte, also war eine kleine Bestrafung sicher auch angebracht – was willst du eigentlich, *ich* habe den ganzen Nachmittag draufhalten müssen, zum Teufel mit den Halben …! Das ist nämlich die allergrößte Lüge gewesen, dass nur die Hiwis schießen würden, am Ende haben alle mit rangemusst, damit man an dem Tag überhaupt fertig werden konnte … Nowak und seine Hiwis haben ihn dann hinunter in die Turnhalle geschafft, wo neben allerhand Ausrüstung auch der Bock stand, auf den sonst die Polen und Ukrainer geschnallt wurden, wenn sie wegen irgendwas zehn mit der Peitsche bekamen, manchmal einfach, weil sie Gott, den Herrn, der in seiner Uniform den Bürgersteig hinunterkam, nicht gegrüßt hatten; nun aber wurde der sturzbetrunkene Hauptwachtmeister der Ordnungspolizei Fritz Lehmann daraufgeworfen und mit Riemen festgebunden und mit Tüchern geknebelt, und einer zog ihm die Hosen in der dunkelgrünen Farbe der Polizeiehre herunter, und ein anderer riss ihm den Kopf hoch, damit er sehen konnte, wer ihn da peinigt: So, Herr Polizeimeister im Halbschwergewicht, von wo war dös glei wieder, von *Pommern*, sei mir net bees, Burli, aber i bin der Schachgroßmeister von Grönland, und sei mir noch amal net bös, Burli, aber wann sich oaner wiar a Maderl benimmt, dann muss er wiar a Maderl behandelt werden, verstehst?, in diesem Ostmärkerdeutsch, in dem alles so klingt, als wollten sie einem gleich an die Wäsche gehen, und so ähnlich passierte es dann auch, weil Nowak ihm dann auch noch die Unterhosen herunterzog und ihm mehr als zehn mit der Peitsche verpasste, schreien konnte er nicht mit dem Knebel im Mund, und als er schon meinte, ganz gefühllos geworden zu sein untenherum, weil die Peitsche ihm das Fleisch aufgerissen hatte und der Schmerz zu groß geworden war, um ihn noch zu ertragen, da kamen die Kalmücken oder Kosaken und nahmen ihn einer nach dem anderen, wie man eine Frau zu nehmen pflegt, dass es doch noch einmal furchtbar schmerzte, bis es auch an dieser Stelle zu viel wurde und sein ganzer Leib sich langsam in der finsteren Nacht Ägyptens verlor – als er wieder zu sich kam, waren Nowak und seine Leute verschwunden, der Schmerz aber nicht, oder besser gesagt: er war wiedergekommen, und Lehmann war auch immer noch auf den Bock gespannt, und wer ihn dort fand und befreite, war kein anderer als Oberleutnant Ehlers, der schon in Kowno gesagt hatte: Das wird sich alles rächen, und der vor der Erschießung mit käsigem Gesicht sein Gewehr abgegeben hatte, als es der Kommandeur anbot, und der schüttelte nur den Kopf und sagte: So, offiziell werden wir also nicht bestraft …

Und so kam es, dass Lehmann mit einem Untergestell, das die Zärtlichkeiten der SS und ihrer ostländischen Hilfstruppen in eine einzige blutende Wunde verwandelt hatten, im Lazarett landete, aus dem er dann vier Wochen später, nachdem er halbwegs wieder gehen konnte, als nicht ostfähig wieder in den Streifendienst nach Stettin zurückgeschickt wurde, was gut ist, weil er auf diese Art nichts mehr von dem mitgemacht hat, was auch immer das Bataillon nachher angestellt hat, und schlecht, weil Ehlers und alle anderen den Mund gehalten haben und niemand bestraft wurde und er danach sechs Jahre lang mit keiner Frau mehr schlafen konnte, und jetzt ja meistens auch nur auf die harte Tour.

Er sieht wieder auf das Schulterholster auf dem Beifahrersitz, dann zurück zu Nowaks Garten; die Schachtel Luckys ist beinahe aufgeraucht. Schließlich presst er die Lippen zusammen und dreht den Zündschlüssel um. Der BMW fährt mit quietschenden Reifen an, und Lehmann steuert ihn so schnell wie möglich um den Block und zur Karolingerallee zurück, biegt dort links ab, überquert die Grünwalder Straße und fährt weiter bis zur Naupliastraße, wo er wiederum links abbiegt; das ist der direkte Weg zur Militärregierung.

Er muss ein bisschen warten, weil Captain Burke mit irgendeinem Vorgesetzten von der obersten Militärregierung in Frankfurt im Parteigenossenlager in Freimann zu tun hat. Gegen Mittag kommt der Special Investigator dann doch und ist bester Laune, weil sie in dem Lager, wie er sagt, noch einen erwischt haben: Wollte nur Kassenwart der Partei in

Ostpreußen gewesen sein, ist aber in Wirklichkeit in einem der Reichskommissariate für die Umsiedlung der Juden zuständig gewesen, »Nur eine Namensverwechslung!«, habe der Mensch geschrien, aber die Flausen würden sie ihm schon austreiben, wenn sie erst vor dem Militärtribunal die Zeugen präsentieren könnten, die das besser wissen.

»Sie sehen, Lehmann, am Ende entwischt uns doch keiner … und was haben Sie mir zu bieten?«

Etwas viel Besseres als einen kleinen Bürokraten, der nur am Schreibtisch gesessen hat: einen ehemaligen SS-Sturmbannführer, der im Krieg, oder jedenfalls im Sommer 1942, Kommandeur eines Bataillons von ostländischen Schutzmannschaften war; Hiwis oder Trawnikis sagte man damals, nach dem Ort, an dem diese Truppen ausgebildet wurden; beteiligt an Massenerschießungen in Wolhynien im August '42, und nicht in untergeordneter Stellung beteiligt, sondern auf Befehlsebene, aktiv und mit Überzeugung dabei, vorher wahrscheinlich im Reichssicherheitshauptamt in Berlin tätig; jetzt unter falschem Namen in München lebend, vermutlich mit amerikanischem Pass und vermutlich im Auftrag einer amerikanischen Dienststelle, die nichts von seiner SS-Vergangenheit weiß und seine Kenntnisse und Kontakte benutzt, um Propaganda gegen Stalin und den Kommunismus im Allgemeinen zu machen.

»Reicht das?«

Burke starrt ihn an wie eine heilige Erscheinung.

Eine lange Pause entsteht.

»Und … der Name? Wo lebt er?«

Lehmann wartet noch einen Moment, dann …

»Der Name hat … einen Preis.«

Burkes Augenbrauen verengen sich wieder.

»Einen Preis? Was soll das heißen, einen Preis?«

»Dass Sie mir etwas dafür geben müssen.«

Burke ist wieder so überrascht, dass er eine Weile braucht, bis er eine Antwort findet.

»Und an was genau hatten Sie da gedacht?«

»An einen Jeep, zwei MPs, am liebsten hätte ich die Sergeants Kemp und Smith, ich meine Washington Lafayette Smith, den Footballspieler. Dazu einen Dienstausweis vom CID und das Ganze für eine Woche.«

»Sie kommen … Sie kommen hierher und stellen *Forderungen*???«

Lehmann bleibt ruhig.

»Ja. Aber *Sie* kommen hierher und wollen Rache nehmen, oder nicht? Und da haben Sie jetzt nur noch Leute aus den unteren Etagen, für die Sie auch erst mal die richtigen Zeugen auftreiben müssen, um sie noch verurteilen zu können, von der Zeit ganz abgesehen, die Ihnen davonläuft, denn Ihr General Clay und Ihr Präsident Truman sagen: Schluss mit den alten Geschichten, es gibt bald einen westdeutschen Staat, und das wird ein Staat sein, der aufseiten der Amerikaner steht, den brauchen wir gegen die Kommunisten, und seit der Blockade ist Berlin nicht mehr die Hauptstadt Ihres Feindes, sondern Fort Laramie draußen im Indianerland, eine verlorene Siedlung, die man mit Kohlen und Kartoffeln aus der Luft versorgen muss … Erinnert Sie das eigentlich nicht an Kolberg, wo Sie als Kind mit Ihren Eltern in der Sommerfrische waren? Wissen Sie, wer Bürgermeister Nettelbeck war? Das war der preußische General Clay.«

Burke sagt keinen Ton.

»Sie wollen endlich einen von denen haben, einen von den richtig schweren Jungs, vielleicht hätten Sie lieber in der Normandie gekämpft als in der Verwaltung.«

»Ich habe mich mehr als einmal für den Fronteinsatz gemeldet.«

»Dumm, dass Sie deutsch sprechen, nicht wahr …?«

»Dumm, dass Sie englisch sprechen …«

»Stellen Sie sich vor, Sie wären Hauptmann Burkheimer geworden, und ich Sergeant Lyman, wie säßen wir dann hier …?«

»Das ist schwer vorstellbar.«

Das ist gar nicht schwer vorstellbar, mein Lieber … Lehmann bleibt immer noch ganz ruhig, Jastrow, hör gut zu in deinem Grab in den Pripjetsümpfen, ick hab dir überholt, Konzentration und Sichreinversetzen in den anderen, das macht den guten Polizisten aus, aber am Ende muss man doch noch ein Stückchen weitergehen, denn was der andere tut, das hätte ich genauso tun können … und der hier vor ihm, der hat einfach nur Jagdfieber, das ist leicht zu stillen.

»Sie wollen also einen von den schweren Jungs. Und genau den kann ich Ihnen geben: einen Menschen, der so was Schlimmes verbrochen hat, dass ihn kein General Clay und kein Präsident Truman vor dem Galgen bewahren könnte … und wenn Sie wollen, sage ich sogar vor Gericht aus für Sie.«

Das Letzte hat Lehmann nicht sagen wollen, das ist beinahe zu viel des Guten, aber dann ist es ihm so herausgerutscht, und nach einem ersten Erschrecken denkt er sich: Vielleicht ist es ja gut so – einmal und endgültig mit allem Schluss machen … Wenn gar nichts mehr hilft, wird er sich auf Befehlsnotstand herausreden, das haben andere auch gemacht und sind damit durchgekommen. Polizist wird er nicht bleiben können, aber er kann Kristin nehmen, mit ihr weggehen, nach Südamerika vielleicht, wer will schon ins kalte Norwegen, und ein neues Leben beginnen.

Sobald er den Mörder gefunden hat.

Burke geht langsam zu seinem Schreibtisch, lässt sich ebenso langsam in seinen Sessel nieder und faltet die Hände auf dem Tisch.

Eine lange Zeit vergeht.

Einmal lacht Burke halb auf, dann schweigt er wieder.

Schließlich greift der Captain ein paarmal zum Telefonhörer, führt längere Gespräche, »Special German Investigator for War Crimes Group« hört man heraus, der lässt sich was einfallen, und teilt Lehmann schließlich mit, dass ein Jeep mit Smith, Kemp und einer CID-Marke für ihn bei der MP-Hauptwache in der Ettstraße bereitsteht.

Lehmann nickt, bedankt sich keinesfalls und gibt Burke Namen, Adresse und ein paar Informationen zu Nowak, dann fährt er auf schnellstem Wege in die Ettstraße, händigt dem säuerlich grinsenden Fahrdienstleiter die Schlüssel des BMW aus, wozu der aber gar nichts groß sagt, vielleicht steht er irgendwie bei dem Kollegen, der gestern Dienst hatte, auf der Rechnung, und dann muss noch überlegt werden, ob Hölzl einzuweihen ist, aber die Antwort lautet: nein. Besser, der Kollege verfolgt in Ruhe die Spur mit den Dupois' weiter, da freuen sich Oberinspektor Hellweg und Oberstaatsanwalt Dessauer und merken nicht, dass Kriminalkommissär Lehmann ihnen in den Rücken fällt und wie der Magier das Kaninchen einen Schwarzgelockten aus dem Hut zaubert; aber wenn die Angelegenheit so ihren Lauf nimmt, wie Lehmann sich das vorstellt, werden die beiden ohnehin nie etwas davon erfahren.

Kemp und Smith, seine beiden Schneeglöckchen, warten schon draußen im Jeep, und als er auf sie zugeht, zieht Mighty Max eine CID-Marke aus seiner Hosentasche und hält sie ihm entgegen, ausgerechnet die von

Agent Myers, den Wilfried Helms bei Tempo hundert im fahrenden Auto kaltgemacht hat … Aber warum nicht, Hauptsache, es steht »CID« drauf, so genau hinsehen tut ja sowieso keiner. Er nickt den beiden zu und setzt sich nach hinten in den Jeep.

»Fritz, what's all this about? What do you want us to do?«

»Be mean and let me do the talking, same as usual …«

Die beiden grinsen sich eins und schütteln den Kopf.

Er will schon sagen: Let's go, boys!, schließlich müssen sie heute noch nach Landsberg, von vorne anfangen, aber da steckt im letzten Moment Master Sergeant Amos Williams seine breite Nase aus der Tür und kommt wild fuchtelnd herausgelaufen, zweihundert Pfund Muskeln und Sitzfleisch und Football und Aufregung …

»Fritz, what the hell's goin' on? What's all this business with the War Crimes Group? That guy made it sound like you was the next president of the United States …«

Der nächste Präsident der Vereinigten Staaten? Na ja, Amos, mal halblang machen …

»Remember ›US Army Vegetable Sack, Return When Empty‹?«

Amos hört auf, mit den Armen herumzurudern, und lässt sie nach unten fallen.

»I sure do.«

»We go looking for the guy right now …«

»He an American?«

»I don't think so …«

Amos überlegt erst und schüttelt dann den Kopf.

»But Fritz, you're a *German* police officer now, this is a *German* case, you guys don't need us to do your footwork anymore, you must stand on your own feet …«

Das ist ja der Witz, dass es sich hier um einen *deutschen* Fall handelt, mein lieber, alter, guter Amos, das ist ja der Witz …

»I need some real muscle to do this, Amos. Power. Can you spare them?«

Amos lacht grunzend auf: Was fragst du mich noch, ob du meine Leute haben kannst, wenn Captain Burke sie dir doch längst gegeben hat …

»Who needs these turkeys anyway … real muscle, huh? Well, enjoy the ride …«

Lehmann nickt ihm zu, tippt Kemp, der am Steuer sitzt, auf die Schulter, der lässt den Motor an, es braucht eine Weile, bis er richtig läuft, und los geht's.

Real muscle. Power. Macht braucht er, und Gewalt braucht er: Leute, die sich durchsetzen können, das geht gar nicht anders in einem solchen Fall, mein Freund Amos, und die Macht und die Gewalt im Lande, die habt nun mal ihr, und deshalb bin ich ab heute Agent Myers vom CID, unterwegs mit MP-Patrouille ins Landsberger DP-Lager, um dort eine wichtige Untersuchung durchzuführen, got it?

Es ist auch alles ganz einfach, wenn man die Sache erst einmal durchschaut hat – das Erste ist, dass immer einer die Gewalt hat, die Amis über die Deutschen, der Leutnant über den Feldwebel, der Feldwebel über den Unteroffizier, der Unteroffizier über den Gefreiten und der Gefreite über alles, was er mit dem Fuß zertreten kann: die Wanzen. Das Zweite ist, dass eine Wanze sich selten oder nie mit einer anderen Wanze zusammentut, um wenigstens dem Gefreiten seine Gewalt zu nehmen, sondern lieber alles tut, um Oberwanze zu werden und einen wenn auch noch so kleinen Teil der Gewalt in die eigenen Hände zu bekommen. Das Dritte ist, dass es dem Menschen offenbar gut gefällt, irgendeine Art von Gewalt in den Händen zu haben. Das Vierte aber ist: Du bist der Andere.

Langsam tauchen da in Lehmanns Geist zwei Hände auf, die ein Skalpell halten … der Rest liegt noch im Dunkeln, aber die Hände sind genau zu sehen, die können schneiden und schneiden auch, erst in die Haut und dann tiefer ins Fleisch hinein, bis zur Gelenkschale, wo es mit geschickten Bewegungen um Knochen und Knorpel herumgeht, bis das Bein vollständig abgetrennt zu Boden fällt, dünne, sehnige Hände sind das, man merkt ihnen an, dass ihr Besitzer sich schon lange nicht mehr satt gegessen hat, ein Hinterkopf kommt dazu, kahl geschoren, und ein Anzug aus grobem Stoff, der blau und weiß gestreift ist wie der Schlafanzug eines Zirkusclowns, ganz zerlumpt. Nein, doch nicht, so schlimm ist es gar nicht, die Hände machen auch einen nicht ganz so abgezehrten Eindruck, wie es am Anfang den Anschein hatte, vielleicht bekommt der Mann eine höhere Ration, weil er eine so schwere und verantwortungsvolle Tätigkeit zu verrichten hat, oder es ist sogar der Kapo seines Kommandos oder sonst jemand Wichtiges, dem man etwas mehr zu essen gibt, und mehr sieht man nicht, aber man spürt, dass ihm seine Arbeit Spaß macht, mehr als Spaß, sie erregt ihn … Und das Fünfte ist: Hat einer Angst, will er die Gewalt haben; hat er aber die Gewalt, hat er noch mehr Angst, weil er die Gewalt ja wieder loswerden könnte … Ein Körper ohne Beine kann nicht wegrennen, ein Körper ohne Kopf kann einen nicht ansehen.

Angst.

Gewalt.

Tod.

Schönheit …! Die Beine kann man rasch zerhacken, man sieht sie nicht mehr an und wirft sie weg wie der Metzger faules Fleisch, aber das andere möchte man betrachten, es darf nichts Grobes daran sein, man muss sorgfältig und umsichtig und glatt den Kopf und die Beine vom Rumpf trennen, um den dann in aller Ruhe *betrachten* zu können.

Das Sechste aber ist: Gott, der Herr, ist ein eifersüchtiger Gott und will seine Freuden mit niemandem teilen.

Man muss alles wegwerfen, verstecken, wenn der Rausch vorbei ist, alles in einen Sack stecken, mit Steinen beschweren, verbergen auf dem tiefen Grund des Sees, wo niemand es finden wird …

Das ist der Mörder Irina Stepaschkins: eine Wanze, die für einen Augenblick selbst Gott, der Herr, geworden ist.

*

Die Wachen am DP-Lager in Landsberg, es sind heute andere als gestern, lassen CID-Agent Myers und seine beiden Schneeglöckchen ohne Probleme passieren. An wen sie sich wohl wenden können? Es gibt eine jüdische Lagerpolizei, der Chef ist ein junger Bengel in einem viel zu großen Anzug, auf dessen rechten Ärmel eine Binde mit dem Davidstern genäht ist, wott känn ei duh for juh? Nein, nein, ich spreche deutsch, Sie doch sicher auch? Natürlich … aber warum Sie? Well, meine Eltern stammen aus Deutschland, sagt Lehmann mit nachgemachtem Akzent, und das ist ja im Prinzip auch nicht gelogen.

Leizer, so heißt der Polizeichef, schickt seine Leute los und bringt Agent Myers und die beiden Schneeglöckchen zu einer Werkstatt, in der sonst von der Organization for Rehabilitation and Training Mechanikerkurse für die Israelauswanderer abgehalten werden, »Palästina braucht dich, lerne Hebräisch« steht auf einem Plakat an der Wand. Leizer erklärt ihm, dass der amerikanische Ausbilder der ORT erkrankt sei und man die Halle deshalb nutzen könne, früher sind hier wohl Panzer oder Lkw der Wehrmacht gewartet worden, was ja auch fast zum Lachen ist, wenn man mal daran denkt, dass vielleicht dieselben Panzer oder Lkw die Dörfer und Städte im Osten überrollt haben, aus denen die Leute hier im Lager stammen.

Die DPs, die einer nach dem anderen eintreffen, sind fast alle zwischen zwanzig und vierzig. Man sieht kaum Frauen oder Kinder oder alte Leute.

Schließlich haben sich alle Überlebenden des Ghettos von Kowno, die gerade Zeit haben und die die Lagerpolizei auftreiben konnte, in der Halle versammelt. Lehmann äußert ein paar unbestimmte Worte über einen Vermisstenfall.

»Kennt jemand von Ihnen ... Nein, fangen wir von vorne an: Erzählen Sie mir bitte zuerst, wie das anfing mit dem Ghetto, wissen Sie, ich bin aus Cleveland, ich habe keine Ahnung, aber wir suchen jemanden, der wahrscheinlich auch in Kowno war, wir kennen nur seinen Namen nicht ...«

Die Schwarzgelockten sehen sich an, und zuerst will auch keiner reden, oder keiner traut sich so recht, aber dann fängt doch einer an, und mit der Zeit fallen ihm andere ins Wort, das geht immer mehr durcheinander, schlimmer als in der Judenschule, hätte man früher gesagt, jetzt sagt man das nicht mehr, aber Lehmann lässt sie einfach reden, er muss so viel wie möglich wissen, und es ist wohl auch so, dass sie, ganz ähnlich wie Doktor Salkind, seit langer Zeit darauf gewartet haben, dass jemand ihre Geschichte hören will, und wenn es ein amerikanischer Militärpolizist aus Cleveland ist ...

»... Kowno war eine sehr jüdische Stadt ...«

»... das ›Jerusalem des Ostens‹ hat man es genannt ...«

»... die Jeschiwa war weithin berühmt ...«

»... als die Deutschen kamen, sind wir geflohen, der russischen Armee hinterher. Die Deutschen waren aber schneller, und vor allem haben ihnen bewaffnete litauische Patrioten geholfen, weil sie dachten, sie dürften wieder unabhängig werden, und sie hassten auch die Juden und die Russen ...«

»... sie sagten: Alle Juden sind Kommunisten, die muss man erschießen. ›Weißbänder‹ nannte man sie, wegen ihrer Armbänder ...«

»... am 28. Juni 1941, sechs Tage nach dem Einmarsch der Deutschen, ließen sie alle Insassen des Zuchthauses frei, die haben dann Eisenrohre bekommen, und damit haben sie viele Juden erschlagen ...«

»... es war eine Jagd, die auf uns eröffnet wurde ...«

»... Kazys Palciauskas, der neue Bürgermeister von Kowno, verbot den Juden, die Gebäude der Stadt zu betreten. Jurgis Borbellis, der litauische Militärkommandeur, ließ Tausende von Juden festnehmen, die dann im Siebten Fort erschossen wurden ...«

»... siebentausend Juden wurden dort erschossen und in Gruben geworfen ...«

»... mein seliger Vater war ein bekannter Rabbi. Eines Tages haben die Deutschen ihn und ein paar andere zu sich gerufen, inzwischen war die Wehrmacht weitergezogen und es gab eine deutsche Zivilverwaltung. Und die hat gesagt: Alle Juden müssen bis zum 15. August nach Slobodka, das ist ein Stadtteil von Kowno auf der anderen Seite des Neris, wo schon viele Juden wohnten ...«

»... dreißigtausend waren es insgesamt, wo vorher sechstausend gewohnt haben, ich weiß es, ich war beim Einwohnermeldeamt des Ghettos ...«

»... drei Familien wohnten in einem Zimmer, es war eine furchtbare Enge ...«

»... es wurde aber weiter gemordet. Jedes Mal, wenn die Deutschen einen Vorwand gefunden hatten, kamen deutsche Polizisten und Litauer, und es gab eine Aktion ...«

»... nur wer den Jordan-Pass hatte, wurde wieder freigelassen ...«

»... das waren Zertifikate, die von Obersturmführer Jordan ausgegeben wurden, für Juden, die irgendeine für die Deutschen wichtige Arbeit hatten ...«

»... um das Ghetto herum wurde ein Stacheldrahtzaun gezogen, an dem Litauer Streife liefen. An den Toren standen deutsche Polizisten. Wer außerhalb des Ghettos erwischt wurde und zu keiner Arbeitsbrigade gehörte, wurde sofort erschossen ...«

»... es gab Arbeitsbrigaden für den Flughafen in Aleksotas, zweitausend Mann in zwei Schichten, Tag und Nacht wurde gearbeitet. Die

Landebahn war nicht gut genug für deutsche Flugzeuge, also musste man erst eine Schicht Sand abtragen, dann Lehm und schließlich wieder Sand und dann Asphalt ...«

»... bei der Ernte mussten wir auf den Feldern arbeiten ...«

»... es gab eine Autowerkstatt für die Wehrmacht, in der Nähe des Bahnhofs ...«

Lehmann kann sich an einen großen Schuppen erinnern, vor dem Kübelwagen und Lkw standen, und muss aufpassen, dass er nicht zustimmend nickt.

»... es gab auch besondere Werkstätten im Ghetto, für Kleidung zum Beispiel, besonders für Uniformen, aber solche auch zur Seifenherstellung, eine Sattlerei, einen Blechschmied, einen Besenmacher, sogar einen Spielzeugmacher ...«

»... meine Brigade wurde am Bahnhof eingesetzt. Wir mussten die Verwundeten entlausen, die von der Front kamen und ins Reich zurücksollten. Es gab ein Gesetz, dass man nur ins Reich konnte, wenn man entlaust worden war ...«

»... jeder Zug bestand aus zwei bis vier Güterwaggons für die Mannschaften und zwei bis drei Pullman-Abteilen für die Offiziere ...«

»... es waren auch viele Tote in den Waggons, und im Winter waren immer einige an den eisernen Stiften innen in den Waggons festgefroren. Man musste sie dann losreißen, und ihr Fleisch blieb an den Stiften hängen ...«

»... eine Papierfabrik und eine Ledermacherei wurden auch eingerichtet ...«

War das alles? Nur Arbeitsbrigaden?

Keine weiteren Erschießungen?

»Wo denken Sie hin! Am 28. Oktober 1941 kamen Hauptmann Schmitz und Sturmführer Rauche von der Gestapo mit einem Wagen ins Ghetto. Es war der Tag der Großen Aktion ...«

»... alle Juden mussten sich auf dem Demokratu-Platz einfinden, das gesamte Ghetto, dreißigtausend Menschen, und dann gab es eine große Selektion ...«

»... Obersturmführer Jordan und Obersturmführer Tornbaum waren auch dabei ...«

»... wir mussten in Reihen an Rauche vorbeigehen, jede Familie zusammen, und dann entschied er, ob man rechts oder links vorbeidurfte ...«

»… keiner wusste, welche Seite die gute war …«

»… Rauche hat die Arbeit nicht alleine geschafft, also wurde eine zweite Stelle für die Selektion eingerichtet, wo Obersturmführer Jordan die Aufgabe erledigte …«

»… nachher hat man dann erfahren, dass es Rauche ganz egal war, wen er auf welche Seite geschickt hat. Seine vorgesetzte Stelle hatte ihm eben befohlen, zehntausend von uns zu töten, und er hat es gemacht, deswegen hat er auch von seinem Schreiber immer genau wissen wollen: Wie viele haben wir schon? Und als er die zehntausend zusammenhatte, hat er einfach aufgehört …«

»… sie sind dann alle ins Kleine Ghetto auf der anderen Seite der Paneriustraße gebracht und später im Neunten Fort erschossen worden …«

Das Neunte Fort. Und vorhin schon war vom Siebten die Rede gewesen. Waren das die eigentlichen KZs …?

»… nein, wieso KZs? Das waren einfach Festungen aus der Zarenzeit …«

»… bei der Großen Aktion war ich noch nicht in Kowno, ich war in der Roten Armee und bin später als Kriegsgefangener dorthin gekommen. Wir waren eine Brigade im Neunten Fort, die Gruben ausheben musste für die Toten. Diese Toten waren aber keine Juden aus Litauen, sondern aus Deutschland, Österreich oder der Tschechoslowakei …«

Deutschland. Österreich. Protektorat.

Berlin.

Lehmann krümmt sich innerlich.

»… eigentlich sollte ich gar nicht mehr hier sein, weil die Arbeitsbrigaden, die im Fort diese Aufgabe hatten, hinterher von den Deutschen auch erschossen wurden, aber wir haben einen Tunnel gegraben und sind nachts in das Ghetto geflohen …«

»… es gab auch Litauer und Russen, die uns geholfen haben, aber das waren nur wenige …«

»… die Deutschen gaben dem Fort den Namen ›Vernichtungsstelle I‹, dahin ging ein Weg drei oder vier Kilometer den Hügel vor dem Ghetto hinauf, und dieser Weg wurde von den Deutschen ›Himmelfahrtsweg‹ genannt …«

Was passierte dort?

»… joi, was haben Sie denn? Das hatte seine ganz besondere Ordnung: Man brachte diese Juden, die aus dem Reich kamen, in Lastwagen vom Bahnhof heran, und dann gab es auch ein Orchester, das Musik spielte, sogar ein Karussell für die Kinder, damit sie glaubten, es würde ein Fest gefeiert. Dann kamen aber Litauer und stießen sie in die Gruben, ach, ich habe noch vergessen, dass man den Juden vorher Kleider und Wertsachen abnahm, manchmal wurden sie aber auch gleich von den Lastwagen in die Gruben gestoßen und erschossen, das war ganz unterschiedlich, und manchmal schossen die Litauer, manchmal nur die Deutschen …«

Lehmann beißt sich auf die Lippen. Er hat eigentlich erwartet, ein KZ mit Krankenstation und Menschenversuchen zu finden, und jetzt ist es doch nur wieder der Wald von Sarny.

Warum wohl könnte jemand Kowno als »Konzentrationslager« bezeichnen?

»… das war 1943, im September, da bekam das Ghetto einen neuen Kommandanten, Obersturmführer Göcke, direkt von der SS …«

»… er redete immer vom ›Konzentrationslager Kauen‹, nicht mehr von ›Ghetto‹, und es wurde auch alles anders organisiert …«

»… die Brigaden wurden zusammengelegt und hießen jetzt ›Kommandos‹ …«

»… sie wohnten auch nicht mehr im Ghetto, sondern in Arbeitslagern, die außerhalb der Stadt errichtet wurden …«

»… und jetzt bewachte außerdem die SS den Zaun …«

»… es gab aber bei der SS auch Litauer …«

»… es herrschte jetzt vor allem ein strengerer Ton …«

»… ›ihr sollt arbeiten, ihr Saujuden, sonst reißen wir euch den Arsch auf‹ …!«

»… wir hatten aber noch unsere eigene Kleidung …«

»… die Häftlingsuniform gab es erst in Stutthof …«

Nicht so schnell, zurück zum Lager Kowno! Gab es dort eine medizinische Abteilung?

»Was meinen Sie damit, ›medizinische Abteilung‹? Wir hatten ein Krankenhaus, im Kleinen Ghetto, ich habe dort gearbeitet. Eines Tages, im Oktober 1941, bin ich zu spät zur Arbeit gekommen, weil ich verschlafen hatte, ich war in Eile, verstehen Sie, wenn man auffiel, brachten einen die Wachen zum Neunten Fort, oder man wurde zumindest geschlagen, bis man halb tot war … An dem Tag aber war das mein Glück, denn auf der Holzbrücke über die Paneriustraße, die vom Großen in das Kleine Ghetto führte, stand ein Litauer und ließ mich nicht durch. Später erfuhren wir dann, dass die Deutschen alle Einwohner des Kleinen Ghettos bis auf diejenigen, die einen Jordan-Pass besaßen, ins Neunte Fort geschickt hatten. Und das Krankenhaus selbst hat man dann mit Brettern vernagelt, nein, ich muss genauer sein, es war das Gebäude, in dem sich die Seuchenstation befand, dorthin hat man die nicht transportfähigen Patienten aus den anderen Stationen gebracht und dann erst alles zugenagelt und die Türen verrammelt.«

Und dann?

»Dann hat man das Gebäude angezündet.«

Für einen Moment herrscht Stille in der Werkstatt, und Lehmann sieht zum ersten Mal in die Gesichter vor ihm: erwartungsvoll, weil ihm jeder auch noch *seinen* Teil der Geschichte erzählen will, aber auch hart und verschlossen und mit dem »ich weiß, aber du nicht« in den Augen, das er jetzt schon so oft gesehen hat.

Und im Großen Ghetto, gab es dort kein Krankenhaus?

»Nur eine kleine Krankenstation. Wissen Sie, die meisten gingen ja zur Arbeit, auch wenn sie krank waren, weil sie Angst hatten, ins Neunte Fort zu müssen. Und der Judenrat hat dann auch gesagt: Ihr *müsst* arbeiten, sonst kommen sie wieder mit ihren Hunden und Gewehren und erschießen uns. Wir hatten nämlich einen zionistischen Untergrund im Ghetto, der hat ein Radio gehabt im Keller unter der Apotheke, und einmal hat sich auch eine Abgesandte des Ghettos in Warschau bei uns eingeschmuggelt, die hat erzählt, wie es dort beim Aufstand zugegangen war. Es waren auch nur wenige Ärzte vom Arbeitsdienst befreit. Ich zum Beispiel musste in die Sattlerei, nachdem das Krankenhaus im Kleinen Ghetto abgebrannt war …«

Die Hände in Lehmanns Kopf bleiben Hände, die Gesichter von Abraham oder Simon Katz wollen sich nicht dazugesellen.

Kennt jemand die beiden?

»Avram Katz? Ja, natürlich, wir waren aber erst hier in Kaufering näher zusammen …«

»… er war in der Spielzeugfabrik …«

»… nein, beim Flughafenbau …«

»… nein, das war sein Bruder, Shimon Katz …«

»… gab es nicht auch einen Jakob Katz? …«

»… das war wohl ein Cousin …«

»… die Eltern waren jedenfalls beide nicht mehr am Leben …«

»… vielleicht sind sie schon im Siebten Fort umgekommen …«

»… Shimon Katz kenne ich gut, das war mein Brigadeführer in den Kfz-Werkstätten der Wehrmacht am Bahnhof …«

Moment mal, Simon Katz war Brigadeführer, so etwas wie ein Kapo im KZ?

»Nein, nein, die Kapos nachher, das war schlimmer. Er hat uns natürlich zum Arbeiten angehalten, ganz im Sinne des Judenrats. Aber er war auch im Untergrund tätig und hat eine heimliche Postverbindung aufgebaut von Kowno zum Ghetto in Wilna, wo viele von uns Verwandte hatten. Das hat er mit einem Litauer zusammen gemacht, der bei der Eisenbahn gearbeitet hat. Nachher hat ihn aber die Gestapo erwischt.«

Lehmann wird wieder unruhig … Und dann?

»Normalerweise kam man in einem solchen Fall eigentlich hinterher ins Neunte Fort, ich meine nach dem Verhör, oder sogar nach Auschwitz …«

Auschwitz? Dort hat es auf jeden Fall medizinische Versuche gegeben …

»… aber Shimon Katz kam nach einem Monat wieder frei und kehrte ins Ghetto zurück. Ich habe ihn dann später nicht mehr gesehen, weil ich ins Arbeitslager nach Aleksotas verlegt wurde …«

Man konnte aus der Gestapo-Haft wieder freikommen?

»Wissen Sie, möglich war alles …«

»… man musste nur genug Geld haben, um bestechen zu können …«

»… es hatten ja auch alle irgendwo etwas vergraben, auch wenn offiziell nur hundert Reichsmark erlaubt waren …«

»… noch waren wir ja nicht in einem richtigen KZ …«

»… man musste sich auch mit Benno Lipzer gut stellen, das war der Brigadeführer der Juden, die für die Gestapo arbeiteten …«

Juden, die für die Gestapo arbeiteten?

»… das war wohl eine gute Arbeit, bei der man auch mehr zu essen bekam, und viele dachten ja damals noch, wenn sie immer gut mit den Deutschen zusammenarbeiten, können sie ihre Haut retten, und sie haben sich gesagt: Das geht ja nur gegen die Verbrecher unter den Juden, nicht gegen die guten Leute …«

»… Sie müssen auch nicht denken, dass es keine schlechten Leute gegeben hat im Ghetto, da gab es Kriminelle wie anderswo auch, die mussten verfolgt werden, deswegen hatten wir ja auch eine jüdische Ghettopolizei …«

Lehmann muss unwillkürlich zu Leizer hinüberschauen, der merkt das gleich, lächelt und hebt die Hände, nach Judenart …

»Nein, nein, ich war in Wilna, und man hat mich auch erst hier zum Polizisten gemacht. Ich glaube, die Ghettopolizei in Kowno hat außerdem mit allen Mitgliedern zum zionistischen Untergrund gehört …«

»… ja, sie wurden 1943 alle miteinander von der SS liquidiert …«

»… sind mit Shimon Katz nicht auch drei vom Judenrat verhaftet worden und nachher freigekommen …?«

»… ja, so war es, vielleicht hat sich Dr. Elkes um die Freilassung bemüht, und Shimon Katz hat man einfach mit dazugenommen, das wäre möglich …«

»… sonst musste man aber viel Geld haben …«

»… vielleicht ist das auch ein Freund von Sznaider …«

Von wem???

»Oh, das war der Josef Sznaider, der hat auch hier in Landsberg im Lager gewohnt, aber ich glaube, er ist jetzt in München, das war ein großer Schwarzhändler und Schmuggler in Kowno …«

Schwarzhändler und Schmuggler???

»Sehen Sie, wir haben ja nicht sehr viel zu essen bekommen, nur das, was es auf Marken gab, und man kann sagen, das war ein Schweinefraß …«

»… altes Brot, Buchweizen, faule Kartoffeln, Weißkohl, Zuckerrüben, die man kochen musste, Pferdefleisch, angeblich sogar von der russischen Front …«

»… also musste man etwas ins Ghetto hineinschmuggeln. Solange es noch Geld und Wertsachen gab, konnte dafür ja auch bezahlt werden, und den Schmuggel haben Leute wie Sznaider übernommen …«

»… er hat sich aber bereichert daran …«

»… nur genützt hat es ihm nichts, weil er dann später, genau wie alle anderen, nach Stutthof gekommen ist und einen gestreiften Anzug und eine Mütze tragen musste, zack, zack …!«

»… aber im Ghetto konnte er noch bestechen …«

»… er hat auch die Litauer bestochen, die den Zaun bewacht haben …«

»… viele hassten ihn aber …«

»… weil Leute wie er immer zu viel haben wollten und dadurch das ganze Ghetto in Gefahr brachten …«

»… du redest wie die vom Judenrat …«

Lehmann versucht sich den Graugelockten mit seiner Bude im Münchner Großmarkt als gefährlichen Schwarzhändler vorzustellen, aber es gelingt ihm nicht.

Wirklich Josef Sznaider?

»Ja, ja, ja! Den hat die Gestapo auch einmal erwischt, obwohl es eine Vorwarnung vom Judenrat und von der Ghettopolizei gegeben hat …«

»… nicht nur vorgewarnt haben sie ihn, sondern in eine Arbeitsbrigade gesteckt, die im Brückenbau eingesetzt war, damit er keine krummen Geschäfte machen konnte. Die hat er dann aber trotzdem gemacht …«

»… das mit der Vorwarnung hatte den Grund, dass man am Anfang, als es noch fast jeden Tag Aktionen gab, solche aufgedeckten Fälle von Schmuggel benutzte, um ein Exempel zu statuieren. Man hat dann nicht nur den Schuldigen, sondern auch seine Familie, alle Menschen, die in seinem Block lebten, und all seine Freunde erschossen …«

Und das mit der Gestapo?

»… offiziell hieß es, Sznaider habe eine Kuh ins Ghetto geschmuggelt …«

»… und sie haben keine größere Aktion folgen lassen, aber es gab ein paar Festnahmen …«

»… und dann löste sich, wie man so sagt, alles in Wohlgefallen auf …«

In Wohlgefallen? Aber was ist mit Sznaider passiert?

»… der kam zu Schtitz, das war der Gestapochef …«

»… und was dann bei der Gestapo passiert ist, das weiß niemand …«

»… Sznaider kam jedenfalls am nächsten Tag zurück und hat genauso weitergemacht wie vorher …«

»… aber ein schönes Geld wird es ihn gekostet haben …«

Leizer tippt Lehmann von hinten an die Schulter und zeigt auf die Uhr: schon fünf durch.

»Wie wäre es, wenn Sie mit uns etwas essen kommen? Ich glaube, alle sind hungrig hier, und die Küche hat ein paar sehr schöne Latkes gemacht …«

Lehmann sieht sich unsicher um, alle nicken zustimmend und machen Anstalten, als ob sie sich erheben wollten, also nickt er Leizer zu, da erheben sich tatsächlich alle, und er geht nach hinten zu seinen beiden Schneeglöckchen, die kein Wort verstanden haben und sich gelangweilt auf ein paar in der Ecke neben einer der Drehbänke liegenden Strohsäcken herumlümmeln.

»You guys bored?«

Kemp zieht an seiner Camel und kratzt sich am Hinterkopf, ihre schönen grün-weiß glänzenden Helme haben die beiden natürlich längst abgelegt.

»Well, let me put it this way, loafin' about surrounded by a bunch of fuckin' kikes isn't exactly my idea of a good time …«

Smith, der etwas abseits auf seinem Helm hockt, guckt ein bisschen erstaunt, sagt aber weiter nichts, und Lehmann dreht sich rasch um, weil er Angst hat, jemand könnte »kikes« gehört haben, mit »Itzige« könnte man das übersetzen.

»Tell you guys something, why don't you check out the local PX or whatever?«

»Great idea …«

Die beiden erheben sich mit unendlicher Langsamkeit, setzen ihre Helme wieder auf und gehen nach draußen, wo man kurz darauf den Motor des Jeeps erst stottern, dann aufheulen hört, und schließlich entfernt sich der Lärm in Richtung Landsberger PX Store.

Leizer sieht den beiden nach und macht ein böses Gesicht.

»Nehmen Sie es mir nicht übel, Mister Myers, aber manche Amerikaner sind wohl auch gegen Juden eingestellt, oder?«

Lehmann schluckt.

»Na ja, schlechte Menschen gibt's eben überall …«

Leizer lacht.

»Ja, deswegen sind Sie ja wohl hier … Wen suchen Sie eigentlich?«

»Jemanden, der Angst hat.«

»Da werden Sie hier aber kein Glück haben, denn wer es bis hierher geschafft hat, der kennt keine Angst mehr.«

*

Der Speisesaal ist ein lärmendes Durcheinander von Schwarzgelockten, die sich eine Art Kartoffelpuffer mit Quark auf die Teller füllen lassen, das müssen die Latkes sein, von denen die Rede war, und dann setzt man sich irgendwo auf eine Bank an einem der langen Tische, die noch vor drei Jahren Kommissbrot und Dauerwurst getragen haben; wenn man nicht so genau hinsieht, könnte man die DPs hier alle für ganz normale junge Menschen halten, die miteinander lachen und Witze reißen und sich umarmen und manchmal sogar verliebte Blicke zuwerfen.

Leizer meint: Setzen Sie sich nur, ich bringe Ihnen etwas mit …! Dann geht er zur Essensausgabe, wo er sich aber nicht anstellt, sondern seine Polizistenprivilegien ausnutzt und sich Besteck und zwei Teller mit Latkes über die Köpfe der Wartenden hinweg geben lässt und damit zu Lehmann zurückkehrt.

»Hier, bitte, greifen Sie zu …!«

In den Kartoffelpuffern schmeckt es nach Knoblauch, Zwiebeln und Möhren, was Lehmann unbekannt ist, aber besser zusagt, als er gedacht hätte.

»Hat dieser Vermisste, den Sie suchen, denn etwas Böses getan?«

Lehmann schluckt schnell den Bissen herunter, den er gerade im Mund hat.

»Es geht eigentlich um mehrere Leute … und sie könnten Zeugen sein. In einem Mordfall.«

Leizer zieht die Augenbrauen hoch.

»Und warum wollen Sie dann so viel über das Ghetto in Kowno wissen? Hat der Mordfall damit zu tun?«

»Ich bin leider nicht befugt, Ihnen über die laufenden Ermittlungen Auskunft zu erteilen. Nicht schlecht, diese Latkes …«

»Sie werden eigentlich zu Chanukka gegessen, unserem Lichterfest. Aber die Küche hatte heute zufällig Kartoffeln und Möhren zur Verfügung … Ich hoffe nur, Sie gehen bei diesem Fall keinen schlimmen Gerüchten nach, die ja oft über uns in Umlauf gebracht werden, wir haben mit Ihren Kollegen hier in Landsberg nicht immer gut zusammenarbeiten können, mit den Deutschen schon gar nicht …«

Lehmann hat fertig gegessen und legt das Besteck auf den Teller.

»Da seien Sie mal ganz unbesorgt …«

Lehmanns Tischnachbar, ein langer, hagerer Kamerad mit aufgekrempelten Ärmeln, der den Eindruck macht, im nächsten Moment die halbe Wüste Sinai umgraben zu wollen, ist auch fertig und wendet sich ihm zu.

»Wo kommt denn Ihre Familie her, Mister Myers?«

»Aus Pommern.«

»Aus Pommern? Sagten Sie nicht Cleveland?«

Lehmann könnte sich auf die Zunge beißen.

»Ja, ich meine … mein Großvater und meine Großmutter. Mein Vater ist auch noch dort geboren, jetzt wohnt die Familie aber in Cleveland, Ohio.«

»Oh, natürlich … Haben Sie noch Verwandte in Pommern?«

Lehmann nickt, obwohl ja gerade das gelogen ist, schließlich haben die Polen letztes Jahr alle herausgeworfen …

»Dann hoffe ich, es geht ihnen gut. Es ist ja nie schön, die Heimat zu verlieren …«

Lehmann nickt wieder – nu sei doch bloß nicht so nett zu mir, ich könnt ja gleich das Heulen kriegen … Was geht den das auch an, der sollte sich freuen, dass es den Deutschen schlecht geht, stattdessen hat er Mitleid …!

Das Gespräch kann zu Lehmanns Glück nicht fortgesetzt werden, weil jetzt ein paar Tische weiter eine Gruppe von Pfadfindern, die einzigen Kinder, die er hier heute gesehen hat, aufsteht und mit ihren Tellern zur Geschirrabgabe marschiert. Eines der Kinder fängt an, ein Lied zu singen, Lehmann versteht kein Wort, ist wohl Hebräisch, aber nach ein paar Tönen stehen gleich alle anderen im Saal auf und fallen mit ein, manche summen auch nur, vielleicht kennen sie das Lied nicht richtig, trotzdem hat man das Gefühl, bei einer wichtigen Sache anwesend zu sein, also steht Agent Myers auch auf.

Nachdem das Lied zu Ende ist, klatschen alle, und Leizer legt ihm mit einem strahlenden Lächeln die Hand auf die Schulter.

»Die *Hatikwah*, unsere neue Nationalhymne!«

Später geht es in der Werkstatt wieder nach Kowno. Über Abraham Katz und seinen Bruder weiß niemand mehr Genaueres, außer dass sie in der einen oder anderen Brigade gewesen sind, aber daraus lässt sich nichts ableiten, das die beiden irgendwie mit dem Mord an Irina Stepaschkin verbinden könnte; an einen Rosenblatt kann sich der eine oder andere erinnern, Rosenblat oder Rosenblatt, der habe bei der Bücheraktion damals die abgegebenen Bücher registriert.

Bücheraktion?

»Nun, den Juden wurde verboten, Bücher, Manuskripte und Druckschriften jeder Art zu besitzen, also gab man sie ab, und der Empfang wurde quittiert, wie sich das gehörte. Sie wissen ja, wie die Deutschen sind, Mister Myers …«

Alle lachen. Lehmann lacht angestrengt mit.

»Und diese Quittungen hat ein Jude namens Rosenblat oder Rosenblatt ausgestellt, so viel weiß ich noch …«

»… ja, so hieß er … ich glaube, er war sonst Schreiber beim Judenrat …«

Immerhin eine Arbeit, die zu Sally Rosenblatts jetzigem Buchhalterberuf gut passen würde. Aber sonst kennt ihn niemand?

»Mister Myers, wir waren am Anfang dreißigtausend Juden im Kownoer Ghetto, und die Deutschen haben alles versucht, diese Zahl möglichst nahe an null zu bringen, aber am Ende sind es immer noch viertausend gewesen, die nach Stutthof und dann Kaufering gebracht wurden. Selbst wir heute Abend sind ja nur ein kleiner Teil der Kownoer Juden, die hier im Lager leben … man kann nicht jeden persönlich kennen …«

»… es wird hier auch wenig geredet über die Zeit im Ghetto …«

Lehmann wird langsam klar, dass er wahrscheinlich jeden Schwarzgelockten Südbayerns fragen muss, der in Kowno gewesen ist … Und was war nun mit Stutthof und Kaufering?

»Im März '44 war die ruhige Zeit, wenn man so will, im Ghetto dann vorbei …«

»… die Rote Armee rückte näher und näher …«

Zur selben Zeit sind die Stepaschkins aus Estland geflohen …

»… und dann kam plötzlich die SS ins Ghetto …«

»… und dann wurden alle Kleinkinder, Kinder und Alten, die zu schwach zum Arbeiten waren, aus ihren Wohnungen gezerrt und ins Neunte Fort gebracht …«

»… zweitausend waren es sicher …«

»… die Deutschen nannten das die ›Kinderaktion‹ …«

Eine Pause entsteht, und Lehmann hat für einen Moment das Gefühl, dass aus den Gesichtern um ihn herum jedes bisschen Zukunft verschwunden ist.

Und dann?

»… man hat uns nach Deutschland gebracht, erst ins Lager Stutthof bei Danzig und die meisten dann nach Kaufering …«

»… wir dachten aber zuerst: Auschwitz!, denn es wurde uns gesagt, dass eine ›Umsiedlung‹ durchgeführt wird, und durch das Radio unter der Apotheke und die Verbindungen nach Polen wussten wir, was dieses Wort bedeutete …«

Ja, das weiß Lehmann auch …

»… deshalb haben dann auch viele gesagt: Wir gehen nicht mit …«

»… viele Hundert Menschen haben sich im Ghetto versteckt, in Malinen – so haben wir die falschen Wände im Keller, Erdlöcher unter den Bodenbrettern oder geheimen Abteile auf den Dachböden genannt …«

»… später haben wir erfahren, dass die SS, nachdem alle anderen abtransportiert waren, mit Spürhunden, Rauchgranaten und Brandbomben in das Ghetto gekommen ist und alle Malinen ausgeräuchert hat, und wer nicht freiwillig herausgekommen ist, den hat man verbrannt bei lebendigem Leibe, sodass am Ende nur neunzig überlebt haben, neunzig …«

Und Kaufering?

»Kaufering? … Moll!«

Moll?

»… ja, Moll, Leonhard Moll …«

»… das war die Baufirma, die den Bunkerbau unter Vertrag hatte …«

Lehmann nickt, den Namen liest man öfter in den Straßen von München, überall, wo Schutt geräumt und der Wiederaufbau in Angriff genommen wird.

»… und das war nicht einfach für uns, weil ja seit Stutthof ein anderer Ton herrschte …«

»… jetzt waren wir nur noch Arbeitssklaven …«

»… die anderen Häftlinge, aus Auschwitz oder Buchenwald, die haben gelacht: Da kommen die fetten Litauer …«

»… wir hätten uns das nicht gefallen lassen, aber viele von denen wurden zu Kapos gemacht, weil sie sich mit dem System schon besser auskannten …«

»… und sie haben uns schlimmer geschlagen als manche Deutsche oder Litauer in Kowno …«

Und was genau musste gebaut werden?

»Stellen Sie sich eine große, unterirdische Röhre aus Beton vor …«

»… im Wald zwischen Kaufering und Landsberg …«

»… sie müsste eigentlich auch noch da stehen, aber jetzt gehören die Anlagen den Amerikanern, Verzeihung, gehören sie *Ihnen* …«

»… fahren Sie doch einfach hin, wenn es Sie interessiert …«

»… und in dieser Betonröhre unter der Erde sollten die neuen Messerschmitt-Düsenjäger gebaut werden …«

»… die Wunderwaffe! …«

Alle lachen.

»… ›Projekt Ringeltaube‹ nannte man das …«

»… und es mussten Bunker sein, wegen der amerikanischen, Verzeihung, wegen *Ihrer* Bomber …«

»… uns hat man auch in Bunkern untergebracht, mit Gras obendrauf, damit die Flugzeuge sie nicht sehen konnten …«

»… zehn oder elf Außenlager gab es insgesamt, ›Kommando Kaufering‹ war der Name …«

»… die Außenlager gehörten alle zum KZ in Dachau …«

»… am Schluss wurden die Übriggebliebenen auf Loren verladen, um sie noch wegzufahren nach Dachau, wo man alle für die Todesmärsche sammelte, auf Loren mit offenem Verdeck. Weil der Zug aber keine Genehmigung hatte zu fahren, ging es immer nur hin und her. Die Amerikaner waren schon in der Gegend, und es kamen deutsche Luftwaffensoldaten, die stellten sich um den Zug, um eine Deckung zu machen …«

»… es waren zwei Züge …«

»… genau, zwei Züge, und die wurden beide von den Amerikanern mit Bomben angegriffen, weil die wohl dachten: Das sind Soldaten …«

»… hundertsechsunddreißig Tote hat es an dem Tag gegeben …«

Nicht so schnell … Was war jetzt mit Moll?

»… wie gesagt, das war eine richtige Sklavenarbeit …«

»… ich bin Bauingenieur gewesen vor dem Krieg, und ich sage Ihnen, rein technisch war das wie die Pyramiden oder die Chinesische Mauer: eine Betonkuppel, oder besser: ein Halbzylinder, vierhundert Meter lang, fast hundert Meter breit und etwa dreißig Meter hoch, normalerweise hätte man ein Stützskelett aus Stahl oder Holz verwendet, aber hier wurde so vorgegangen, dass man einen Berg aus Kies aufschüttete und darauf den Beton goss. Später musste der Kies natürlich wieder weggetragen werden, eine teuflische Arbeit …«

»… die Firma Moll ging von, glaube ich, fünf Kubikmetern Kies aus, die jeder von uns am Tag wegtragen musste, aber das waren fünf Kubikmeter, die ein gesunder Schwerarbeiter hätte bewältigen können, nicht jemand, der auf dreiundvierzig Kilo abgemagert war und von dünner Suppe und Ersatzkaffee leben musste …«

»… wenn die deutsche Regierung selbst baute, musste eben gearbeitet werden. Wenn aber eine Firma im Auftrag der deutschen Regierung baute, dann war der Teufel los, denn es mussten Termine eingehalten werden, außerdem gab es einen Festpreis, und man wollte so viel wie möglich an den Arbeitskosten sparen …«

»… was mit uns war, hat niemanden interessiert …«

»… der alte Moll ist persönlich auf die Baustelle gekommen und hat mit einer Dachlatte auf die Arbeiter eingedroschen, wenn sie ihm nicht schnell genug arbeiteten …«

»… dabei war das eine unmögliche Aufgabe: Ich war für Siemens in der Hochkabelverlegung, man musste jeden Tag sieben Meter Kabelgraben ausheben, bei dem Kiesboden hier in der Gegend fielen die Gräben aber immer wieder in sich zusammen, und man musste von vorn anfangen …«

»… aber wenn man es nicht schaffte, wurde man geschlagen …«

Keine Krankenstation? Keine medizinische Abteilung?

»Um Gottes willen! Alles, was es für die Kranken gab, war das Lager 4, aber da haben sie die Leute einfach verrecken lassen …«

»… jeder hatte Angst, dorthin zu kommen, und vergessen Sie nicht, es war Winter, wir kamen im August oder Juli 1944 in Kaufering an und blieben bis April 1945 …«

»… bis endlich *Sie* kamen …«

Lehmann schaut angestrengt auf den Boden.

»… vorher ging es aber noch nach Dachau ins Hauptlager …«

»… das war aber schon viel zu voll, weil auch die Häftlinge aller anderen Außenkommandos in der Gegend von München dorthin gebracht worden waren …«

»… also wurden wir Richtung Berge getrieben …«

»… wir sollten dort Befestigungsanlagen bauen, die Alpenfestung …«

»… nein, nein, man wollte uns erschießen in den Befestigungsanlagen, die es dort bereits gab …«

»… nein, in den Steinbrüchen wollten sie uns erschießen …«

»… das war ihnen doch egal, hört doch auf, die wollten uns zu Tode schinden, das war alles, was sie wollten …«

»… gegen sieben oder acht am Abend kamen wir an dem Tag nach Wolfratshausen. Um halb neun kam dann ein Major, der sagte: In München tut sich was, ihr seid frei! Es waren auch deutsche Häftlinge und katholische Priester auf dem Marsch dabei, die fragten: Sind wir wirklich frei?, und er sagte: Ja, da sind sie sofort verschwunden. Zu uns sagte er: Um drei kriegt ihr alle Brot, das kam dann auch. Aber eine Stunde später gab es plötzlich einen Pfiff, und es hieß: Die Juden müssen weiter, also waren wir doch noch nicht frei …«

Lehmann überlegt, das muss die Freiheitsaktion Bayern gewesen sein, von der Oberstaatsanwalt Dessauer erzählt hat.

»… ein Feldwebel mit Schnauzbart und Revolver lief immer hinter uns her. Er muss ja genau gewusst haben, dass alles längst vorbei war, aber wenn einer nicht mehr weiterkonnte, dann kam er gerannt und stieß den an, und wenn der Häftling nicht mehr hochkam, erschoss der Feldwebel ihn. In Bad Tölz brachte er auf diese Weise noch in kurzer Zeit sechsundzwanzig Menschen um. Auch neben mir ist er aufgetaucht und hat gefragt: Na, geht's noch? Da habe ich geantwortet: Geht gut, Herr Feldwebel, ich marschiere!«

In Lehmann taucht für einen Moment der furchtbare Gedanke auf, dass es noch zwei oder drei Monate länger gegangen wäre, wenn nur alle so viel Einsatz gezeigt hätten wie dieser eine Feldwebel, und vielleicht hat Captain Burke ja recht gehabt, dass sie noch weiter bis zum bitteren Ende für das Bild gekämpft hätten, das überall gehangen hat, und dann wären die Atombomben nicht auf Hiroshima und Nagasaki gefallen, sondern auf Hamburg und Köln oder München und Berlin.

»… in Waakirchen wurden wir dann befreit …«

»… wir in Bad Tölz …«

»… in Wolfratshausen kamen die Amerikaner, ich meine, da kamen *Sie* …«

»… siebenunddreißig Kilo wog ich …«

»… und ich dreiundvierzig Kilo …«

»… und ich noch neununddreißig Kilo, schauen Sie mich jetzt an …«

Wieder lachen alle, weil der Kamerad jetzt mindestens neunzig Kilo auf den Rippen hat und dabei vielleicht eins sechzig groß ist … Lehmann hebt jetzt aber die Arme zum Zeichen, dass es genug ist, er kann nicht mehr, und außerdem bringt ihn das Ganze keinen Schritt weiter.

Also gut, noch mal: Abraham und Simon Katz, Sally Rosenblatt und Itzhak Klein.

Er hat aber Pech: Niemand ist mit einem der Gebrüder Katz in Kaufering näher befreundet gewesen, niemand hat mit ihnen zusammen den Todesmarsch durchgemacht, Lehmann schaudert es, weil er jetzt genau weiß, was ein Todesmarsch gewesen ist, aber was ist mit Itzhak Klein, der hat ihm zuerst davon erzählt.

Klein? Kleins gibt es viele bei uns, und auch Itzhaks, ach, der Klavierspieler, der ist wohl im Lager 3 gewesen und hat auf der Baustelle eine Betonspritze bedient, das waren riesige Instrumente, Mister Myers, auf denen wurde aber keine Musik gespielt, da lag ein enormer Druck drauf, und wenn man nicht aufgepasst hat oder zu schwach war, und manchmal waren alle vier Mann, die diese Spritzen normalerweise bedienen mussten, zu schwach, dann ist das Instrument außer Kontrolle geraten, und dann konnte es vorkommen, dass jemand hinunter in den frischen Beton fiel, das kümmerte die Deutschen aber wenig, die Aufseher waren von der Organisation Todt, schlimmer als die SS haben sie sich oft benommen, einen gab es, der immer ein, wie sagt man, Tirolerhütchen trug und eine Reitpeitsche, und der hat zugeschlagen, wie es ihm passte, auch wenn regulär gearbeitet wurde, jedenfalls wurde so der Beton des Bunkers zur letzten Ruhestätte für viele von uns, Mister Myers, fragen Sie doch mal nach, das Gelände wird ja von Ihrer Armee benutzt, und man lässt uns nicht hinein, vielleicht können Sie da etwas ausrichten …

Lehmann sieht auf die Uhr: fast acht. Er muss nach München zurück.

Leizer bemerkt seinen Blick, hebt die Hand und sagt was auf Jiddisch, woraufhin alle aufstehen und die Halle verlassen; dann legt er Lehmann die Hand auf die Schulter.

»Mister Myers, ich weiß, Sie haben es eilig, aber ich möchte Ihnen ein Angebot machen: Da es schon so spät ist, übernachten Sie doch einfach bei uns, Ihre beiden Soldaten finden sicher einen Platz bei der Militärpolizei hier in Landsberg. Und morgen können Sie sich den Bunker anschauen und einmal nachfragen, ob man uns nicht hineinlassen will in das Gelände, damit wir das Kaddisch für die Toten sprechen können.

Bei den Arbeitslagern ist das möglich, die werden nicht von Ihrer Armee bewacht, aber das Bunkergelände …«

Lehmann hat Mühe, seine Ungeduld zu verbergen. Leizer lässt aber nicht locker.

»… es wäre sehr wichtig für uns, und sonst hilft den Juden niemand hier in Landsberg, auch Ihre Kollegen nicht. Oder ist Ihr Vermisstenfall wirklich so dringend, dass Sie unbedingt noch heute Abend nach München zurückmüssen?«

Ja, ist er. Nein, ist er nicht. Was will der denn überhaupt, ja, es ist dringend, er muss den Kreis jetzt enger ziehen, die Bekannten der Katz' in München verhören, wenn sie es nicht selbst gewesen sind, kennen sie ja doch vielleicht den Täter, außerdem ist er sowieso ziemlich spät dran, schließlich rollen seit dem 15. Mai die Güterzüge vom Güterbahnhof Freimann nach Genua und Marseille, da sitzen die Auswanderer für Israel drin, vielleicht ist der Mörder längst weg; nein, es ist nicht dringend, weil er vor elf nicht in München sein und dann ja doch nur ins Bett fallen und niemanden mehr verhören würde – außerdem kann er nicht abstreiten, dass er denen hier jetzt ein bisschen was schuldig ist.

»Na ja, wenn Sie mich so nett bitten …«

Leizer steht auf und drückt ihm dabei anerkennend die Schulter, wie ein alter Mann einem jungen Mann die Schulter drücken würde, dabei muss der Lagerpolizeichef viel jünger sein als er.

»Sehr gut! Dann können Sie nämlich jetzt auch mitkommen und unser Kabarett anschauen!«

Lehmann kommt unsicher von seinem Stuhl hoch. Leizer zwinkert ihm zu und folgt den anderen nach draußen, da bleibt Agent Myers nicht viel übrig, als einfach mit ihm mitzugehen.

Kemp und Smith gucken ein bisschen doof aus der Wäsche, machen sich dann aber achselzuckend und kaugummizermahlend auf den Weg in die hiesige MP-Wache.

Und dann also auf ins Kabarett …

In der Kantine ist eine Bühne aufgebaut worden; man hat die Tische an die Seite geschoben und die Stühle in Reihen davorgestellt, dort sitzen jetzt lauter fröhlich lachende DPs und harren gespannt der Dinge, die da kommen, sogar auf den Tischen an der Seite hocken welche, meist jüngere, und alle akkurat gescheitelt und rasiert. Leizer schiebt mal eben den Arm mit dem Davidstern drauf vor, und gleich springen ein paar aus der ersten Reihe auf und machen Platz; Lehmann ist das peinlich, aber immerhin hat er auf diese Art einen guten Blick. Er quält sich ein Lächeln ab.

Und dann geht der Vorhang hoch, und das Lächeln gefriert ihm, denn da stehen plötzlich welche vor ihm, Wanzen in gestreifter Kleidung und mit ebensolcher Mütze, zack!, zack!, an der Kulissenwand hängt ein Schild: »Die Laus, dein Tod«, auf Deutsch natürlich, die spielen also KZ, du meine Güte und oh Gott, oh Gott, das muss er jetzt mit angucken, alles auf Jiddisch, Lehmann versteht nur »Eichmann« und »Gas« und »Auschwitz«, sonst nicht allzu viel, aber die Uniformen sind ja zu erkennen, es kommen auch Kapos mit schwarzer Binde um den Arm und ukrainische Wachen vor, die reden wohl russisch, was Lehmann aber genauso wenig versteht, und dann sogar deutsche SS-Offiziere, natürlich genau wie alle anderen von Schwarzgelockten gespielt, die stiefeln über die Bühne und brüllen herum, »Los, Saujuden, euch reiß ich den Arsch auf, euch zieh ich die Hammelbeine lang, ihr Arschlöcher, ihr Drecksäcke, ihr Schweinehunde«, das Schlimmste daran ist aber, dass die Schauspieler es auf die komische Art machen und das Publikum darüber lauthals – lacht …?

Manchmal wird es auch ganz still, wenn auf der Bühne einer stirbt, und man sieht regelrecht, wie sie alle in sich zusammensinken, weil sie dann daran denken müssen, wie der oder dieser, den sie gekannt und geliebt haben, tatsächlich gestorben ist; aber meistens handelt es sich in den kleinen Szenen, die gespielt werden, darum, einen Ukrainer oder Kapo oder Deutschen kräftig durch den Kakao zu ziehen, und dann lachen wieder alle, in dem Lachen ist der Tod aus den anderen Szenen mit drin; Lehmann sitzt jedenfalls wie vom Donner gerührt in seiner ersten Reihe und will es nicht begreifen: die *lachen* …!

31. JULI

Er frühstückt mit Leizer, blass, weil er den üblichen Traum geträumt hat, und jetzt ist ihm, als ob die Toten um ihn herumsitzen und Kaffee schlürfen und Brötchen kauen, dann fährt er mit Kemp und Smith, die ihn vor dem Haupttor erwarten, zu einem Waldstück an der Straße von Landsberg nach Igling, einem kleinen Dorf nordwestlich der Stadt. Das Waldstück ist mit Stacheldraht eingezäunt, und vor dem Tor stehen zwei maschinenpistolenbehangene Schneeglöckchen herum, die sich eins auf seine CID-Marke pfeifen und auch auf die Kollegen aus München, denen Lehmann gesagt hat, sie sollen heute besonders mean and bad aus der Wäsche gucken. Das sei nämlich alles Restricted Area hier, und nicht mal General Clay persönlich dürfe ohne Special Clearance das Gelände betreten, wenn er alte Bunker besichtigen wolle, dann könne er es ja mal in Berlin in der Nähe des Brandenburger Tors versuchen.

»Where do I get this special clearance?«

»Way up high, pal. I mean, up in the clouds …«

Es steht auch nicht mal ein Schild am Eingangstor, so in der Art: »517th Support Group« oder »86th Composite Group«, wie sonst bei den US Facilities, da kann also alles Mögliche drin sein. Er macht sich dann sogar noch die Mühe, bei der örtlichen Militärverwaltung nachzufragen, schließlich wollen die ihr Totengebet sagen, »Kaddisch« hat Leizer das genannt, er bekommt aber nur heraus, dass die Geheimnistuerei mit irgendeiner besonderen Funkanlage zu tun hat, die schon von der Wehrmacht auf dem Gelände unterhalten wurde, Genaueres weiß aber niemand.

»Way up high, Agent Myers …«

Er gibt schließlich Leizer Bescheid, der nur etwas enttäuscht mit den Achseln zuckt und sich bedankt, na, wenigstens haben Sie es versucht, danke für die Mühe, aber gern geschehen doch, dann schaut sich Lehmann noch zwei von den Außenlagern an, Nummer 7 und dann Nummer 4, das Krankenlager, wo die »Leute verreckt sind«. Es ist aber nichts zu finden, nur ein paar flache, große Röhren aus Wellblech oder Beton, auf deren Dächern Gras wächst, wegen der Lufttarnung, hat Salkind ja schon gesagt, sonst sind das jetzt aber bloß irgendwelche Hütten, die in der Gegend herumstehen und niemandem etwas zuleide tun; die Toten, die hier im Boden vergraben liegen, reden nicht.

Aber von überall hat man einen wunderschönen Blick auf die Berge.

*

Auf dem Weg zurück nach München hat er das Gefühl, seine Zeit verplempert zu haben. Er versucht es dann trotzdem noch einmal in die gleiche Richtung, nur um auf Nummer sicher zu gehen. Das jüdische Krankenhaus befindet sich noch immer dort, wo er vor zwei Monaten Salkind besucht hat, so schnell geht das mit der Auswanderung ja auch nicht, und er findet auch gleich den kleinen Arzt aus Amerika, der sich anstandslos an ihn und an das Morphium, das er damals wegen Salkind hier abgeliefert hat, erinnert, da ist er dann freundlich und zuvorkommend und bringt Lehmann zu dem Patienten mit dem ausgeschossenen Auge. Der hat immer noch Schmerzen, aber so langsam geht es wieder, und er kann bald entlassen werden, ja, das Morphium, sure did a lot of good hier bei uns, der Kopf ist frisch verbunden, auf der Medical Chart am Fußende steht: »Salomon Hirsch, condition: improving«.

»Die Brüder Katz? Aber ja, die kenne ich …«

Lehmann schimpft sich einen Esel, weil er nicht gleich hierher ins Krankenhaus gekommen ist, aber Salkind hat ihn nun mal auf Kowno und Kaufering und Landsberg gebracht, das hat sich dann irgendwie in ihm festgesetzt … Salomon Hirsch erzählt ihm, dass er in Kowno auch in der Brigade gearbeitet habe, die am Bahnhof die deutschen Verwundeten entlausen musste, daher kenne er Simon Katz, den Avram aber nicht so gut, Herr Kommissar, der war in einer anderen Brigade und ja auch jünger als sein Bruder, da hat er eine andere Gesellschaft gepflegt … Ob er sich vorstellen könnte, dass die beiden einen Mord begangen haben? Hirsch reißt nur erstaunt die Augen auf, oder besser: reißt erstaunt sein einziges Auge auf, und ruft dann: Avram und Shimon Katz? Das kann ich mir nun überhaupt nicht vorstellen …!

»Wissen Sie, Shimon und seine Frau, Vera, haben ihr einziges Kind, das war ein Sohn namens Maurice, in Kowno verloren, in der Kinderaktion, wenn Sie wissen, was das war …«

Lehmann nickt bloß.

»Und deswegen geht es ihnen auch nicht besonders gut, ich weiß nicht, vielleicht haben Sie gehört, dass Vera auch hier im Krankenhaus war? Sie nimmt sich das alles noch sehr zu Herzen, und auch Shimon ist nicht besonders glücklich, obwohl sie andererseits ja froh sein müssen, noch zusammen zu sein, viele andere, die schon vor dem Krieg verheiratet waren, haben sich verloren.«

»Gehen Sie abends manchmal aus mit den Gebrüdern Katz?«

Hirsch lächelt nachsichtig.

»Schauen Sie mich an! Seit drei Jahren gehe ich ein und aus in den hiesigen Krankenhäusern und sonst nirgendwo… Ich bin nicht viel unter Leuten. Shimon und Vera übrigens auch nicht, Avram vielleicht, aber das weiß ich nicht, ich glaube, ich habe ihn mal im *Chacke* am Kurfürstenplatz gesehen.«

»War da vielleicht ein Mädchen mit dabei?«

»Das weiß ich nicht mehr. Ich kümmere mich auch nicht viel um solche Angelegenheiten. Wissen Sie, ich bin aus Warschau gebürtig, und meine ganze Familie hat ins Gas gehen müssen, in Majdanek oder Treblinka, ich weiß nicht, außer einem Neffen, den hat eine Polin gerettet, indem sie ihn als ihren Sohn ausgegeben hat. Das war in Treblinka selbst, stellen Sie sich vor, und jeder hat es gewusst, die Kinder haben an bestimmten Tagen nicht in die Schule gedurft, weil es zu sehr nach verbranntem Menschenfleisch gestunken hat. Und deshalb arbeite ich an jedem Tag, den ich nicht hier verbringe, arbeite so hart es nur geht, damit ich nicht daran denken muss, und für Gedanken an Mädchen bleibt keine Zeit.«

Lehmann atmet tief durch.

»Aber warum waren Sie denn in Kowno und nicht in Warschau?«

»Mein seliger Vater hatte einen Teil seines Geschäfts in Litauen, in Wilna, meine selige Mutter stammte außerdem aus Kowno. Als die Deutschen in Polen einmarschiert sind, hat mich mein Vater also dorthin geschickt, erst nach Wilna, dort haben sie von dem Geschäft aber nichts herausgerückt, weil sie dachten, den Hirsch, den haben die Deutschen, der kann uns nichts mehr, und deshalb bin ich weiter zu meinen Verwandten nach Kowno, wo ich eine Arbeit annehmen musste. Dann kamen die Russen, 1940, die haben auch viele nach Sibirien deportiert, wenn sie eine Fabrik besaßen oder sonst wie bürgerliche Parasiten darstellten, wie es so schön hieß. Ein Cousin von mir musste an das Eismeer, wo es neun Monate im Jahr kalt und dunkel war und die Leute sich mit Heringsfang beschäftigten, einmal im Jahr kam eine Flottille, die brachte Trockengemüse und nahm den Hering mit. Und dann, 1941, kam die Wehrmacht ja auch nach Litauen.«

Und wieder Ghetto und Tod, wieder Aktion und Brigade und wieder arbeiten und nichts zu essen ... Lehmann lässt sich auch den Rest der Geschichte erzählen, hört aber nicht mehr so richtig zu, weil er das alles schon in Landsberg erfahren hat, nach einer Weile gleicht sich das; am Anfang hat jeder sein besonderes Einzelschicksal, am Ende gehört er nur noch in die *Große Allgemeine Geschichte der Wanzen vor Gott dem Herrn ...* erst hinterher geht es dann wieder auseinander, jeder reagiert anders: Salomon Hirsch vergräbt sich in die Arbeit, Simon Katz und Vera Karnowsky in die Trauer, Leizer und die anderen in Landsberg freuen sich auf Israel, und Abraham Katz säuft Schnaps und verbringt die Nächte mit leichten Mädchen, die er im *Café Taverne* aufgabelt.

Eins muss er aber dann doch noch wissen.

»Wie sind Sie denn zu Ihrer Schusswunde gekommen?«

Hirsch lächelt wieder.

»Das kam so, Herr Kommissar: Als das Ghetto aufgelöst wurde und es hieß: Umsiedlung, da habe ich mit einem Freund zusammen die SS-Wache am Tor bestochen, dass sie uns herauslassen sollte, wir haben nämlich noch russische Goldrubel vergraben gehabt. Der SS-Mann hatte um dreiundzwanzig Uhr Wachwechsel, deshalb sollten wir um zweiundzwanzig Uhr fünfundvierzig kommen, es war ja Sommer, und in den nordischen Nächten bleibt es lange hell, deshalb so spät. Wir sind auch pünktlich gekommen und mit uns noch zehn andere, die den Posten genauso bestochen hatten. Der Plan war: Wenn wir draußen sind, tun wir so, als ob wir uns nicht mehr kennen, und versuchen uns unauffällig unter die Litauer in der Stadt zu mischen. Es ist aber schiefgegangen, weil der SS-Mann uns verraten hatte, und draußen vor dem Tor wurde plötzlich geschossen, von anderen SS-Leuten, die uns wohl aufgelauert hatten, und es war ja bei Todesstrafe verboten, das Lager zu verlassen. Die Leute vor mir fielen getroffen zu Boden, da ließ ich mich auch fallen und stellte mich tot. Ein Feldwebel der SS kam dann schließlich und schaute nach, ob noch einer lebte. Er hielt mich zwar wohl auch wirklich für tot, gab mir aber zur Sicherheit noch einen Schuss von hinten in den Kopf. Die Kugel …«, er zeigt es Lehmann, »… ist hinter dem linken Ohr ein- und unterhalb des linken Auges wieder ausgetreten. Ich lag dann etwa eine Stunde so da und dachte, bis jetzt einer kommt, bin ich verblutet, also habe ich mit der Zunge mein eigenes Blut aufgefangen, das aus der Wunde tropfte, und es getrunken. Die Ärzte haben mir später gesagt, dass ich auf diese Weise mein Leben gerettet habe, denn später kam wirklich ein Fuhrwerk, mit dem die Toten ins Ghetto zurückgefahren werden sollten, und auf diesem Fuhrwerk lag ich dann mit ausgestreckten Armen wie Jesus Christus am Kreuz, und als man die Toten abgeladen hat, da rief eine Ärztin: Der lebt ja noch! Dann hat sie mir die Wunde vernäht, es gab ja kein Verbandsmaterial, also sagte sie mir, ich solle immer mit der Hand den Dreck aus der Wunde reiben, und das habe ich auch gemacht, später in Stutthof und in Kaufering, immer mit der Hand den Dreck aus der Wunde. Und nach der Befreiung kam ein französischer Arzt ins Lager, der fragte: Wer braucht Augenverarztung? Da habe ich mich gemeldet und kam mit sechs anderen ins Kloster Beuerberg, wohin man im Krieg die Münchner Augenklinik ausgelagert hatte. Dort hat mich ein Militärarzt aus Berlin behandelt. Er nahm irgendein Instrument, kam damit näher, dann gab es plötzlich einen Blitz, und seitdem ist mein Auge tot. Ich wusste zu dieser Zeit noch nichts von den medizinischen Experimenten in den KZs, sonst hätte ich mir den Namen des Arztes gemerkt, denn ich glaube bestimmt, dass man mein Auge noch hätte retten können …«

Ein Militärarzt aus Berlin.

Medizinische Experimente.

Konzentration! Ja, doch, Jastrow …

Nein, viel zu vage. Hirsch regt sich natürlich über die Sache mit dem Auge auf und bringt das irgendwie mit den medizinischen Experimenten in den KZs zusammen, obwohl eigentlich gar keine Verbindung besteht. Es ist ja auch von einem Militärarzt die Rede, nicht von einem von der SS.

*

Er lässt sich dann, es wird schon wieder dunkel, Gott, wo ist der Tag geblieben, von seinen beiden Schneeglöckchen in die Maxvorstadt bringen, geht aber nicht gleich nach Hause, sondern besucht erst Hans

Theißen, Vertretung für Hosenträger und Schnürsenkel, Blütenstraße 6, nicht weit entfernt von seiner Wohnung. Er muss jede Möglichkeit ausschließen, vielleicht hat ja Abraham Katz drei Semester Medizin studiert, oder sein Bruder hat eigentlich eine koschere Schlachterei geführt – was auch immer sie in die Lage versetzt haben könnte, kunstgerecht einen Kopf und zwei Oberschenkel vom Körper zu trennen.

Theißen macht gleich auf, kennen wir uns?, ach, Sie sind's, ja, Mensch, wie komm ick denn ... ach so, bei der Polizei sind Sie ... hab ick denn wat verbrochen, ach ick jloob, ick weeß, wat ick verbrochen hab, wasken, ick hab nämlich noch ne Flasche Kognak im Schrank und biet Ihnen nüscht davon an ... Der ist wohl auch so ein einsamer Wolf, bald wäre er seinem Besuch um den Hals gefallen, und Lehmann muss dann von dem Kognak probieren, Theißen lässt gar nicht mehr von ihm ab, ob der vom anderen Ufer ist? Nee, erzählt dauernd von seiner Freundin in Norddeutschland, die wolle er bald besuchen, vielleicht ist das ja aber auch nur so ein Trick von dem, jedenfalls ist die Dame nach dem zweiten Glas mit ihm verlobt, und wenn sie die Flasche jetzt austrinken, sind sie hinterher wahrscheinlich schon wieder geschieden ...

Ja, in Tilsit hat es ja von allem wat jejäben, Juden, Russen, Litauer, sogar n paar Deutsche, haha, mein Großvater mütterlicherseits hat noch Litauisch gesprochen, aber dat wurde dann ja nich mehr so jerne jesähen von der Obrigkait, schon beim Kaiser nich ... wasken, Bekleidungsgeschäft Katz? Nää, dat kenn ick nich, wartense mal, Katz ... ach nää, *den* Katz meinense ...? Aber nüken, nich Jeschäft ...! Lumpen jesammelt hat der Katz, ja doch, nu waiß ich wieder, Tewje Katz, der Lumpensammler ...! Und man konnte bei ihm auch kaufen, nur billigste Woare natürlich, aber wenn Sie so wollen, war dat ein Bekleidungsgeschäft, hähä ... Seine Frau und die Söhne, na, die waren mit im Jeschäft, die Söhne mussten immer mithälfen, aber auf die Schule jeschickt hat er sie, damit sie mal was Besseres werden ... nää, die waren wohl in der Inflationszeit aus Litauen gekommen, weil es ihnen dort noch schlächter jing, gab ja viele damals, Scherenschleifer, Eisen- und Lumpensammler, Flickschneider, alles Juden ... Die Söhne haben dann aber auch mit Altkleidern gehandelt wie ihr Vater ... am Jahrmarkt sah man solche Leute immer viel, da kamen sogar welche extra aus Litauen rüber, viel Jeschäft in der Stadt, die Juden hatten ja auch überall Verwandte, bis nach Galizien ging das hinunter … Aber n Beklaidungsgeschäft, nää, da hat wohl wer n bisken übertrieben, wasken?

Ja, hat wohl wer … Abraham Katz hat sich also nicht getraut zu sagen, dass sein Vater nur ein Lumpensammler gewesen war, genauso wie Fritz Lehmann, der ja immer angibt, sein Vater sei Bauer gewesen, dabei müsste er doch ehrlicherweise sagen: Landarbeiter.

Und das sind also die Herren Katz, Abraham und Simon: zwei Altkleiderhöker aus Preußisch-Sibirien, die im Ghetto von Kowno im Litauischen für die Wehrmacht einen Flughafen gebaut und verwundete Soldaten entlaust und Kübelwagen repariert haben und später im Sklavenlager eines gewissen Leonhard Moll in Kaufering Kies schippen mussten, bis sie vierzig Kilo wogen und von Feldwebeln mit Schnauzbart und Revolvern in Richtung Alpenfestung getrieben wurden, und alles nicht deswegen, weil sie ein Verbrechen begangen hätten, sondern nur, weil ihr Großvater in der Synagoge und nicht in der Kirche gebetet hat, und nach all dem, nach den Lumpen, dem Tod und dem Leben als Wanze, die sich krümmen muss vor Gott, dem Herrn, gönnt sich Abraham nun eben das süße Leben eines erfolgreichen Fabrikbesitzers, mit allen Schikanen, Weiber, Wonne, Whisky … Soll man ihm das übel nehmen? Seinetwegen kann der Kerl die Nächte verbringen, mit wem er will, kein Grund, ihn deswegen des Mordes zu verdächtigen, und schon gar nicht dieses Mordes.

Allerdings hat Lehmann damit keinen Hauptverdächtigen mehr.

Schöne Bescherung.

Muss er vielleicht jeden ausfindig machen, der ein KZ mit medizinischer Abteilung überlebt hat und Anfang April 1948 in München war?

Am besten, er geht morgen zum Joint in die Möhlstraße. Die müssen ja Unterlagen haben über die Leute aus den Lagern, die in der Münchner Gegend leben, einen Suchdienst haben sie auf jeden Fall, das weiß er, und Agent Myers werden sie schon sagen, was er wissen will.

*

Als er nach Hause kommt, ist Kristin weg. Er ahnt schon gleich was, weil ihr Regenmantel nicht an der Garderobe hängt, ist doch schönes Wetter, klare Sicht auf die Alpen von den Lagern in Landsberg aus, also wozu braucht man da einen Regenmantel, und dann klopft er an die Tür ihres Zimmers, Salkinds altes Kabuff, und es gibt keine Antwort. Drückt er also den Griff herunter, aha, nicht verschlossen, und will schon aufmachen, da sieht er den hellblauen Briefumschlag auf der Kommode neben seiner Tür liegen, an diese Stelle legt ihm Eure Durchlaucht von Lederer immer die normale Post hin, dieser Brief ist aber nicht normal, denn es ist keine Adresse darauf und auch keine Marke. Der Umschlag ist verschlossen, man bräuchte einen Brieföffner, aber Lehmann macht keine großen Umstände, reißt ihn mit zitternden Händen auf, während er in sein Zimmer geht, und setzt sich mit dem auf hellblauem Papier geschriebenen Brief in der Hand auf sein Bett; bis er die dunkelblauen Buchstaben dann aber tatsächlich auch liest, vergeht noch eine ganze Weile.

Liebes Wölfchen,
ich muss sehr viel weinen, weil Du mir der Liebste von den Wölfen gewesen bist, die ich gehabt habe – und vielleicht noch haben werde. Ja, sei nicht schockiert, ich bin nun mal so und tauge nicht zur Mutter und Hausfrau, auch wenn ich weiß, dass Du Dir das insgeheim gewünscht hast. Der Liebste warst Du mir auch, weil Du eigentlich tief in Deinem Herzen kein schlechter Mensch bist und auch kein richtiger Wolf, sondern nur ein Wölfchen, eines, das manchmal beißt, aber sonst noch Milch trinkt und Haferflocken isst.
Ich muss auch weinen, weil ich Dich so lieb gewonnen habe, obwohl ich anfangs nur jemanden gesucht habe, der mich vor Petars Leuten schützen sollte, und wer hätte diese Aufgabe besser erledigen können als ein Polizist? Bist Du jetzt böse? Ich hoffe nicht, denn das habe ich ernst gemeint, dass ich Dich lieb gewonnen habe, auch wegen der Sachen, die nur Wölfe machen.
Ich wäre sonst schon lange wieder nach Norwegen gegangen. In Oslo kennt mich niemand, so hoffe ich wenigstens, und vielleicht ist jetzt die Zeit vorbei, wo man mir den Kopf schert und mich nackt durch die Straßen hetzt, weil ich einen Deutschen geliebt habe. Ich weiß nämlich viel über Petar, und er hat allen Grund, Angst vor mir zu haben, deshalb wollte ich weg von München, aber da haben wir beide uns dann getroffen, und ich habe gedacht, dass Du mich beschützen kannst. Ich sehe jetzt aber, dass

Du selbst jemanden brauchst, der Dich beschützt, und am meisten vor Dir selbst. Und ich kann nicht länger bleiben, weil Du unbedingt diesen Mordfall aufklären musst.
Ich habe Dich nämlich, und das fällt mir jetzt am schwersten, in der Sache mit der toten Estin belogen. Ich kannte sie in Wirklichkeit doch ein bisschen, wir hatten gemeinsame Freunde, und deshalb habe ich so geschaut, als Du mir damals am Stachus das Bild gezeigt hast. Ich habe sie einmal in dem Haus gesehen, von dem ich der anderen Estin im DP-Lager erzählt habe (ich hatte gehofft, dass die Frau zur Polizei gehen würde, aber nicht erwartet, dass Ihr mich so schnell selbst finden würdet). Es ist übrigens tatsächlich eine Geschichte aus dem Buch gewesen, von dem ich Dir erzählt habe, allerdings hat jemand viel Geld dafür bezahlt, sie auch in der Wirklichkeit zu erleben. Und ich habe es der Estin auch falsch herum erzählt, denn ich war nicht das Mädchen, das mit Wein betäubt wurde.
Ich weiß nicht, wer Irina getötet und derart zugerichtet hat, und ich sage Dir nicht, wo das Haus genau liegt. Du wirst es sicher auch alleine herausfinden, und bis dahin möchte ich möglichst weit weg von München sein, am besten zu Hause in Norwegen. Ich möchte nämlich, dass Du mich so in Erinnerung behältst wie in den Tagen, bevor Du mit dem Offizier von der Militärregierung geredet hast.
Ich weiß nicht, ob ich Dich liebe, aber ich werde Dich nie vergessen.
Deine Schneewölfin
Kristin

Lehmann fährt sich mit der rechten Hand in das Haar, bis er seinen Schädel zu fassen bekommt, und drückt zu, vielleicht nützt es ja was, um ihn vom Schreien abzuhalten, die Lunge zieht ganz von selbst Luft, und die will wieder ausgestoßen werden, oder das kommt vom Brustkorb, der anschwillt wie ein Luftballon kurz vor dem Platzen und die Lungen innen drin mit sich zieht, dann kommt aber nur ein leises Heulen aus seinem Mund, wie eine Luftschutzsirene aus weiter Entfernung, und er kann sich erstaunlicherweise selbst beim Heulen zuhören, ein richtiges Phänomen ist das, beinahe, als wäre man zwei Personen in einem Körper, bloß mit dem Weinen klappt es nicht, obwohl er gerne weinen würde, aber es geht einfach nicht, jedes Mal, wenn ihm endlich danach ist, kommt ein Hass in ihm hoch, wie er ihn noch nie im Leben gehabt hat, nicht mal damals bei Mimi Westendorp und dem Fliegerfeldwebel, das ist Verrat, das ist schlimm, ein Hass ist das, den hätte er im Wald von Sarny haben sollen, dann hätte er alle Juden der Welt umgebracht und sich selbst noch ans schwere MG gesetzt und abgedrückt, *sie hat es gewusst*, sie hat es die ganze Zeit gewusst, und sie hat trotzdem mit ihm schlafen können, oh, aber schlau ist sie gewesen, hat am Anfang noch immer mal wieder gefragt, was denn aus dem Mordfall geworden sei, und als die Sache langsam eingeschlafen ist, musste sie keine Angst mehr haben und ist einfach … nein, das kann doch nicht wahr sein, sie haben doch zusammengelegen und … *Night and day, you are the one* und *Pennies from heaven for you and me* … er hat sogar wieder *normal* mit ihr geschlafen, *normal*, er ist fast wieder ein normaler Mann geworden, das Ding ist ihm nicht mehr weich geworden, wenn er reinwollte, vielleicht hätten sie ja Kinder haben können, das mit dem Schnaps und dem Kokain hätte sich mit der Zeit schon irgendwie gegeben, es kann doch nicht sein, dass sie ihn nicht *geliebt* hat, er hat *sie* doch geliebt, sie hat ihn doch nicht so *täuschen* können …?

PS: Das Bild ist für Dich!

Er lässt den Brief aufs Bett fallen und muss sich am Bettpfosten hochziehen, damit er überhaupt wieder auf die Beine kommt, dann stolpert er über den Flur in ihr Zimmer, Dr. Salkinds Zimmer: Alle Bilder sind von den Wänden verschwunden, auf dem Boden steht auch nichts mehr, keine Farben, keine Leinwand, keine Staffelei, und Lehmann muss nicht nachgucken, um zu wissen, dass von seinem Dollarvorrat im Wäscheschrank auch nicht mehr allzu viel übrig sein wird, aber ein Bild hat sie doch dagelassen, das liegt auf dem ungemachten Bett, wo sie es manchmal auf die harte Tour gemacht haben, weil es aus schmiedeeisernen Gittern zusammengesetzt ist, und als Lehmann das Bild in die Hand nimmt, da sieht er, warum sie so oft in den Tierpark gegangen ist, sie muss lange gewartet haben, bis sich die richtige Gelegenheit ergeben hat, denn zwei Wölfe, die es miteinander machen, auf die wölfische Art, die auch die der Hunde ist, und dann auch noch ein Männchen, das seinem Weibchen dabei in den Hals beißt, das sieht man sicher auch im Tierpark nicht alle Tage.

Er schmeißt das Bild wieder aufs Bett. Ekelhaft, die ganze Angelegenheit ist bloß noch ekelhaft, dann nimmt er es aber wieder und sieht es sich genauer an, ja, das ist gut getroffen, die beiden Wölfe sind so ineinander verdreht, als ob sie es wirklich machen, man kann beinahe die gespannten Muskeln unter dem Fell sehen, was denkt die sich eigentlich, dass er das Bild nehmen und über sein Bett hängen wird, oder vielleicht über das Sofa, wenn er irgendwann mal ein eigenes Wohnzimmer haben wird, und dann guckt er sich das an, bis er alt und grau ist? Er nimmt das Bild und auch die Reitpeitsche, die er extra für sie bei der berittenen Abteilung geklaut hat, dazu das große Taschentuch, mit dem er sie geknebelt hat, wenn sie gar zu laut schreien wollte, und das Hanfseil, mit dem er einmal ihre Hände gefesselt hat, weil er wissen wollte, wie das wohl ist, wenn man einer Frau dabei die Hände fesselt – schön ist es gewesen … nachher haben sie dann immer die amerikanischen Handschellen genommen, die lässt er jetzt aber liegen, denn die sind ja aus Metall, und dann geht er mit dem ganzen Kram nach draußen, stolpert durchs Treppenhaus auf die Schellingstraße, er kann die Augen nicht so richtig auf einen Punkt festhalten, das geht so weit, dass er nicht gerade gehen kann und wild rudernd über die Straße wankt, die Leute werden denken, er sei besoffen, na wenn schon, denken die Leute das eben, den Weg zu dem Trümmerfeld links von den Überresten der Neuen Pinakothek, vor der Technischen Universität, findet er aber trotzdem einigermaßen, da haben die Flying Fortresses aber mal so richtig nach dem Rechten gesehen, alles nur noch Schutt und Asche, vielleicht waren es auch Lancasters, die größten englischen Bomben hießen »Tall Boy« und »Grand Slam«, hat er mal in der *Stars and Stripes* gelesen, jetzt haben sich die Tommys da unten in Palästina aber auch mal so richtig in die Nesseln gesetzt, geschieht ihnen recht, und in Indien letztes Jahr die gleiche Soße, so long, lads, terribly sorry about the inconvenience, but you're on your own now, den Ruinenschutt hat man schon zu Halden zusammengeschoben, fertig zum Abtransport, da könnte man jetzt jede Menge Leichen drin verstecken … Ob es sich wirklich gelohnt hat, Sturmbannführer Nowak zu opfern für diese Geschichte mit der toten Estin? Und dann steht da ein Schild, und Lehmann muss unwillkürlich lachen: »Schuttbeseitigung wird durchgeführt von Firma Leonhard Moll« … Er findet dann ein paar Bretter und eine alte Zeitung: »Hat die Sowjetunion die Atombombe?« Damit und mit ein paar Tropfen Feuerzeugbenzin entzündet er ein Lagerfeuerchen wie einst die Trapper am Mississippi, oder besser: wie Kara Ben Nemsi im wilden Kurdistan, fehlt bloß noch Hadschi Halef Omar, und dann rein mit dem Seil und dem Knebel und der Peitsche und dem Bild, erst reißt er aber noch den Rahmen auseinander, damit es besser brennt, und dabei fällt ihm auf, dass es eine ziemliche Mühe macht, so ein Bild extra zu rahmen, und jemand, der sich in Wirklichkeit gar nicht für ihn interessiert hätte, dem wäre eine solche Mühe schon viel zu viel gewesen, der hätte einfach die Leinwand aufgerollt und ein Einweckgummi drumgemacht, also wirft er nur das Rahmenholz ins Feuer und behält die Leinwand in seiner Hand und heult endlich los wie ein Schlosshund, in Mahlow oder Schivelbein oder Stettin oder sogar Berlin hätte früher bei einem solchen Geheule gleich einer das Fenster aufgerissen und »Ruhe!« geschrien, aber hier mitten in den Ruinen fällt das niemandem auf.

Er bleibt bis zum Morgengrauen vor dem Feuer sitzen, das er mit immer neuen Stücken Bruchholz aus den Ruinen in Gang hält, später kommen dann ein paar Wohnungslose und setzen sich wortlos dazu, einer sagt irgendwann: Lieber Kamerad, guter Kamerad, haste nich ma ne Kippe, und Lehmann gibt dem seine ganzen restlichen Luckys, Mensch, sind ja doch nich alle guten Kameraden in Stalingrad geblieben …! Wenn Lehmann einen Dollar für jedes Mal bekommen hätte, wo ihm einer von den Russlandheimkehrern dieses Sprüchlein aufgesagt hat, wäre er jetzt Rockefeller persönlich. Irgendwann legen sich die Kerle dann schlafen, und Lehmann sucht noch mal Holz zusammen, richtig kalt ist es ja nicht, die letzte Julinacht, und von Weitem hört man ein paar Nachtschwärmer nach Hause gehen, morgen ist ja auch Sonntag, da kann man ausschlafen.

Oder man geht gar nicht erst ins Bett. Gegen halb fünf holt Fritz Lehmann aus Mahlow in Hinterpommern einmal tief Luft und macht wieder Jagd auf den Mörder Irina Stepaschkins.

Das Haus mit den dicken Teppichen.

Leute, die viel Geld bezahlen, Geschichten aus Büchern zu erleben.

Petar Ivarsson war Schwarzhändler.

Nein, er hat schon recht gehabt, er muss auf jeden Fall in die Möhlstraße. Aber nicht zu den jüdischen Hilfsorganisationen.

1. AUGUST

Sepp Poschinger ist noch im Schlafanzug und reibt sich knurrend die Augen, als sein krankgeschriebener Freund und OrPo-Kamerad am Sonntagmorgen um sechs mit einem amerikanischen Jeep und zwei Schneeglöckchen von der MP vor seiner Tür steht und wissen will, wie er an Jack Lossowitschs Schmugglerring herankommen kann.

»Wos, bittschön …? Mei, sei mir net bös, Fritz …«

Er zieht sich dann aber doch seinen Morgenmantel über und geht mit Lehmann in die Küche, aber bittschön leise, die Anni schläft noch, ja, die sind verheiratet, bei Magda und ihrem Bauern in Darkum bei Bremen ist es nun in drei Wochen auch so weit; Lehmann hat schon Urlaub eingereicht, und an und für sich hat er mit Kristin hochfahren wollen, auch um sich mal Hamburg und Bremen anzugucken, aber daran denkt er jetzt lieber nicht, auch nicht daran, dass seine kleine Schwester Annemarie in diesen Tagen über die Zonengrenze gehen will … Sepp setzt dann einen Kessel Wasser auf und stellt den Bohnenkaffee schon mal daneben, dieselbe portugiesische Marke, die Lehmann vor zwei Monaten von Salkinds Bekanntem aus der Möhlstraße bekommen hat, sieh an, sieh an, den Seinen gibt's der Herr im Schlafe, Portugal hat ja den Krieg nicht mitgemacht und bekommt sicher so viel Kaffee aus der alten Kolonie Brasilien, wie das Land nur trinken kann, eine Steuermarke ist jedenfalls nicht drauf.

»Den musst probieren, des is a ganz a guader Kaffee, fast no besser wie der italienische …«

Lehmann nickt anerkennend und tut so, als ob er von »A Brasileira« noch nie gehört hat. Jetzt aber mal zu Lossowitsch …

»Mei, des is so … vor dem Krieg hat's des ja schon in Berlin gegeben, die Ringvereine, gell?«

»Jaja, weiß ich doch … die Immertreu … mit Vorstand, Kassenwart, Jahresversammlung.«

»Naa, ganz so deutsch net. Es is halt ein Ring, eine Hand wäscht die andere, des geht reihum … aber auch net ganz reihum, weil ja immer einer des Sagen hat.«

»Also eher wie bei Al Capone.«

Der Wasserkessel fängt an zu pfeifen, und Sepp schnellt vom Tisch hoch, um ihn vom Herd zu nehmen, Anni soll ja nicht geweckt werden. Die ist auch viel auf den Beinen, bedient halbtags in einer Konditorei, und dann sind da noch die beiden Kinder, die aber oft bei der Großmutter abgegeben werden; wenn die Zeiten wieder besser sind, wird Anni natürlich sofort aufhören, alte Schreckschrauben zu bedienen, und das mit einem Kaffee, der bestimmt nicht halb so gut ist wie der, den ihr Mann gerade aufbrüht.

»Wennsd mogst, ja, wie bei Al Capone. Der Lossowitsch ist der Oberboss, dann gibt's noch die Unterbosse, und die haben aa wieder Unterbosse, also Hauptmann, Leutnant, Feldwebel sozusagen, und der Feldwebel passt dann auf die einfachen Soldaten auf. Und des san dann die, die wir höchstens amol in die Finger bekommen, weil die Oberen, die gehen ja nimmer selber hin, wenn ein Geschäft abgewickelt wird, die schicken ihre Leit.«

In diesem Sinne war natürlich das ganze deutsche Volk vor 1945 ein einziger Ringverein …

»Und was für Geschäfte sind das genau?«

Sepp stellt den Kessel wieder auf den Herd und wartet, bis der Kaffee durch den Filteraufsatz gelaufen ist.

»Mei, grob woaßt des selber. Bis zur Währungsreform alles ohne Marken und mit Aufschlag, jetzt wird halt geschmuggelt. Oder Hehlerware verkauft. Im Detail? Na ja … des geht so weit, des die … also, beispielsweise haben die oanen bei der Reichsbahn, der lenkt an Güterzug um, auf an privaten Anschluss von am anderen, der a Fabrik hat, der hängt aa mit drin. In der Fabrik wird ois auf Lkw verladen und in die Möhlstraße gebracht, dort gibt's extra a Fälscherwerkstatt, wo a Spezialist neue Frachtpapiere herstellt, und die Zigaretten, die wo zum Beispiel in dem Zug drin warn, die schicken's dann nach Berlin in die Waitzstraßen, da gibt's nämlich aa an Ring, den Waitzstraßenring, der macht hauptsächlich des mit den Zigaretten …«

»… was aber gerade nicht geht, weil die Russen den Weg nach Berlin versperren.«

»Genau, und des kannst glauben, dass der gesamte Möhlstraßenring schon recht ungeduldig auf das rasche Ende der sowjetischen Blockadepolitik wartet, mehr no wie die Berliner selbst.«

Sepp gießt ihnen zwei Tassen von dem tiefdunklen Kaffee ein, sich selbst dann Milch nach, die er auch Lehmann anbietet, nein danke, Zucker nimmt er aber, dann hebt sein Freund und Kollege die Tasse vor die Nase und schnüffelt daran herum, ah, herrlich ... und Lehmann tut es ihm nach, ein ganz toller Kaffee, ja wirklich.

»Und Penicillin, Morphium, Kokain, Frauen?«

»Mei, des is genauso wie im normalen Wirtschaftsleben auch, die Profite aus dem Schmuggel werden halt wieder investiert. Günstigstenfalls bleibt das Geld in der Organisation, und es werden bloß noch mehr Zigaretten geschmuggelt, Geldfälschen is aa recht beliebt, stell dir vor, letzten Freitag hamma die ersten gefälschten D-Mark-Scheine in den Händen gehabt, nach net amol sechs Wochen ...! Im für uns weniger günstigen Fall langt denen dann die Rendite nicht, und man kauft von den Einnahmen zum Beispiel Opium ein, zurzeit recht häufig bei den Franzosen, weil die ja wieder in ihren Kolonien in Indochina san, und da bringt der Fremdenlegionär des dann mit na Frankreich, des san ja in der Regel gar keine Franzosen, möcht net wissen, wer da ois in der SS war, und der Legionär kennt dann in Frankreich welche, die des über die Grenze bringen, und an Chemiker ham s' aa, der hat vielleicht am Ende vom Krieg ois aus dem Labor, wo er gearbeitet hat, mitgehen lassen, weil's koanen mehr interessiert hat. In der Küche von dem wird aus dem Rohmaterial dann Morphium hergestellt, und am Ende kommt's in die Möhlstraße zu oanem von den einfachen Soldaten, der's schließlich verkaufen muss. Und wenn des dann ois zentral gelenkt wird, dann hast deinen Ringverein scho fertig vor dir!«

»Wer hat denn bei dem Verein zum Beispiel mit Frauenhandel und Prostitution zu tun?«

»Mei, wenn i des wüsst ... Mir san schon seit Monaten nimmer direkt neiganga in die Möhlstraßen, des woaßt selbst. Zu heikel ...«

»Kein Kontakt, niemanden, den du fragen könntest?«

Kopfschütteln.

»Und wenn ich das aber unbedingt wissen muss?«

Sepp gießt noch mal Kaffee auf.

»Oanen gibt's natürlich, der woaß alles ...«

»Wer ist das?«

»Na ja, der Chef persönlich. Ohne dass der mit dem Kopf nickt, passiert gar nix, in der gesamten Möhlstraße net.«

»Und?«

Sepp macht den Mund schief.

»Vui zu heikel ... des is a Jud, des woaßt aa, Jakob Lossowitsch aus Russland, bloß sagt a jeder ›Jack‹ zu ihm, und der is in Auschwitz gewesen, da kann man fast nix machen ... und wenn man was machen will, dann kommen deine Freunde, die Amerikaner, und sagn: Nix, nix, da lasst's ihr schee eure Finger davon, von unserem Lossowitsch ... Und den Grund dafür, den woaß i aa net, den wirst bei dene Amis selbst erfragen müssen ...«

»Und wo finde ich Lossowitsch?«

»Wos wuißt denn überhaupt wissen von dem?«

»Auch zu heikel ...«

Wieder Kopfschütteln.

»Fritz, i frag di nix, und i will aa nix wissen. Aber des is a Minenfeld, des woaßt scho? Die Zollfahndung geht aa net nei, net bloß mir net. Die von dem Ring san nämlich so gut organisiert, dass s' Fotos gemacht haben, von uns und von den Zollfahndern, und da san scho anonyme Drohungen gekommen: Sie haben ja a scheens kloans Maderl und a nette Frau, do wollen S' doch net, dass denen wos passiert, woaßt, was i moan?«

»Ich bin ja keiner von euch und auch kein Zollfahnder. Also ...?«

Sepp gießt von dem frischen Kaffee nach. Vom Schlafzimmer her hört man eines der Kinder weinen.

»Mei, nach außen soll der Lossowitsch an kloanen Laden bei den Bretterbuden neben dem Joint haben, da verkauft er so G'raffel, Bürsten und Hosenträger und in der Art, des is die legale Fassade. Da musst aber fragn, i woaß aa net, welche von den Buden des genau is. Am besten schaugst erst amol ins *Café Royal*, des is sozusagen die Börse von der Möhlstraße, da gibt's immer die neuesten Kurse, oder in die Holzkirchener Bierhalle, da werden meistens die Geschäfte mit den auswärtigen Einkäufern abg'wickelt, aus'm Rheinland kommen die oder aus Hannover, des Netz ziagt sich über ganz Deutschland.«

Über ganz Deutschland. Der Herr aus dem Rheinland, der zum Fasching hier war. Die beiden Männer im Luxusauto aus der britischen Besatzungszone. Der Este mit dem Spitzbart, ebenfalls aus der britischen Zone. Petar Ivarsson und das Haus, in dem Büchergeschichten wahr gemacht werden. So langsam kommt Bewegung in die Angelegenheit.

*

Im Präsidium hockt nur die Sonntagsbereitschaft herum und liest Zeitung. Morgen, die Herren, a geh, Lehmann, kannst scho grüß Gott sagn, ich muss bloß mal eben was gucken, jaja, kennst di ja aus, er rennt also schnell in Hölzls Büro und nimmt sich das Foto von Irina Stepaschkin aus der Fallakte, die auf dem Schreibtisch des Kollegen liegt. Sie enthält ein paar neue Berichte, aber er überfliegt nur die persönlichen Angaben der Vernommenen: Frau Wilma Pfaff und Herr Hans Wandinger, beide wohnhaft Müllerstraße 16 bei den Dupois' im Haus, also kann er sich den Rest sparen, dann rennt er weiter zur Asservatenkammer, niemand da, also wieder zur Bereitschaft, die haben einen Schlüsselkasten, die Kollegen gucken gar nicht von der Zeitung hoch, schnell mit dem Schlüssel zurück in den Keller, rein in die Kammer und alles klauen, was an Morphium und Kokain da ist, sogar Penicillin nimmt er mit, ist ihm jetzt auch egal, und wieder raus, Schlüssel zurück, Männer, ich muss dann mal wieder, mei, wenn mir alle so einen Arbeitseifer hätten wie der Kollege Lehmann, des muss des Preißentum san, nee, nee, det is keen Preußentum, det is Jagdfieber.

*

Die Möhlstraße erstreckt sich am östlichen Hochufer der Isar vom Friedensengel bis zum Montgelasberg. Vor dem Krieg müssen hier reiche Leute gewohnt haben, reiche Leute und Goldfasane, was ja im Prinzip dasselbe gewesen ist, denn die Häuser sind riesig, richtige Anwesen, überall so Säulen vor den Eingängen und ein schöner Garten drumherum, und man kann sich schon denken, da hatte Onkel Ludwig seine Bibliothek, da war das Kaminzimmer, da durfte Klärchen ihre Klavierstunden nehmen und sich vom Hauslehrer anschmachten lassen, unten im Hausflur hing ein großer Kristallleuchter, und an heißen Tagen wie diesem hat man die Fenster des Wintergartens geöffnet, damit frische Luft in die Bude kam. Etwa zwischen der Siebertstraße und dem alten Bogenhausener Friedhof hat die Gegend aber auch einen Bombentreffer abgekriegt, Tall Boy oder Grand Slam, einmal wenigstens hat es also die Richtigen getroffen, nach Kriegsende sind dann die reichen Leute und die Goldfasane gleich von den Amis rausgeworfen worden, und in den großen alten Villen, in Onkel Ludwigs Bibliothek und Klärchens Klavierzimmer, da sitzen jetzt die Organisation for Rehabilitation and Training mit den Kursen und Lehrgängen für Auswanderungswillige, dann das Hilfswerk der befreiten Juden in der Amerikanischen Zone, das Rote Kreuz und schließlich der Joint; als Letztes findet man um die Ecke das Bayerische Staatskommissariat für Flüchtlingsfragen. Auf den leeren Flächen, die Tall Boy oder Grand Slam oder ihre amerikanischen Vettern hinterlassen haben, machen sich dann drei bis vier Dutzend oder mehr Bretterbuden breit, die vor dem Krieg bestimmt noch nicht da gewesen sind, denn da sitzen Schwarzgelockte und Ukrainer und Balten und Deutsche und sonst wer davor und verkaufen Kaffee und Schokolade und Haarwasser und Anzüge und Südfrüchte und Zigaretten und Kognak und Rotwein und Whisky und Hosenträger und Radios und Grammofone und Kaugummi und Stiefel und Damenschuhe mit hohen Absätzen, den Salamander-Lurchi sieht man hier nicht, aber trotzdem gute Qualität zum günstigen Preis, und Rosinen aus Griechenland, sogar Maßschneider gibt's, Lehmann weiß, dass die gute Arbeit liefern, und Hutmacher auch, und überall haben die einen Plakate aufgehängt, »Der Schwarzmarkt ist der Tod der neuen Währung« und »Schmuggler und Schwarzhändler bestehlen das Volksvermögen« und »Kampf dem Schwarzhandel und Preiswucher«, und die anderen haben sie wieder abgerissen, das hängt alles nur noch halb, welcher Schandi kommt auch schon hier rein und belangt die Missetäter, wenn schon K4 und die Zollfahndung sich nicht trauen … Agent Myers aber hat seine beiden Schneeglöckchen von der amerikanischen Obergewalt mit dabei, und ihm muss vor nichts bange sein, als er an diesem späten Sonntagvormittag mit seinem Jeep in die Straße einfährt, auf der ein Betrieb herrscht wie am Stachus zur besten Geschäftszeit, dabei heißt es in der Bibel: Du sollst den Feiertag heiligen, aber der Sabbat fällt ja auch auf einen anderen Tag.

Die Leute gucken natürlich trotzdem erst mal böse, als sie den MP-Jeep kommen sehen, aber man lässt sie wenigstens in Ruhe. Was das wohl für Verbindungen sind, die Lossowitsch zu den Amis hat, dass die immer wieder die Hand über ihn halten?

Lehmann lässt gleich beim *Café Royal* vorfahren, bei dem es sich um eine etwas größere Bretterbude handelt, in der drinnen die Schieber hocken und Kaffee trinken. Sepp hat ja gesagt, dass hier die Börse ist, also muss es irgendwo ein Telefon geben, mit dem bei Bedarf die Verbindung ins Rheinland, nach Berlin oder Hannover hergestellt werden kann. Auf der einen Sorte Plakat, »Der Schwarzmarkt ist der Tod der neuen Währung«, ist der dunkle Umriss eines Schwarzhändlers zu sehen, Filzhut leicht schräg auf dem Kopf, genau wie in der Wirklichkeit, das kann man hier ja beobachten, Schiebermode eben, fast wie die Amipolizisten im Kino, bloß hat der Schieber auf dem Plakat kein Gesicht, sondern unter dem Hut steckt ein Totenkopf, der grinst einen frech an, das letzte Mal, dass Lehmann so oft einen Totenkopf gesehen hat wie auf den ganzen Plakaten hier, das war im Krieg auf den Mützen der SS.

Die Schieber, die drinnen im Café hocken, haben aber alle ein normales Menschengesicht unter dem schräg aufgesetzten Hut, man merkt bei einigen natürlich, dass sie aus dem Osten kommen, wegen der dunkleren Haut, der Augen und überhaupt der ganzen Gesichtszüge, aber das alte Gerede, dass man Verbrecher gleich an der Visage erkennen soll, das kann man jedenfalls abhaken. Viele andere kommen mit Sicherheit nicht aus dem Osten, man muss bloß an Petar Ivarsson denken, den Isländer, und bei den Russen und Polen gibt es ja auch viele Blonde, jedenfalls sehen manche von denen hier aus wie aus dem Lehrbuch für Rassenkunde, Teil 1: Der arische Zuchthengst, beziehungsweise so, dass die SS sie mit Kusshand genommen hätte, und da passt das dann ja wieder mit den Totenschädeln.

Als er nach Jack Lossowitsch fragt, zucken alle bloß gelangweilt mit den Schultern, Jack wer, nie gehört, der soll hier einen Laden haben, soso … Also holt Lehmann schließlich Kemp und Smith rein, die draußen vor dem Eingang gewartet haben, und sucht sich einen aus, der klein und dick und wie ein Deutscher aussieht.

»Got some ID?«

»Wat wollt ihr?«

»Hamse n Ausweis dabei, Kennkarte?«

»Wat sind n dat für Besatzungsmethoden, wa …?«

Lehmann nickt seinen beiden Schneeglöckchen zu, die sich hinter dem kleinen Dicken aufbauen und ihre breiten, behandschuhten Pranken an die Gummiknüppel legen, da merkt man schon, wie der nervös wird, er sieht sich zwar erst mal noch Hilfe suchend um, aber Lehmann hat richtig geraten, die Schwarzgelockten und sonstigen Ausländer drehen sich entweder weg oder gehen raus, was kümmert die schon so ein Deutscher.

»Also?«

Der Dicke rückt schließlich mit der Kennkarte heraus. Lehmann guckt kurz drauf, britische Zone, Wuppertal, und steckt sie dann ein.

»Könnense sich morgen bei der MP-Wache im Präsidium abholen, Ettstraße 4. Wir überprüfen die Angaben erst mal.«

»Heh …!«

Der Mann schnellt vor und will sich die Karte wieder schnappen, aber im selben Moment packt Smith ihn mit seinen zwei Zentnern Quarterbackmuskeln und dreht ihm den Arm nach hinten, dass er laut aufbrüllt.

»Es sei denn natürlich, Sie erzählen mir, wo ich Jack Lossowitsch finde …«

»Fünfzig Meter weiter auf der linken Seite, außen steht ›Schnürsenkel‹ dran, sehen Sie schon, aua …!«

Die Bretterbude fünfzig Meter weiter auf der linken Seite sieht aus wie alle anderen Bretterbuden in der Straße, vornedran hängt aber tatsächlich ein selbst gemaltes Schild, »Amerikan Shnyrsenkl, 20 Pf«, und Lossowitsch sieht auch nicht aus, wie man es erwartet hätte, also wie Josef Sznaider vom Großmarkt oder wenigstens wie ein typischer Schieber mit Hut schräg auf dem Kopf und schon gar nicht wie ein Gangsterboss aus Büchern oder Filmen, von wegen Maßanzug und Nelke im Knopfloch, das ist ganz im Gegenteil ein energischer junger Mann Anfang dreißig, offenes Gesicht, die schwarzen Haare streng nach hinten gekämmt, keine Locken, im aufgekrempelten Militärhemd und mit einfachen schwarzen Hosen, so sitzt er da freundlich lächelnd vor seinem Laden und hält amerikanische Schnürsenkel für zwanzig Pfennig das Paar und anderes Geraffel feil.

»Jakob Lossowitsch?«

Lehmann hält ihm die CID-Marke unter die Nase.

»Ah, Agent Myers … I hear, someone lookin' for me.«

»Sprechen Sie ruhig Deutsch, wenn Sie das besser können.«

»Ah ja, ich kann schon besser Deutsch, die Deutschen haben mir paar Jahre Gelegenheit gegeben, die wichtigsten Ausdrücke ihrer Sprache zu lernen. Sie sind dann aber – Deutschamerikaner, oder wie sagt man? Oder in Deutschland aufgewachsen, Jude vielleicht?«

Lehmann schüttelt den Kopf.

»Nur Deutschamerikaner. Können wir reingehen?«

Lossowitsch lächelt weiter, macht aber keine Anstalten, sich zu erheben.

»Wozu sollte das nötig sein? Heute ist schöner Tag, Sonne scheint, Menschen lachen, wer weiß, wann wieder so ein Sommer kommt …«

»Ja, fast zu schön, um über Geschäfte zu reden, nicht wahr?«

»›Herr: es ist Zeit. Der Sommer war sehr groß‹, Sie kennen das?«

»Nein.«

»Dann fragen Sie mal deutschen Großvater oder die Großmutter, die werden es Ihnen erzählen … also gut, kommen Sie!«

Lossowitsch steht auf, und Lehmann muss sich in Erinnerung rufen, dass er hier mit dem Oberboss des Möhlstraßenrings redet, sieht man dem nun wirklich nicht an, macht eher den Eindruck, gleich im nächsten Kibbuz verschwinden und Orangen ernten zu wollen; nur als er in den Laden geht und winkt, kommen Sie, kommen Sie, kann man kurz sehen, dass er hier die Staatsgewalt persönlich ist, man muss aber gut aufpassen und fix sein, Jakob oder Jack guckt nämlich ganz schnell zur anderen Straßenseite, wo drei Männer im Anzug und mit Sonnenbrillen auf der Nase vor einer Bretterwand herumlungern und sich allem Anschein nach furchtbar langweilen, aber als sie den Blick bemerken, sind sie plötzlich wie vom Erdboden verschluckt, und Lehmann kann sich schon denken, dass in den ausgebeulten Jackentaschen nicht bloß Kämme und Schnäuztücher stecken, also macht er Smith und Kemp ein Zeichen, dass sie an der Tür warten und aufpassen sollen.

»Fritz, what you cookin' up in there? This place is like Jew City, straight outta my worst nightmares …«

Max Kemp fühlt sich gar nicht wohl inmitten all der Schwarzgelockten. Ja, der mag die Juden nicht, deswegen hat er ihn ja mit dabei.

Lossowitsch, der zu einem Abteil hinten in der Bude vorgegangen ist, in dem sein Schreibtisch steht, sieht aber auch nicht besonders zufrieden aus.

»Warum stellen sich der große Pole und der große Neger an meine Tür, Sie misstrauen mir?«

»Die Jungs sind bei dem Geschäft mit drin. *Sie* misstrauen offenbar *mir* …«

Lossowitsch antwortet nicht, zieht aber die Augenbrauen hoch und lässt die Tür zwischen dem hinteren Abteil und dem Verkaufsraum einen Spalt weit offen stehen.

»Setzen Sie sich doch bitte … ich mach oft Geschäfte mit Amerikanern, aber nicht mit CID. Sie kennen CIC? Nie Probleme gehabt, immer pünktlich geliefert und pünktliche Zahlungsweise, in guten amerikanischen Dollars.«

Da schwant Lehmann was, der CIC heißt seit neuestem CIA und arbeitet im Geheimen, kein Wunder also, dass den die Amerikaner in Ruhe lassen …

»Ich brauche keine Ware, ich brauche nur eine Auskunft.«

»Auskunft ist manchmal teurer, als Dollars bezahlen können …«

Lehmann holt seine Asservatenkammerbeute aus der Tasche und legt sie vor sich auf den Schreibtisch. Lossowitsch kommt vor, schaut sich Zellophanbeutel und Ampullen an und pfeift dann anerkennend durch die Zähne.

»Das kenn ich, aber … hat das nicht deutsche Polizei konfisziert? Wie kommen Sie daran?«

»Vielleicht lüg ich Sie ja an und bin gar kein Amerikaner …«

»Oh … aber welchen Grund gibt es, mich anzulügen? Und warum dann die beiden Militärpolizisten da draußen? Ah … Sie hatten vielleicht Bedenken, ohne Amerikaner kommen Sie gar nicht erst zu mir hinein? Da haben Sie zu große Angst gehabt …«

»Wieso?«

»Kenne ich viele deutsche Polizisten ganz gut, wissen Sie …«

Lehmann kommt für einen Moment ins Grübeln. Dafür, dass die Beamten vom K4 seit Monaten nicht mehr in die Möhlstraße gegangen sind, hat Sepp sich ganz gut ausgekannt mit den hiesigen Verhältnissen, und dann der portugiesische Bohnenkaffee …

»Ich interessiere mich nicht für die Polizisten, die Sie vielleicht kennen.«

»Wofür dann?«

»Für Petar Ivarsson.«

Lossowitsch sieht ihn erstaunt an, vielleicht tut er aber auch bloß so.

»Woher sollte ich kennen diesen Namen?«

»Woher haben Sie gewusst, dass die Sachen vor Ihnen von der deutschen Polizei konfisziert worden sind, und nicht von der amerikanischen?«

»Hat mir erzählt ein kleines Mäuschen ...«

»Trägt das Mäuschen Sonnenbrille und schiebt auf der anderen Straßenseite Wache?«

»Oh, die sind Ihnen aufgefallen? Sie haben gutes Auge ... das sind aber nur paar Jungs, die manchmal einen Lkw für mich beladen, nicht, was Sie denken.«

»Was denke ich denn?«

Lossowitsch lehnt sich lächelnd zurück und steckt sich eine Zigarette an, ganz die Staatsgewalt von der Möhlstraße. Er benutzt ein neutrales Zigarettenetui aus Silberblech, aber man sieht doch, dass er Pall Mall raucht, Lehmann weiß die neuen Straßenpreise in D-Mark noch gar nicht, aber in diesem Fall handelt es sich wahrscheinlich ohnehin um Händlerprovision.

»Es macht Spaß, mit Ihnen zu reden, Mister Myers, oder wie immer Sie heißen. Sie sind anders als die Leute, die hier normalerweise sitzen und mir Geld abknöpfen wollen. Waren Sie im Krieg?«

»Waren *Sie* im Krieg?«

»Ich musste nicht hingehen, der Krieg ist gekommen zu mir. Und ich habe mir fest vorgenommen, dass dieser Besuch wird sein einmalig, wenn Sie verstehen.«

»Sicher ... also, was ist nun mit Petar Ivarsson? Und erzählen Sie mir nicht wieder, dass Sie ihn nicht kennen ...«

Lossowitsch sieht ihm einen Moment lang fest ins Gesicht, dann schiebt er Lehmann den ganzen Kladderadatsch wieder zurück.

»Nein, es tut mir leid, aber diese Auskunft ist zu teuer für Sie.«

»Was wollen Sie dafür haben?«

Lossowitsch hebt die Hände leicht gen Himmel, und für einen Moment sieht Lehmann den Schtetljuden aus dem Osten vor sich, der er einmal gewesen sein muss.

»Gibt nicht viel auf der Welt, das ist so viel wert wie Loyalität, nicht wahr? Wenn Sie dort waren, wo ich gewesen bin, dann wissen Sie das.«

»Wie viel?«

»Wissen Sie, ich bin zwar a Jid, aber stellen Sie sich vor, ich schachere nicht ...«

»Wie viel?«

»Mister Myers, es gibt nichts, mit dem Sie diese Ware bezahlen könnten.«

»Nichts?«

»Überhaupt nichts.«

Doch.

Ich könnte dich doch … verschonen dafür.

Die Totenköpfe draußen auf den Plakaten, die Totenköpfe an den Mützen der SS.

Lehmann dreht sich zur Tür, öffnet sie ganz und winkt die beiden Schneeglöckchen heran.

»Washington, you stay there, don't let anyone in. And shoot, if necessary. Max, you come in here and dig little Jew-boy. And shut the door, we need some privacy …«

Kemp kommt also herein, macht die Tür hinter sich zu und spuckt grinsend auf den Boden.

»Yeah, I dig him already, looks like Rudy Valentino after they chopped off ten inches …«

Lossowitsch spricht sicher nicht gut genug englisch, um alles mitzubekommen, aber den Ton versteht er.

»Ich glaube, Sie haben nicht gehört, was ich habe gesagt, ich kenne viele bei CIC, Organisation Gehlen, wissen Sie, was das ist? Und wissen Sie, was die machen mit Ihnen, wenn Sie finden heraus das hier? Muss ich nur anrufen …«

»Fritz, what's that fuckin' kike sayin'? CIC? They're bad motherfuckers …«

»Forget it, Max, he's just bluffing.«

»He'd better be …«

Lehmann beugt sich vor. Wer hier in Wirklichkeit blufft, ist natürlich er selbst.

»Du hast recht, *Israel* Lossowitsch, ich bin wirklich kein Amerikaner. Und weißt du, was ich im Krieg gemacht habe? Ich hab Leute wie dich umgebracht, viele von euch. Erst war es schwierig, aber dann hat es mir Spaß gemacht, ich könnte jetzt eigentlich dauernd welche von euch umbringen, so einen Spaß hat es gemacht, das hätte ich auch nicht von mir gedacht, aber im Krieg findet man ja Dinge über sich heraus, die einem ganz unbekannt waren … Die Amerikaner tun mir nichts, stell dir vor, ich arbeite für sie, die bringen ein paar Sündenböcke vor Gericht, und das war's dann, verstehst du? Schau dir zum Beispiel Max hier an, Max aus Chicago, der hasst die Juden genau wie wir, weil sie die Wall Street beherrschen, die seine Eltern in den Bankrott getrieben hat, weil sie den Kreml beherrschen, der ihm seine Freiheit nehmen will, weißt du nicht, dass Stalin einer von euch ist? Aber sicher weißt du das … Und glaub mir, das hört nicht auf, nur weil wir Deutschen diesen Krieg verloren haben, das wird weitergehen, wir bringen jeden von euch zur Strecke, und wenn es hundert Jahre dauert, rat mal, was passiert, wenn Deutschland erst wieder unabhängig ist, kein besetztes Land mehr, glaubst du, dann lassen wir dich hier einfach weitermachen …? Die Amerikaner brauchen uns, das weißt du genau …«

»Sie sind ja wahnsinnig!«

Ist Lehmann gar nicht, er redet bloß einen furchtbaren Quatsch daher, aber funktionieren tut es doch, und was hat Salkind gesagt, die Opfer eines Gewaltverbrechens wehren sich meistens gar nicht gegen die Tat, weil sie unbewusst spüren, dass der Täter wahnsinnig ist und es also keinen Ausweg mehr gibt, da hat er die Erklärung, warum die sich auch fast nie gewehrt haben seinerzeit, die müssen genauso unbewusst gespürt haben, dass die Deutschen im Osten auf ihre Art nicht weniger wahnsinnig waren als der abartigste Mörder und Frauenschänder.

»Wo bist du denn hingekommen, in dem Krieg, den du so gerne vergessen willst … *Israel* Lossowitsch? Hatten wir dich im Ghetto von Warschau, von Lodsch, von Wilna, warst du auf der Rampe in Auschwitz, in Buchenwald, in Dachau? Warst du unser Sklave, hast du für uns Steine schleppen müssen wie deine Vorväter in Ägypten, wie viel hast du gewogen am Schluss, vierzig Kilo, achtunddreißig Kilo, fünfunddreißig Kilo? Und warum hast du überlebt? Hattest du einen Beschützer, warst du der Schatz vom Lagerführer, warst du Kapo, hast du deine eigenen Leute geschlagen und umgebracht, damit du ihr Brot essen konntest? Was hast du angestellt, Israel Lossowitsch, dass wir dich … übersehen haben?«

»Hören Sie auf! Hören Sie auf!! Hören Sie auf!!!«

Lossowitsch brüllt wie am Spieß und presst sich die Hände auf die Ohren, also langt Sergeant Kemp mal eben über den Tisch und verpasst ihm eins auf die Nase, da wird er wieder ruhig, aber trotzdem muss man das draußen gehört haben, denn es hebt sofort ein wütendes Gemurmel an, das näher und näher rückt, und man hört Washington bellen, Stay away, or I'll shoot!

»Ich hör schon auf. Erzähl mir einfach, was du von Petar Ivarsson weißt, oder nein …«

Das Gemurmel draußen schlägt in Windeseile in drohendes Gebrüll um, er hat nicht viel Zeit …

»Sag mir einfach nur, wo ich ein Haus finde mit dicken Teppichen an den Wänden und auf dem Boden, ein Haus, in dem man Frauen kaufen kann, um ihnen wehzutun …«

Als er mit Kemp im Schlepptau aus dem Verschlag herauskommt, befinden sie sich Angesicht zu Angesicht mit einer wütenden Menge von Schwarzgelockten.

Sergeant Smith rinnt der Schweiß am Lederband seines MP-Helms herab, er hat seinen Revolver gezogen.

»Glad you guys could make it on time, 'cause 'dese here cats 'bout to take me to Lynchville …«

Ja, der hat auch seine Wanzenangst, nachts am Mississippi, wenn die Grillen singen, da kommen die Männer mit den weißen Kapuzen und stellen Kreuze auf und zünden die Kirche an und lassen das Henkersseil baumeln.

»Don't worry, we'll be outta here in a flash …«

Lehmann zieht auch seinen Revolver und markiert weiter den Wahnsinnigen, und siehe da, die Menge teilt sich vor ihm wie das Rote Meer vor Moses und dem Volk Israel, sie kommen unbehelligt zu ihrem Jeep, der dann aber nicht gleich anspringen will, Washington flucht, Jay-sus, that motherfucker needs a fuckin' engine job, bei der Scheißkarre muss mal der Scheißmotor überholt werden, und das Rote Meer flutet langsam wieder zurück, aber dann funktioniert endlich die Zündung, sie fahren mit quietschenden Reifen an und rasen in Richtung Friedensengel davon.

*

Die Adresse, die Lossowitsch ihnen gegeben hat, liegt in Nymphenburg, auf der anderen Seite der Stadt, und während es die Prinzregentenstraße in westlicher Richtung hinuntergeht, jetzt wieder mit halbwegs normaler

Geschwindigkeit, macht Lehmann sich einen Reim darauf, was eigentlich gerade eben passiert ist. Was gar nicht so schwer ist, denn es geht ja nur darum, wer in so einem Moment die größere Macht hat, die Staatsgewalt, Macht und Gewalt, darauf kommt es an, und so einer wie Lossowitsch, der hat viel davon in seiner Möhlstraße, aber er muss sich auf seine Leute verlassen können, und dazu braucht er, wie hat er sich ausgedrückt, Loyalität; er ist nicht Gott, der Herr.

Kemp bietet ihm eine Zigarette an.

»You scared of something, Fritz?«

»Shit-scared, Max …«

Sie rauchen beide schweigend, während Washington über die Theresien- in die Nymphenburger Straße fährt, dann dreht sich Kemp noch mal um.

»Fritz, I been thinkin' … why we doin' all this?«

»We're trying to get a killer. Someone who kills women and butchers up their bodies.«

»Yeah, but I mean … why us? Why don't you German Homicide guys do that on your own, and why is there no official cooperation with the CID, what's all this fancy I'm-Agent-Myers-stuff supposed to mean?«

Auch das ist nicht schwer zu verstehen, denn wer Irina Stepaschkin zerstückelt hat, der hat die Macht und Gewalt gehabt in dem Augenblick, so wie Lehmann und das Polizeibataillon 326 in Wolhynien und anderswo die Macht und Gewalt gehabt haben, und vor allem, wenn er das im Lager gelernt hat, dann sind sie Teil derselben Macht und Gewalt gewesen, freiwillig oder nicht freiwillig. Gott, der Herr, ist ein Deutscher gewesen, im ganzen Osten, da mögen die Ukrainer und die Balten und die Kalmücken und Kosaken noch so fleißig mit angepackt haben, und wenn der Mörder ein Jude war, dann wird den kein amerikanisches und schon gar kein deutsches Gericht zum Tod durch den Strang verurteilen, denn Oberstaatsanwalt Dessauer wird angelaufen kommen und schreien: Nicht wasserdicht!, Nicht wasserdicht!, aber Lehmann weiß ganz genau, dass dieser Fall niemals so wasserdicht sein wird, dass Dessauer oder sonst wer auch nur Anklage erheben werden, da könnte derjenige welcher sich an den Stachus stellen und allen verkünden: Ich bin's gewesen, da würden sie trotzdem noch sagen: Der hat Halluzinationen, ist krank im Kopf, der arme Junge … Aber laufen lassen kann man ihn auch nicht, denn ein Monstrum kann man nicht laufen lassen, ein Scheusal gehört in einen Käfig, einen Teufel muss man in seine Hölle zurückbringen, und das ist es ja gerade, denn die Hölle, aus der dieser Teufel kommt, die haben sie selbst angerichtet, sie selbst sind die Fürsten dieser Unterwelt gewesen, und das ist auch komisch an Gott, dem Herrn, dass er genauso gut der Teufel ist, also ist das *unser* Monstrum und *unser* Scheusal und *unser* Teufel, und deshalb müssen wir ihn wieder einfangen und unschädlich machen, wir, die Deutschen, und der einzige Deutsche, der das kann, der heißt Fritz Lehmann.

»Max, this guy, he's probably one of the Jewish DPs. And when we get him, I'm gonna have to kill him.«

»Kill him? Shiiiiit ...!«

*

Das Haus mit den dicken Teppichen ist eine Villa am Nymphenburger Kanal, eierschalengelb gestrichen wie eine bayerische Kirche und ziemlich heruntergekommen, aber immerhin unzerstört. Lehmann kann keine Baustile einordnen, allerdings hat er ähnliche Anwesen in seiner Zeit in Italien gesehen, das erinnert alles von ferne an Rom und Athen auf den Zigarettenbildchen, flaches Dach, Säulen, im Garten steht die weiße Statue eines halb nackten Mannes, bestimmt kein echter Marmor, eher weiß angestrichener Beton, und die leeren Augen sehen komisch aus.

Hinten am Ende des Kanals sieht man das Schloss liegen, das Lehmann in den zwei Jahren, seit er hier ist, noch nie besucht hat, obwohl ihm Eure Durchlaucht von Lederer dauernd damit in den Ohren liegt, so schön, Herr Lehmann, das *müssen* Sie gesehen haben, aber was kümmern ihn Schlösser, jedes Schloss ist erbaut aus Bauernblut und Bauernschweiß und Bauerntränen, das sind Blut, Schweiß und Tränen seiner Vorfahren, die Engländer sind da schlauer, bei denen werden derartige Säfte zur Verteidigung des Landes eingesetzt ... er sagt Smith, dass er ein Stück weiter die Straße runter anhalten soll, dann lässt er die beiden Schneeglöckchen warten und tut so, als sei er ein harmloser Spaziergänger, der den Schwänen zuschaut, die auf dem Kanal herumschwimmen, in Wirklichkeit aber inspiziert er das Grundstück. Im Garten gibt es einen Schuppen und einen Hinterausgang, und in einem der gardinenlosen Fenster sieht er den Schatten eines Menschen, der im Sessel sitzt und liest, sonst wirkt alles verlassen, also geht er zum Jeep zurück und schickt die MPs in den Garten, damit sie auf den Hinterausgang aufpassen.

Los jetzt ...

»And *run* boys, make it snappy ...!«

»Jawoll, my Führer ...«

Sie rennen ohne Zögern los, und Lehmann zieht den Revolver und läuft ebenfalls so schnell wie möglich zum Vordereingang, wo er mit dem Kolben der Waffe ein paar Mal heftig gegen die schwere Eichentür schlägt.

»Open up, this is the Criminal Investigation Division, CID! Open up!!!«

Wie er sich gedacht hat, springt der Schatten von seinem Sessel hoch und verschwindet, man hört irgendetwas umkippen und Glas splittern, dann jemanden schnell über knarrendes Parkett rennen, aber anscheinend nur *ein* paar Füße, Glück gehabt, und schließlich wird eine Tür aufgerissen, und ein halber Schrei endet in der liebevollen Umarmung von Mighty Max oder Washington Lafayette – Lehmann steckt den Revolver wieder ein und geht um das Haus herum. Hinten, zwischen Gartenschuppen und Dienstboteneingang, stehen ein Cadillac 62 Coupé, fast fabrikneu, und ein paar Flaschenkisten mit einem französischen Aufdruck, wahrscheinlich Wein oder Kognak oder dergleichen, und auf einer dieser Kisten sitzt ein fetter Zwerg in einem viel zu großen Nadelstreifenanzug, dem die langen, fettigen Haare über einer enormen Nase wirr in die Stirn fallen. Mighty Max hebt gerade eine alte Brille mit Drahtgestell vom Boden auf und setzt sie dem Kleinen auf die Nase, Washington hält Lehmann eine Luger entgegen.

»Knows somethin' about quality, our little man. But not about politics ...«

Lehmann nimmt die Waffe entgegen. Am Griff sind SS-Runen eingraviert.

»Ist das Ihre?«

Zwerg Nase guckt weg und sagt nichts, Gott, der hat ja nun *wirklich* eine Verbrechervisage, aber vielleicht funktioniert das ganz automatisch, der wird ja wahrscheinlich auch nicht als böser Mensch geboren, der kriegt eben nie ein schönes Mädchen ab oder wird nicht ernst genommen von den anderen, da muss er sich das, was er so will, eben auf andere Art holen.

Lehmann winkt Kemp und Smith, ihn mitzubringen, und geht ins Haus vor.

»Ich pass hier bloß auf, das gehört alles wem anders, ich hab keine Ahnung, was in dem Haus ist, ich bin bloß zu Besuch und auch erst seit gestern …«

Lehmann dreht sich um.

»Halt's Maul, du …«

Tut der dann auch, Lehmann zieht seinen Revolver, man weiß ja nie, und betritt den Flur, na ja, auf irgendeiner Kreissparkasse werden die Leute ihr Geld nicht angelegt haben, große Spiegel, große Blumentöpfe mit Gummibäumen drin, noch mehr Statuen von halb nackten alten Römern und Griechen, diesmal aus Gips, es ist aber lange nicht mehr richtig sauber gemacht worden, und an den Wänden stauben Ölbilder ein, auf denen Meer und Felsen und dunkle Bäume und weiße Tempel zu sehen sind, könnte Italien darstellen, jedenfalls seiner bescheidenen Erfahrung nach, andererseits weiß er nicht, ob es bei den Griechen nicht so ähnliche Landschaften gibt, teure Teppiche, sehen jedenfalls teuer aus, enorme Kristallleuchter, Decken und Wände vertäfelt, die Möbel haben alle so was Eigenwilliges, hat er noch nie gesehen, bestimmt extra für die Leute hier gemacht, wo die wohl abgeblieben sind … Im Erdgeschoss gibt es dann außerdem noch eine große Küche mit Speisekammer, ein Esszimmer, eine Bibliothek, einen Salon und zwei kleine, fast leere Zimmer, die früher wohl für die Dienstboten bestimmt waren. In einem davon liegt eine alte, schmuddelige Matratze auf dem Boden, daneben leere Weinflaschen und eine zerlesene Ausgabe der Zeitschrift *Gepfeffert*, vom Titelblatt lächelt einem ein halbseidenes junges Mädchen im durchsichtigen Regenmantel entgegen, natürlich nur gezeichnet, aber man kann fast alles sehen, begabter Künstler, und im Heft kommt noch mehr, »Bekenntnisse einer Nonne«, »Ich war eine SS-Hure«, »Hitlers geheimes Liebesleben«, hier geht der begabte Künstler sogar noch wesentlich weiter, was die Einzelheiten betrifft, natürlich nicht weit genug, um das Ding verbieten zu lassen, aber immerhin, zu dem Artikel über die SS-Huren gehört eine Zeichnung, die ein weibliches SS-Mitglied mit vorne vorschriftswidrig geöffneter Uniform zeigt, man sieht die Unterwäsche und alles, sie hält außerdem eine Reitpeitsche in der Hand und guckt einen böse an, direkt daneben ist ein ziemlich großer Fleck eingetrocknet.

Lehmann lässt die Zeitschrift wieder auf den Boden fallen. Neben der Zimmertür liegt ein Haufen schmutziger Wäsche, na, die wäre wohl selbst dem Lumpensammler Tewje Katz aus Tilsit in Ostpreußen zu verkommen gewesen, mit dem Lauf seines Revolvers hebt er eine stinkende, zerschlissene Socke auf und trägt sie vor sich her in den Salon, wo die beiden Schneeglöckchen Zwerg Nase inzwischen zurück in seinen Sessel gedrückt haben, und hält dem kleinen Mann den Fetzen entgegen.

»So, erst seit gestern da, was?«

Nase bliebt stumm, also weiter im Text und rauf in den ersten Stock, mal sehen …

»Ich war noch nie oben! Nur hier unten, kann ich beschwören! Beschwören kann ich's, ich sag's Ihnen, ich war nie oben, bitte glauben Sie mir, *bitte* …!«

Erst ist es ein Kreischen gewesen, am Ende wimmert der bloß noch so vor sich hin. Kemp nimmt seinen Helm ab und zündet sich eine Chesterfield an.

»Jesus, what a jerk …«

Oben könnte es also offensichtlich interessant werden … Von einer Galerie gehen mehrere Türen ab, wahrscheinlich alles Schlafzimmer und Bäder. Gott, kennen die hier vielleicht den Chef des Wohnungsamts persönlich, in dieser Villa könnte man doch leicht zwanzig Leute unterbringen, wenn nicht noch mehr, und das steht hier einfach alles so leer … Lehmann probiert die Tür ganz nach hinten und hat Glück. Da hat man in einem großen Raum, früher wohl mal das Schlafzimmer der gnädigen Herrschaft, alle Teppiche zusammengeholt, die man noch irgendwo auftreiben konnte, wie auf einer Wolke geht sich das, und an den Wänden sind auch keine Tapeten, sondern Wandteppiche, oder wie nennt man so was, zu dünn, um sie auf den Boden zu legen, aber trotzdem Teppiche, Tiere sind darauf zu sehen, die springen im Wald herum, und ein Ritter zu Pferd zielt mit seiner Armbrust auf einen Hirsch, der im Hintergrund friedlich seiner Wege geht und nichts Böses denkt, in der Mitte des Zimmers hat man eine Art Bock aufgestellt, wie zum Turnen, aber kleiner, in einer Turnhalle in der Ukraine hat es ein ähnliches Gerät gegeben, und daneben steht ein eisernes Gestell, schön gearbeitet, auch unter den Schmieden gibt's Künstler, und daran hängen Reitpeitschen, Lederriemen und allerhand Zeugs und vor allem so was wie ein

Pimmel aus Glas, ein steifer Pimmel, um genau zu sein, da hängen auch Lederriemen mit Schnallen dran, Lehmann wird schlecht, und er geht raus und schaut sich noch die anderen Zimmer an, da sind aber nur Betten, wahrscheinlich kann man da mit den Mädchen reingehen, wenn man allein sein will. Er sieht auf die Uhr, bald Mittag, vor sieben, acht Uhr abends wird hier kein Betrieb sein, deshalb haben sie außer dem Hausmeister da unten auch niemanden angetroffen.

Im Salon ist noch alles wie gehabt. Kemp raucht, Smith steht hinter dem Sessel und passt auf, Zwerg Nase guckt auf den Boden und schweigt.

Lehmann holt Irina Stepaschkins Passfoto aus der Jackentasche.

»Kennst du die?«

Nase will nicht gucken, aber Sergeant Smith reißt ihm den Kopf hoch, da muss er. Er schlägt die Augen aber gleich wieder zu Boden.

»Nie gesehen, nie gesehen, nie gesehen ...«

Max grinst.

»This the Jew you gonna kill, Fritz?«

Lehmann schüttelt den Kopf.

»I don't think so, Max. Don't even look Jewish to me ...«

Nase sieht schweißbedeckt von einem zum anderen.

»Was hat er gesagt, was hat er gesagt? Wer is Jude? Wer wird umgebracht?«

Lehmann guckt so böse wie möglich und will wieder die wahnsinnige Nazibestie spielen.

»Vielleicht du, wenn du nicht die Klappe aufmachst ...«

Er kommt ein Stück vor, gerade so viel, dass man sein Schulterholster mit dem Revolver sehen kann, und setzt sein schäbigstes Grinsen auf.

»Ich würde jedenfalls mal schön vorsichtig sein an deiner Stelle, auch wenn du hier heile herauskommst. Sobald die Deutschen einen eigenen Staat haben, wandern Asoziale wie du wieder ins Arbeitslager, und bis dahin kannst du im Knast Läuse zählen ...«

Na, da reißt der aber die Augen auf.

»Ach so, fängt das wieder an ...? Ja, ich kenn euch doch, aber ihr kriegt mich nicht mehr, ich weiß schon, was ihr wollt, Gesundheitsamt und wieder sterilisieren, wegen der schlechten Erbanlagen, dabei hab ich bloß Fallsucht, damit kann man leben, *damit kann man leben* ...!!!«

Wie ein Springteufel kommt der plötzlich aus dem Sessel geschossen, weicht den großen Händen von Sergeant Smith aus, stößt Lehmann, der gerade seinen Revolver ziehen will, zu Boden, wirft Sergeant Kemp eine Gipsstatue an den Kopf, auf dem kein Helm sitzt, und ist in null Komma nix nach draußen verschwunden. Lehmann springt sofort wieder hoch, stößt dabei aber mit dem Quarterback der Munich Lions zusammen, der Zwerg Nase über den Sessel hinweg nachstürmen will.

»Goddamn it!«

Lehmanns Brust fühlt sich an, als ob er gegen eine Wand gelaufen wäre, und er kommt nur mühsam wieder hoch. Smith hat sich überschlagen und ist gegen eine Statue geknallt, kommt aber sofort wieder auf die Beine und rennt nach draußen, bloß sind zwei Zentner Quarterbackmuskeln eben nicht für den Kurzstreckensprint gemacht, und man hört schon, wie der Motor des 62 Coupé draußen aufheult und der Amischlitten um die Hausecke auf die Straße donnert.

Kemp reibt sich den Kopf.

»Jesus fucking Christ, anyone got the number of that comet …?«

»C'mon, let's get him!!!«

Smith steht schon wieder in der Tür und brüllt, dass sie zum Jeep müssen, um den Cadillac verfolgen zu können, und Lehmann will auch gleich los, aber seine Beine sind wie Industriekautschuk, und er muss sich an der Anrichte neben dem Sofa abstützen.

»Verdammter Scheißdreck … you go alone, quick!«

Rennt Washington also alleine los, was sollen sie sonst auch machen, Lehmann lässt sich in den Sessel fallen und wartet, bis ihm nicht mehr so schwindelig ist. Mighty Max sieht auch nicht viel besser aus, wie er versucht aufzustehen, dabei aber immer wieder auf dem Boden landet.

»Holy fuck!«

»Don't swear, Max, you're catholic …«

»Jesus motherfuckin' Christ, holy son of a bitch, Kruzifix no amal …!«

»Goodness, I didn't know you speak German.«

»My girl taught me. She's also catholic, Maria Brunt-gay-statt-nur …«

»Brandgstättner?«

»Somethin' like that.«

Da müssen sie beide lachen.

»What we gonna do now, Fritz?«

Na was wohl, wenn Smith den nicht doch noch einholt, was aber kaum wahrscheinlich ist, haben sie nur eine Möglichkeit, denn in spätestens ein, zwei Stunden wird der Zwerg alle gewarnt haben, die hier arbeiten oder für heute erwartet werden, ist ja kaum anzunehmen, dass hier Laufkundschaft vorbeikommt … überhaupt wird er jeden warnen, der mit dem Haus zu tun hat, also gibt es nur noch eins zu tun.

»Rip this place apart, Max …«

Sie machen sich an die Arbeit. Kemp zerschlägt mit seinem Gummiknüppel die Gipsstatuen und Ölgemälde, da ist aber nichts, kein Safe, keine Kassette, Max schlägt trotzdem zu, bald kommt auch Washington wieder zurück, der nicht mal mehr die Rücklichter des Cadillac gesehen hat, na ja, war ja klar, und wieder ist der Motor nicht angesprungen, that motherfucker needs a fuckin' engine job, vielleicht sollte Lehmann noch mal rauf in die Tegernseer Landstraße zu Captain Burke und sich ein neues Auto geben lassen. Sie machen dann zu dritt weiter, die beiden Schneeglöckchen gehen auch mal nach oben und kommen kreidebleich wieder herunter, Max zerstückelt anschließend mit verdoppeltem Eifer die Bibliothek, Washington packt sich einen von den so eigenwillig verzierten Stühlen und zerschmettert damit die Glasvitrinen, Lehmann selbst guckt sich die Bedienstetenzimmer an und steigt schließlich auch wieder die breite Treppe in den ersten Stock hinauf, auf den dicken Teppichen im großen Zimmer denkt er zuerst, ihm würde schwindelig, aber das ist nur wieder das Gefühl, wie auf einer Wolke zu gehen oder wie auf einem schwankenden Schiffsdeck, er zieht also mal ein paar von den schweren Textilien auf den Flur hinaus und schaut nach dem Parkett, da ist aber alles in Ordnung, dann macht er das Gleiche mit den Wandbehängen, reißt alles ab und schmeißt es auf den Bock in der Zimmermitte, er wirft auch den kleinen Beistelltisch in der Ecke um, drei alte Sessel stehen drumherum, da müssen die Männer aus Kristins Geschichte gesessen und gepokert haben. Er spielt das mal in Gedanken durch: die Männer am Tisch, Whisky steht drauf, Aschenbecher, in einer anderen Ecke so eine Art Sofa, aber bloß mit einer Lehne am Kopfende, manche Leute nennen so was Chaiselongue, da muss jedenfalls das Mädchen gelegen haben, vielleicht Irina Stepaschkin, aber das muss nicht sein, Kristin kann sie auch bei einer anderen Gelegenheit hier kennengelernt haben, und dann raus auf den Flur, aber Moment mal, jemand soll doch viel Geld dafür bezahlt haben, dass da eine Geschichte aus dem Buch vor seinen Augen … jetzt müsste er Kristin hier haben, um sie ausquetschen zu können, aber das Aas … na ja, also doch raus, auf den Flur, ja, stimmt, da ist ein Fenster, das lässt sich auch öffnen, und da hat dann vielleicht tatsächlich Kristin gestanden und Mitleid mit dem Mädchen gehabt.

Vom Garten unten sind plötzlich Axtschläge zu hören, er öffnet also das mit roten, bis auf den Boden reichenden Samtvorhängen halb verdeckte Fenster und sieht, wie Washington mit einem Beil in der Hand, das er vielleicht im Gartenschuppen gefunden hat, die Flaschenkisten zerhackt, jetzt guckt Lehmann mal genauer hin, »Cognac« steht drauf und irgendwelche Buchstaben, die man von hier oben aber nicht genau lesen kann, Kristin hat ihm das erklärt mit dem Kognak und den Buchstaben, das hat was mit der Qualität zu tun, die Kisten da unten scheinen aber leer zu sein, wahrscheinlich stehen sie hinten im Garten, damit der Lieferant sie wieder abholen kann, die einfachsten Sachen sind ja immer noch Mangelware, daran hat die Währungsreform auch nichts geändert.

»Gotta see what's inside, Fritz!«

»Sure, go ahead …«

Er macht das Fenster zu und stößt dabei mit dem Fuß gegen etwas, da guckt er auf den Boden und sieht hinter dem rechten Samtvorhang eine schwarze Ledertasche hervorlugen, so die Art Herr Doktor kommt auf Hausbesuch, und er will sich das gute Stück gleich greifen, dann fällt ihm aber ein, dass er lieber aufpassen sollte, am Ende braucht er doch noch irgendwie die Fingerabdrücke, also holt er seine Rotzfahne aus der Hosentasche und hebt das Arztköfferchen damit vorsichtig auf die Fensterbank, wo die Lichtverhältnisse besser sind und er keine große Mühe hat, den Verschluss aufzufummeln, auch mit dem Taschentuch in der Hand – Herz, was willst du mehr: braune Fläschchen mit irgendwelchen Pillen oder klaren Flüssigkeiten drin, auf den Etiketten steht meistens was in krakeliger Apothekerhandschrift und anscheinend auf Latein, kann er kaum entziffern, und wenn, versteht er es nicht, man kann eben nur entweder das Rudolf-Virchow-Gymnasium oder die Mittelschule im Camp Ruston haben, Gräf vom Erkennungsdienst könnte ihm das sicher erklären, die Chancen stehen allerdings schlecht, dass der die Sachen hier je zu Gesicht bekommt, auf einer Flasche steht aber in Druckbuchstaben »Benzedrine«, wahrscheinlich Amiware, und Lehmann denkt sich: scheiß drauf und steckt die Flasche ein, die Amis sagen »Bennies« zu den Dingern, und er weiß, dass die von vielen Beamten und Soldaten mit langen Dienstzeiten genommen werden, weil sie einen wachhalten, wenn es sein muss, und bei ihm muss es jetzt langsam sein, das Interessanteste an der Tasche ist aber, dass sie zwar keine Manschette zum Blutdruckmessen und auch kein Stethoskop, nicht mal ein einfaches Fieberthermometer enthält, dafür aber ein Lederetui, in dem Skalpelle in allen Formen und Größen, ein großes Hackmesser, Gummihandschuhe und sogar eine kleine Knochensäge stecken, fast wie beim Schlachter, nur alles eine Nummer kleiner und feiner, man will wohl auch nicht unbedingt Koteletts damit zurechthacken.

Die Axt! Unten haut Washington inzwischen auf die Tür ein, gotta see what's behind it, der schlägt sich langsam in eine Rage hinein, dass einem ungemütlich werden könnte, ob das *die* Axt ist, hey, champ, wait a minute, I wanna take a look at that, dann schnell nach unten, wo es mittlerweile aussieht wie nach der Landung in der Normandie, draußen im Garten lässt er sich die Axt zeigen … Nein, keine Blutspuren, wäre sowieso nicht spezifisch genug als Beweis.

»This the only axe?«

»Nope, dey's about three or four of 'em back in the shed.«

Er gibt Washington das Werkzeug zurück und will gerade in den Schuppen gehen, um sich die anderen Äxte anzusehen, als Max in der Tür auftaucht und etwas gefunden hat: einen Wandsafe in der Bibliothek, hinter einem Gemälde mit weißen Tempeln und dunklen Bäumen drauf, einen schönen vergoldeten Rahmen hat das Bild bis vor fünf Minuten gehabt, nur aufbekommen tut er den Safe nicht, ist schließlich kein Geldschrankknacker, sondern ein ehrlicher und anständiger Polacke aus Chicago, Illinois, USA. Washington Lafayette Smith ist ein ehrlicher und anständiger Nigger aus Birmingham, Alabama, USA, der nicht viel mehr im Leben gelernt hat außer Leute totzuschießen und Football zu spielen, aber er hat im Schuppen eine Spitzhacke gesehen, die holt er jetzt und schlägt damit langsam und methodisch den Safe aus der Wand heraus; Lehmann und Max machen solange mit dem Rest des Hauses weiter, blutbefleckte Laken oder so was, das könnte ja auch noch irgendwo herumliegen, irgendwo muss die ganze Soße ja hingegangen sein, schwer vorzustellen, dass man das oben in dem Zimmer gemacht hat, oder sie mussten sämtliche Teppiche auswechseln, was nicht besonders wahrscheinlich ist, auf jeden Fall war ja nicht zu übersehen, dass dem Zwerg die tote Estin nicht unbekannt war. Lehmann ärgert sich jetzt, da hätte er eher die liebe und verständnisvolle Tour fahren sollen, aber woher soll man auch ahnen, dass der die Fallsucht hat und sterilisiert werden sollte, aber das ist trotzdem nicht gut, er ist Polizist, also muss er sich der Situation anpassen können, da muss er noch dazulernen ... Oben gibt es eine Badewanne, waschen wäre also gegangen, was fehlt, ist so ein Tisch, wie man ihn in Krankenhäusern hat, gefliest oder aus Edelstahl, jedenfalls abwaschbar, aber davon findet sich im ganzen Haus keine Spur, auch im Keller nicht, den sie als Letztes durchforsten, dafür gibt's dort Schnaps, Kognak, jetzt kann er die Marke erkennen, »Cognac Salignac VS«, reimt sich sozusagen, Kartoffeln gibt's auch und ein ganzes Regal voller Wein, Lehmann steckt mal eine Flasche ein, ist ja unwahrscheinlich, dass jemand den Diebstahl melden wird, eine Waschküche oder dergleichen wäre auch gegangen, mit Abfluss für das Blut, das Vorwerk in Mahlow hat sein eigenes Schlachthaus gehabt, mit Kessel für Kochfleisch und allem Drum und Dran, vor allem aber mit einem großen Holztisch, auf dem der Schlachter bequem das Fleisch zerteilen konnte, aber außer einem kleinen Waschkessel und einer kurbelgetriebenen Wäscheschleuder hinten im Schuppen finden sie nichts in der Art, dafür steht in der Küche ein kalter Schweinsbraten, von dem sie sich gierig Stücke abreißen und in den Mund stopfen.

Vielleicht ist die eigentliche Tat gar nicht hier ausgeführt worden. Washington hat den Safe inzwischen vollständig aus der Wand herausgerissen, also brechen sie die Durchsuchung ab und hieven den Geldschrank mit vereinten Kräften auf den Jeep, daneben kommen ein paar Kisten Kognak und Schnaps für die MP-Wache, Lehmanns Rotwein und die Arzttasche.

*

Sie fahren zuerst ins Alabama-Depot in der Schleißheimer Straße, A wie Alabama, hat also rein gar nichts damit zu tun, dass Washington aus Birmingham, Alabama kommt, dort besorgt Lehmann sich bei der Sonntagsbereitschaft mit seiner CID-Marke ein paar Handgranaten und

Dynamitstangen, sign here, please, macht er also einen schwungvollen »Myers« aufs Papier, dann geht's weiter zu dem alten Panzergelände am Kieferngarten, das von den Amis nicht mehr benutzt wird, weswegen sich in den Betonbunkern auch jede Menge Ausgebombte und Vertriebene ein lauschiges Plätzchen eingerichtet haben, aber auf den früheren Schießbahnen ist man ganz ungestört, und wenn man dann auch noch in einem Amijeep mit zwei Schneeglöckchen unterwegs ist, kann man so viel Lärm machen, wie man will.

Max Kemp hat mal eine Sprengausbildung gemacht und jagt den Safe in Nullkommanix in die Luft, dann kommt wieder Washington Lafayette Smith zum Zuge und hebelt das verbogene Stahlblech mit der Spitzhacke auf, so hat eben jeder seinen Anteil am Erfolg, Fritz Lehmann auch, der darf gucken, was drin ist: Dollars natürlich, die gibt er den beiden MPs, und die machen fein säuberlich drei gleich große Häufchen draus, wenn man einen Dieb beklaut, ist das ja kein richtiger Diebstahl, *Du sollst nicht begehren deines Nächsten Gut*, dann ein paar Klunker und goldene Uhren, da haben wohl welche beim Pokern verloren und nicht bezahlen können, wird auch aufgeteilt, vor allem aber eine Kladde mit Einband aus schönem braunem Leder, in der sind, auch fein säuberlich, für jeden Tag die Gäste aufgeführt, ein Hort der Gastfreundschaft, beehren Sie uns bald wieder, P. Ivarsson taucht ein paarmal auf, außerdem die Mädchen, die in der jeweiligen Schicht gearbeitet haben, allerdings nicht mit Namen, bloß immer: die Russin, die Französin, die Frankfurterin, die Salzburgerin und so weiter, Lehmanns Herz schlägt schneller, aber eine Norwegerin steht nicht dabei, eine Estin allerdings auch nicht, aber dann fällt ihm ein, dass Stepaschkin kein estnischer Name ist, und tatsächlich, im Januar sind die Russin und Ivarsson am selben Tag da gewesen, da muss sich das mit der Geschichte abgespielt haben, die Kristin im DP-Lager erzählt hat, nein, stimmt auch wieder nicht, das Mädchen in der Geschichte ist doch in einem Café, ach, zum Henker, was auch immer daran Wahrheit ist und was nicht, jedenfalls taucht die Russin noch mal am 16. März auf, das passt zu dem, was Sergei Stepaschkin und Heidemarie Brandt über Irinas Aufenthalt in München ausgesagt haben.

Um den 9. April herum findet er die Russin aber nicht, auch keine Estin oder Baltin oder so was, in der Zeit ist sowieso nicht viel los gewesen, manchmal gibt es an einem Tag vier, fünf Mädchen und entsprechend viele Kunden, bis zu zwei Dutzend oder mehr, da hat man zusammen wohl ordentlich dem Kognak zugesprochen, aber an manchen Tagen ist gar nichts oder nur sehr wenig los. Für den 8. April ist die Salzburgerin aufgeführt, für den Tag danach niemand und für den 10. wieder die Salzburgerin und die Frankfurterin, bei den Kunden steht entweder nichts oder nur Abkürzungen. Später im April ist dann wieder Rummel in der Bude, aber die Russin taucht nicht wieder auf, auch in den darauffolgenden Monaten nicht, aber das ist ja klar, da hat sie entweder am Ufer des Langwieder Sees, in der Gerichtsmedizin oder auf dem Friedhof gelegen, Sergei Stepaschkin hat erst noch gewartet, ob man den Kopf nicht doch noch findet, aber Anfang Juni hat er dann doch endlich der Beisetzung zugestimmt.

Möglich ist natürlich, dass sie am 9. zwar gearbeitet hat, aber nicht eingetragen wurde, weil man schon wusste, dass sie das kleine Rendezvous nicht überleben würde. Und auch der Kunde hat in diesem Fall sicher dafür gesorgt, dass sein Name nicht in der Liste auftaucht, allerdings muss er sich dafür ziemlich gut mit dem Laden ausgekannt haben, sonst hätte er von der braunen Kladde ja gar nichts gewusst.

Jemand, der sich gut auskennt und andere dazu bringen kann, seinen Namen nicht zu nennen ... Jack Lossowitsch selbst? Einer seiner Hauptleute?

»Are you crazy, Fritz? These guys gonna kill all of us if we go back to Möhlstraße ...«

Sowohl Mighty Max als auch Quarterback Smith weigern sich standhaft, zum Schwarzmarkt zurückzufahren, und wenn er mal darüber nachdenkt, ist das vielleicht auch wirklich keine besonders gute Idee. Noch mal wird Lossowitsch ihm den Judenhasser nicht abnehmen, wahrscheinlich würden sie gar nicht zu ihm durchkommen, da, da ist das Nazischwein, schnappt ihn euch, der ist stolz darauf, im Krieg Juden umgebracht zu haben, was Lossowitsch angeht, hat er seine Munition verschossen ... und das mit dem Zwerg hat er sich versaut, weil er auf die gleiche Art zum Ziel kommen wollte – Scheißdreck, verdammter, alles wäre so einfach, wenn er den mal eben schnell in die Mangel nehmen und ausquetschen könnte, der hätte schon irgendwann noch geredet, und jetzt steht Lehmann da und weiß schon wieder nicht weiter, er kann nicht sämtliche Namen in dem Buch durchgehen und denen einen

Besuch abstatten, wenn er sie denn überhaupt findet, das würde mindestens bis Weihnachten dauern, oder er geht doch zu Hölzl mit dem ganzen Kram und macht die Sache offiziell, aber das geht nun wirklich nicht.

Einen einzigen schlauen Gedanken braucht er ...

Wer war denn am 15. März unter den Kunden ... Dagilew, Mannhardt, Van Nuys, Slofield, so, bei den Amis hat sich das auch schon herumgesprochen, Slofield ist wahrscheinlich der gleichnamige Major von der Wartungstruppe im Indiana-Depot am Oberwiesenfeld, und dann noch ein gewisser Frings – Moment mal ... was stand auf der Streichholzschachtel? M. Rudolf GmbH Vrings oder in der Art, Vrings ist ein Kölner Stadtviertel – oder »Frings«, bloß falsch geschrieben, dieser Kardinal in Köln heißt doch auch so, fällt ihm jetzt ein, der angeblich seiner Gemeinde das Kohleklauen erlaubt hat, weswegen man das dort jetzt auch »fringsen« nennt, wenn die Geschichte denn stimmt, aber vielleicht ist dieser Frings ja der berühmte Schwarzhändler aus dem Rheinland, und die Nummer ist so lang, weil es seine Durchwahl bei der Firma Rudolf ist, vielleicht ist er da Prokurist oder dergleichen, und Irina Stepaschkin hat sich die Nummer aufgeschrieben, nach dem Motto: Wenn ich mal in Köln oder Düsseldorf bin ...

Aber die Estin war am 9. April nicht in Köln oder Düsseldorf.

Und Frings war nicht im KZ.

Oder doch? Nicht nur Juden sind dorthin gekommen, auch Kommunisten und Sozis, warme Brüder, Bibelforscher, Zigeuner, Schwerverbrecher, und was hat Salkind gesagt, Letztere sind dann oft Kapos geworden ...

Also doch eher Richtung Schwarzhändler, aber keine schwarzen Locken?

»Fritz, what we gonna do now? I mean, we're both a bit tired an' everything ...«

Also gut. Lehmann fährt mit seinen Schneeglöckchen in die Ettstraße, wo die beiden sich in der MP-Wache auf den Feldbetten ein paar Stunden aufs Ohr hauen können. Es wird auch schon wieder dunkel, er ist genauso müde, kein Wunder, wo er letzte Nacht schon kein Auge zugekriegt hat, aber er hat ja die Bennies aus der Arzttasche, davon nimmt er zwei, wartet, bis die Wirkung einsetzt und läuft dann die Treppen im deutschen Teil des Gebäudes hoch. Im zweiten Stock sagt er artig grüß Gott zur Nachtbereitschaft, mei, der Kollege Lehmann, preußisch bis in die Knochen, und landet schließlich in Zimmer 258, wo er sich an den Schreibtisch setzt, eins von Hölzls Vollbieren aus der Schublade holt und den Fall Irina Stepaschkin noch mal von vorne bis hinten durchgeht.

Hölzls erster Bericht, beziehungsweise Lehmanns erster Bericht, aber Hölzl hat unterschrieben. Die Leiche. Zarte Brüste, eher klein, schmale Hüften, schlanke, schmale Hände. Auch von Sicherheitsinspektor Grasmeier vom Aubinger Revier ist ein Bericht dabei, gleich nach dem Leichenfund geschrieben, der war sich zu dem Zeitpunkt nicht mal sicher, ob es sich um eine weibliche oder eine männliche Leiche handelte …

Angst.

Angst vor Frauen.

Hals und Oberschenkel *kunstgerecht* abgetrennt, das haben sowohl Dr. Mühlfenzel als auch Gräf geschrieben, scharfrandige Schnittflächen.

Die Oberhaut von dem Stück Schienbein und Wade fehlt.

Der Kopf fehlt.

Auschwitz, Dachau, Buchenwald?

Völlig falsche Spur?

Sergei Stepaschkins Vermisstenanzeige. Seine Tochter neige zur Trunksucht und sei im berauschten Zustand mit allem einverstanden.

Auch damit, am Ende zu sterben?

Hat nicht einer von den Bengels in Geislingen, Gessler oder Scheller, gesagt, ihr sei sogar das egal gewesen?

Hat sie sich deshalb nicht gewehrt, *wollte* sie vielleicht sogar …?

Irgendetwas stört Lehmann. Er will einen Gedanken weiterdenken, aber er kommt nicht darauf, welchen.

Die Aussagen von Abraham und Simon Katz. Das mit den Eilbriefen stinkt immer noch zum Himmel, lässt sich aber erklären.

Heidemarie Brandt, uninteressant.

Sally Rosenblatt. Möglich. Herausfinden, mit wem er bekannt ist. Halt mal, er hat doch angegeben, ’44 aus Litauen *geflohen* und erst im November ’45 nach München gekommen zu sein, da hat Hölzl seinerzeit nicht nachgehakt, aber vielleicht war er ja bei den Partisanen und wollte nicht bei Uncle Joe und seinen Mongolenhorden bleiben … Das heißt aber: Der war gar nicht mit in Kaufering, der war vielleicht in Kowno im Ghetto, aber dann ist er in die Wälder geflohen, der kennt gar kein richtiges KZ, wie Salkind das ausgedrückt hat, von innen, deswegen hat sich in Landsberg auch keiner so richtig an ihn erinnert … also wahrscheinlich auch nichts.

Maria Kotteder. Flitscherl, uninteressant.

Wieder Sergei Stepaschkin und die Geislinger DP-Esten. Hauptsache, Schnaps und Geld. Schnaps und Geld …

Geld und Tod.

Er will das Etwas immer noch weiterdenken und kommt nicht drauf. Mensch, Jastrow, wo biste nu, wo ick dir so brauchen kann …

Die erste Vernehmung der Dupois.

Glatt gelogen.

Wieder die Katz vorgeladen. Wieder die dummen Eilbriefe. Personal vom *Café Taverne*, der Untermieter von der Brandt.

Uninteressant.

Zirngiebel, der Vertreter mit der Verlobten. Der übliche Dreckskerl.

Unwahrscheinlich.

Die norwegische Malerin im DP-Lager.

Überblättert er.

Franziska Dupois und die braune Mappe.

Schlechtes Gewissen.

Von Rantzow. Bestimmt mehr als der übliche Dreckskerl. Macht alles, wenn Geld rauszuschlagen ist. Säuft außerdem. Und hat ein mögliches Motiv. Und was hat der Kollege gesagt, der beim Augsburger Or-Po-Bataillon war, Auschwitz liegt nicht weit von Krakau, vielleicht hat ja alles irgendwie mit einem der Arbeiter aus dem von Rantzow'schen Textilbetrieb im Krakauer Ghetto zu tun …

Möglich.

Aber auch nicht sehr wahrscheinlich.

Noch mehr Vernehmungen. Lehmann überfliegt zwei Aussagen, die Hölzl in den letzten Tagen aufgenommen hat: Hans Gruber, Hausmeister und Schaustellhelfer, will am 9. April von Max Dupois in dessen Wohnung in der Müllerstraße geschickt worden sein, um der Frau Bescheid zu geben, sie solle am nächsten Tag, also am Sonnabend, dem 10., aufs Fest kommen. Mathilde Pfaff, Nachbarin der Dupois in der Müllerstraße, kann ebenfalls den Streit zwischen den Eheleuten bestätigen, bei dem Mädchen, das diesen Sommer über bei den Dupois in der Wohnung gewesen sei, habe es sich wohl um Liselotte gehandelt, die Cousine von Frau Dupois.

Uninteressant.

Zeitverschwendung.

Noch mal von vorn …

Irgendwann nach Mitternacht taucht Amos auf, der auch Dienst hat und von Kemp und Smith erfahren hat, dass sich sein alter German Liaison Officer im Präsidium herumtreibt. Er hat eine Thermoskanne mit Kaffee und eine Flasche Whisky dabei.

»Thought you might need a little cheering up …«

Lehmann nickt müde, am besten, er nimmt gleich noch eine von den Bennies dazu …

»You be careful with these …«

»I'll try …«

»You're crazy, anyway …«

Sie reden über Musik. Amos hat die *Down Beat* vom März dabei, schon halb zerfleddert, die legt er ihm auf den Tisch, aber Lehmann guckt gar nicht so richtig hin. Er redet auch nicht richtig über Musik, weil er im Moment nun wirklich nicht über Musik reden will, aber über Musik zu reden ist vielleicht besser, als die Akten zum x-ten Mal nach einem Hinweis zu durchkämmen, den es nicht zu geben scheint.

Amos hört auch lieber Duke Ellington oder Count Basie als Bebop und meint, dass die große Zeit so langsam vorbei sei, die Big Bands lösten sich auf, die neue Musik würde von weißen College Boys gehört, die Sonnenbrillen trügen und Marihuana rauchten, aber man tanze nicht mehr dazu, und das große Publikum bliebe weg.

»You know, the owners of the clubs, they put up one of those jukebox contraptions, and then who needs an orchestra anymore …«

»So, who's popular now? Dance music, I mean?«

»Frank Sinatra, Dean Martin, Louis Prima, skinny Italian gigolos with grease all over their hair, they're popular …«

Sie lachen und nehmen einen Schluck von dem Kaffee, Amos hat ungefähr die halbe Flasche Whisky in die Thermoskanne geschüttet.

»Now, you take the Duke, that is one great musician …!«

»Sure is …«

»And you know, the way the Duke plays the piano, it's not just important what he plays, but also what he *doesn't* play!«

Schon wieder so ein auswendig gelerntes Sprüchlein aus der *Down Beat* … Aber es ist ja wahr.

»Can I help you with the case?«

»I guess not …«

Amos verabschiedet sich dann und geht zur MP-Wache zurück, allerdings lässt er den Kaffee mit Schuss da, Lehmann nimmt noch einen Schluck und schnappt sich dann die *Down Beat*, die auf dem Titelblatt angekündigten Artikel gehen über Non-Union Records, Nice Fete Highlights, das New Dixie Sextet, und das Covergirl ist ausgerechnet Kay Starr, die aber gar nicht blond ist, wie er sich das ausgemalt hat, so in der Art singende Veronica Lake, sondern dunkelhaarig, und außerdem hat sie eine Frisur, die turmartig nach oben geht, keine Peekaboo-Locke, hinter der man hervorlugen und verdorben gucken kann, das ist jetzt aber auch so ein Traum, aus dem man nur ungern erwacht, Kay Starr und dunkelhaarig und dann so eine komische Frisur … Was hat Amos da gesagt: Nicht nur, was man spielt, sondern auch, was man nicht spielt, so in etwa, oder aber … *nicht nur, was man sieht, sondern auch, was man nicht sieht.*

Was hat er denn noch nicht gesehen …?

Jetzt kommt ihm langsam in den Sinn, was er vorhin zu Ende denken wollte …

Die Leiche. Die Reichsautobahn. Der Langwieder Baggersee.

Die Beinteile.

Da sind doch noch mehr Beinteile gefunden worden, einmal sogar in Anwesenheit von Sergei Stepaschkin, warum steht darüber nichts in den Akten?

Ist die Haut bei den anderen Beinteilen auch abgezogen gewesen?

Waren die Schnittflächen scharfrandig oder grob?

Er blättert hastig noch mal die Akten durch, die Hölzl in einem roten Pappordner abgeheftet hat: keine weiteren Berichte von der Gerichtsmedizin.

Aber vor allem was ganz anderes: Der Fall Irina Stepaschkin ist jetzt über drei Monate alt. Trotzdem gibt es immer noch keinen vollständigen Obduktionsbericht!

Lehmann atmet schneller und schneller und blättert zum letzten Mal alles durch: nüscht, jar nüscht, noch mal nüscht, dabei ist das nun wirklich vorgeschrieben, mindestens sechs bis acht Seiten sind die Regel, er erinnert sich an die Akte mit dem Mordfall aus den letzten Kriegstagen, die er ganz am Anfang der Ermittlungen ins Archiv zurückgebracht hat, da hat man sich noch zwei Tage vor Einmarsch der Amerikaner … da muss gerade die Sache mit der Freiheitsaktion Bayern passiert sein … jedenfalls hat man sich selbst in den ganzen Wirren damals noch die Zeit genommen, eine vollständige Obduktion durchzuführen, wenn er das noch richtig im Kopf hat, und jetzt gibt es den Bericht nicht mal drei Monate später … Moment mal, wie war denn das, Hölzl hat auch nichts mehr gesagt, angeblich ist der Bericht in der Behördenpost hängen geblieben, aber dann müssten sie trotzdem eine Kopie in der Gerichtsmedizin selbst haben …

Mühlfenzel.

Mühlfenzel soll während des Krieges in Polen gewesen sein.

Mühlfenzel hat 1946 vor einem polnischen Gericht gestanden.

Mühlfenzel braucht zehn Minuten für die Leichenschau in einem Fall, der einem wahrscheinlich nur einmal im Leben unterkommt.

Mühlfenzel hat es ausgesprochen eilig gehabt, in seine Vorlesung zu kommen.

2. UND 3. AUGUST

Er muss es zweimal durchklingeln lassen, bis er Hölzl endlich aus dem Bett hat.

»Herr Lehmann? Ja, san S' jetzt narrisch g'worden, mitten in der Nacht? Der vollständige Obduktionsbericht? Naa, woaß i aa net …«

Mühlfenzel behaupte immer noch, der Bericht sei in der Behördenpost verloren gegangen, und das Zweitexemplar sei auch nicht mehr auffindbar, Schuld seines Assistenten, wie heißt der gleich wieder, Lehmann erinnert sich nicht mehr, so ein blonder Norddeutscher mit Pastorenbrille war das, es stehe aber ja angeblich nichts drin, was noch von Interesse wäre, mei, was soll i da machn?

Lehmann schaut auf die Uhr: gleich vier … in der Gerichtsmedizin wird er noch niemanden antreffen, aber in der Nähe gibt es noch weitere medizinische Einrichtungen, die zur Universität gehören, und Mühlfenzel ist doch Professor …

Er scheucht Kemp und Smith aus ihren Feldbetten, gibt beiden eine Bennie, nimmt selbst noch eine und fährt dann mit ihnen zum Klinikum Innenstadt in der Nußbaumstraße, der Eingang liegt nicht weit von der Thalkirchner Straße und der Gerichtsmedizin entfernt. In der Kantine findet er zwei Krankenschwestern, die sich mit Kaffee und Brötchen darauf vorbereiten, gleich die Patienten aus den Betten zu scheuchen, ach, guten Morgen, was machen Sie denn schon so früh hier, na ja, wir haben da einen Fall drüben in der Chirurgie, Messerstecherei, den muss ich gleich vernehmen nach der Operation, da denk ich mir, trinkste mal eben nen Kaffee solange, nich, ach so … Man unterhält sich dann ein bisschen, die eine von denen ist ganz hübsch, dunkle Haare, streng nach hinten gekämmt, so ein Dutt, fast wie bei Kay Starr auf dem *Down Beat*-Titelbild, aber nicht ganz so turmartig, lässt sie jedenfalls ein bisschen zu alt aussehen, wenn man genauer hinguckt, ist sie höchstens Mitte zwanzig; sie erzählt dann, dass sie Sudetenflüchtling ist, noch in den letzten Kriegsmonaten aus ihrer Anstellung in einer Firma heraus dienstverpflichtet wurde und einen Schwesternkurs machen musste, ja, das kennt Lehmann von seiner Schwester Magda, na, hat ja auch sein Gutes, jedenfalls habe ich jetzt eine Stelle, ja genau, das ist wichtig heutzutage, wo das Geld so knapp ist, na, auch wenn allgemein mehr Geld da wäre, ich müsste trotzdem eine Stelle haben, Lehmann gefällt die gar nicht schlecht, sie hat so eine schlagfertige Art, ohne böse zu wirken, das Gespräch geht dann auf die Eierschlacht am Viktualienmarkt, Lehmann weiß von nichts, na Kunststück, wie auch, wo er so konzentriert am Mörderjagen ist, da hat vorgestern eine wütende Menschenmenge die Eierhändler verprügeln wollen, weil die Preise plötzlich hochgesetzt worden waren, und offenbar hat sich das Überfallkommando einschalten müssen ... Gott, das ist eben die freie Marktwirtschaft, von der Professor Erhard in der *Wochenschau* immer so schwärmt, Lehmann interessiert das aber ja eigentlich gar nicht, weswegen er die Unterhaltung dann mal ganz vorsichtig in Richtung Professor Mühlfenzel lenkt, ach, den kennen Sie auch, na sicher, wegen den dauernden Leichenschauen, ach so, also, was man sich so erzählt, was erzählt man sich denn so, na ja, sie kichert ein bisschen, also, erzählen Sie das mal nicht weiter, der ist ja bei der SS gewesen, beim ... wie hieß das denn, beim SS-Hygiene-Institut oder so, und dann hätten ihn die Polen '45 oder '46 vor Gericht gestellt, einige Aussagen seien aber zu seinen Gunsten ausgefallen, weil er sich »human« verhalten habe, deshalb der Freispruch.

Lehmann nickt abwesend.

Um genau zu sein, hieß es »Hygiene-Institut der Waffen-SS«, er erinnert sich an die Bezeichnung aus dem Buch, das Captain Burke ihm mitgegeben hat, und dieses Institut hat eine Abteilung in Auschwitz-Birkenau unterhalten, dem Lager, in dem die Gaskammern waren, Mengeles Lager. Kam der nicht auch aus Schwaben?

Vor allem aber hat die Hauptstelle dieses Instituts zu den Empfängern der bewussten Anatomiestudien gehört.

»Kuckuck, träumen Sie?«

Lehmann schreckt hoch, ja, die ist wirklich ganz hübsch, und nett dazu, er ruft dann aber seine Schneeglöckchen vom Nachbartisch und verabschiedet sich rasch, muss doch mal eben nach der Messerstecherei gucken, ach so, ja sicher, na dann ... Gehen Sie nicht manchmal tanzen, Sie sind doch auch ledig, oder, ach tanzen ... Oder ins Kino, ja, das schon, vielleicht gehen wir ja mal zusammen, warum nicht, schauen Sie doch mal wieder rein, ich hab Tagschicht die Woche, ich bin in der Inneren, fragen Sie nach Schwester Hildegard, gerne, aber jetzt hab ich's wirklich eilig, na dann, machen Sie's gut, ach nee, lieber: auf Wiedersehen …!

Wie einsam sie alle sind.

Lehmann lässt sich das kurze Stück zum Anfang der Thalkirchner Straße hinüberfahren, sagt Kemp und Smith aber, sie sollen unten warten, so einer wie Mühlfenzel wird sich kaum von Kaugummi kauenden und auf den Fußboden spuckenden amerikanischen Soldaten beeindrucken lassen, wenn der bei der SS war, die Sache muss er also alleine erledigen.

Er probiert die Eingangstür: Glück gehabt, schon offen, obwohl es erst sechs ist, also rein da und dann hoch in den zweiten Stock, wo sich die Diensträume der Ärzte befinden.

Eine der Türen ist nur angelehnt, und man hört im Zimmer dahinter einen Wasserhahn. An der Tür steht: »Cand. med. Willkens«, ja, genau, so hat der Assistent von Mühlfenzel geheißen, und das ist also sein Zimmer.

Lehmann öffnet die Tür mit einem derartigen Fußtritt, dass der strohblonde Assistent dahinter gegen seinen eigenen Schreibtisch geschleudert wird und ihn vor Schreck durch seine leicht verrutschte Pastorenbrille hindurch anglotzt, als würde er einen ganzen Stoßtrupp ukrainischer Einbrecher mit Revolvern und Schlagringen vor sich haben. In seiner Hand hält er ein Glas, auf seinem Arztkittel prangt ein großer Wasserfleck, und auf dem Boden verteilt liegen diverse Pillen in den verschiedensten Farben, die vermutlich nicht auf Rezept zu haben sind. Aha.

Man muss nicht lange überlegen, was zu tun ist. Lehmann geht auf den zu und haut ihm erst mal einen sauber nach den Queensberry-Regeln ausgeführten Uppercut in die Nieren, da geht der Cand. med. zu Boden wie Schmeling gegen Louis im Revanchekampf '38, erste Runde K. o., und zu jammern fängt er auch gleich an, bitte nicht, bitte nicht, na, das hat der Polizeimeister im Halbschwergewicht gerne, also am Schlafittchen gepackt und wieder hochgezogen, na Kamerad, nu erzähl dem lieben Onkel Fritz doch mal das mit dem Obduktionsbericht.

»Nein, lassen Sie mich, bitte … er war's doch, er war's, der Herr Professor …!«

»Ick bin janz Ohr …«

»Er hat gesagt, er hat gesagt ... wenn das einer liest, dann gibt es einen Mordsärger, das geht nicht, weil doch der deutsche Name beschmutzt genug ist ...«

»Und wo ist der Bericht?«

Willkens guckt zu Boden, ach Gottchen, der wird sich doch nicht schämen? Oder er will wieder dorthin zurück. Na gut, kann er haben ... nur ein kleiner Magenschwinger, und schon liegt er wieder da und jault.

»Also, wo ist er?«

»Ich hab ihn ... nein, schlagen Sie mich bitte nicht wieder, bitte nicht, ich hab ihn wegwerfen müssen, ich hab ihn wegwerfen müssen ...«

»Haben Sie ihn gelesen?«

So schnell, wie der den Kopf schüttelt, kann man gar nicht hingucken.

»Nein, nein, nein ... *nein*! Bitte ... nicht mehr schlagen, ja? Ich weiß wirklich nicht, was drinstand, *wirklich* nicht ...!«

Lehmann guckt sich den noch mal in aller Ruhe an, wahrscheinlich sagt die Pflaume die Wahrheit, aber zur Sicherheit holt er ihn doch wieder hoch und setzt zu einer rechten Geraden an, *I have seen something ...*

»Nein! Nein! Ich weiß es nicht, ich weiß es nicht!!!«

So was Widerliches ... Also gut, hast den Bericht also nicht gelesen, darfst dich jetzt auch auf deinen Stuhl setzen ...

»Was haben Sie denn im Krieg gemacht?«

Willkens keucht heftig und reibt sich die Seite an der Stelle, wo der erste Uppercut eingeschlagen ist, Queensberry-Regeln.

»Ich war nicht in Auschwitz, ich war UK gestellt und habe Medizin studiert.«

»Und weswegen? Verkrüppelt sehen Sie ja nicht gerade aus ...«

Willkens flüstert irgendetwas, das Lehmann nicht versteht. Er beugt sich herab und brüllt Cand. med. ins Ohr:

»Was???«

»Mein Vater war im Reichsgesundheitsministerium.«

Lehmann richtet sich wieder auf.

»Hauen Sie ab.«

»Was?«

»Hauen Sie ab! Sie haben frei heute.«

Willkens kommt von seinem Stuhl hoch wie von der Tarantel gestochen und ist draußen auf dem Flur, bevor Lehmann eins-zwei-drei sagen kann. Vielleicht sollte er ihn lieber irgendwo einsperren, nachher sagt er noch seinem Professor Bescheid, aber andererseits hat man doch den Eindruck, dass er das ganz bestimmt nicht tun wird.

*

Mühlfenzel kommt pünktlich zum Dienstbeginn um acht Uhr. Zuerst hört man ihn auf dem Flur rufen: Herr Willkens! Herr Willkens ...?, da kann er natürlich lange rufen, und man kann gleich so eine leichte Verärgerung in der Stimme raushören, aber noch verärgerter wird er, als er die Tür zu seinem Dienstzimmer aufschließen will, sie aber gar nicht verschlossen vorfindet. Lehmann ist einfach zum Pförtner gegangen, Agent Myers, CID, may I have the key to Professor Mühlfenzel's office, please ... I don't care what your stupid German rules are, I am an American law enforcement officer, am Ende hat der Pförtner nachgegeben, und so sitzt Lehmann jetzt in Mühlfenzels schönem weichen Professorensessel, die Beine auf den Tisch gelegt, und raucht eine Chesterfield, von denen er sich eine Schachtel von Mighty Max geholt hat, der sich zusammen mit Washington unten im Jeep langweilt, die beiden sollen den Eingang im Auge behalten, you guys hang on, I might still need you, und er grinst auch recht unhöflich, damit der Herr Professor gleich merkt, von woher der Wind weht.

»Könnten Sie mir wohl freundlicherweise erklären –«

»Schnauze!«

»Also –«

»Schnauze, sag ich!«

»Ich glaube –«

»Sie sollen die Schnauze halten, verdammt noch mal! Reden Sie gefälligst nur, wenn Sie gefragt werden!«

Es klopft an der Tür; steht da der Pförtner in Pförtneruniform und macht einen Buckel.

»Mei, Herr Professor, i hob Sie abpassen wollen wegen dem Amerikaner da, aber –«

Lehmann springt auf und schiebt die Boxerschultern nach vorn.

»Get lost, buster!«

Der will aber nicht verloren gehen, mei, Herr Professor, jetzt sagen

S' doch aa amal wos … also geht Lehmann hin und ballert dem Kerl die Tür vor der Nase zu.

»I said: get lost!!!«

Und zu Mühlfenzel: »Setzense sich doch, is ja Ihr Büro …«

Mühlfenzel adlert ihn so aus seinen Feldherrenaugen an, na, nu machense mal, Herr Hauptsturmführer, setzense sich endlich, macht der dann auch, aber jaaanz langsam, und immer wieder anadlern, bis ihm was einfällt:

»Sie sind überhaupt kein amerikanischer Polizist, Sie waren mit diesem unverschämten Hauptkommissar da, bei der Leichenschau …«

»Denn wissense ja auch, warum ick jetzt hier bin.«

»Um ehrlich zu sein, habe ich nicht die geringste Ahnung. Vor allem: Was soll denn diese Maskerade, ich werde sofort das Präsidium –«

Lehmann nimmt sich geräuschvoll einen herumstehenden Stuhl, stellt den mit der Lehne nach vorn vor den Schreibtisch und setzt sich, Kippe im Maul und schön die Asche auf den Boden fallen lassen. Eins ist klar, die Masche mit Ich-bin-Gott-der-Herr-und-du-bist-eine-Wanze, die wird hier am allerwenigsten funktionieren.

Aber den Proleten spielen, das geht vielleicht.

»Wissense, Ihr Assistent is so n kleines bisschen ängstlich, jedenfalls, was die Sache mit der körperlichen Gewalt, oder wie nennt man das, angeht … einmal kurz kitzeln, und schon singt der Arien, ich glaube, der hat seinen Beruf verfehlt … aber er ist natürlich auch nicht beim Hygiene-Institut der Waffen-SS gewesen.«

Jetzt begreift Mühlfenzel langsam und legt den Telefonhörer, den er schon in der Hand hält, wieder auf den Apparat zurück. Na ja, Lehmann hat sowieso das Kabel durchgeschnitten.

»Was mich interessiert: Woran genau hätte man es gesehen? Hatte die Leiche ein kleines Loch in der Herzgegend, da wo die Spritzen immer hingegangen sind, die mit dem … Phenol? Was is n Phenol eigentlich?«

Mühlfenzels Adlerblick bekommt eine lauernde Note.

»Ein Benzin.«

»Sie haben die mit *Benzin* umgebracht, mit einer Benzinspritze ins Herz?«

»Es war die humanste Art, sie zu töten.«

Lehmann lacht höhnisch auf.

»Na, det möcht ick sehen, det einer mal human getötet wird … is aber praktisch, nich? Bloß so n kleenet Loch, det fällt nich weiter auf, und man kann den Rest noch gut verwenden, oder? Keine Spuren von Gewaltanwendung, keine Schusswunden, die Gaskammer muss man auch nicht extra anwerfen …«

Mühlfenzel schweigt.

»Na ja, oder waren es die anderen Stücke vom Bein, war da auch überall die Haut abgezogen? Hat man da wat sehen können, so ne spezielle Art, wie nur *Sie* das gemacht haben in Ihrem Hygiene-Institut?«

»Herr … wie immer Sie heißen, falls Sie es noch nicht wissen sollten, ich wurde deswegen von einem ordentlichen Gericht angeklagt, soweit man bei den Polen von ›ordentlich‹ reden kann, und bin freigesprochen worden.«

Zischzisch, alte Schlange …

»Und weswegen genau hat man Sie angeklagt?«

Wieder Schweigen.

»Na gut … aber weswegen hat man Sie freigesprochen?«

»Man konnte auch in Auschwitz Anstand bewahren und korrekt arbeiten.«

»Na, det müssense mir erklären!«

Mühlfenzel zuckt mit den Achseln.

»Verstehen kann man das ohnehin nur, wenn man selbst dort gewesen ist, aber ich will versuchen, es Ihnen klarzumachen. Die Arbeit musste ja ohnehin getan werden, also hatte es gar keinen Sinn, unnötig grausam zu sein, wie … einige meiner Kollegen, bedauerlicherweise. Wenn eine Baracke ins Gas musste, weil es einen Typhusfall gab, war das ja die einzige Art, mit der Seuchengefahr umzugehen …! Aber jemanden aus einer Laune heraus dorthin zu schicken, das habe ich nie getan. Und ich habe auch einige meiner Häftlinge von dort zurückgeholt, wenn diese der Willkür eines Kollegen oder auch nur eines Kapos zum Opfer gefallen waren.«

»Haben Sie … haben Sie nicht auch so Experimente gemacht mit denen? Ich meine, vielleicht wollten Sie ja bloß nicht, dass so ein Experiment in Rauch aufgeht, bevor Sie die Ergebnisse haben … das war doch bestimmt eher so, oder?«

Mühlfenzel beugt sich vor und legt die Hände zusammen.

»Sagen Sie, was haben *Sie* eigentlich im Krieg gemacht, dass Sie sich hier derart aufspielen? Dem Führer die Stiefel geputzt und ansonsten nie etwas mitbekommen?«

»Falls *Sie* das noch nicht mitgekriegt haben, ich bin Polizist. Und ich kläre einen Mordfall auf, einen Mordfall, in dem Sie Ihrem Assistenten zufolge einen Obduktionsbericht haben verschwinden lassen. Und ich will eine Antwort haben, warum dieser Bericht verschwinden musste. Obwohl ich es mir schon denken kann …«

»So, was denken Sie sich denn?«

»Na, was ich gesagt habe, ist doch gar nicht schwer. Die Leiche hat Sie an jemanden erinnert, an jemanden aus Ihrer Zeit in Auschwitz, jemanden aus Ihrem … Kommando. Vielleicht haben Sie ihn sogar schon hier gesehen, hier in München. Vielleicht war das eines Ihrer Experimente, die Sie vor der Gaskammer bewahrt haben, vielleicht haben Sie Angst, dass er Dinge erzählt, wegen denen Sie in Polen *nicht* vor Gericht gestanden haben, vielleicht unterdrücken Sie deshalb Beweise, vielleicht wollen Sie auch einfach nicht, dass alle wissen, der Herr Professor von der Gerichtsmedizin, der war gar nicht lieb und nett und hat sich ›human‹ verhalten, das war ein Schwein, genau wie alle anderen auch …«

»Sie können nichts von dem beweisen, was Sie mir da vorwerfen. Und mein Assistent ist leider ein kranker Mann, der keinen Tag überleben würde, wenn er nicht bestimmte, nun ja, gefährliche Medikamente zu sich nehmen könnte, manche würden sagen: ein Rauschgiftsüchtiger. Und was immer er Ihnen erzählt hat, vor Gericht würden Sie damit nicht besonders gut aussehen.«

»Die andere Möglichkeit wäre natürlich, dass Sie es selbst gewesen sind … waren Sie in letzter Zeit mal am Nymphenburger Kanal, da gibt's so ein Haus mit dicken Teppichen drin …?«

Wieder nichts – aber doch nicht ganz vergebens, Lehmann hat das Ruder wieder ein bisschen herumreißen können, jetzt noch eins draufsetzen … Er holt den Revolver aus dem Schulterholster und spannt den Hahn.

»Und außerdem bin ich hier der Staatsanwalt. Und zufällig auch der Richter …«

»Machen Sie sich doch nicht lächerlich!«

»Lächerlich …? Du meine Güte … das Umbringen hat man mir ja beigebracht im Krieg, ich glaube, das geht immer noch ganz einfach …«

Er hebt den Revolver ein bisschen an, Adlerauge lässt sich davon aber weniger beeindrucken, als er gehofft hat.

»Lassen Sie das doch. Ich war Offizier in der SS, wissen Sie, was das bedeutet?«

»Oha … etwa, dass Sie keine Angst vor dem Tod haben?«

»Sonst wäre ich wohl kaum in die SS eingetreten, nicht wahr?«

Lehmann setzt wieder ein schmieriges Grinsen auf, aber es ist wirklich bloß aufgesetzt.

»Ich glaube, Sie sind in die SS eingetreten, weil Sie wahrscheinlich … na, vielleicht, weil Sie nicht so ein tolles Examen hatten? Weil Ihr Vater bloß ein kleiner Beamter war, und Sie mal Gott, den Herrn, spielen wollten im Osten? Weil Ihnen die schwarze Uniform gefallen hat? Weil die auch bei den Weibern besser ankam als das Wehrmachtsgrau? Weil Sie sonst Landarzt in Memmingen hätten werden müssen? Is ja vielet möglich, nich?«

»Ziehen Sie mich doch nicht auf Ihr billiges Niveau herab! Solche Motive bewegen vielleicht Leute Ihres Schlages …«

Niveau …! Motive …!

»Ach so, ich vergaß, Sie waren ja die Elite der Nation und so weiter, ich vergaß … also, noch mal: Warum haben Sie den Bericht verschwinden lassen?«

Und wieder: nichts.

»Das andere, was ich wissen wollte … sehen Sie, ich hab hier vorhin in Ihrem schönen Sessel da auf Sie gewartet und bin ins Überlegen gekommen …«

»Ah, ja …?«

»Ja, genau. Und da ist mir eingefallen, Leute wie Sie haben uns doch die ganze Zeit erzählt: das sind Untermenschen, Unmenschen, Parasiten, Ratten, Wanzen, was weiß ich, ja?«

Keine Antwort. Auch gut.

»Und dann benutzen Sie aber genau diese Untermenschen, um damit Sachen anzustellen, mit denen dann wieder Studenten an einer Universität lernen sollen, wie der *Mensch* funktioniert, wie das innen drin alles aussieht, oder wie eine Lunge sich verändert, wenn einer Tuberkulose hat und so weiter, ich hab das alles gelesen, aber auf jeden Fall ist das dann doch eine Menschenlunge, keine Untermenschenlunge, da sieht man ja wohl auch gar keinen Unterschied. Also, was ich nicht verstehe, wie geht das zusammen, dass Sie das eine gesagt und das andere gewusst haben?«

So ein klitzekleines Lächeln spielt plötzlich um den Mund von dem Herrn Professor, und Lehmann merkt, dass er den falschen Weg gewählt hat.

»Tatsächlich, Sie haben nachgedacht … haben Sie aber auch die Möglichkeit in Erwägung gezogen, dass man Sie angelogen hat?«

Lehmann glaubt, sich verhört zu haben.

»Aber …?«

»Dass wir … *natürlich* genau gewusst haben, dass die Juden ebensolche Menschen waren wie Sie und ich?«

Jetzt verschlägt es Lehmann aber endgültig die Sprache … Der Revolver sinkt ein Stück nach unten, Mühlfenzel lächelt überlegen.

»Überrascht Sie das? Sehen Sie, es geht nicht um die Rasse oder so einen Unsinn, es geht um den … *Juden an sich*! Den *inneren* Juden! Die *Gesinnung*! Ein Jude ist kein Jude wegen irgendwelcher Unterschiede im Blutbild, er ist es, weil er *das Judentum* in sich trägt und wie eine Krankheit über die Erde verbreitet, eine Krankheit, die alle weiteren Übel nach sich zieht: Humanismus, Aufklärung, Bolschewismus … es spielt überhaupt keine Rolle, ob, sagen wir, Lenin nun wirklich jüdische Großeltern hatte oder nicht, *dem Wesen nach* war er ein Jude …«

Lehmann sieht mit offenem Mund zum Fenster hinaus. Die Bäume auf dem alten Südfriedhof wiegen sich im aufkommenden Wind. Soll ja welche geben, die sind noch verrückter als alle anderen zusammen …

»Und was, wenn nun aber andersherum ein Jude vielleicht gar keine … jüdische Gesinnung hat?«

»Völlig unmöglich! Das Wesen des Juden ist seine Religion, und die *Substanz* dieser Religion ist ihre humanitätsbeduselte Botschaft, außerdem seine Landlosigkeit, er kann der Geschichte seines Volkes nicht entfliehen, selbst wenn er sich taufen lässt, und sehen Sie, wann immer Juden in großer Zahl in einem Land gelebt haben, wurde dieses Land *geschwächt* wie der Körper bei einer Krankheit … alles, was wir getan haben, war, den Krankheitsherd auszumerzen. Wir haben uns dazu primitiver Methoden bedienen müssen, sicher, so wie man früher eine Wunde mit einem Brandeisen behandelt hat, aber das waren nun einmal die Methoden, die uns zur Verfügung standen, in hundert Jahren wird so etwas einfacher durchzuführen sein. In jedem Fall musste es getan werden.«

»Warum???«

»Es ging um den, haben Sie Nietzsche gelesen, na, wohl kaum, aber es ging um den *Willen zur Macht*, verstehen Sie, es ging darum, einer Welt, in der es keinen Gott gibt, einer Welt, die sich alberner Illusionen von Nächstenliebe und sogenannter Menschlichkeit hingibt, unseren Willen aufzuzwingen, *seinen* Willen, und wir waren alle nur Instrumente dieses Willens, Teil dieses Willens – sehen Sie, die Juden musste es als Erste treffen, weil sie all das erfunden haben, was wir ausrotten mussten, nehmen Sie nur das Alte Testament, schon dort: Liebe deinen Nächsten, die Antike war da noch verständiger als wir, die hat diesen Unfug nicht gebraucht, aber eben weil die Juden es erfunden haben, weil zweitausend Jahre ihrer Gefühlsduselei den meisten von uns die Augen verklebt haben, mussten wir lügen, mussten wir sie Untermenschen nennen und Ratten und Parasiten, damit die dumpfe Masse sie leichter hassen konnte, denn sie waren natürlich nichts davon, auch die Slawen nicht, Gott bewahre, in jedem Deutschen von östlich der Elbe steckt ein halber Slawe, das wissen wir doch alle, aber: *sie waren Untermenschen geworden*. Durch unseren Willen, durch unsere Macht, durch *seinen* Willen, *seine* Macht. Wir haben versucht, jahrtausendealte Illusionen zu durchbrechen, die der Mensch offenbar gebraucht hat, um sein erbärmliches Dasein erträglicher gestalten zu können. *Wir* aber wollten weitergehen, wir wollten die Herren unseres eigenen Schicksals sein, wie es die wahre Bestimmung des Menschen ist, der zu sich selbst kommt. Das gelingt nur den wenigsten, aber diese wenigen können dann die Wahrheit erkennen, nämlich, dass die gesamte Geschichte, das ganze Leben nichts ist als der Sieg des Stärkeren über den Schwächeren. Wir, die das erkannt hatten, wollten Sieger in diesem Kampf sein, der Welt unseren Willen aufzwingen, *seinen* Willen, denn er war bei uns und wir bei ihm, und weil wir das wollten, mussten wir eine kleine Komödie aufführen, um den gewöhnlichen Deutschen zu unserem Instrument zu machen, arische Herren, jüdische Parasiten, slawische Untermenschen, um dem einfachen Soldaten, dem einfachen SS-Mann die *Tötungshemmung* zu nehmen, diese jüdische Erfindung, die sie daran gehindert hat, *ganz* zu seinem Instrument zu werden, die *Tötungshemmung*! Leider haben wir alle letzten Endes in dieser Hinsicht versagt, und wie die kleine Maskerade, in der Sie hier heute auftreten, nur allzu gut zeigt, hat eine andere, stärkere Macht den Sieg davongetragen, damit müssen wir leben … und insofern ist es durchaus gerechtfertigt, dass die Amerikaner jetzt die Oberhand haben, sie haben zwar weder Kultur noch Geschichte, und, glauben Sie mir, mir graut vor dem Spießerparadies, dem Aktionärsbordell, das sie aus unserem Land machen werden, aber immerhin brauchen wir sie, um nicht Stalin in die Hände zu fallen, und vor allem war offenbar ihr *Wille* stärker als der unsere …!«

Er macht eine kleine Pause. In seinen Augenwinkeln schimmert es verdächtig.

»Himmel, ja, wir *wussten* irgendwann, dass der Krieg verloren geht, aber wir mussten unsere Mission zu Ende führen. Sie ist noch nicht vollständig abgeschlossen, aber jene, die nach uns kommen, haben durch uns immerhin die Möglichkeit, dies zu tun. Andernfalls mag der tote Planet dereinst stumm seine Bahn durch den Äther ziehen …«

Lehmann würde in zweitausend Jahren keine Worte finden, um auf so etwas zu antworten, der ist so verrückt, dass man den guten Doktor Salkind rufen müsste, wenn der noch in seinem Irrenhaus arbeiten würde, und Salkind hat ja sowieso recht, was hat er damals gesagt, eine fixe Idee haben die Deutschen gehabt mit den Juden, wenn das mal nicht die Wahrheit ist, völlig verrückt, durch und durch verrückt, komplett verrückt, plemplem, durch den Wind geschossen, crazy, weird, fucked-up like hell, und das Schlimmste daran ist ja, dass es denen so *leicht* gefallen ist, dass sie sich alle so *gerne* deren Willen, *seinen* Willen haben aufzwingen lassen. Vielleicht ja, weil es am Ende doch ihr eigener war.

Irgendein Irrsinn steigt hoch in Lehmann. Irgendetwas in ihm hebt den Revolver wieder an und zielt damit auf Mühlfenzels Kopf.

Das Etwas bewegt sogar seinen Mund und seine Stimmbänder, wenn auch nur schwach und kaum hörbar.

»Ja … da haben Sie wohl recht … Ich hab's ja auch vorhin schon gesagt, bei mir haben Sie das geschafft … ich hab tatsächlich keine, wie nennen Sie das, Tötungshemmung mehr …«

Jetzt drückt das Etwas ab.

Mühlfenzel wirft sich blitzschnell zur Seite, und der Schuss, der in dem kleinen Zimmer dröhnt wie mindestens eine halbe Flakbatterie, zertrümmert bloß eine Glasvitrine hinter dem Professorensessel, aus der, von der Wucht der Kugel getrieben, medizinische Instrumente geflogen kommen, so ein Colt New Service hat Kaliber .45, der haut was weg, aber ein Skalpell landet auf Lehmanns Hand, als er gerade noch mal zielt und abdrückt, da geht ihm der Schuss wieder daneben, und aus seiner Hand kommt Blut geschossen, dass er laut aufschreit und einen Moment lang nicht aufpasst, und da ist Mühlfenzel schon auf den Beinen und zur Tür hinaus, nein, nicht schon wieder, der in Nymphenburg ist ihm schon entwischt, bei dem hier darf ihm das nicht passieren, also Taschentuch raus und um die Wunde wickeln und hinterher, nebenan ist so eine Art Bibliothek, nicht lange nachdenken, die Tür zum Flur steht auf, hinterher, auf den Flur, Mühlfenzel rennt schon die Treppe hinunter, Lehmann schießt noch mal, da splittert bloß ein Stück Wand im Treppenhaus ab, also weiter, runter zum Eingang, die Sau läuft in den Innenhof, Mist, der Jeep mit Smith und Kemp steht auf der Vorderseite des Gebäudes in der Winckelstraße, die Hofeinfahrten führen aber seitlich davon auf die Frauenlob- und die Thalkirchner Straße, Mühlfenzel rennt zur Thalkirchner hinaus, Lehmann hört fast nichts mehr, hoffentlich hat er kein Knalltrauma, aber hinterher!, hinterher!, auf der Straße kann er nicht schießen, weil ihm ein Haufen Kinder die Sicht versperrt, verflucht noch mal, was wollen die denn um diese Zeit hier, müssten doch längst in der Schule sein, aber nee, sind ja große Ferien, Mühlfenzel rennt weiter, über die Straße und in den alten Südfriedhof hinein, in diesem Moment kommt Kemp um die Ecke, der sich mit einer Zigarette die Beine vertritt, c'mon, get that jeep going!!!, Kemp wirft seine Kippe weg und rennt zurück, Lehmann überlegt, in den Friedhof hinein oder warten, nein, besser warten, oder noch besser: mit zum Jeep rennen und hinein, er will diese Sau abknallen, er muss diese Sau abknallen, Mühlfenzel wird zum Eingang auf der gegenüberliegenden Seite des Friedhofs wollen, wenn sie schnell sind, können sie ihn dort abpassen, mit dem Jeep wird er nicht rechnen, aber dann springt wieder der Scheißmotor zuerst nicht an, und Washington Lafayette Smith aus Alabama stöhnt »Jay-sus, that motherfucker needs a fuckin' engine job«, dann aber doch, und es geht endlich los, Kemp verbindet ihm notdürftig die Hand, und sie rasen die Thalkirchner das Stück zum Stefansberg hinunter, um in die Pestalozzistraße und zum dortigen Friedhofseingang zu kommen, in die Gegenrichtung führt die Thalkirchner Straße zum Großmarkt und dann weiter nach Obersendling, wo die Keksfabrik der Gebrüder Katz liegt, der Pförtner hat wegen der Schüsse bestimmt schon das Überfallkommando gerufen, ein weiterer Eintrag in Agent Myers langem Sündenregister, das er nach seinem Tod anhäuft, aber egal, bloß schnell jetzt, schnell, Lehmann will den haben, die Sau, ob der jetzt was mit dem Fall Stepaschkin zu tun hat oder nicht, der muss dran glauben, aber dann schießt ihm das durch den Kopf, was Washington gerade eben und gestern schon zwei Mal gesagt hat: Bei der Scheißkarre muss mal der Scheißmotor überholt werden, und da vergisst er mit einem Mal den Herrn Professor und Tötungshemmung und Willen zur Macht und Schicksal, denn wen braucht man denn, um einen Motor zu reparieren, einen Automechaniker doch wohl, und wo macht der das dann, in einer Kfz-Werkstatt natürlich, und mit wem hat er vor ein paar Wochen am entgegengesetzten Ende der Thalkirchner Straße vor der Keksfabrik geredet, wer hat an seinem Viereinhalbtonner herumgefummelt und ihm erzählt, er sei im Ghetto Kowno Automechaniker in der deutschen Kfz-Werkstatt gewesen und dann bei einer anderen Gelegenheit aber gesagt, nach Auschwitz seien ihm Beethoven und Schubert fad geworden …? In Kowno *und* in Auschwitz war der also …???

»Stop!!!«

Washington kapiert nicht gleich.

»Stop it, I said: stop it!«

Die Bremsen quietschen, und Lehmann haut es fast aus dem Jeep heraus. Die beiden sehen ihn an, als wollten sie sagen: crazy, weird, fucked-up like hell …

»Wait, wartet mal …«

Nachdenken, nachdenken, schnell …

Zu viele Geschichten von Leid und Verzweiflung, zu viel Ghetto und KZ und Tod, zu viel Wald von Sarny, zu viele Verrücktheiten, zu viel harte Tour und seliges Vergessen mit Kristin, zu viel, zu viel, zu viel … so viel, dass er aufgehört hat, sich zu … *konzentrieren*, ja doch, Jastrow, ick höre dir, bin teilweise schon weiter als du, dafür hab ich die Grundlagen vergessen, aber ich mach schon, ich mach schon, ich konzentrier mich. Noch mal eins nach dem anderen: Die Thalkirchner Straße, in der sie gerade stehen, führt von hier aus zum Großmarkt und nach Sendling. Im Großmarkt hat Josef Sznaider seinen Laden. Bei Josef Sznaider arbeitet ein Lkw-Fahrer namens Itzhak Klein, der außerdem auch Klavier spielt, aber im Ghetto von Kowno Automechaniker gelernt hat. Der Chef der Arbeitsbrigade bei den Kfz-Werkstätten der Wehrmacht am Kownoer Bahnhof, jedenfalls bis zu seiner Internierung durch die Gestapo, war Simon Katz. Dessen Bruder Abraham hat Irina Stepaschkin gekannt. Die Leiche war in einen amerikanischen Lebensmittelsack und eine Plane, vielleicht von einem Lkw, eingeschlagen. Klein fährt im Auftrag Sznaiders für die Keksfabrik der Gebrüder Katz, die ihre Kekse an die Amerikaner und den Joint verkaufen. Mit dem Lkw kommt er in der Stadt herum, ohne Aufsehen zu erregen. Klein hat angeblich eine Freundin, mit der er nie ausgeht und immer zu Hause ist … an Klein hat er nicht mehr gedacht, weil der ihm doch die Hand gegeben hat an dem Abend im Deutschen Museum, als ob er ihm verzeihen wollte, warum bloß, warum – aber dieser Klein war in Kowno, und er war in Kaufering, aber vor allem war er, anders als sein Brigadeführer, den die Kownoer Gestapo wieder aus ihren Klauen entlassen hat, auch in Auschwitz, also dort, wo die Herren Doktoren Mengele und Mühlfenzel aus dem schönen Schwabenland gewesen sind und aus gesunden jungen Frauen Anatomiestudien gemacht haben.

»Turn around! Move!«

Itzhak Klein, der so aussieht wie sein Name …

Lehmann versucht sich an den bewussten Abend zu erinnern: Klein war so höflich und schüchtern, beinahe, als ob er Angst gehabt hätte … Aber vor wem? Den G. I.? Vielleicht Angst vor ihren deutschen Flitscherln? Was hat Salkind gesagt, erst hat jemand Angst, und deswegen hat er dann den Drang, Kontrolle ausüben zu müssen.

Aber warum hat er ihm die Hand gegeben?

*

Vor Josef Sznaiders Stand in der Großmarkthalle sind eiserne Gitter heruntergelassen, innen ist alles leer geräumt, und vornedran hängt ein Schild: »Zu vermieten«.

Wäre ja auch zu schön gewesen.

Nebenan bei Hersch Lipowski, Ex- und Import von Waren aller Art, ist aber heute geöffnet. Zwei Schwarzgelockte mit langen Bärten, schwarzen Anzügen und Hüten auf dem Kopf unterhalten sich wild mit den Armen herumfuchtelnd auf dem Gang davor, fast könnte man sagen, sie streiten sich, aber Lehmann versteht die Sprache nicht.

»Verzeihen Sie, aber wissen Sie, was mit Herrn Sznaider passiert ist?«

Die beiden drehen sich zu ihm um, und jetzt sieht Lehmann, dass der eine die jüngere Ausgabe des anderen darstellt, bloß ohne Brille, der andere ist dann auch der Chef persönlich, Hersch Lipowski, und der lächelt ihn freundlich an und wird noch freundlicher, als er die CID-Marke sieht.

»Oh, Sie suchen Herr Sznaider …? Da sind Sie zu spät, leider. Er hat bekommen Visum für Kanada und ist weg, zwei Wochen her. Hat aufgelöst Laden … wollen Sie mieten?«

Lipowski lacht, immer noch freundlich.

Lehmann fühlt seinen Magen schwimmen … und Klein?

Itzhak Klein? Nein, der sei nicht mehr hier am Großmarkt, Lipowski will ihn auch nicht besonders gut kennen, wissen Sie, hat Herr Sznaider viel gemacht, wo ich hab gesagt, lass ich die Finger davon, auch wenn wir zusammen hier in Großmarkt gekommen sind … Sznaider habe ab und zu Sachen für ihn transportiert, ja, natürlich habe das dann Itzhak Klein erledigt, aber, wie gesagt, hab ich gemacht meine Geschäfte, hat Josef Sznaider gemacht seine Geschäfte, nein, ausgehen würde er sonst nicht, weder ins *Chacke* noch zum *Komitee*, in die Cafés am Sendlinger Tor schon gar nicht, die Gebrüder Katz, na ja, von denen habe er gehört, kenne sie aber nicht, er sei auch nicht aus Kowno, sondern aus Lemberg, sehen Sie meinen Sohn hier, ist Einziger aus meiner Familie, der hat überlebt mit mir, und ich arbeite viel, damit er kann gehen auf Jeschiwa, noch nicht auf die richtige, erst in Amerika oder Israel, er soll Thora lernen und Rabbiner werden, aber er ist faul und will nicht lernen, ist immer mit Leuten zusammen, die sind nicht gut für ihn.

»Kennt Ihr Sohn vielleicht Itzhak Klein näher?«

Lipowski fragt seinen Wie-aus-dem-Gesicht-Geschnittenen etwas, wahrscheinlich auf Jiddisch, Lipowski junior schüttelt aber bloß heftig den Kopf.

»Und Sie haben keine Ahnung, ob Klein noch in München ist, und wenn ja, wo ich den finden könnte?«

»Wissen Sie, Itzhak Klein hat man eigentlich nur gesehen mit seinem Lkw, vielleicht lebt er ja darin, ich weiß nicht. Aber es gibt doch sicher Registrierung von Bevölkerung irgendwo in München, oder?«

Gibt es. Nur dass die meisten DPs sich nicht die Mühe machen, dort jeden Wohnungswechsel anzugeben. Und im Lkw hat Klein also vielleicht gelebt … ein Lkw, der an den Langwieder See fährt, wäre niemandem aufgefallen, vor allem in der Nordwestecke bei den Ausbaggerungen, da steht ja allerhand schweres Gerät herum, und man kann in aller Gemütsruhe abwarten, bis die von der Baufirma Feierabend haben, dann kommt man angefahren und stellt sich einfach dazu, kann ja passieren, dass man noch einen Auftrag hat, der länger dauert, Überstunden machen muss, die werden sich in der Firma auch nicht alle kennen, und dann warten, bis es dunkel ist, den Sack oder die Säcke ins Wasser, vielleicht noch Steine dran oder bloß so, und dann am nächsten Morgen ganz früh wieder weg, das fällt auch nicht weiter auf, man kann ja einen neuen Auftrag haben.

Lehmann hat sich in seinen Überlegungen verloren und nicht gemerkt, dass Lipowskis Sohn inzwischen gegangen ist. Draußen stehen Kemp und Smith und warten, Lipowski selbst lächelt ihn immer noch freundlich an, der arme Herr Polizist, ich seh schon, Sie haben's schwer.

In diesem Moment sieht er bei Lipowskis Waren hinten im Verschlag einen paar Kisten mit der Aufschrift »Cognac Salignac VS«.

Sein Herz geht schneller.

»Der Kognak da, importieren *Sie* den?«

Na, der Herr Lipowski aus Lemberg kann die Judengeste mit den Armen nach oben aber am allerbesten …

»Mister Myers, das ist ja ganz entsprechend Gesetze seit Währungsreform, nicht wahr?«

»Das weiß ich. Ich möchte ja nur wissen, ob Sie den importieren.«

»Nun, eigentlich nicht. Aber der Yossi, ich meine Herr Sznaider, hat mir gemacht guten Preis für seine Sachen, als er ist gegangen nach Kanada, also habe ich ihm alles abgekauft, auch diesen Kognak hier. Normalerweise ich handle nicht mit Alkohol, der macht kaputt die Menschen, und ich habe gesehen, was Menschen machen können, die zu viel getrunken haben …«

Noch schneller geht da Lehmanns Herz, ja, das weiß er selbst nur allzu gut …

»Wissen Sie, ob sonst noch jemand diese Marke hier im Großmarkt hat?«

»Oh … wie ich habe gesagt, Herr Sznaider hat manchmal gemacht, wie heißt es, krumme Dinger, und das ist wohl gewesen eines davon, ist aber ja legal jetzt, na ja, jedenfalls er hat gemacht Geschäft mit Franzosen letztes Jahr, gutes Geschäft, weil Nachfrage groß war und sonst niemand liefern konnte. Hat ja nicht viel gegeben vor der Reform …«

»War ja auch verboten …«

»Da müssen Sie fragen Herrn Sznaider selbst. Ich weiß weiter nichts davon, hab alles erworben ganz legal.«

Klein muss Irina Stepaschkin gesehen haben, als er das Haus in Nymphenburg beliefert hat, wenn sie die »Russin« war, muss sie ja mindestens zweimal dort gewesen sein, vielleicht hat er sie dann bei einer anderen Gelegenheit wiedergesehen, als sie mit der »jüdischen Clique« zusammen war, von der sie ihrer Freundin in Geislingen erzählt hat, das werden Abraham Katz und Konsorten gewesen sein, und alle waren zusammen in Kowno, da ist die Verbindung leicht hergestellt.

Er ruft den beiden Schneeglöckchen zu: Wait a minute, dann verabschiedet er sich mit einem Nicken von Lipowski und läuft zur Marktleitung, um das Telefon zu benutzen.

In der Keksfabrik der Gebrüder Katz meldet sich die schöne Buchhalterin, Lehmann kann sich an die Stimme erinnern, sie kann ihm aber nur mitteilen, dass Herr Simon Katz geschäftlich in Frankfurt sei und erst übermorgen zurückerwartet werde. Mist, verdammter … und Herr Abraham Katz? Der sei noch nicht in der Firma, vielleicht versuchen Sie es mal zu Hause, leider gebe es dort aber keinen Anschluss. Herr Rosenblatt? Letzten Monat nach New York ausgewandert. Er bedankt sich und legt auf.

Warum hat Klein ihm die Hand gegeben?

*

Er lässt sich schließlich ins jüdische Krankenhaus fahren. Salomon Hirsch soll diese Woche noch entlassen werden und ist bester Dinge, sogar der Verband über dem linken Auge fehlt, man sieht jetzt die Narbe von der Schusswunde, und auch das Auge liegt frei, was Lehmann unruhig macht, weil es sich zwar immer noch mitbewegt, aber ganz offensichtlich tot ist und nichts mehr sieht.

»Herr Kommissar! Was für eine angenehme Überraschung! Sie sehen, mir geht es gut, ich werde wieder arbeiten können …!«

Lehmann schüttelt ihm die Hand.

»Das ist schön. Haben Sie kurz Zeit?«

»Ach, solange ich hier bin, habe ich nichts als Zeit …«

Aber ja, er kenne natürlich Josef Sznaider und Itzhak Klein, nicht so gut wie zum Beispiel Simon Katz, so, wie man eben Leute kenne, mit denen man im Ghetto gewesen sei, wieso Klein für den arbeite, ach, Sie kennen die Geschichte nicht, na ja, an sich kennt die ja kaum jemand, Sznaider habe es natürlich nie jemandem erzählt, vor allem den anderen aus Kowno nicht, er habe wohl Angst gehabt, dass er deswegen noch Ärger bekommen könnte, Shimon hat es mir einmal erzählt, er wollte wohl ein wenig sein Gewissen erleichtern, dabei hat er eigentlich nur am Rand damit zu tun.

»Mit was zu tun?«

»Nun, Shimon ist einmal von der Gestapo eingesperrt worden, weil er …«

»Das weiß ich.«

»Ah, gut! Aber wissen Sie auch, warum er wieder freigekommen ist?«

Lehmann schüttelt den Kopf.

»Nun, das war so: Er hatte Benno Lipzer, dem Chef der Brigade, die für die Gestapo gearbeitet hat, eine Menge Geld gegeben, alles, was die Familie noch hatte, und Lipzer hat ihn auch wieder freibekommen, aber dafür musste Shimon ihm jemanden nennen, der an seiner Stelle eingesperrt werden konnte, damit die Gestapo eine bestimmte, von oben genannte Zahl an Verhaftungen und Erschießungen erfüllte, das war das Einzige, woran sie wirklich interessiert waren, es war ihnen ganz egal, wen es dabei traf. Keine schöne Geschichte, aber Shimon hat ja für den Untergrund gearbeitet und dann Josef Sznaider genannt, weil der sowieso, wie sagt man, auf der Abschussliste stand und auch eine Gefahr für das ganze Ghetto darstellte …«

In einer schlimmen Ordnung wird der Mensch nicht besser, die Kapos nicht, die Blockältesten nicht, Simon Katz nicht.

Am allerwenigsten Fritz Lehmann selbst.

»Es hat dann noch eine Weile gedauert, bis Sznaider tatsächlich festgenommen wurde, aber dann hat er es genauso gemacht, Lipzer viel Geld gegeben und einen Namen genannt, jemand, der für ihn kleine Dienste erledigt hat im Ghetto und außerhalb, nur dass dieser arme Mensch dann *kein* Geld hatte, um sich freizukaufen, und nach Auschwitz kam.«

»Und das war …«

»Ja, das war Itzhak Klein. Und deshalb hatte Shimon auch immer ein schlechtes Gewissen ihm gegenüber, weil er ihn sozusagen mittelbar in die Todesfabrik gebracht hat. Er und sein Bruder Avram, der natürlich von der Geschichte wusste, haben ihn viel eingeladen hier in München. Shimon hat auch Sznaider gegenüber ein schlechtes Gewissen, nicht so viel, weil das ja eigentlich kein guter Mensch war, er hat aber trotzdem immer seine Transporte von Sznaiders Firma machen lassen, Mehl und Zucker über ihn bestellt und so weiter.«

»Wissen Sie … Was wissen Sie sonst noch von Klein?«

»Das war, man kann sagen: ein armer Hund. Seine Mutter ist Opernsängerin gewesen, sie kam aus Kowno, ist aber als sehr junges Mädchen nach Warschau gegangen. Als sie dann aber sehr krank wurde und ihre Stimme verlor, heiratete sie einen, wie sagt man, Händler für Musikinstrumente und Noten …?«

»Musikalienhändler.«

»Ja, genau. Ich habe ihn nicht persönlich gekannt, aber er soll ein ganz netter Mensch gewesen sein, natürlich eigentlich zu unbedeutend für so eine extravagante Frau, und sie hat ihn wohl nur geheiratet, weil ihre Eltern gestorben waren und sie keinen Pfennig Geld mehr hatte, das muss sie ihm bei jeder Gelegenheit zu spüren gegeben haben. Ihre große Hoffnung war dann ihr einziger Sohn Itzhak, dem hat sie Klavierunterricht geben lassen und ihn dann auch ans Konservatorium geschickt, sie dachte wohl, das wird der neue Chopin, und sie ist dann die Mutter dieser Berühmtheit.«

Lehmann nickt. Ja, einiges davon hat ihm Klein schon selbst erzählt, nur hat er damals vor lauter schlechtem Gewissen nicht so richtig zugehört.

»Wollte er denn selbst nicht der neue Chopin werden?«

»Er hat mal erzählt, das ist selten, dass er was erzählt, wissen Sie, aber ich kenne die Geschichte von den anderen, er hat also mal erzählt, dass er lieber Ingenieur geworden wäre, auch wenn er viel Talent für das Klavierspiel hat, er macht jetzt ja auch immer bei den Amerikanern mit …«

Ja, Talent hat er … aber er hat so wenig Musiker werden wollen wie Lehmann Bauer. Und, wahrscheinlich, wie Abraham Katz Altkleiderhändler …

»Und dann … sind die Deutschen gekommen?«

Hirsch lächelt.

»Die Geschichte haben Sie jetzt wohl schon oft gehört, was? Ja, dann sind die Deutschen nach Polen gekommen, und Itzhak ist nach Kowno zu Verwandten, genau wie ich, natürlich war seine Mutter besonders unglücklich über diese Entwicklung …«

»Und er?«

»Ich denke, nicht so unglücklich. Er war ja ohnehin noch sehr jung, siebzehn vielleicht, und er hatte auch andere Dinge im Kopf …«

»Mädchen?«

»Oh, nein! Den hat man nie mit Mädchen gesehen, er hat auch nie davon gesprochen, immer bloß von Technik, das war sein Leben. Von Raketen, die man bauen wird, um damit zum Mond zu fliegen und so einen Unsinn, wenn Sie wissen, was ich meine.«

»Na ja, Jungs sind eben so …«

»Mit dreizehn, vierzehn sind Jungs vielleicht so, aber wenn sie älter werden, eigentlich nicht mehr.«

»Haben Sie Klein schon in Warschau gekannt?«

»Gott bewahre! Ich habe nicht in Kreisen solch gebildeter Menschen verkehrt, nein, nein, wir haben uns sozusagen erst im Zug nach Kowno kennengelernt.«

»Und dort?«

»Nun, dort sind ja auch irgendwann die Deutschen gekommen, und seine Verwandten sind gleich zu Beginn der ganzen Geschichte von den Weißbändern umgebracht worden, Sie wissen, wer das war?«

Lehmann nickt, die litauischen »Patrioten«.

»Er hat natürlich nie darüber geredet, aber ich glaube beinahe, dass dadurch eine Last von seinen Schultern gefallen ist, so schrecklich das klingen mag, aber alles in allem hat die ganze Geschichte bedeutet, dass er keine Klavierstunden mehr nehmen und der neue Chopin werden musste … ich glaube, die Arbeit mit den Autos hat ihm auch ganz gut gefallen, und er hat sich gut zurechtgefunden im Ghetto, hat angefangen, mit schlechten Menschen Umgang zu haben, Leuten wie Josef Sznaider. Und das hat ihn am Ende dann nach Auschwitz gebracht.«

Lehmann hat schweißnasse Hände. Und da, was war da, in Auschwitz …?

»Hat er je darüber geredet?«

»Nein … Wissen Sie, wenige haben darüber geredet, anfangs schon, jedenfalls einige, aber es hat niemand zuhören wollen, und Itzhak Klein ist ja auch erst 1946 nach München gekommen, nach dem Massaker von Kielce.«

»Von was?«

»Oh, das ist auch keine schöne Geschichte. Nachdem Auschwitz und die anderen Lager befreit waren, sind viele polnische Juden zuerst nach Polen zurück. Kleins Eltern waren zwar auch umgekommen, aber aus irgendeinem Grund ist er trotzdem nach Warschau gegangen, jedenfalls hat er das gesagt.«

»Und dieses … Massaker?«

»Ah ja, das war so, dass in Kielce, das ist eine Stadt in Polen, falls Sie es nicht wissen, Christen gesagt haben: Die Juden saufen unser Blut, man kennt ja diese Geschichten, und dann hat man neunzehn Menschen aus dem Fenster auf die Straße geworfen und getötet, da haben dann viele Juden gesagt, sie wollen nicht mehr bleiben in Polen und sind hierher in die amerikanische Zone gekommen, auch Itzhak Klein.«

Da stimmt was nicht: Klein hat ihm doch von dem Todesmarsch erzählt, und den Landsberger DPs zufolge hat er bei Moll eine Betonspritze bedient, also muss er zusammen mit Dr. Salkind und den anderen aus Auschwitz, die wussten, was ein richtiges Konzentrationslager war, schon '44 nach Kaufering gekommen sein. Lehmann weiß aber plötzlich, warum Klein 1946 wahrscheinlich wieder in Polen war. Er muss vor Gericht zu Mühlfenzels Gunsten ausgesagt haben.

»Aber warum ist er dann bloß wieder zu Sznaider?«

»Nun, man hat sich eben getroffen, das ist oft passiert hier in München, dass man am Isarufer am Deutschen Museum war oder am Sendlinger Tor, und einer hat gesagt: Kennst du mich nicht mehr, wir waren doch in Kowno zusammen oder in Buchenwald oder in Dachau oder bei BMW, und man hat Wiedersehen gefeiert. So muss das auch bei Sznaider und Klein gewesen sein, nur dass man nicht gefeiert hat, sondern der Klein hat gesagt: Du schuldest mir was, gib mir ein Geld, gib mir eine Arbeit …«

Du schuldest mir was … ein Geld, eine Arbeit – sonst noch was …?

»Einfach so, ich meine, er hat sich nicht … gerächt?«

»Sehen Sie, die meisten von uns haben hinterher nicht viel an Rache gedacht, man war ja froh, dass man mit heiler Haut aus der Geschichte herausgekommen war. Es ist ja auch so gewesen, dass die Juden nicht selbst daran schuld waren, dass die Deutschen sie ins Ghetto oder ins KZ gesteckt haben, wo sie manches angestellt haben, das sie unter normalen Umständen vielleicht nie angestellt hätten. Und wir hatten natürlich Hoffnungen, dass die Amerikaner die Deutschen hart bestrafen würden, aber so ist es eben nicht gekommen, und man hat also seine Arbeit gemacht. Und macht sie noch immer.«

Klein ist höflich und schüchtern.

Klein hatte nie was mit Mädchen.

Was wohl aus Klein geworden wäre, wenn die Umstände normal geblieben wären …?

Aber Klein war in Auschwitz.

Und '46 war Klein wieder in Polen.

Sznaider schuldet Klein etwas.

Etwas Großes. Etwas, das Auschwitz aufwiegt.

Irina Stepaschkin hat in dem Haus gearbeitet, das Sznaider mit Kognak beliefert hat.

Klein hat die Lieferung mit seinem Lkw ausgeführt.

Lehmann muss ihn nur noch *finden* …

»Haben Sie von ihm gehört in letzter Zeit? Wissen Sie, wo er wohnt?«

»Nun, so oft habe ich ihn ja auch nicht gesehen, wie schon einmal gesagt, ich gehe nicht viel aus mit den anderen, und in letzter Zeit sowieso nicht. Er hat mich auch nie besucht hier. Shimon war neulich da und hat etwas von einem Unfall erzählt, und dass Sznaider jetzt nach Kanada gegangen ist, oder es war New York, ich bin mir nicht sicher …«

»Jaja, ich weiß …«

Los, mach … mach schon …

»Ah, Sie wissen! Na, Sie sind ein guter Polizist bestimmt … sagen Sie, was wollen Sie denn eigentlich von Itzhak?«

»Er hat was Schlimmes angestellt.«

»Sehr schlimm?«

»Sehr schlimm.«

Hirsch überlegt einen Moment, nu mach doch, mach schon, bitte …

»Na ja, ein armer Hund, wie gesagt, den man immer nur getreten hat. Mir fällt jetzt doch ein, dass ich mal etwas reden gehört habe, nämlich, er sei in Auschwitz der Liebling eines Homosexuellen gewesen, des Blockältesten, ein Holländer, soviel ich weiß. Man hat wohl sogar ein Klavier für ihn organisiert, und er musste wieder spielen, der Blockälteste war offenbar ein großer Freund der klassischen Musik … Leider weiß ich aber gar nicht, wo Itzhak wohnt. Shimon sagt immer: Den sieht man nur in seinem Lkw, allerdings … wenn ich es recht überlege, hat der Lkw ja eigentlich Sznaider gehört, also weiß ich nicht, ob das jetzt auch noch der Fall ist …«

»Sie haben wirklich keine Ahnung?«

»Shimon könnte es wissen, den müssen Sie fragen!«

Bis übermorgen warten? Lehmann kann sich beherrschen … Beziehungsweise eben nicht, jetzt hat er den fast, jetzt muss er den haben, also schwingt er sich wieder in den MP-Jeep, nimmt noch eine Bennie und lässt sich ins Präsidium fahren, wenn ihm Kollege Hölzl oder Oberinspektor Hellweg über den Weg laufen, hat er eben Pech gehabt.

Das zentrale Melderegister befindet sich sowieso weit weg vom K1 und allem, was dazugehört. Lehmann füllt ein Formblatt mit der Nachfrage aus, wer fragt an?, natürlich Agent Myers vom CID, dann muss er warten, während der städtische Angestellte umständlich in den großen Karteikästen nach Klein, Itzhak oder Isaak, geboren in Warschau/Polen, sucht.

Vorne am Tisch sitzt eine Sekretärin und wühlt in irgendwelchen Akten herum.

»Sagen Sie, Leonhard Moll, lebt der noch? Der von der Baufirma?«

Sie hebt nicht mal den Kopf. Aber sie hat ihn gehört.

»Bittschön?«

»Leonhard Moll, von der Baufirma …«

»… die dieses Gebäude errichtet hat?«

Aha.

»Kann sein, weiß ich nicht. Die Firma hat aber noch andere Sachen gebaut.«

Da guckt die aber.

»Der alte Herr Moll ist bereits 1945 gestorben.«

»Was war das für einer, wissen Sie das?«

»Einer, der den städtischen Altersheimen kurz vor seinem Tod einen großen Teil seines Privatvermögens vermacht hat. Warum fragen Sie?«

»Nur so.«

Am Ende werden sie noch Straßen nach dem benennen.

Der Angestellte kommt mit Itzhak Kleins Karteikarte zurück.

»Sie haben Glück, eigentlich müssten Sie wegen der Person zur DP-Registratur, aber weil er eine Adresse in der Stadt hat, führen wir ihn auch.«

Lehmann reißt ihm die Karteikarte fast aus der Hand: Itzhak Klein, 1946 gemeldet in der Wörthstraße 85 in München 80, das ist Haidhausen, bei Zalewski. Und dann sieht er das Geburtsdatum: 10. April 1922.

Irina Stepaschkin war sein Geburtstagsgeschenk.

*

Das Haus in der Wörthstraße liegt am stadtauswärtigen Ende der Straße, in der Nähe dessen, was die Flying Fortresses und Lancasters vom Ostbahnhof übrig gelassen haben. Bei Zalewski macht eine dicke Frau mit Brenneisenfrisur auf, zwei oder drei Kinder hängen ihr an der Schürze, kauen an den Fingernägeln und glotzen das Wort Stumpfsinn in die Welt, aber Lehmann macht sich nicht viel daraus und fragt unhöflich und mit Quarterback Smith und Mighty Max Kemp im Rücken, ob Itzhak Klein zu sprechen ist.

Da wird die aber nervös.

»Ach, der Herr Klein, ach Gottchen, nee, watt soll ich Ihnen da sagen …«

Lehmann hat mit Schwarzgelockten gerechnet, wegen des Nachnamens, aber dem Tonfall nach kommt die Frau aus Westdeutschland.

»Abgemeldet ist er jedenfalls nicht von dieser Adresse.«

»Ja nu, wissense, datt war ja nu so, datt wir wenig Platz haben wegen den Kindern, und mein Mann hat keine Arbeit, und dann hat datt Wohnungsamt uns den reingetan, also so will ich datt auch nich sagen, auf den Herrn Klein, da lass ich nix kommen, der konnte da ja nix für, für datt Wohnungsamt, mein ich, wat der immer höflich war und bescheiden, dabei is datt einer von denen, also ich meine, na, Sie wissen schon, watt ich meine ...«

»Könnten Sie mir wohl einfach sagen, ob Herr Klein hier noch wohnt oder nicht ...!?«

»Doch, schon ... aber eigentlich auch nich ...«

»Ich kann ganz gut deutsch reden und auch verstehen, wissen Sie, nur klar und verständlich muss es sein. Und Ihr Wohnungsamt interessiert mich nicht.«

Und Zalewskis fettes Fleisch ward zum Wort, das da heißt: Erleichterung.

»Ja, wir haben datt ja eigentlich auch bloß so n bissken vergessen, nä? Das dem Wohnungsamt zu melden, meine ich. Der Herr Klein is denn nämlich hier sozusagen ausgezogen ...«

»Wissen Sie, wohin?«

»Na ja, der hat sich da so n kleinet Refugium, will ich mal sagen, hat er sich geschaffen da hinter dem Ostbahnhof, wissense, da hinten in der Neumarkter Straße, wo die Reichsbahnwerkstätten den Volltreffer abgekriecht haben, da hat er sich so ne Art Hütte gebaut, könnte man sagen, bissken versteckt, datt nich gleich jeder ihm in die Suppe spucken kann, weil das ja für ihn auch nich auszuhalten war mit den ganzen Leuten hier in der Wohnung, den Kindern vor allem, aber eine Cousine von meinem Mann wohnt auch hier mit ihrem Ehemann, und er hat ja vorhin noch gesacht, als er da war ...«

Lehmann ist schon halb die Treppe hinunter und brüllt seinen Schneeglöckchen »Let's go boys!« zu, um so schnell wie möglich in die Neumarkter Straße zu gelangen, als er begreift, was die Frau mit den Brenneisenlocken da gerade von sich gegeben hat.

»Was sagen Sie da? Wer war da?! *Wer*?!?«

Noch im Reden rennt er die Treppe wieder hoch und rückt ihr auf die Pelle, als wollte er an die Wurst heran.

»Na ja, so n paar Sachen hat er ja noch bei uns stehen gehabt, nä? Mein Mann hat immer gesagt: Dem Isaak, dem kann man doch nix abschlagen, nä, so n feiner Kerl ...«

»Wann war Itzhak Klein hier!?!?!?«

»Na, Sie sind aber nich höflich ... vor zwei Stunden, will ich ma sagen, nä?«

Lehmann rechnet nach: Vor etwa drei Stunden ist er im Großmarkt gewesen und hat mit Hersch Lipowski geredet.

Lipowskis Sohn hat auf die Frage, ob er Itzhak Klein kenne, sehr heftig mit dem Kopf geschüttelt.

Zu heftig.

»*Warum* hat er seine Sachen geholt?«

»Na, er will doch nu endlich auch nach Israel, nä? Wir haben ihm ja noch beide abgeraten, wegen seinen Händen, aber er ließ sich datt ja partout nich ausreden.«

»Wieso, was ist mit seinen Händen?«

»Er hatte doch den Unfall mit dem Lkw, den er sonst gefahren hat. Er war wohl was am Reparieren, und dann war aber die Handbremse kaputt, und der Lkw is ihm über die Hände gerollt, deswegen konnte er ja auch nich mehr arbeiten.«

Uninteressant.

Viel wichtiger: Itzhak Klein will nach Israel abhauen.

Aber wie will er das heute noch schaffen? Man braucht Geld dafür, man muss auf irgendeiner Liste der UNO stehen, damit man in einem bestimmten Transport mitfahren kann, es sei denn … es sei denn, man hat so viel Geld, dass man sich einen Platz einfach kaufen kann, so viel Geld, wie Josef Sznaider es haben könnte, der bei aller Bosheit, die ihm die Leute nachsagen, doch eine Art von schlechtem Gewissen haben muss, ein ganz furchtbar schlechtes Gewissen … Oder aber es handelt sich um einen Teil von Mühlfenzels Professorengehalt, mit dem der Pathologe seinem alten Assistenten aus Auschwitzer Zeiten unter die Arme gegriffen hat, weil der in Polen für ihn ausgesagt hat. Eine Hand wäscht die andere.

»Hat er was von einem Zug gesagt? Von einer Abfahrtszeit?«

Die Kinder fangen an zu quengeln, und die dicke Frau Zalewski schimpft und gibt ihnen ein paar Ohrfeigen, damit sie sich wieder beruhigen. Ob so alles anfängt?

»Ja, er war ja sehr in Eile, aber ich glaube, er hat watt von einem Zug gesagt, ja, der müsste so …«

Sie dreht sich um. Im Flur hinter ihr hängt eine Wanduhr, die halb eins anzeigt. Zeit für ein Mittagsschläfchen.

»Ja, jetzt um diese Zeit sollte der fahren, glaube ich …«

Lehmann ist schneller die Treppe herunter, als man »Auf Wiedersehen« sagen könnte, c'mon, let's go, move it!, wenn sie sich beeilen, können sie es vielleicht in einer Viertelstunde nach Freimann schaffen, das ist kein regulärer Zug, der wird vielleicht nicht pünktlich losfahren, der fährt bestimmt nicht pünktlich los, der *darf* einfach nicht pünktlich losfahren ... Der Jeep springt ausnahmsweise sofort an, Mighty Max grinst sich eins und steckt das Notlicht auf den dafür vorgesehenen Ständer, bei den Amis ist es orange, nicht blau, und die Sirene geht auch nicht tatü-tata, sondern wuuii-wuuii, wie ein tollwütiger Hund, der den Mond anheult, wie ein Wolfsrudel, das in einem Wodkasee gebadet hat, einen Heidenlärm gibt das, und mit dieser schnittigen Begleitmusik rasen sie durch Haidhausen und den Rosenheimer Berg hinab, über die Isar, dann rechts in die Steinsdorfstraße, immer geradeaus die Isar hinunter, die Ruinen der Stadt München stehen Spalier für sie wie einst die Berliner für Rosemeyer im Silberpfeil auf der Avus, dann links durch den Englischen Garten, fehlt bloß noch, dass Glenn Miller *American Patrol* dazu spielt, aber ein Radio hat der Jeep nicht, obwohl man das jetzt öfter sieht bei den amerikanischen Zivilautos, dann Leopold- und Ungererstraße hoch bis zum Dieselplatz, wo es links ab zum Güterbahnhof Freimann geht, rechts ab liegt der Nordfriedhof mit dem Parteigenossenlager, in dem von Lederer interniert ist, links ab der Israelitische Friedhof und die Funkerkaserne, die jetzt »Jewish Resettlement Center Freimann« genannt wird, mit den Bauarbeiten für einen eigenen Gleisanschluss soll demnächst begonnen werden, aber noch müssen die Auswanderer über die Freimanner Straße zum nördlich von der Kaserne gelegenen Güterbahnhof gehen, und dort rollt er jetzt gerade ein, der Zug, der nach Genua oder Marseille fahren wird, am Mittelmeer geht es dann auf das Schiff ins Heilige Land, wo die Araber nur auf einen warten, man ist noch lange nicht abgefahren, man hat ja auch Zeit, man hat keinen Fahrplan, und lauter Leute stehen davor, warten und umarmen sich und lachen und sind guter Dinge, die einen fahren jetzt, die anderen werden bald nachkommen.

Warum hat Klein ihm die Hand gegeben?

Smith bringt den Jeep mit quietschenden Reifen zum Stehen, und sie springen alle drei heraus wie ein Haufen Fallschirmjäger, die Kreta erobern wollen beziehungsweise die Normandie, schnell vor zu den

Gleisen, ein paar andere MPs stehen herum und passen auf, dass nichts passiert, aber weil sie Smith und Kemp sehen, denken sie sich nichts Böses und rufen bloß »Hey, what's up, fellas?«, worauf es aber keine Antwort gibt, weil sie sich schon durch die Menge der Wartenden arbeiten, Lehmann immer vorneweg, er sucht das Gesicht Kleins im Meer der Gesichter, der ist es nicht, der auch nicht, der schon gar nicht, los, weiter, c'mon, boys, gleich wird er einsteigen und München auf ewig Lebwohl sagen, gleich ist es zu spät …

»Fritz, we can't kill this guy in the middle of four hundred people!«

Warum denn nicht, warum denn nicht, was will denn Sergeant Smith da plötzlich, hat der vielleicht Bedenken, aber der wird ja gar nicht schießen, Lehmann wird schießen, ihm ist das jetzt alles ganz egal, sollen sie ihn doch einbuchten und vor Gericht stellen hinterher, dann ist endlich alles aus und vorbei, geht er eben ins Loch, seinetwegen können sie ihm auch eine Schlinge um den Hals legen wie Höß in Auschwitz, verdient hat er es allemal, aber erst muss er das Scheusal aus der Welt schaffen, das Monstrum, den Teufel, den Deutschland in seiner Verrücktheit sich erschaffen hat …

»You guys are *sick* …! I can't go along with this anymore!«

Washington ist stehen geblieben. Es ist das erste Mal, dass er sich überhaupt in dieser Angelegenheit äußert, und an der Art, *wie* er sich äußert, kann man sehen, dass es bei diesem einen Mal bleiben wird.

»This is *murder*! We are *policemen*! We don't just go around *killing* people, even if they've committed crimes … they got *courts* to deal with these people!«

Und so dreht sich Washington Lafayette Smith, dessen Eltern an die amerikanische Revolution geglaubt haben in ihrem Erdloch in Alabama, *We the people*, *We hold these truths to be self-evident*, Washington Lafayette Smith, der nur ein Polizist sein und keine Menschen umbringen will, der am Ende tatsächlich noch an Gerichte und an die Justiz glaubt, der dreht sich um und geht zum Jeep zurück, na, dann geh doch, wenn du glaubst, dass den irgendein Gericht der Welt verurteilen würde, ich bin der Jäger, und ich bin der Richter, und ich bin der Henker, es geht nicht anders, denn das ist mein Scheusal, das ist mein Monstrum, das ist mein Teufel, den muss ich aus der Welt schaffen, und niemand sonst …

»Herr Kommissar! Sie haben mich also doch noch gekriegt …«

Lehmann wirbelt herum: Itzhak Klein steht direkt vor ihm im altmodischen Anzug mit Knickerbockern, eine ungewöhnlich breite Reisetasche im Arm, eng an den Körper gehalten, Schiebermütze auf dem Kopf, die Hände bandagiert, die Linke nur halb, damit hält er die Tasche, die Rechte ist ganz eingewickelt.

Lehmann fasst an sein Schulterholster.

»Is this him, Fritz?«

Er nickt.

Kemp macht seine Revolvertasche auf, die seitlich am Gürtel hängt, und stellt sich breitbeinig neben ihm auf.

Klein lächelt wieder so wie an dem Abend im Deutschen Museum, vielmehr: im Konzertsaal des Deutschen Museums, vielmehr: auf der Straße vor dem Konzertsaal, so freundlich und höflich, als wollte er sagen: Ich vergebe Ihnen, Herr Kommissar, auch dieses Mal vergebe ich Ihnen.

Dann stellt er seine Reisetasche ab und hebt die Hände nach oben, es ist schwer zu sagen, ob er sich ergeben will oder bloß die Verbände herzeigen; Lehmann fasst den Colt New Service am Griff und zieht ihn halb aus dem Holster heraus.

Niemand kümmert sich um sie. Ein Deutscher und ein amerikanischer Militärpolizist, die sich von einem jüdischen Freund verabschieden, der nach Israel geht.

»Wissen Sie, sind ja immer gewesen meine Hände, und jetzt taugen sie zu gar nichts mehr … die Ärzte sagen: die Linke, na ja, aber die Rechte? Wird steif bleiben, und Klavier spielen werde ich wohl nie wieder, nur noch einfache Arbeiten machen …«

Nichts wirst du mehr machen können, weder schwierige Arbeiten noch einfache …

»Aber so ist sicher am besten … als ich ankam in Auschwitz, da hat man auch angeschaut meine Hände, wie schon in Kowno, an der Rampe beim Bahnhof war es, das war ein Arzt, der ist jetzt auch hier in München, vielleicht kennen Sie ihn, und der hatte ähnlichen Humor wie Obersturmführer Jordan in Kowno. Denn er hat gefragt: Was für einen Beruf haben Sie?, rufe ich also: Automechaniker, weil ich das ja gelernt hatte in Kowno, da schaut er sich an meine Hände und sagt: Nein, bei mir sind Sie *Chirurg* …! Und so bin ich also geworden Chirurg, was ja schon der dritte Beruf war in meinem Leben, und ich war nicht einmal zwanzig Jahre alt …«

Nur noch ein paar Zentimeter, dann hat Lehmann den Revolver draußen …

»Und jetzt möchte ich aber, dass niemand mehr anschaut meine Hände und sagt: Du bist dieses und jenes und musst das und jenes machen, denn ich möchte gehen nach Israel und etwas machen, an dem ich hab eine Freud, und das ich will allein, und deshalb habe ich auch kaputt gemacht die Bremse vom Lkw und gewartet, bis er drüberfährt, verstehen Sie?«

Lehmann hat das Gefühl, ein dickes Seil würde sich um Hals und Brust und Schultern legen und immer enger werden, so muss es Höß vor den Baracken von Auschwitz gegangen sein '46, denn er weiß mit einem Mal, warum Klein ihm die Hand gegeben und gelächelt hat, der hat wohl was geahnt, oder vielleicht hat er auch einfach in seine, in Lehmanns Augen geschaut und dort was gesehen, *I have seen something*, und deshalb hat er gelächelt und wusste schon, was los war, niemand kann das verstehen, der es nicht erlebt hat, und deshalb will ich Ihnen vergeben, weil ich nicht den ersten Stein werfen möchte, wie es Ihr Jesus Christus gesagt hat, der ja im Übrigen auch einer von uns war … und da weiß Lehmann, dass er nicht schießen wird, denn das Vierte ist ja: Du bist der andere; er weiß aber auch, dass er schießen *muss*, da kann Washington Lafayette reden, was er will, das ist ein Monstrum, ein Scheusal, ein Teufel, der hat sich Irina Stepaschkin zum Geburtstag schenken lassen und sie zu einer Anatomiestudie gemacht, wie es ihm Mühlfenzel in der Pathologie von Auschwitz beigebracht hat, kunstgerechte Schnitte hat er da gelernt, wenn er mit Klein fertig ist, wird er sich den Herrn Professor vornehmen, der es nicht weniger verdient hat zu sterben; aber er wird mit Klein nicht fertigwerden, denn dann müsste er auch mit sich selbst fertigwerden, und mit sich selbst will er nicht fertigwerden, er kann nicht schießen, und er kann nicht *nicht* schießen; er will aber eigentlich überhaupt nicht mehr schießen, denn es gibt doch auch einen Fritz Lehmann tief in ihm drin, der lieber Washington Lafayette Smith sein und die Hüften zur Niggermusik wiegen und an das Gute im Menschen und die Gerechtigkeit glauben möchte, derselbe Lehmann, der ihn schon im Wald von Sarny in die dunkelste Dunkelheit gezogen hat, bevor er mehr als drei erschießen konnte, oder vielleicht war das ja auch bloß der erste Ekel gewesen seinerzeit, vielleicht hätte er sich ja mit der Zeit dran gewöhnt, an den See aus Blut und das schwere MG, und vielleicht sind es jetzt auch nur die Tabletten und die zwei Tage ohne Essen und Schlaf, wegen denen ihm genau wie damals schwarz vor Augen wird und die ihm die Beine unter dem Leib wegziehen, und er fällt ja auch nicht in einen See aus Blut im Wald von Sarny, sondern bloß auf den harten Kies am Bahngleis des Güterbahnhofs Freimann in der bayerischen Landeshauptstadt München, inmitten von fröhlichen Menschen, die noch mal davongekommen sind und nach Israel auswandern, und er denkt noch: Die machen das richtig, die in Landsberg, die nehmen den ganzen Schlamassel und tun ihn auf die Bühne und lachen darüber, das ist wohl die einzig mögliche Antwort – darüber zu lachen …

*

Als er wieder zu sich kommt, ist der Zug abgefahren, und der kleine amerikanische Arzt aus dem jüdischen Krankenhaus in der Mühlbaurstraße beugt sich über ihn.

»Look here, he's coming back to life …!«

Lehmann will gleich wieder hoch, ich muss den doch, nee, ich kann den gar nicht, wo ist der denn hin, aber der Arzt drückt seinen Kopf gegen den Mehlsack zurück, auf dem er gelegen hat, und Lehmann merkt langsam, wo er sich überhaupt befindet: auf der Verladerampe des Güterbahnhofs, wo Stapel von Mehlsäcken herumliegen, die wohl irgendwohin verschickt werden sollen.

»Seien Sie froh, dass der Joint immer einen Arzt mit hierher schickt, wenn ein Transport losgeht, look at the state you're in …!«

Er gibt Lehmann eine kleine weiße Pille und ein Glas Wasser, dabei zeigt er auf Kemp und Smith, die sich in ein paar Schritten Entfernung auf einem anderen Säckestapel langmachen und rauchen.

»Your MP cronies told me about your bennie habits. Sie sollten sich was schämen! Wenn Sie mal eine oder zwei Benzedrin nehmen, mein Gott, aber zwei Tage nur von Pillen leben, *Jesus Christ*! Und jetzt nehmen Sie mal meine Medizin und go home and get some sleep! Wenigstens sind Sie allgemein ganz gut ernährt for a German …«

Lehmann schluckt die Pille runter, kriegt das Wasser in die falsche Röhre und muss fürchterlich husten. Der Arzt klopft ihm auf den Rücken.

»There, there … Sie sind wohl auch so ein dummer Kerl, der sich für unbesiegbar hält, was …?«

Nein, Herr Doktor, das nun ganz bestimmt nicht …

Er versucht zu sprechen. Erst kommt bloß so ein heiseres Krächzen dabei heraus, wie eine Saatkrähe hört er sich an, aber nach ein paar Anläufen geht es doch einigermaßen.

»Wo ist er … where did he go?«

Kemp zuckt mit den Achseln.

Klein sitzt in dem Zug. Mighty Max hat vielleicht eine große Klappe, wenn es gegen die Juden geht, aber wenn es dann drauf ankommt, braucht er jemanden, der ihm einen Befehl gibt, sonst verliert er den Überblick. Das Scheusal, das Monstrum, der Teufel, den die Deutschen geschaffen haben, der sitzt jedenfalls im Zug nach Genua oder Marseille, auf dem Weg in ein neues Leben. Fritz Lehmann hat seine Gelegenheit gehabt, jetzt ist sie vorbei.

Vielleicht erwischen ihn ja die Araber.

Oder die eigenen Leute.

Vielleicht wird er aber auch für den Rest seines Lebens Rosen züchten oder israelische Weltraumraketen konstruieren und nie wieder ein Skalpell benutzen, weil die Hände es nicht mehr richtig halten können, um damit kunstgerechte Schnitte auszuführen.

Vielleicht findet er aber auch eine andere Art, Gott, der Herr, zu sein, vielleicht hört man niemals damit auf, wenn man einmal angefangen hat, vielleicht tötet man, bis man alt und grau ist, weil man auf das Gefühl nicht mehr verzichten kann.

Du sollst nicht töten.

Was ist das?

Das ist … ja, was ist das, Herr Doktor Luther? Bloß so eine jüdische Gefühlsduselei? Ein dummer Witz?

Nein.

Wer sich daran nicht hält, der ist kein Mensch mehr.

Und er, Fritz Lehmann, hat wieder dagegen verstoßen wollen, bei vollem Bewusstsein, er hat Jäger, Richter und Henker in einer Person sein wollen, bloß weil er Itzhak Klein, der ja auch ein Mensch ist, trotz allem, was er getan hat, zu einem Scheusal erklärt hat, zu einem Monstrum und Teufel, einem Tier, das man erlegen kann ohne Schuld.

Er kommt nicht von der Stelle.

Was muss er denn noch tun, damit endlich aus ihm selbst ein Mensch wird?

Große Fragen, Herr Pastor, und der Kopf ist man bloß so klein …

*

Viel zu tun gibt es nicht mehr. Er fährt mit Kemp und Smith zu dem Ruinengelände in der Neumarkter Straße, wo sich Klein sein – wie hat die Zalewski sich ausgedrückt – Refugium geschaffen hat. Hier ist noch kein einziger Stein weggeräumt worden, man muss über Berge von Ziegeln und verbogenen Stahlträgern und Überresten von Maschinen steigen, bis man zu einer Art Mulde im Schutt kommt, die man von der Straße aus nicht einsehen kann, und im Rest des Reichsbahngeländes sind die Schienen kaputt, da kommt auch niemand mehr hin, da hat man seine Ruhe, und da hat also Itzhak Klein gewohnt wie ein wildes Tier und war doch ein Mensch, ein armer Hund, der immer nur getreten wurde.

Ein Bretterverschlag schließt den Hohlraum unter einem großen Stück Stahlbeton nach außen hin ab, das ist also die Höhle des wilden Tieres, des armen Hundes; die Tür ist mit einem Vorhängeschloss abgesperrt, aber Washington Lafayette Smith, der aus einem Erdloch in Alabama kommt, aber eine höhere Moral hat als das ganze christliche Abendland zusammen, reißt nur einmal kurz daran, und die ganze Tür fliegt aus den Angeln.

Sehr sauber ist es innen, trotz der ganzen Zerstörung drumherum, ganz wie man es von Itzhak Klein erwartet hätte, ein Blumentopf vor dem Fenster, dazu ein paar hübsche Gardinen, schöne alte Möbel, wohl irgendwo mit dem Lkw unterwegs aus den Ruinengrundstücken zusammengeklaubt und repariert, geschickte Hände hat er ja, oder besser: hatte er, die Stühle stehen alle akkurat in Reih und Glied wie auf dem Kasernenhof, oder besser: wie auf dem Appellplatz vom KZ, sogar das Bett, eine alte Feldpritsche mit amerikanischen Decken drauf, hat er noch gemacht, bevor er gegangen ist, auch ein Klavier gibt es, und

Lehmann kann sich nicht erklären, wie das wohl hierhergekommen ist, ohne dass Klein jemand dabei geholfen hat; auf einem kleinen Beistelltisch neben dem Instrument liegen ein paar alte Ausgaben der *Down Beat*, zuoberst die Ausgabe vom März mit Kay Starr auf dem Titelbild, und daneben ein Stapel alte, abgegriffene Noten, das müssen die sein, die der amerikanische Soldat Klein geschenkt hat, eine der Partituren ist im Notenhalter des Klaviers befestigt, Lehmann hebt sie hoch und liest: von der Remick Music Corporation in New York, geschrieben haben das Stück Henry Creamer und Jimmy Johnson, ein Ukulele-Arrangement ist auch mit dabei, und die ersten Worte unter den Noten lauten: »If I could be with you, one hour tonight …«

Er liest aber nicht weiter, denn hinter dem Klavier steht eine Schneiderpuppe, ein Stück Frau, oder besser: das Modell davon, man kann den Busen erahnen, die Beine fehlen aber und auch der Kopf, wie das bei Schneiderpuppen so üblich ist, das Ganze wird von einem Ständer aus Metall gehalten, der fest mit einer gusseisernen Scheibe auf dem Boden steht, man kann das aber alles nicht so genau sehen, weil die Puppe rosa Unterwäsche trägt und darüber ein Kostüm aus blauem Wollstoff, wenn man genau hinsieht, kann man ein feines Fischgrätenmuster erkennen, Rock und Jacke aus demselben Stoff, oben auf dem Klavier liegt noch ein turbanförmiger Hut, so was ist vor Jahren modern gewesen, bloß oben auf der Schneiderpuppe ist nichts mehr, auf das man den Hut hätte setzen können, es muss aber etwas dort gewesen sein, denn man sieht Spuren von eingetrocknetem Blut auf dem Halsansatz, um den eine Kette liegt, ein großer grün-weiß gestreifter Stein hängt daran, und ja, der ist wirklich ausnehmend hässlich. Lehmann denkt an die breite Reisetasche, die Klein am Bahnhof so innig umklammert gehalten hat, und möchte für einen Moment wieder Jäger, Richter und Henker sein, aber das geht schnell vorbei. Am Boden steht ein brauner Koffer, aus Vulkanfiber, oder wie hat Sergei Stepaschkin sich ausgedrückt, da sind sicher die restlichen Kleider seiner Tochter drin. Armer Sergei, der wird nie erfahren, was man mit ihr angestellt hat, und auf dem Klavier liegt neben dem Hut noch eine Schachtel, als Lehmann die aufmacht, findet er Stücke von einem Material wie Leder oder Pergament, bräunlich und halb durchsichtig, und auf einem davon sieht man, dass Irina Stepaschkin offenbar eine kleine Tätowierung am Oberschenkel hatte.

Nicht mal Sergeant Kemp sagt etwas.

Sergeant Smith holt schließlich den Reservekanister von der Scheißkarre, deren Scheißmotor mal überholt werden muss, und verteilt ihn über die ganze Sauerei. Lehmann macht ein Streichholz an und wirft es von außen in den Verschlag hinein, die Flammen schießen nach oben, bald wird nichts mehr davon übrig bleiben als ein Aschenhaufen inmitten einer Trümmerwüste.

Und bald wird auch jemand kommen, um diese Trümmer wegzuräumen, damit das Grundstück wieder bebaut werden kann, denn vor einer Woche haben die Ministerpräsidenten der Länder endgültig den Weststaat beschlossen, und in ein paar Tagen wird auf Herrenchiemsee die angekündigte verfassunggebende Versammlung zusammenkommen, um die Formalitäten zu erledigen, ade Dresden, ade Rostock, ade Stettin sowieso, aber im Westen wird es wieder aufwärtsgehen, dank Professor Erhard und der sozialen Marktwirtschaft.

Vielleicht kümmert sich ja die Firma Moll um alles.

*

Er lässt sich von seinen beiden Schneeglöckchen nach Hause in die Schellingstraße bringen, gibt ihnen Myers' CID-Marke zurück und verabschiedet sich.

»We'll see you around, Fritz. Take care!«

»You fellas take care too …«

Dann legt er sich für zwölf Stunden ins Bett und schläft, wie ihm der kleine Arzt befohlen hat. Am nächsten Morgen aber nimmt er das Buch mit den Zeugenaussagen für Nürnberg und fährt mit der Straßenbahn nach Giesing, zum Wettersteinplatz, wo er wieder lange auf den Bus warten müsste und deshalb das letzte Stück zur Militärregierung hoch zu Fuß geht.

Captain Burke ist anscheinend gerade dabei, sein Büro aufzugeben. Die ganzen Bücher stecken schon in hölzernen Kisten, die im Vorraum, in dem keine Sekretärin mehr zu sehen ist, und im Gang verteilt stehen, und der Special Investigator selbst sitzt im offenen Hemd an seinem Schreibtisch und guckt sich Akten an, die dann auf einem großen Haufen auf dem Bürofußboden landen.

»Ah, Herr Lehmann von der Kripo München … Was kann ich für Sie tun?«

Lehmann setzt sich ungefragt auf den Stuhl mit den Splittern in der Sitzfläche, die ihn jetzt aber gar nicht mehr interessieren, und hält Burke das Buch hin, Crimes against Humanity, Verbrechen gegen die Menschlichkeit, eigentlich müsste es mit »Verbrechen gegen die Menschheit« übersetzt werden, aber der Captain schüttelt nur den Kopf.

»Behalten Sie's nur, vielleicht lernen Sie was draus …«

Lehmann hat mit vielem gerechnet, aber nicht mit dem, was er jetzt hier vor sich sieht.

»Hab ich schon.«

Burke lacht bitter auf.

»Tatsächlich …? Da sind Sie weiter als ich!«

Lehmann weiß nicht, was er darauf antworten soll. Burke guckt ihn noch eine Weile lächelnd an, dann beugt er sich vor.

»In Wirklichkeit wollen Sie wissen, was mit Nowak ist, oder?«

Lehmann nickt.

Burke grinst wie ein Filmgangster, der würde Bogart und Konsorten glatt den Rang ablaufen, wenn ihn Hollywood mal engagiert …

»Lehmann, glauben Sie noch an die amerikanische Demokratie? An das, was Sie in den Lagern gelernt haben? An Freiheit und Gerechtigkeit?«

Lehmann zuckt mit den Achseln, worauf will der denn hinaus?

»Ich nicht mehr. Nicht mehr, seit ich Bescheid weiß …«

Burke lehnt sich zurück und verschränkt die Hände hinter dem Kopf, wirklich filmreif.

»Also, eigentlich dürfte ich Ihnen das natürlich alles gar nicht erzählen, andererseits … ich dachte lange, ich sei nach dem gewaltsamen Kappen meiner Frankfurter Wurzeln durch die Nazis erfolgreich zum Amerikaner geworden, aber das hat sich nun als Trugschluss erwiesen.«

Jetzt ist Fritze Lehmann aber wirklich gespannt …

»Ja, ich habe meinen Abschied genommen, ab nächsten Monat werde ich Major der israelischen Armee sein, da ist mein Loyalitätsgefühl ohnehin nicht mehr besonders stark ausgeprägt.«

Burke lächelt wieder.

»Rede ich in Rätseln? *Meine* Regierung, oder besser gesagt das, was ich bis jetzt für meine Regierung gehalten habe, benutzt bekannte

Nazikriegsverbrecher, um mit ihnen eine geheime Untergrundarmee für den Kampf gegen den Kommunismus aufzustellen, die sich vor allem aus den Displaced Persons aus Russland, den baltischen Staaten und der Ukraine rekrutiert, und in diesem Spiel hat auch Ihr Sturmbannführer Nowak mitgespielt.«

»Hat?«

Burke nickt.

»Wie gesagt, der amerikanische Geheimdienst *weiß*, dass diese Leute im Krieg Hunderte, Tausende, was weiß ich, Millionen von Menschen, von Juden umgebracht haben, aber das ist diesen Leuten egal. Sie sperren ein paar Mitläufer in Freimann ein, damit Ruhestörer wie ich zufrieden sind, aber wer immer für sie nützlich ist, kommt ungeschoren davon. Und sie tun sogar noch mehr: Wenn diese Verbrecher ihre Aufgabe erfüllt haben, zum Beispiel hat wohl dieser Nowak hier in München und in Wien eine Gruppe von Agenten ausgebildet, die in den Osten eingeschleust werden soll oder es schon wurde, das weiß ich nicht so genau, wenn diese Verbrecher also ihre Aufgabe erfüllt haben, dann verschafft ihnen die CIA, wie sie sich jetzt nennen, sie haben auch ein paar Deutsche dabei, die sogenannte Organisation Gehlen, das ist die ehemalige Abwehr der Wehrmacht …«

Jack Lossowitsch hat also nicht gelogen, es gibt diese Leute, und anscheinend machen sie Geschäfte mit ihm …

»… verschafft ihnen also die CIA einen neuen Pass und schleust sie über Genua nach Südamerika, wie ich gehört habe, soll sogar der Vatikan mit in der Geschichte drinstecken. Und unseren guten alten Sturmbannführer Nowak hatte ich kaum festgenommen, als ein paar Typen von der CIA hier aufgekreuzt sind und mir einen von ganz oben unterschriebenen Befehl unter die Nase gehalten haben. Präsident Truman und General Clay hätten Ihren Sturmbannführer nicht retten können, aber die CIA, die hat es gekonnt, von way up high kam der Befehl, da musste ich ihn wieder freilassen.«

Way up high, das hat er doch in Landsberg auch gehört, an dem Tor zu dem Bunkergelände im Wald … ja, das ist jetzt ein anderer Krieg, der wird auch anders geführt.

»Und jetzt ist er sicher schon auf dem Weg nach Argentinien oder Uruguay.«

Lehmann läuft eine Gänsehaut über den Rücken, obwohl doch Anfang August ist, da fahren ja noch andere Schiffe ab von Genua, vielleicht am selben Tag, eines nach Haifa, ein anderes nach Montevideo.

Burke steht auf und schmeißt die letzten Papiere auf den Haufen.

»Ich darf die Akten natürlich nicht mitnehmen, darauf wird man sehr genau achten, aber Sie dürfen mir glauben, dass ich mir ihren Inhalt ebenso genau versucht habe einzuprägen. Und wenn die US Army diese Leute nicht mehr jagt, dann wird es jemanden in Israel geben, der das tut, verlassen Sie sich drauf.«

Er bindet sich seinen Schlips wieder um, zieht seine Uniformjacke an und knöpft sie zu.

»Ich fürchte, ich muss Sie jetzt verabschieden, Lehmann. Ich muss noch ein paar Stockwerke nach oben und eine Erklärung unterschreiben, dass ich keine Militärgeheimnisse weitergeben werde und so weiter, Sie werden sich's ja denken können. Und verzeihen Sie mir, dass ich ein bisschen zynisch gestimmt bin heute, aber auch das werden Sie verstehen, und …«

Die Uniform hat wieder ihren korrekten Sitz, und Lehmann fragt sich, wie er sich jetzt verabschieden soll, aber Burke nimmt ihm das Problem ab.

»… eines möchte ich doch noch wissen: Als man Ihnen befohlen hat zu schießen, in Sarny, bevor Sie als nicht ostfähig nach Hause geschickt wurden, was haben Sie da getan?«

»Ich bin Deutscher.«

Burke denkt einen Augenblick nach.

»Das Schlimme ist, im Grunde genommen bin ich auch einer … aber Sie werden verstehen, dass ich Ihnen zum Abschied jetzt nicht die Hand reiche, nicht wahr? Leben Sie wohl, werden Sie ein guter demokratischer Polizist, und passen Sie auf, dass Sie auch in Zukunft nie mehr ostfähig werden …«

Und damit verschwindet Captain Burke.

Lehmann bleibt sitzen.

Niemand kommt und stört ihn.

Aus dem Fenster sieht man Gewitterwolken sich im Süden zusammenballen. Vielleicht bekommt die Stadt etwas ab, aber so heiß ist es ja gar nicht, dass man unbedingt die Abkühlung bräuchte. Ein mäßig warmer Augusttag, vielleicht ein bisschen schwül, aber nicht wirklich unangenehm.

In zwei Wochen wird Magda heiraten, er muss noch einen Fahrschein kaufen oder irgendwo ein Auto organisieren, da würden sie schön gucken, die Bauern im Bremischen, wenn da der Schwager aus München im Auto ankäme … ob Annemarie es schon geschafft hat, Magda hat ihm die Nummer der Poststelle von Darkum gegeben, vielleicht ruft er später noch dort an, zum ersten Mal seit fünf Jahren werden sich also alle wiedersehen, nur die Eltern schmoren auf Rügen weiter vor sich hin, achtzehn ist Annemarie jetzt, kann sich schon selbst nach einem Mann umgucken, das sollte er wohl auch mal langsam, nicht nach einem Mann natürlich, eine Frau braucht er, und eine Familie dazu, ganz normal will er leben, wie alle anderen.

Er wird Kinder haben, Enkelkinder, die werden ihm in dreißig, vierzig Jahren an den Haaren ziehen und Geschichten hören wollen: Opa, erzähl doch mal vom Krieg, Opa, was hast du denn gemacht damals …?

Und er wird sagen: Das war schlimm, Kinder, aber davon wisst ihr ja Gott sei Dank nichts, das war ganz schlimm …

Dass es auch schön war, wird er ihnen nicht sagen können.

DANKSAGUNG

Wolfsstadt ist ein Gedankenexperiment, bei dem eine erfundene, literarisch verdichtete Figur namens Fritz Lehmann auf einen wahren Sachverhalt des Jahres 1948 trifft. Um diesem Umstand Rechnung zu tragen, war eine minutiöse historische Recherche erforderlich, bei der mir Stefan Imhof als Lektor kompetent zur Seite stand. (Ich werde allerdings nie verstehen, warum Capitol Records ausgerechnet die beste Aufnahme Kay Starrs aus den 1947er-Sessions, nämlich *Believe it, Beloved*, 1948 nicht veröffentlicht hat …)

Viele weitere Personen haben zur Entstehung des Buches beigetragen, besonders bedanken möchte ich mich bei:

Meinem Freund Luis Martín, der mir zur richtigen Zeit die richtige Frage gestellt hat.

Meiner Familie, die so lange ertragen musste, dass ich die Bürotür hinter mir schloss und in der Nachkriegszeit verschwand.

Vor allem aber bei Monis Buchhalter, einem Überlebenden von Kowno und Kaufering, der mir seine Lebensgeschichte erzählt und dadurch viel trockenes Bücherwissen in greifbares menschliches Erleben übersetzt hat. Monis Buchhalter ist leider vor Erscheinen des Buches verstorben.

Die Bunkeranlage bei Igling ist heute Teil der Welfenkaserne der Bundeswehr. Das Kaddisch für die Toten wurde endlich am 24. Januar 2013 gesprochen.

MITTAGS BEIM GLOCKENLÄUTEN SCHLUG ER ZU ...

Petra Nacke · Elmar Tannert
Der Mittagsmörder
Roman, Hardcover, 264 Seiten
978-3-86913-109-2 · € 17,90
Auch als eBook erhältlich.

Deutschland in den frühen Sechzigern: Der »Mittagsmörder« sorgt für Schlagzeilen, hält das ganze Land in Atem. Erst nach Jahren wird der wohl bekannteste Serientäter dieser Zeit gefasst und schuldig gesprochen. Als der Journalist Peter Hirschmann auf die Anfrage einer Psychologiestudentin hin die vergrabenen und vergessenen Geschichten wieder ans Licht holt, fügen sich diese zu einem sensibel gezeichneten Bild der Nachkriegsgesellschaft mit all ihren Wertungen und Widersprüchen ...